KB044725

셰익스피어 평전

셰익스피어 평전

2018년 8월 1일 개정판 1쇄 펴냄

지은이 파크 호넌
옮긴이 김정환

펴낸이 신길순
펴낸곳 (주)도서출판 삼인
(03716) 서울시 서대문구 연희로 5길 82(연희동 220-26) 2층
전화 02-322-1845
팩스 02-322-1846
e-mail saminbooks@naver.com
등록 1996. 9. 16. 제25100·2012·000046호

표지 본문 디자인 끄레 어소시에이츠

ISBN 978-89-6436-145-0 03840

값 25,000원

셰익스피어 평전

파크 호넌 지음
김정환 옮김

삼인

일러두기

1. 셰익스피어 생존 당시 1년은 3월 25일(혹은 성 수태고지 대축일) 시작되었지만 이 책은 1월 1일을 시작으로 했다.

2. 셰익스피어 인용은 대개 스탠리 웰스/게리 테일러 등 『전집(옥스퍼드, 1986)』의 텍스트와 행 번호를 따랐고, 몇 가지는 자매편 격인 『전집: 원래-철자판(옥스퍼드, 1986)(O-S)』에서 인용했다.

3. 역사적인 문서는 인용문 뜻이 분명하면 철자를 원래대로 했다; 하지만 더 오래된 문자 형태(이를테면 'u' 대신 'v'로, 'j' 대신 'i'로)는 바꾸기도 하였다. 인용 단어 중 이탤릭체 문자('her majestie')와 [괄호 처리] 부분은 철자를 채우는 등의 목적으로 현대에 첨가했다는 뜻이다. 명료성을 위해 셰익스피어 생애 초기 이후 인용문이 조금 길 경우, 현대 철자법을 사용했다.

엘리자베스 시대에 대한 연구는 오늘날 상당한 수준에 이르러 셰익스피어, 그가 살던 곳, 그의 부모, 그의 수업, 교우 관계, 그의 경력에 관해 새로운 자료들이 속속 드러나고 있다. 이 책의 목표는 현재 셰익스피어에 대해 알 수 있는 모든 것을 꼼꼼한 이야기 틀로 보여 주고, 또 그의 글을 그의 생애와 좀 더 연관시켜 설명하는 것이다. 이용 가능한 사실들을 편견 없이, 최신판으로 보고하며, 새롭고 적절한 자료들을 덧붙이려 노력했다. 일반 독자를 위한 책이지만 학자들에게도 몇몇 세부 사항들은 참신할 것이다.

서문

  셰익스피어의 정치적 역할, 성적 관계 혹은 다채로운 음모 등을 상상해 보는 그런 전기류와 이 책은 다르다. 그에 대해 가공의 이야기를 재건하고 정교한 심리학 이론을 펼치는 일은 흥미로울지 모른다. 그러나 내게는 맹신을 강요한다. 그의 생애를 이해하려는 시도가 새로운 것은 아니다. 시작은 1709년 니콜라스 로의 40쪽짜리 스케치. 그 이래, 전기 작가들의 주요 노력은 이 극작가에 대해 알려진 것들을 수집하고, 종합하고, 또 어느 면에서는 '셰익스피어 문서'의 뼈를 발라내는, 혹은 신화와 오류에서 사실을 분리해 내는 데 바쳐졌다. 그 노력은 오늘날에도 지속된다. 스트랫퍼드 탄생지 기록 보관소, 공공 기록 보관소, 주州 기록 보관소, 아니면 영국의, 헌팅턴의, 폴저 셰익스피어 도서관에 있는 방대한 르네상스 문서상의 발견, 그리고 새로운 작품집 간행과 고증을 거친 작품 공연을 통해 그에 대한 우리의 지식은 정제된 상태다. 데이터가 축적되는 만큼 신화도 축적된다. 그러나, 놀랍게도, 사실의 조각들을 짜 맞추면 그에 대한 어떤 공상들보다 더 흥미롭고 암시적이며, 또 감질나게 만드는 그림이 드러난다. 마리 마운트조이 혹은 제닛 대버넌트와 셰익스피어의 관계 사실들은 무엇을 보여 주는가? 그의 집안이 연관된 살인 사건들, 그리고 가족의 친구를 야만적으로 죽인 것은? 그의 전 작품이 기적은 아닐 터, 그렇다면 어떻게 『햄릿』을 쓰게 되었을까? 이런 질문들은 내게 그 숱한 수상한 여인, 가난한 소년들, 음모, 그리고 선술집의 만남들에 연루되었으니 무대 활동을 위한 시간을 낸 것 자체가 기적처럼 보이게 만드는 대중적 신화의 가설들보다 더 흥미롭다.

　문서 자료를 피해 갈 수는 없다. 하지만 전기 형식은 역사 기록을 왜곡하지 않는 방향으로 전개되어야 할 것이다. 페르낭 브로델과 프랑스 아날학파와 연관된, 혹은 영미의 르네상스 연구와 연관된 역사관들은 매우 다양한 면모를 보이지만, 예를 들어, 사회적 맥락이 실재한다는 것을 지적하고 있다. 이것이야말로 셰익스피어의 전기에 적용할 본질적으로 새로운 통찰이다. 저마다의 각광을 지닌 역사적 문서들, 그 '사실들'은 당대 연속선상에 있는 다른 사실들과 접합될 때 비로소 가공성架空性을 벗는다. 한 개인이 어떤 꼴을 보여 주기 위해 활용하는 튜더 왕조 시대의 어떤 자료든, 오로지 오랜 연구를 거친, 그리고 어느 정도 연결된 혹은 지속적인 설명을 위한 맥락으로서만 유용하다. 결국 셰익스피어의 정확한 생애를 기록하려면 20년 혹은 30년 전에 생각하던 것보다 더 많은 연구를 요한다는 얘기이다. 불가피하게, 튜더-제임스 왕조 시대의 '역사적 현재'라는 사실 조각들을 조심스레 꿰맞추는 일은 그 자체에 함정이 있다. 그러나 오로지 맥락이 있는, 들어맞는 그리고 어느 정도 지속적인 이야기 속에서만 가정과 사실이 분리될 기회가 찾아진다.

　가장 중요한 것은 개인들에 대해 정확해야 한다는, 혹은 최소한 끔찍하게 틀려서는 안 된다는 점이다. 셰익스피어 전기가 지니는 전통에 대해 더 언급하겠지만, 여기서 잠시 사실과 다른 쪽으로 함몰한 몇몇 사례들에 유의해 보자. 1570년대 어느 날, 존 셰익스피어가 어린 아들 손을 잡고 코번트리로 가서 왕실 공연을 보여 주었다는 한 작가의 최근 진술은 사소한 오류일 수 있다. 그러나 그 사건을 만들어 내고(그것을 뒷받침하는 아무 기록도 없다), 그리고 당시 아버지가 오늘날 아버지 비슷하다고 가정함으로써 작가는 튜더 시대 가정을 정확하게 다룰 기회를 잃게 된다. 다른 면으로 가치가 있더라도 다큐멘터리 전기가 셰익스피어의 학업, 그의 극단, 그의 스트랫퍼드 방문을 한데 엮는 역사적 맥락을 전혀 고려하지 않는다면 보다 심각한 함몰이다. 전통적인 '다큐멘터리 전기' 형태는 주변 환경과 일정 기간 걸친 변화, 혹은 묘사 대상이 살아가며 겪는 어떤 과정이나 발전에 관한 연구를 수용하는 데 매우 어설프다는 얘기다. E. K. 체임버스 같은 이도, 사실 기록 종합력은 놀랍지만, '셰익스피어 영혼-측면을 일별' 하겠다며 소네트 작품 속으로 뛰어들었다가, '시인은 자신의 시대를 맞기 전에 지쳤다'는 결론을 내리고 있는데, 나는 폴스타프와 로잘린드라는 인물을 창조한 자가 특별히 '삶에 지쳤던' 것인지 잘 모르겠다, 체임버스의 말이야 어느 것이든 간단히 매도해서는 안 되겠지만. 그렇지만 발전하는 셰익스피어 생애의 맥락과 변화에 대한 설명이 뒷받침되지 않으면 어떻게 체임버스 통찰의 타당성을 논할 수 있겠는가?

헨리 가에서 이 닦기

셰익스피어에 대해 사실 설명을 지속적으로 하라고 요구하는 일과 실제 그것을 마련하는 일은 다르다. 어떤 새로운 종합도 수백 개의 틈을 갖게 마련이다. 수차례 오류를 거듭하고 나서야 우리는 비로소 어떤 건에 대해 알고 싶은 것을 가늠케 될 것이다. 하지만 튜더 왕조 시대 사회적 환경에 대해 아는 게 불가능하지는 않다.

문제는, 아마도, 그것이 실제로 세련되게 또 정확하게 사용될 만한가 여부다. 예를 들어, 우리는 헨리 가에 위치한 존 셰익스피어의 2중 집에 대해 몇 가지를 알지만 말할 수 있는 것은 1570년대 시골 부르주아지 집안 소년은 여름에 좀 이르게 겨울에 좀 늦게 자리에서 일어나 단맛 나는 치약과 헝겊으로 이를 닦는 게 보통이었다는 점뿐이다. 존의 아들, 어린 윌리엄 셰익스피어가 꼭 그랬다고는 말할 수 없다. 그러나 이 경우 어떤 기준을 제시하는 것이 사소하거나 무관하거나, 혹은 비사실적이지는 않다. 1570년대 숙련된 장인이나 지도적인 시의원들 집안이 깨끗했던 것은 '단정한 예의범절'에 대한, 그리고 자아와 가족, 직업에 대한 존중이라는 것과 연관이 있고, 분명 셰익스피어는 이를 일찍부터 흡수했을 터. 다시, 바로 이 소년이 아침 축복을 받기 위해 아버지 앞에 무릎을 꿇었을 거라고 사실적으로 말할 수는 없다. 그러나 그의 집과 유사한 숱한 집안에서 대충 무슨 일이 벌어졌을까를 감 잡기 전까지는 우리가 그의 소년기에 대해 전혀 가늠할 수 없고 또 발전의 독창적인 면을 이해하기 힘들 것이다. 5장에서 나는 '대체 이야기' 방식을 사용, 만일 호그턴이나 헤스키스를 위해 일했다면, 또 그의 청년기에 대한 가장 믿을 만한 기록이 사실이라면 그가 처했을 작업 환경을 어느 정도 예시해 놓았다. 그가 랭커셔에 머물렀을 가능성과 연관된 증거는, 아직까지는, 파기할 수도 없고 확실하지도 않다. 그리고 나는 400년 후 그 문제에 관해 밝혀지게 된 바를 보여 주려 했다.

무엇이 새로운가?

이 책에 담긴 '새로운' 내용 중 가장 중심적인 것은 셰익스피어의 생각과 존재의 복합적인 진화 과정이다. 작업 10년 동안, 나는 그의 생애를 알려 주는 온갖 기존 자료들을 검토했다. 그리고 비록 필사본을 사용하지만 과거의 셰익스피어를 연구한 문서들과 다른 광범위한 작업에도 기꺼이 의지했다. 그것들이 그의 생애와 갖는 연관성 때문에 나는 튜더 왕조 시대 스트랫퍼드가 다소 조용하고 안정된 도시 생활을 400년 동안이나 누리다가 갑작스런 변화에 휩싸이는 대목에서 출발한다. 그와 유사하게, 훗날 그가 미들랜즈 지방 읍내에서, 런던에서, 그리고 그의 주요 극단 '궁내 장관—혹은 왕의 배우들'의 흥망성쇠 속에서 발전해 갔던 바를 그 자신에 대한 사실 기록들과 연계시키려고 노력했다. 최근 알려진 그의 청년기 세부 사항에 따르면 셰익스피어는 자신의 경력을 준비한 상태에서 고향을 떠났다. 어머니가 재치 있고 총명한 여인으로 깃펜을 능란하게 구사했다는 점, 새로 밝혀진 경영자 아버지의 경력과 사업상 어려움, 그리고 당시 학업 내용, 이제껏 소홀히 취급된 1570년대 사회 혁명 증거들, 쇼터리의 해서웨이 가문에 대한 참신한 디테일 등 모든 것이 그림을 조금 더 온전하게 제공한다. 그가 태어난 집, 스틸리와 퀴니 등 지인들의 불법 활동, 셰익스피어의 투자, 그와 친척의 관계에 대한 새로운, 혹은 최근 발견된 정보들이 그림 윤곽을 더욱 또렷하게 한다.

더 나아가 우리는 런던에서 그가 처했던 주변 환경과 작업 조건을 전보다 더 많이 알고 있다. 로즈, 글로브, 블랙프라이어스 등의 극장들과 아동 극단들에 대한 셰익스피어의 반응은 물론이다. 지속적인 이야기로 우리는 그가 무엇을 배웠고 어떻게 성공했고 누구를 모방했나를 알고, 그를 하나의 인격체로 구별하는 요소들을 어느 정도든 눈치 챌 기회를 얻게 된다. 그가 보여 주는 내적 발전의 드라마는 심오하고 놀라운 이야기로, 그의 동료와 경쟁자들, 그의 극단, 그의 오비드풍 시편들, 희곡들, 그리고 스트랫퍼드 곡물 중개상까지 다양한 인상을 제공한다. 공동체 본능과 사회 계급 분화가 오늘날 거의 상상 불가 수준으로 강했던, 게다가 '동성애적' 혹은 '양성적' 같은 용어와 어떤 다른 현대적 범주들이 존재하지 않았던 잉글랜드에서 그 발전은 탄생했다. 나는 그의 후원자 사우샘프턴의 동료 간 동성애 세계, 소네트 유행 속에 표현된 어떤 태도들을 나타내려 했고, 셰익스피어 소네트들이 사우샘프턴에 대해 시사하는 바를 밝히고자 했다. 허드슨과 하워드의 극장 계획 자료, 셰익스피어의 독서와 소속 극단의 난관과 희곡 유행 양상에 그가 보였던 반응 자료, 그리고 다시 그와 배우들, 시인들, 혹은 행사 담당국의 관계 자료를 알려진 대로 모두 포함시켰다.

희곡들

거대하고 텍스트가 불안정한 작품들, 각자 정교한 무대사와 비평사를 이미 갖고 있으며 미래에도 분명 새로운 면으로 진화하거나 참신하게 보일 셰익스피어의 작품들을 전기에서 상술할 수는 없는 일이다. 희망컨대, 왜곡 없이, 나는 이를테면 오늘날 알려진 셰익스피어 작품 집필 과정을 시사하는 데 희곡들을 '사용'했다; 그의 모방 취향이나 경쟁자들에 대한 반응, 특정 시기 순회 극단의 필요에 대한 인식, 그의 자기 비하, 제한된 풍자, 그리고 시사성에 대해. 별도의 '문학비평' 섹션을 마련하지 않았다. 그러나 해석은 감행했다. 35년 동안 셰익스피어 연극들을 다룬 논문과 책, 리뷰들을 수십 건씩 보았으니 독창적이라고 주장하지는 않겠다. 하지만 나는 내 식으로 비평한다, 그리고 채권자가 생각나면 빚진 내색을 했다. 그가 겉보기에 분명히 기억하고 알고 있는 문학 연극 관련 사항 들을 써먹는 것, 변화하는 연극 조건과 자기 작품에 대한 남의 은연중 비판을(이를테면 '시인들의 전쟁'에서 보듯) 되새기는 것, 역사와 원자료에 그가 취한 다양한 태도, 살아생전 가장 깊이 탐구했던 몇 가지 사항들도 고찰하였다.

셰익스피어의 개성에 대해서는, 각 장 모두 그것이 함축적인 주제로 되게끔 했지만, 그는 결국, 자신의 어떤 소네트나 희곡 작품들보다 더 온전하게 묘사되고 범주화할 터. 책 마지막 부분에 나는 평전 주요 등장인물 가계도, 18장에 언급된 시인의 여동생 조앤 하트 가계도, 그리고 셰익스피어 전기 전통 및 유용하고 적절한 자료 개요를 마련해 놓았다. 주석과 부록은 내가 크게 빚진 사람과 자료들을 알려 준다. 하지만 이보다 몇 배나 긴 주석을 달더라도 내가 셰익스피어에 대해 다른 사람들한테 배운 바를 다 적시하지는 못할 것이다. 나의 관심은 몇십 년 전 군에서 갓 제대한 후 런던 칼리지 대학에서 셰익스피어 비극을 논문 주제로 하겠다는 건방진 제안 이전부터 있었다. 지도 교수가 나를 내 친구 폴 터너에게 보내기 전, 제임스 서덜랜드는, 셰리주를 마시다가, '우선' 다른 작가들을 살펴보라고 권하였다. 인생에서 원인과 결과는 흔히 생각하는 것만큼 말끔한 연관을 갖지 않는다, 그러나, 나는 십 몇 년 동안 브라우닝과 아놀드, 제인 오스틴 전기의 문제점들을 살펴보았고, 그 경험을 후회하지 않는다, 준비 작업으로는 좀 그래 보일지 몰라도. 동료들이 이따금씩 버밍엄 셰익스피어 연구소에서 강연할 기회를 주었다, 15년 넘게, 그리고 비로소 리즈에서 르네상스 문학 강의를 맡게 되었다.

현대 셰익스피어 연구 및 비평, 공연에 나는 크게 빚졌다. 헌팅턴 도서관과 폴저 셰익스피어 도서관 연구원들에게, 그리고 리즈 영어학교와 국제 셰익스피어 협회에서 준 장학금에 기꺼이 감사를 표하고 싶다. 헌팅턴과 뉴베리, 폴저 관계자들, 스트랫퍼드 탄생지 위탁 기록 보관소, 윈체스터와 투크스베리 사람들, 버밍엄, 에든버러, 리즈의 기록 보관소 관계자들, 그리고 이 외에도 여타 주 기록 보관소 관계자들에게 많은 도움을 받았다. 스탠리 웰스는 이 책 초고를 읽어 보자 했다. 그리고 원고에 대한 그와 에른스트 호니히만의 원고에 대한 논평, 그리고 부분 부분에 대한 마틴 벤험과 잉가-스티나 유뱅크, 데이비드 홉킨슨, 더글라스 제퍼슨의 논평에 나는 깊은 고마움을 느낀다. 캐슬린 틸러츤과 폴 터너가 다방면으로 도와주었다; 나는 거듭거듭 앤드루 거에게 아낌없는 조언과 토론을 구했다. 그리고, 제럴드/모이라 헤버잼은 족보와 고문서 관련 사항을 도와주었다. 로버트 베어맨과 J. W. 빈스, 마이클 브레넌, 수잔 브락, 마틴 버틀러, H. 네빌 데이비스, R. A.

11

포크스, 도널드 포스터, 레비 폭스, G. K. 헌터, 잔느 E. 존스, D. P. 커비, 이안 맥켈런 경, 톰 매더슨, 피터 메러디스, 리처드 페닝턴, 로저 프링글, 엘리자베스 윌리엄스, 이안 윌슨, 레티샤 인들에게도 감사를 표한다. 고故 프레슨 바워즈, 케니스 뮤어, 로렌스 라건, 사무엘 쉔바움은 한 번 이상 조언을 해 주었다. 고故 A. L. 라우즈가 보낸 메모도 고맙다. 내가 오류를 범했다 하더라도 이분들 탓은 전혀 아니다. 내가 가장 크게 빚진 것은 내 가족, 그들 모두에게, 특히 큰딸 코린나 호넌과 내 남동생 W. H. 호넌은 내 글에 명료성을 더해 주었고, 내 아내 제네트, 그녀는 10년 넘게 걸린 이 일을 가능케 해 주고 그보다 오래 전 이 연구를 권해 주었다.

P. H

세익스피어 평전

12

달리 언급하지 않는 한, 출판 장소는 런던이다. 짧은 희곡 제목에 덧붙여, 다음의 생략어를 주에 사용했다.

베어맨 : 로버트 베어맨, 『스트랫퍼드 기록에 나타난 셰익스피어』(스트랫퍼드어폰에이번, 1994)

일기 : 『헨즐로 일기』, R. A. 포크스 및 R. T. 리커트 편(케임브리지, 1961)

EKC, 『사실들』 : E. K. 체임버스, 『윌리엄 셰익스피어: 사실들과 문제들 연구』, 전 2권(옥스퍼드, 1930)

EKC, 『무대』 : E. K. 체임버스, 『엘리자베스 시대 무대』, 전 4권(옥스퍼드, 1923), 『극단들』 앤드루 거, 『셰익스피어 시기 연기 극단들』(옥스퍼드, 1996)

『잃어버린 세월』 : E. A. J. 호니그만, 『셰익스피어: '잃어버린 세월'』(맨체스터, 1985)

M&A : 『스트랫퍼드어폰에이번 자치체 세부 사항 및 회계 그리고 다른 기록들 1553~1620』: 1~4권, 리처드 새비지와 애드거 I. 프립 편(옥스퍼드, 1921~1930); 5권, 1593~1598, 레비 폭스 편(하트퍼드, 1990)

ME : 마크 에클스, 『워릭셔의 셰익스피어』(매디슨, 위스콘신, 페이퍼백판, 1963)

MS BL : 런던, 대영 박물관 부속 도서관 수고

MS 보들리 : 옥스퍼드, 보들리 도서관 수고

MS 에든버러 : 에든버러 대학 도서관 수고

MS 폴저 : 워싱턴 DC., 폴저 셰익스피어 도서관 수고

MS Lancs. : 프레스턴, 랭커셔 기록 보관소 수고

MS 옥스퍼드 : 옥스퍼드 시 기록 보관소 수고

MS SBTRO : 스트랫퍼드어폰에이번, 셰익스피어 탄생지 위탁 기록 보관소 소장 위원 회의록, 유언장, 그리고 다른 수고 기록들

PRO : 런던, 공문서 보관소

SR : 서적상 등록부

SS, DL : S. 쉔바움, 『윌리엄 셰익스피어: 기록으로 본 생애 콤팩트판』(옥스퍼드, 개정판, 1987)

Worcs. 우스터 주 기록 보관소

차례

차례

I

한 스트랫퍼드 청년

1. 탄생

예전의 잔혹한 시절
—존 폭스

스트랫퍼드

셰익스피어 생애는 고요한, 어스레 반짝이는 에이번 강 근처에서 시작되었다. 오늘날 이 강은 그가 묻혀 있는 스트랫퍼드 성 삼위일체 교회 곁을 흐르고, 강은 전 세계 방문객들이 그의 연극들을 관람하고 방청하는 한 극장도 지나간다. 드물게 홍수가 지면 강은 사납고 파괴적이라 행로를 가로막는 다리와 많은 것들을 휩쓸어 버리지만, 대개는 땡땡이 소년이나 끈기 있는 낚시꾼들에게 쾌적했고, 물 자욱 흉한 바위나 엉겨 붙은 모래가 큰 배 정박을 위태롭게 하는 일 따위는 없었다. 강은 영국 동부 네이즈비 근처에서 풀 덮인 고원으로 들어서고, 몇 마일 동안은 에이번이라 하기가 좀 그렇고, 이 '에이번' 용법은 켈트계 유럽 전역에 메아리친다: 브르타뉴 지방의 에이번 혹은 아벤, 이탈리아 아벤자, 그리고 스페인 아보나. 이 에이번은 처음에 그냥 실개천 정도이다가 버드나무 숲 개울로 이어지지만, 고도古都 워릭 아래에 이르면 느리게 또 장중하게 워릭셔를 가르며 잉글랜드 한가운데를 베어 낸다.

북쪽으로는 아든 지역인데, 아든 숲은 셰익스피어가 살던 중세 때보다 더 옅어졌다. 이곳에는 들쭉날쭉한 밭과 평원, 해자를 두른 농장, 일군의 오두막들이 자리했지만, 마을은 별로 없었다. 남서쪽은 펠든, 새 풍치림 공원이 클랍턴과 골디코트, 에팅턴과 찰코트에 조성되었다. 주변에는 좁은 줄로 경작된 밭들과 물론 십일조 곡식 저장 창고, 마을, 그리고 흑백의 반半목재 오두막들이 있었다.

　스트랫퍼드어폰에이번은, 아든과 펠든 사이, 양쪽 산물을 교환할 수 있는 장터 읍이었다. 서쪽 웨일스 언덕들이 비그늘 역할을 했으므로 기후가 온화했다. 농부들은 에이번 계곡 토지가 비옥한 것을 알았고 헨리 7세 치세 읍 후원자 휴 클랍턴 경이 놓은 다리를 활용, 시장에 물건을 내갔다. 1540년경 고고학자 존 릴런드는 14개 돌 아치가 있는 스트랫퍼드 다리를 보았고, 잘 짜여진 읍 설계에 주목했다. 구舊 스트랫퍼드 남쪽 교구 교회가 솟고, 여기서 북쪽, 부분 포장된 깨끗한 거리들을 걸으면 초등학교 설비의 '교사의 집', 빈민구호소 구역, 길드 홀과 길드 예배당이 보인다. 뒷길 말고도 "매우 큰 거리가 2개 혹은 3개 더 있다", 릴런드는 그렇게 썼다. "주요 거리 하나는 동서를, 다른 하나는 남북을 가로지른다." 2층, 3층 집은 목제였고 릴런드는 처치 가에 자리한 '정말 훌륭한 예배당'에 감동했다.[1]

　스트랫퍼드 땅은 색슨 왕 에셀하드가 제3대 주교(AD 693~714)에게 하사한 이래 셰익스피어가 태어나기 15년 전까지 우스터 주교들의 영지였다.[2] 한때 이 읍은 소규모 농장 그룹이 들어서고 스트라에트포드라 불렸는데 로마식 요새 접근로라는 뜻이며, 사실 로마로에 위치했다. 하지만 1196년 변화가 온다; 한 주교가 에이번 7일장 개설권을 샀는데, 기존 마을을 피하는 계획이었다. 스트라에트포드 북쪽 109에이커 가량 땅이 6개 가로로 나뉘어 눈금

1　존 릴런드, 『여행기』, 루시 툴민 스미스 편(1907~1910), ii. 48.

2　교구와 장원은 광범했다. 13세기 구 스트랫퍼드라는 이름이 주요 장원을 쇼터리, 비숍턴, 웰쿰, 도드웰, 그리고 드레이턴 같은 여러 소읍과 구분 지었다. 훗날, '구 스트랫퍼드'는 구읍으로 알려진 가로를 포함한 교회 주변에 적용되게 되었다. 머시아 사람들의 왕 버트울프의 토지 하사 문서라는 것이, 우페라 스트랫퍼드 수도원을 AD 845년 우스터 주교 교회에 주고 있다. 872년 우스터 주교 웨어퍼스는 수도원 소속 토지를 팔았는데 부분적으로는 바이킹에게 세금을 바치기 위해서였다. W. 드 그레이 버치, 『색슨 관리 대장(1885~1893)』, 450, 533, 534호. 장원을 소유한 마지막 주교가 그것을 1549년 워릭 백작 존 더들리에게 양도했다.

을 이루었는데 오늘날 읍 무늬에서도 볼 수 있다. 3개의 가로는 대략 강과 평행으로 났고, 그것을 나머지 세 개가 가로지른다. 눈금 안 땅은 '도시 토지 보유권'(burgage, 화폐 지대를 물고 봉건 영주에게서 얻은 권리—역자 주) 구획들로 표시되었는데, 크기가 각각 길이 12퍼치(198피트) 너비 3.5퍼치(57피트)였다. 이 구역들은 앞으로 다양하게 나뉠 것이다. 하지만 대형 건물과 간편한 인접 지역을 둘만했다. 로마 로는 눈금 속으로 편입되어 공터를 형성했고, 그래서 오늘날 브리지 가가 넓다. 잘 계획된 이 읍에 끌려 장인과 상인들이 정착했다. 그리고 '신新 스트라에트포드 영지'가 번창하기 시작했다. 키 큰 여관들과 240개가량 건설 구역(다른 공동주택, 상점, 마구간 외에도)이 13세기에 있었고, 셰익스피어 시대에도 더 크지는 않았다.

중세 읍 스트랫퍼드 사회의 두드러진 면모 하나가 있다. 평신도 종교 길드. 남녀 모두 성聖 십자가 길드 회원이 될 수 있었다—그리고 조직의 명성이 주 경계 너머로 퍼졌다. 회원들이 직접 참사직參事職들을 뽑았고 여자 표가 남자 표와 동등했다; 길드는 영지 법원에 재판관을 파견했고, 병든 자와 가난한 자를 돌봤고, 죽은 자를 위해 기도했다(심지어 죽은 영혼들한테 회원 자격을 주면서), 그리고 학교를 세웠다. 길드는 지역 행정을 거의 흡수했고 지역 생활에 지속성을 부여했다. 정말, 길드는 세대와 세대를 연결할 뿐 아니라, 스트랫퍼드 사람에게 공통의 종교·사회적 목적성을 부여하고 몇몇 특별한 재능을 자극하는 효력까지 발했다. 아마도 로버트 드 스트랫퍼드(읍 이름에서 성을 따왔다)가 1296년 길드 예배당을 세웠을 것이다. 그의 아들 존 드 스트랫퍼드는 윈체스터 주교 자리에 올랐고 영국 대법관을 세 번이나 지낸 후 1331년 귀향, 토머스 아 베케트를 기리는 예배당과 다섯 사제들을 위한 단과대학을 세우고, 사제들이 그의 가족, 그 자신, 우스터 주교, 그리고 영국 왕을 위해 기도케 했다. 헨리 5세(셰익스피어의 가장 영웅적인 왕)가 이 대학을 공인하면서 스트랫퍼드 교회는 '성 삼위일체(대

학) 교회'라 불리게 된다.[3]

공민의 자부심 그리고 길드의 오랜 전통은 그럼에도 불구하고
소용돌이에 휘말리게 된다. 16세기까지 읍의 종교 생활을 뒤흔들
만한 일은 별로 없었다. 그러나 새로운 프로테스탄트 개혁이 스트
랫퍼드를 통타한다―대학이 강제 폐쇄되는 것. 그리고 길드가 해
체되고 그 재산이 몰수되고, 1547년, 읍 행정 체계가 붕괴했다.

불안한 상인들이 왕에게 청원을 올렸다. 그들은 1553년 6월 28
일 칙령을 접수했는데, 읍을 왕 직속령에 통합시킨다는 내용이었
다. 하지만 스트랫퍼드어폰에이번 자치회가 생겨나자마자 메리
튜더가 국교를 로마 가톨릭으로 되돌려 놓는다. 그녀 아버지 헨
리 8세 치세는, 어떤 견해가 정통이고 어떤 견해가 이단인지 날마
다 알 수 있는 사람이 몇 되지 않았다; 그러나 메리 여왕은 보다
분명했다. 불굴의 진정성에 둔하고 완고한 심성까지 갖춘 그녀는
이단 재판을 밀어붙였고, 관료 체계가 그녀를 지원했다. 스트랫퍼
드는 주변 코번트리, 리치필드, 글로스터, 워턴언더엣지, 밴베리,
옥스퍼드, 노샘프턴, 그리고 레스터로 원을 이루며 자행된 순교
자 화형을 목격하게 되었다. 여자와 소매 상인들이 화형당했다―
그리고 코번트리의 불더미에서 태어난 한 아기가 다시 그 딱딱한
장작더미 속에 집어 던져졌다. 행여 잊을까 존 폭스는, 『순교자
열전』 혹은 『행동과 기념비들』을 출간, 그런 사실을 끔찍할 정도
로 상세하게 묘사하는데, 셰익스피어 탄생 1년 전이다. 여파의 하
나로, 메리 후계자 치하 사람들은 종종 신앙 문제에 대해 침묵하

1. 탄생

3   스트랫퍼드와 주 역사에 대해서는 양쪽 모두에 대한 우리 지식이 거의 매년 늘
어가지만 M&A(그리고 탄생지 공문서 보관소에 있는 다른 위원회 보고서들), 로버트 베어
맨의 『스트랫퍼드어폰에이번: 거리와 건물의 역사』(넬슨, 랭커셔, 1988)와 『기록들』(스
트랫퍼드어폰에이번, 1994), 더그데일과 스트랫퍼드어폰에이번 사회 문서들, 그리고 옛
작품들 중 레비 폭스의 『자치읍 스트랫퍼드어폰에이번』(스트랫퍼드어폰에이번, 1953),
시드니 리의 『스트랫퍼드어폰에이번: 가장 이른 시기부터 윌리엄 셰익스피어 사망
까지』(1902), 그리고 필립 스타일스 『워릭 주의 빅토리아 시대 역사』(1904~1969), iii,
221~282의, 그 자치읍 항목이 크게 도움이 되었다.

게 된다. 충격적이고 격렬했던 만큼 교리 논쟁은 미들랜즈의 일상 사회적 연결 뼈대들을 찢어발겼고, 장사에 좋지 않았다. 1590년 대까지도 스트랫퍼드 교회위원들은 교회 불참자 명단 보고를 어영부영하거나 자제하게 된다; 셰익스피어 아버지와 셰익스피어 또한 몇몇 튀는 사람을 제외한 스트랫퍼드 일반의 조심성으로 자신의 종교적 태도와 감정을 은폐케 될 거였다. 폭스는 그의 순교자들이 기억되기를 진정으로 바랐다. 후퍼 주교에 대한 묘사가 그중 탁월한데, 불에 타 죽으면서 '주 예수'를 외쳐 불렀던 경우다. "입이 시커메지고 혓바닥이 부어올라 말을 할 수 없게" 되자 후퍼 주교는 한 팔을 떼어 내어 불 속에 집어 던지고, "다른 한 팔로 여전히 두들겨 댔다. 그동안 기름과 물, 피가 손가락 끝에서 방울져 떨어졌고, 급기야, 불을 새로 지폈고, 그의 힘이 다했고, 그의 손은 가슴의 쇠막대를 두들기다가 정말 쩍 하고 달라붙었다".[4]

메리의 순교자들은, 물론, 프로테스탄트 명분에 엄청난 권위를 부여했고, 그녀와 그녀 사촌 스페인 왕 필립 2세의 결혼은 파멸적 전쟁을 야기했다. 1558년 그녀의 배 다른 자매, '숙녀 엘리자베스'가 여왕에 즉위했을 때, 프랑스 군대가 스코틀랜드에서 주둔군이 얼마 안 되는 베릭 요새 단 하나를 사이에 두고 영국군과 대치 중이었다. 화폐 가치가 하락했고, 스트랫퍼드에서 정교 문제가 창궐, 읍 순경 한 명이 참사 회원의 습격을 받았다. 읍 참사회에서 피가 흐른다면, 상인들이 불안해한 것은 당연했다. 1558년 가톨릭 교구 신부가 떠난 후, 스트랫퍼드 주민들은 정규 신부 한 명 없는, 어중간한 지옥과 천국 사이에 살았다.

I. 한 스트랫퍼드 청년

---

4   폭스의 책은 엘리자베스 시대 출판된 첫판(1563), 확장 제2판(1570), 혹은 훗날 판이, 종종 교회에서 연쇄 판매되었다. 하지만 책값이 비쌌고 모든 교구의 책 구입을 법으로 요구한 것은 아니다.

브래치거들 선생의 도착

건전한 프로테스탄트, 존 브래치거들이 1561년 신임 스트랫퍼드 목사로 부임했을 때, 가톨릭은 여전히 읍 참사회에 포진했고 길드 예배당 내부 장식은 가톨릭 프레스코화였다. 그러나 신임 목사는 기다렸다. 맨체스터 근처 버글리 출신으로 옥스퍼드 크라이스트 처치 대학 석사 학위 소지자였던 브래치거들 선생은 읍 등록소에 라틴어로 기재했고(가톨릭 사제들은 영어를 사용했다) 독신으로 처치 가에 정착, 그곳에다 '상임 목사' 자격으로 서재를 한 보따리 풀었다.

런던이나 대학 바깥 지역에서 그만한 서재를 갖춘 목사는 몇 안 되었을 것이다. 호레이스와 살루스트, 버질 책 한 권, 이솝 우화 집, 에라스무스 저서 2~3권, 그리고 『영어 운율본 사도행전』[5]을 그는 갖고 있었다—그리고 그의 책들은 셰익스피어의 사고 형성을 도와줄 세력들을 멀리 내다보는 거였다. 한때 로마 제국이 유럽을 지배했고, 교황 체제가 그것을 대체했다; 이제 잉글랜드 가톨릭 교회의 붕괴가 유럽 르네상스 및 종교개혁의 온전한 효과를 발현, 잉글랜드에 활기와 자유, 에너지가 감돌았다. 목사가 다스리는 옥스퍼드에서 중세 논리학이 인본주의적 수사학에 자리를 내주었지만, 도처에서 더 오래된, 보다 고요한 생활 기질이 또한 한물가고 있었다—혹은 런던에서 '새장에 갇힌 늑대들', 메리 여왕 파 주교들이 외부와 차단되었고, 그중 6명은 엘리자베스 여왕이 이미 옥에 가둔 상태였다. 사람들은 마음에 싹트는 의심, 인간 운명에 대한 고요한 확신의 상실, 나라의 급격한 분위기 변화를 알아챌 거였다. 셰익스피어는 세상일들이 형편없이 낡아 보이기 시작하던 시기에 태어났다. 가톨릭 만가나 30일간 위령미사, 혹은 30개 진혼 예배 세트, 시편 제130편('비탄의 구렁텅이로부터'),

5   'John bretchegyrdle Clerke Vicar of Stretford' 유언(1565년 6월 20일자) 및 재산 목록에 대해서는 E. I. 프립, 『전기—문예적 셰익스피어 연구』(옥스퍼드, 1930), 23~31 참조.

성지, 순례와 분향 등등, 그리고 촛불과 횃불과 낡은 제의들, 극단적 도유塗油와 연옥과 만족스런 미사, 그런 것들이 낡은 믿음과 함께 사라졌다. 100개를 웃돌던 성축일이 27개로 삭감되고, 이제 목사가 찬미된다. 가톨릭 사제 기능은 결코 해당 사제의 도덕적 가치에 좌우된 적이 없었다. 이제 목사는 신의 뜻을 가르치는 교사로 모범적이어야 했고, 그렇게 심각한 변화가 각 구역에서 목사의 인격—행동거지와 성격—에 대한 관심을 새롭게 부추기는 쪽으로 작용한다.

하지만 스트랫퍼드에서 한 가지는 변함이 없었다. 프로테스탄트 통치 4년째가 되도록 공의회는 길드 예배당 내 가톨릭 흔적을 제거하지 않았다; 그들은 어떤 '유리창 이미지들'도 깨지 말 것이며 예배당과 교회 내 '기도 장소를 황폐하게' 버려두지 말라는 엘리자베스 여왕의 당부를 조심스레 따랐다.[6] 정말, 여왕은 현명하게도 가톨릭 믿음에 대한 조사를 피했다—그리고 브래치거들은, 영국 국교도의 '사각 모자'를 정확히 착용했지만 읍에서 교황파들을 쫓아내지는 않았다. 그는 공의회를 달래야 했다—그리고 그는 숱한 다른 목사들보다 더 분명한 의사 표현력이 있었다. 부재不在 목사 제도, 겸직 제도(2개 혹은 그 이상의 성직록을 동시에 받는 것)를 비난하는, 설교도 하지 않는 사람을 설교단에 보내는 '평신도 후원제'의 참사를 비난하는 목소리로 나라 안이 시끄러웠다.[7] 남부 워릭셔 내 교회 살림직 5/6의 임명권이 평신도들 손 안에 있었다—그러나 스트랫퍼드 공의회는 새로운 목사를 신뢰했다. 1563년, 그들은 마침내 길드 예배당에서 가톨릭풍 장식을 말소하기로 결정했고, 그런 의미에서 읍의 과거는 제거될 참이었다.

6   엘리자베스 1세, 1560년 9월 19일, 그리고 1561년 그녀의 언급.
7   R. L. 그리브스, 『엘리자베스 시대 잉글랜드 사회와 종교』(미니애폴리스, 1981)에 인용된 설교단 간증을 보라.

회계 담당관의 첫 아들

스트랫퍼드 행정 공의회를 구성하는 것은 신뢰받는 지역 인사들로, 고을 원 또는 읍장(1년 임기로 자체 선거) 1명, 다른 참사회원 13명, 주요 시민권 소지자 14명을 포함했다. 그들은 많은 규칙을 집행했다. 브래치거들은 공의회에 의무가 있었지만, 몸소 예배당을 신성 모독하거나 그 행위를 기록할 필요는 없었다. 참사회원들은 다른 도우미가 있었고, 7년 동안 그들을 가장 많이 도운 사람이 존 셰익스피어다.

스트랫퍼드 기록들은 이 사람에 대해 아들을 주인공으로 한 어떤 전기보다 더 많은 것을 알려 주며, 우리가 보는 그의 첫 모습은 스니터필드 출신 자유농민이다. 그 후 그는 장인 겸 상인의 길로 나섰고, 헨리 가에서 장갑 직공 겸 위타워(부드러운 하얀 가죽을 무두질하는 직업)가 되었고, 다른 관심도 있었을 터였다. 기록 사무원 필치로 그의 이름은 'Jhon shacksper' 혹은 'John Shaxpere'가 전형이고, 한번은 런던 기록 문서에 간결하고 효과적인 보고서 내용 아래 John 'Shakespeare'[8]로 나타난다.

1556년 9월, 존은 공의회 맥주 및 빵 시식 담당 두 명 중 하나로 뽑히는데, 능력 있고 '신중한' 사람에게 알맞은 직책이었다. 그는 꽤 우람해서 '단신單身들'의 무장 해제 역 경관이 될 만했고, 꽤나 빈틈없어 벌금 액수 산정관도 맡을 만했다. 1561년 10월 3일, 그는 구역 재산과 수입을 관장하는 두 명의 행정관 중 하나로 선서를 하게 된다.[9]

그의 필체는 남아 있는 게 없다—그가 십자가나 장갑 직공 컴퍼스(장갑 뒷면에 도안을 내는 데 쓰는 도구) 한 쌍 형용으로 자신의 표식을 그리기는 했지만; 그의 표식 중 하나는 장갑 직공의 바느질 꺾쇠를 닮았다. 존 셰익스피어 같은 사람이 읽는 능력은 있을 수 있지만 쓰기는 힘든 것이, 쓰기는 상급의, 상당한 전문성을 요하

8   그리고 MS SBTRO, BRU 2/1의 다른 철자법에서.
9   M&A i. p. xlix.

는 기술이었고, 튜더 시대 사람들은 기본적인 읽기를 익히고 나서야 비로소 쓰기를 배웠다; 액수를 읽지 못했다면 그는 3년 이상 동안의 구역 회계 일이 불가능했을 것이다. 그의 아내가 이제까지 낳은 아이들은 모두 사망했다—첫 아이 조앤은 유아로 죽었고,[10] 두 번째 아이 마거릿은 1562년 12월 2일 세례를 받고 넉 달 후 죽었다.

존 셰익스피어가 회계 일을 보던 기간 길드 예배당은 알아보지 못할 정도로 외관이 상했다. 햇빛에 마른 과수원 진흙 단 근처, 일꾼들이 예배당 안으로 들어가면 채색된 벽에 쓰인 제명을 보게 된다—읍의 오래된 가톨릭 시;

> 땅이 땅 위로 그 정자(bower)를 세운 것이라면
> 땅은 땅을 위해 거센 소나기(shower)를 숱하게 겪으리라

성단소 아치 너머의 「운명화」(혹은 「최후의 심판화」). 성처녀는 푸른색, 성 요한은 밝은 갈색이었다. 천당은 붉은 미사복과 녹색 법의 차림의 성 베드로가 있는 궁정이었고, 불타는 영혼들이 지옥의 입을 통해 큰 솥 안으로 떨어졌다. 십자가에 못 박힌 예수가 남쪽 벽에서 솟아났고, 탑 아치용 문설주 하나에는 토머스 아 베케트 및 그를 살해한 사람들 명단이 적혀 있다.[11] 「운명화」가 회반죽으로 지워진 후, 그리고 십자가 성단이 내려지고 목사와 성직자용 의자들이 배치되기 전, 1564년 1월 10일 회계 담당관 대리는 이렇게 적어 놓았다:

> 예배당 이미지들을 지우는 데 지불한 비용 2실링

10 그녀는 읍 등록부가 제대로 관리되지 않던 1559년 혹은 1560년 사망했을 법하다.
11 J. H. 블룸, 『셰익스피어의 교회』(스트랫퍼드어폰에이번, 1902); 그리고 클리퍼드 데이비슨, 『스트랫퍼드어폰에이번의 길드 예배당 벽화들』(뉴욕, 1988). 오래된 운문들은 희미하게 보인다.

제단은 그때 치웠는지 모른다—그러나 달리 보면 예배당 주요 외관은 그대로 둔 셈이었다. 공의회는 스테인드글라스를 유리 패널로 대체했지만, 금지된 가톨릭 성 조지 축제용 '조지' 갑옷은 깨끗하게 보관했다. 옛 신앙이 다시 돌아올지 아무도 알 수 없었다; 그리고 보다 긴박한 문제가 있었다. 역병이 런던을 쑥대밭으로 만들었다—인구의 1/5이 죽었다—그리고 스페인 사람들이 프로테스탄트 잉글랜드 파괴 방안을 찾아낸 듯했다. 그들이 무명과 커지 직물의 주요 해외 시장 앤트워프를 봉쇄했다. 템스강의 잉글랜드 선박 40척이 짐을 내렸고 70만 파운드어치 직물이 습기와 좀으로 완전히 못쓰게 될 위험에 방치되었다. 직물 시장이 없으니 워릭셔가 곤란한 상황이었다. 여왕은 스페인 대표단을 꾀어내었다. 그러나 1564년 유일한 스페인 대표단은 시체 한 구였고, 채권자들이 시신 양도를 막았다. 직물 선단이 봉쇄되니 상인들은 필사적이었다. 역병이 북쪽으로 이동하기 시작, 아이와 가난한 자들을 죽였다. 4월 14일, 역병이 스트랫퍼드를 강타하기 전, 목사는 누이동생 시슬리의 사망을 "목사의 슬픔 시칠리아 브래치거들"[12]이라 기록했다. 현관에 죽음과 멸망이 닥쳤건만, 그는 불운한 행정관까지 신경을 써야 했다. 회계 담당관 아내가 아이를 또 한 명 임신했던 것. 아이를 두 명 잃은 아버지 존 셰익스피어가 이번에 얻은 아이는, 사내였다. 윌리엄, 혹은 구리엘무스라고 목사는 1564년 4월 26일 썼다. 스트랫퍼드에서 말 타고 이틀 거리에서 아이들이 죽어 가고 있던 때다,

존 셰익스피어의 아들 구리엘무스

---

12   MS SBTRO, 'Burialls', 1564년 3월 14일.

2. 아이의 어머니

제1막은 젖먹이.
유모 품에서 앵앵 울고 토하죠.
―자크, 『좋을 대로 하시든지』

헨리 가의 메리 셰익스피어

첫 아들이 태어났을 때 메리 셰익스피어가 살던 읍은 중세 이래 최악의 흑사병 진행로 안에 위치해 있었다. 하지만 읍 합동 공의회는 전염 경고를 받은 터였고, 참사회원과 주요 시민권자들은 거리 청소에 노력해 왔다. 이미 1552년 4월 존 셰익스피어가 헨리 가에 허가 없이 퇴비를 쌓아 두었다가 가벼운 벌금을 물었을 정도다. 읍 북쪽 끝에 오래된 집이 빽빽이 들어선 거리로, 위쪽 헨리 인아든이 행선지인, 말 탄 사람들이 지나갔다. 황소 짐마차들이 길버트 브래들리 집 앞 도랑을 쿵, 쿵, 부딪쳐 대며 건너갔는데, 거기서 동쪽으로 문 몇 개를 지나면 동료 장갑 직공 존 셰익스피어 집이었다. 한번은, 1560년, 거주자 거의 전원이 짐마차 때문에 포장이 망가져 벌금을 내야 했다. "헨리 가 브래들리 문 앞 도랑 부근에 사는 모든 거주자들에게" 책임이 있다, 판결문 내용은 그랬다. "문 앞 도로 포장이 숱하게 부서졌는데도 고치지 않았으므로 그들에게 벌금형을 부과한다".[1] 거리 또한 깨끗하게 유지해야 했고, 로버트 로저스와 다른 사람들이 문 앞에 수레를 방치했다가 벌금을 냈다.

짐마차와 말들이 길드 피츠 '왕립 공로'로 알려진 평행 도로를

---

1   M&A i. 103, 1560년 10월 5일.

28

이용하기는 좀 그런 게, 길이 바퀴 자국투성이였다. 클랍턴 브리지를 건너면 여행자는 벽이 있는 공로를 따라 가다 브리지 가에 닿고, 계속하여 큰곰자리와 백조자리가 새겨진 여관 두 채를 지나게 된다. 이곳이 주요 상점 구역. 중앙로라 칭하는, 한가운데를 가로지르는 일련의 집들을 기준으로 포어 브리지 가와 백 브리지가로 나뉜다. 크라운 여인숙을 마주보고 오르다 엔젤 여인숙을 지나면 헨리 가가 나왔고, 건물 정면 뒤로 과수원과 정원들이 있었다. 이곳은 문들이 포장도로에 맞닿았고, 북쪽은, 동서를 가로지르며 일련의 반半목조 주택가들이 섰는데, 그중 몇 개가 상점 역할을 했다. 상인이라면 목판이나 선반을 1층 유리창 앞에 내려놓고 물건을 진열하기 마련. 장갑 장수는 지갑과 벨트, 여러 질의 장갑, 그리고 기타 연가죽 제품을 늘어놓았다.

거리 북쪽 열에서, 존 셰익스피어의 두 집은 각각 별채지만 인접해 있었다. 훗날 동쪽 집이 '울숍'으로, 서쪽 집이 '탄생지'로 알려지게 된다. 그는 스트랫퍼드 영주의 '리베레'인 이곳을 '버기지 임대'(거의 자유토지 보유권에 가깝다)로 보유하며 1년마다 약간의 지대(울숍에 대해 6페니, 탄생지에 대해 13페니)만 냈다; 이 지대와 함께, 1590년 작성된 고故 암브로스, 워릭 공작의 영지 임차인 목록은 두 집 모두 그의 이름과 연결되어 있음을 보여 준다:

Vicus Vocatus
Henley Strete
[헨리 가라
불리는 거리]

Johannes Shakespere tenet libere unum tenementum cum pertinentiis per redditum per annum vj^d secta curie   vj^d
[법원 판결에 의거 존 셰익스피어가 주거지 한 곳을 연 6페니 지대를 내고 자유롭게 보유한다   6페니]

Idem Johannes tenet libere unum tenementum cum pertinentiis
per redditum per annum xiij^d secta curie   xiij^d

[법원 판결에 의거 동료 존이 주거지 한 곳을 연 13페니 지대를 내고 자유롭
게 보유한다   13페니][2]

그는 울숍을 에드워드 웨스트한테서 1556년에 샀고, 이때 소액
지대 6페니가 언급되었다. 그가 언제부터 서쪽 집(탄생지)에 살기
시작했는지 모르지만, 아들 윌리엄을 그곳에서 낳을 정도로 일찍
부터 살았다는 전승은 상당히 많다. 아들의 시대 이후, 일꾼들이
벽을 허물어 두 주거지를 한데 연결했고, 그래서 오늘날 헨리 가
의 복원 부분이 많은 박공 세 개짜리 집이 스트랫퍼드 방문자에
게 성지 역할을 한다.

존은 건물 정면 뒤로 꽤 물러난 길드 피츠에 헛간이 하나 있었
고, 넉넉한 작업 공간이 필요했다. 위타워로서 그는 동물 가죽을
끓이고 문질러 주는 일을 했다―수증기를 쐬고, 땀을 뻘뻘 흘리
고, 폐물들이 악취를 내뿜으므로 종종 도제 소년에게 떨어지는 일
이었지만. 1556년 그는 정원과 밭이 딸린 저택을 그린힐 가에 구
입했고('unum tenementum cum gardino et crofto'), 그가 살던 읍에
관한 사실들이 더 드러나면서 그가 자신의 작업 중 일부를 그곳
으로 이전했거나 그곳을 도우미들에게 대여했을 가능성이 시사
된다. 그린힐 가는 당시 공터와 창고 건물 구역이었고, 샛길을 통
하면 쉽게 울숍으로 올 수 있었다.

어쨌거나, 그는 공간이 더 있었다.

그린힐 가 저택 구매 후 얼마 안 되어, 혹은 1556년 11월 25일과
이듬해 12월 중순 사이 어느 날, 그는 메리 아든과 결혼했고, 그녀
아버지가 존의 아버지에게 스니터필드 농장을 임대해 주었다. 메

2   M&A iv. 96.

리의 출신지 윌름코트는 애스턴 켄틀로 교구 산마루 초지에 위치한 촌락으로 앨른힐에서 400피트 높이까지 건초 지대가 펼쳐진데다, 그곳 채석장에서 돌을 가져다 스트랫퍼드 다리를 고쳤다. '고대의 지명'은 아든, 그리고 릴런드가 발견했듯, 강 북쪽 지역은 '상당히 인클로저'* 됐고, 건초는 아니라도 곡식이 모자랐다. 윌름코트 근처 빌슬리에는, 한때 농부 17명과 노예 8명이 있었다; 가족 1명이 노상강도 혐의로 사형당하는 등 쇠퇴기에 접어든 트러셀 가문이 농장을 유지했다.[3] 경작지가 양떼 건초지로 인클로저되면서 가난한 가문들은 집을 잃었고, 열다섯 가문이 아든의 그래프턴에서 추방되었다. 공원 용지 인클로저는 다른 이들을 유혹했다; 많은 사슴 도둑들이 셀필드 공원에서 사냥을 했으므로 위원회가 감시해야 했다.

이 지역은 땅 주인들이 좀 빠르게 변한 듯하다. 토머스 파인던 혹은 핀던은 재산가로, 두 건의 흥미로운 구매 계약을 체결했다; 대大윌름코트 장원이라 불리던 소작지와 오늘날 '메리 아든의 집'으로 알려진 농장을 그는 사들였다. 정확히 언제인지는 알 수 없다. 그는 두 곳을 모두 메리 아버지가 죽은 지 5년 후, 조지 깁스와 아담 파머에게 팔아 버렸는데, 후자는 1556년 로버트 아든 유언의 법적 감독인이었다. 이런 미미한 사실들이 아든의 농장이 '메리 아든의 집'이었다는 점을 입증하지는 않지만, 오늘날 페더베드 레인에서 보는 자산은 대체로 정확한 크기다. 농장 건물 중 튼튼하고 좁은 본건물은 박공이 낮았고 들보가 꽉 짜인 오크 나무였으며 부엌이 꽤 컸다. 그 바깥은 비둘기장으로, 알과 겨울용 고기를 공급했다. 1540년 이 농장 혹은 근처 농장에서, 메리 아든

---

* 인클로저: 미개간지·공유지 등 공동 이용이 가능한 토지에 담이나 울타리 등의 경계선을 쳐서 남의 이용을 막고 사유지로 하는 일.

3 트러셀 가 사람들 몇 명은 빌슬리를 떠났다; 토머스 트러셀이라는 사람 하나는 (같은 이름이 여럿인데) 스트랫퍼드에서 법률 일을 잘 보았고 한때 존 셰익스피어와 함께 재산 목록을 작성했다(1592년 8월 21일).

이 태어났다. 딸 여덟 명 중 막내로.

메리가 어렸을 때, 그녀 어머니가 죽었다. 1548년 그녀 아버지는 아그네스 힐과 결혼했는데, 그녀는 자기 아들 둘과 딸 둘을 데리고 와서 겨우 겨우 살았다; 튜더 시대 농장 생활은 황폐할 수 있다; 로버트 아든 집안의 색다른 점은 아들이 없고, 자기 딸들의 도움을 상실했다는 것이다. 아그네스 힐이 들어온 지 2년이면, 마거릿 아든은 근처 비얼리의 알렉산더 웨브에게, 조앤 아든은 스트랫퍼드 남쪽 15마일쯤에 위치한 바턴 헨마시의 에드먼드 램버트에게 이미 시집간 상태다. 아든의 다른 딸들은 나중에 시집을 갔다—안네(혹은 아그네스)가 처음엔 비얼리의 존 휴인스에게, 그 다음은 슈롭셔 스톡턴의 토머스 스트링거에게; 캐서린이 윌름코트의 토머스 에드킨스에게; 엘리자베스가 스칼렛이라는 사람에게. 아무튼, 1556년에 로버트 아든은 미혼의 막내딸 메리한테서 어느 정도 장점을 발견하고, 아직 어렸음에도 불구하고 그녀를 자신의 유언 집행인 두 명 중 하나로 지명했다; 그는 그녀를 편애하기도 해서 돈 10마르크(6파운드, 13실링, 4페니)는 물론 그의 가장 가치 있는 재산, 윌름코트의 애스바이스까지 그녀에게 물려주었다.[4]

셰익스피어 어머니의 기량은 알려져 있지 않지만, 그녀가 글을 읽고 쓸 줄 알았다는 추정이 가능하며, 그녀의 자필 서명도 남아 있다. 1579년 소유지 중 자기 지분을 조카 로버트 웨브에게 팔면서 그녀는 날인 증서와 계약서에 그녀 '표식'을 남겼다.[5] 날인 증서는 (계약서와 달리) 크기가 충분한 양피지 조각이라서 그것

4   1556년 11월 24일자 유서에서 자식들 중 '가장 어린 딸 메리'를 첫 번째로 지목하면서, 로버트 아든은 윌름코트 '애스바이스'에 있는 땅과 그 농작물을 그녀에게 물려주었다. 그녀는 심지어 그 이상, 이를테면 귀중한 스니터필드 상속 재산 지분 같은 것도 물려 받았다.

5   MS SBTRO, ER 30/1~2. 그녀는 종이 증서에 단정하게 썼지만, 훨씬 좁은 양피지 계약서에는 자신의 표식을 휘갈겼다.(종이 문서는 57.5×30, 양피지 계약서는 37×13.5 센티미터였다.)

을 펴면 그녀가 사인할 공간이 넉넉했다. 그녀는 날인 증서에 자신의 이니셜을 쓰려 했을까? 만일 그랬다면 왜 필경사의 '표식'과 'Marye Shacksper' 사이에 M S라고 제대로 쓰지 않고 S M이라고 거꾸로 썼을까? 웨브 날인 증서에 둔중한 십자가를 그려 넣는 대신, 메리 셰익스피어는 아들 윌리엄 셰익스피어가 사용한 듯한 튜더 시대 서기들의 필기체로 S M을 암시하는 무늬를 작고 단정하게, 어딘가 복잡하게 그려 놓았다; 이런 모양의 'S'자는, 글을 깨친 사람들의 필기본에서 볼 수 있는 사례다. 'M'자(만일 M자를 의도한 것이라면)는, 마지막 필치 혹은 한 획이 모자란다. 그녀는 그냥 예쁜 무늬를 의도했던 것인지도 모른다. '표식' 속 알파벳이 그녀의 글쓰기 능력을 증명하는 증거가 아닐 수도 있다. 하지만 아주 명백한 것은, 부분적으로 시간이 그녀의 엉킨 잉크 자국을 어느 정도 마모시킨 상태이기 때문에, 그녀가 하나의 지속된 동작으로 자기 표식을 그렸다는 점이다. 그녀는 깃촉 펜에 친숙했던 듯하다.

만일 구절과 액수를 쓰고 또 읽을 수 있는 능력이 있었다면 그녀는 그녀 아버지에게 상당한 도움이 되었을 것이다. 어찌 됐든, 로버트 아든이 그녀를 의지할 만하다고 믿었던 것은 명백하다. 그가 유서를 작성했을 때 그녀 나이는 기껏해야 17, 18세를 넘지 않았다. 당시 젊은 여자들이 유서 집행인으로 지명되는 일은 드물었고, 로버트 아든 유서는 민감하고 약삭빠른 가톨릭 교도의 유서였던바, 그들은 부인조차 전적으로 믿지 않았다. 버밍엄 근처 애스턴 교구 내 브로미지 성에 있던 아든 가문 가톨릭 파크 홀 간부회 출신이든 아니든, 그는 아든 가문의 경건함을 공유했던 듯하다. 그의 아버지 토머스는 1501년 커프턴 코트 출신 경건 열성파 스록머턴스 가문 첫 타자를 위탁인으로 활용할 수 있었는데, 이 사람은 예루살렘 순례 중 사망했고, 아들 조지 경은 헨리 8세의 이혼을 목청 높여 반대했었다. 로버트 아든은 스트랫퍼드 경건 재단에 합류했다. 그가 유언의 최초 증인으로 지목한 (그릴 필요가 전혀 없었지만) 사제보는 어찌나 완고한 가톨릭인지 훗날 낡은 신념을 고수하다가 스니터필드 교구에서 축출된다. 존 셰익스피어와 결혼한 메리는 그의 종교 견해가 문제적이거나 자기 아버지와 다른 것을 발견했을지 모르지만, 존은 가톨릭 신자로 성장한 듯하고, 아들 윌리엄은 낡은 신념의 그림자 속에서 성장했다.

1557년 늦가을 메리 셰익스피어는 스트랫퍼드에 살고 있었다. 건강한 아이를 가질 기회가 충분한 젊은 나이였지만, 첫 임신은 실패했다. 아들 윌리엄의 생명도 역병이 돌던 시기라 위험했고, 그래서 그가 태어난 날짜는 그녀에게 중요했으며 그녀가 죽을 때까지 소중한 기억으로 남을 거였다. 그가 4월 23일 태어나지 않았을까 하는 희망 섞인 의견은 우리가 아는 한, 윌리엄 올디스가 분명 1743년과 1750년 사이에 쓴 난외 주석에서 처음 제시되었고, 마땅히 셰익스피어 전설들에 속한다. "윌리엄이 실제 태어난 날이 언제인지 알려지지 않았다"고, 여전히 유효한 한 진술에서 체임버스는 쓰고 있다; "1616년 사망 날짜인 4월 23일과 탄생 날짜가 일치한다는 믿음은 18세기 오류에 의거한 듯하다."6 셰익스피어 사망 1과 1/4세기 후 난외 주석을 쓴 올디스는 성 삼위일체 교회 내 시인 기념비 명판의 애매한 문구 "obiit anno… Aetatis 53"(그는 53년 살다 죽었다) 말고는 탄생 날짜에 대한 다른 증거가 없었을 것이고, 체임버스는 올디스가 이것들을 '부정확하게 사용' 했을 거라 믿었다.7 18세기의 깐깐한 셰익스피어 학자 에드먼드 말론은 스트랫퍼드 부목사로 올디스와 같은 세대 사람이었던 조지프 그린이 셰익스피어 탄생일을 4월 23일로 선언한 것을 두고 기념비 말고 다른 전거가 또 있겠는가 의심한다. 셰익스피어가 잉글랜드 수호 성인 성 조지 축일에 태어났다는 주장은 '특히 적절하다'고 여겨져 왔다; 그러나 소망이 사실성을 증대시킬 수는 없다. 그의 탄생과 죽음이 정말 모두 4월 23일에 발생했다면, 이 일

6   EKC, 『사실들』, i. 12~13.
7   EKC, 『사실들』, ii. 1~2.

치는 분명 그의 사망 후 100년 안에 눈에 띄었을 것이다. 하지만 그런 징조가 전혀 없다. 가족 간의 강한 유대감 때문에, 셰익스피어 사망 딱 10년 후, 셰익스피어 손녀딸 엘리자베스 홀이 그를 추모하기 위해 결혼 날짜를 4월 22일로 잡았을 수는 있다. 엘리자베스가 그의 생일을 22일로 기념했다는 것은 드 퀸시가 처음 제기했고, 아직은 가능성이 괜찮은 정도지만, 존과 메리 셰익스피어 사람들의 친밀함에 대한 우리의 지식이 그 가능성을 뒷받침한다. 소송과 가족 사이의 다툼 기록에도 불구하고, (그들 대부분이 마거릿 아든의 아들 로버트 웨브가 저택에 대한 그들 자신의 지분을 획득하게끔 도왔던 때처럼)[8] 아든 집안과 셰익스피어 집안은 가족의 유대가 지니는 힘을 알고 있었다. 요약하면, 셰익스피어는 21일, 22일, 아니면 23일 태어났지만, 정확한 날짜는 여전히 모른다. 1564년 4월 23일 일요일일 가능성이 22일 토요일일 가능성보다 많은 것도 아니다.

자식의 죽음을 겪은 젊은 여자로서 메리 셰익스피어는 불안했을 것이 분명하다. 그녀는 엘리자베스 시대 가정에서 일반적으로 사용하던, 십자로 엮은 밧줄로 떠받친 단순한 침대에 누웠을 터, 그리고 뻣뻣한, 실용적인 흰색의 '막 입는' 보디스—스트랫퍼드 기록을 보면 전형적으로 '막 입는 보디스'라 되어 있다—차림을 한 하녀나 부인들이 잔소리로 해산을 거들었을 것이다.[9]

세례는 사도 숟가락과 세례용 흰 천, 대야, 주둥이 넓은 물 단지와 수건이 있는 교구 교회 축제였다. 하지만 역병의 시기라 사내아이가 세례를 받을 기회는 많지 않았다. 아기가 죽으면 읍내 종을 울리기도 했다, 꼬마 세 명을 위해 '커다란 종이 울렸다'고 서기가 기록한 때가 그랬다.[10] 목숨을 건진 아이는 배내옷을 입다가 작은 고동색 옷을 걸치게 될 거였다.

---

8   ME 19~22.
9   힐다 흄, 「스트랫퍼드의 셰익스피어」, 『영국 연구 리뷰』, 10호(1959), 24.
10   M&A iii. 25.

페스트가 돌다

6월 역병이 라이스터에서, 얼마 안 되어 코번트리에서도 발생했다. 6월 11일 교구 목사가 매장 기록부에 "페스트가 돌다"라고 썼을 때, 역병은 스트랫퍼드에 도착해 있었다. 역병은 읍 중심부, 일리 가의 두 집으로 치고 들어갔고, 토머스 디제가 도제를 잃고 다시 아내 조안나를 잃었다(균을 옮기는 벼룩은 초벽 집의 초가지붕과 벽에 사는 검은 쥐들에게 달라붙었다). 역병은 그때 헨리 가에서 800야드 떨어져 있었다. 존 셰익스피어는, 읍 의회 공무원으로서, 읍을 떠나지 않았고, 스트랫퍼드 상조회의 지도적인 자유시민이었으므로 아마 아내도 떠나보내지 않았을 것이다.

이 시기, 거리 곳곳이 불태워졌다. 창문이 봉해졌다; 문은 방문자를 일체 받아들이지 않았다. 유아기 윌리엄은 아마도 뜨거운, 공기 없는 집을 겪었을 것이다—그렇지만 읍 일은 계속되었다. 헨리 가 이웃들은 명백히 경악했고, 젊은 어머니—태어난 첫 아기를 보호해야 하는—는 분명 상당한 걱정에 시달렸을 것이다. 전염성이 있다는 것은 알지만 왜 역병이 어느 집에는 기어 들어가고 다른 집에는 안 들어가는지 아무도 몰랐기 때문에 공포는 더 컸다. 분명한 것은, 8월, 전염병이 직공 디제의 집에서 중심가와 일리 가 그리고 그 너머로 번지고 있다는 사실이었다; 그것은, 다리는 상관 않고, 에이번 강 위로 날아가는 듯했다. 셰익스피어 희곡 『아테네의 티몬』에서 올리는, 역병의 원인이 '병든 공기 속'의(IV. iii. 110~111) 독이라는 믿음의 메아리는 그의 읍에 알려져 있던 경험에 상응한다.

여름과 가을, 사망자의 거의 2/3가 여자였다. 셰익스피어는 『리처드 2세』에서 "위로는 하늘에 있고, 우리는 지상에 있습니다", 그리고 "지상에 사는 것은 불행과 걱정, 그리고 슬픔뿐이고요"(II. ii. 78~79)라고 쓰게 될 거였다—그러나 사실 조직이 잘된 읍에서는, 여자들이 환자를 간호하며 위로했다. 다양한 임파선 종

36

창의 페스트균이 사람에게서 사람에게로 전달되는 것은 아니지만, 다양한 유관 역병이, 가능하고 전염성이 매우 높았다. 폐렴성 역병 환자가 공중에 흘렸거나 기침을 해 댄 타액을 조금이라도 들이마시면 십중팔구 사망에 이르렀다. 임파선 종양 세균이 자기 복제가 빠르게 생명 체계 전체로 퍼져 나가는 좀 더 일반적인 형태의 역병에 걸린 경우, 고통이 매우 심했다. 살아남는 경우도 있었다, 겨드랑이나 목에 종양(혹은 부푼 자국)을 본 후에도, 그리고 살갗에서 오렌지나 홍조, 아니면 더 어두운 반점 등 '하느님의 증표'를 보고 나서.[11] 위험에 처하자, 공의회는 위기 중에 네 번 회합을 가졌고, 돈을 갹출, 병자들을 위한 기금을 만들었다. 8월 30일 자유시민과 참사회원들은 길드 정원 나무 벤치에서 만났는데 감염을 피하기 위해서였다.

9월이면 교구에서 15명 중 한 명 꼴로 감염된다. 가족 전체가 몰락하기 시작했다. 수납 담당관 대리로 일하면서 존은 외부로부터 성직자들의 도움을 불러들인 듯하다. 만추가 되자 죽는 사람들이 줄었지만, 스완 여인숙의 딕슨이 11월과 12월 두 의붓딸을 잃었다. 1564년의 마지막 6개월 동안, 극심한 역병이 돌고 있다는 비정상적인 조건 때문에라도 메리의 아기는 어머니의 보살핌을 보통 이상으로 받았다. 윌리엄을 걱정하는 메리의 정서적 압박감, 그가 살아야 한다는 그녀의 생각, 그녀의 기도, 그녀의 부드러움, 그리고 경계심은 스트랫퍼드의 고통과, 메리가 한 명 혹은 두 명의 딸을 땅에 묻은 경험이 있다는 것으로 미루어 짐작할 수 있다. 상황 증거가 있다, 그리고 물론 우리가 그녀의 생각에 접근할 수 있다고 가정해서는 안 된다. 그러나 굳이 심리학 이론을 빌지 않더라도 우리는 꼬마 아이들이 죽어 나갈 때 한 어머니가, 나날이, 자기 아들에게 바치는 열렬하고 민감한 보살핌을 설명할 수 있다.

11   리즈 바롤의 『정치학, 역병, 그리고 셰익스피어의 극장』(뉴욕 주 이시카, 1991), 3장은 현대 전염병 중 서혜 임파선종 및 폐렴성 역병의 형태와 징후에 대한 미생물학 분야 온갖 지식을 요약하고 있다.

메리가 아들에게 보였던 각별한 보살핌의 패턴 또한 이 6개월 동안 정해졌을 가능성이 높다. 스트랫퍼드에서 역병이 사라졌을 때, 아들에 대한 그녀의 관심이 갑자기 식어 버렸을 리는 없고, 여기서 셰익스피어 생애를 잠시 미리 생각해 보는 게 좋겠다. 윌리엄의 신용은 그가 집에서 분명 받았을 정서적 지원과 떼어 놓고 생각할 수 없다. 성인 셰익스피어에게는 변덕스러운 아집이 없게 될 것이고, 이 점은 긴장의 벌집이나 다름없는 극장계에서 그가 비교적 평온하게 경력을 쌓은 것으로 보아 분명하다. 그는 벤 존슨이나 말로류의 분쟁에 휘말린 적이 없다. 그는 감정 자료들을 고요하고 세련되게 다뤘고, 그의 소네트들은 빈틈없는 구조로 감정을 능숙하고 의연하게 다루는 솜씨를 보여 준다. 생애 초기 그는 메리의, 매우 긴박하게 경계적인, 집중적인 사랑의 초점이었음이 분명하다.

사람들은 죽음의 경고를 받은 터였다. 최초로, 런던 공조회가 역병-명세를 전단지로 뿌려 사람들에게 알렸다; 스트랫퍼드 공의회는 훌륭하게 질서를 지켰고, 여자들은 공황에 굴하지 않고 생명의 위협을 무릅쓰며 병든 이들을 간호했다. 공공질서에 대한 셰익스피어의 생각은 그가 스트랫퍼드에 대해 알게 된 것과 연관이 있다.

노래와 음악

역병 이후 많은 것이 불태워졌다. 창문을 활짝 열어 방을 환기하고 빡빡 닦았다. 윌리엄이 세 살이나 네 살쯤 되었을 때, 그가 사는 거리는 평상시처럼 먼지투성이에 길 잃은 개들 세상이었을 것이다(재갈을 물리지 않은 개들은 내내 공의회의 골칫거리였다). 헨리 가는 또한 아이들로 넘쳐났고, 조지 에인지라는 사람은 이미 많은 자녀에 쌍둥이를 두 번 더 보탰다; 그와 아내는 자식이 모두 13명이었다. 조지는 세련된 피륙을 팔았다. 존 에인지, 빵집 주인이,

역시 헨리 가에 살았는데, 아이가 쌍둥이들을 포함해 7명이었다. 큰애들은 슈로브타이드(재의 수요일 전 3일—역자 주) 축구를 하러 갔다가 피투성이 얼굴로 돌아올 법했고, 사내아이와 계집아이들은 소리를 지르거나 싸우고, 뛰어다니고, 재잘대며, 놀았다. 길드 피츠 방면 집들 뒤쪽은 관리가 형편없는 풀밭 유치원이었을지 모르고, 어른들은 집 바깥이 시끄러운 것에 개의치 않았다.

하지만 집안에서는 아이들이 공손하고, 훨씬 더 질서 잡힌, 과묵한 세계에 살게 된다—비록 집들이 오늘날 거칠고 황량해 보이지만. 현재 연결되어 있는 셰익스피어 주거지에서, 오크 나무 들보가 석제 기초벽 위로 솟고, 땅바닥 목재들은 볼트로 촘촘하게 박혔거나 9인치씩 떨어져 있다(도둑 드는 것을 막기 위한 튜더 시대 초기 가옥 패턴이다). 윗가지 엮은 것과 점토, 회반죽이 목재 틀 사이를 채운다. 위층에 직사각형 판넬이 있어, 위층 방들은 목재가 적고 장식을 요하는 듯하다. 존의 홀, 혹은 아래층의 주요 실내는 앨른 언덕에서 가져온 부서진 청회색 돌을 마루로 깔았다. 벽돌과 돌로 만든 화덕이 하나 있다. 홀 밖으로 열리는 건물 주요 정면과 다소 비스듬한 각도를 이루는 부엌에 노변이 커다랬다. 여기엔 쇠로 만든 요리 도구, 도구 걸개, S자형 갈고리와 사슬, 그리고 쇠꼬챙이를 얹어 놓는 선반 한 쌍도 있다.

"겁먹을 것 없습니다", 『폭풍우』에서 칼리반은 말한다, "이 섬은 가득 차 있죠, 소음과 소리, 그리고 달콤한 선율들이, 기쁨을 줄 뿐 아프게는 안 해요"(III. ii. 138~139). 목재로 지은 집은 소리가 많이 났고, 소년은 그 소리를 설명하는 이야기와 전설을 들었다. 좋은 요정 나쁜 요정들이 방에 들어와 물건들을 옮겼다. 여왕 맵은 크기가 참사회원 반지에 박힌 마노만 했고, 아무 해도 끼치지 않았다—한여름 밤 전야의, 보이지 않는 요정들 또한 그랬다. 유령들도 마찬가지. 해가 뜨면 희미한 교회 길을 미끄러지듯 달려 축축하고 차가운 집으로 돌아갈 뿐. 그러나 스트랫퍼드 너머 미개지의 악한들은 해를 끼칠 수도 있었다, 최소한 '옛날이야기'의 '여우 씨'만큼은, 그리고 『헛소동』에서 베네딕트가 클라우디오에게 여우 씨를 상기시킬 때 셰익스피어는 소년기를 회상한 듯하다.

> 메리 부인이 말야, 어느 날 여우 씨를 찾아갔는데 그가 한 부인을 위층으로 끌고 가는 거라. 여우 씨가 그녀 손을 잘랐고, 그게 반짝이는 팔찌와 함께 메리 부인 무릎에 떨어졌지. 메리 부인은 오빠네 집으로 달려갔어, 그리고 여우 씨가 저녁을 먹기 위해 들르자 그녀는 손님들에게 꿈 이야기를 했지. 여우 씨 집에 갔던 이야기를 한 거라, 그리고 이야기가 바뀔 때마다 "안 그렇지. 그랬던 것도 아니고." 그렇게 되뇌었어. "안 그렇지. 그랬던 것도 아니고. 설마 그럴 리가. 그러면 안 되지." 여우 씨가 그렇게 말하는 거라. "하지만 현재 그래, 그리고 그렇게 됐어", 그렇게 메리 부인이 받았거든, "그리고 여기 그 손이 있어, 보라구!" 그래서 손님들이 모두 칼을 뽑아 여우 씨를 산산조각 냈다는 얘기야.[12]

튜더 시대의 소년이라면 이런 이야기를 열 가지 넘게 들었을 것이다. 그는 『즐거운 답변 요구』의 1511년 와인킨 드 워드판에 나오는 이런 수수께끼들을 들었을지 모른다:

> 질문: 암소는 왜 누워 있을까?
> 대답: 앉아 있을 수 없으니까.
> 질문: 누가 세계 인구의 1/4을 죽였을까?
> 대답: 아벨을 죽인 카인.[13]

그는 인간과 신의 진리가 담긴 심오한 보고, 즉 구약성서에 나오는 구절들을 들었고, 기도하는 법을 배웠을 것이다. 식사는 오

12 이것은 핼리웰-필립스판 '옛날이야기'(『헛소동』, I. i. 203~204)를 따른 것이지만, 변종들도 존재한다.
13 R. 체임버스 편 『일력』(전 2권, 1864), i. 332 참조.

랜 감사 기도가 끝난 후에야 나이프와 스푼, 나무 쟁반이나 접시 등을 끼적거릴 수 있었다. 소년은 먹기 전에 그리고 먹은 후에 손을 씻었고 아버지가 그걸 눈여겨보았을 터, 아버지는 식사 중에 모자를 썼다; 그리고 고기 조각을 집어 들었다면 아버지도 손을 씻으라는 말을 들었을 법하다—그리고 맥주 같은 걸 한 모금 마신 후에는 주석 혹은 가죽 잔을 씻으라는 말을 들었을 법도 하다.

식탁과 다른 장소에서, 소년은 '일체 복종과 공손함', 혹은 예의 바름을 배웠을 것이다. 그것은 소년을 서너 살 때 이미 꼬마 배우로 만들었다.[14] 예의바름이란 말하는 사람이나 주제에 걸맞은 단어 선택법, 혹은 정중한 회합에 걸맞은 행동법을 뜻한다. 여러 해에 걸친 수양을 통해, 이런저런 사항들과 장소, 시간, 인물에 따라 적절한 것을 판별하는 좋은 습관과 함께, 모양 좋은 심성을 갖출 수 있었다. 마침내, 사람은 공공의 무대 위에서 자신의 신분에 맞는 역할을 하게 된다.

존 셰익스피어는 신분에 대한 관심이 무척 많아서 가문의 문장을 거듭거듭 신청하고 또 문장관이 그의 장인 로버트 아든에게 부여한 문장이 '존경받을 만한 신사'[15]였음을 알게 된다. 메리의 아버지는 '둠즈데이 북'(일종의 토지대장으로, 잉글랜드 정복왕 윌리엄 1세 때 실시한 토지 조사 기록의 원본 또는 요약본—편집자 주)에 기록된 토지가 네 칸 이상 되는 '아든 숲의 터칠'의 후손인 아든 가문 출신일 수도, 아닐 수도 있다. 존은 아든이 신사 계급 출신이라고 믿었던 듯하다; 그리고 스스로 벼락부자로서, 아내 메리의 예의 전파 능력을 믿었을 거였다. 어쨌거나, 셰익스피어의 예의범절은 주목할 만하다; 그가 신사 계급이나 귀족의 집에서 (혹은 정말

14　필립 스터브스는 가정 내 예절의 이상을 『완벽한 지복으로 가는 길』(1592)에서 묘사한다. 그리고 J. F. 앤드루스 (편), 『셰익스피어』(전 3권, 뉴욕, 1985) i. 201~214, 레이시 볼드윈 스미스의 '스타일은 인간이다'라는 튜더 시대 에티켓 개념을 이해하는 데 매우 유용하다.

15　EKC, 『사실들』, ii. 20.

구경거리가 별로 없었던 궁정에서) 재빨리 보고 배웠을 가능성은 거의 없는 것이, 예의범절이란 언제 무릎을 굽히는가, 혹은 모자를 벗는가에 대한 지식 이상을 의미한다; 몸에 밴 예의범절은 마음의 습관이다. 그가 작품으로 창조한 비극적인 왕과 찬탈자, 연인들은 일부 점잖지 못한 행동 때문에 실패하고, 그렇게 자신의 성격과 신분에 어울리지 않는 언어를 사용한다. 리처드 2세와 볼링브룩 둘 다 예의를 범하는 죄를 짓고, 햄릿의 실제 및 상상 세계는 형식과 예의범절, 혹은 단정함의 균형과 제정신을 상실한 세계다. 『이에는 이』에서 셰익스피어는 "아이가 보모를 때린다. 정말이지 개판이다/예의범절은 모두 사라졌다"(I. iii. 30~1)고 쓰고 있다.

예의범절에 대한 그의 마음 버릇은, 그렇다 하더라도, 어느 정도 아든 가문의, 구식 혹은 엘리자베스 여왕 이전 시기풍이다. 평상시 그는 좀처럼 흥분하지 않고, 돈만 밝힌다거나 공격적으로 나대기보다는 자비롭고 감수성이 풍부하며 부드럽고 공익에 민감하다. 마치 그의 할아버지 아든이 참가했던 길드와 워릭셔의 과거에 이끌리기라도 하는 것처럼(그의 대담함은 냉정함 쪽으로 번성하지 않는다). 확실히, 400년에 걸친 공동체 생활과 잘 운영된 읍이, 세대와 세대를 연결하고 엘리자베스 시대에도 지역 공의회에 영향을 행사한 길드가, 셰익스피어 심성 형성을 도왔다. 그가 어렸을 때 종교적 분쟁은 잦아들었고, 스트랫퍼드는 과거와 완전히 분리된 것이 아니었다. 공의회가 읍을 슬픔에서 벗어나게 했다. 런던의 여왕은 정착과 안정, 스페인과 전술적인 시간 끌기(그녀가 감당하기 힘든 전쟁이 일어나기 전에)를 원했다; 상인들은 앤트워프 봉쇄조치를 피해 함브룩을 판로로 삼을 거였다—직물이 해외에서 팔리고 있었다. 스트랫퍼드는 역병 이후 꽤 행복했고, 존 셰익스피어는 대단한 명예를 막 얻을 참이었다.

자신의 문서와 신분용으로 존은 왁스에 누르는 'I S' 새김 반지 도장을 썼고, 메리는 달리는 말이 새겨진 정교한 도장을 갖고 있었다.[16] 단순하지만 세련된 음각 세공 보석, 반지, 목걸이들이 밝은색 복장이나 장식과 함께 매우 선호되던 그 당시를 메리의 예쁜 도장은 상징한다. 윌름코트에서 그녀가 알았던 채색 천은, 바람을 막아 주었다. 그림물감은 넓은 벽지용 캔버스에 성경이나 신화 한 장면을 보여 주고, 모토 혹은 '문장들'로 장식했다. (셰익스피어는 「루크리스의 겁탈」에서 이렇게 회상한다: "문장이나 늙은이 잔소리를 두려워하는 자, 물감 칠한 천으로도 겁줄 만하나니" 244~5) 아든의 집에는 이런 벽걸이 천이 11개 있었고, 위층 침실 것은 26실링 6페니(1556년 당시 상당한 금액으로, 돼지 아홉 마리 값이다)짜리였다.[17] 모토는 평평한 반지 속 면에 새겨진 엘리자베스 시대 시명(詩銘, 햄릿이 조롱하고 있는)보다 나을 게 없었다: "내 마음과 나, 내가 죽을 때까지" 혹은 "둘이 아니라 하나, 생명이 다 할 때까지." 그러나 모토의 간결함, 나이, 보편성은 기지와 창의력뿐 아니라 오래되고 잘 닦인, 함축성 있는 진실 또한 좋아하는 사람들 기호에 맞았다. 스트랫퍼드의 구전 문화에서, 지혜는 평범함 속에 저장되어 있었으니, 바로 이것이 마침내 한 시인으로 하여금 관객에게 "흔쾌히 하는 게 최선이지" 같은 격언을 전하는 시 예술의 토대로 작용하는 것이다.

꽃과 나무들, 정원, 과수원 속 생활은 계절을 막론하고 메리 아들의 흥미를 끌었고, 셰익스피어야말로 가장 즐거운 마음으로 자연에 응답한 시인이다. 하지만 읍내는 따분했고, 소년의 첫 눈요깃거리는 서양깨풀, 오이풀, 클로버, 혹은 홍수진 강물, 쐬기벌레 떼, 혹은 '묘하게 뒤얽힌 정원'이 고작이었다. 장성한 셰익스피어는 진부한 자연, '엉겅퀴와 잡초 따위들', 혹은 가정집의 정원, 아니면 자연의 과잉이나 낭비들을 과대 포장하는 데 기묘할 정도로 강렬하게 집착하는 걸로 나타난다. 마치 어린 시절 대낮 자연의 드라마가 충분히 강렬했다는 투다. 어린 소년이 멀리 여행할 수는

16   MS SBTRO, ER 30/1
17   채색 천은 11개였으나, 1556년 12월 9일 재산 목록에서 단 한 개만 평가되었다 (26실링 8페니로).

없었고, 숱하디 숱한 날 길드 피츠와 울숍 사이 과수원과 정원들
로 만족해야 했을 터. 이 소년이 일찍이 보고 느낀 것은 '그가 겪
은 메리'에 물들어 있다—그녀는 30개월 동안 그를 유일한 자식
으로 애지중지했다, 곧 다른 자식들을 갖게 되지만. 길버트 셰익
스피어는 1566년 10월 13일 성 삼위일체 교회에서 세례를 받았
다—아마도 1565년 으뜸 시민으로 선정된 장갑 직공 길버트 브래
들리 이름을 땄을 것이다.

길버트가 아주 어릴 때, 윌리엄은 다섯 살이었고, 꽤 귀여움을
받았다. 그의 가장 위대한 재능 중 하나가 감정 이해였고, 메리는
분명 그 재능에 자양분을 제공했다. 그의 희극 여주인공들의 안정
감과 풍부한 심성은 정평이 나 있고, 심지어, 줄리아나 로잘린드
처럼, 재치 있고 유능한 경우에도 마찬가지로 애처롭고 여린 감성
을 갖게 될 거였다. 그는 오비드풍 사랑 윤리에 쉽게 반응하고, 또
여성의 느낌과 생각에 대한 복잡하고 설득력 있는 감을 전달하게
될 거였다. 셰익스피어는 분명 메리를 제대로 공부했고, 아버지를
기쁘게 해 준 것으로 보아 메리가 윌리엄을 엄하게 대했을 것 같
지 않다; 지나치게 많은 규율이 그를 시들게 하지는 않았다.

시인 스펜서를 가르쳤던 리처드 멀캐스터는 튜더 시대 소년을
'가장 유능하게' 만들 필요성에 대해 쓰고 있다. 음악은 '유리창'
이다, 이 교사는 이렇게 말한다, "그것을 통하면 정치체에서조차
조화의 아름다움과 불화의 얼룩이 보이는 창문이다".[18] 음악이 사
회를 알게 해 준다면, 가정 분위기를 바꾸고 아버지와 아들 세대
사이의 가름을 완화시키기도 한다. 부모들은 춤을 추었고 아이들
에게 춤을 가르쳤으며, 여러 가정에 테이버와 류트, 혹은 리코더
하나쯤은 있었다. 셰익스피어는 중간쯤 되는 계층에 태어나 매우
전문적인, 비록 정규 교육은 아니지만, 음악 기초 훈련을 받은 유
일한 소년이 아니다. 미들랜즈에서도 낭랑한 백파이프 저음을 알

18   리처드 멀캐스터, 『우리 잉글랜더에 간청하는 기본 제1부』(1582; 팩시밀리, 멘
스턴, 영국, 1970), 25~26.

아들었을지 모른다. 성령 강림절 모리스 춤꾼들을 보고 들을 수 있었다, 무릎에 종을 달고 머리에 장목마(혹은 말의 머리 모양을 한 헝겊 혹은 다른 가벼운 재료)를 뒤집어쓴 삐까번쩍한 차림의 변장은, 이상한 모리스 리듬과 함께, 숱한 사람들의 흥미를 끌었다. 막대기를 찰싹찰싹 내리치는 이 시끄러운 이국풍 제의는 모든 음악에 공통되는 드라마 혹은 감정 연행 측면이 있었고, 말(言)의 리듬을 좋아하는 사람이면 누구나 음악의 마법에 쉽사리 걸려들었다. 엘리자베스 시대 사람들은 또한 지루함 혹은 맥 빠짐에 대한 해독제로써 음악을 사랑했다: 우울한 이야기는 기피 대상이었다. 순회 공연단들이 꾸며 내는 염세주의가 매력적이기는 했지만.

팥죽색의, 십중팔구 목화가 아니라 조야한 홈스펀 양모 옷차림으로 아이들은 사랑을 제법 받았지만 지위가 없었다—마치 서캐나 각다귀에 지나지 않는 것처럼. 소년은, 그러나, 여섯 살이 되기 전 팥죽색 옷을 졸업할 수 있었다. 그 전까지, 그는 소녀처럼 보였다. 이제 그는 더블릿(허리가 잘록한 남자 옷옷—역자 주) 위에 재킷이나 저킨(16~17세기 남자용 짧은 상의, 조끼—역자 주)을 입고, 바싹 조이는 긴 편물 바지 속으로 몸을 우겨 넣게 될 것이다. 바지는 종종 수선을 요하므로 평범하고 느슨한 반바지나 무릎에서 매듭을 짓는 반짝 반바지로 대치할 수 있었지만. 그는 아직은, 아버지의 세계를 눈여겨보는 어리고 미숙한 사내였다.

윌리엄은 아버지의 불운과 몰락을 알게 될 것이다. (부분적으로 그가 공의회에서 근무했기 때문에, 우리는 존 셰익스피어의 생애와 아들의 가족 경험 자료를 몇 년 앞질러 갖고 있다.) 1560년대 후반, 그러나, 존은 절정기였고, 지역 공의회 수장이 되었다. 그는 그러다가 마침내 셰익스피어 나리, 스트랫퍼드의 시장 혹은 최고 행정관이었고, 읍 유력 인사로서 이점을 충분히 활용, 어린 아들을 학교에 보낼 수 있었다.

3. 존 셰익스피어의 운

행정관 나리 발 받침대 값 ij^d[2페니]
—스트랫퍼드어폰에이번 지역 회계장부

행정관의 집안

1560년대 후반 스트랫퍼드는 가로가 대략 12개뿐이고, 240가구가 채 안 되었으며, 인구는 (최근 역병으로 감소하여) 기껏해야 1,200명 정도였다; 하지만 상대적으로, 그 장터 읍은 작은 규모가 아니었다. 북쪽으로 말을 타고 하루 거리에 위치한 로리머(말안장과 재갈의 금속 부분 제작공)와 못장이, 그리고 다른 금속 관련 장인들을 갖춘 버밍엄이 대략 같은 크기였고, 스트랫퍼드에서 20마일이 안 되는 붉은 벽의 직물 도시 코벤트리는 인구가 7천 혹은 8천 명밖에 안 되었다—잉글랜드에서 가장 규모가 큰 읍 중 하나였는데도. 런던 다음으로 큰 도시는 노리치였는데 인구가 15,000명 미만이었다. 리버풀의 인구는 900~1,000명, 글로스터가 대략 5,000명, 우스터는 7,000명을 넘지 않았다. 여왕의 신하들 다수가 인구 50~60명 정도거나 더 적은, 자그맣고 흩어져 있는 마을이나 부락에 살았다.

확실히, 규모와 직능의 다양성이 어지간한 지역 읍은 나라 전체의 실제 생활을 반영한다—정치, 교역, 사소한 범죄, 종교, 열정, 운명의 실제 생활. 당시 사회와 인간의 열망을 가장 잘 이해한 사람 가운데 말로와 셰익스피어가 있는데, 모두 장터 읍 출신이고 장인의 아들이다. 크리스토퍼 말로는 700가구 규모의 캔터베리 읍 구두 직공 집안에서 자랐다. 셰익스피어는 상업 지배층에 속했다는 이점이 있었다—그는, 어쨌거나, 열 손가락 안에 드는, 스트랫퍼드를 운영하는, 존경받는 시민 가문의 장남이었다.

존 셰익스피어는 돈을 상당히 번 후 고위직에 올랐다. 3년 넘게 구역 회계를 담당하는 동안 약간의 돈을 읍에 빌려주기까지 했다; 그가 마지막 회계장부를 작성한 1566년 2월 15일 현재, 공의회는 여전히 그에게 7실링 3페니를 빚진 상태였다.[1] 회계 담당관은 업무상 성 십자가 길드 대리인 역할도 겸했고, 존의 직책은 위엄이 있었다. 그는 의무연한보다 더 오래 근무했다. 의뢰하고 짜 맞추고 보수하고 고용했으며, 좋은 일꾼과 나쁜 일꾼을 모두 상대했다. 회계 감독관으로서, 그는 공공 지도자 자리로 부상하게 되어 있었다. 윌리엄 보트—당시 뉴플레이스에 살고 있었다—가 모욕적인 언사에 대해 '책임 있는 답변'을 못했다는 이유로 축출되자 존 셰익스피어가 1565년 7월 보트 대신 참사회원으로 선출된다.

그렇지만 존의 부상이 부분적으로 필요에 따른 것임은 의심할 여지가 없다. 엘리자베스 시대 자치단체는 숫자를 채우기가 쉽지 않았다; 참사회원이나 행정관으로 뽑기에 적당한 사람들은 구역 경계 바로 바깥에 살았고, 그래서 복무를 거절해도 벌금을 내지 않았다. 존과 같은 경험을 쌓은 회계 담당관이라면 최고의 자산이었고, 그가 참사회원 직무수행을 소홀히 한다면 공의회는 결코 작지 않은 문제로 여길 거였다.

---

1 "Thaccompt of Willm tylor & Willm Smythe Chamburlens made by John Shakspyr ye xvt day of february in ye eight yere of lady elyzabeth"(1566; 스트랫퍼드 MS). 이것은 M&A i. 148~152에 전사되었으나, 149쪽 n. 1은 그의 복무 기간에 대해 아주 명료하지는 않다. 날짜는 중요하다, 단지 금액 읽는 능력을 그가 의심받는 것 때문에라도. 공의회 선거는 성 미카엘 축일(9월 29일) 수일 내 열렸다. 1561년 10월 3일 2년 임기의 회계 담당관 두 명 중 하나로 선출된 존 셰익스피어는 1565년 3월 21일(1563~1564년 회기에 대해)과 1566년 2월 15일(1564~1565년 회기에 대해) 홀에서 통과된 회계 감사 책임자 노릇 또한 했다. 그의 연상 동료, 존 테일러가 1561~1562년 회계 보고를 감독했다. 그렇다 하더라도, 존 셰익스피어는 회계 관리를 최소 3년 4개월 동안 했다. 공의회가 그에게 진 것으로 기록된 마지막 빚, 7실링 3페니는, 1568년 1월 12일 지불된 것으로 표시되어 있다. 이 보고서의 공식 복사본은 읍 서기, 리처드 시먼스 수중에 있다.

1565년, 바람직한 선택으로 그가 선출되었다. 그리고 2년 후 존은 랠프 코드리 및 로버트 페롯과 함께 구역 최고 행정관 선거 후보로 지명되었다. 공의회 선거 결과는 명료했고, 득표 상황에서 보듯 헨리 가 장갑 직공은 겨우 세 표만 얻었다.

〇〇〇〇〇〇〇〇〇〇〇〇〇〇〇〇 Robart perot

〇〇〇 John shakspeyr

Raf Cawdrey[2]

페롯이 근무를 거부하자 존도 거절했는데, 그 변명이 근사했다. 행정관 관할구는 성가셨고 그는 당시 책임을 맡을 시간이 없었을지 모른다. 숙련된 장갑 재단사라면 바느질 담당공 3~4명을 바쁘게 채근해야 했고, 그는 장갑 가게를 하나 운영해야 했다. 그러나 이듬해 선거에 당선되자 그는 동의했고, 모피로 가장자리를 장식한 관복 차림으로 최고 행정관의 발 버팀대인 듯한 것 위에 서서, 스트랫퍼드를 1568년 10월 1일부터 통치하기 시작했다.

그가 '홀'에서 가졌던 첫 모임에 대한 서기 보고서가 있고, 새로운 행정관이 말했거나 허가한 단어들이 그 안에 들어 있다. 그는 페롯 같은(그는 행정관 직책을 두 번이나 거부했다) 고개 뻣뻣한 자에게 벌금을 물리는 데 동의했지만, 연대감을 고려했고 자신의 그룹을 '형제들' 혹은 '행정관과 형제들' (10월 1일자 공식 명령서에는 삭제된 단어들이다)로 일컬었다. 존의 전술은 전통적이었고, 또 공의회에서 효과를 발휘, 훗날 중재인들이 페롯 같은 부류와도 '사랑하면서 형제로 지낼 것'을 공의회에 명하게 된다.[3]

스트랫퍼드는 자치를 잘 해 나갔고, 윌리엄이 열세 살 될 때까지 그의 아버지는 신뢰받고 온건한 참사회원으로, 논쟁을 해결하고 법을 강제하면서 공공 생활의 중심에 있었다. 1년 동안은 사법

2   MS SBTRO, 1567년 9월 3일.

3   M&A ii. 14. 41.

담당관으로서, 그렇게 웨스트민스터 소재 강력한 추밀원(영국 국왕의 개인적인 자문기관—편집자 주)의 대리인이었다. 그는 스트랫퍼드 기록 법정에서 사소한 사건들을 청문하고, 공회당에서 법을 틀 짓고, 시장 서기 겸 소유자 불명 재화 조사관으로 근무했고, 부활절과 그 다음 일요일이 지나면 '법의 날 이틀'에 걸쳐 판사들을 맞았다. 또 다른 1년 동안(1571~1572) 그는 사법관 겸 부행정관을 맡게 될 것이고, 공무 때문에 좀체 집을 멀리 떠나는 일이 없었다.

참사회원 아들은 읍과 형제들, 그리고 물론 가족의 집단적 선善에 대해 어느 정도 들었다. 아버지한테는 사랑과 존경의 마음을 지녀야 했다. 윌리엄은 훗날 '가정적인 경외감'이 아이들에게 밤의 휴식[4]처럼 자연스러운 것이라 언급하고, 때가 이르면, 부모에게 지녀야 할 애정과 충성이라는, 가슴을 찢는 튜더 시대 주제를 활용하게 된다. 그의 희곡들에는 그가 깊은 이해에 달하게 된 것을 증거하는 좋은 자료, 혹은 그가 친숙했던 지식을 암시하는 징후들이 들어 있다. 열성적인 효도는 튜더 시대 생활에서 대단히 요구되는 면모로, 런던 극장의 공통 주제로 될 거였다. 주목할 만한 것은 훗날 존의 아들이 그 주제를 그토록 빈번하게 대가적 유연성과 자신감을 바탕으로 다루었다는 점이다. 마치 맥박을 그대로 느끼는 것처럼. 『한여름 밤의 꿈』에서 테세우스는 "너한테 아버지는 신과 같은 거야"(I. i. 47)고 헤르미아를 타이르고, 이런 윤리 속에, 적어도 극장에서는, 아버지의 바람을 그냥 심심하게 따르는 것만으로 충분치 않다. 코델리어의 우직한 의무감은 리어를 격분시키고, 데스데모나의 차가운 순종은 아버지 마음을 마비시키고, 급기야 그녀가 아버지를 거역하고 무어인과 결혼할 때 슬픔은 "그분의 나이 든 생명줄을 둘로"(V. ii. 213) 끊었다. 부모에 대한 사랑이 할 왕자를 움직이는 동기지만, 햄릿의 고뇌를 합성해 내고, 맥베스의 범죄는 은연중 풍기는 끔찍한 존속 살해 요소 때

---

4   『티몬』, IV, i.

문에 더 나쁘다.

　더군다나 어느 아들도 아버지의 특수한, 특이한 영향을 면제받을 수 없고, 존 셰익스피어는 인상적이고 다재다능한 사람이었다. 전체적으로, 그는 자수성가했다. 그의 아버지 리처드 셰익스피어는 북쪽으로 몇 마일 떨어진 볼살, 베드슬리 클린턴, 락솔 혹은 로윙턴에서 태어났는데, 마지막 지역은 가톨릭 신자들이 들끓었고, 워릭셔의 다른 어떤 교구보다 더 많은 '16세기 셰익스피어들'의 보금자리였다. 1529년이면 분명 그가 스니터필드의 농부였고—4년 후 그의 이름이 '셰익스태프'로 기재된다—'중심가에 인접한'[5] 로버트 아든 집 한 채를 세낸 상태였다. 사망한 1561년 그의 재산은 38파운드 17실링 0페니(검소한 농부에게 걸맞은 금액이다)로 평가되고 아들 존에게 자산 관리가 넘어갔으며, 존은 자기 나름의 안목과 솜씨에 기대고 있었다. 존의 기술과 연관된 최고의 보고(1556년 6월 7일자 등록 법원 문서, '워위켄시 지역 스트래트포데의 요한넴 세이키스피어, 장갑 직공')는 그 즈음 그가 아버지로부터 독립한 상태였음을 암시한다. 7년에 걸친 도제 기간이 끝나면 장갑 직공은 세련미를 획득하게 된다; 부드러운 가죽 '안심 부분'을 잘라내는 것은 예술이고, 구멍 난 가죽은 수선이 불가능하다. 존은 공공 업무용 시간을 내기 위해 잔머리를 굴려야 했고, 그의 읍내 공무는 거의 봉건적 헌신을 암시한다. 그는 돈버는 사업을 확장했다, 숱한 숙련공들이 그랬듯, 스트랫퍼드, 그리고 간접적으로 우스터와 옥스퍼드의 숙련된 장갑 직공들과 경쟁하는 와중에도; 사실, 1573년과 1578년 기록은 그를 '위타워'로 설명해 놓았다. 위타워는 백정이나 다른 장사치들에게 생가죽을 사들여 양가죽 얼마쯤을 물에 끓여 모공을 채우고, 염소와 사슴 및 다른 짐승들의 가죽을 소금과 알루미늄(황산 알루미늄)으로 무두질하고, 그것들을 다시 건조장에 내걸고, 그런 다음 잭나이프로 깎아 내고 다시

5　　ME 8.

가죽을 '구워' 부드럽게 만드는 일을 했다―제품을 완성하기 전의 모든 일을.

도우미들이 없었다면 존은 이익을 내지 못했을 것이다. 그리고 그의 아들은 직업에서 성공하려면 세심한 취급 주의는 물론이고 협동 작업도 관건임을 배웠다. 튜더 시대 소년들은 숙련된 남녀 기능공들을 본받고 거의 존경하게끔 되어 있었으며,[6] 작품에 장갑 이미지가 풍성하게 존재한다는 것은 윌리엄이 아버지의 기술을 잘 알았다는 점을 암시한다. 『윈저의 즐거운 아낙네들』에서 슬랜더는 '장갑들을 걸고' 맹세하고, 퀴클리 양이 그에게 묻는다, "수염이 장갑장수 다듬이칼처럼 둥근?", 로미오는 높은 데 있는 숙녀를 향해 탄성을 지른다, "오, 내가 저 손의 장갑이었으면", 그리고 로미오의 성마르고 위트가 뛰어난 친구는 품질이 가장 좋고 비싼 장갑에 쓰이는 새끼염소 가죽이 나긋나긋하고 부드럽다는 점을 알고 있다; "오, 말재간이 아예 새끼염소 가죽이군, 1인치를 45배로 늘리니", 머큐쇼는 그렇게 말한다. "넌 그냥 송아지 가죽에나 매달리거라"며, 그렇게 『존 왕』의 사생아가 조롱하고, 이 작품에서 간접적으로 언급되는 양가죽과 어린 양가죽, 여우가죽, 개가죽, 사슴가죽 등은 위타워의 건조대를 불러내기에 족하다.

어떤 제조업이든 자아 전체와 하루 일정 부분 동안 매우 강력한 헌신 혹은 직업 정신을 요구했는데, 이것이 존 셰익스피어가 곡물과 목재, 양모 일에도 신경을 썼던 것과 아주 모순되는 것은 아니다. 튜더 시대 노동은 영적 의미로 충만했으며 윌리엄은 연기 집단의 고된 노동에 진심으로 몸담을 거였다. 직업에 대한 그의 태도는 복합적일 테지만.

수제품들이 비쌌기 때문에 끊임없는 유지 보수가 필요했다. 소년은 부지런히 움직이고 힘을 다하고 또 잠을 아끼는 중에 자신의 육체가 성장한다는 점을 배웠다; 농촌 읍 어른들은 여름에는

6   그러나 여성 가죽 재봉사는, 예를 들어, 종종 남성 재봉사보다 임금이 상당히 낮았다; 런던의 기술 및 상인 도제 중 어림잡아 반 정도가 여성이었다.

종종 오전 3~4시에, 겨울에는 5시에 기상했다. 이가 썩는 것은 이 속의 작은 벌레들 때문이지만, 그는 부드러운 천과 달콤한 치약으로 이를 닦았다. 씻고, 옷을 입고, 아침 기도를 듣고, 축복을 받기 위해 무릎을 꿇고, 가벼운 아침 식사(종종 빵과 버터, 그리고 치즈)를 마치고, 학교에 가는 날 아니면 부모를 도왔다. 농부의 아내로서 메리는 부릴 하인들이 있었을지 모른다; 그녀의 남편도 주말 장터를 위해 도우미가 필요했을 터. 수요일이면, 중심가와 포어 브리지 가가 만나는 하이 크로스를 따라 길 위에 진열대가 세워졌다—기둥 위 정방형 구조로, 그 위에 둥근 천장과 놋쇠침(1579년 금칠) 시계를 얹고 사슬과 꺾쇠로 표준 도량기를 붙였다. 존 셰익스피어와 장갑 직공들은 이 장터의 중심부에서 자리를 뽐내며 물건들을 팔았다. 최고급 장갑들은 선물로 팔려 나갔다; 1566년 가장자리 장식 달린 미들랜즈 산 장갑 한 짝이 옥스퍼드에 살던 여왕에게 증정되어 당시의 기술을 오늘날까지 증거하고 있다.[7]

오전 11시 종이 울려 스트랫퍼드 장을 마감했다; 아니면, 교회 축제와 수확, 계절이 생활 리듬을 잡아 주었다. 브리지 엘 축제 때 두 명의 다리 지킴이 비용을 모금했고, 수확은 구매를 촉진시켰다: 존 셰익스피어는 세기 중 수확이 가장 형편없던 해 울숍과 그린힐 가 집을 사들였고, 경기 하락 시 또 사들일 거였다.[8] 읍내 사생활은 저절로 드러났다: 도덕적 흠집이 소문으로 나돌고, 그러면 교구 목사 법정이 간통 당사자를 교회에 불러 세웠다. '외설 재판'은 회기가 끝난 상태였지만, 훗날의 기록들은 간통자와 안식일 어긴 자들이 거명되고, 대중 앞에 세워졌음을 보여 준다; 윌리엄과 그의 아버지는 이런 영혼들을 몇몇 알고 있었다.

7   노라 릴런드와 J. E. 트루턴, 『서 옥스퍼드셔에서 장갑 만들기: 기술과 역사』(우드스톡, 1974) 참조. 또한 도움이 되는 것은, 미들랜즈의 그 직업에 대해서는, D. C. 라이스, 『우스터의 가죽 장갑 산업』(우스터, 1973), 그리고, 양모상이 된 장갑 직공에 대해서는, 피터 J. 보든, 『튜더 및 스튜어트 시대 잉글랜드의 양모 거래』(1962)다.

8   W. D. 호스킨스, 「수확량 변동과 잉글랜드 경제사, (1480~1619)」[『농업사 리뷰』, 12호(1964), 28~46] 참조.

엘리자베스 윌러: 그녀는 법정에서도 "니미럴, 하느님 따위 개지랄, 한심한 놈들, 웃기고 자빠졌네" 같은 말들을 마구 내뱉었다; 파문.

토머스 해먼: '안식일과 성스러운 날 하느님께 예배드리고 설교를 들어야 할 시간에 가게 창문을 연 건'.

햄릿 새들러: 성체 배령을 하지 않은 건: 그는 출두하여 자신의 양심을 깨끗이 할 시간을 청원; 성체 배령일 하루 지정; 충실하게 지킬 것을 약속; 방면.

주디스, 햄릿의 아내: 동일한 건; 출두; 위와 같이 약속; 방면.

리처드 윌러: '리처드 브룩스의 아내를 여러 가지 더러운 말과 함께 창녀, 돼지라고 부른 건'으로 '다음 안식일 아침 기도 때 스트랫퍼드 교구 교회로 와서 잘못을 빌고 아침기도 시간 동안 평상복 차림으로 제2 교과가 끝날 때까지 교단 앞에 서 있을 것'을 명함.

앤 워드, 노처녀: 다니엘 베이커와의 문란한 관계 건… 하얀 천을 쓰고 공개 참회할 것을 명함.[9]

매우 다양한 업종이 존 셰익스피어 아들에게 알려지게 된다, 왜냐면 1570년대에 이르면 존은 양모 거래상으로 또 2년 후 행정관과 부행정관으로, 읍내 양모 및 섬유 분야 포목상, 잡화상, 직공織工, 축융공들을, 가죽 분야 피혁상과 마구공, 신발공 같은 이들을 어느 정도 알게 된다. 존은 공무원으로서 주류업자와 식료품업자, 양조업자들을 상대했었고, 농업과 연관된, 곡물상과 맥아 제조업

9   스트랫퍼드 교구 훈령집, 켄트 주 공문서 보관소에 있다. 1590~1616년 및 1622~1624년에 걸친 분량. E. R. C. 브링크워스, 『셰익스피어와 음탕한 법정』(1972), 121, 128, 134~136, 166 참조.

자, 양초 제조업자, 술장수, 대장장이, 수레 목수, 쟁기 작공, 마차와 기아 제작공 등을 알고 있을 거였다. 그는 식자층도 상대했는데, 이를테면 존 브래치거들, 1565년 사망했지만, 그리고 담당목사의 옛 학생인 존 브라운스워드. 학교 선생이던 그는 훗날 프랜시스 미어스의 『팔라디스 타미아』에 언급되는데, 이 책은 1598년 잉글랜드 시에 대한 다소 느슨한 그러나 계시적인 개관이다. 윌리엄은 읍에서 벌어지는 노력들에 대한 좋은 입문서를 가지고 있는 셈이었고, 장차 사람을 연구하게 될 소년으로서, 친척한테서 관찰하는 게 많았다, 조부모들을 거의 알 길이 없었지만. 리처드 셰익스피어 노인은 메리 아든의 부모와 마찬가지로 윌리엄이 태어나기 전에 죽었지만(그 아내의 죽음은 기록되어 있지 않다), 메리의 계모 아그네스는 윌름코트에서 계속 살다가 1580년 12월 29일 땅에 묻혔다. 신앙심 돈독하고 괴팍했던 윌리엄의 삼촌 헨리 셰익스피어가 잉곤과 스니터필드에서 농사를 짓다가 그의 다른 삼촌들 중 한 명 에드워드 콘웰에게 상해를 입혔고, 황소 값을 지불하지 못해 감옥살이로 열을 식혔다. 근처에는 메리의 남녀 조카들이 떼로 들끓었고, 낯선 들새가 가까운 연못 위에 내려앉았다; 울숩 바로 옆문에 중혼重婚의 재단사 웨지우드가 살았던 것. 워릭에서 아내를 버리고 그 아내가 살아 있음에도 다른 아내를 맞았던 그가 '음탕한 짓들 그리고 정직한 이웃들과의 싸움질' 때문에 평판이 나빠지자, 윌리엄의 나이 대략 11살 때 도망쳐 버리기는 했지만.[10]

대조적으로, 윌리엄의 학교 시절 초기는 지루했다. 그의 글에 담긴 온갖 학교 조롱을 일체 내치더라도, 이런 사실은 남는다, 즉 옥스퍼드 출신 아무개 선생이 어린 소년들을 보살펴 주기는커녕, 그들이 다니는 학교란 게 대개 '하급 학교' 학급으로 윌리엄 길바드, 일명 힉스 같은 부류가 책임자였다는 것. 시계 관리인 힉스는 1574년까지 이따금씩 보조 선생 노릇을 했고 라틴어를 좋아했다.

10   ME 39.

그는 반들반들한 혼북* 알파벳 문자가 씌어진 판이 나무틀 위에 놓여져 있는데, 투명한 뿔로 씌워져 있다. 그는 반들반들한 혼북에 써가며 학생들에게 영국 알파벳, 주기도문, 그리고 액막이 주문을 떼게 했다. 그 첫 행은 알파벳인데, 십자가로 시작되므로 크라이스트크로스 로 혹은 '크로스 로'라 했다. "그래, 그래. 그는 꼬마들에게 알파벳 책을 가르치지", 『사랑의 헛수고』(V. i. 45)에서 할로펀스가 그러고, 『리처드 3세』에서 클래런스는 감옥으로 가는 길에 크로스 로를 인용, 에드워드 왕이 '조지'라는 이름에 대해 갖는 두려움을 설명한다:

> 폐하께서… 자모통에서 'ㅈ'자를 뽑으셨는데
> 웬 마법사가 그에게 'ㅈ'에 의해
> 폐하 아이들이 상속권을 박탈당할 점괘라 했다는 거야.
> (I. i. 54~57)

잘 알려진 알파벳 책을 시인들은 유리하게 인용했다—하지만 그것은 배움이 빠른 자 누구한테나 따분한 과정이었고, 입문서를 천천히 꾸준하게 공부하는 일이 뒤를 따랐다. 윌리엄은 교구 담당목사 보조의 오후 예배 때 행해지는 교리문답(6~20세의 모든 사람에게 요구되던)을 한 시간씩 견뎌야 했고, 지루해하는 소년한테는 분명 낚시를 가거나, 에이번 강 근처를 제멋대로 노닐거나, 토머스 배저 혹은 다른 누구의 백조 둥지를 찾아내고, 사냥꾼이 훈련된 매로 물새 사냥하는 걸 구경하거나, 그것도 아니면 '활터'에서 사수대 차례를 기다리는 일이 선생 보조나 목사 보조에게 들은 그 모든 것보다 더 재미있었을 것이다.

세상이 변하면서 공적 사건들이 집안에까지 영향을 미쳤다. 사람들은 근거리 군대 소집을, 그리고 메리 여왕 치하 봉기를 상기

3. 존 셰익스피어의 운

* 혼북: 16세기 후반에서 18세기 후반까지 미국과 영국에서 사용된 아동용 입문서 형태.

시키는 위급함을 의식했다, 북부 가톨릭 교도 백작들의 반란 때문에 야기되었던. 그것은, 그러나, 진압되었다, 그리고 피우스 5세가 엘리자베스를 파문했다. 그러자 행상인들은 스코틀랜드 여왕 메리가 기괴하게도 스코틀랜드에서 퇴각, 포로로 잡혀 에슈비 드 라주크로, 계속하여 레스터로 또 코벤트리로 끌려갔던 이야기를 노래하는 발라드를 팔았다. 이 무렵 레어 혹은 리어, 즉 전설상의 레스터 왕 이야기가, 스코틀랜드 여왕에게 관대하게 대해 줄 것을 호소하는 한 편지에 인용되었다. 육친의 정을 거스르는 배은망덕한 두 딸에 의해 영국에서 쫓겨나지만 리어는 셋째 딸 '숭고한 코델리어'[11]에 의해 끝내 왕위를 되찾게 된다.

그러나 웨스트민스터의 여왕은 '코델리어' 역할을 하지 않았고, 스페인령 네덜란드에서 반란이 일자 국가의 적 가톨릭 교도들에 대한 경계심이 커졌고, 1572년 성 바르톨로메오 기념일을 시작으로 프랑스에서 자행된 수천 명의 프로테스탄트 교도 피바다 학살 이후 더욱 커졌다. 그것은 가톨릭 동맹이 프로테스탄트 신앙을 전멸시키려 한다는 사람들의 믿음을 더욱 확고하게 만들었다. 잉글랜드 해변은 준비 상황에 돌입했다. 스트랫퍼드는 사람과 말, 갑옷, 무기를 소집하느라, 아니면 '마구 손질'이나 '미늘창 두 개와 활 손질'을 독려하느라 날마다 부산했고, 미늘창 대열 행진이 벌어지고 창병들은 흉부 갑옷과 캔버스 잭(금속판이 줄줄이 달린 소매 없는 튜닉) 차림이었다. 윌리엄은 갑옷-투구 광경과 야단 난 듯한 소동, 그리고 질퍽한 목초지에 콩콩 발자국 소리를 내는 창병들이 떼로 모인 어린아이들을 즐겁게 할 것임을 알았다. 그 밖에 어린아이들이 즐길 만한 것으로 마술사, 검투사, 춤추는 곰, 그리고 이따금 말뚝에 묶인 곰에게 개들을 풀어놓는 곰지기가 있었다.

변하고 있는 스트랫퍼드 장터 활동 가운데 노소를 불문하고 많은 사람들을 흥겹게 했던 것이 '유희들' 혹은 연극과 단막극 연행

11   M&A ii. P. xxi.

자들이었다. 궁정 일과를 흉내 내고 집안 식구들을 즐겁게 하려고 귀족들은 적은 비용으로 공연 극단을 운영했고, 그래서 연행자들은 1년 중 일정 기간을 떠돌아다니며 수입을 올렸다. 윌리엄 아버지가 행정관이었을 당시 두 연행 극단이 길드 홀에서 공연했고, 존의 부하는 지역 재정에서 여왕의 배우들과 우스터 백작의 배우들에게 공연비를 지불했다. 존이 행정관이 된 후 최소한 다섯 번은 우스터의 배우들이 다시 돌아와 북을 치고 구경거리를 펼치고 웅변을 하는 등(그리고 아마도 테이버) 혼합 예술로 읍민들에게 인상을 남겼다. 젊은이들은 들리는 소리에 그 자리에 얼어붙는 경험을 할 수도 있었고, 드물게 연극이라도 구경하게 되면 그 경험이 시골 기억에 불도장처럼 새겨져 평생 되살아났을지도 모른다. 스트랫퍼드에서 영국 최고 연기의 일단을 볼 수 있었다. 레스터, 워릭, 더비, 스트레인지, 버클리, 에식스가 후원하는 연행 극단들이 (물론 이들만은 아니다) 윌리엄의 소년기 혹은 청년기 초반 도착했다. 기록상으로 보자면 그는 연극과 함께 자랐다, 때때로 세련된 배우들이 공연했던 길드 홀이나 브리지가 안마당, 혹은 장터 구역에서 몇 백 야드밖에 안 떨어진 곳에서. 우리는 기록으로 남은 공인된 도착만을 이야기하고 있다. 온갖 읍내를 쥐잡듯 돌아다니는 떠돌이 불법 배우 집단도 있었던 것.

집에서 '예의'와 사회적 지위에 대한 배려와 단어를 배운 사람, 학교에서 감상의 담화를 훈련받은 사람은 누구나, 오랫동안 연극과 연행자의 질質에 무관심할 수는 없을 터였다. 민감해진 일상생활 예의범절이 청중의 수준을 높였고 연행 극단은 자기들의 질을 판단할 수 있는 사람들에게 다가갔다. 진부하고 완고하고 낡은 사극들은 삐걱거렸다(1570년대 그것들이 알려지지 않아서가 아니다). 우스꽝스럽고 조잡한 악덕 역이 말라비틀어진 나무칼로 손톱을 깎으며 자신의 악행을 웃어넘기는 도덕극들이, 보다 복잡한 도덕적 연극에 자리를 내주었다—엘리자베스 시대 초기의 로마 및 다른 화제에 대한 난폭한 조롱은 피하면서. 하지만 연행자들의 메뉴는 다양했다. 사람들은 배우 여덟 명 혹은 그 이상을 위해 마련한 토머스 프레스턴의 활기차고 과장된 희극과 비극 장면을 『캄비세스』(폴스타프가 암시하는 작품)에서 볼 수 있었다. 코번트리에서는 '호그 튜이즈데이' (혹은 학 투즈데이) 연극—여성이 읍 남성들을 좌지우지하는 부활절 다음 화요일 공연—심지어 중세 최후의 탁월한 종교 작품 코르퍼스 크리스티(그리스도의 육肉) 신비극도 볼 수 있었는데 이 작품은 1579년까지도 연행되었다. 배우들은 새롭고 경쟁력 있는 연극, 연기력이 뛰어나고 여러 요소들을 솜씨 있게 결합하여 관객 모두에게 무언가를 제공하는 연극을 런던 바깥 숱한 읍들에 선사했다. 워릭셔 사람들은 다음 순회 연행단이 오기까지 몇 달을 기다렸고, 그 점에서 윌리엄과 다른 학생들은 극장이 고프고 또 연행자 북소리를 열망했을 것이다. 그는 이 시기 유행한 혁신류 연극들, 혹은 더 오래된 드라마의 그 순전한 사육제 에너지를, 아니면 우스터나 에식스, 스트레인지 단원들이 읍 사람들에게 보여 주던 야릇한 혼합풍 작품들 속에 담긴 현실의 다중 차원을 결코 잊지 못할 거였다.

존 셰익스피어가 연행자들을 싫어했다는 암시는 전혀 없다. 어쨌든 그는 두 극단 비용을 관할구에서 치르게 했다. 그러나 그가 사업이나 행정 말고 다른 이유로 집을 떠난 증거, 혹은 그가 윌리엄이나 길버트를 1575년 케닐워스 왕실 연행에 데려갔다는 증거 또한 전혀 없다. 어떤 맥주 시음관(명목상의 직책일 것이다)이 코번트리 '호크'풍 연극 출연 배우들에게 거기서 연행케 했다는 이야기가 정말 나돌기는 했다. 여왕이 궁정 신하들과, 사슬에 묶인 사나운 개, 곰들과 함께 도착했다는 소리, 야외 볼거리 『호수의 부인』(7월 18일, 월요일)에서 트리턴이 인어를 탔으며 아리온은 돌고래 위에서 여왕 폐하에게 시를 바쳤다는 소리도 나돌았다. 『한여름 밤의 꿈』에서, 인어가 돌고래에 올라타니 사실은 바뀌었지만, 오베론이 퍽에게 상기시키는 내용은, 마치 케닐워스 야외 볼거리를 불러내려는 투다.

언젠가 내가 바닷가 벼랑 위에 앉아
듣자니, 돌고래 등 위 인어의 노랫소리가
어찌나 달콤하고 조화로운지
거친 파도가 그 소리에 온순해지고,
(II. i. 149~152)

　여왕에게 아부하는 것은 언제든 손해날 게 없었고, 1570년대
여왕은 연행자들을 보호해 주었다. 그녀는 극장을 즐겼고, 일요일
연극과 게임, 장터를 금하라는 건의를 거의 묵살했다; 그녀는 라
틴어를 읽고 말했지만, 대학교 라틴어 연극들을 하도 많이 관람한
터라(케임브리지의 플라우투스 『아우룰라리아』; 옥스퍼드의 현대 라틴
어 작품들) 영어 작품을 즐기는 데 더 신경 썼다. 호화로운 광경을
선호한 예는 그녀 말고도 많지만, 그녀는 자신의 치세가 드라마
진흥기로 확실히 알려지도록 최선을 다한 유일한 군주다.
　하지만 몇 달이 지나도록 합법적인 순회 공연단이 스트랫퍼드
에 오지 않았다. 아마추어 잡설꾼들, 혹은 크리스마스부터 십이야
까지 별스런 연행들을 주재하는 악동 사회자*가 읍의 주요한 드
라마 분야 기분 전환거리였다. 카드놀이가 유행하면서 종이 왕과
여왕들이 누구나의 수중에 잡혔다. 소년들은 축구, 진陳 빼앗기
놀이, 레슬링, 곤봉 놀이에 빠져 살이 찢어질 듯 얼렁한 폭력으로
학교 수업 시간의 무료함을 털어 냈다; 그들은 산이나 들로 땡땡
이를 치기도 했다.
　읍 공동 소유 밭은 울숍 근처 길드 피츠 뒤에서 시작되고, 헨리
가에서 몇백 야드 떨어진 여기부터가 경작 가능한 스트랫퍼드 밭
이다. 시골에 대한, 그 용어에 대한 윌리엄의 감은 구역 밭들과 연
관이 있는데, 그중 하나가 아버지의 헛간에서 보였고, 비숍턴과 웰

*　악동 사회자: 잉글랜드의 중세 후기와 튜더 시대 초기에 궁정을 비롯해 귀족의
저택, 법학원의 법률학교, 케임브리지 대학과 옥스퍼드 대학 등 여러 대학에서 열리
는 크리스마스 연회의 주제를 맡았던 관직 명칭.

쿰 밭도 멀지 않았다. 구역 밭들은 펄롱(201.17미터) 단위로 배치되었고, 펄롱이 다시 야드 단위 땅으로 나뉘는데, 장애물, 혹은 풀 이랑이 경계선이었다. 각 야드 땅에 90개의 작은 '줄땅' 혹은 '땅'이 있는데, 1/3에이커 크기고, '이삭이 패어' 있다. 앞날이 창창한 시인으로서, 셰익스피어가 자신의 후원자에게 단순 미려한 편지를 쓰는데 내용은, 만일 「비너스와 아도니스」가 몹쓸 모양으로 보인다면, "차후 결코 그토록 척박한 땅에다 이삭을 패지 않을 것입니다. 여전히 그토록 형편없는 수확을 낼까 두렵기 때문입니다"였다.

시골 워릭셔는 그에게 인상 깊었고, 자연과 자연에 대한 그의 감은 풍부한 주제 바탕을 그의 이미저리에 제공한다―그리고 그 기조도. 그는 농사 용어를 포식하고, 둑과 이랑(meers, 이를테면 『안토니와 클레오파트라』 이노바버스의 '둑―이랑 진 질문'), 경작지(leas, 이를테면 어머니 대지를 향한 티몬의 명령 "그대의 뼛골, 줄기, 그리고 쟁기질에 찢긴 경작지를 말려 버려라") 등을 자주 언급했다. 경작지는 강 상류를 따라 찰코트로 이어지고, 릴런드가 썼듯,[12] 이곳 '루시 씨 집 빵 굽는 쪽에서' 개울 하나가 에이번 강에 합류했다. 호칭이 같은 여러 토머스 루시들 가운데 1532년 태어난 토머스 루시 경은 존 폭스가 가정교사였고 열네 살 때 열두 살 조이스 액턴과 결혼했다. 오래된 장원 구조물을 허물고 그는 거대한 붉은 벽돌 찰코트 하우스를 지었고, 이곳에서 레스터 백작이 그에게 작위를 수여했으며 여왕이 이곳을 방문했다. 하인 혹은 가신 40명, 훌륭한 서재와 순회 연행단 '토머스 루시 경의 연행자들'[13]을 갖춘 그는, 보샹 궁정 출신으로 1591년 이후 읍 기록관 직책을 맡던 부유한 풀크 그레빌 경과 마찬가지로 스트랫퍼드에서 잘 알려져 있었다; 두 사람 모두 윌리엄의 친구 햄넷(혹은 햄릿) 새들러가

---

12 『여행기』[1540년경]

13 루시와 자치구 위원에 잘 알려졌으므로, 찰코트에서 후원을 받은 '배우들'이 WS의 청년 시절 공연을 했다는 것이 흥미롭다. 코번트리 교회위원들은 1584년 10실링을 '토머스 루시 경의 배우들'에게 지불했다고 기록했다(코번트리 기록 보관소).

제기한 소송을 중재한 바 있다. 루시는 아마도 『윈저의 즐거운 아낙네들』에서 재판관 셸로의 '창꼬치' 문장이 상기하는 바 그 루시일 것이다, 다소 익살맞게 회상하는, 그러나 이제껏 상상으로 그렸던 그대로 앙갚음을 하겠다는 투는 아닌 것이. 누구나 볼 수 있었다, 그의 찰코트 망루 너머로, 물고기 꼴 문장을 나타내는 홀의 내민창 속 세련된 유리를—그리고 진홍색 바탕에 세 개의 하얀 창 또는 '창꼬치'를.

남쪽으로는 클리퍼드 체임버스 레인스포드 가의 우아하고 장식이 화려한 구역이 있고, 이곳 잔디밭에서 성 삼위일체 교회가 보였다. 워릭셔 시인 마이클 드레이턴은 레인스포드 가 사람들과 여름을 나고 결국 헨리 레인스포드 경 추모시를 쓰게 되는데, 후자는 드레이턴의 연인 앤 구디어와 결혼했던 터다. 어릴 때 혹은 성년기 초반, 윌리엄은 클리퍼드 체임버스의, 소유주는 몰라도 정황은 알고 있었고, 읍 남쪽과 북쪽으로 풍요와 가난을 가르는 선이 그의 눈에 포착되었다. 거지들이 좁은 길과 도랑에, 장터와 거리에 있었다. 임금은 내려가고 물가는 올랐으며, 농부들은 주석, 유리, 깃털 침대를 사치품으로 지녔지만, 노동자 과잉은 집 없는 자들 수를 늘렸다. 정말, 장터 읍조차 곤경에 처한 상태였다.

1570년대 중반 인플레이션이 스트랫퍼드 가죽업에 영향을 미치기 시작했다. 더 가난해진 시기, 장갑 직공들은 자신이 부리는 일꾼들의 제물이 되고, 윌리엄의 아버지는—그가 도둑질에 시달렸든 아니든—투기를 하며 스스로 몇 가지 법을 어기기 시작했다. 사실, 튜더 시대의 상업 관련법은 어기라고 강제된 것인지 모른다. 국가가 벌금으로 재정을 늘리기 위해서.

빚과 몰락

계란을 모두 한바구니에 넣기는커녕, 존 셰익스피어는 양모를 거래하고 돈을 빌려 주었다. 1570년, 윌리엄이 겨우 학교 갈 나이가 되었을 때 존은 두 번을 고소당했는데 스트랫퍼드 근처 월턴 데이빌에 사는 월터 무셈 혹은 무섬이라는 자에게 80파운드와 100파운드를 빌려 주면서 두 경우 모두 20파운드씩 높은 이자를 부과, 고리대금 금지법을 어긴 혐의였다.[14] 무셈은 양 목축업자이자 존의 사업 파트너 중 하나로 나타난다; 사후 재산 목록이 현재 우스터 주 기록 보관소에 있고, 또 1588년 당시 양 117마리를 소유했던 바로 그 무셈일지 모른다: 1573년 전직 읍 재산 관리인 헨리 히그포드가 그와 존에게 각각 30파운드 빚을 갚으라는 소송을 걸었을 때 두 사람 모두 출두하지 않았다.[15] 존의 고리대금 건은 왕실 재무부까지 올라갔고 한 번은 그가 벌금을 냈다; 그러나 양모 장사는 신용에 기반을 두었고, 통할 수 없는 고리대금 금지법은 마구잡이 장삿세나 마찬가지였다. 이 체제는 범법자가 내는 벌금의 반을 정보 제공자에게 주는 방식으로 유지되었다.

이런 류의 벌금이 읍 지도 인사의 명예를 실추시키지는 않았을 것이다; 그러나 존 셰익스피어의 다른 골칫거리는 좀 더 위험했다. 이를테면 1572년 그가 불법 양모 거래로 두 번이나 재무부에 고소당한 것. 양모 관련 법령은 불균등하게 강제되었지만, 그 법을 어기는 일은 '주요 산물 상인들', 즉 합법적인 주요 거래상들 비위를 상하게 했다. 특히 장갑 직공들이 범법의 유혹을 느꼈다; 날가죽에서 털어 낸 거죽 양모를 쓸 데가 없으니, 장갑 직공은 당연히 양모 거래상들한테 팔았다; 하지만 값싸고 남아도는 거죽 양모를 파는 일에서 조금만 더 나아가면 법을 심각하게 어기며 더미 양털을 거래하게 되고, 미들랜즈 장갑 직공 몇 명은 더미 양털로 커다란 이득을 올렸다. '양모 브로커'는 신중해야 했고, 존 셰익스피어가 월턴 데이빌과 그 너머로 말을 타고 갈 경우 그

---

14 데이비드 토머스가, 현재 PRO에 있는 그 증거물을 『공공 기록에 나타난 셰익스피어』(1985)에서 요약하고 있다.
15 1573년 부활절 기간 무셈은 '요먼'으로, 존 셰익스피어는 '위타워'로 불리고 있다(보통 청원).

냥 도우미들보다는 그의 장남, 혹은 신뢰할 수 있는 다른 사람들을 대동했을 확률이 더 높다. 윌리엄은 아버지 시대 적용되던 양모 거래 '사실들'을 배웠다. 이를테면 미들랜즈 양 11마리 털을 모아야 1토드(28파운드)가 되고, 스트랫퍼드에서 1토드의 값은 21실링이다 등등.[16] 그는 양치기와 양 목축업자의 지식을, 그들과의 교감, 양모 깎는 축제와 농부들의 대화, 억양, 농담들에 대한 정확한 감을 획득했다. 이런 류의 서민 남녀들에 대한 그의 감은 보기 드물게 확실하고, 그렇게 그는 『겨울 이야기』에서 로맨스 원전(그린의 『판도스토』)을 뛰어넘으며 목가풍 인형 이상의 인물을 등장시키고 또 보헤미아 양치기들에게 워릭셔의 생명력을 불어넣었다. 1570년대 '브로커'들이 알았던 세부 사항에 대한 그의 지식은 그가 아버지의 거래를 의식했고 또 신뢰받았음을 암시한다. 헨리 가의 셰익스피어들은 가까웠고 방어적이었으며 또한 상호 의존적이었지만(그 정도를 우리는 추론할 수 있으리라), 고립되지 않았고, 더 중대한 골칫거리에 맞닥뜨린 존은 '형제애'의 관대함에 의존하게 될 거였다.

1570년대 중반이면, 어떤 브로커라도 무거운 벌금 위험 없이 6월 털깎기 계약을 체결하는 게 더 힘들어졌다는 걸 알고 있었다. 존은 비빌 언덕이 가게 말고 농업도 있었다. 애스바이스의 넓은 토지와 스니터필드 땅 100에이커에 대한 지분, 그리고 1568년 잉곤 목초 임차지 14에이커로, 그는 곡물 재배에 연루된 상태였다. 그는 무두장이 헨리 필드에게 보리 18쿼터(약 560파운드) 값을 갚으라고 소송을 건 바 있었고, 방목에 적당한 초원과 풀밭이 최소

---

16 명백히, 털 수북한 11마리 미들랜즈 양들이 양모 1토드(28파운드)를 냈고, 피터 템플, 16세기 중반 버턴 데섯의 양모업자는, 스트랫퍼드에서 1토드에 21실링을 냈다. 『존 셰익스피어: 장갑 제작의 주요 기술』(타이프라이터로 친 문서)에서 로저 프링글이 지적하듯, 늙은 양치기의 아들은 이런 계산을 신화적인 보헤미아에 반영하고 있다: "보자. 양 열한 마리마다 1토드를 내고, 1토드마다 1파운드에 우수리 실링을 낸다 말이지."(『겨울 이야기』, IV. iii. 31-32) 더군다나, 4막에서 양치기들은 진짜다, 그린의 전원 사람들이 그렇지 않은 반면.

한 22에이커였다; 그의 땅 전부가 경작지였던 것은 아니다; 또한, 계속 땅을 사들였다. 1575년 그는 할로의 에드먼드와 엠마 홀에게 스트랫퍼드의 정원과 과수원 딸린 집 두 채 값 40파운드를 지불했고, 이것이 기록으로 남은 그의 마지막 재산 구입이다. 그해 혹은 이듬해, 문장원에 문장을, 즉 신사 직위를 청원했던 일은 무위로 끝났다. 사안 자체가 없어지기 전에 '무늬' 혹은 문장 스케치를 받기는 했지만.[17] 1576년 10월, 추밀원에서 런던과 노샘프턴, 그리고 다른 지역 양모 구매자들을 불러 심문했다. 당시 양모 가격이 급격히 오른 것 때문에 (4년 동안 중단된 이후, 네덜란드와 정상적인 거래 회복에 이어) 양모 중간 상인들이 비난을 받았고, 합법적 주요 품목 거래인들은 브로커 우두머리들을 색출하려고 난리였다. 추밀원의 간섭과 심문은, 바로 그런 때라서, 가톨릭 가족에게 위험할 수 있었다. 비록 가톨릭 신앙이 강한 아든 가문 딸과 결혼했지만, 사실, 존은 자신의 신앙에 대해 과묵했다. 가톨릭 교도들은 엘리자베스의 관용적인 교회에 적응한 상태였다. 하지만 갈수록, 나라의 여론이 옛 신앙에 등을 돌리고 있었다.

　종교 문제에서 존이 정말 어느 정도 완강했는지 알 수 없다; 그러나 그는 영국 국교회 예배에 나가지 않음으로써 골칫거리를 가중시켰다. 1580년대 예수회 선교사가 존에게 신앙 선포를 설득했을까? 1757년 헨리 가 존의 서쪽 집이었던 건물 서까래와 기와지붕 사이에서 종이 여섯 쪽을 실로 꿰맨 소책자가 한 벽돌 직공에 의해 발견되었는데 믿을 만한 의식서로 판명되었다; 여기서 '존 셰스피어'는 가톨릭 신앙을 천명한다, 그리고 마지막 항 지시대로 자필 서명을 한 듯하다. 의식서는 보로메오가 지은 『영혼의 마지막 유언』을 따르고 있는데, 1581년 당시 잉글랜드 예수회 선교사들이 사용하던 것이다. 하지만 소책자 자체가 사라져 버렸다; 그리고 존이 그것에 정말 자기 표시 혹은 서명을 했단들, 그는 자신

17　SS, DL 38.

의 종교 감정을 서까래 속에 자기 유언만큼이나 잘 숨겨 두었다. 1592년 영국 국교 기피 혐의로 거명되었을 때, 그가 빚쟁이와 마주칠까 봐 국교회 예배를 보지 않았다고 해명한 것은 명백하다. "말을 들어 보니", 매우 혹독한 심문 투는 아닌 교회위원의 '두 번째 증명서'는 그렇게 적고 있다, 다른 8명 중 "존 셰익스피어 씨는 빚 재판이 두려워 교회에 나오지 않았다는 것이다".[18] 그러나 그때면 채권자들 누구나 그를 잡을 수 있었다. 그는 기록 재판소 재판관 석에서 근무했다; 사실상 숨어 지내는 것이 아니고, 사후 재산 목록을 검인하고 또 법적 요구를 재촉하는 일을 맡고 있었다.

1576년에 이르면 그의 실제 재정 상황이 나빠진 게 사실이다. 중개 행위를 박멸하려는 새로운 노력으로, 추밀원은 허가 받은 양모 거래 일체를 그해 11월 잠정적으로 중지시켰다; 그러니 양모 거래 중지 담보로 100파운드짜리 채권을 브로커들로부터 모으는 일에 치안 체계 전체가 휘말려 들기 6개월 전,[19] 존 셰익스피어는 큰 빚이라도 졌다면 자신의 양손이 묶인 것을 알았을 터. 그 당시면 이미 재무부에 표나게 알려진 범법자로, 그는 1576년 12월경 이후부터 양모를 사거나 파는 방식으로 자신의 채권자들에게 좋은 일을 무사히 해 낼 수가 없었다.

이때가 셰익스피어 가족들에게 전환점이었다. 존이 자금난을 극복하는 데 실패했고, 또 그의 몰락이 길드 홀에 알려진 상태였다는 신뢰할 만한 증거가 있다. 그는 구역 공의회 모임을 피했다. 형편이 매우 나빠 군 방위 할당금을 '예외' 취급으로 겨우 3실링 4펜스(다른 참사회원들 할당량의 절반)만 부과 받았다. 1578년 선거일 결석에 대한 벌금도 면제되었고. 다시 그해 11월 빈민 구호를 위한 매주 4페니 납부도 면제되었다. "존 셰익스피어 씨는", 하달

3. 존 셰익스피어의 몰

---

18 복종 거부의 '두 번째 증명서'(1592년 9월경)가 교회위원의 첫 텍스트(1592년 3월경)의 말투를 바꾼다. F. W. 브라운로, 「존 셰익스피어의 복종 거부: 옛 문서에 새 빛」, 『셰익스피어 쿼털리』, 40호(1989), 186~191. M&A iv. 149, 161.

19 보든, 『양모 거래』, 135~136.

내용은 이랬다, "어떤 지불도 하게 해서는 안 된다".[20] 그가 오로지 가톨릭 교도로서 말썽이 두려워 공의회 모임을 회피했다는 생각은 잘못일 것이다, 어쨌든 빚을 지고 현금이 모자란 상태에서, 그는 1579년 윌름코트 땅 56에이커와 집 한 채를 저당 잡히고 매부 에드먼드 램버트에게서 40파운드를 마련할 수 있었지만, 이미 빚이 있었다. 빌린 40파운드를 갚아야 할 날이 돌아왔으나 그는 갚지 못했다. 그리하여 램버트는 죽을 때까지 그 부동산을 쥐고 있었고, 그가 죽은 후 존이 램버트의 상속인으로부터 그것을 돌려받으려 했지만 소용없었다, 왕실 법정에 소송을 제기했는데도. 훗날 대법관청에 소송을 걸어 재시도해 보지만, 존과 메리 셰익스피어는 자신들의 땅을 결코 돌려받지 못했고, 그 땅은 아든 가 유산의 일부였다.

존은 신용에 상당 부분 의존하는 양모업에서 불법적으로 거래를 했다. 구역 기록 문서를 보면 왕실에 의한 브로커들 급습 이후 그가 채권자들에게 지불할 예비 현찰이 없었다는 것, 동료들이 그를 벌금에서 해방시키고 평상적인 할당액을 깎았다는 것, 그가 9년 동안 결석하자(이 기간 동안 그는 딱 한 번 출석, 행정관 선거에서 친구 존 새들러에게 한 표를 행사했다) 참사회원 직책을 면케 했다는 것은 명백하다: "셰익스피어 씨는 그들이 경고했을 때 오지 않았고 또 오랫동안 그랬다", 1586년 교회 서기가 써 놓은 대로다.[21] 존의 관심사는 자기 보존이었고, 그가 오랫동안 홀을 기피한 것이 통째로 빚 때문만은 아닐지도 모른다. 그가 머리를 계속 낮춘 것은, 아마도, 부분적으로는 자신의 신앙과 배경에 대한 질문들을 두려워했기 때문이다; 그리고 그는 읍 공의회가 그를 축출하기 전에 불참으로 불명예를 겪었다. 하지만 그가 곧장 파멸을 맞은 것은 아니다. 공의회에 의한 면직 후에도 사업 혹은 투기에 종사했고, 만년에는 세곡稅穀을 기웃거리거나 램버트 상속인을 쫓

20   M&A iii. 24.
21   M&A, 170.

아다녔다. 1599년까지도 그는 30년 묵은 빚 양모 21토드(588파운드) 분량을 월트셔 의류상으로 말버러 시장을 세 번 지낸 존 월포드한테서 돌려받으려 애썼다; 그리고 장갑 직공 가게를 포기하는 데도 뭉그적거렸다.

셰익스피어는 '장갑 직공의 아들'이었다, 로체스터 부주교 토마스 플룸이 1756년 무렵 그렇게 기록하고 있다(그렇게 시인 아버지 직업을 그 이전 전기 작가들보다 더 정확하게 확인시켜 준다), "—존 멘니스 경이 언젠가 그의 늙은 아버지를 그의 가게에서 본 적이 있다—뺨이 즐거운 노인네—말하자면—윌은 착하고 정직한 친구였지만, 언제 느닷없이 그와 농담을 터트릴지 모른다".[22] (멘니스는 1599년생이므로 1601년에 사망한 장갑 직공을 회상할 리 없지만, 다른 누군가가 존 셰익스피어 이야기를 듣고 회상한 것을 인용했을지 모른다.)

뺨이 즐겁고 또 아들과 농담을 즐기는 노인네에 대한 이 보고서는 그럴 듯하고, 존은 1576년에 망가진 것이 아니다. 윌리엄의 열두 번째와 열세 번째 생일 사이 아버지의 행동이 그냥 변했을 뿐이다. 존경받는 읍 관리 노릇을 한 후, 존은 부재자로 되었다. 채권자와 고발꾼의 위협에 시달리며, 그리고 도움을 주기보다는 필요로 하면서. 그는 그림자 속에 있었고, 그의 가계는 돈이 적고 먹여 살릴 입은 많았다. 윌리엄 부모는 1569년 4월 15일 두 번째 아이를 조앤 셰익스피어라 명명했다. 그녀는 네 명의 딸 가운데 소년기를 살아남은 유일한 경우다. 마지막 딸, 앤은 1571년 9월 28일에 세례를 받았고, 일곱 살 때 땅에 묻혔다. 아들 리처드는 1574년 3월 11일 성 삼위일체 교회 세례 못에 데려갔고, 마지막 아이, 에드먼드는, 1580년 5월 3일이었다.

이 탄생록은 맏아들의 자랑스런 위치를 부각시켰고, 윌리엄은 가족 내에서 어정쩡해지기는커녕 튼튼하게 자랐다. 그의 행복감은 훗날 그가 부모에게 보낸 전상서들, 가벼운 농담과 은근하고

22   EKC, 『사실들』, ii. 247.

67

깊은 애정이 담긴 쫑코에서 드러난다―이 모든 것들이 스트랫퍼드 시절의 행복, 자기애, 가족에 대한 자부심을 되새기는 듯하다. 알려진 그의 행동이나 태도, 혹은 암시 중에 스트랫퍼드에 대한 깊은 혐오는 결코 나타나지 않을 것이다. 훗날 여동생 조앤을 의식적으로 가볍게 다룬다 해도, 이를테면 『헨리 4세』 2부에서 매를 '늙은 조앤'이라 부르거나 어정뱅이나 하인 따위를 일컫는 상스러운 호칭으로 말장난을 한다 해도("기름투성이 조앤" 혹은 "난 어떤 조앤도 숙녀로 만들 수 있지"처럼) 그는 이런 언급으로 자기 여동생을 가깝게 두고 있다; 그리고 『헛소동』에서 덜, 엘보, 혹은 도그베리 등을 불러낼 때 그는 그 아버지까지 포함한 스트랫퍼드 경관들을 망각하지 않은 듯하다. 소년 시절, 그는 아버지의 법정 상속인으로서 즐겁고 또 흡족해할 온갖 이유가 있었다. 학교 생활 초기의 평이함이나 지루함은 그의 심성을 자유로운 상태로 둘 뿐이었다. 직종이 다양한 읍에서 코믹한 인간 스펙터클은 유익했다. 그러나 그의 환멸이 갖는 심오한 탐구력 또한 있을 거였다―

안녕! 오셀로의 천직은 사라졌도다.

(『오셀로』 III. iii. 362)

미리 생각했던 인생관이 급격히 변하면 혹은 사랑하는 사람에 대한 믿음이 경험에 의해 산산조각 나면 어떻게 되는가? 그의 아버지는 행정관 지위에까지 올랐고, 그러다가 고리대금업과 불법 거래가 폭로되더니, 참사회원 역할을 게을리하여 급기야 공의회가 결별을 고하는 지경에 이르렀다. 모피로 덮은 명예나 지위, 업무, 그리고 명성이 무엇을 감추는가?

찢어진 넝마 조각 사이로 사소한 악덕이 보이는 것은 사실이지;
예복과 모피 가운은 모든 것을 숨긴다.

(『리어 왕』, 1608년 4절판, xx. 158~159)

사람이 밀집한 헨리 가에서 참사회원의 행동은 어떤 경우든 가십에 의해 판단되고, 홀 참석을 그가 거부한 사실은 알려질 거였다. 존 셰익스피어는 '형제애'를 저버린 셈이었다. 윌리엄이 아버지의 일상적인 업무에 기민하게 반응했다는 것, 그리고 그의 중개 행위를 잘 알고 있었다는 것을 증거들은 암시한다. 참사회원의 행동에 이웃이 눈먼 봉사 꼴이었을 리는 없고, 가십과 윌리엄의 두 눈과 두 귀가 아버지의 퇴보를 그에게 알렸을 것이다. 하지만 우상화된 아버지가 진흙 발을 들킨 경우는 숱하고, 예민한 소년에게 성장은 아마도 본래 환멸의 과정일 터. 윌리엄은 아버지에 대해 매우 강한 충정과 동정, 사랑을 느꼈을 성싶다, 다른 한편으로는 짓눌린 분위기를 의식하면서. 열세 살, 튜더 시대 생활의 거대한 경험 하나가 그를 변화시키는 중이었다. 초등학교를 들어갈 참이었던 것, 교육은 그의 심성을 빚과 신용 등 가족의 골칫거리로부터 떨어져 있게 했을 것이다. 그럼에도 불구하고 존 셰익스피어의 몰락은 기록상의 문제다. 헨리 가의 한 집안은 그것에 영향을 받았다.

4. 초등학교로

수사학의 달콤한 연기여!
—돈 아마도, 『사랑의 헛수고』

교실

존 셰익스피어는 자신의 유리한 점을 충분히 잘 인식, 1570년대 대규모 모험들을 감행했고, 그는 지역 중개업자로 악명을 얻었다. 한번은 그가 양모 200토드(5,600파운드) 합동 구매에 불법적으로 참여한 혐의로 고소되었다. 그는 문장을 신청하기 전에도 분명 꽁장한 기대를 갖고 자신의 자식이자 상속자를 지켜보았을 것이 분명하다. 부행정관이었으므로, 그가 윌리엄을 구역 학교 말고 다른 곳에 보냈을 것 같지는 않다. 구역 학교는 사위 수 마일 내 유일한 초등학교로, 처치 가의 왕립 신학교였다—대서인들이 쓴 바로는 '자유 학교' 혹은 ' 왕립 자유 학교'. 기록부가 없어졌지만, 니콜라스 로는 1709년 '존 셰익스피어'가 '상당한 양모 거래상'으로 윌리엄을 '얼마 동안 자유 학교에서' 길렀다고 썼다—그리고, 그의 말을 항상 믿을 수는 없지만, 이 사안에서는 불신할 이유가 전혀 없다.[1] 훨씬 더 직접적으로, 윌리엄이 초등학교에 다녔다는 어떤 증거가 그의 희곡에서 나온다. 그가 상기시키는 라틴 저자들은 주로 그가 학급에서 공부했을 사람들이다—'문법의 신들'—그리고 학교가 자치 도시 시민 아들에게 입학을 허용했으므로, 그는 1571

---

1   레비 폭스, 「스트랫퍼드어폰에이번, 에드워드 6세 치세 학교 초기사」, 『더그데일 사회 임시 문서들』(옥스퍼드, 1984), 16~17; EKC, 『사실들』, ii. 264. 공식 지역 기록에서, 왕립 신학교는 예를 들어 'the free scole' (1565), 'the free schole' (1624), 그리고 'the Kynges ffree Schoole'(1614)로 나타난다.

년, 7살 때 입학했을 것이다.

스트랫퍼드 학급은 윌리엄 시기 이전부터, 그리고 오늘날에 이르기까지, 구역 기록이 적고 있는 바 '예배당'에 모였다─즉 예배당 구내에서, 길드 홀 내부 아니면 근처에서. 그 홀은 읍 행정부가 위치한 장소였고, 윌리엄은 그의 아버지가 다른 참사회원들과 만나는 별관으로부터 몇 야드 안 떨어진 곳에서 수업을 받았다. 전에는 학생들이 '숄하우스'(혹은 '교사의 집')에서 모였지만, 1553년 길드 학교가 다시 착공된 후 약간의 이동이 있었다. 딱히 왜 그랬는지는 모른다. 숄하우스가 임대료 없이, 기혼 선생 존 브라운스워드에게 배정된 것일 수도 있다. 새로운 방 하나가 설치되었고, 한 담당관은 브라운스워드가 임대 기간(1560년대 초) 중 '학기 시작 때마다'[2] 12페니를 낸다고 적고 있다─싼 액수다. (담당목사 브래치거들로, 최소한 그만큼은 낸 셈이다. '엘리엇의 쿠퍼스 케스티게시언 문고' 한 질을 새 교실에 남겨 놓았는데, 토머스 엘리엇 경의 라틴어─영어 사전 『엘리엇 사전』을 1552년 토머스 쿠퍼가 개정한 2절판으로 값이 비쌌다.)[3] 1570년대 소년들은 계단을 올라 길드 홀의 '위 홀'로 가게 되는데, 뾰족한 서까래 지붕 아래 무거운 지붕을 버팀대로 받친, 그리고 창들이 두 열로 나서 한 열은 처치 가 쪽으로 트인, 돌출한, 널찍한, 공기가 잘 통하는 공간이었다. 방은 분명 구획이 나뉘어 있었다; 그러나 한 부분에서 대략 40명의 소년들이 학교 선생 및 보조, 혹은 조교와 함께 일주일에 여섯 번씩 거의 1년 내내 만났다.

교실은 울숍에서 1/4마일 가량 떨어졌고, 『좋을 대로 하시든지』에 나오는 자크의 소년에게는 분명 싫증나는 거리였다, 자크가 인생의 7세대 각각을 시니컬한 삽화로 축소시키기는 하지만:

2   MS SBTRO, BRU 7/1. 1561년 1월 10일자 지대 문서 겉봉에 잉크(현재 형편없이 흐려졌다)로 쓰여졌다.
3   1565년 상속

그 다음은 낑낑대는 학생, 책가방을 메고

아침 세수한 얼굴 반짝반짝하는데, 달팽이처럼 기며 갑니다,

가기 싫은 학교에.

(II. vii. 145~147)

물론, 누군가 소년의 가방을 만들고 기름투성이 조앤 한둘이 겨울 내내 재와 기름을 수집, '빛나는 얼굴'용 비누를 만들었다.

초등학생 소년은 어느 정도 엘리트였다. 대개의 아이들이 '소규모' 학급도 마칠까 말까 한 형편이었다. 칼, 펜, 잉크로 시작했으니, 윌리엄은 매우 특별했을 것이다. 참사회원 아들이니 행동이 단정하고 또 아버지 체면을 살려야 하는 부담이 있었다. 훗날 윌리엄은 수사학, 라틴어, 그리고 현학자들을 조롱하게 된다—그러나 아주 심하지는 않게—그리고 학교와 그 교과서에 대한 언급들은 꽤나 빈번해서 그가 학급을 두 가지 관점, 즉 학생의 관점과 선생의 관점에서 알고 있었다는 점을 암시하기에 족하다. 그는 꽤 감수성이 예민해서 학생으로서는 한 가지 불리한 점이 있었는데, 그가 너무 많은 가르침을 받아들이고 또 과도하게 수용적이고, 충실하고 인내적일 수 있었다, 지겹고 약간 따분하더라도 그럴 수 있었다. 대략 아침 6시까지 교실에 도착해야 했고, 아침 식사 휴식 이후 점심때까지 수업을 듣고, 그런 다음 오후 1시부터 대략 5시 30분까지 또 들어야 했다.

암기 숙제가 끝도 없었다. 레스터의 무료 초등학교—스트랫퍼드의 그것과 크게 다를 수가 없었다—는 매일 아침 수업 내용을 다음 날 '책 없이' 반복했다. 목요일에는 그 주의 학습 내용을 '완벽하게' 암기해야 했다. 일곱 살부터 대략 열다섯 살 때까지, 윌리엄은 라틴어를 거의 매일 외웠다. 종잡을 수 없고, 흐트러졌으며, 장황한 영어—그토록 비정형이고 가변적인, 그리고 너무 빨리 변해서 200년 후 초서는 도무지 알아먹을 수가 없는—에 비해 라틴어는 투명하고 간결했다. 1,500년 동안 유럽 발군의 언어였고,

1540년대 이래 케임브리지와 옥스퍼드의 학문 전 영역에 걸쳐 유창하고 우아한 주석의 매개가 되었다. 1570년대 라틴어의 문필적 권위는 엄청났다. 언어의 소리가 구문 혹은 어휘보다 훨씬 더 엘리자베스 시대 사람들에게 호소력을 발했고, 윌리엄의 라틴어 암송은, 무엇보다, 그의 귀를 훈련시킬 거였다. 암기력이 좋았으므로, 그는 훗날 자기 작품 속에 자신이 듣거나 읽었던 날자료들을 자신의 작품에서 합성할 수 있을 거였다. 그리고 라틴어의 정확성 경험은 그가 스스로 요점 있게, 논리적으로, 지속성이 투명하게 표현하도록 도와주고, 영어로 된 자신의 작품을 과장과, '뿔잉크병' 용어들, 혹은 이국적이고 거들먹거리는 단어들, 즉 단순한 전시용 언어들로 기름칠하지 않게 막아 줄 거였다.[4]

한편, 라틴어에만 좁게 집중을 하면 멍청해질 수 있다. 초등학교 학생들에게는 현대 역사, 사회, 정치, 읍-주-국가의 생애에 대해서는 전혀, 그리고 수공업, 상업, 농업, 인체, 혹은 그들에게 유용할 성싶은 어떤 다른 주제에 대해서는 거의 가르치지 않았다. 규율은 엄격했고, 의심할 여지없이 걸상은 딱딱했다— 한 담당관은 왕립 신학교를 두고 새로운 '널빤지'라 적어 놓았다. 선생은 대략 오전 7시에 도착했고, 학생들은 그에게 절을 했다. 가죽 상의, 평평한 모자, 그리고 둥근 망토, 혹은 비단과 '모조품' 양모 성의聖依 차림으로 그는 좀 더 나이 든 상급 학교 소년들을 가르칠 때 대개 위엄을 발했다. 같은 방에서 조교가 하급 학교 아이들에게 어휘와 어형 변화, 그리고 문법 기초를 가르쳤다. 그 훈련은 윌리엄의 철자법을 도와주지 못했다, 『토머스 모어 경의 책』 희곡 필사 대본의 'D 손 필치'로 보자면, 그리고 만일 'D 손 필치'가 정말 그 자신의 것이라면(우리가 그렇게 믿고 있듯) 그의 철자법은 스트랫퍼드 담당관들보다 나을 것

4   1574년 승인 받은 레스터의 학교 지위는 M. C. 크로스, 『레스터의 무료 초등학교』(레스터, 1953)에 전사되어 있다. J. W. 빈스, 『엘리자베스 및 제임스 1세 치하 잉글랜드의 지적 문화: 그 시대의 라틴어 저작들』(리즈, 1990), pp. xvii와 2~4도 볼 것.

이 없었다. 'ffraunc(France)', 'Jarman(German)', 'graunt(grant)', scilens(silence), 'afoord(afford)', 뭐 그런 식이니까 말이다. 선생이 학생의 영어 실력에 무관심했다는 얘기는 사실이 아니지만, 영어 철자법 시간을 정례화하지 않았고 또 선생들은 아이의 라틴어에 훨씬 더 신경 썼을 거였다.

귀와 기억으로 배웠으므로, 윌리엄은 몇 권 되지 않고, 값비싼 교과서들은 별로 읽지 않았을 거였다. 그러나 소년들은 귀를 기울였고, 학급 동료의 농담을 들었으므로, 그의 동음이의 말장난, 음담패설, 그리고 광대 익살의 연원은 수업 시간으로 거슬러 올라갈 수 있을 듯하다. 끝없는 복종에 대한 반작용으로, 읍 소년들은 윌리엄 릴리의 『문법 입문 개요』(필독서)에 나오는 라틴어 '호룸, 하룸, 호룸'을 거의 음탕한 영어 발음으로 들어야 했다, 단지 제정신을 유지하기 위해서라도.

『윈저의 즐거운 아낙네들』에서 미시즈 퀴클리는 이런 말들이 음탕하게 들린다고 생각하고, 4막 1장에서, 웨일즈 교구 사제—교육자 휴 에번스 경은 흡사 조교풍으로, 어린 윌리엄 페이지로 하여금 문답 훈련을 거치게 하고 있다. 이 장면의 당대 철자법에서 우리는 엘리자베스 시대 1학년 학급의 어조를 파악할 수 있다, 미시즈 퀴클리의 논평에도 불구하고:

에번스: 라틴어 '라피스'가 무슨 뜻이지, 윌리엄?
윌리엄: 돌이요.
에번스: 그럼 '돌'이 뭐지, 윌리엄?
윌리엄: 자갈이요.
에번스: 아니지, 돌은 '라피스'지. 잘 외워 두거라. … 포카티브, 호격은, 윌리엄?
윌리엄: 음—호격은, 음—.
에번스: 외워 둬, 윌리엄, 포카티브는 카레트다.
미시즈 퀴클리: 캐럿, 좋은 물건이죠.

에번스: 그 여자 참, 그만.

페이지 부인: (미시즈 퀴클리에게) 가만히 계세요.

에번스: 소유격 복수는 뭐지, 윌리엄?

윌리엄: 소유격요?

에번스: 그래.

윌리엄: 소유격 '호룸, 하룸, 호룸.'

미시즈 퀴클리: 호럼, 매음, 망할 소유 년 같으니! 에 퉤퉤! 그런 년 이름 입에 담으면 안 된다, 얘야.

(IV. i. 28~57; O-S sc. xiii)

　페이지 부인은 너무 흡족해서 윌리엄에 대해 이렇게 말한다: "애가 생각보다 잘하네요", 그리고, 일반적으로, 튜더 시대 부모들은 초등학교 교육을 긍정적으로 보았다. 자기 아이를 공손하게 또 말 잘 듣게 만들어 주었으므로, 그리고 메리 셰익스피어—그녀는 어린 나이에 아든의 신뢰를 얻은 능력의 소유자다—가 참사회원 자식한테 학교에서 잘하라는 채근을 덜 했을 거라는 가정은 금물이다. 오히려 너무 채근했을 터.

　확실히 느린 진도와 반복은 많은 소년들에게 졸리거나 둔해지는 일이었다. 그들은 색인과 그리스 알파벳 말고는 모두 라틴어인 『문법』으로 넘어갔다. 윌리엄은 아홉 살 때 그의 '더 못한 그리스어' (존슨의 용어대로) 맛을 알게 되었다. 그는 정말 『문법』을 명징한, 흐트러짐 없는 유머로 회상하는데 이것은 상급 학교에 대한 그의 역설적인 반응과 대비를 이룬다. "감탄사는", 그는 릴리에게 이렇게 배웠다, "갑작스런 감정을 나타낸다", 이를테면 "웃음 하 하 헤"처럼.[5] 그렇게 『헛소동』에서 베네딕트가 클라우디오에게 말한다: "감탄사? 그거야, 웃음 같은 거 아닌가, '아, 하, 헤' 처럼."(IV. i. 21~22)

5　윌리엄 릴리, 『문법 입문 개요』(1567).

75

혹은 『문법』이 소년들(새벽 전에 기상하는)에게 아름다운 속담 "Diluculo surgere."(아침 일찍 일어나는 게 건강에 제일 좋다)를 상기시 킬 수 있었다. "이리 오게, 앤드루 경", 『십이야』에서 토비 벨치 경이 상심에 잠긴 앤드루 에이규치크에게 말한다, "자정이 넘어도 자지 않는 게 바로 일찍 일어나는 거란 말씀, 일찍 일어나는 게 보약이다, 그 말 알지".(II. iii. 1~3)

하급 학교는 3년 혹은 4년을 질질 끌었다—하지만 에라스무스, 콜렛, 그리고 그로신 같은 초기 학자들이 잠재적인 창의력을 학교 에 주입시킨 터였다. 그들의 기독교 휴머니즘은 각 개인이 현명하 게 행동할 수 있다는 여유 있고 유쾌한 믿음을 품고 있었다. 그들 이 중세의 낡은 문법—수사학—논리학 세 학문 체계를 변형시킨 것은 부분적으로 그들의 휴머니즘이 세계주의적이고, 기민하며, 또 탐구적이기 때문이었다. 그들 사고의—그리고 그렇게 셰익스 피어 학습의—뿌리는 일정 부분 마르실리오 피치노 혹은 그가 후 견했던 피코 델라 미란돌라 같은 15세기 플로렌스 사람들의 저작 에서 찾을 수 있었고, 미란돌라의 전기를 토머스 모어 경이 썼다.

피코의 주장은 누구든 천상적이거나 지상적, 필멸이거나 불멸, 착하거나 나쁜 것이 아니고, 다만 그가 선택한 바에 따른 결과물 이라는 것이다. 그렇다면, 어렸을 때부터 심성을 훈련시켜 윤리 적 선택에 걸맞게 해야 했고, 잉글랜드 초등학교의 목적은 영혼을 정화하는 게 아니라 하느님 세계에서 적절하게 복무할 수 있도록 지력을 준비시키는 데 있었다. 고대인들이 심성을 세련하였으므 로—혹은 최상의 수준으로 실현하였으므로—라틴어와 그리스어 가 튜더 시대 커리큘럼을 채웠고, 1571년에는 정말 주교들이 온갖 잉글랜드 학교 선생들에게 '라틴 & 그리스어의 온전함과 세련미 를 배울 수 있는' 책들을 가르치라고 당부하고 나섰던 것이다.[6]

그 시스템은—가망의 싹수와 함께—최소한 엘리자베스 시대 희

---

6   『어떤 법규의 서』(1571).

곡 작가들이 문학적인 교양을 갖춘 청중을 위해 창작하도록 보장
해 주었다. 실제로는, 그 체계가 물론 숱한 휴 에번스 경류에 의
존했다—그러나 윌리엄은 교과서가 있었다. 레너드 컬맨의 『구문
론』. 이 책에는 다음과 같은 '대화'용 라틴어 명언 목록이 들어 있
었다.

Deferto neminem	남을 탓하지 마라
Multitudini place	대중을 즐겁게 하라
Pecuniae obediunt omnia	돈이 왕이다
Felicitas incitat inimicitias	행복은 적을 키운다
Somnus mortis imago	잠은 죽음의 이미지
Tempus edax rerum	시간은 집어삼키는 자
Tempus dolorem lenit	시간은 슬픔을 달랜다
Animus cujusque sermone revelaturr	말하는 걸 보면 그 사람을 알 수 있다

　여기서 폴로니어스가 싹트고 있다면, 그런 것은 훨씬 더 많다.
학생들은 이런, 그리고 다른 명언들—에라스무스 『카토』에 나오
는 것 같은—을 사용, 주제를 '증폭'시켰다. 윌리엄은 문장으로 생
각하는 법을 배웠다. 가장 좋은 것을 찾으며, 그가 르네상스의 복
잡 미묘한 심성 상당 부분과 함께 간명한 상투 구절을 자기 작품
안에 끌어들일 거였다. 그리고 그의 시와 희곡에서 발견되는 『유
년』의 메아리가 209가지에 이른다.[7]
　학생들은 때때로 교실 생활 너머를 생각해야 했다. 그래야만
"시간이 슬픔을 달랜다"는 것을 보여 줄 수 있지 않겠는가? 그들
은 고대 로마인들을 상상했다(로마인들은 줄리어스 시저 시대 이래

7　『Sententiae Pueriles per Leonardum Culman』(1639), 1~9; C. G. 스미스, 『셰
익스피어의 속담 사랑』(케임브리지, 매사추세츠, 1968), 그리고 G. V. 모니토, 「셰익스피
어와 컬맨의 Sententiae Pueriles」(『주석과 질문들』, 230호(1985), 30-1호)

잉글랜드에 대해 거의 아무것도 듣지 못했다), 그리고 테런스의 희극 작품들 속에서 몇몇 로마인을 만났다. 이를테면 섬세한 『내시들』에 등장하는 우스꽝스럽고, 기름때 묻은 기생충 그나토:

GNATHO: plurima salute Parmenonem summum suom inpertit Gnatho. quid agitur?
PARMENO: statur.
GNATHO: video. num quidnam hic quod nolis vides?
PARMENO: te.

그나토: 그나토가 그의 훌륭한 친구 파르메노에게 정말 좋은 아침 인사 전하네. 너 뭘 입은 거야?
파르메노: 내 다리.
그나토: 그렇게 보이는군. 혹시 이곳에, 자네, 마음에 안 드는, 보기 싫은 거라도 있나?
파르메노: 너.[8]

조교가 몇 개 장면 너머로 가기만 해도 아이들은 5막 희곡 구조를 알게 되지만, 테런스는 주로 세련된 라틴어 때문에 찬탄을 자아냈다. 윌리엄은 플라우투스에게 훨씬 더 많은 것을 배우게 된다. 그의 희극이 너무 추잡해서 대개의 학교에 맞지 않았지만. 그가 언제 처음으로 플라우투스를 읽었을까? 그것은 불분명하지만, 교실은 그가 감질낼 만큼 로마 희극 세계로 안내했다; 그리고, 학교 선생은 아니더라도 아버지 친구들한테서는, 빌려 볼 수 있었을지 모른다, 마침내, 그가 원하는 만큼의 테런스 혹은 플라우투스를.

그는 라틴어로 된 현대의 도덕 시인들을 잘 기억했다. 아이들은 팔링게니우스의 『12궁 교과 과정』을 암송했고 이 안에 간략한 희

---

8   로브판.

극 옹호론이 들었고, 카르멜회 수도사 시인 만투아누스(벱티스타 스파그뉴올리)의 목가 한두 편도 암송했는데, 『사랑의 헛수고』에서 현학꾼 홀로페르네스가 끔찍이도 좋아하는 시인이다. 3년차가 되면, 그들은 위솔의 소사전, 아니면 교구 목사가 남겨 두고 간 엘리엇—쿠퍼 사전을 사용하여 자기 나름의 라틴어 문장을 짓기 시작했다. 보다 많은 대화를 위해, 코르데리우스, 갈루스, 혹은 비베스의, 아니면 카스탈리오와 에라스무스 간의 대화록 구절들을 적어 두었다.[9]

어떻게 보면 학급은 일주일 내내 지속되는 셈이다, 아이들은 주일 교회에서 들은 설교와 짧은 훈화를 설명해야 했다. 학교에서는 제네바 성서 대목을 양방향으로, 영어를 라틴어로 라틴어를 영어로 쌍방 번역했다—그리고 윌리엄의 선생은 창세기, 욥기, 그리고 집회서뿐 아니라 잠언과 시편도 좋아했을 것이 거의 분명하다.[10] 윌리엄의 성경 지식을 교회에서 개선시켜 준 헨리 하이크로프트는 케임브리지 성 요한 대학 특별 연구원으로, 1570년 문학 석사 학위를 받았고 사순절 설교로 특별 수당을 벌었으며 읍이 알고 있는 유망한 교구 목사 중 한 명이었다. 1569년부터 1584년(이해 그는 월급이 더 많은 로윙턴 교구로 떠났다)에 이르는 동안, 하이크로프트는 최소한 셰익스피어의 도시 감각 저변에 깔린 심오한 종교—도덕감을 더하는 데 도움이 되었다.

학사 일정은 예배로 시작해서 예배로 끝났고 소년들은 터벅터

9   셰익스피어의 학교 교육에 관해 특히 도움이 된 것은 T. W. 볼드윈의 기본적인 『윌리엄 셰익스피어의 빈약한 라틴어와 더 빈약한 그리스어』(전 2권, 어배나, III., 1944)와, 볼드윈의 연구를 부연 설명하는 4권의 책이다: V. K. 휘터커, 『셰익스피어의 학문 활용』(산마리노, 캘리포니아, 1953); 엠리스 존스, 『셰익스피어의 기원』(옥스퍼드, 1977); A. F. 키니, 『휴머니스트 시학』(애머스트, 매사추세츠, 1986); 그리고 빈스, 『지적 문화』.
10   희곡들에서 보이는 성경 암시로 보자면 그렇다는 것인데, 이 점을 조명하는 것이 리치먼드 노블의 『첫 2절판 사례로 본 셰익스피어의 성경 지식과 영국 국교 기도서 활용』(1935), 그리고 물론 나시브 샤힌의 『셰익스피어 비극의 성경 참조』(델라웨어 주 뉴어크, 1987)와 『셰익스피어 사극의 성경 참조』(델라웨어 주 뉴어크, 1989)다.

벅 길드 예배당으로 걸어 들어가 시편을 낭송할 거였다. 극적이
고 집단적인 행동, 학생들이 노래를 부르며 제창으로 다윗, 그리
스도, 그리고 교회의 '나'를 상정想定할 것을 시편은 요구했다. 아
이들을, 또한, 답답함에서 구해 준 것은 알렉산더 노엘의 엄청난
『교리문답』으로, 『교리문답의 ABC』이후 1570년대 중반에 이르
면 거의 모든 초등학교 학생들이 알게 되는 책이다. 노엘은 '영이
시고, 영원하며, 측량할 수 없고, 무한하며, 이해할 수 없는' 하느
님, 온갖 '헛된 모양'과 분리된 하느님의 신비, 그리고 너무도 어
둡고, 더럽고, 또 끔찍한(그리고 감정과 드라마로 가득 찬), 명명이 불
가능한 악을 가르쳤다. 소년들은 그의 경고를 외우며 '국왕 시역
죄'라는 단어를 속삭였을지 모른다: "물론이다", 『교리문답』은 말
한다. 왜냐면 자기 부모에게 해를 끼치는 것이 끔찍하고, "죽이는
것이 존속 살해라면… 그렇다면 공동의 행복에 맞서, 그들의 조
국, 가장 오래되고, 성스러운, 공동의 어머니에 맞서 음모를 꾸미
고 사악한 무기를 든 자들은 말할 것도 없지 않은가?"[11]

학생들이 영국의 '사악한 무기 소지자'에 대해 듣는 게 대략 그
정도였다. 1570년대 새로운 흐름이 학교 바깥에서 암묵의 의문을
품고 술렁거렸지만. 선생들이 라틴어를 가르쳤다면, 영어는 어땠
는가? 새로운 책들은 나라의 과거와 언어를 예찬했다: 윌리엄 램
바르드의 『켄트 순회』—최초의 주州 역사서—는 1576년 '영국 역
사'가 최상의 가치를 지닌다고 주장했다.[12] 그 1년 후 라파엘 홀린
즈헤드의 방대한 『연대기』가 영국 제도를 높이 추켜올렸다. 이 책
에 실린 탁월한 목판화 중 하나가 '맥베스'를 보여 주는데, 그는
'뱅쿼'와 함께 까마귀 가득한 하늘 아래 말을 타고 가다가 세 명
의 '괴상한 자매들 혹은 요정들'을 만난 참이고, 세 자매는 말 탄

11   알렉산더 노엘, 『교리문답, 혹은 기독교 첫 입문과 배움』, T. 노턴 번역(1571),
sigs. C4, E3r-v.
12   『켄트 순회 : 그 주의 묘사, 역사, 그리고 관습을 담은』(1576), sig. 4v(토머스 워턴
의 서한).

그와 그의 친구를 노려보고 있다.[13] 영국의 과거가 중요하다면 토착어가 훌륭하다는 주장도 가능하리라—최소한 윌리엄이 하급 학교를 떠났을 때의 애국적인 분위기에서는. 그때까지 내내, 그의 훈련은 상투적이었지만 토머스 젱킨스 선생을 맞이할 채비를 갖추어 주었을 거였다.

새벽의 수사학

처치 가 상上—홀에서 보낸 어두운 나날들은 살아 있는 세계가 빛이 바랬고 중요한 것은 고대였다. 살루스트 혹은 시저가 소년들의 억양에서 되살아났다—살아 움직이는 기적이 일어난다고 여겨졌거나. '열정적으로', 감정을 갖고 낭송하라는 지시를 소년들은 받았고, 주교령은 똑바로 서서 '터놓고, 분명하게, 그리고 뚜렷하게' 표현할 것을 권했다.[14] 상급 학교의 경우, 이런 낭송—아마도 미래의 배우들에게 도움이 되었을—이 대학 교육을 받은 선생들을 감동시켜야 했다.

1571년부터 사이먼 헌트가 상급반을 가르쳤다; 옥스퍼드에서 문학사 학위를 받고 온 지 얼마 안 된 상태였다. 그는 성질이 변덕스러웠을지 모르지만, (임기 초기) '학교 유리창 보수비'로 7실링 11페니를 지불한 것은 아마도 그가 '문 걸고 내쫓기', 즉 학생들이 날을 정하여 선생이 못 들어오게 문을 닫아걸고 소란을 피워 대던 행위의 희생자였다는 뜻이다. 유리창들이 박살났고 소년들—윌리엄 같은—은 '[그들의] 선생이 못 들어오게 문을 막다가 깨진 유리창' 값을 물 수도 있었다.[15] 윌리엄은 학교 내 전도된 권력의 유쾌한 엉망진창 세계를 알았고 그의 희극들은 우스꽝스런 재난

13 라파엘 홀린즈헤드, 『잉글랜드, 스코틀랜드, 그리고 아일랜드 연대기』(전 3권, 1577), i. 243.
14 「Of Scholemasters」, sig. Div.

의 좀 더 미묘하고 복합적인 전도—그리고 심오한 해방—를 탐구하게 될 것이었다.

깨진 유리창 사건을 겪고 헌트는 1575년 퇴장하게 된다. 그는 처치 가를 떠나 예수회 회원이 되었거나—그가 1575년 여름 두 아이의 대학 입학을 허가 받은 사이먼 헌트일 경우—지역 일을 맡았다, 그가 1598년 100파운드 상당의 유산을 남긴 사이먼 헌트라면.

그 뒤를 이은 선생 두 명은 토머스 젱킨스와 존 카텀이었는데, 둘 다 옥스퍼드 출신이다. 연봉 20파운드의 선생 봉급은 적정선이지만, 많이 주는 것은 아니었고, 현직 교사가 조교 월급을 지불해야 하므로, 1560년대와 1570년대 몇몇 선생들은 보다 수입이 많은 직책을 찾아 떠났다. 떠나는 교사 혹은 교구 목사가 통상적으로 대체 인원을 데려왔다. 그렇게 존 브라운스워드는 교구 목사 브래치거들이 데려온 사람이었는데, 위턴에서 그를 가르친 바 있었다. 3년 후 1568년 교사로 부임한 존 액턴은 옥스퍼드 브라스노즈 단과대학 연구원이었다; 그를 대체할 월터 로슈는 코르퍼스 크리스티 단과대학의 연구원으로, 왕립 신학교를 그만둔 후 채펄가에서 변호사 노릇을 하며 존 셰익스피어의 소송을 두 번 지켜보았다.

젱킨스와 카텀은 가톨릭과 연관성이 강했지만, 영국 종교개혁에 대한 기억이 아주 생생했던 때이므로 분명 숱한 다른 선생들도 그랬을 것이다. 런던 태생 젱킨스는 옥스퍼드 성 요한 대학 창설자 토머스 화이트 경 '오랜 시종'의 아들이었다. 화이트는 견진 성사를 받은 독실한 가톨릭이었고, 사실 성 요한 대학은 가톨릭 신앙을 선호하지만 그것을 여왕에 대한 충성심과 조화시키려 하는 사람들을 환영했다. 이 학교로 화이트 시종의 아들이 보내진

15 "Rec. of mr hunt towards the repayringe of the schole wyndowes vijs xjd" 가 '빗장 질러 내쫓기'(선생을 못 들어오게 하고 유리창을 깨는)를 가리키는 것이라면 헌트 학급의 학생들 혹은 부모들은 7실링 11페니(1572~1573 회계 년도에 대한 1574년 2월 17일자 자치구 회계 감사)를 내야 할 거였다. 그 액수는 얼마 후 창문 보수를 위해 레스터 학생들에게 거둔 5실링 6페니와 비교된다: 크로스, 『레스터의 무료 초등학교』, 25.

것이었다. 젱킨스는 1566년 학사 학위, 1570년 석사 학위를 받았다; 또한 1566년부터 1572년까지 성 요한 대학 연구원이기도 했는데, 이때 대학 당국은 그에게 우드스톡 '초서의 집'을, 아마도 교사로 임대해 주었다.[16] 토머스 경은 추천서를 보내 성원해 주었고, 설령 그가 실제 가톨릭이 아니었더라도 가톨릭 신자 친구와 후원자들이 있는 셈이었다. 카텀—그를 승계한—은 가톨릭 신자 동생이 있었는데 순교했다. 젱킨스를 1575년 워릭에서 데려왔다는 주장이 종종 자신 있게 제기되나, 워릭 출신 선생은 스트랫퍼드 기록에 거명되지 않고, 젱킨스가 정말로 나타나는 것은 1574년 3월 10일자 공의회 임대 기록부로, 방을 빌리는 모습이다. 이 기재 사항은 그 후 첨가된 것일 수도 있지만:

젱킨스 씨에게 방 하나 ○————————————10실링
그에게 방 하나 더 ○————————————5실링[17]

(학교 선생들은 임대료가 공짜였으나 조교들은 그렇지 않았다.) 그렇다면—결코 확실치는 않아도 젱킨스는 조교로 시작했을 것이고, 그의 가르침 덕에 윌리엄이 하급 학교 커리큘럼 막바지의 도덕적 시인들을 그토록 잘 기억하는 것인지 모른다. 어쨌거나, 젱킨스는 담당관들에게 깊은 인상을 주었다, 왜냐면 그가 떠나고 6년 후, 8년 후에도 그들은 방 하나를 '젱킨스 씨의 방'이라고 불렀다[18]; 그리고 학생들에게도 젱킨스는 깊은 인상을 준 듯하다. 일례로, 퀸틸리안 1권 학급을 가르친 듯한데, 단순한 현학꾼이 가르칠 학급이 아니었다(수사학에만 관심이 있는 선생은 그 학급을 건너뛰곤 했다). 1575년 선생이 되었으니, 오비드 『변형담』과, 아마도 아서 골딩

16   ME 56.
17   MS SBTRO, BRU 2/1
18   M&A iii. 150, 그리고 iv. 18; 볼드윈, 『빈약한 라틴어와 더 빈약한 그리스어』, i. 471.

의 유명한, '대등한' 판본, 소박하면서도 유용하고 또 학교 선생들이 종종 읽어 주던 판본을 윌리엄에게 소개한 것은 분명 그였다. 골딩 영어본의 한 장점은 오비드 라틴어의 촘촘한 풍부함을 펼쳐내고 또 확장시킨다는 점이었다. 셰익스피어가 골딩본을 좋아했고 또 그것에 의존한다고 해서, 물론, 오비드 텍스트에 대한 훌륭한, 독립된 감이 그에게 결여되었다고 볼 수는 없다; 그렇지만, 그는 골딩의 세부 묘사를 사용하게 될 것이었다, 다음에서 보듯, 그림을 묘사하는 힘에 그가 끌렸으므로—신들의 연인인 필멸 인간 아탈란타에 대한 묘사다:

겉옷을 그녀는 걸치고 있었다.
끈 단추가 목 가리개에 붙어 있고. 머릿결은 전혀
다듬지 않고 다만 한 군데 매듭을 묶었을 뿐.
그녀 왼쪽 어깨에 걸쳐진 상아 통이 미세하게 떨리고:
그 안에 화살이 가득 차 있어, 걸을 때마다 달그닥거렸다.
그리고 오른손에는 이미 당겨진 활을 들었다.
그녀의 모양새는 바로 이랬다. 그녀 얼굴과 그녀 기품은
소년이 그랬다면 창녀 얼굴이라 했을 정도였다.[19]

오비드 텍스트는 엘리자베스 시대 학급에서 애용되었지만, 윌리엄의 오비드 선호는 복합적이고, 평생에 걸쳐 있고, 아마도, 늘 발전하는 것이라서 마치 『변형담』이 그에게 세속적 형이상학적인 통찰을 주는 다층적 원천인 듯 그는 그 안에서 참신한 것을 찾아냈다. 그 무궁무진한 시작품 속에서 그가 본 최선은 변화하는, 풍부한 영적 육적 변형의 이미지였고, 이것이 자연 과정을 알려주었으며 희극 정신을 알려 줄 수 있었다.

선생의 주요 임무는 수사학, 혹은 학생이 논문, 서한, 그리고 웅

---

19 『변형이라는 제목의… 책 15권, 번역… 아서 골딩』(1567), '제 8권', sig. 05.

변문 형식으로 자기 의견을 종이에 작성할 수 있도록 가르치는 것이었다. 그 과정을 버티면 누구나 어느 정도는 배울 거였다—그리고 영리한 아이들은 이런저런 견해들을 반박해 나가는 '논쟁' 시간에 매우 정서적인 호소력을 발휘하는 자기 주장 개진법을 배웠다. 그 훈련은 연극에 필요한, 초연한 듯 개입적인 대사 집필에 대한 빠른 감을 윌리엄에게 주었다. 아이들은 '모방' 시간—여러 라틴어 단편들을 융합하여 모방 대상과 같지만 다른 텍스트를 만들어 내는 과정—에도 배웠다—오비드가 13세 그리고 14세 윌리엄의 상상력을 사로잡았지만 윌리엄이 동화同化 기법을 정확하게 훈련받은 것은 다양한 원천으로부터였다.

학교가 미친 영향에 관한 한 그는 추종자와 동화자가 될 모양이었다—창조적인 인간이 아니라. 학교는 색다른 것을 싫어하는 그의 기질을 아마도 강화시켰다. 그는 온갖 시련을 견뎌 낸 소재들을 희곡에 쓰고 또 옛날 텍스트, 옛날 주제, 옛날 진실을 참신하게 재작업할 수 있는 자신의 능력을 사용하고, 그리하여 유별나지 않지만 보편적일 뿐 아니라 심각하게 독창적인 모습의 작품을 쓰게 될 것이었다. 어느 정도, 수업을 받는 학생들은 누구나 엇비슷한 모양으로 두들겨졌고 라틴 저자들의 창백한 그림자쯤으로 머무는 데 도움이 되는 투와 틀걸이만을 가르침 받았다. 윌리엄의 주요 수사학 입문서는 일반 정보 분야 『수사론』(당시 키케로의 철학으로 알려졌다), 이론 분야는 퀸틸리안, 변화와 우아미 분야는 에라스무스 『코피아』, 그리고 말의 수사 분야는 수센부로투스였다. 그가 『투스쿨라 논쟁』 말고 다른 키케로 저작을 읽은 적이 있는지는 분명치 않다; 학교 텍스트는 몇 개 되지 않았다. 그러나 『수사론』이, 표현은 너무 애를 써서는 안 된다는 점을 정말 가르쳐 주기는 했다—학생들은 상큼한 능변을 원했다—그리고 말의 구절 매김이나 수사는 물론 물리적 세계 자체도 장식적이기는 마찬가지라는 주장을 넌지시 담고 있었다.[20] 아마 윌리엄의 선생은 이 고전적인 사고에 반대했다—그리고 학생은 동의하지 않았다. 말들의 공허한 소란과 실재 사이의 구분을 존중했지만, 그는 비유와 구성을 가치 있게 여겼다. 훌륭한 교사라면 그것들을 강조했을 거였다. 그것들은 언어 자체의 자물쇠를 풀고, 또, 이론상으로는, 사용자가 감정을 자연스럽게 표현하도록 도와주는 것이었다. 비유는, 사실상, 단어의 뜻이 문자 그대로의 차원에서 상상력의 차원으로 '전환'하는 것이었다, 단어가 은유, 직유, 혹은 과장법, 아니면 다시 제유(부분으로 전체를 대표케 하는 수사) 혹은 환유(속성으로 사물 자체를 대표케 하는 수사) 같은 장치에서 사용될 때 그렇듯. 구성은 단어들의 반복, 스타일상의 대칭 혹은 조화, 시각—청각적인 무늬 등을 포함한다, 이를테면 이소콜론과 파리손(연이은 절들을 같은 길이와 같은 구조로 하는 것) 혹은 파로모이온(소리와 구조를 상응케 하는 것), 그리고 구절과 문장에서 강조, 속도, 혹은 리듬에 영향을 주는 다른 장치 등등.

　문제는 튜더 시대 학생들이 이런 언어 체계를 제대로 활용할 만큼 삶에 대해 알지 못했다는 것이다. 그들은 모방 합성을 연습했지만, 수사학 체계는 인위성, 혹은 순전한 기법적 솜씨를 충분히 부추길 정도로 복잡했다. 윌리엄은 런던 집필 후 10년이 걸려서야 수사학 자료들을 온전히 사용할 수 있게 된다. 초기 희곡 스타일의 딱딱함으로 판단컨대, 그는 언어 사용을 경험감과 짝 맞추는 데 속도가 느렸다. 그는 (많은 경우 그랬듯) 웅변용 주장을 작성할 때 작풍에 유의하라고 배웠지만, 최소한 『베니스의 상인』 혹은 아마도 『트로일루스와 크레시다』 그리고 비극 독백에 이르러서야 그는 논쟁적 언술을 온전하게 자유자재로 구사하게 된다. 고전적 수사학 체계를 버린 적이 결코 없고, 조만간, 영국 무대용 작품을 쓴 어느 누구보다 강력하게, 가지런하게, 그리고 혁신적으로 그것을 구사하게 된다; 그러나 그가 그 체계를 빨리 동화시켰다는 가정은 다른 문제다. 말의 기교를 그냥 건조하게 강조하는 학교는

20　볼드윈, 『빈약한 라틴어와 더 빈약한 그리스어』, ii. 183~184를 보라.

분명 너무 이른 것으로, 어떤 면에서 그의 심성을 좁게 만들고 그의 성공을 지연시켰다; 예를 들어, 성숙한 시기 작품 속에, 그가 울려 퍼지는 듯한 말 변화와 그 변주, 확장 및 무늬 짜기에 너무 매료되었었다는 암시가 있다. 자신의 습작품에서 수사학을 비웃을 때조차도, 그는 자신이 희화화하는 바로 그 말의 과잉에 홀딱 빠져 있는 듯한데, 이를테면 『베로나의 두 신사』에서 스피드와 프로테우스의 말장난과 소리장난이 그렇다;

> 스피드: 양치기는 양을 찾지, 양이 양치기를 찾는 게 아니라; 하지만 나는 내 주인을 찾아, 그리고 내 주인은 나를 찾지 않아: 그러니 난 양이 아니지.
> 프로테우스: 양은 건초 때문에 양치기를 따르지, 양치기는 음식 때문에 양을 찾는 게 아니고: 너는 급료 때문에 네 주인을 따르고, 네 주인은 급료 때문에 너를 따르는 게 아니고: 그러니 너는 양이야.
> (I. i. 84~90 ; O-S sc. i)

장차 굼뜨게 탈각하게 될 그 말 패턴들에 그는 현혹된 상태였고, 불리한 점 중 하나는 한물 간 지 오래된 스타일을 그가 모방할 가능성이 있거나, 더 많은 내용과 더 적은 수사를 요구할 수 있는 훗날 적응 못할 것 같다는 것이었다. 문법 학자 릴리의 손자 하나가 곧 그를 매료시키게 된다: 성이 릴리Lily에서 릴리Lyly로 바뀌었고, 그의 1578년 작 『미사여구』의 패턴화한 미려체가 일시적 유행이 되었다. 그러나 일시적 유행은 지속되지 않는다. 사람들이 『미사여구』를 지겨워하기 시작한 한참 뒤에도, 과도하게 꾸민 유퓨어즘 스타일이 셰익스피어 저작에 꾸물거렸다. 그 과잉에 대해 그가 결단을 내린 적은 한 번도 없다; 『햄릿』의 오스릭 대사 혹은 『헨리 4세』 1부의 폴스타프 대사에서 미사여구풍 조화를 조롱하고 날려 버리지만 또한, 『헨리 4세』 1부, 『리처드 3세』, 혹은 『오셀로』의 심각한 운문에서 그것을 사용하고 있다.

이 결함은 문학적 재능의 온상이되 언제나 자립 생활의 온상은 아니었던 학교 탓이다. 윌리엄—그리고 몇몇 급우들—은 라틴어에 민첩했던 것이 분명하지만 민첩함이 영어 속으로 흘러넘치면서 학생의 자기감自己感과 자기 관찰감을 앞질렀다. 더 심각한 문제는 윌리엄이 학습에 강제로 빠져들었다는 점이다; 학교라는 좁은 도관導管을 좋게 보지 않았다면, 존 셰익스피어는 아들을 교실에 보내지 않았을 거였다. 하지만 민첩함이 어떻게 내적 발전을 야기할 수 있는가? 학교에 대한 은연중 비판은 현학자를 겨냥한 셰익스피어의 온갖 가벼운 풍자에서 목소리를 내고 있지만, 1570년대 그가 준비한 경력은 선생이었을 가능성이 가장 높다; 설령 그 직업을 피했더라도, 말과 소리에 대한 자신의 선호와 현실감을 조화시킬 명백한 길이 아직 없는 처지였다. 학생으로서—명백히 인간적이고 또 사려 깊은 젱킨스의 지도를 받는다 한들 그는 어법 훈련, 교과 과정의 편협한 고전주의, 그리고 그의 모방 취미와 감수성 때문에 빛 좋고 천박한 인위성 속으로 강제되어 갈 위험이 있었다. 그는 사실 수사학적 전시에 대한 자신의 선호를 계속 억제했다—훗날—부분적으로는 그 과잉을 비웃는 방식으로, 그리고 정말 그의 코미디언들은 학교 제도의 부조리를 거의 과하다 싶을 만큼 정력적으로 조롱한다. 그의 광대들은 수사학의 희생자들이고, 그의 가장 인상적인 주제가 그것을 마구 활용한다; 그는 일종의 이상적인 초등학생 왕자, 학문적이면서 활력 넘치는 성격을 유지하면서도 말로 놀고, 결투하고, 또 꿈꿀 수 있는 인물 햄릿을 그려 내게 될 거였다.

상급 학교 마지막 단계에서, 아이들은 시저와 살루스트뿐 아니라 버질 및 호레이스를 쳐들고 로마사를 일별하게 된다. 희랍어 신약을 시작했더라도 윌리엄은 이미 습득한 수수한 분량의 희랍어에 그다지 많은 것을 보태지 못한 채 처치 가 경력을 끝냈을 듯하다.

최근 그의 아버지 운이 바뀐 터였다. 지도적인 읍 인사 아들로 하급 학교를 시작한 소년은 현금이 딸리고, 너그러운 참사회원들— 존 셰익스피어를 '홀'에서 보지 못한—이 베푸는 인정에 휩싸인 집안에 속한 자신을 보게 되었다.

하지만 시대는 해방감을 부채질했다. 새로운 대담무쌍, '심성의 어떤 불구와 오만'(윌리엄 캠던이 썼듯)이 유행 복장의 창궐로 나타났다. 이 현상은 런던에 국한되지 않고 '영국 전역에 걸친' 변화의 징후였다.[21]—그리고 옛날의, 멀쩡한 사치 금지법을 무시하는 풍조는 스트랫퍼드의 브리지 가 여관들 및 그 너머까지 뚜렷했을 것이다.

사회적 장벽들이 붕괴되고 있었다. 의상은 더 이상 지위 혹은 수준을 정확하게 반영하지 않았다. 상급 학교를 쉬는 날, 윌리엄은 새로운 무질서—색색 가졌던—를 적지 않게 보았을 거였다. 지위가 하찮은 사람들이 값싼 로제트(장미 모양 장식—역자 주)를 신발에 달았다. 자수 조끼 장식이 공단 다발 호박단이나 금실 은실로 꿰맨 가지 모양으로, 상인 아들이 귀족 같았고, 보다 신분 높은 청년들은 굉장하게 솜을 넣은 더블릿, 나긋나긋한 고급 린네르 혹은 론(한냉사寒冷絲) 셔츠를 입었고, 심지어 '모자 밴드가 검정색, 흰색, 붉은색, 혹은 노란색으로, 이틀을 채 못 가고 바뀌는' 뾰족관 사스닛(부드럽고 얇은 견직물로, 안감, 리본 등에 쓰인다—역자 주) 모자까지 썼고, 프랑스 혹은 베니스풍 바지와 칼로 베어 수를 놓은 높은 코르크 굽 신발을 신었다.[22]

계절별로 주어지는 전도권轉到權, 이를테면 크리스마스 축제 때부터 십이야에 이르기까지 축제, 그리고 추수제 및 슈로브타이드

21 『잉글랜드 연혁』(1616), sig. R7r에서 캠던은 이 라틴어 문장과 관련하여 1574년을 언급하고 있다.
22 W. 롤리가 복장에 대해, C. T. 어니언스 편 『셰익스피어의 잉글랜드』(옥스퍼드, 1917), i. 21에서.

(재災의 수요일 전 3일간—역자 주) 축제 때 악동 사회자들의 전도권에 사회적 혁명이 방점을 찍었다. 교구 골목대장들이(필립 스터브스가 『욕설의 해부』에서 진저리를 치며 말하듯) 딸랑거리는 종을 들고 또 '녹색, 노랑, 혹은 다른 가볍고 막돼먹은 몇몇 색깔의 복장'을 하고 믿음이 깊은 자들을 놀리거나 큰 소리를 내 귀를 멍멍하게 하고, 안식일을 조롱하고 교회를 침범, 돈을 달라며, 제멋대로 춤을 추고 난동을 부린다—그리고 십자가를 자기 목에다 댔는데, "대부분 어둠 속에 입을 맞춘 그렇고 그런 여자들한테서 빌린 거였다".[23]

초등학교 우등생쯤의 우월감으로 윌리엄은 '부否-질서'의 악한들을 피했고 또 구역 짱들을 쫓아다니는 '20, 40, 60 혹은 100명의 건장한 왈패들' 사이에 한 번도 끼지 않았을 거였다; 그러나 그는 자아-발견을 촉진하는 전도와 도전의 정신을 알았다. 병 속에 밀봉된 학자의 삶은 그에게 매력이 없었다—그리고, 부분적으로는 학교의 인위성에 대한 반작용으로, (쇼터리 혹은 그 근처에 매우 일찍 출몰하는 것을 보면) 이른 경험에 대한 욕구가 충분했던 듯하다. 심지어 15세 혹은 16세에 그가 앤 해서웨이와 알고 지냈을 것이 거의 확실하다, 왜냐면 쇼터리의 해서웨이 가문은 그가 아기였을 때부터 그의 가문과 친한 관계였다. 벌판을 가로질러 해서웨이네 오두막으로 그가 산책을 다니는 게 이미 부모의 걱정을 보탰을지 모른다.

학교의 제한과 경험에 대한 굶주림이 그의 행동에 영향을 끼쳤고, 그가 호기심이 없었다고 생각할 수는 없다. 학습에 심취했던 것 못지않게 시골 풍경을 찬찬히, 거의 굶주린 정도로 관찰했다는 그의 자필 증거를 우리는 갖고 있다—그리고 그의 사슴잡이에 대한 스트랫퍼드 지방 전승은 그가 친구들과 어울려 다니며 보였던 행동에 대한 우리의 관심을 부추긴다. 초기 한 희곡 작품에서 그

23 필립 스터브스, 『욕설의 해부』(1583), F. J. 퍼니벌 편(런던, 1877-1879), 147.

는 사슴잡이 예찬과 초등학교 현학 예찬을 동일한 장면에서(『사랑의 헛수고』, IV. ii) 펼치게 될 것이다.

어쨌거나, 사슴-밀렵은 모험심 강한 자의 스포츠였다. 튜더 시대 사냥 금지법은 적용이 엄하지 않았다. 법리상(법조문 5Eliz, c. 21에 의거) 사슴 한 마리를 밀렵하여 잡힌 사냥꾼은 3개월 징역에 3배 손해 배상에 직면하고, 5년 동안 불법 사냥을 하지 않는다는 보증을 세워야 했으나 형벌이 법조문에 상당하는 경우는 드물었다.[24] 공원지기를 기지로 따돌리는 일, 그리고 상당 수준의 자제력과 소리를 내지 않는 솜씨를 요구했으므로 밀렵은 총명한 청년들을 끄는 힘이 있었다. 윌리엄이란 이름에 붙어 있는 밀렵 구전 중 어느 것도 그가 이 시기 혹은 그 후 사슴을 죽였다는 것을 증명하지 않지만, 그 정도 연기가 난다면 약간의 불은 있었으리라.

밀렵은 옥스퍼드에서 성행했고, 워릭셔에서 활기찬 역사를 갖고 있는 터였다. 윌리엄은 몰래 접근하기, 멈추기, 잠복, 사슴 떼, 미약한 "네 석궁 소리"[25]에도 사슴 떼가 민감하다는 것, 그리고 조용한, 전술적인 밀렵의 방법을 배웠다; 사냥개들과 뿔 소리를 동반하는 합법적인 사냥에 대해서는 덜 유식해 보인다. 그럼에도 불구하고─생각컨대─사슴 떼 분위기와 습관에 대한 예민한 감을 그가 그것으로 얻었을 리는 없다.

어떤 탈선 행위 때문에 그가 학교를 그만두지는 않았을 거였다, 다만 곤궁한 환경 "그리고 집에 일손이 모자라다는 것 때문에, 그의 아버지는 학교를 그만두게 할 수밖에 없었다"고, 로는 말한다.[26] 윌리엄이 이례적으로 이른 시점에 떠났다는 증거는 없다. 15세 혹은 16세에 학교를 그만두는 것이 상례였고, 그는 15번째 생일 몇 개월 안에 처치 가를 떠난 듯하다.

24   최소한 에식스에서는, 왜냐면 이곳에서는 밀렵이 끊이지 않았다. F. G. 엠미슨, 『엘리자베스 시대 생활: 무질서』(첼름스퍼드, 1970), 232~243.
25   『헨리 6세』 3부, 80.
26   EKC, 『사실들』, ii. 264.

1579년 4월 존 셰익스피어는 도우미들에게 줄 현금이 없어 '집안의 도움'이 필요했을 거였다; 우리가 보았듯, 이때면 그가 지불할 능력이 없는 세금을 그의 형제들이 감면해 주게 된다. 셰익스피어네는 그 달 딸 앤을 묻었다. 조앤은 당시 10세, 길버트와 리처드는 각각 12.5세와 5세였다. 길버트는 소규모 학교를 다녔을지 모른다, 훗날, 이탈리아체로, '*Gilbart Shakesper*'라고 스트랫퍼드 임대계약서(1610년 3월 1일자)에 미끈하게 써 놓았으니.[27] 봄이 여름으로 접어들면서 교구 신학교에서는 젱킨스 선생이 존 카텀 선생으로 대체되는 통상적인 변화가 있었다. 두 선생은 봉급 분할 지급에 관한 사항에 합의·서명했고, 젱킨스는 떠나기 전 교회 법규가 온 무게로 부과한 임무가 있었다—자신이 가르친 학생들 중 몇명을 추천하는 것. 보다 능력 있는 학생들의 이름을 그가 우스터 주교에게 보내야 했다, 왜냐면 "학교 선생들은" 매년, 교회 법규가 그랬다, "주교에게 알려야 한다, 그들 전체 학생들 중, 적성이 맞고, 학업 성적이 좋아서, 앞으로 공공 업무에, 혹은 성직에 크게 유망하다고 생각되는 선발 학생들을".[28]

윌리엄이 학급에서 몇 달을 보내고도 '적성', 혹은 그가 '적당하리라'는 징후를 드러내지 않았을 확률은 희박하다; 그의 후기 저작은 그가 수업 내내 졸았다는 것을 암시하지 않는다—그리고 '모방'을 위한 문장 동화 훈련에서 그는 장래성을 보였을 수밖에 없다. 하지만 지역 교사들이 그의 이름을 한 번이라도 영국 국교회 관구 주교에게 보냈다는 증거가 없다, 그가 무르익은 상태였는데도 말이다. 증거는 여전히 불확실하다, 그러나, 알려진 연결 상태로 보아, 젱킨스 선생 혹은 카텀 선생이 그에게 대안의 진로와 놀랄 정도로 어린 나이에 '연행 복장'을 입게끔 만든 여행을 권했다고 해도 무방하다.

27   ME 108.
28   "Of Scholemasters"s, sig. Div.

5. 기회와 필요

고용된 것이 자랑스러워,
기꺼이 나는 간다.
—보예트, 『사랑의 헛수고』

시골에서

15세 혹은 16세 무렵 셰익스피어가 그의 아버지를 도왔고, 또 막
간 틈을 타서 다른 직업을 찾기도 했다고 생각하는 것이 합리적
이다. 17세기, 존 오브리는 스트랫퍼드 시인의 라틴어가 '볼품없
다'는 벤 존슨의 보고가 타당하다고 결코 자신하지 않았다. "그
는 라틴어를 꽤 잘 이해했다", 오브리는 셰익스피어에 대해 그렇
게 썼다, "왜냐면 그는 젊은 시절 시골에서 학교 선생이었다."[1] 이
것은 신빙성을 상당히 인정받은 보고서다. 살아 있는 정보 자료들
을 활용하면서, 오브리는 학교 선생 노릇에 대해 윌리엄 비스턴에
게 들었는데, 이 사람의 아버지 연행자 크리스토퍼 비스턴이 셰익
스피어 극단의 단원이었고 벤 존슨 작품 『모두 제 기질대로』에서
그와 함께 연기한 바 있었다. 무대 직업에서 기억력은 오래 간다,
이 경우 단원 모집은 대체로 세습 계급적이고, 아버지 비스턴은
궁내 장관 극단의 초기 단원이었다. '학교 선생' 보고는 특별히 놀
랄 만한 일도, 그럴 법하지 않은 일도, 혹은 단순히 가십성 소문도
아니다.

　15세 혹은 16세 때 윌리엄은 '라틴어를 꽤 잘' 알았다, 비록 다
른 자격은 전혀 없이 그가 초등학교 교사로 시작했을 가능성은

1　MS 보들리, 대주교 F. c. 37.

. 기회와 필요

희박하지만. 개인 고용주를 위한 비인가 교사로서 가르치지 않았다면, 그는 허가가 있어야 선생 노릇을 할 수 있었을 거였고, 이 경우 어떤 허가증(혹은 기록)도 밝혀진 바 없다. 소년들은 학교를 떠나게 되면 자기 아버지를 돕거나 계약을 했다, 대개는 7년간 도제 살이 비용을 지급한 후, 그리고 스트랫퍼드로부터 이동이 시작되는 것이다. 몇몇 소년들, 이를테면 1577년 로저 록, 혹은 1579년 리처드 필드 같은 경우는, 서적 판매의 여러 측면을 통제하는 런던 서적출판업조합 회원들 밑으로 취직을 해 갔다. 무두장이 헨리 필드(훗날 존 셰익스피어가 그의 재산 목록을 평가하게 되는)의 아들 리처드 필드는 1579년 9월 29일부터 서적상 조지 비숍에게 도제로 갔고, 그 다음 첫 6년 동안 토머스 보트롤리어 밑에서 인쇄를 배우기로 합의했는데, 이 사람은 파리에서 이민 온 자로, 칼뱅의 『원리 적요』, 라틴어본 공동 기도서, 그리고 오비드, 키케로, 다른 교과서들을 출판했다.

미들랜즈에서 가르치는 계약을 윌리엄이 명백히 했다고 하나, 증거가 없다. 우리는, 그러나, 셰익스피어가, 청년 시절 2년 동안 함께 근무했다는 오랜 구전을 지닌 한 가문을 알고 있다—북쪽 랭커셔의 리 및 호턴 탑에 있는 호턴 가문.[2] 랭커셔는 그때 가난한 주州로, 발전이 더디고, 봉건적이었으며, 여행자들에게 거칠고 위험한 지역으로 알려져 있었다. 종교적이었던 만큼, 주민 대다수가 가톨릭이었다. 알렉산더 드 호턴이 자신의 종자從子들을 위한 '학교 선생'을 원했다면, 그는 한 명 이상을 고용할 만한 돈이 있었다. 하지만 그의 유언에 목록 작성된 종자들 중 이름이 셰익스피어에 가장 가까운 것은 '하인'으로, 풀크 길롬과 함께 등재된 윌리엄 셰익샤프테Shakeshafte다. 그 주에는 몇몇 셰익샤프테 가문이 있었지만, 일반적인 이름은 아니었다; 튜더 시대 랭커셔에서 셰익스피어라는 이름은 매우 드물었다. 1581년 8월 3일자 호턴의 유서

2   『잃어버린 세월』, 28~29.

내 한 '항목'은 흥미롭게도 길롬과 셰익샤프테를 연행자들, 악기, 그리고 '온갖 종류의 연행 의상' 혹은 연행 의상 재고들과 연관 짓고 있다. 유서에서, 호턴은 자신의 악기와 의상을 배다른 동생 토머스에게 남기고 있지만, 만일 토머스가 연행단 유지를 거부할 경우, 호턴의 바람은 이렇다, 즉 그의 친구, 러포드의 토머스 헤스키스 경이,

> 상기 악기와 연행 의상을 가질 것이다. 그리고 나는 정말 진심으로 요구한다, 상기 토머스 경이 나와 함께 살고 있는 길롬과 윌리엄 셰익샤프테에게 호의를 베풀어, 그들을 고용하거나 다른 좋은 주인에게 소개해 주기를[3]

"나와 함께 살고 있는"이라는 구절은 하인에게 쓰기엔 좀 그렇다, 그들이 특수한 설비에서 '살고' 있는 게 아닌 한. 또한 우리는 셰익스피어의 이름이 호턴, 혹은 그의 변호사나 서기에 의해 보다 친근한 북부형 이름 셰익샤프테로 동화되지 않았다고 말할 수 없다. 성이 바뀔 수 없거나 고정된 것으로 여겨지지는 않았으니까.[4]

이 정도로는 물론 사안을 증명하지 않지만, 그것은 셰익스피어가 정말 몇 달 동안 영국 북부에서 보냈을 가능성을 열어 놓는다.

3   MS 랭커셔, WCW 1581. 유서는 1581년 9월 12일 입증되었다.
4   '윌리엄 셰익샤프테'가 그 시인일 가능성이 종종 논해졌는데, 현저한 사례로는 올리버 베이커 『셰익스피어의 워릭셔 및 알려지지 않은 세월 속에서』(1937), E. K. 체임버스 『셰익스피어의 이삭줍기』(옥스퍼드, 1944), 그리고 로버트 스티븐슨 『셰익스피어의 종교적 프런티어』(헤이그, 1958), 그리고 강한 부정으로 답하는, 『영국 연구 리뷰』 21호(1970) 41~48쪽 더글러스 해머의 글이 있다. 1985년, 『잃어버린 세월』에서 호니그만은 참신한 연구로 해머에게 답했고, 부분적으로 WS 시대 일련의 랭커셔 출신 스트랫퍼드 학교 선생들, 특히 호턴 사람들 같은 랭커셔 복종 반대자들과 연관하여 존 카텀한테 초점을 맞추고 있다. 그러나 '셰익샤프테' 가문은 북쪽에 살았다 (프레스턴 버제스 롤스가 보여 주듯), 그리고 셰익스피어와의 동일성은, 아직까지, 증명도 부정도 할 수 없는 상태다. 리처드 윌슨이 생기발랄한 산문을 그 토론에 보태지만 (TLS,1997년 12월 19일, pp. 11~13), 아무것도 해결하지 못한다.

랭커셔에서 호턴 가문은 그 영향력이 더비 백작에게만 뒤지고, 더비 백작 가문 사람들을 친구로 두었다; 그리고 젊은 스트랫퍼드 시인은 랭커셔 출신 후원자와 관련을 갖게 될 것이었다—다름 아닌 네 번째 더비 백작의 아들, 페르디난도 스탠리, 스트레인지 경과. 스트레인지 혹은 더비라는 이름 하에 운영된 순회 극단 혹은 극단들이 셰익스피어 초기 작품 2개—아마도 4개 혹은 그 이상—를 공연했다.

더군다나 그가 영향력 있는 인사의 도움 없이 극단에 들어갔을 가능성은 없는 편이다; 튜더 시대 연행 극단이 길에서 단원을 모집했다는 기록은 전혀 없다, 낭만적인 전기 작가들은 그가 느닷없이 순회 극단에 합류하는 식의 그림을 높이 평가하지만. 그의 초기작 몇 편은 페르디난도 사람들과 연결될 것이었다, 그리고 그 후원자 휘하 사람들이 궁내 장관 배우들의 중추를 형성했다는 점을 부인할 수 없다. 셰익스피어가 호턴 혹은 더비를 전혀 몰랐다면, 그들의 친구들이 그를 알았다는 사실과 어긋난다.

분명 또한 청년 시절에, 셰익스피어는 스트랫퍼드와 다른 지형을 알았다—그리고 잘 알았다. 유년기에 그는 제대로 운영되는 장터 읍의 훌륭한 지역 공의회, 주로 평온한 직종들, 계절마다 열리는 축제, 그리고 '자유 학교'를 알았다—그리고 기후가 알맞았다: 에이번 강 북쪽으로 낮은 물마루들이 설와프, 애로, 앨른, 그리고 다른 유순한 하천에 물을 공급했다. 이 온화한 지역은 탁월한 양모를 생산했다(그리고 그의 아버지 같은 '상당한' 양모 거래상이 얼마 동안 번창했다). 그러나 서쪽 랭커셔에는 웨일스 언덕 같은 류의 보호막이 없었다. 미들랜즈 평원과 서 랭커셔 사이 기후 차이가 양모 거래상으로 하여금 랭커셔의 양떼 목축 지역에서 나는 최고의 양모 중 일부를 시장에 내놓게 했다. 그의 초기 희곡들에서 산맥, 바다, 그리고, 아마도, 강어귀 경치에 대한 세련되고, 꼼꼼하게 살핀 이미지들이 나타나는데, 이를테면 『헨리 4세』 3부에서 글로스터의 리처드가 한 독백이 그렇다:

그래, 그렇다면, 나는 그냥 군주를 꿈꿀 뿐이지
갑岬 위에 선 자처럼
서서 자신이 밟을 먼 데 해변을 염탐하는 사람처럼,
자기 발이 눈과 대등하기를 바라면서
그리고 그곳과 그를 가르는 바다를 꾸짖는다,
물을 모조리 퍼내어 갈 길을 가겠노라 떠벌리면서
(III. ii. 134~139)[5]

이 지형 이미지들은 워릭셔 경치 중 어느 것과도 상응하지 않는
다. 그것들은 윌리엄이 양모를 따라다녔다는 것, 그가 리 주변 경
관을 알았다는 것, 그리고 그의 선생 중 한 명이, 존 셰익스피어의
승낙 하에, 그를 북쪽으로 보냈다는 것을 암시하는 것인지 모른다.

초등학교 학생들은 종종 관찰 대상이었는데 왜냐면 선생이 장
래성 있는 학생들을 추천하도록 법이 명했기 때문이다. 윌리엄
의 어린 시절 왕립 신학교를 거쳐 갔던 다섯 명의 선생들 중, 자그
마치 세 명이 랭커셔 출신이었다—월터 로슈(존 셰익스피어가 알았
던), 존 카텀, 그리고 카텀의 후계자 알렉산더 애스피널.
토머스 젱킨스—처치 가에서 은퇴한 선생—는 기일에 맞게 존
카텀으로 대체되었다. 1579년 7월 9일 젱킨스가 카텀으로부터 6
파운드를 받았다는 점을 우리는 알고 있는바, 그것은 지역 공의
회가 카텀에게 마련해 준 돈이었고, 그러므로 7월 9일경이면 카
텀이 스트랫퍼드 학교 교사 업무를 맡고 있었다는 사실이 상당히
명백하다. (회계 담당관들은 그의 영수증을 받았다, '존 카텀, 상기 스트
랫퍼드 읍 학교 선생'으로부터, 그해 12월 21일자로 '끝나는 반년 동안'
봉급을 그에게 주면서)[6] 카텀(Cottom, 그는 이 스펠링을 좋아했다)은

5   C. 브로드벤트가 「셰익스피어와 셰익샤프트」[『주석과 질문들』, 201호(1956),
154~157]에서 지형학적 이미지들을 논평하고 있다.
6   M&A iii. 39.

로렌스 코템Cottam의 아들이었고, 로렌스 코템의 조상 택지가 랭커셔 딜워스에 있었다; 코템 택지 이웃은 앨스턴, 즉 알렉산더 드 호턴의 시골 근거지였다.

코템 집안과 호턴 집안이 친밀한 가족 관계였다는 점이 20세기 말 분명해졌고, 두 집안 모두 가톨릭이었다. 존 카텀은 옥스퍼드 브라스노즈 단과대학 졸업생이었다; 1566년(젱킨스와 같은 해) 6월 19일 학사 학위를 받은 터였다. 카텀이 스트랫퍼드에서 가르치기를 시작하기 3개월 전, 그의 동생 토머스 코템이, 그도 브라스노즈 졸업생인데, 로마 소재 예수회 성 앤드루 신참 수련원에 입학했다—1579년 4월 8일에. 1년 후, 1580년 6월, 토머스 코템이 라임스를 떠났을 때 그는 쇼터리에서 인도할 신분 확인용 증거물들—메달, 동전 몇 개, 금칠 한 십자가, 그리고 염주 두 쌍 등등—을 몸에 지녔다. 코템이 쇼터리를 선교 사업의 무르익은 근거지로 여겼든 아니든, 그 증거물들은 동료 사제 로버트 데브데일 가문의 일원들을 위한 것이었다. 하나는 데브데일의 처남 존 페이스를 위한 것이었는데, 그는 다음 해 앤 해서웨이의 아버지 리처드 해서웨이의 유언에서 주요 채권자로, 그리고 '내 이웃'으로 거론된다.[7]

코템 신부의 쇼터리 여행은 중도에 끊겼다. 그는 체포되어, 고소되고 재판을 받았고, 1582년 5월 30일 타이번에서 처형되었다. 동생이 죽던 즈음, 존 카텀은 랭커셔로 다시 돌아왔고 종교적 신념이 명백히 완고해진 상태였다, 왜냐면 그의 이름이(아내의 이름과 함께) 훗날 북부의 영국 국교 기피자 명단 회신에 나타나게 된다.

그러나, 셰익스피어 시기 왕립 신학교에서 고집 센 가톨릭 교도들이 계속 선생 직을 승계해 간 징후는 전혀 없다. 젱킨스는 로마 가톨릭과 연결이 있었고, 카텀처럼 런던과 옥스퍼드라는 배경이 있었고, 그러므로 그의 후계자를 확보하는 데 도움을 주었을지 모

7   E. I. 프립, 『스트랫퍼드 근처 셰익스피어가 출몰하던 곳들』(옥스퍼드, 1929), 30~31; 존 페이스는, 사실, 리처드 해서웨이 유서에서 채권자('입회인'이 아니라)로 등장한다.

른다. 그러나 카텀조차도 스트랫퍼드 교사로서 영국 국교회 관행을 받아들여야 했고, 정말 1579년 미카엘 축일 이후 우스터 주교가 발행한 영국 국교도 증명서 없이는 교육을 계속할 수도 없었을 것이다. 젱킨스와 카텀이 똑같이—스트랫퍼드에 있는 동안—지역 공의회의 승인을 받았던 듯하다, 왜냐면 공의회 서기가 세부 회계 기록에서 그들을 정례적으로 인용하고 있다. 하지만 새 선생의 랭커셔 배경 또한 분명하다. 알렉산더 드 호턴이 정말 카텀에게 북쪽에서 가르칠 영리하고, 교감이 풍부한 젊은이 추천을 요청했다면, 카텀은 젱킨스의 전前 학생들을 살펴보면 되었다.

그들 중에 윌리엄 셰익스피어가 있었다. 그가 북쪽으로 갔다는 것을 보여 주는 호턴, 카텀, 혹은 다른 어느 누구의 자필 노트도 아직은 없다, 비록 먼 데서 사는, 영향력 있는 지주를 위해 일하는 것이 부모들 보기에 위험 부담보다 이익이 많았지만. 똑똑하고 교육받은 다른 아들들이 읍을 떠나고 있었다; 시대가 불확실했다. 고용주의 종교가 반드시 장애는 아니었다는 점 또한 연관성이 있다; 존과 메리 셰익스피어는 영국 국교회에 복종하는 가톨릭이었던 듯하다, 같은 종교를 가진 수천 명 되는 사람들이 그랬듯, 그리고 그들이 키운 아들은 영국 국교회에 복종했다: 셰익스피어는 가톨릭 관행에 밀접하고 정통한 모습을, 그리고 '옛 신념'에 최소한 당대 어떤 프로테스탄트 작가 못지않은 친밀성과 교감을 보여 주게 될 거였다. 학교 시절 이후 그는 자신의 라틴어를 활용했다, 아마도 '시골에서', 그리고 그렇게 우리는 시골 경험이 그에게 무엇을 보여 주었을까 물어볼 수 있다. 시안을 낼 수밖에 없다; '대체 이야기'는 알려진 셰익스피어의 경험 가장자리 너머의 그림 정도를 보여 줄 뿐이다. 하지만 그가 호턴에게 갔을 가능성이 상당하므로, 그의 경험이 한 초등학교 학생의 호턴 탑 및 리 경험과 전적으로 다르지는 않다는 것, 그리고 1579년 혹은 1580년, 아마도 거친 여행 이후, '윌리엄 셰익샤프테'라는 자가 북쪽의 큰 가문에 고용되었다는 것을 가정해 볼 수 있다.

갑 위에서

이 인물을 랭커셔에서 볼 수 있을까?

딱 그때의 셰익스피어 같았다면, '셰익샤프테'는 16살 시골 청년 그대로, 더블릿과 바지가 다른 소년들만큼이나 반들반들하고 단정하거나, 각이 서고 얌전했다. 학교 낭송을 마쳤으니 생각 표현이 또렷했겠지만, 공손함, 자제, 그리고 예의범절을 배운 터라 주로 입을 다물고 조심하는 정도는 충분히 알고 있었다. 그는 뭔가 어색한 분위기에서 고용주의 승인을 따내야 했을 거였다. 그가 최상의 셰익스피어 가문 면모를 지녔다면, 즐겁게 하거나 뭐랄까 비위를 맞추어 호의와 신뢰를 얻어 내는 것이 그의 능력이었다, 그의 아버지가 그를 공의회에 계속 둔(그의 결석 작전이 개시되고 한참 뒤까지) 대의원들의 마음을 잡았듯이, 아니면 메리 아든이 그녀 아버지를 흡족하게 만들어 젊은 여자로서 법적 집행인까지 되었듯이. 애정과 신뢰를 불러일으킨다는 것—그것이, 결국, 엄혹한, 위계질서가 분명한 환경, 젊은이들이 살아남으려면 즐겁게 해 줘야 하는 환경에서는 두뇌, 재능, 혹은 다른 자산보다 더 중요했다. '셰익샤프테'가 우리의 윌리엄 같았다면, 그는 또한 열정과 에너지를 갖고 있었다, 자신의, 과잉-교육된, 라틴어에 시달리는 영리함 일체의 효과를 상쇄할 만한 상상력과 함께, 그리고 최대한 흡수하려 열심인, 감수성 예민한 품성을 갖고 있었다.

알렉산더 드 호턴은 인생의 종말에 근접해 있었다. 그의 것으로 알려진 한 초상화는, 좁은 눈썹, 열중한, 비스듬한 시선에 뺨이 야윈 인물을 보여 준다. 도로시 애슈턴과 결혼했다가 다시 엘리자베스 헤스키스와 결혼한 그는 1580년 호턴 유산 전체를 차지하게 되었을 때 예순에 가까운 나이였다. 수년 뒤 유산은 2만 에이커가 넘는 땅, 24곳 정도의 방앗간과 400채의 오두막, 그리고 앨스턴, 호턴 및 리 장원 등으로 된다. 당시 랭커셔 대부분은 인구가 희박한 봉건 영역으로 방대한 면적에 이끼와 늪으로 뒤덮인 상태였다. 치안 판사는 몇 되지 않았다; 상류 사회 몇몇이 무장한 시종 집단

100

을 보유하고 있었고, 이따금 폭력이 빚어졌다, 이를테면 알렉산더의 이복동생이자 상속자 토머스의 집이 한밤중에 대략 80여 명의 토머스 랭턴의 무장대에게 공격을 받았을 때처럼. "까마귀는 하얗다!", "까맣다, 까맣다!" 그런 구호를 외치며 안에서 하인들이 기세를 올렸지만, 주인은 난투 중 사망했다.[8]

시골에 평화와 질서의 모형을 씌워 준 것은 더비의 네 번째 백작이자 알렉산더의 친한 친구 헨리의 집안, 즉 스탠리 가문이었다. 거의 왕권에 가까운 세력과 주 간부군을 거느리고, 네 번째 백작은 그의 아버지만큼이나 여봐란 듯이 살았다—그리고, 최소한 1536년부터는, 왕이 그 가문의 중요성을 인정해 준 터였다. 랭커셔의 경우, 여왕은 사실상 스탠리 가문을 통해 지배했다.

이것은 '셰익샤프테'가—그리고 다른 어떤 호턴 하인도—부분적으로 시대착오적인 환경 속에서 살았다는 뜻이다. 알렉산더 드 호턴을 방문할 때면, 더비 백작은 마치 그가 사실상 영역의 군주이기라도 한 것처럼 왕의 정치적 권위와 위엄을 구현했다. 엘리자베스 시대 영국에서 살림살이가 왕실 다음으로 큰 백작, 그리고 한 가문으로서 1년에 식비로 1,500파운드를 쓰고 또 140명의 수행원을 거느리는 백작이라면 왕에 준하는 의전과 전시를 바랄 만했다.[9] 셰익스피어는 직접 이런 백작을 당연히 살펴보았을 것이다—'시골에서' 혹은 훗날에—엄청난, 중세적 정치 권력을 지닌 인물의 습관과 심리에 그가 아주 편안하게 정통해 있으니 말이다. 알렉산더 시대에는, 백작과 그의 아들이자 계승자 페르디난도 사이의 긴장이 고조되고 있었는데, 페르디난도 군대가 셰익스피어의 초기 작품 일부를 차지하게 될 것이었다. 1571년 한 우호적인 편지에서, 여왕은 백작에게 어린 소년인 그의 후계자를, 그녀가

5. 기회와 필요

8   1589년 11월 20일 벌어진 일이다.
9   J. K. 월턴, 『랭커셔: 사회사, 1558~1939』(맨체스터, 1987), 13; J. J. 배글리, 『더비 백작 1485~1985』(1985), 64.

있는 윈저로 보내 달라고 요청했었다.[10] 궁정에서 시련에 영향 받아, 페르디난도는 주로 돌아와 극장 이외의 어떤 것, 즉 종교에 사로잡히게 된다. 그는 체셔와 랭커셔를 합한 체스터 관구 주교 윌리엄 체더턴에게 보낸 신중한 편지에서 자신의 아버지를 비난하기 시작했다. "나는 아버지와 끝났습니다", 1582년 3월 15일자 편지에서 페르디난도는 그렇게 썼다. 이듬해 자신을 랭커셔 내 천주교라는 치욕으로부터 분리시키면서, 그는 "주교께서 이토록 고삐 풀리고 나쁜 한 줌의 영국 안에서 뭐랄까 보다 나은 개혁을 틀 잡아 주시기"를 희망했고, 직접 "주교님의 확실한, 아시다시피 매우 확실한, 페르. 스트레인지."라고 서명했다. 그리고 그는 주교에게 얼마 후 가톨릭(영국 국교) 복종 거부를 진압하는 데 있어 백작의 후진성에 대해 말했고, 소용이 될 만한 두 가지 행동을 언급하면서, 그는 자기 아버지에 대해 이렇게 덧붙였다:

> 내가 보기에 그는 본질상 어느 한쪽의 친구라기보다는 두 행동 모두에 적이라 할 것입니다… 심지가 곧다는 것은 가장 추천할 만한 것이지만 범상한 덕은 아니지요, 귀족에게 가장 적절하지만 가장 발견하기 힘든 것이기도 하죠… 하지만 우리는 어쩔 수 없이 인내해야 하고, 또 필요를 덕으로 만들어야 하고, 또 그의 변덕을 따라야 하고요… 이 비밀 편지를 주교님께 보냅니다. 다른 한 통은 더비 백작님께 보내는 서신입니다.[11]

1582년이면 페르디난도가 자기 아버지에 대한 감정을 과잉—극화했을 것이 당연하다—그러나 호턴 가문이 주의 혼란을 알고 있었던 것은 분명하다: 스파이들이 흔했고 가족들은 분열된 상태였

---

10 1571년 12월 6일 페르디난도, 스트레인지 경은 당시 11세 혹은 12세였다. 그는 1559년 혹은 1560년 런던에서 태어났다.

11 프랜시스 펙, 『희귀하고 희한한 것들』(1779), 116(1582년 3월 15일), 141~142(1583년 12월 16일), 그리고 147(1584년 3월 21일).

102

다. 하지만, 어느 정도는, 복종 거부가 번성했다; 심지어 세기말에도 호턴의 친구 랭커셔 러포드 출신 헤스키스 부인이 '교황 파들의 구원자'로 보고되고 있다.[12] 아주 희미한, 그러나 셰익스피어와 바로 이 헤스키스 부인 사이에 흥미로운 관계가 추적된 바 있다: '셰익샤프테'가 러포드의 헤스키스 가문에 추천되고 있다, 1581년 호턴 유서에서, 그리고 18년 후 셰익스피어는 네 명의 동료와 함께 글로브 극장 수탁인(극장 토지임대 조치가 마련되었을 때)으로 러포드 출신의 런던 금세공인 토머스 새비지를 뽑았는데, 이 새비지가 20실링의 유산을 헤스키스 부인의 친한 친구에게 남겨 놓고 있는 것이다.

방문객은 그 주의 과거에 대해 어느 만큼 들은 상태였을까? 호턴 사람들과 섞이면 최소한 은총의 순례(1536년 발생한 반란으로 이것을 진압하기 위해 왕은 세 번째 더비 백작 군대의 힘을 빌렸다, 대가를 치르고) 이야기를 들었을 법하다, 랭커셔 시토 수도회의 두 수도사가 같은 날 교수형을 당하고 또 십자가에 못 박힌 예수 문양이 그려진, 아니면 성배와 성체를 보여 주는 깃발들이 난도질당하고 운운. 수많은 사람이 죽었다. 한 수도사의 시체 토막이 거리에 전시되었고, 교수대에 걸린 한 수도사의 시신이 은밀하게 내려져 카텀 홀로 옮겨졌다.[13] 사람들이 만령절(11월 1일—역자 주)에 그런 신자들을 위해 기도했다; 북부의 가톨릭 정서는 비감하고, 강렬했고, 영국에서 천 년 동안 이어진 로마 신앙과 영적 과거에 대한 그리움을 넘어서는 향수 그것이었다.

셰익스피어는, 사실 그렇다, 과거에 대한 자신의 강렬한 감정을 다른 가문에서, 아니면 집에서 획득했을 수 있다. 그가 학교를 떠난 지 8년 혹은 10년 후, 그는 거의 모든 당대 희곡 작가들보다 더 많은 것을 알았다. 그는 자신의 첫 18, 혹은 19개 희곡 작품들

12   스티븐슨, 『셰익스피어의 종교적 프런티어』, 75 참조.
13   조지프 길로, 『헤이독 문서들』(1888), 3~5; 피터 오으턴, 『북쪽 미아울스와 남쪽 항구: 역사』(프레스턴, 1989), 42~43.

을 조국 역사를 다루는 데 바치게 될 것이었다; 그는 『헨리 6세』 희곡들을 쓰기 전 상당량의 서적들을 알았고, 초등학교 이후 독서 습관을 발전시키지 않고서 그가 역사 자료들을 능란하게 활용했을 리는 거의 없다. '시골 학교 선생'으로서 아무 때든 책을 뒤지며 독자에게 호소력을 발할 소재들을 찾을 수 있었으리라. 그의 재능 출현을 위한 따스하고, 우호적인 촉매는, 어쨌든, 학문 및 역사와 무관하지 않은 환경일 터.

알렉산더 드 호턴은, 이미 말했듯이 '셰익샤프테'와 '길롬'을 배다른 동생에게 붙이거나, 연극 의상 우산과 함께 토머스 헤스키스 경에게 보내려고 열심이었다. 새로운 조직들이, 1581년 3월 18일 여왕의 승인을 받았는데, 부분적으로 자격증 없는 학교 선생을 두는 것을 금했다. 선생으로 고용된 것이었다면, '셰익샤프테'와 '길롬'은 연행자 신분이 덜 위험했을 것이고, 알렉산더가 1581년 8월 18일 사망한 후 그들이 정말, 그의 유언에 따라, 그의 배다른 동생에게, 아니면 리 남쪽 러퍼드 홀 소재 토머스 헤스키스 극단으로 갔던 것인지 모른다.

돌아오다

두 하인에게 무슨 일이 벌어졌는지에 대해서는 단지 불완전하고 불확실한 증거만 있을 뿐이다. 풀크 길롬은 정말 리블 천을 건너 헤스키스의 러포드에서 일한 듯하다, 남쪽으로 10마일 거리다. 그의 이름은 특이하고, 'ffoulke gillame'와 'ffoulke Gillam'으로 헤스키스 문서고 두 문건에서 발견되고 있다.[14] 8월 3일자 유서에 이름이 세 번이나 연결되어 있으니, '윌리엄 셰익샤프테'는 길롬과 함께 간 듯하다, 1581년 조금 늦은 시기에, 헤스키스의 극단에 합류키 위해.

14 MS 랭커셔, DDHe 11, 93 그리고 DDHe 28, 44. 서명은 1591년 공시 양도와 1608년 양도 입회용인데, 둘 다 로버트 헤스키스, 선생을 수령인으로 하고 있다.

윌리엄은 그때 17번째 생일을 지낸 상태였다. 그 당시까지 헤스키스가 시종 경험 따위를 하고 있었다면, 그는 이미 아이들에게 노래와 버지널 연주를 가르쳤을 터였다. 그리고 호턴과 헤스키스가 모두 '음악'에 솜씨 있는 연행자들을 보유하고 있었다. 로버트 헤스키스의 훗날 유산 목록에 소규모 기악 오케스트라를 방불케 하는 악기 이름이 기재되어 있는바—이 중 일부 혹은 전부를 호턴이 물려줬을 수 있다—'비올, 비올란데, 버지널, 새그벗, 오보에 그리고 코넷, 시톤, 플루트, 그리고 타버 파이프들'[15] 등등이다. 호턴 집안에 종사하는 청년이라면 연주할 기회가 상당했을 것이다. 리 동쪽 호턴 탑에는, 악극단용 노대를 갖춘 대연회홀이 하나 있었다; 이 홀은 150명의 청중을 수용했을지 모른다, 또 노대가, 연극용일 경우, 위쪽 무대로 사용되었을지 모른다. 호턴은 주로 리에서 살았다, 리블 강 어귀 북쪽 강변 근처에 있는. 이곳에, 또한 연행자 공연용의 오크 나무로 테두리를 한 홀이 있었다. 그 장소는—멀리까지 내다보이는, 빠르게 규칙적으로 변화하는 경관 등이—보기 드문 바 있었다. 근처에서 조류가 급작스레 바닷물을 몰아와 해변을 갈랐는데, 그 시각적 효과는 셰익스피어 소네트 56번의 놀라운 이미지와 다르지 않다:

이 슬픈 간격이 이런 바닷물 같도록 해 주십시오
새로 결혼한 두 사람이 매일매일 둑으로 오는
그 해변을 가르는 바닷물, 그래서 그들이
사랑의 귀환을 볼 때, 그 광경 더욱 축복받으리.

셰익스피어는 젊은 희곡 작가로서 영국 서부에 과도하다 싶을 정도로 관심을 기울이고 있다; 켄트 주 해변을 의도할 때 그가 염두에 두는 것은 서쪽이고, 그렇게 '날'이 동쪽 방향에서 지게 된다

15   1620년 11월 16일자 재산 목록.

5. 기호와 말소

(『헨리 6세』 2부, IV. i. 1~2). 『헨리 6세』 3부 3개 장에서, 바람과 조류를 거스르며 바닷물을 건너려는 노력을 환기시키는 그 폼이, 마치 리에서 러포드로 가는 물길을 이미 알고 있다는 투고, 정말, 언뜻 분명한 강어귀 이미지가 똑같은 초기 희곡에서 주목된 바 있다.[16] 거친 파도가, 강한 앞바다 일진광풍이 한 번 불면, 부서진 다음 바람 앞에 주저하며 물러나는 것처럼 보이는, 평평한 북부 해안의 흔한 광경을 젊은 희곡 작가는 잘 알고 있다. 아마도 직접 보아야 할 필요가 있었으리라, 페나인 대간 끝자락과 같은 낮은 산맥 위에서 빛이 반짝거리는 모습은 물론이고, 이런 세부 사항을 그처럼 참신하게 묘사하려면. 『헨리 6세』 2부와 『티투스 안드로니쿠스』의 다른 이미지들은 작가가 북부 언덕과 바다 경치를 보았다는 것을 암시하고 있다.

그가 '셰익샤프테'와 동일 인물인가에 대해 셰익스피어 이미지들은 물론 아무것도 입증하지 않지만 몇몇은 호턴 가 시중의 그럴 법한 경험과 일맥상통한다. 그는 러포드 홀의 헤스키스 극단에 들어갔던 것일까? "셰익스피어가 젊었을 때 홀에 있었다"는 러포드 지역 민간 전승[17] 말고도 우리는, 물론, 헤스키스 부인의 작은 마을 러포드 출신 동년배가 글로브 극장 수탁인으로 일했다는 것을 알고 있다. 그 밖에 셰익스피어를 러포드와 연결 지을 수 있는 사실들은 많지 않다. 영향력 있는 가톨릭으로, 토머스 헤스키스 경은 1563년 엘리자베스 여왕 치하 주 최고 장관에 임명되었었다; 그는 연행자들을 데리고 있었을 뿐 아니라, 야심만만한 극단 후원자들과도 우호 관계를 유지했다. 그의 아들이자 상속인 로버트 헤스키스가 1580년대 러포드에서 '스트레인지 내외분'을 위해 공연하게 될 것이었다.[18] 더비 가와 헤스키스 가는 수년간 친밀한 관계였다. 그렇게 만일 셰익스피어가 러포드에 도착했다면—지역 전승은 그가 그랬다고 암시한다—토머스 헤스키스 경은 그를 스트레인지 경에게 추천할 위치에 있었다, 스트레인지의 단원들이 런던 최고 연행 극단으로 부상하던 그 10년 동안 다시, 셰익스피어의 초기 희곡들,그리고 그의 미간행 소네트에 담긴 지식이 호턴, 헤스키스, 그리고 스트레인지 주변 사람들과 연관이 있다는 게 우연일지 모른다; 그러나 연상은 사실에 충분히 입각해 있다. 확실히, 또한, 호턴 가에 머무는 사람들은 후원자를 필요로 하는 배우로 생각되었다. 토머스 경은 호턴 유서 중 한 항목에 의거 '셰익샤프테'를 데리고 있거나 아니면 '연행자들을 먹여 살릴' 좋은 주인에게 보낼 의무가 있었다.

러포드 홀에서, 헤스키스의 연예인들은 신속한 등·퇴장을 위해 거대한, 정교하게 조각된 막을 사용했을 것이었다. 관객들이 구경했던 홀은 지금까지 거의 원형 그대로 보존된 가장 아름다운 튜더 시대 극장 중 하나였다. 열 지은 창문 중간 세로 창살과 5각형의 높다란 퇴창 위로 무거운, 외팔들보 지붕 틀로부터 천사 조각상들이 내려다보고 있었다. 그러나, 단원들은 1581년 일시적으로 해체되었을 수도 있다, 심지어 새로운 시종들이 도착하기도 전에. 토머스 경은 자기 집안 가톨릭 예배를 억누르지 못했기 때문에 그해 말 투옥되었다.[19] 분명 그는 1582년 방면되었고, 그런 다음 1584년 다시 잠깐 동안 구류에 처해졌고, 개종을 맹세하고 나서야 무사해졌다.

윌리엄은 스트랫퍼드로 돌아왔다, 아마도 '시골에서'의 어떤 일자리로부터, 토머스 경이 구류에 처해졌던 1581년 아니면 그 얼마

18　토머스 헤스키스 경과 그의 아들 겸 상속자 로버트, 그리고 페르디난도, 스트레인지 경이 네 번째 더비 백작 집안 일기에 나타난다: "Sondaye Sr Tho. Hesketh & his sone"; "on Wednesday my L. Strange"(1587); "Sondaie Mr Robte Hesketh at dinner and many others"; "Thursdaie my L. & Lady Strange went to dinner at Rufford"(1589년 초). 이런 사회적 관계는 오랜 전례가 있다. 자주 런던에 있었지만, 배우 후원자 페르디난도는 헤스키스 사람들과 친했다. 『스탠리 문서들』, pt. II, 『더비 집안 일기』, F. R. 레인스 편, 체팀 사회 xxxi(맨체스터, 1853), 47, 75~76.

19　배글리, 『더비 백작』, 74; 『잃어버린 세월』, 34~35.

후. 열여덟 번째 생일을 몇 달 전후해서, 그리고 1582년 8월보다는 늦지 않게 귀가했다. 변화한 정치 기후 속에서, 무자격 선생뿐 아니라 임시 고용인조차 두드러진 가톨릭 집안에서는 위태로웠다. 그는 스트레인지 경 같은 후원자의 소개를 받았을지 모르고, 어쨌거나, 흥미로운 일자리를 희망할 수 있었다. '연극 의상'의 경험은 그에게 거리를 바라보는 척도가 되었을 것이고, 그래서 그는 연기자의 눈을 통해 그의 읍내를 보기 시작할 것이었다.

어느 정도는, 일상적이고 건조한 어떤 읍의 생활도 위안을 줄 수 있다. 그러나 『한여름 밤의 꿈』에서는, '기계적인 것들', 기정사실들의 권위와 정상성正常性이, 상상력 풍부한 시인의 꿈-세계를 위협하는 듯하다. 여기에는 현실의 공포가 있다, 왜냐면 정상적이고 낯익은 것에 직면한 희곡 작가 측의 자기만족이 일체 부재하다. '시골에서' 일했다면, 윌리엄은 아직까지 불확실한 것에 대한 불안한 자각 상태에서 돌아왔을 가능성이 높다. 그의 본능은 연극적이었고, 연극 의상을 입을 기회가 조금이라도 있었다면 그가 떠날 때와 정확히 똑같은 위치를 흡족하게 받아들였을 리 없다. 그는 야심만만하고, 간절히 원하는 젊은 시인 지망생이었다. 로저 록 혹은 리처드 필드—이들은, 그 당시면, 출판인-도제들이다—못지않게 책에 매료되었다. 그러나 가장 신빙성 있는 보고서 중 하나인 비스턴의, 윌리엄의 학교 선생 노릇에 관한 언급을 받아들인다면, 신발에 여행 먼지를 묻히고 헨리 가로 돌아온 셰익스피어는 거의 예측할 수 없을 정도로 복합적이었다. 그는 현학을 뿌리치고 달아난, 산뜻하고 열정적인 소년이었지만 자신이 배운 것을 소중히 했다; 그리고 놀랄 정도로 융화력이 풍부한 그의 심성으로 보아 어떤 세계도 너무 다양할 리는 거의 없을 터였다; 어떤 불협화음도 자신의 견해 속에 아우르며 자양분을 주고, 온갖 종류의 혼합 감정 혹은 상호 갈등적인 인상들을 아우르는 동시에 책과 학문에 굶주림을 느낄 수 있었다. '젊은 날 시골에서 학교 선생'을 지낸 후에. 그러나 그 경험이 다시 찾은 자그만 세계를 온전

108

하게, 감각적으로 즐기고픈 그의 생각을 자극했을 거였다. 단순한 신중함과 세심한 주의 따위에 이끌릴 성싶지 않았고, 생활이 스트랫퍼드에서 매우 빠르게 바뀔 참이었다.

6. 사랑과 이른 결혼

익숙해지면 더 경멸하게 되는 거라고 전 봐요.
경멸, 맞나, 만족 아닌가?
하지만 삼촌이 '그녀와 결혼해라' 그러시면,
그녀와 결혼하는 거죠.
그 점 저는 결심이 자유롭고 분방합니다.
―슬랜더, 『윈저의 즐거운 아낙네들』

앤 해서웨이와 쇼터리 들판

튜더 시대 교구에서는 부모, 친구, 그리고 이웃들이 지켜보는 까닭에 한 사람의 운명이 남의 눈에 띄지 않고 바뀌는 일이 거의 없다. 개인적인 행동 또한 눈에 잡히는 쪽이었다. '청춘의 5월과 욕정의 개화' 속에 젊은이가, 물론, 자신의 거친 씨를 뿌릴 수 있으나, 교구 목사 재판소 관리의 심문을 받으며 자신의 사통私通을 해명하고 또 사과해야 하기 십상이었다. 결혼 외에 어떤 성적인 사건도, 지역 공통의 관심사였고, 윌리엄이 해서웨이 가문과 연루된 것은 사회적 관계 망을 건드리는 바로 그 순간 그의 경력에 영향을 끼쳤다.

1582년 여름은 연인들과 곡식에게 우호적이었다. 줄 모양으로 경작된, 거대하게 펼쳐진 푸른 벌판이, 스트랫퍼드와 쇼터리에서, 태양빛을 받았고, 나라의 추수가 1570년 이래 최고치에 달해, 평균 수확량보다 20%나 많았다.[1] 새로운 공공 년이 끝날 무렵 스트랫퍼드 공의회는 사실 재정을 흥청망청 썼다, 그리고 기록상 최초로, 지역 광대들을 후원했다. 극단을 이끄는 데이비 존스에게 참

---

1   W. G. 호스킨스, 「수확량 변동과 잉글랜드 경제사, 1480~1619)」, 『농업사 리뷰』, 12호(1964), 28~46.

사회원들이 돈을 지불할 참이었는데, 데이비 존스의 아내 프란시스 해서웨이는 쇼터리에 사는 로버트 해서웨이 집안과 친척 관계였다. 데이비의 극단은 셰익스피어의 첫 아들이 세례 받기 1주일 전 성령강림절에 공연할 참이었다—그리고 그의 낯익은 이름이 『헨리 4세』 2부에 나오는, 한 하인에 대한 치안 판사 셸로의 탐욕스럽다고 해야 할 편애로 메아리칠 것이었다: "아니 근데, 데이비! … 데이비, 데이비, 데이비, 어디 보자, 데이비 … 붉은 밀을 뿌려야지, 데이비"(V. i. 2~13)[2] 1570년대와 1580년대 풍년은 종종 전반적인, 그럴 법한 행복감을 불러 일으켰다, 왜냐면 '좋은' 해와 '나쁜' 해가 주기적으로 왔다. 스트랫퍼드 참사회원들은 행복한 시절 선거 날, 즉 9월 5일 존 셰익스피어와 만났고, 존은 수개월 동안 홀에 나오지 않은 터였다. 새로 선출될 행정관은 에이드리언 퀴니였는데, 윌리엄의 아버지와 함께 완고한 영주, 워릭 백작 암브로스의 요구에 맞서 지역 공동의 권리를 옹호해 주도록 부탁받았던 적이 있었다.

11월에 이르면, 셰익스피어 사람들은 분명 아들 윌리엄과 아그네스 혹은 앤 해서웨이, 즉 백작의 등본 소유권자 경작인 가문의 맏딸이 어떤 관계인지 알고 있었다. 그녀 묘석에 대한 전설이 정확하다면 1555년 혹은 1556년생인 앤은 26세 혹은 27세에 윌리엄의 아이를 임신한 상태였다. 그녀는 '폐물 노처녀'였거나, 튜더 시대 숱한 자작농 유부녀들보다 나이가 많았다는 게 오늘날의 신화지만, 윌리엄은 법적으로 미성년자였다. 아마도 아버지의 결혼 승낙을 얻어야 한다는 의무감을 느꼈을 것이고, 11월 이전에는 그러려고 하지 않았을지 모른다.

이달 이전 그가 어떤 정확한, 세심한 결혼 계획을 가졌을 성싶지는 않고, 그를 사로잡은 사건들 속에서 마지막 순간에 서두르고 허둥댔는지는 몰라도, 이것저것 따져 보지 않았다는 징후가 있다.

2   M&A iii. 129.

누구든 사랑을 하거나 안 할 충분한 이유가 있지만, 윌리엄은, 언뜻, 부분적으로는 경험을 사려는 충동이 있었던 것 같다. 학교 교육의 엄격함과 '시골에서' 일의 긴박함 거의 일체가 자유로운 행동을 제약했을 거였다. 초등학교 학생은 누구나 가혹한 규율을 알았고, 그의 달변은 값싸게 획득된 것이 아니지만, 그가 좀 더 자신감에 차 가면서 그렇게 삶의 감을 살찌워 나갔던 것이다. 8월에 그가 한 짓을 부인할 수는 없다—그러나, 그렇다면, 그는 경솔할 만했다: 아버지는, 재정적으로 불안정했지만, 교역과 헨리 가 집들을 유지하고 있었다. 윌리엄은 상속받을 재산이, 심지어 자신의 달변을 활용할 길을 찾는다면 부유한 미래가 있을 거였다.

그는, 이제까지 추정된 대로, 달변을 구애 기간 중 시험해 보았을지 모른다. 증거는 불확실하다. 그러나 그는 결혼할 만큼 젊었고, 노련한 농부들 사이에 신랑감으로 회자된 적도 있었다. 앤은, 나이 때문에 코가 높아서, 그를 '처량한 신세'로 놔둬 왔는지 모른다, 훗날 『셰익-스피어의 소네트들』에서 145번으로 발표된 시가 자전적 요소를 갖고 또 그가 그녀 이름 '해서웨이Hathaway'를 '미움-멀어(hate away)'로 말장난하는 것이라면. 이 동음이의 말장난은, 물론, 아주 정확한 것은 아니다. 소네트에서는, 여성의 받아들임이 자비롭다. 그녀의 시인은, 언뜻, 이제까지 너무도 부드러워서 그녀가 자르거나, 까다롭게 굴거나, 혹은 심하게 나아갈 기회가 거의 없다:

> 사랑이 자기 손으로 직접 만든 그 입술이,
> 숨결을 내뱉는다 나는 미워 그런 소리를,
> 그녀를 사모하는 내게 말한다:
> 그러나 그녀가 내 처량한 신세를 볼 때,
> 그녀 가슴에 곧장 자비심이 흐른다,
> 그 혀 달콤한 그 혀를 꾸짖으며,
> 부드러운 둥근 천장을 만들었던 그 혀를:

그리고 그렇게 새로운 인사법을 가르친다:
나는 미워의 마지막을 그녀가 바꾸었다,
부드러운 낮이 밤을 따르고 밤은
적처럼 천국에서 지옥으로 날아가 버리듯
그 말을 따르는 마지막을.
나는 미워, 그 미움으로부터 그녀가 멀어졌다
그리고 내 목숨을 살렸다 너라고 하지 않았으므로.

위 시는 소박한 어법과 단순 감정으로 보아 초기작인 듯하고, 1582년 작으로 보는 게 타당할 것이다.

그건 그렇고, 그녀는 유산을 물려받게 될 거였다. 그녀 아버지 리처드 해서웨이, 일명 가드너 혹은 가디너는, 1581년 9월 사망 며칠 전에, 딸 '아그네스'('안네스'로 발음하며, 앤과 번갈아 쓰이는 이름이다)의 결혼을 앞두고 있었다. 그녀는 10마르크, 혹은 6파운드 13실링 4페니를 '그녀가 결혼하는 날' 받게 될 것이었다.[3] 리처드의 유서는 1582년 7월 9일 승인되었고, 두 연인은, 여름에, 유산을 받을 희망을 품고 결혼을 서약했는지 모른다. 결혼 서약은 구속력이 있었고, 증인 앞에서 행해졌다면 결혼 생활을 통해 태어난 아이를 적출로 인정케 했다—그러나 어느 정파 성직자도 그것을 권장하지 않았다. 그것이 두 젊은 남녀를 교구 목사 법정의 호출로부터 반드시 구해 주지는 않을 거였고, 윌리엄은 11월 전 이런 식으로 자신과 앤의 결합을 기정사실로 받아들이라고 집안 사람들에게 강요하기가 꺼려졌을 것이다.

학교 시절이나 그 이후 어느 때든, 그가 앤의 집에서 낯선 자 취급을 받지는 않았다. 그의 아버지가 1566년 그녀 아버지의 보증을 두 번 서 주었고, 해서웨이의 빚 8파운드를 철물상 존 페이지

6. 사랑과 이른 결혼

---

3   리처드 해서웨이 유서는 1581년 9월 1일 작성되었다. 그는 7일 땅에 묻혔다. 소네트 145에서 보이는 'Hathaway'에 대한 동음이의 말장난을 처음 암시한 것은 앤드루 거, 「셰익스피어의 첫 시: 소네트 145」[『비평 에세이들』, 21호(1971), 221~226]에서다.

에게, 그리고 11파운드를 조앤 비들에게 지불했다.[4] 그 액수는 셰익스피어 사람들이 해서웨이 목장에서 환영받지 못하는 처지가 아니었다는 점을 암시한다. 읍 서쪽으로 1마일 떨어졌지만 교구 내 위치한 쇼터리는 당시 공동 경작지 1,600에이커 가량의 흩어진 소규모 마을이었는데, 이 면적은 스트랫퍼드의 다른 주요 들판 세 곳을 합친 규모다. 리처드 해서웨이의 집은, 그가 죽은 후 확장되었고, 앤 해서웨이의 오두막으로 오늘날까지 전해진다. 당시 아든 숲이 근처에 있었고, 오늘날 방문객들은 『좋을 대로 하시든지』에 나오는 올리버의 '양 우리'와, 실리어가 묘사하는 어여쁜 삼림지 무대를 상기하게 된다:

> 여기서 서쪽으로, 다음 계곡을 내려가세요.
> 졸졸 흐르는 시냇가에 버드나무가 열 지어 섰는데
> 그걸 오른쪽으로 끼고 가시면 그곳이 나옵니다.
>
> (IV. iii. 79~81)

장미, 풀, 그리고 다발-완두콩이 여전히 정원에서 자란다, 비록 향그런 사과나무와 들꽃이 있는 과수원은 이제 상상에 맡길 수밖에 없지만. 집 아래로 개울이 흐르는데, 집은 경사면에 세워졌고 바닥은 돌이고 벽은 나무틀에 윗가지와 도료를 채웠으며 가파른 이엉지붕이다. 8명 혹은 10명 정도 가족이 살기에 충분했다, '홀' 혹은 아래층 거실에, 무거운 구이-오븐이 있는 부엌에, 윗방 몇 개 등등. 크럭(굽은 오크 목재)이 땅에서 지붕-마루까지 이어진 것이 가장 오래된 부분이었고(15세기), 근래 들어 목수들이 모서리를 깎아 낸 오크 브레서머(버팀대)가 있는 벽난로 두 개, 8피트와 11피트짜리, 그리고 홀 윗방들을 위한 2층을 지어 놓은 터였다. 자신의 유서에서 해서웨이가 침대 두 개를 언급하고 있는데, 정교하

4   M&A ii. P. xiii; ME 68.

게 조각된 것이라면 값이 나갔을 것이고, '내 홀의 천장'(징두리 벽판), 이것이 겨울 외풍을 막아 주었을 것이 분명하다. 의자, 걸상, 방석, 놋단지, 주석 조각 여덟 개—모두 훗날 그의 아들 바솔로뮤가 차지했다—등은 원래 그 자신의 홀에 있었던 것인지 모른다. 이 홀에 등 높은 벤치가 오늘날 화덕 옆에 고정되어 있는 것이다.

두 세대 동안, 최소한, 해서웨이 가문은 지역에서 두드러졌고, 그들의 말은 쇼터리와 스트랫퍼드 교구 다른 지역에서 무게를 지녔다. 리처드의 아버지 존은 구舊 스트랫퍼드 법정 12위원 중 한 명이었고, 농업으로 이익을 내는 와중에도 교구 직원, 경관, 그리고 벌금판정인을 지냈다; 그의 재화는, 1549~1550년 특별 징수 당시 10파운드로 평가되었다(당시로는 낮은 평가가 아니다). 리처드는 농업에 종사했고, 아마도, 2번 결혼했다. 1579년 그의 아이 7명이 생존해 있었다, 셰익스피어가 학창 시절을 끝낼 무렵이다.

그때는, 쇼터리가 상당히 평온했다. 영국 국교회 복종 거부자 혹은 예수회 사제를 아들로 둔 가족들, 이를테면 버맨 가 혹은 데브데일 가 같은 집안이 교회 다니는 사람들과 좋게 지내며 살았다. 분명 영국 국교회 예배에 가기는 했지만, 리처드 해서웨이는 자신의 유서에서 가톨릭 이웃 존 페이스를 거명하고, 유언장의 두 감시인을 젊은 농부 풀크 샌델스와, 그가 '믿는 친구와 이웃 중' 또 한 사람인 스티븐 버맨으로 해 줄 것을 요청하고 있는데, 버맨의 아내 마거릿은 교회를 회피한 것 때문에 위원회가 이름을 두 번씩이나 거론한 바 있는, 반항적인 가톨릭이었다.[5] 그러나 1580년 혹은 1581년에 이르면, 쇼터리는 토지를 둘러싼 성난 분쟁의 초점으로 된다, 서쪽 가장자리 발던 힐을 워릭의 프로테스탄트 백작과 우턴 워웬의 가톨릭 프랜시스 스미스 씨가 공히 요구하고 나선 것. 분쟁은 종교적 파르티잔들을 선동할 기세였다.

프랜시스 스미스는, 네 마리 공작이 문장에 들어 있는, 교구 북

5   M&A iv. 149와 162.

쪽 우턴 위웬 상속녀의 아들이었다; 그는 공개적으로 가톨릭임을 천명했지만, 그의 신념에 대한 통상적인 벌금을 이유 없이 내지 않았고, 종교는 아니더라도 재산 요구 때문에 백작을 분노케 했다. 백작이 궁정에서 받던 힐에 대한 스미스의 주장에 도전했을 때, 두 주요 경쟁자는 최소한 종교적인 당파성에 영향을 받고 있었다. 셰익스피어네와 해서웨이네는 앤 아버지가 재판관 중 하나였으므로 사건을 잘 알고 있었다. 또한 재판관은 폴크 샌델스(그는 셰익스피어의 결혼식 때 증인 노릇을 하기도 했다), 그리고 세 번째는 앤의 가까운 친척 리처드 버맨이었다.

죽기 얼마 전, 앤 아버지는 백작의 주장을 지지했지만, 스미스가 1582년 10월경 재판관들의 평결을 거부했다, 앤이 윌리엄의 아이를 배고 있을 때다. 새로운 위원회가 사건을 조사할 때쯤이면, 발던 힐은 첨예한 긴장을 읍내에 조장했고, 미래의 희곡 작가가 19세일 때 워릭셔판 캐풀렛 가와 몬터규 가가, 싸움을 선동하면서, 어느 날 불 레인과 올드 타운 가장자리에 위치한 포도주 집에서 만났는데 그곳—위층—에서는 토머스 루시 경이 증인들을 심문하고 있었다. 셰익스피어와 교구 사람들이 전해 들었을 실제 장면이 법정 기록을 보면 눈에 선하다. 포도주 집 현관으로 발을 디디던 가톨릭 스미스를 백작 쪽 사람 존 굿맨이 거칠게 맞았고, 그는 단도를 지니고 있었다:

굿맨: 스미스 씨, 당신은 신사를 좋아하지 않는군.
스미스: 왜?
굿맨: 우리 주인님께 커다란 위해를 가해 대니 말일세.
스미스: 뭐라, 무슨 위해?
굿맨: 에끼, 여기저기 싸돌아다니면서 우리 주인님 증인들
을 꼬드기고, 구석에서 귓속말을 나누고 그러잖나.
스미스: 그런 적 없네.
굿맨: 그러구 있어.

116

스미스: 정말 그렇지 않다고 말했네.

굿맨: 하지만 당신은 그러구 있어(그에게 다가가면서). 그러면 안 되지.

스미스: 다시 말하지만 자넨 거짓말을 하고 있어(그를 손으로 밀쳐 내면서).

굿맨: 어라, 내게 손을 대? 네가 내게 손을 댄다면 난 단도로
니 골통을 그어 버릴 테다(손을 단도에 갖다 대고 그것을 뽑으
려 하면서).

스미스는 위기를 벗어났지만, 그의 하인 리처드 데일이 백작 사람 두 명의 협공을 받았다—굿맨과 펜턴 씨의:

펜턴: (데일의 더블릿을 손으로 쥐면서) 아, 이놈 봐라! 여기서 뭐 하나?
너는 정말 나쁜 놈이야! 꺼져라, 나쁜 놈! 여기서 꺼져!

굿맨: 뭐라, 이놈 보게, 너 안 가? 가, 아니면 단검으로 네 골통을 빠
갤 테니까. (단검에 손을 대면서).

(펜턴이 데일의 머리 한쪽을 치고, 그를 약간 문 쪽으로 밀어낸다, 그리고 그
의 발 위로 문을 닫아 버린다)

데일: 오 이런, 다른 쪽 발도 빼게 해 줘! (펜턴과 엎치락뒤치락 하며 문
을 연다, 그리고 겁에 질려 떨며 위층으로 올라간다)[6]

토머스 루시 경의 위원회는 1584년 1월 12일자 그 소란 덕분에 약간의 이득을 보았고, 심리는 질질 끌다가 가톨릭 지주 스미스의 손을 들어 주는 것으로 최종 마무리되었다. 셰익스피어는—수군거리기 좋아하는 읍의 다른 사람들과 함께—스미스, 굿맨, 데일,

117

그리고 펜턴 사이에 벌어졌던 일을 분명 들었을 것이고 아마도 그가 『윈저의 즐거운 아낙네들』을 쓸 때 펜턴을 상기했을 것이다, 비록 그 젊은 신사는(여관 주인이 묘사하는 대로) 백작의 거친 하인보다는, 아랑곳하지 않는, 원기 왕성한 18세 연인을 더 닮았지만 —"그는 날렵하고, 춤을 알고, 젊음의 눈빛인데, 시도 쓰고, 말솜씨도 경쾌하고, 4월과 5월 내음을 풍기는데 말요."(III. ii. 61~62)

발던 힐 사건을 맡은 쇼터리 재판관 대부분은, 종교적 당파성에 따라 발언하거나 판결을 내리지는 않은 것으로 보인다: 교리의 요소가 강한 재판을 사람들은 조심스럽게 다뤘다. 사건들이 신중해지도록 강요했다. 윌리엄이 결혼하던 해 코템, 스트랫퍼드 학교 선생 동생이 교수형당했고, 쇼터리의 로버트 데브데일이 선교 사제로서 똑같은 운명을 겪게 될 것이었다. 윌리엄이 이미 신중하고 현명하게 사는 법을 터득한 상태였는지 모르지만, 교구 분위기는 최소한 보다 탐색적이며, 매료된 관찰자로 그를 만드는 정도까지 영향을 끼쳤을 것이었다. 발던 힐조차 한 사회에 오래된 종교적 분열을 노출시켰다, 그리고 지역 재주꾼들이 관련 쟁점들을 활성화했을 것이 분명하다. 윌리엄 자신의 재주와 상상력은 '문법의 신들'이 남겨 놓은 거미줄을 그의 머리가 걷어내면서 엄청나고 경쾌한 힘과 기질로 발전했고, 그가 화려한 외관 너머 개개인들의 내적이고 사적인 삶을 들여다보게 되면서 공공의 분쟁이 그의 관심을 끌었다. 중립적인 관찰자였다면 그는 '편을 들지' 않기 마련인 연극 시인에 더 가까이 간 것이었다. 그의 구애가 지녔던 역설은 그의 상상력이 그것을 뛰어넘었다는 것일 게다, 스미스 혹은 백작의 자부심과 요구 주장을 포함하는 따위의 뒤엉킨, 흥미를 돋우는, 혹은 우스꽝스러운 사건들을 그가 감수하게 되었으니 말이다.

포도주 집 사건 정도의 소란이 늘 쇼터리를 뒤숭숭하게 만드는 것은 아니었다, 그리고 휴랜즈 농장은 목초지, 초원, 그리고 가축 떼들이 평범한 행복의 분위기를 풍겼다. 리처드 해서웨이는 7명의 자식들에게 상당한 유산을 남겼다. 아이들 중 네 명—토머스,

마거릿, 존, 그리고 윌리엄—은 아마 아내 조앤의 소생일 것이다. 앤, 바솔로뮤, 그리고 캐서린은, 나이가 위쪽이었으니 결혼 생활 초반에 태어났을 것이 분명하다; 리처드는 바솔로뮤에게 40파운드를 지불할 경우 땅 증여는 거부해도 좋다는 선택권을 미망인에게 주었는바, 바솔로뮤가 자신이 직접 낳은 아들이 아니었다면 정상적인 액수다.[7] 리처드의 아이 세 명이 태어났을 때 이미 성인이었던 앤은, 그녀 아버지의 막내아들보다 23살 가량 더 많았다. 아이 보기는 당연히 그녀 몫이었다, 튜더 시대 농장에서 으레 그랬듯. 여자의 일은 낮 시간에 끝나지 않았고, 앤의 역할은 아이들을 씻기고, 먹이고, 또 가르치면서 틈틈이 다른 젖먹이까지 챙기는 일을 포함했을 거였다. 그녀 동생 바솔로뮤에게 아버지는 유서에서 "형제자매들에게 위로가 되어 주라"고 부탁하고 있으며, 앤이 설령 윌리엄의 'hate-away' 소네트 인물처럼 이상적으로 부드러운 마음씨의 소유자는 아니었다 하더라도 친절하거나 책임감 있었다는 징후가 있다. 그녀 아버지의 양치기 토머스 휘팅턴은, 임금 받는 데 게을렀던 것이 아니라면, 훗날 그녀에게 교구 빈민을 위한 그의 기금 보관을 맡겼다. "나는 유산으로 증여한다", 휘팅턴은 1601년 그렇게 쓰고 있다. "스트랫퍼드 빈민들에게 40실링. 그것은 윌리엄 셰익스피어 씨 아내 수중에 있는데, 내게 주어야 할 돈이다, 상기 윌리엄 셰익스피어 혹은 그의 지정인이 이 유서의 진정한 뜻에 따라 유서 집행인에게 지불할사".[8]

그 양치기는 노년에 존 페이스, 즉 쇼터리 예수회 순교자[9]의 처남과 함께 살았고, 앤의 아버지가 유서 집행인으로 반항적인 불복종주의자의 동생을 지명했음을 우리는 기억한다. 1580년대와

7   그의 검인필 유서 복사본을 보면 그렇다.
8   EKC, 『사실들』, ii. 42, 1601년 3월 25일
9   휘팅턴은, 1601년, 20실링을 '존 페이스', 쇼터리의, 형,—내가 함께 머물고 있는—에게 남기고 있다, 그리고 이 사람이 1578년 10월 20일 앤니스 데브데일과 결혼했던 그 '쇼터리의 존 페이스'인 듯하다.

1590년대에도 여전히, 쇼터리에 살던 몇몇 해서웨이 일가 중 교회 기피자로 이름이 거론된 사람은 한 명도 없었던 듯하다(구 스트랫퍼드의 존 해서웨이가 장차 1640~1641년간 불복종 가톨릭교도 명단에 들게 될 것이었지만). 앤의 남동생 바솔로뮤는 영국 국교를 기꺼이 또 열렬히 받아들였음이 분명하다. 그는 국교회 교구위원이 되었고(그의 세 아들도 그랬다) 유서에 열렬한 신앙 진술을 남겼다. 셰익스피어-해서웨이 가문은 몇몇이, 이따금씩, 딴 짓을 하지만 대체로 국교를 준봉하는, 전형적인 옛 가톨릭 가문이었다. 앤과 윌리엄 두 사람의 아이 수재나는, 젊은 여성으로, 부활절 예배에 빠진 건으로 교구 목사 법정 관리의 경고를 받고 또 그 경고를 무시하게 될 거였다. 그들의 친구 햄넷과 주디스 새들러는, 햄넷의 한 하인과 함께, 성체용 빵과 포도주를 받지 않은 건으로 또한 교회 법정에 소환될 것이었다; 햄넷, 혹은 햄릿은, 우리가 '음탕법정' 재판 기록에서 보았듯, 양심을 맑게 할 시간을 달라고 요청했다―이 노동자가 교조의 미묘한 대목들에 대해 속을 태우는 걸 상상하기는 어렵지만. 빵집 주인 로저 새들러의 상속자로서, 그는 주디스와 함께 중심가와 쉽 가 구석자리 곡식 장터 옆에 살았고, 보통은, 최소한, 영국 국교 부활절 예배에 참석할 정도가 되었다. 한편, 토머스와 마거릿 레이놀즈는 완고한 불복종자로, 도망 중인 예수회 사제를 숨겨 준 적이 있는 듯하다; 그들의 아들이자 상속인 윌리엄 레이놀즈에게는 셰익스피어가 유서로 26실링 8페니를 남겨 기념 반지를 사게 할 것이었다.

시인의 학급 동기 대부분과 그의 친구 몇몇이 나무랄 데 없는 프로테스탄트였다는 결론을 우리는 내리게 되지만, 그의 초기 친교의 중심 부근에 가톨릭의 한 핵심이 자리잡고 있었다; 그는 분명 해서웨이의 친구들 중 옛 신앙을 여전히 유지하는 사람들 혹은 앤의, 아마도 규칙적이었을 교회-참석 때문에 놀라지는 않았을 것이다. 다른 이들과 마찬가지로, 그녀는, 어떤 시점에, 영국 국교를 받아들였다, 그것은 성스러운 빵과 피에 그리스도가 실재한다는 믿음을 허용하는 교리와 함께 옛날의 사제 및 주교 신분 제를 유지했다; 복종은 그녀 자신에게 고통스러웠을 수도, 아니었 을 수도 있지만, 셰익스피어의 행동거지도 그에 필적할 것이었다.

계산을 했는지 본능적으로 그랬는지 모르겠지만, 그는 한 가지 를 계속 조심해 온 터였다. 자신의 사회적 지위보다 높은 지위를 구애하거나, 사실상, 희곡 작가의 유서 초안에 거명된 친구 리처 드 타일러의 훗날 외람됨에 필적한 적이 한 번도 없었다. 1566년 백정의 아들로 태어난 타일러는 1580년대 쇼터리의 수재나 우드 워드와 결혼하는데, 그 후 수재나가 격노한 할아버지에 의해 상속 권을 박탈당하는 것은, 풀크 그레빌 경 같은 이들을 접대했던 쇼 터리 장원 리처드 우드워드 씨의 맏딸에게 백정 아들은 가당찮다 고 느꼈던 것이겠다.

또 한편, 세월이 앤에게 주었을 인생관의 성숙을 셰익스피어가 획득했을 가능성은 거의 없다. 평상시가 아니라, 상실로 인하여 처지가 근본적으로 변하게 되었을 때 그녀는 응낙을 했다. 아버지 가 죽은 지 3개월이 채 안 되어 바솔로뮤는 트레딩턴의 이사벨 핸 콕스와 결혼, 타이소로 살러 갔다—헤리퍼드에서 남쪽으로 20마 일 떨어진 곳이었다. 그는 나이가 그녀와 가장 가까운 남동생이었 고, 앤이 그의 아이 대모가 되었던 듯하다. (바솔로뮤의 딸 '애니스' 혹은 그녀 결혼 등록부상의 '앤'—은 그가 스트랫퍼드로 돌아올 것을 결 심한 후 1584년 1월 14일 세례를 받았다.)[10] 남동생이 휴랜즈를 떠난 후 그녀의 외로움, 나이, 혹은 계모-미망인과의 다툼 때문에 앤이 연인을 추구했다는 얘기는 성립되지 않을지 모른다. 하지만 그녀 의 인생 퇴출 때문에 윌리엄은 부분적으로 덕을 보았다; 그녀는 그녀 아버지와 남동생에게 쓸모 있는 존재였을 것이고, 그들을 잃 은 후 그녀는 헨리 가의 다소 우아한 이 청년, 그녀 아버지 친구의 아들로, 그녀를 열렬히 갈망하는 이 청년을 찾은 터였다. 이제, 그

6. 사랑과 이른 결혼

---

10   MS SBTRO, '세례' ; ME 69.

러나, 그녀는 배가 불러오는 현실에 직면해야 했다—사회적인 멸시와 그녀 삶의 파탄. 그녀의 성숙, 혹은 휘팅턴이 보증하는 듯한 그녀의 친절한 마음씨를 윌리엄이 얼마나 높이 평가했는지 우리는 모른다. 그러나 그가 사랑에 빠진 것은 분명했고, 11월이면 그의 문제는 가능한 한 빨리 미래를 설계하는 거였다.

연애 허가증

그가 처한 상황의 긴박함은 그의 부모에게 날카로운 상처로 작용했을 것이 분명하다. 헨리 가 느릅나무 밑에서 개들, 수레들, 먼지, 그리고 소음과 더불어 몇몇 장인들은 위안의 평상을 찾았지만, 혼란스러운 미들랜즈에서 장갑 직공의 교역은 지방 특유의 곤경을 겪으며 더 심각한 몰락의 길로 접어들었다. 셰익스피어 가족은 살아 있는 아이들이 다섯—윌리엄, 길버트, 조앤, 리처드, 그리고 두 살배기 에드먼드—이었고, 존 셰익스피어는 책임져야 할 게 많았으므로 걱정거리가 더 있었다. 마지막 성 삼위일체 기간(1582년 6월 15일~7월 4일)에 그는 어쩔 수 없이, 하여간에, 랠프 코드리, 윌리엄 러셀, 토머스 로긴지, 그리고 로버트 영을 대상으로 법적인 안전 보장을 구해야 했다, "죽음과 사지 절단이 두렵다"는 이유로.[11] 문서상 글귀는 말 그대로 백정 랠프 코드리에 걸맞다고 할 수 있다, 그가 존 셰익스피어의 처남 알렉산더 웨브를 공격한 적이 있으므로. 그러나 코드리는 '홀'에서 존경받는 인물이 된 터였다. 윌리엄의 아버지는 9월에 그와 함께 공의회에 참석한 바 있고, 보장을 구한 것은 (법적인 문구대로) '죽음 혹은 절단'을 두려워해서가 아니라, 채권자들의 소송으로부터 숨돌릴 틈이 필요하기 때문이었다.

　가족이 관련된 추문은 그의 장사에 더욱 타격을 가할 수 있었

11　ME 31.

다. 교구 목사 법정이 성적인 반칙을 감지했을 경우, 두 연인이 일요일에 공개 사과를 하라는 명을 받을지 몰랐다. 그것은 가벼운 집안 망신에 해당한다. 사실, 성급한 연인들이 설령 결혼을 한다 해도 준-공개 치욕을 언제나 피해 갔던 것은 아니다: 풀크 샌델스의 아들은 훗날 교구 목사 법정 관리의 심문을 받는데 이유는 그의 아내가 결혼식 이후 너무 빨리 아이를 출산했기 때문이었다.

가십과 소문이, 그 자체로, 기민한 법정으로 하여금 임신한 여자와 그녀의 연인을 소환케 할 수 있었고, 앤의 상태가 명백해지면서 주의를 끌었을 수 있다, 그래서 그녀가 11월경이면 휴랜즈를 떠났던 것인지도 모른다. 그러나 증거는 불명확하다, 어떤 경우든: 그녀의 11월 위치를 '그래프턴 사원'으로 제시하는 한 우스터 등기부가 있는데 그녀의 성을 잘못 쓰고 있다('Whateley'). 그래프턴 사원은 교구 바깥에 위치한 정착촌이었지만 쇼터리 서쪽 그리고 알세스터 남쪽으로 3마일 반밖에 안 떨어진 곳이었다(마을은 헨리 가에서 5마일 가량 떨어졌다). 그녀가 그곳에 쳐박혀 있었다면, 윌리엄은 아마도 아버지의 결혼 동의, 그리고 신부와 집안 살림을 기꺼이 공유하겠다는 어머니의 허락을 받아야겠다는 의무감을 느꼈을 것이다.

하지만 그가 종종 암시되는 정도로까지 부모에게 매달려 있었던 것은 아니다. 교회법에 허점들이 있었고, 리처드 코신(우스터 주교 종교법 고문관)은 동의 거부를 묵살하고 허가증을 발행할 권한이 있었다.[12] 놀람이 어느 정도였던 간에, 청년의 부모는 그들이 앤의 상태를 알게 된 순간 결혼을 좋게 생각할 이유가 있었다, 추문과 서출이라는 개망신에 대한 장인의 두려움과는 전혀 다른 류의. 앤은, 물론, 그들에게 이방인이 전혀 아니었다. 그러나 존경받는 자유 경작민 존의 아들이라는 점이 사태 해결을 거들어 주었다; 그들은 그녀 나이와 실용성이 아들에게 유리하다고 보았을

12   EKC, 『사실들』, ii, 44.

성싶다, 쾌활하고, 달변이며, '머릿속에 구절들이 갓 발행된 화폐처럼 많은' 청년일지는 몰라도, 실제 경험은 보잘것없는 아들이므로. 어떻게 보면, 윌리엄은 단순한 개인 이상이면서 동시에 그 이하였다; 그는 가문의 장래를 담보하는 자였고, 아버지의 투자 대상이자 희망이었다, 그가 상속을 받을 것이었으므로; 그리고 물려줄 재산이 있는 자는 상속인의 이른 결혼에 좀체 반대하는 법이 없다.[13] 아들이 일찍 결혼하면 생애 중 장성한 상속자를 기대해 봄 직했고, 상속 대상 토지가 어린애한테(골치 아픈 후견 사항과 함께) 양도되는 일도 없을 거였다.

어머니는, 물론, 그가 잘 처신하기를 원했고, 그달 말 가까이 준비 절차가 진행되면서, 윌리엄의 돛에서 바람이 어느 정도 빠졌던 것일지 모른다. 그의 진짜 골칫거리는, 직감해 보자면, 결혼과 더불어 시작되었다, 어떤 면에서 그의 가능성이 그랬듯. 그는 선택권 없이 오로지 급작스런 책임을 떠맡아야 했다—남편의, 아버지의 책임. 그렇게 그는 주도권을 잃게 되었다; 11월 당시 그의 처지는 8월과 너무 달랐다. 그해 말 위급한 사정에 굴복하면서 그의 여름날 로맨스는 민활한 심성에 비추어 단조롭고, 지루하고, 무디고, 모험이 없고 지겨워 보이기 시작했을 것이 분명하다. 또한 이런 류의 딜레마에 끊임없이 붙어 다니는 측면들이 있었다, 동네 여론에 민감한 복합적인 청년에게는; 그는 11월에 느꼈던 일체의 흥분, 두려움, 유감, 혹은 당혹을 다른 여러 관점으로 보게 될 가능성이 많았다, 어떤 주제든 그것의 온갖 측면을 두루 아우르는 심성이었으므로. 그는 아마도, 더욱이, 얼마 안 되어 자신의 곤경을 빈정대는 각도로 보기 시작했고, 그렇게 훗날 튼튼한, 즐기는, 다양하게 빈정대는 결혼관을 갖게 되는 쪽으로 가닥을 잡았다. 당장은 결혼 예고, 비용, 공탁금, 감독 법원 출두, 허가증, 그리고 서두르는 결혼의 냉혹한 절차 등을 생각해야 했다.

13 법적으로 소년은 14세, 소녀는 12세에 결혼할 수 있었다. 부모들이 혼인 절차를 주선할 수 있지만, WS의 결혼이 그렇게 마련되었다는 징후는 없다.

그는 우스터 주교 법정까지 갔다 온 듯하다, 11월 말, 농부 풀크 샌델스 및 존 리처드슨과 함께. 전자가 해서웨이 유언의 집행자고 후자가 증인이었으므로 두 자유경작민은, 사실상, 앤의 아버지를 대표했다. 샌델스는, 31세였는데, 건조하고 과묵한 발던 힐 기질이 암시하는 만큼이나 말이 없었던 듯하다; 그는 해서웨이 딸의 명성을 더럽힌 젊은 놈과 웃고 떠들 까닭이 없었다. 그러나 두 쇼터리 농부 모두 결혼 허가서를 위한 담보로 거금 40파운드를 공탁하는 데 동의했다, 결합의 정당성이 문제가 될 경우 압수될 금액으로.

감독 법원의 허가증 목록에서, 그는 유령과 짝지어졌다; 부부로 등재된(11월 27일자) 남녀 이름 철자가 어처구니없게도 '윌렐멈 섹스피어Willelmum Shaxpere'와 '그래프턴 사원의 앤냄 훼이틀리 Annam Whateley'였던 것. 그러나 서기들은 신부 이름을 대충 적었다; 훗날 한 스트랫퍼드 결혼 문서는 신랑이 교구 보좌신부와 결혼한 것처럼 되어 있고, 또 하나, 1625년 문서는 '존 프랜시스와 에드먼드 캐닝게'의 결혼을 허락하고 있다(하지만 'Joan'은 'John'으로 쓸 수도 있다).[14] 앤의 소재에 대한 약간의 혼동은, 아마도, 그녀가 교구 바깥에 살고 있었다면 불가피하게 빚어질 것이었다. 그녀가 훼이틀리 사람들과 함께 머물렀을 가능성은 희박하다, 비록 훼이틀리 가문이 관구 내 위치했고 이름은 읍 편입 이래 스트랫퍼드에서 내내 두드러졌지만. '앤냄 훼이틀리'에 대한 가장 그럴 듯한 설명은, 셰익스피어가 나타난 바로 그날 법정 서기가 크롤의 교구 목사 윌리엄 훼이틀리가 연루된 교구세 분쟁을 뇌리에서 떨쳐 내지 못한 상태였다는 것이다. 타당한 증거와 함께 그런 설명을 시도한 것이 조지프 그레이가 쓴 『셰익스피어의 결혼』인데, 이 책은 그 후 내내 온건한 주석의 주된 원천으로 작용했다(비록 그레이는 '그래프턴 사원'을 설명조차 안 하지만). 어쨌거나, 서기의 잘못

14 ME 65에서 인용. 이 사건들에 대한 가장 훌륭한 연구 중 하나는 여전히 J. W. 그레이의 『셰익스피어의 결혼』(1905), 2장으로, 쥐어 짜낸 듯, 형편없는 글씨체로 'whately'라고 쓴 허가증 사진—복사본을 수록하고 있다.

이 '앤 훼이틀리'를 유령으로 만들었다.

실질적으로, 11월 28일, 공탁 문서는 윌리엄이 서기급 신랑과 그보다 지위가 높은 자들에게 발행되는 '특별' 허가증을 받을 만하지 못했다는 점을 보여 준다. 그는 농사꾼, 장인 등등의 부류를 위한 '보통' 허가증을 받을 수 있었을 뿐이다. 이 문서는 결혼식 예정 장소로 거명된 교회 책임자가 수취인이지만, 그 허가증이 어디로 보내졌는지 우리는 알지 못한다.

청년에게 부과된 네 가지 조건은 모두 가망 없는 '안 돼' 형태였다: 법적인 장애가 있을 경우 결혼해서는 안 된다, 혹은 장애가 될 만한 소송이 진행 중이면, 혹은 주교와 주교의 일꾼들이 허가증 발급으로 야기될 수 있는 해악에 책임이 없다고 보장할 수 없을 경우, 혹은—보다 흥미롭게—신부 친구들이 결혼을 승인하지 않을 경우 그는 결혼할 수 없었다. 장화가 진흙투성이였던 농부 두 명이, 아마도, 앤의 친구들을 대표했던 듯하고, '장애'라는 단어(결혼 예배에도 나오는)는 한 시인에 의해 기억되어, "진정한 마음으로 이루어지는 결혼에 내가/장애를 허락하지 않기를"이라는 시구를 낳았다. 증서 자체는 이렇게 허락하고 있다:

> 윌리엄 셰그스피어(William Shagspere), 그리고 우스터 관구 스트랫퍼드의 앤 헤스웨이(Hathwey)는 법적으로 함께 결혼식을 올릴 수 있으며 그와 똑같이 차후 남편과 아내로 지낼 수 있다.[15]

일필휘지로 앤은 돌아왔다, 이 문서로는, 스트랫퍼드 교구로 다시—그녀가 정말 떠난 적이 있는지 모르겠지만.

리처드 코신 혹은 그의 등기 공무원, 로버트 웝스트리가 '장애' 하나를 제거해 주기는 했다. 결혼식 전에, 허가증에 의거, 교회에서의 결혼 예고 낭독을 평소대로 세 번이 아니라 한 번만 해도 되

---

15 거의 모든 계약서 전사는 부정확하다. 그레이, 『셰익스피어의 결혼』은, 9쪽에 복사본 하나를 제공하고 있다.

었던 것, 그것이 쓸모없는 시간 끌기를 면케 해 주었다. 관구에서는 강림절 일요일(1582년 12월 2일)부터 공현대축일 8일째까지 결혼 예고 낭독을 금지했다, 아니 이 기간 중에는 결혼식, 또한, 이례적이고 원칙상 허락되지 않았다.

셰익스피어의 결혼 예고는 아마도 성 앤드루 축일, 즉 11월 30일에 교회에서 낭독되었고, 신랑 신부는 다음날 결혼했을 수 있다, 금지된 성령강림 시즌이 오기 전에(아니면 그들이 1월 중순까지 기다려야 했을 거였다). 앤의 상황에 비추어 서두르는게 좋고, 의식이 가능한 여러 장소 중 한 곳에서 치러졌다. 부목사 존 헤인스가 성 베드로 비숍턴—쇼터리 북쪽—에서 그들을 결혼시켰을 수 있다, 아니면, 혹시, 토머스 헌트가 남쪽 만성절의 러딩턴에서 그랬을지도. 이것은 스트랫퍼드의 두 예배당 관할구다. 그러나, 결국, 가능성은 그래프턴 사원이 높다, 등록부에 언급된다고 해서 결혼식이 그곳에서 벌어졌다는 증거가 되는 것은 아니지만 그곳이라면 방해받지 않을 수 있었을 거였다. 4년 후, 한 청교도가 남긴 워릭셔 관찰기는 그래프턴의 목사 존 프리스를 "늙은 사제에다 조교가 불건전하다"고 묘사하고 있다. 교황파로서 프리스는 별 볼 일 없었고 위험하지 않았다: "그는 설교도 강독도 잘 못했다, 그가 주로 하는 일은 다치거나 병든 수리매를 고쳐 주는 것이었고, 많은 사람들이 그 일로 그를 찾아갔다."[16] 프리스의 수리매들이 젊은 쌍을 지켜보았을 거라 생각하면 즐겁다. 어쨌거나 그들이 그래프턴에서 결혼을 했든 안 했든, 윌리엄과 앤은 스트랫퍼드 교구에 겨울이 오기 전 결혼 생활을 시작했다.

데이비 존스의 쇼 이후

12월이면 시인은 앤을 헨리 가로 데려왔을 것이 거의 분명하다, 설

---

16   ME 66.

령 결혼 전에 그녀가 그곳에 없었다고 하더라도. 신랑 아버지가 신부에게 몇 년 동안 방과 식사를 제공하는 게 상례였고, 대부분은 공동 기거 생활을 고맙게 받아들였다. 앤에게는 유산 10마르크가 있었고, 윌리엄은 연 수입 2파운드에, 호턴을 위해 일했다면 특별 연봉이, 다른 곳에서 일한 적이 있다면 저축이 더 있을 것이었다. 하지만 그 정도 자금으로 새로운 살림을 차리기는 어려웠을 터.

'시골에서'의 어떤 막간 이전에도, 그가 아버지를 위해 일했었던 듯하다. '결혼하는 게 적절하다'고 생각한 후에도 그가 그 일을 '얼마 동안' 유지했다,고 니콜라스 로는 적고 있지만, 그는 일의 성격을 "그의 아버지가 그에게 제안한 생계 수단"이라고만 설명하고 있다.[17] 어쨌든, 윌리엄은 자기 손에 장갑 직공의 칼보다는 펜이 쥐어져 있음을 알았을지 모른다: 그는 법과 상업 용어에 매우 정통하게 되었다, 비록 나중에 써먹을 수 있을 것이었지만(그는 어느 정도 런던 법학원 사람들에게 맞게끔 희곡을 쓰게 될 것이었다); 그의 법률 지식은 그 분야 바깥에서 얻을 수 있는 정도였고, 다른 직업에서도 필요한 것을 흡수했다. (이를테면 줄리엣이 '증서', '변호인단', '의뢰 사항' 같은 용어를 사용한다고 해서—『로미오와 줄리엣』, IV. i. 57~64—그가 변호사 수업을 받았다고 추측할 필요는 없다.) 그는 아마도 아버지를 위해 서기, 필경사, 그리고 시간제 보조 일을 했을 것이다.

탄생지 뒷면의 익벽은 신혼부부에게 사생활을 좀 허용했을까? 익벽은 '독립된 작은 건물로, 따로 부엌과 계단이 있고, 햇볕을 받는, 정원으로 뻗어 나오는 구조'였다고 전해진다, 그러나 장갑 직공 집안 구조에서 누구든 상당한 독립을 누렸으리라고 상상하기 힘들다.[18] 부부는 아마도 윌리엄의 부모와 함께 식사하고, 앤은 가사를 함께 꾸려 나가야 했을 거였다.

17　니콜라스 로, 「윌리엄 셰익스피어 씨의 생애 등등에 대한 약간의 설명」, 로 편 셰익스피어, 『전집』(전 6권, 1709), i. iv.
18　E. I. 프립, 『셰익스피어: 인간과 예술가』(전 2권, 옥스퍼드, 1964), i. 193.

남의 집안을 빤히 들여다볼 수는 없는 일이지만, 몇 가지 이점과 함께 결점도 있었을 것이다. 앤이 1507년 새 집을 사들일 때까지 윌리엄 부모와 함께 산 듯한데—대략 14년 혹은 16년을 함께 살았다—메리 셰익스피어가 그녀를 기꺼워했다는 뜻이다. 두 시골 여자 모두 풍족한, 보수적인 농부의 신앙심 깊은 딸들이었다. 존 셰익스피어는 두 여자와 공통된 점이 윌리엄보다 더 많았다—윌리엄은 초등학교 수업을 받은 식자이자 시인으로 도제 생활을 하기에는 나이가 많았고 또 스트랫퍼드가 제공하는 것보다 더 나은 도전을 분명 갈망하고 있었다. 이런 가정에서 그는 이중으로 아이 위치에 있었다, 우선 어머니의 아들 그리고 아내의 아이. 그는 사실상 옛집에 이중으로 고정된 상태였다; 그는 어머니의 살과 피였고, 아내와 하나 된 살과 피였다; "안녕히 계시오, 사랑하는 어머니", 햄릿이 그렇게 클로디어스 왕을 비웃는다, "아버지와 어머니는 남편과 아내고, 남편과 아내는 한 몸"(IV. iii. 51, 53~54) 어느 정도는 그가 사소한, 항시적인, 엉성한 이해와 온전치 못한 의사소통 상황, 손윗사람들이 그의 존재 상당 부분에 응답할 수 없는 상황 속으로 꼬여든 셈이었다. 그런 경우는 종종 있을 것이다, 한 세대와 다음 세대가 있으므로, 그러나 1580년대 시골 읍에서 젊은이와 어른 사이의 간극은 각별하게 컸다. 이전 어느 때보다 많은 출판물이 쏟아지고, 문화가 갈수록 더욱 복합적이고, 세련미 있고, 또 도전적으로 되어 가는 때 윌리엄의 라틴어 훈련이 책에 대한 관심을 부추겼었다; 지적 교양의 속도가 과거 어느 때보다 빨랐다. 메리의 능력이 비상했다는 징후가 있지만, 그녀가 재미 삼아 독서를 했는지는 알 수 없다; 그의 아버지와 아내는, 기껏해야, 문맹을 반쯤밖에 벗지 못했다.

명민한 지적 능력의 소유자로, 그는 자기와 관심사가 다른 사람들에게 겉으로는 적응을 해 나아갔다, 그의 훗날 읍과의 관계가 암시하듯이. 어떤 면에서는, 나날의 식상함과 안정이 분명 썩 괜찮았을 거고, 그의 상상력과 지력이 먼, 오래된, 혹은 궁정의 보다 풍요로운 존재상을 자유로이 받아들였다. 희곡과 시작품으로 판단하자면, 그는 거리를 둔 상상의 상황 속에서 자신의 통찰을 탐구할 필요가 있었고, 아마 자신의 경험을 활용할 필요도 있었다. 그의 사랑관에 있어 정말로 새로운 것은 외로움과 사랑의 관계에 대한 이해이고, 그의 숱한 무대 장면에서 연인들을 몰고 가는 하나의 힘은 존재가 고립되었을 때의 비참이다; 젊은 등장인물들 중 몇몇은 사랑이야말로, 따돌림당하는, 길을 잘못 든 영혼을 희생시키는 자만심, 자기기만, 그리고 건방을 극복하는 주요 수단이라고 확신한다. 『실수 연발』에서, 시러큐스의 안티폴루스가 루치아나에게 하는 말은 마치 그녀가 멀리 떨어진 혹성에서 제 힘으로 착륙한 존재라는 투다:

> 내게 가르쳐 주오, 사랑스런 이여, 생각하고 말하는 법을.
> 지상에 묶인 내 거친 공상을 향해 열어 주시오,
> 오류에 질식당할 듯, 여리고, 천박하고, 약한 그것에,
> 그대 말씀이 지닌 책략의 여러 겹 의미를 열어 주오.
> 내 영혼의 순수한 진실에 맞서 왜 당신은 애써
> 그것이 미지의 벌판 속을 방황케 합니까?
> 당신은 신이십니까? 저를 새롭게 창조하시렵니까?
> 나를 변형시켜 주오, 그러면, 당신의 권능에 나는 굴복하리니.
> (III. ii. 33~40)

로미오는 쉽게 또 당연하게 줄리엣을 인간종의 한 예외로, 자신을 꿈에서처럼 새로운 존재 상태로 드높여 주는 이로 여기고 있다. 이런 사랑은 가정생활을 만족과 계몽과 온전성을 부여하지 못한다는 이유로 비난할 것이다. 하지만 사랑의 현란하고 풍부한, 변형의 가능성을 믿는 것이 결혼의 평범함에 대한 전적인 절망을 암시하지는 않는다, 그리고 윌리엄은 분명 가정 내 힘의 자원을 활용했다. 야심만만하지만 헨리 가에서 재능의 에너지를 분출할

아무런 출구가 없었으므로 분명 불만스럽고 또 들떠 있었지만, 그가 적절치 못한 여자에게 사로잡힌 사내처럼 행동하지는 않을 것이었다; 그가 분명 스트랫퍼드를 정기적으로 방문했고, 그곳에 투자하며 자신의 입지를 확고히 하려고 신경을 썼단들, 앤이 자신의 복지에 별 물질적 도움이 안 된다고 생각했음을 암시하지는 않는다. 그리고 그가 결혼을 선택한 것이지, 덫에 걸린 것은 아니라는 점을 초기 전기 작가들이 넌지시 내비치는 것은 부적절한 것이 아니다: "명문가 예절에 맞게 세상에 입신하기 위해 그는 아직 젊었을 때 결혼을 해 두는 게 적당하다고 생각했다", 로는 1709년 그렇게 썼고, 시어볼드는 결혼을 향한 시인의 '경향성'[19]을 시사하고 있다. 분명 그의 아내와 어머니는 나름대로 전통적이고 오래된 주州 가문 출신이다; 아든 사람들과 해서웨이 사람들이 그를 스트랫퍼드 공공의 과거와, 성 십자가 길드와, 규제와 질서의 중세적 공동체 열정이 스며든 지능 및 상대적 단순성과 좀 더 밀접하게 연결했을 것이다. 앤과 메리의 신앙심은 심중을 터놓는 면이 있고 또 중요했지만, 그가 헨리 가에서 심각한 만족을 느꼈거나 앤의 가족을 친밀한 친구로 여겼다고 생각하는 것은 쓸모없다; 그는 자신의 유서에 해서웨이 사람을 한 명도 언급하지 않을 거고, 평생 친구라고 할 수 있는 사람을 다섯 명 이상 꼽기가 쉽지 않다. 그는 어떤 참사회원들을 경계하게 될 것이었다; 그러나 그가 결혼 직후 옛날 친구들을 모두 회피했을 것 같지는 않다. 앤이 아기를 낳기 일주일 전 또 다른 해서웨이 남편이 사실상 성령강림절 쇼를 무대에 올렸고, 훗날 회계 담당관은 이렇게 적었다.

데이비 존스와 그의 극단에게 성령강림절 기간 놀이 비용 지불

xiij^s iiij^d [13실링 4페니][20]

---

19 『전집』, 로 편, i. pp. iv~v. 루이스 시어볼드, 「서문」, 셰익스피어, 『전집』, 시어볼드 편, 전7권.(1733), i, vi.
20 MS SBTRO, BRU 2/1(1584년 1월 11일).

프랜시스 해서웨이—그의 아버지 토머스가 앤 아버지 유서에 나온다—는 명백히 앤의 첫 사촌이었다. 리처드 해서웨이가 그녀의 두 동생에게 각각 양 한 마리씩을 유산으로 남겼고, 두 가족은 꽤 친하게 지내 왔음이 분명하다. 1579년 프랜시스는 젊은 홀아비 데이비드 존스와 결혼했다. 데이비드 존스의 전처는 에이드리언 퀴니의 딸이었고, 연예인들 중, 데이비(Davy 혹은 Davi) 존스라는 사람이 지방에서 두각을 나타냈다. 셰익스피어는 데이비의 연행단에 대해 뭔가 알고 있었을 것이다, 이 극단의 의상과 장비는 확실히 1583년 5월 19일 가격이 13실링으로 매겨질 만큼 훌륭했다. 당국 차원의 요란한 웅변과 행렬, 독한 맥주와 스포츠, 춤과 난폭한 소동이 성령강림절 축제일들을 덮쳤다—그러나 성령강림은 꽃과 좀 더 부드러운 경축의 시간이기도 했고, 배우의 대사 낭독이 모두 '오버'하는 것은 아니었다. '와서', 『겨울 이야기』의 퍼디타가 말한다,

그대의 꽃을 취하라.
내 생각에 나는 배우라네 예전에
성령강림절 목가극에서 보았던 것 같은.
(IV. iv. 132~134)

셰익스피어가 그 '극단'과 함께 했거나 아니면 도왔을 가능성은 충분하고, 공연 중인 장인 아들 혹은 상인 아들들을 잘 알고 있었을 것이다. 그는 데이비의 순회 극단이 그들의 원래 의도보다 더 웃긴다고 보았을지도 모른다. 아마 다른 방향으로 끌리는 것을 느꼈을 터, 아니 적당히 우아한 시를 써 볼까 하는 마음이었을 것이다. 이 시기 그의 문학적 기호는 영국의 그것과 공통되게 분명 자국어의 세련성에 기민해지고 있었다; 그는, 예를 들면, 『시와 소네트들』에 수록된 서리 백작의 음악, "내 달콤한 생각이 이따금 기쁨을 가져다주므로"가 귀에 익은 상태였고, 의심할 여지 없이,

1579년 작 「양치기의 달력」이 구사하는 섬세한 효과를 보다 민감하게 받아들이고 있었고, 이 시야말로 새로운 작가들이 이정표로 받아들였던 작품이다:

어떻게 하면 음악의 여신을 웅장한 무대 위에 세울 수 있을까,
그리하여 세련된 무대용 장화 발을 드높게 내딛도록 가르칠 수
있을까.
기묘한 벨로나를 장신구로 단 그녀를.

그러나 나의 용기는 따스해지기 전에 식나니,
왜냐면 그대, 이 누추한 그림자로 우리를 만족시키노라:
그런 거친 파도가 우리를 공격하는 일 없는 곳,
이곳에서 우리 연약한 피리를 안전하게 부노라.[21]

　　데이비의 순회 극단이 공연한 지 1주일 후인 1583년 5월 26일, 윌리엄과 앤의 아이가 수재나 셰익스피어로 세례를 받았다. 그녀 이름은 그 지방 유행에 걸맞은 것이었고, 그녀의 부모가 가족 친구 이름을 따른 것인지 모른다: 토머스 루시 경에게 수재나라는 이름을 가진 여동생이 있었고, 리처드 타일러는 그의 수재나 우드워드와 곧 결혼하게 될 것이었다—그러나 그 이름은 그 이야기 때문에 흥미롭다. 성서 외경에서, 수재나는 요아킴의 정숙한 아내로 모세 율법에 따라 사는 여자다. 음욕을 품은 판관 두 명이 그녀를 함정에 빠트린다; 그녀가 내지르는 절망의 비명 소리를 듣고 하인들이 그녀를 구출하지만, 다음 날 회합에서, 판관들은 그녀에게 오히려 간통죄를 뒤집어씌운다. 하지만, 하느님이 그녀를 돕기 위해 젊은 다니엘을 보내고, 다니엘이 판관들 말을 서로 엇갈리게 만들고, 그렇게 판관들이 사형에 처해지고, 수재나와 그 집안이

21　서리, 「밤에 하는 불평」, 10행; 스펜서, 「10월」, 112~118행.

그녀를 구원해 준 하느님을 찬양한다.

결혼을 통해 임신한 아이에게 '수재나'라는 이름은 도전적인, 뽐내는 정절을 의미할 수 있고, 갑작스런 결혼에 대한 가십이 사라지지 않고 꾸물댈 수 있었다. 그 이름이 순결성과 영적인 힘을 역설한다; 로스의 가톨릭 주교가 스코틀랜드의 메리 여왕을 옹호할 때 바로 그 이름이 쓰였다(그는, 또한, 메리의 덕목을 설명하면서 주디스를 상기시키기도 했다); 청교도들이 '수재나'를 편애했고, 희곡 작가들이 그녀 이야기를 소홀히 하지 않았다. 셰익스피어 딸이 태어났을 때 그녀 이름은 성서를 다룬 연극용으로 최상이었고, 1578년 복음사가 성 요한 '징후'에 응답한 토머스 가터의 무거운 '희극' 『수재나』가 플리트 가에서 휴 가터에 의해 출판되기 전에도 유럽에서 10개가 넘는 '수재나 연극'이 출현했다.

딸아이 교육은 상당 부분 그녀 어머니의 몫이었지만, 새로운 글 읽기의 시대라, 꽤 많은 여자아이들이 소규모 학교 덕을 보았다. 머리 회전이 빠르고, 훗날 그 기지가 언급되고 또 사랑받는 장녀로서, 수재나는 집안의 허드렛일을 배웠다. 읽고 쓰는 것을 배웠을 법하지만, 그렇다고 그녀가 그 재주, 혹은 재미 삼아 책 읽는 것을 장려 받았다는 얘기가 반드시 성립되는 것은 아니다. 인습적인 아버지였다면 셰익스피어는 그녀가 많은 책을 읽는 것을 달가워하거나, 그녀가 대개의 스트랫퍼드 자유경작민 계층 부녀자들과 다르기를 바라지 않았을 거였다. 그가 「비너스와 아도니스」 혹은 이른바 '어두운 숙녀' 소네트를 수재나가 재미 삼아 읽으라고 썼을 리는 거의 없고, 희극 원고 4절판 인쇄본을 그녀에게 건네주었으리라고는 믿기 힘들다. 앤 셰익스피어의 마음속에서 가장 우선순위는 딸의 신앙심, 의무를 다하는 태도, 단순하고 쾌활한 상냥함, 그리고 유용함이었을 것이다.

수재나의 삶에 대한 증거들을 더 깊이 살펴보자. 그녀는 바쁘고, 결국은 번창한 집안에서 태어나 그곳에서 할아버지 할머니를 규칙적으로 보고 아버지는 드물게 보았다. 정말 얼마 안 되어, 그녀는 갓난아이 동생들을 두었다. 1585년 2월 2일, 성모마리아 정화 축일에, 셰익스피어 사람들이 새로 태어난 쌍둥이를 햄넷과 주디스로 세례시켰는데, 의심할 여지 없이 그들의 친구 햄넷과 주디스 새들러를 배려한 것이다. 남자아이 이름은 '햄릿'으로 바꿔 써도 된다—셰익스피어의 법적인 유서에서 그의 친구가 '햄릿 새들러'로 나타나게 될 거였다—그리고 똑같은 이름의 변형판이 지방에서는 (예를 들어) 앰블릿, 해몰릿, 그리고 심지어 햄레티 등으로 다양했다.

집안이 좀 더 붐비게 되었다, 면적은 넓었지만. 희곡 작가가 사망한 후 '신사 윌리엄 셰익스피어' 소유 '헨리 가 소재 집들을 임대'한 루이스 히콕스의 사후 재산 목록에서 발견된 새로운 증거들은, 셰익스피어가 기거했던 방들 중 최소한 여섯 개가 침대 방에 적합했음을 보여 준다.[22]

히콕스가 살던 1620년대 당시 '녹색 깔개'가 있는 '빤히 보이는 방'에, 혹은 심지어 깃털—침대, 붉은 깔개, 커튼, 의자, 그리고 탁자 하나가 있는 가장 좋은 방에도 가구는 드문 편이었고, 장갑 직공 가정이 그보다 훨씬 더 풍요했을 리는 거의 없다. 존의 사업은 빈약했고 또 기우는 중이었다, 그리고 전망이 갈수록 나빠졌으므로 아들을 포함하여 앤의 다른 아이의 전도도 황량해 보였을 것이 분명하다.

쌍둥이의 탄생은 사실상 셰익스피어의 미래가 문제투성이일 거라는, 일에 빼앗긴 시간을 벌충하느라 그가 전전긍긍할 것이라는, 그리고 돈을 버느라 어떤 일이라도 하게 될 것이라는 보증수표인 셈이었다. 그는 또한 알게 되었을 것이다, 확실히, 든든하고 위안이 되는 가족으로부터 오랫동안 멀리 떨어져 있는 고통을. 그는 일반인이 40세에 알 법한 것보다 더 많은 집안의 복잡한 일들

22   우스터서: 『우스터 유서 색인』, ii. 130, no. 104, 루이스 히콕스 재산 목록, 1627년 7월 9일: 잔 E. 존스, 「루이스 히콕스와 셰익스피어 탄생지」, 『주석과 질문들』, 239호(1994), 497~502.

과 책임, 그리고 아마도 더 강렬한 감정의 삶을 20세에 깨닫게 되었다, 비록 자신의 훌륭한 초등학교 학습 실력을 입증하려는 노력을 별로 안했고 또 큰돈을 벌 기회가 자신에게 많다는 생각을 했을 리는 없지만. 체념한, 존경할 만한 할 왕자로 읍내에 머물렀단들, 그는 원치 않는 왕관을 기다리는 셈이었다—그가 장갑 직공 가게와 부채를 떠맡기를 바랐을 리는 없다. 정확히 누가 그를 스트랫퍼드에서 빼냈는가, 혹은 언제 그가 마침내 떠났는가, 우리는 알지 못한다. 런던에 거점을 둔 순회 극단들이 길거리에서 단원을 뽑아 가지 않았으므로, 그들 중 한 명이 워릭셔에서 그를 찍었다고 보기는 힘들다, 그가 지방 극단에서 일했다 하더라도 말이다. 아주 분명한 것은 1580년대 연행 극단의 팽창이 그에게 유리한 쪽으로 작용했다는 점이다. 대중 공공 연예와 연관한 온갖 다양한 일에 새로운 손들이 필요했다; 그리고, 다시, 그 변덕스런 페르디난도, 스트레인지 경이, 사업을 확장해 갈 위치에 있었다.[23]

어떤 격려 혹은 제의도 마다 않고 응답하면서 셰익스피어는 자신의 처지가 나아지기를 바랐다; 비록 극장 일이 고되고, 언제나 불안정했지만, 스트랫퍼드를 빠져나오는 것이 가족을 부양할 수 있는 최선의 방법이었다. 존경받는 직업은 아니었다. 정상적인 위안으로부터 멀리 떨어져 있게 될 것이었다. 학교 시절이 끝나고, 마치 어떻게든 정서적 자양분과 경험을 빨아들이려는 것처럼 순식간에 결혼을 하고 아버지가 되었다. 그는 초등학교 교육의 학문적 무미건조로 인한 후유증을 대체로 극복한 상태였음이 분명하다; 규칙적인 고용과 결혼은 그의 허영에 대한 치료제였을 거고, 그는 열심히 모방했고, 관찰했고, 자신을 새로운 요구에 적응시켰다. 기민하고 감수성 풍부한 성격은, 정력과 날램까지 갖추어, 그로 하여금 연기자로서 자신의 재능을 입증하리라 희망하게 만들었을 거였다.

23   EKC, 『무대』, ii. 118~121.

영향력은 당시 그에게 유리한 쪽으로 작용하고 있었다. 그가 어느 때건 '시골에서' 줄을 만들어 놓았다면 그것은 1580년대 중반 그에게 도움이 되었을 것이다. 극장으로부터 부름받는다는 게 대단할 것은 없을지 모르지만, 그는 자신에게 주어진 기회를 유익하게 활용할 것이다. 젊은 페르디난도, 스트레인지 경이 그 기회를 제공했는지 우리는 확신할 수 없다. 그러나 '셰익샤프테'가 토머스 헤스키스 경에게 추천된 바 있었고, 헤스키스 사람들이 페르디난도 및 더비 백작과 친했다. 연행 극단이 당혹스러울 정도로 빠르게 성장해 가던 중 어떤 시점에, 셰익스피어는 스트레인지 배우들의 성공에 기여했다.

그의 떠남은 가족들에게 시련이었을 게다, 그가 『베로나의 두 신사』에서 감상적인 작별을 조롱하는 것으로 보건대. 그의 삶은 가파를 것이었지만, 많은 정보를 접했으므로 그는 분명 런던의 무미건조한 날들에 대해 준비가 되어 있는 상태였다. 아버지가 그 도시를 방문했었고, 스트랫퍼드와 워릭셔 도제들은 그곳에서의 성공을 꿈꾸었다; 몇몇은, 의심할 여지없이, 도시의 안락함 속에 자리잡았다. 그는 사회적인 연결 고리의 가치를 알고 있었을 것이다, 그리고 아마도 자신을 도울 수 있는 시골 사람들을 써먹는 데 게으르지 않았을 것이다. 어쨌든, 자신의 가능성이 불투명한 어느 날, 그가 부모, 세 명의 어린 자식들, 그리고 앤에게 작별을 고하고, 충만한, 다채로운, 그리고 묘하게 위험한 남쪽으로 길을 떠날 것이었다.

II

런던 무대의 배우 겸 시인

7. 런던으로—그리고 노천극장 연기자들

가슴을 쫙 펴고 기운을 내라, 담대하고 쾌활하라;
행운이 가장 총애한다, 두려움이 가장 적을 이들을…….
얼마나 수치스러운가. 미덕의 얼굴을 괴물들이 감추다니:
가라 너희 문장의 잎새들한테, 가서 독파하라 그 깊이를
(바나비 구즈 역役 팔링게니우스 〈타우루스〉—엘리자베스여왕시대 초등학교 교과서
라틴어 판版, 1560년)

거리와 도랑

엘리자베스 시대 런던은 방문객들에게 깊은 인상을 주거나 놀래
켰다—설령 그들이 시장에 길게 늘어선 가게 및 4층짜리 집, 인구
가 많은 교외와 웅장하게 지어 놓은 런던교, 혹은 그 세련된, 그림
이 그려진 극장들과 부유한 강안江岸 궁정들에 대해 미리 알고 있
었더라도. 외국인들이 이 도시를 예찬했고, 일부 도제들이 이 도
시가 당혹스럽거나 치명적인 것을 알았다. 태어나는 것보다 더 많
은 수의 사람들이 런던에서 죽었다—그러나 아무것도 노동자들
의 유입을 막지 못했다. 도시, 교회, 그리고 웨스트민스터를 하나
로 묶으면 나라에서 가장 거대한 시장이자 항구였고, 나라의 국
회였고, 거대한 왕궁이었으며 여왕 통치의 중추였고, 변호사 임
명 전담 법학원과 법학 예비원이 있는 교육의 중심지였고, 왕실
조폐국, 그리고 심지어 램버스 궁과 성 메리-르-보의 대주교 법
정이 있는 교회 중심지였다. 수도의 여러 기능이 이 도시의 성장
—1600년경 대략 인구 20만 명에 이르기까지—을 보장해 주었고
교육 시설, 책가게, 극장, 그리고 낮은 문맹률은 시민으로 하여금
여타 지역을 문화적 사막으로 여기게 만들 정도였다.[1]
　셰익스피어는, 20대 초반, 그곳에서 성공할 준비가 되어 있는

상태였다. 실제 활동하는 극단에 합류했건 안했건, 그는 일할 준비가 되어 있었다; 런던 태생 학교 선생에게 웅변을 배운 터였고 또 남이 들어 줄 가능성이 많을 것이었다. 그의 열정을 의심할 수는 없다. '시골'에서 아니면 집에서, 가수 혹은 음악가로 훈련을 받았음이 분명하다—그리고 좋은 연기자는 다재다능해야 한다는 것을 그는 알고 있었다. 프랜시스 해서웨이 남편의 '극단'보다 더 훌륭한 공연단들이 그의 읍에서 공연을 해 왔다: 1580년대 우스터의 공연단이 돌아왔었는데, 전도 양양한 비극 배우 에드워드 앨린을 주요 멤버에 포함시킨 후 명성이 날로 팽창해 가던 때였다—그리고 스탠리 계열 극단 두 개가 스트랫퍼드에서 공연했었다. 더비 백작 혹은 그 아들 스트레인지 경의 후원 아래, 이 극단들은 회계 담당관령에 의한 수당을 별도로 지급받았다, 다음의 회계 기록이 보여 주듯:

회계 담당관의 하명에 의해 2월 11일 스트레인지 경 극단 사
람들에게 지불   5실링[2]
회계 담당관의 하명에 의해 더비 백작 극단 사람들에게 지불
                                                            8실링 4페니[3]

1 도시 역사가들이 튜더 시대 및 제임스 1세 시대 런던에 대한 우리들의 지식을 넓혀 주었다. 이전의 숱한 견해들은 더 이상 유지가 불가능하다. 수도에 관하여, 특히 유용했던 것은 D. M. 폴리저의 『엘리자베스의 시대』(1983) 중 「런던과 읍들」; 이안 W. 아처, 『안정의 추구: 엘리자베스 시대 런던의 사회적 관계』(케임브리지, 1991); 제러미 볼턴, 『이웃과 사회: 17세기의 한 런던 교외』(케임브리지, 1987); 그리고 A. L. 바이어와 로저 핀레이 (편), 『런던 1500~1700』(1986)이다. 낡았지만, T. F. 오디시의 『셰익스피어의 런던』(2판, 1904)과 H. T. 스티븐슨의 『셰익스피어의 런던』이 희곡들에서 보이는 도시 언급을 이해하는 데 유용하고, I. I. 마투스의 『살아 있는 기록』(베이징스토크, 1991)도 그렇다. 스토의, 가치를 따질 수 없는 1598, 1603년 텍스트들에 대해서는, 존 스토, 『런던 개관』, C. L. 킹스퍼드, 전 2권(옥스퍼드, 1971)을 사용했다.
2 M&A iii. 43. 스트레인지의 순회 극단이 1579년 2월 11일 스트랫퍼드에 있었다.
3 같은 책 83. 이것은 1579년 말 혹은 1580년 방문을 위한 것이었다.

7. 런던으로—그리고 노천극장 연기자들

그리고 셰익스피어가, 집을 떠나면서, 자신에게 주어진 유일한 성공의 기회가 연극 쪽에 있다고 생각했으리라 가정할 필요는 전혀 없다. 곧 연기자-후원자들을 돕는 것 이외의 일에도 눈이 가 닿았다, 그의 초기작이 풍기는 궁정 분위기로 판단하자면. 돈 많은 귀족을 소개받는 운 좋은 기회를 활용할 수 있었고, 연기자 말고 다른 어떤 궁극의 미래를 희망하지 않았을 가능성은 별로 없다.

느린, 덜커덩대는 짐마차들이 사람들을 남쪽으로 실어 날랐다. 그가 걸어갔든 타고 갔든, 스트랫퍼드에서 런던에 이르는 주요 도로는 두 개였다—그리고 훗날 말을 탄 그는 양쪽 길을 다 알았던 듯하다.

길 하나는 옥스퍼드와 하이위컴을 지났고, 다른 하나는 밴베리와 에일즈베리를 경유했다. 더 짧은 길이 여행자들을 클랍턴의 다리에서 낮은 언덕을 거쳐 스투어의 쉽스턴으로, 그런 다음 롱 크럼프턴으로, 칩핑 노턴으로, 우드스톡—왕립 신학교 선생 젱킨스가 한때 살았던 곳—그리고 곧장 옥스퍼드, 하이위컴, 비컨즈필드로 안내했다. 다른 길은 필러턴 허시에서 엣지힐을 거쳐 밴베리에 이른다; 버킹엄 남쪽으로 딱 8마일 떨어진 옆길에 셰익스피어가 한 여름밤을 꼬박 지내고, 훗날 도그베리의 모델이 되는 한 순경을 만났다는 그랜든 언더우드 마을이 있다—하지만 그렇게 되면 우리가 존 오브리의 보고를 믿는 셈인데 이 보고에는 호시탐탐 가십들이 섞여 있을 수 있다.[4] 버킹엄에서, 길은 작은 돌다리와 둑길을 거쳐 에일즈베리에 이르고, 그런 다음 두 찰폰트를 지나 억스브리지에 달한다.

여기서 두 길이 만나고, 그리하여 대로 하나는 옥스퍼드 로에 있는 양치기의 숲, 황량한 타이번 교수대, 시장의 연회장, 그리고 성 자일스-인-더-필즈의 기분 좋은 시골 풍경을 지나 홀본 외곽으로 들어선다. 여기서부터, 우리는 올드본 브리지—그리고

---

4   MS 보들리, 대주교 F. c. 37. WS가 한때 그랜든 주도로 근처에 '어쩌다 살게' 되었다는 것은, 있을 수 있는 일이지만, 오브리가 제시한 자료들은 뒤죽박죽이다.

2,000야드가 넘는 윌리엄 램의 새로운, 수심 측정선이 그려진 도랑의 광경—로 가고 그런 다음 성 앤드루와 성 세펄커 교회를 지나 뉴게이트의 도시 유적지 가장자리에 닿게 된다.

내리닫이 격자문과 교통용 입구가 있는, 높고 총안 흉벽을 갖춘 감옥 뉴게이트는 로마 및 중세 시대에 런던을 3면으로 에워싼 벽—두껍고, 바스러지는, 길이가 2마일 이상인—에 난 대문 7개 중 하나였다. 벽 바깥은 '자유지구' 즉 주 경계 안에 위치하지만 몇몇 사안에서는 주 법의 지배를 받지 않고 지방법을 따르는 지역이었다. 온갖 형용의 짐차들이, 수소, 말, 혹은 노새에 이끌려, 혹은 사람이 밀거나 끌면서, 대문들을 통과했다. 강 쪽에는 문이 사라졌다, 그러나 비숍스게이트, 무어게이트, 크리플게이트, 그리고 알더스게이트가 시민들을 북쪽의 인구 밀집으로 인한 자유지구 및 교외가 겪는 혼잡으로부터 분리시켰다; 뉴게이트와 러드게이트는 서쪽 차링 크로스와 왕립 웨스트민스터를 바라보았고, 얼드게이트는 동쪽을 면했다. 시 내부와 교외 모두 위생이 불결했다: 동물 시체들이 거리에서 썩은 내를 풍겼고, 그렇게 내장 찌꺼기, 오줌, 똥들이 런던 거리에 쌓였다. 협소한 샛길에서는, 흔들거리는 누옥들이 신선한 공기와 빛을 물리쳤다, 그리고 벽 너머 빈민 구역은 상태가 더 나빴다. 대도시의 악취가 무시무시했고, 인구과잉이 가혹했다—그렇지만 시의 몇몇 구區는 아름다웠다, 장식이 화려한 건물 전면이며 면적이 넓은 정원, 그리고 여러 종류의 들꽃 등등.

도시의 자부심, 부, 그리고 자신감이, 높은 돛대를 비롯하여 페리선과 바지선이 수백 척씩 떠 있는 템스강 위에, 3층 구조에 통행로 너비가 12피트인 런던교—양 떼 혹은 소 떼를 몰고 지나기에는 위험한—위에, 종종 효수된 반역자의 수급이 20 혹은 30여 개씩 장대에 내걸리는 요란하고 야만스러운 경고에 명백하게 드러났다. 서쪽 왕도에서 동쪽 런던 탑으로 곡선을 그리는 강안에 공공 및 개인 건물의 열이 끊이지 않았다. 튜더 시대 연대기 작가 존 스토는 순무 모양의 포탑 아래 런던 탑이 몇 가지 기능을 하고 있

143

었음을 보여 준다. 그것은 방어용 요새였고 회합과 '조약'을 위한 왕의 장소였으며 가장 위험한 자들을 가두는 감옥이었고, 무기고였고, 화폐주조창이었고 국고, 심지어 문서 보관소였다; 스트랫퍼드 공의회는, 읍 일이 걱정되어, 탑으로 시민들을 보내 법적인 기록들을 엿보게 하였다. 최근 한 저자가 덧붙인 사실도 도움이 되는데, 탑에서 결혼식을 올렸고 동물원도 있었다고 한다. (폴 헨처는 1598년 동물원에 사자 몇 마리, 호랑이와 스라소니 각각 한 마리, 늙은 사자와 독수리 그리고 호저 한 마리 등등이 있었다고 적어 놓았다)[5] 그러나 셰익스피어가 왜 딱히 그 탑을 다른 어떤 건물보다 더 자주 언급하는가는 다른 문제다.

방문객은—첫눈에는—탑을 낭만적으로 보았을 수도 있다. 정복자 윌리엄이 세웠지만, 셰익스피어는 『리처드 2세』에서 그것을 '줄리어스 시저가 잘못 세운 탑'으로 언급하고 있다; 시저가 탑을 세웠다는 신화는 탑을 초등학교 시절과 연결시킨다(하급 학교 학생들은 모두 릴리의 첫 문법 교과서에서 시저를 만났다). 영국 군주들이 모두 트로이에서 싸웠던 브루투스 왕자의 후손이라는 대중 신화에서 왕립 웨스트민스터 또한 고전적 과거를 가리킨다. 하지만 셰익스피어가 신화들 때문에 한 정통 도시에 대해 연구하지 않았을 리는 거의 없다. 그의 심성은 충분히 낭만적이라 신화의 과잉을 물리도록 포식했고, 그래서 그는 사안의 원인을 탐구했다; 그는 자신의 초기 역사극에서 런던의 과거를 지적으로 분석한다. 탑의 로맨스를 관통하면서, 그가 영국의 실제 역사로—그리고 사건의 매혹적인, 피비린내 나고 비극적인 한 현장으로 들어가는 관문으로 그것을 보게 될 것이었다.

뉴게이트를 꿰뚫고 지나가면서, 그는 키가 큰, 비스듬한 집과 가게들, 꽉 찬 거리, 상업적 역동성의 세계로 들어섰을 것이다. 오

5   스토, 『개관』, ii. 34; 존 헤일스, 『에세이와 주석들』(1882), 1-24; 그리고 SS, DL 118~119 및 123.

늘날 기준으로 보자면 조용하지만, 도시는 장사치들의 외침과 무수한 종소리 때문에 소음의 폭동 현장 같았을 거였다. 도시는 젊은이들로 가득 찼다—도제들이 인구 중 10%를 차지했다—그리고 떠돌이, 창녀, 미혼모, '주인 없는 사내들' 그리고 시간제 노동자들이 수를 부풀렸다.[6] 벽 안과 바깥에 100곳이 넘는 유곽이 있었다; 거리는 기이한 음탕 혹은 어설픈 예쁨이 공중에 떠도는 것이 에로틱했다. 뱅크사이드 '매춘 지대'는 폐쇄되었다(그리고 매춘이 합법화되었다), 그러나 처녀들이 성 바오로 대성당 안에서조차 유혹을 했다. 도시는 이미지 창조에 대한 그의 관심을 끌어당기는 한편, 여러 면에서, 사랑, 음탕, 그리고 비극적 관능의 희곡 작가로서 그의 재능을 키울 것이었다.

평일 대부분의 기강을 잡는 것은 상업을 통제하는 제복 회사와 길드, 그리고 물론 가게 주인들—도제의 사생아들을 돌봐 주어야 했다—설교자, 지방공무원, 그리고 방심하지 않는 이웃들이었다. 집을 소지한 10명 중 하나가 이런저런 면으로 행정부 일에 직·간접적으로 연루되어 있었다; 이 비율은 콘힐 같은 도시 내 부유한 구區의 경우 대략 3명 중 1명으로 상승했다. 악다구니, 지갑털이 떼, 그리고 주요한 공공 불안 요소들이 있었지만, 런던에서 가장 최악의 위협은 선腺 페스트 및 다른 역병들의 재발이었다.

셰익스피어는 훗날 프랑스 위그노 교도 동네에서 살게 될 것이었다. 대개 프랑스와 네덜란드 출신인 외국인, 혹은 '낯선 자들'은, 앙심의 대상이었다, 비록 엘리자베스 시대 도제들—해골을 부쉈던—이 그들을 겨냥하여 폭동을 일으킨 적은 한 번도 없지만. 시인과 배우들이 비숍스게이트 구로 와서 '약간의 프랑스어'를, 템즈 가에서 '약간의 알마인어'와 '약간의 플랑드르어'를 알게 되었다; 도시에서 이탈리아에 대해 들었고, 유대인들을 만났다. 소위 마라노 사람들, 즉 동쪽과 북서쪽 구에 사는 포르투갈과 스페

6   도시 인구의 이런 측면에 대해서는, 로저 핀레이, 『인구와 대도시』(케임브리지, 1981) 그리고 A. L. 바이어, 『주인 없는 사내들』(1985)을 보라.

인 계열 유대인들이 해외 무역에 관여했고, 소매상, 장인, 약사 등으로 일했으며, 1585년 스페인과 전쟁이 발발하기 전후 왕에게 정보를 제공했다. 런던 유대인들의 두 번째로 작은 구역은, 60 혹은 100여 가구 규모였는바, 헨리 8세가 베니스에서 모집했던 음악인들이 효시였다; 몇몇 후예들 중에는 왕실 음악인들도 있었고, 그중 몇 명은 훗날 『베니스의 상인』 저자에게 알려질 가능성이 높았다.7 세계주의적인 런던이 셰익스피어의 시야를 넓혔고, 다른 나라 이야기들과 유럽에 대한 말들이 그에게 연극 소재를 제공할 것이었다.

런던 유대인들—그들 중 일부는 법을 준수했다—은 추밀원의 암묵적인 승인에 의존했다. 그러나 비록 극장 못지않게 유대인에게 적대적이었다고는 해도, 설교자들에게 연기자는 주요한, 유난히 눈에 거슬리는 혐오 대상이었다: "역병의 원인은 죄다, 잘 들여다보아라", 1577년 11월 성 바오로 대성당 그림자가 드리운 바오로의 십자가 앞 집회에서 토머스 화이트가 설교했듯이, "그리고 죄의 원인은 연극이니라: 그러므로 역병의 원인은 연극이니라."8 그 삼단논법이 횡행하기 이전에도 극장은 도시 너머 좀 더 느슨한 주 당국 법 체제 내에서 세워져 왔다.

하지만 연기자들이 처한 상황은 복합적이었다. 어떤 때는 여왕의 평의회가, 폭동 혹은 질병이 두려워, 시의 노한 어른들과 눈을 맞추며 교외 공연을 금했다. 어떤 때는 시 연장자들—아니면 시장과 참사회원들 그리고 일반 평의회 의원들, 이들은 활력이 넘치고 이문이 남는 극장 규제를 통해 돈을 모을 수 있었다—이 아주 미온적인, 형식상의 비난서를 발표, 성벽 내에서의 공연을 부추겼다.

셰익스피어가 도착했을 때 연극에 대한 요구는 커져 가고 있었다. 1페니를 내고 연극 관람객 노릇을 하면 도제들은 그들의 고정

7   『잉글랜드 유대인 역사 사회의 거래들』, 11호(1928), 1~91 및 31호(1988~1990), 137~152에 수록된 루시엔 울프와 로저 프라이어의 연구에 의존했다.

8   리블리 게어, 『폴의 아이들』(케임브리지, 1982), 5.

된 천역, 규칙, 그리고 역할로부터 세 시간 동안 도망칠 수 있었다. 특권층, 또한, 해방을 요했다. 도시는 상류 사회를 위한 사회적 중심지가 되고, 상류층은 부분적으로 법률-소송을 위해 그곳에 모여들었다: 재판 개정 기간 런던의 곡물 수요가 11.5%가량 높았다.[9] 상인과 그 아내들, 재판소 사람들과 소송 당사자들, 법학원과 법학 예비원 학생들—무도회다 펜싱 학교다 하며 오후를, 심지어 법률 책까지 탕진하는—이 세련되고, 훈련 가능한 관객을 구성했고, 법학원생들은 실제로, 희곡 작가들을 훈련시키는 데 도움이될 거였다. 예술은 그것을 수용하는 자의 기지에 응답한다, 그리고 런던 관객들은 새로운, 역설적인, 엄청나게 강력한 연극의 탄생을 도왔다. 심지어 청교도의 반대조차 도움이 되었다. 청교도들은 신의 계시가 필요함을 역설하고, 또 강렬한, 내적인 양심의 작용—그것에 고급 비극은 의존한다—과 문맹퇴치와 말의 가치를 옹호함으로써 시대를 부서지기 쉬운 합리주의로부터 구원했다.

통치가 시작된 이래, 연극이 런던 거리, 여관, 개인 주택, 학교, 그리고 단과대학들에서 상연되어 왔다. 목적을 갖고 세워진 최초의 극장은, 셰익스피어가 어린 학생일 때 이미 사용되었는데, 준공 연도가 1576년이라고 전기 작가들이 말해 왔다. 그러나 좀 더 이른 시기에 세워진 독립형 극장이 있다: 1567년 버클러스베리의 야채상 존 브레인이 협력자들과 함께 알더스게이트 바깥 화이트채펄에 세운 것이다. 이곳은 레드 라이언 가든 근처였는데, 우리가 아는 한, 여관 터는 아니고, '붉은 사자 표시로 알려지고 또 그렇게 불리는 농장 가옥'[10]이었다. 5피트 높이의 무대, 30피트의 작은 탑, 그리고 회랑 층들이 1567년 7월 1일까지 '틀 지어' (혹은 조립되어)졌다가, 브레인과 그의 건설 책임자 윌리엄 실베스터 사이의 불화 때문에 작업이 중단되었다. 목수 회사에 대한 소송은 질질 끌었고, 이곳에서 연극이 상연되었지만, 사업이 번창한 적은

9   아처, 『안정의 추구』, 11.
10   PRO KB27/1229 m. 30.

한 번도 없었다. 하지만 붉은 사자의 구조는 영향력이 있었다, 그것이 칼레의 헨리 8세 홀을 닮았건, 1604년 『오셀로』가 공연될, 일부는 캔버스로 만든, 연회장을 닮았건 간에.[11]

브레인은, 단호한 투자가였으므로, 1576년 처남 제임스 버비지와 합작할 때 그 디자인을 상기했을 것이 분명하다. 가구장이, 혹은 목수 장인으로 별 재미를 못 본 버비지는 레스터 백작의 극단 배우, 그리고 아마도 그 우두머리(혹은 최소한 수취인)가 되었다. 그는 극장에서 '큰 이익'[12]을 추구했고, 돈에 대한 애달캐달이 연기 직업에 대한 열정에 필적했다; 그가 셰익스피어의 친한 동료가 될 것이었다. 돈이 부족하므로 브레인에게 빌렸고, 그래서 새로운 노천극장이 도시 북쪽에 섰다—시어터 극장.

베네딕투스 수도원이 미들섹스 성 레너드 교구, 쇼어디치에 선적이 있던 핼리웰 자유지구에 위치했으므로 시어터가, 또한, 시 어른들로부터 안전했다. 라틴어 테아트룸theatrum에서 따온 그 이름은 이교도의 사악함에 민감한 사람들을 자극했다; 소수는 그것을 'Theatre'로 표기했는데, 그래야 원어인 theatrum에 더 가깝고, 그래야 가상의 고대 로마 극장 폭동 및 타락과 그 사업을 연결시킬 수 있었다; 그러나 서로 다른 두 철자법은, 철자법이 일정치 않았던 시기라서, 식자들이 번갈아 쓰기도 했다(그리고, 돌이켜 보면, 둘 다 충분히 정확한 것이었다). 청교도들은 극장의 파멸을 희망했고, 브레인은 위기 상황이 닥쳤을 때 해체할 수 있는 구조로 극장을 지었다는 증거가 있다.

돈벌이 사업으로는 난폭할 정도로 위험한 투자였다, 1,000마르크(666파운드)에 이르는. 버비지는 이익에 굶주렸고, 경비가 그에게 악전고투를 강요했다. "그가 이잣돈 수백 파운드를 빌려 시어터를 세웠다", 그의 아들 커스버트는 훗날 아버지의 공적을 지극한 효성으로 기리며 그렇게 주장했다. 그러나 브레인과 그의 아

11   존 오렐, 『인간의 무대』(케임브리지, 1988), 31~34.
12   EKC, 『무대』, ii. 387.

내가 임금도 받지 않고 건물 부지에서 일하는 동안 버비지는 공사 중 자산 일부를 슬쩍했다; 구조물이 연간 190~235파운드 이익을 냈을 때 그가, 아마도, 계산대 돈을 훔치다가 적발된 듯하다. 2년 동안 비밀 열쇠를 사용하여, 버비지는, '상기 연극들이 상연될 당시 거둔 돈을 넣어 둔 공동 상자'에서 돈을 슬쩍하여, '가슴이나 그 밖의 몸 어디쯤' 동전들을 숨겼던 것으로 추정되었다. 오래지 않아, 폭행 사건이 발생했다. 동료의 사기술이 한수 위라고 느낀 버비지가 브레인을 주먹으로 쳤고 '그렇게 드잡이가 시작되었다', 그리고 훗날 마거릿 브레인을 '창녀'라 부르며 모욕했고, 그러는 동안 그의 아들 리처드(훗날 셰익스피어 비극 주인공 역할을 맡게 된다)가 브레인의 일꾼 한 명을 빗자루로 때렸다. 충실한 아들을 뒷심 삼아 버비지는, 만일 브레인 패거리를 다시 볼 경우 아이들이 권총으로 다리에 구멍을 낼 거라고 고함을 질렀다.

버비지는, '얼굴이 두꺼운 놈'으로, 자신이 브레인과 연기자들의 돈을 슬쩍했다는 점을 결코 부인하지 않았던 듯하다. 목격자들이 그에 대한 비난을 뒷받침했다.[13] 이 만큼의 거리를 두고 보면, 그의 행동은 판단하기 힘들다—그러나 그가 브레인 및 마거릿과 벌인 전쟁은 경쟁심, 의심, 난타전뿐 아니라, 셰익스피어가, 연기자로서, 진입하려 애를 쓰고 있던 '사업'에 내재하는 초조 불안의 압박감 또한 보여 준다.

시어터는 사업 운영자에게 사전 계획 이상을 치르게 했고, 비용이 치솟는 한편, 경쟁자들이 늘었다. 남쪽 200야드 지점에, 커튼 극장이 1577년 무어필즈에서 개관되었다. 설립자 헨리 랜먼, 혹은 레인먼은 런던 태생으로 커튼 클로즈 근처에 땅을 빌렸는데, 재정적인 문제가 있었다, 커튼 극장이 시어터 극장의 '별관' 격이 되면서 두 극장의 이익이 합쳐지기 전까지는. 1590년대 후반에는, 그것이 셰익스피어의 극단, 즉 궁내 장관 극단의 공연장으로 쓰이게

---

13   EKC, 『무대』, 384~392.

되고, 그때 그들은 마스턴이 말한 바 '커튼 갈채'를 『로미오와 줄리엣』으로 받는 중이었다.[14]

버비지가 개관하고 2년 안에 8개 혹은 그 이상의 장소에서 연극이 정기적으로 공연되었다. 순회 극단들은 여관을 개조해 썼다, 이를테면 그레이스처치 가 벨 앤 크로스 키스 극장, 비숍스게이트 가의 불 극장, 화이트채펄 레드 라이언 근처 보어스 헤드 극장, 그리고 러드게이트 힐 위 벨 새비지 극장이 그랬다. 관객용 스탠드와 배우용 의상실을 갖춘 극장은 그 당시 신기한 게 아니었다—고리타분한 것도 아니었다. 소년 극단들은, 엘리트 학교 출신 아이들로 구성되었는바, 또한 연중 계속되는, 훌륭한 무대 스펙터클 시장을 찾을 수 있었다. 하루에 몇 시간 동안 학교엘 감으로써, 소년들은 돈 때문이 아니라 실력을 과시하기 위해 공연한다는 허구를 유지했다. 1575년 이후 18년 동안(그리고 더 훗날 1600년부터 1606년까지) 간헐적으로 바오로 학교 합창 단원들이 참사회 회의장 근처 소규모의, 실내 홀 극장으로 사람들을 끌어 모았다. 그들의 꼬마 경쟁자 왕립 채펄 합창 단원들은 1583~1584년까지 자기들만의 홀—블랙프라이어스 극장 안에 있는—에서 실내 쇼를 공연했다.

그러나 셰익스피어가 런던에서 첫발을 내딛던 시기와 좀 더 가까운 때, 훨씬 맹렬한 버비지의(그리고 모든 북부 극장의) 경쟁 상대가 강 남쪽 뱅크사이드 위에 깃발을 올렸다. 배꾼들이, 수십 년 동안, 사람들을 강 건너로 실어 날라 수소 및 곰 괴롭히기 게임을 보게 했었다; 동물 구역은 런던교 남서쪽 파리 가든과 클링크 내 위치했고, 그렇게 성 구세주 구역의 도시 관할권 너머에 있었다. 그 구역은 기묘하게도 세 개의 행정 구역으로 갈라졌다: 동쪽 버러 사이드 지역은 브리지 외구外區(런던의 26개 구 중 하나) 안에 있었지만 그중 두 자치구 클링크와 파리 가든은 서리 당국 소관이었

---

14 존 마스턴, 『악행의 채찍』(1598), sig. G7v., 중 「Curtaine plaudetis」 참조.

다.[15] 감옥 때문에 유명한 클링크는, 강 범람 지구 안의 낮은, 습지 대 위에 있었고, 흙을 쌓은 둑의 보호를 받았다. 58에이커가 밤나무가 있는 윈체스터 공원 차지였고, 창꼬치와 잉어가 사는 연못, 과수원 몇 곳과 공 굴리는 잔디밭 몇 곳, 곰 서식지 하나, 그리고 유곽들(그것들을 폐쇄하려는 시도에도 불구하고)이 있었다.

이곳에서 필립 헨즐로라는, 원래 염색공 도제였다가 돈 많은 스승 미망인과 결혼한 자가, '로즈 앨리'와 '메이든 레인' 근처 '리틀 로즈' 단지를 임대했다. 한때 장미 정원이었던 이 땅은 자선 차원에서 브레드 가 성 밀드레드 교구에 증여되었고, 헨즐로가 그것에서 돈벌이를 예감했다. 채소상 존 촐름레이와 함께 그는 극장을 계획했고, 1587년 1월 10일자 그의 증서는 '현재 틀이 짜졌고 곧 세워질 예정인 연극 공연장'을 언급하고 있다.[16] (이것은 로즈 극장이, 레드 라이언과 마찬가지로, 미리 틀을 짠 다음 세워졌다는 뜻인 듯하다.) 아마도 촐름레이는 죽었거나 계획 단계에서 제외되었을 것이다. 그러나 로즈 극장은 번창했다. 헨즐로도 그랬다, 아니 그는 그 시대 가장 위대한 극단주가 된다, 가난한 연기자와 시인들에게 돈을 꿔 주었으나 연기자 시인들이 늘 감사해하지는 않는. 유명한 회계 장부, 혹은 『일기』에서 그는 쓴웃음을 머금고 이렇게 몇 자 적었다:

내가 돈을 빌려 줄 때는 친구라 했고 돌려 달라 부탁하면 불친절하

15 파리 가든과 클링크의 자치구들(그 안에 로즈 극장과 훗날 글로브와 호프 극장이 세워졌다)은 런던 시에 자리했지만, 템스강 남쪽의 이 자치구들에 대한 민간 관할권은 주로 서리 당국으로 넘어갔다. 그렇다 하더라도, 여러 차원의 민간 통제가 있었다. 성직자 관할 또한 중요했다. 1540년부터 1670년까지, 서더크는 교구가 넷이었다. 뱅크사이드 극장들은 성 구세주 교구에 있었고, 이 교구는 서더크 주임 사제 관할이었으며, 이 관할은 서리 부주교 관할의 일부였고, 이 관할은 다시 캔터베리 지역, 윈체스터 감독 관구에 속했다. 서더크에 대한 런던의 통제는 17세기에 더욱 쇠퇴했다. 볼턴, 『이웃과 사회』, 9~12, 62 n.

16 EKC, 『무대』, ii. 406.

151

다 했다.[17]

헨즐로, 또한, 고통이 있었다. 극장은 그에게(버비지에게 그랬듯) 돈이 많이 드는 수채통처럼 보였을지 모른다, 연행 극단이 다른 장소를 선호하거나, 해체되거나, 아니면 공공 폭동이나 역병 때문에 달아나면 로즈 극장은 몇 달 동안 좌석이 비었던 것. 셰익스피어 『헨리 6세』 1부(만일 그것이 『해리 6세』라면)가 레퍼토리 목록에 오른 1592년까지 로즈 극장의 공연 일람표는 남아 있지 않다, 그때쯤이면 셰익스피어가 연기를 했을 수도 있지만. 논쟁의 여지가 있겠으나 이 극장은 엘리자베스 시대 비극을 탄생시킨 곳 중 하나다, 왜냐면 키드 『스페인 비극』과 말로 희곡 작품 전체가 분명 그곳에서 무대에 올려졌다. 그곳은 시인으로서 셰익스피어의 훈련장이었다(극단주는 『티투스와 언드로니쿠스』[18]를 상연했다고 적고 있다). 그리고 로즈 극장은 다른 면에서도 중요하다. 1989년 서더크 브리지 근처에서 이 극장의 기초를 발견하고 또 발굴한 것은, 3세기 동안 온갖 다른 자료들이 알려 준 것보다 더 정확하고 믿음직한 셰익스피어 극장 디자인 관련 자료를 우리에게 제공했다.

헨즐로의 건축가, 존 그리그스는, 아름다운 디자인을 구현했다. 이엉지붕 아래로 다각형 모양이었다. 무대는 소규모의 깔끔한 사다리꼴로, 깊이가 15피트 6인치밖에 안 되었고, 굽은 뒷벽이 있었다. 셰익스피어가 아는 유일한 종류였다고 종종 이야기되는, 커다란 직사각형의, 튀어나온 무대들과는 달랐다. 비평가들이, 1989년 전에는, 종종 스완 극장에 대한 막연하고 믿을 수 없는 스케치에 근거, 셰익스피어 극장에 대한 자신의 생각을 펼쳤다. 배우 의상실을 갖춘 로즈 극장 무대는 뒤쪽이 넓지만, 앞으로 나오면서 좁아져, 맨 앞에 이르면 25피트가 채 되지 않았다. 배우들이 '바닥쟁이들'(서서 보는 관객들)을 내려다보는 구조였고, 바닥쟁이들은

17 『일기』, 3.
18 『일기』, 21.

단단하게 회반죽 벽을 둘러 친 마당에서 개암나무 열매를 깨트리며 병맥주를 마셨고, 마당은 무대 앞면을 향해 경사진 상태였다. 마당에는 관객 600명을 수용할 공간이 있고, 회랑(그중 3층에는 의자가 있었다)에 또 1,404명을 위한 공간이 있었다, 그렇게 로즈 극장은 2,000명 정도를 수용했다.[19]

하지만 셰익스피어는 이 극장이 친밀감을 준다는 점을 발견하게 될 거였다. 무대로부터 30~35피트에서 시작되는 지붕 회랑에서 사람들이 배우의 어조와 얼굴 표현의 뉘앙스를 감지할 수 있을 만큼 가깝게 디자인되었다. 로즈 극장 소도구 중에는 장막, 그림을 그린 소품, 그리고 '지옥의 입구' 혹은 '로마 시' 같은 배경막 같은 것이 들어 있었고, 관객들은 벨벳, 공단, 혹은 호박단으로 만든 연행자들의 삐까번쩍한 의상들을 맛볼 만큼 충분히 가까웠다. 극장은 사치스럽게, 눈이 멍멍할 정도로 화려하게 페인트칠을 했다—런던의 모든 노천극장이 그랬듯이—그러나 이 경우, 무대와 가까워, 관객들은 색채의 공격과 현란하고 교묘한 시각 효과에 반응할 확률이 더욱 높았다. 정말, 셰익스피어의 비상한 무대 시각 효과 활용은 로즈 극장의 영향을 받게 될 것이었는바, 이곳에서 관객들은 보는 훈련 그리고 본 것을 기억하는 훈련을 받았던 것이다.

연기가 항상 숙련되거나 절제 있었던 것은 아니지만, 최상일 때는 고도로 세련된 상태였고, 그것은 로즈 극장에서 더욱 휘황찬란했는데 극장의 분별 있는 균형 감각 때문이었다. 실제 삶 같은 리얼리즘이 최고의 양식화와 결합했다; 연기자들은 비축된 반응과 비축된 자세들을 활용할 수 있었다, 앨런 C. 데슨이 보여 주었듯, 배우들에게 '관복 차림으로', '침대에서 오듯이', '저녁 식사에서 오듯이', 아니면 '시합에서 새로 도착하듯이' 등등의 무대 지시를 내릴 수 있는 한, 그리고 인격화의 심리학은 아직 제대로 발전하

19 존 오렐과 앤드루 거, 1989년 6월 9일 TLS 중; M. C. 브래드브룩, 『로즈 극장』, 머리 비그스 등 (편) 『연기의 예술』(에든버러, 1991), 200~210.

지 않은 상태였다. 초기 작품에서 셰익스피어는 매우 표준적인 인물 유형에 대한 관객의 반응에 기댈 수 있었다. 하지만 그렇다 하더라도, 로즈 극장에서는 최소한, 무대 위 효과가 과장되거나 서투를 필요가 없었다. 배우는 포효하거나, 열변을 토하거나, '열정을 산산조각 찢어발길' 필요가 거의 없었다; 연기자들에 대한 햄릿의 충고는 자연스러움이 가능한한 극장을 셰익스피어가 알고 있었다는 충분한 증거다.[20]

로즈 극장의 마당과 회랑은 1592년 확장되었고, 그 뒤 이 극장은 다른 용도로 쓰이다가 쇠락했다—그러나 그것은 에드워드 앨린(헨즐로의 사위, 그가 장인의 로즈 극장 지분을 물려받았다)이 '그 로즈 극장'에 할당된 세금을 낸 1622년에는 서 있었을지 모른다.[21]

좀 더 오래된 극장이 뉴잉턴 버츠에 있었다, 런던교 남쪽으로, 서더크 중심가에서 계속되는 길을 따라 1마일쯤 되는 곳에. 뉴잉턴에서의 공연이 최초로 언급되는 것은 1580년 5월 13일. 그 12년 후 추밀원은 뉴잉턴이 오지라는 점을 인정했지만, 런던 사람들은 형편없는 동음이의 말장난을 '뉴잉턴 착상'이라 부를 정도로 그 극장 이름을 충분히 잘 알았다.[22]

§

이런 것들이, 짧게 말하자면, 셰익스피어가 곧 듣게 될 주요 연극 지형도였다. 1588년경이면, 버비지와 헨즐로의 극장이 런던 생활의 질을 높이고 있었다—비록 연대기 작가 스토 같은 런던 사람은, 공공의 상실을 의식하고 있었지만, 그리고 영국 종교 개혁의 지속적인 변화 속에 상실한 것을 보상해 줄 것이 별로 없었다. 한

20 앨런 C. 데슨, 『엘리자베스 시대 무대 인습과 현대 해석가들』(케임브리지, 1984), 30~41; 존 피터, 1989년 5월 28일자 『선데이 타임스』 중, C7.
21 덜리치 단과대학 MS, IX(1617~1622), 런던, 덜리치 단과대학 학장 승인에 의거.
22 『로즈 극장 문서들』, C. C. 러터 편(맨체스터, 1984), 66; EKC, 『무대』, ii. 405.

II. 런던 무대의 배우 겸 시인

154

때 사람들의 삶을 심화시켰던, 더 오래된 숱한 종교 축제들이 중단된 터였고, 도시 지역 교구 교회 출석률도 낮았다. 국내 가톨릭의 위협은 1587년 스코틀랜드 여왕 메리의 재판 및 처형 이후 사라지는 듯했고, 스페인과 전쟁이 열렬한 애국심을 불러일으켰다; 그러나 런던 사람들이 골치 아픈, 민족주의적 감상으로 구제받는 것은 아니었다. 비록 반란 지경까지는 아니었지만, 런던은 폭동이 잦았고 예전보다 불안했다.

　어느 누구도, 어쨌든, 그 분위기를 여왕만큼 알지 못했고, 여왕은 첼시 로를 통해 런던으로 돌아오는 11월 중순 통상적으로 그녀의 국왕년國王年을 시작했다. 그녀는 밤에 말을 타고 들어와 횃불들의 환영을 받았다. 대사들, 시장, 그리고 열 지은 시민과 공직 복장을 한 사람들이 그녀를 위해 모였다. 그녀가 어두운 거리를 지나갈 때 사람들이 처녀 여왕을 맞던 바로 그 감정의 깊이가 이제껏 세계가 알고 있는 가장 위대한 드라마의 희미한 시작에 응답하고 있었다.

고용 일꾼들, 레퍼토리, 그리고 시인들

그러나 1580년대 후반 연행 극단의 빠른 흥망성쇠는, 재정적인 곤란 및 바뀌는 단원들과 함께, 극단 생활을 혼돈의 도가니로 만들었다. 순회 극단들이 찢어졌고, 재조직되었고, 자신을 구하기 위해 종종 물가가 비싼 도시를 떠나 지방에서 공연했다. 극단 마차 뒤로 진흙, 비, 혹은 진눈깨비 속을 터벅터벅 걸으며 또 먼 지방에서 몇 푼이라도 더 벌 것을 기대하면서, 배우들은 런던을 열망했다. 셰익스피어는 수도에 도착하자마자 다시 길을 떠났을지도 모른다; 그가 정말 여행길에 올랐다면, 그는 돌아올 수 있을 때 돌아왔다. 그러나 몇 년 동안 그의 자취는 기록 속에서 추적되지 않고, 그렇게 된 가장 그럴 듯한 이유는 그가 다른 배우들의 '고용 일꾼'으로 시작했다는 것이다. '지분 소유자'가 되기 전까지 그의 이름은 순회 극단 주요 인물 목록에 오르지 않을 거였다.

언제 시작했든 상관없이 그는 분명 이내 한 극단의 조직 구성, 후원자, 레퍼토리, 그리고 '시인들'(아직 희곡 작가라고 불리지 않았다) 및 그들의, 가치 있지만 생명이 없는 대본 혹은 연기 책자를 알게 되었을 것이다. 해외에 묻힌 여행자의 고통을 알았을 수도 있고, 또 덴마크의, 저지대의, 아니면 이탈리아의 '항구와 뗏목과 길을 찾느라 지도 속을' 응시한 경험이 있을지도 모른다—그러나 증거가 없다.[23] 안개 낀, 구질구질한 영국 하늘 아래서, 그는 자신을 훈련시켰다.

실제 활동하는 극단이 8~12명의 주요 배우들, 혹은 돈을 투자한 지분 보유자들을 갖춘 근면한 편성 단위라는 것을 그는 알았다; 그들은 연관된 부채를 지불했고, 주급 5~10실링짜리 고용 일꾼들을 받아들였다. 재정적으로 순회 극단들은 종종 위태위태하게, 파멸 직전의 상태로 존속하였고, 심지어 1590년대 후반에도 궁내 장관 극단 단원들은 낮은 액수를 수령했으며 지독한 곤란에 빠져 있었다. 배우의 수입은 크게 가변적이었다, 이를테면 G. E. 벤틀리의, 그 이후 시기에 해당되는 정확한 수치에서 보이듯이. 1634~1635년, 윌리엄 뱅크스, (당시) 찰스 왕자 순회 극단 지분 보유자는, 40파운드를 벌었고, 왕립 극단의 세 배우는 각각 180파운드씩을 벌었다. 더 이전 시기에는, 이윤이 더 낮았고, 역병이나 폭동이 극장을 닫게 하지 않았던 1590년대 중반, 제독 극단 같은 지분 보유자 집단이 속한 한 배우가 벌어들이는 돈은 주당 평균 1파운드 혹은 18실링이었다.

공연중인 극단이 공동체와 맺는 관계는 언제나 문제투성이였고, 순회 극단들에게는 딱히 런던 시 원로들 말고도 훨씬 더 많은 적이 있었다. 팜플렛과 설교집들이 배우는 게을러서 신과 배치된다고 공격했다—불성실한 고리대금업자, 절약을 모르고, 병들고,

23 『상인』, I. i. 19.

음탕하고, 혹은 성적으로 '변태'라고. 종교 당국은 배우가 일요일에 관객을 사로잡을까 봐 두려워했고, 몇몇 상인들은 런던 사람들의 주머니에 손을 대는 것에 양심을 품었다. 무대 위에서 현란하고 카리스마를 풍겼으므로, 배우들이 무대 바깥에서 사람들을 매료시켰지만, 또한 역겹게 하기도 했다; 사회적 지위를 막론하고 여자들에게 매력을 발할 수 있었으나, 미동美童과 항문 섹스를 일삼는 더러운 남색 탐닉자로 여겨지기도 했다. 강한 느낌과 판타지를 불러일으키는 배우의 능력을 많은 사람들이 본능적으로 두려워했다. 배우가 치명적으로 신의 노여움을 불러들일 수 있다는, 혹은 정해진 시간에 규칙적으로 일터에 나가는 성실한 사람들을 배우의 자기애 혹은 자기만족이 감염시킬 수 있다는 분위기가 만연했다. 더군다나, 1579년부터 시민 전쟁 전 극장이 폐쇄되던 때까지, 배우는 보통 거지보다 지위나 실제 가치가 더 나을 것이 없는 존재로 여겨졌다.[24]

하지만 역설적인 명성—심지어 그것 때문에—배우 직업은 유망하고 지적이고 다재다능한 소년과 사내들을 자기 열 속으로 끌어들였고, 순회 극단과 조금이라도 관계를 맺은 사람들은 대개 스스로 운이 좋다고 느꼈을 것이다. 극단에 가입하면서 청년은 동료가 그들 나름의 특수한 관습과 계급 체계를 갖고 있음을 알게 되었다. 그들은 함께 식사했고 같은, 상당히 값이 싼 여인숙에 머물렀다—젊은 배우가 상당한 여윳돈을 갖고 있는 경우는 드물었다. 고용 일꾼으로서, 셰익스피어는 숙련된 석공 혹은 목수보다 별로 더 벌지 못했을 것이다. 고용 일꾼 중 1/4가량은 비중이 낮은 배우로 일했다; 다른 사람들은 무대 보조, 소품, '대본 담당'(프롬프터), 그의 보조인 '무대 담당'과 의상 담당(비싼 의상을 구입하는 데 새 희곡 비용의 세 배 혹은 네 배가 들 수도 있었다), 그리고 극장 입구에서 입

24 G. E. 벤틀리, 『1590~1642년 셰익스피어 시대 배우라는 직업』(프린스턴, NJ, 1984), 53~57; 메러디스 앤 스쿠라, 『배우 셰익스피어와 연기의 목적』(시카고, 1993), 35~46.

장료를 받는 수금원 등이었다. 여자 역을 맡는 소년 배우들은, 대개 도제로 시작했고 최소한의 비용 말고는 별로 더 받지 못했다.

연기자-후원자는 자신의 견장과 기장을 달고 다니는 사람들에 대한 직접적인 법적 책임이 전혀 없었지만, 자신의 배우들 덕분에 권위를 얻었고 특히 그들이 궁정에서 공연할 경우 그들에게 영향력을 행사할 수 있었다. 페르디난도, 스트레인지 경은 스타급 후원자가 된 터였다. 친가 외가 양쪽 모두 왕실과 연결되어 있는 신분으로 그는 곧 물불 안 가리는 예수회의 음모를 폭로, 스스로 왕위를 요구하기에 이르렀다; 연루된 랭커셔 가톨릭 리처드 헤스키스를 꾀어낸 후 배반했는데, 헤스키스는 효수당했다. 페르디난도는 그의 가족이 아마도 교황파들을 너그럽게 대했다는 것을 거의 잊지 않았을 거였다. 그렇지만 자부심 강하고, 민감하며, 또 재능에 즉각 반응했으므로, 그는 돈을 빌려 예술을 후원했고 그런 그에게 감사와 예찬을 표하는 시인들이 많았는데 필, 그린, 스펜서, 그리고 채프먼이 거기에 속했다. 그가 몇몇 후원 대상자들을 자기 순회 극단에 보냈을지 모른다; 하지만 이것은 가정이다. 자기 순회 극단의 진화 과정을 지켜보기는 했다. 한때 곡예사들 위주였으나, 스트레인지 단원들은 1580년대 브리스틀, 플리머스, 캔터베리, 글로스터, 그리고 런던에서 연기자로 모습을 드러낸다[25]; 시장의 금지령을 비웃으며 그들은 1589년 11월 5일 크로스 키스 여관에서 공연을 했으며, 그것 때문에 몇몇이 투옥되었다. 재편성된 순회 극단이 출현하여 한 시즌 동안 여섯 번을 궁정에서 공연했으며, 그 후 그중 몇몇이, 셰익스피어와 함께, 성공적인 궁내 장관 극단을 형성했다.

여전히, 우리는 페르디난도, 스트레인지 경이 젊은 스트랫퍼드 사내를 도우려 애썼다는 몇 가지 암시(기껏해야)만을 갖고 있을 뿐이다. 셰익스피어는 훗날 그의 자료를 벗어나 스트레인지의 조상

25 EKC, 『무대』, ii. 119.

스탠리 경(더비 백작)을 『리처드 3세』에서 보다 긍정적인 시선으로 그리게 된다; 그리고 『사랑의 헛수고』에 나오는 나바르 왕(그는 퍼디낸드라는 유별난 이름을 갖고 있다)의 흥미로운 위세에서 페르디난도를 상기하고 있는 건지 모른다—하지만 그는 전혀 알랑거리지 않는다. 『티투스 안드로니쿠스』 속표지는 이 희곡이 스트레인지 단원들에 의해 최초 공연되었음을 암시하는데, 이들이 또한 '해리 6세'를 연기했다.

이런 점들을 모두 합해도, 물론, 셰익스피어가 스트레인지 극단 고용 일꾼으로 시작했다는 것을 증명할 수는 없다. 추측은 무성하다; 다른 후원자들이 있었는데, 그중 가장 중요한 것은 여왕이었다. 그녀의 행사 담당관(공식적으로 연극 검열관이자 궁정 쇼 감독)은 1583년 3월 10일 "연기자 극단 하나를 뽑으라"는 명을 받았다.[26] 담당관은 기존 순회 극단 중 지도적인 배우들을 모아 여왕의 극단을 만들었는데, 이들은 붉은 재킷을 입었고 향후 10년 동안 두각을 나타냈다. 두 명의 최고 희극 배우 중 하나는 리처드 탈턴이었다. 테이버를 두드리고, 파이프를 불며, 그런 다음 노래를 부르고, 도약을 하고, 껑충껑충 뛰고, 지그춤으로 발을 질질 끌면서 돌고 돌며, 탈턴은 '궁정', '도시', 혹은 '시골' 익살들을 연기했다. 그는 관객들을 위해 공연하지 않고 함께 공연하는 방식으로 관객을 이끌어 갔다; 농담을 해 대고, 답변을 유도하고, 또 즉흥적인 기지를 발휘하는 방식으로, 관객 공동체의 일부가 되었다. 그리고 의심할 여지없이 그의 명성은 중요하다. 그는 기본적인 그 무엇을 써먹었다—연기자의 극중 역할과, 단지 그런 척할 뿐인 연기자에 대한 관객의 '이중 의식'. 엘리자베스 시대의 배우는, 독백과 방백에서처럼, 자신이 사실을 연기할 뿐이라는 느낌을 표현한다; 여자 복장을 한 소년은 관객에게 여전히 소년 배우이자 인격화한 여

---

26 존 셰익스피어가 행정관으로 근무할 당시 스트랫퍼드를 방문했던 '여왕의 배우들'과 다르다.

성이다.[27] 탈턴은, 다른 사람들 가운데서도, 위대한 비非 환각주의 연극으로 가는 길을 닦았다, 그가 또한 무대 배우로서 자기들 만큼이나 연약한 존재라는 점을 관객이 잊지 않기 때문에 포스터스 혹은 햄릿이 더 감동적인 친근성을 발하는 그런 연극이었다.

극단들은 나뉘고 또 개편되었다; 인원들이 이동했다. 셰익스피어가 여왕 극단에 몸담았다면, 그는 거기서 곧장 배우 존 헤밍과 함께 스트레인지 극단으로 갔던 것일 수 있다. 20년 동안, 셰익스피어는 헤밍의 친한 친구이자 동료로 지낼 것이다. 어쨌거나, 1588년 탈턴 사망 이후, 여왕 극단은 두 그룹으로 갈라졌다—하나는 서식스 극단과의 합동 공연 쪽으로, 다른 하나는 아마도 펨브룩 극단 형성을 돕는 쪽으로. 여왕 극단과 달리, 스트레인지 단원들은 정치적으로 용감하거나, 화제가 논쟁을 유발시키고 극작—연출법이 참신하여 군중을 끌어 모으는 연극들을 선호했다.

하지만 거의 모든 런던 극단들이 한 가지 면에서는 비슷했다. 그들은 꽉 짜인 레퍼토리 시스템에 매여 있었다. 셰익스피어는 그 요구를 잘 알고 있었고, 그것은 상상하기 힘들 듯하다. 좋은, 혹은 이상적인 시절에는 극단이 일요일과 사순절 기간을 제외하고 매일 공연했다; 주중에 매일 다른 연극이 올려졌다. 몇몇 연극들이 다음 주에 반복되는 경우가 종종 있었지만. 예를 들어 제독 극단은 유형적으로 상연일 27일 동안 15개의 서로 다른 타이틀을 무대에 올렸다. 배우는 대개 최소한 30개 역할을 외우고 있어야 했고, 작은 배역에 겹치기 출연하면 외울 역할이 훨씬 더 많았다. 셰익스피어로서는(그가 유형적인 고용 일꾼으로 일했다면) 한 시즌에 100여 개의 작은 역할을 맡는 게 보통이었다. 에드워드 앨린이나 리처드 버비지 같은 주연 배우는, 어쨌든, 한 배역에 800행 가량을 암송했고, 일주일에 4,800행까지 외우고 있었다.[28]

아침마다, 고용 일꾼 배우는 새로운 연극 리허설을 하면서 동

27 P.H. 패리, '셰익스피어 여주인공들의 소년기', 『셰익스피어 개관』, 42호(1990), 99~109.

시에 저녁 연극 대사를 준비하거나, 또 다른 리허설을 하거나 의상이 준비되었는지 확인하는 거였다. 프롬프터는 몇몇 보조 혹은 '무대 담당'들과 함께 큐 신호에 맞추어 배우를 준비시켰고 소품이 제대로 준비되었는지 챙겼다. 그러나 고용 일꾼은 감독의 도움 없이 그리고 아마도 연극 대본 전체를 한 번도 읽어 보지 못한 채로 때워야 했다. 그 자신의, 글로 써진 암송용 '배역 대사'는 다른 배우들의 대사에서 뽑아 온 단일 구절 혹은 행밖에 없었다. 무대 위에서 그를 이끄는 것은—주로—이전에 그 같은 친구들과 함께 연기했던 경험이었다.

셰익스피어는 단순히 남자와 여자들을 살펴보는 방식으로 '인물 성격들'에 대해 배운 것이 아니다; 스스로 숱한 괴팍한 인물이 되어 봐야 했다, 그가 전형적인 엘리자베스 시대 배우 경험 같은 걸 해 봤다면. 보통은, 연기자들이 폭넓은 성격 범위에 정통하게 되었다. 청년 버비지는 늙은, 백발의 고버덕과 음탕한 테레우스 역을 같은 연극, 즉 1590년경 스트레인지 극단이 공연한 『일곱 가지 죽을 죄』 2부에서 맡아야 했다. 그 연극에서 여자 역할 하나는 '윌'이라는 이름의 배우가 연기했다—아마 셰익스피어는 아닐 것이다, 그 역할을 맡기에는 나이가 너무 많았을 것이므로, 10대 후반 소년들이 여자 역을 맡는 경우도 종종 있기는 했지만.[29] 보다 편하게 살려면 유형 배역을 맡으면 되었다. 이따금씩, 배우는

28   A. 거, 「극장과 드라마 직업」, J. F. 앤드루 (편), 『셰익스피어』(전 3권, 뉴욕, 1985), I, 107~128. R. L. 크너슨, 「레퍼토리」, J. D. 콕스와 D. S. 캐스탄 (편), 『새로운 초기 잉글랜드 연극사』(뉴욕, 1997), 461~480, 특히 465.
29   스콧 맥밀린, 「펨브룩의 배우들을 위한 캐스팅」, 『셰익스피어 쿼털리』, 23호 (1972), 151; 『잃어버린 세월』, 59를 보라. 아직까지, 초기 무대화를 위한 연출가 징후는 별로 없다, 프롬프터가 겹치기 출연, 소도구 및 등·퇴장을 정하고, 배우들이 큐를 기다리도록 준비시켰을 수는 있지만. 경험 많은 배우들의 팀워크가 요체였다. 앤드루 거의 『새로운 초기 잉글랜드 연극사』(케임브리지, 1980; 제3판, 1992), 208~211, 「작품 연출하기」를 보라. 배우들이 희곡 작가 혹은 지시하는 인물로부터 '지시'를 받았다는 주장에 대해서는, 스쿠라, 『배우 셰익스피어』, 2장을 보라. 현대의 두 글로브 극단 모두, 1997년 여름, 연출자는 필수적이라고 동의했다.

자신이 잘 알고 있는 인물 유형 역할을 운 좋게 맡을 수도 있었다. 자기 작품에서 역할을 맡을 경우, 셰익스피어는 『당신 뜻대로』의 늙은 아담, 혹은 『햄릿』의 유령—슬픔에 젖은, 애처로운 목소리들; 작은 배역들—을 연기한 듯하고, 17세기 오브리의 말에 의하면, "연기 실력이 발군이었다".[30] 오브리는 그 소문을 궁내 장관 극단 단원 크리스토퍼 비스턴의 아들에게 들었는지도 모른다; 그러나 그것은 셰익스피어가 무대 위에서 동료들을 당황하게 만드는 편이 아니었다는 의미 이상은 아닐지도 모른다.

23세 혹은 24세에 그는 한 극단에 투신했다. 그가 살아남느냐 아니냐는 재빠른, 본능적인 협동에 달려 있었다; 젊은 연기자로서 융통성 있고, 끈질기고, 쓸모 있어 보여야 했다. 우리가 갖고 있는 희박한 증거는 그가 다툼을 피했고, 그때든 그 훗날이든, 일상적인 능력에 자부심을 느꼈다고 넌지시 일러 준다. 극단에서 예외적인 존재가 되고 싶은 소망이 있었던들, 그것을 완수하지는 않았고, 레퍼토리 맨으로서 전문가가 되었다.

그러나 그가 처음에 이 고된 작업을 즐겼는가는 전혀 분명하지 않고, 그가 거의 파탄 지경에 이르렀었다는 징후가 있다. 희곡 작가와 시인으로서 그의 성공은 지연되었다; 그가 시에 감탄했지만, 극장은 걸음이 재빠르고 정신을 깨게 만드는 유원지였다, 지그며, 춤, 무언극과 광대 짓들이 연극과 뒤섞인. 배우로서, 그는 손쉬운 땜질용 트릭, 혹은 대충 효과를 내어 박수를 유도하는 법을 배웠다; 그리고 그렇게 희곡 작가로서 장치를 반복하거나 종종 임시변통에 의존하게 될 것이었다. 소년으로 또 한 명의 여주인공을 가장하거나, 정적인 역할에 활기를 주는 일을 배우에게 맡기거나, 한 작품 내의 작은 모순 혹은 비현실성을 관객들이 지나치리라 가정했을지도 모른다.

희곡은 대개 옥스퍼드 혹은 케임브리지 학위 덕분에 신사 계급

30 MS 보들리, 대주교 F. c. 37.

에 오른 자들이 썼다. 그들의 작품은 수요가 있었고, 셰익스피어는 그것을 공부했다, 그 같은 평범한 연기자 따위가 글을 쓴다는 사실 자체를 대학 출신들이 기분 나빠할 수 있다는 점을 아마도 깨닫지 못한 채. 분명, 극단들은 대본에 굶주렸다. 희곡을 쓰기 위해 작가들은 광범한 자료 영역을 찾아 헤맸다, 희곡 작가였다가 팜플렛 저자로 변신한 스티븐 고손이 1582년 지적했듯이: 『환락의 궁전』, 『황금 당나귀』, 『에티오피아 역사』, 『프랑스의 아마디스』, 『원탁』, 라틴, 프랑스, 이탈리아 및 스페인어로 된 음탕한 희극들.[31] 한 극단이 1년에 필요한 새 희곡은 15~20편이었다. 이것은 작가들에게, 그리고 역사와 문학에서 활용 가능한 이야기와 플롯 재원 전체에게 엄청난 부담을 지우는 요구였다. 참신하고 흥미진진한 희곡이 객석을 채우는 데 유리했다—무대를 반대하는 자들에게는 절망이었지만. 한 편지 작가는 1587년 '200명의 콧대 높은 연기자들이 비단옷을 자랑하고, 반면 500명의 가난한 사람들이 거리에서 굶어 죽어 가는' 광경을 보고 있다.[32]

유능한 작가들이 많이 요구되었다, 이를테면 내시, 그린, 필, 로지, 그리고 토머스 윗슨 등등 '대학 출신 재사들'. 그들 모두를 사회적으로 또 예술적으로 한 수 뛰어넘은 것이 젊은 존 릴리였는데, 그는 『미사여구』를 쓴 이래 런던 사람들이 이제껏 본 가장 세련된 영어 희극을 학교 소년들에게 제공해 온 터였다. 그린처럼 문학 석사 학위를 두 개 소지하고, 최신 유행의 결혼식을 치렀던, 그리고, 1589년 국회의원이 될 참이었던 릴리는, 연회 담당관*을

31 『다섯 가지 행동으로 작살난 연극들』(1582)에서.

32 EKC, 『무대』, iv. 304에서 인용한, 1587년 1월 25일 월싱엄에게 전달된 익명의 편지로부터. 적개심을 품은 저자는 『욕설 학교』의, '신사들 코밑에서 비단옷을 빼겨대는' (2판, 1587, sig. D2) 일꾼들을 꾸짖는 S. 고손을 반향한다. 숫자들이 웅변적으로 들린다.

*   연회 담당관: 영국의 궁정 관리직. 튜더 시대부터 1737년 사전허가조례가 나올 때까지 종종 궁정 연회의 연출과 자금 조달을 감독, 후에 극장과 극단에 면허증을 발급하고 대중들에게 공연되는 연극의 검열을 담당함.

노렸으나 무위로 끝난 듯하다. 러드게이트 성 마틴 교구에 사는 진취적인, 체구가 땅딸막한 사내로서, 그는 당시 10년 동안 주요 극작가로 자리매김했다.

셰익스피어―그는 『미사여구』를 알고 있었다―는 릴리의 희극 『캄파스페』 및 『사포와 파오』를 1584년 4절판으로 읽었거나, 몇 년 뒤 공연된 릴리의 『엔디미온』 혹은 『미다스』를 눈으로 보았을 수 있다. 직접 쓰기 시작한 후 릴리의 『마더 봄비』, 『달 속의 여자』, 혹은 『사랑의 변형』에서 배웠을 것이 당연하다. 가장 상투적인 릴리 작품―그리고 『미다스』가 보다 강력한 그의 희곡 중 하나라는 점에 아무도 이의를 달지 않았다―에도 우아한 위트, 특별함, 그리고 충일성이 있다. 『미다스』에서 하인 리치오와 페툴루스가 리치오의 애인에 대해 논할 때(그리고 그럼으로써 런던 신사 계층에게 아내들이 런던 유행 상점에서 왜 그리 많은 돈을 쓰는지 설명할 때) 그렇듯:

리치오: 그래, 그녀는 혀가 앵무새 같다니깐.

페툴루스: 부드러운 벨벳 칼집 속의 납 칼이고 아름다운 입의 검은 혀라고 하지 않던가… 하지만 머리에 대해서는 더 이상 말 못 할 테니, 내장부터 시작하세, 그게 자네 약속이었으니.

리치오: 내장이라! 그걸 요약하기는 불가능하지, 그 성격을 말하는 건 더욱 그렇고 말야. 두건, 이마 띠, 허리 졸라매는 끈, 엷은 막, 헤어 아이언, 가발, 뜨개바늘, 머리띠, 여자 머리띠, 리본, 타래 머리, 매듭끈, 안경, 빗, 모자, 그리고 사소한 것들이 또 어찌나 많은지 단어는 모를 것투성이고, 말로 뱉을 시간도 없고, 기억할 머리도 없는. 이것들은 음이 몇 개 울린 것(a few notes)에 불과한걸.

페툴루스: 노트라, 이거지! 난 한 가지 주목(note)하는 게 있지.

리치오: 그게 뭔데?

페툴루스: 모든 부분이 머리만큼 많은 걸 요구한다면, 세상에서 가장 돈 많은 남편도 가슴이 아플 거라는 사실.[33]

릴리의 소년용 대본 내용은 외설스러울 수 있다. 그의 여성들은 세련되고, 사람 마음을 사로잡는, 자연스러운 투정꾼들로, 어떤 전승에 의하면 셰익스피어 여주인공 중 많은 경우가 그것을 따랐다. 그의 연극 스타일이 까다로움 혹은 섬세함—사실 그렇다—으로 불리지만 그는 영국에서 새로운 형태감과 명징성을 희극에 부여했다. 런던 무대 위에서 최초로 그가 자신의 등장 인물들에게 사랑에 빠진 상태를 토론케 했다; 그리고 다양한 장르와 양식—광대극, 음담패설, 신화, 로맨스, 정치적 알레고리 같은 것들—을 결합함으로써 통솔적인, 유연한 지식, 그것의 무한한 가능성에 대한 감을 드라마에 부여했다. 오비드와 플루타르크에 의존, 스타일의 아름다움을 강조하면서, 그의 작품들은 다른 어떤 희극 작가의 그 것보다 더 많은 연극적 가능성을 셰익스피어에게 암시한다.

다른 사람들이 새로운 요소들을 결합하고 고전적인 유형과는 좀 다른 인물 성격을 씀으로써 릴리를 향상시켜 갔다. 로버트 그린은 케임브리지 출신으로, 빨강 머리에, 방종하고 또 정부와 놀아나기도 했지만, 작가로서는 엄격한 데가 있었다. 그의 산문 로맨스는 종종 탁월하다; 스타일은 유연하고, 풍부하며, 또 통렬한 쪽이다. 희극 『베이컨 수사와 벙게이 수사의 명예로운 생애』(1594년 인쇄 그리고 아마도 1587년 공연)는 릴리 『캄파스페』의 낭만적 삼각 관계를 2중화, 셰익스피어 『두 신사』의 그것을 예감케 한다: 놀랍게도 사랑의 힘에 굴복하면서, 연인은 자신의 여자를 자기보다 더 사랑하는 자에게 양보한다. 그린은 마법, 왕의 존엄, 전원풍 효과, 그리고 사랑-경쟁 심리를 페이소스, 유머, 그리고 빠른 전개로 수놓고 있다. 그의 여자들은, 여기서 또 다른 곳에서, '참을성 있는 그리셀다들'이다, 그들의 좁은 역할 속에서는 살아 있는 것 같지만. 조지 필은, 그러는 동안, 축제 가장행렬극 대본을 써 본 경험을 바탕으로, 구조적 실험을 수행하고 있었다. 비슷한 분량

33 『미다스』, A. B. 랭커셔 편(1970), I, ii, 39~41, 73~87.

이라면 엘리자베스 시대 그 어떤 희곡도 이를테면 그의 『늙은 아내의 이야기』보다 복잡한 플롯을 갖고 있지 않다, 이 작품은 민간 전승 요소에다 '격자' 장치[34]—등장 인물 몇몇이 무대 공연이 펼쳐지는 것을 보고 또 주석을 다는—까지 품고 있는 것이다.

'대학 출신 재사들'이 두각을 나타내고 있었다. 질투 어린 시선으로 서로의 것을 빌려 쓰면서, 드라마를 새로운 단계로 끌어올리면서, 그리고 극단들을 기쁘게 하면서, 바야흐로 초등학교에서 훈련받은 자—단순한 배우—가 그들과 경쟁을 시작했다. 셰익스피어는, 아마도, 동료 연기자들을 위해 쓰기로 결정한 터였다.

개 크랩

격려가 없었다면 그가 그렇게 안 했을지 모른다. 분명 그는 바쁘고, 말 잘듣는 고용 일꾼이었던 듯하다; 그린은 훗날 그를 '막일꾼 요한네스', 극장의 만능 해결사, 혹은 자칭 다방면의 천재라고 비난하게 될 것이다. 확실히, 그린의 '막일꾼'은 현대의 '뜨내기 일꾼'이 아니라, 오히려, 연기와 희곡 집필을 겸하는 자의 기고만장을 암시한다. 셰익스피어의 연기 레퍼토리 자체가 민첩성과 과감함을 요구했다; 그가 자신의 재치와 웅변 감각을 연기자들한테 숨겼을 리 없고, 한 배우—비스턴—에게는 학교에서 가르친 경험이 있을 만큼 훈련이 충분한 사람이라는 인상을 주었던 듯하다. 그의 동료들이 정말로 그에게 대본 집필을 부탁했다면, 그들은 손해볼 게 별로 없다는 느낌이었을 게 분명하다.

대본 한 편을 단숨에 휘갈겨 쓰는 솜씨는 높은 평가를 받았지만, 실제로 보수가 좋지는 않았다: 극단은 희곡 한 편 당 6파운드 가량을 지불했고, 보통 5개월에 걸쳐 8~12회를 공연했다(여덟 번째 공연에 이르면, 로슬린 크넛슨의 계산대로라면, 극단은 제작 비용

II. 런던 무대의 배우 겸 시인

---

34 A. R. 브라운멀러, 『조지 필』(보스턴, 1983), 46~65.

을 되찾고 이익을 기대할 수 있었다).[35] 인기 있는 작품들이 종종 재
공연되었다, 키드와 말로의 작품들이 몇 해에 걸쳐 그랬듯이—하
지만 재정적인 실패들도 있었다. 집필 속도를 높이기 위해, 대개
의 희곡 작가들은 공동 작업을 선호했다. 예를 들어 로즈 극장의
헨즐로가 상세하게 경위를 설명하는 83개의 대본 중, 55개가 공
동 집필이고, 34개만이 단독 집필한 희곡이다.[36] 소규모 협동에
서 한 작가가 몇 가지 종류의 연기, 장면, 혹은 상황을 전문적으
로 쓸 수도 있었다.

혼자 좋은 희곡을 쓸 수 있는 배우는 드물었지만, 엘리자베스
시대에는 그가 '문학적'으로 보이거나 별도로 취급되지 않았을
거였다. 집단의 일원이 된다는 정상성正常性을 셰익스피어가 몹시
바랐을 것은 충분히 분명하다, 그의 아버지가 몇 년 동안, 비용
을 직접 들여 가며, 스트랫퍼드 참사회원 형제들과 함께 일했던
것과 꼭 마찬가지로. 집단은 위안과 보호를 제공했다. 어느 정도
의 익명성, 일상의 가장이 조만간 셰익스피어에게 잘 어울렸다—
그리고 그와 그의 동료들은 희곡을 집단 창작 대상으로 생각했을
거였다. 대본이 존재하는 것은, 무엇보다, 공연을 위해서였고, 그
때야말로 대본이 살아 숨쉬게 되었다. 정말, 그들이 희곡을 집단
행동으로—페이지 위에 쓰인 단어들이 아니라—받아들였다는 점
이야말로 중세 극장으로부터 배우들이 물려받은 가장 가치 있는
유산 중 하나였다.

희곡 공연은 그것의 실질적인 출판이었다, 극작가 보몬트가 인
쇄물 형태의 희곡 출현을 '제2의 출판'[37]으로 칭송하기는 했지만.
셰익스피어는 자신의 몇몇 작품들이 부정확한 '4절판'으로 나온
후 저자판을 출판했을 수 있다. '4절판'으로 나온 희곡은 겉장에

35   크넛슨, '레퍼토리', 468.
36   『로즈 문서들』, 러터 편, 128.
37   존 플레처의 『성실한 여자 양치기』를 위한 그의 운문 추천사에서, 대략 1608~
1609.

작품명이 새겨진 얇고, 제본이 안 된 뭉치였고, 반면 '2절판'은 큼직한, 값비싼 권券이었다—1616년 존슨의 『작품집』까지는 희곡 수집용으로 사용되지 않은. 드라마는 책 거래에 있어 중요하지 않은 일부일 뿐이었고, 성 바오로 교회 마당에 있던 류의 책 가게들은, 단순한 '책 진열대'가 아니라 2층, 4층 높이 구조물이었는데, 그것들을 거의 신경 쓰지 않았다. 피터 블레이니는 셰익스피어 시기 출판된 신작 희곡이 매년 평균 5개 혹은 6개 작품 정도였다고 평가하고 있다. 인쇄된 대본을 경쟁 극단이 종종 훔쳐 갔다는 추측은 아주 잘못된 것이다. 극단들은, 대개, 서로의 레퍼토리를 침해하지 않았고, 공연 극단 사이에는 통상적으로 인식되는 것보다 더 많은 협력이 존재했다. 그러나 몇 안 되는 희곡만으로도 책 거래가 넘칠 수 있었다. 셰익스피어 4절판 중 가장 인기가 있었던 세 작품, 『헨리 4세』 1부, 『리처드 3세』, 그리고 『리처드 2세』는 아마도 그의 극단을 홍보하는 효과가 있었다, 그러나 가게 판매량이 그에게 직접적인 혜택이 되는 일은 전혀 없었다.[38] 그의 작품 중 절반 가량이 4절판으로 출판되고 그런 다음 그가 사망한 후 7년이 지난 1623년 그의 작품 36편이 실린 거대한 2절판이 비로소 출판되었다. 생애를 통틀어, 그는 자신의 이름이 런던 책 가게에 나도는 것으로 하여 얻은 이익이 별로 없었다.

　하지만 그렇다고 그가 대본 텍스트에 대해 신경을 별로 안 썼다는 얘기는 아니다. 별 신경 쓰지 않고 작품을 쏟아 내는 즉흥적인 천재와 거리가 멀게, 분명 대본에 공을 들였다; 그는 고치는 자였다, 어법 스타일에 대한 시인의 관심을 가진. 대개 잡식성으로 읽으며 대본을 만들었다; '탁상 대본'에 써 놓은 작업 노트까지는 아니더라도, 기억의 원천 자료들에 의존했고, 변형시킬 자료를 골랐고, 자신이 만든 공연 대본을 개작하리라 마음먹는 일이 잦았다. 매우 본질적인 수정을 몇 가지 가했다. 처음에는, 공

38　피터 W. M. 블레이니, 「희곡의 출판」, J. D. 콕스와 D. S. 캐스턴 (편), 『새로운 초기 잉글랜드 연극사』(뉴욕, 1997), 383~422, 특히 384~388.

연을 위해 대본에 몇몇 사소한 변화만 주면 되었다. 대본을 동료들에게 주면서 그는, 그러나, 몇 가지 주요한 사항들을 미결로 둔후, 실제 연출 과정에서 도움을 받으려 했을지 모른다.[39] 작품에 사소한 불일치를 남기기는 했지만, 경험이 늘어나면서 자신의 초기 작품들을 개선했음이 분명하다, 그리고, 의심할 여지없이, 레퍼토리 연기는 그를 방해한 것보다 도와준 면이 더 많았다. 배우-희곡 작가로서, 그는 무대 효과에 대한 내부인의 의식을, 등장인물의 심리를 뚜렷한 동시에 그럴 듯하게 만드는 기법에 대한 감을, 그리고, 무엇보다, 효과의 경제성과 전체적인 디자인에 대한 눈부신 감을 획득했다.

우리에게 그의 초창기 작품이 없는 것일 수도 있다. 그러나 릴리가 『캄파스페』처럼 세련된 연극으로 시작했다면, 셰익스피어는 『베로나의 두 신사』로 시작했을지 모른다, 그리고 사실 이 작품은 그의 17개 희극 작품 중 디자인이 가장 단순하다. 그의 초기 작품 집필 연도는 여전히 학자들에게 안개투성이 전장을 제공하고, 이 희곡 텍스트는 4년 혹은 5년에 걸쳐 개작한 것일 수 있다. 『베로나의 두 신사』의 한 버전은 1588~1591년 무렵 쓰여진 것일 수 있는바, '사랑 대 우정'이라는 우아한 릴리풍 주제가 로맨스와 희곡에서 공히 조롱당하던 때였다. 예를 들면, 필의 『늙은 아내 이야기』에서 가문 좋은 두 친구가 습득물을 나눠 갖기로 합의한 후, 잭은 아무렇지도 않게 에우메니데스에게 숙녀의 반을 요구한다. 다행히, 델리아는 기꺼이 몸을 둘로 나누라고 한다, 남자들 사이의 우정을 존중하기 때문에:

에우메니데스: 친구에 대한 신념을 내가 그르치기 전에, 그녀를

---

39 S. 웰스, 『셰익스피어와 수정』(1988), 20 참조. WS가 수정 작업을 했다는 것을 의심하는 학자는 별로 없지만, 범위와 목적은 논쟁거리다. 그레이스 이오 폴로는 『셰익스피어 수정하기』(케임브리지, 매사추세츠, 1991)에서 시인이 보다 극단적인 개작자라고 주장한다.

둘로 나누리. 잭, 자네가 반을 갖게··· 그러므로 준비하세요, 델리아,
당신은 죽어야 하니까.

델리아: 그럼 안녕, 세상이여! 아듀, 에우메니데스![40]

그러나 필의 농담은 가장된 실제를 파괴한다. 그 장면은 재밌
지만 끝이 갈라진 막대기 광대극으로 바뀐다; 관객은 델리아의
몸뚱이가 둘로 조각날 수도 있음을 믿지 않을 것이다. 그와 대비
되어, 셰익스피어는 그의 이야기를 조롱하는 동시에 믿는다; 『베
로나의 두 신사』에서, 그는 등장 인물에 대한 우리의 염려를 고조
시키면서도 행동에 거리를 두고, 그 자신이 익살 광대극과 희극
을 동시에 쓸 수 있음을 보여 주는 것이다. 그는 자신의 효과, 그
자체로 새로운 효과가 어긋나갈 때 더더욱 말도 안 되게 실패한
다. 그의 이야기는, 개략, 무척 단순하므로 여기서 간단하게 정리
해 보기로 하자. 젊은 두 신사 프로테우스와 발렌틴은 신사 계급
을 상실하지만 마침내 그것을 회복하고 줄리아 및 실비아와 결혼
한다. 줄리아를 떠나면서, 프로테우스는 그의 친구 발렌틴을 따
라 밀라노로 가고, 친구의 연인 실비아와 사랑에 빠지고, 그런 다
음 배반을 감행, 실비아의 아버지인 공작으로 하여금 발렌틴을
추방케 한다. 프로테우스가 보고 싶어, 줄리아는 시녀로 변장, 밀
라노로 여행을 하고, 그곳에서 프로테우스의 시녀로 들어간다.
다시 거짓말을 구사하며 프로테우스는 실비아를 튜리오 경과 맺
어 주는 척하면서, 그녀를 어떻게 해 보려 한다. 발렌틴—잘 생기
고 말을 잘하여 불량배들의 왕으로 추대된—은 결국 프로테우스
와 마주치게 되는데, 막 실비아를 겁탈하려는 참이다. 친구의 전
적인 회개에 감동, 발렌틴은 실비아에 대한 자신의 권리를 포기
한다—혹은, 비평가를 여전히 골 때리게 만드는 대사로 그가 프
로테우스에게 말하는 것처럼:

40   조지 필, 『늙은 아내의 이야기』, 찰스 휘트워스 편(1996), 868~~874행.

170

회개에 의해 영원의 진노가 가라앉았도다.
그리고 나의 사랑이 투명하고 또 자유롭기 위하여,
실비아 안의 내 것이었던 그 모두를 자네에게 주겠네.

(V. iv. 81~83)

우스꽝스러운 행동은, 최소한, 두 친구가 1막에서 벗었던 신사 행태를 마침내 다시 취하고 있다는 것을 암시한다. '시녀'가 기절하고 또 그녀가 줄리아라는 사실이 드러난 후, 프로테우스는 그녀에 대한 자신의 사랑을 상기한다. 발렌틴은, 공작의 승낙을 받고, 실비아와 결혼할 채비를 차린다, 그리고 행복한 두 쌍은 밀라노로 돌아가 합동 결혼식을 치르고 내내 행복하게 살 것이다.

기법상으로—스탠리 웰스가 유능하게 보여 주었듯이—젊은 희곡 작가의 이야기 처리는 퇴보한 점이 있다. 집단 장면을 잘 배합해 낼 의욕 혹은 능력이 없는 터라, 셰익스피어는 독백, 2인 대화, 방백에 내내 의존하고 있다; 한 형편없는 뒤범벅 장면에서는, 독백 두 개가 함께 나온다.[41] 운문 중 어떤 부분이(아름다운 노래「누가 실비아인가?」에서 그렇듯) 4월을 닮은 참신성을 갖추고 있지만, 어떤 부분은 천박하고, 단조로운 땜질이며, 몇몇 대사는 실체 없는 목소리로 처리해도 될 정도다. 불량배들은, 패러디로서도, 미약하다; 어른들의 말을 상상하려 애쓰는 어린애들로 보일 정도다. 튜리오와 공작은 두꺼운 종이판이다; 발렌틴은 거의 두뇌가 없다, 애처롭기는 하지만. 시녀 스피드는 주제넘은, 시건방진 릴리풍 시녀이고, 희곡은 릴리『사포와 파오』에 나오는 여인과 사랑에 대한 설교투 발언들을 그대로 흉내 내고 있다.

그러나 기질상 릴리의 세계에 가깝다고는 하더라도,『두 신사』

---

41 「『베로나의 두 신사』의 실패」,『셰익스피어 연감』, 99호(1963), 161~173. 하지만 같은 해 해럴드 브룩스는 이 작품의 '병렬 구조'를 옹호했다,『에세이와 연구들』, 16호(1963), 91~100. 이 작품의 무대 가치성에 대한 예찬이, 현대의 배우와 연출자들로부터, 없지 않다.

가 아주 릴리풍은 아니고, 초등학교에서 받은 모방 수업이 젊은 희곡 작가에게 도움이 되었다. 폭넓게 빌려 오고 동화同化하면서, 마치 삶에 대해 자기가 알고 있는 것은 거의 믿을 수 없다는 듯, 셰익스피어는 숙달한 기생꾼이다. 1585년의, '펠릭스와 필리오메나'로 알려진 여왕 극단의 한 드라마 이야기 일부를, 혹은 아마도 '펠릭스'의 원전인 호르헤 드 몬테마이오르의 포르투갈 이야기 『디아나 에나모라다』의 니콜라스 콜린 불어판 이야기 일부를 가져오고 있다. 그는 분명 퍼트넘의 「영시의 기술」 논문을 기웃대고, 오비드로부터 사건을 짜맞추어 낸다, 그리고 아서 브룩의 낭만적인 시 「로메우스와 줄리엣」(1562)에서 숱한 세부 사항들을 취하고 있다.

그러나, 광범하기는 하지만, 그의 솜씨 있는 차용은 이미 예술적 필요라기보다는 거의 심성의 습관—혹은 타고난 습관—에 더 가깝다. 셰익스피어가 언제나 문학적 모델 혹은 기존의 자료에 의존하는 것은 아니며, 『두 신사』는 상당 부분 창안한 것이다. 자신이 취하는 이미지, 장치, 혹은 플롯을 그는 대개 변화시킨다. 그는 용감한 행동을 촉구하는 감상적 훈계를 듣던 학창 시절 문학적 원천에서 '벗어나는' 법을 배웠다: "가슴을 쫙 펴고", 학교 교과서 영어 번역판에서 팔링게니우스가 말한다, "가서 독파하라". 자료를 잘 활용하는 것은 '독파'하는 것, 혹은 용감하게 자신의 새로운, 적절한 모험심을 진작시키는 것이었다. 문학적 모델에서의 차용은 특이함과 쓸모없는 발명의 악습을 벗는 데 도움이 되었다. 더욱이, 소네트의 애매한 증거에도 불구하고, 셰익스피어는 자아감自我感을 어느 정도 근절시키고 다른, 상상의 견해에 심오하게 같은 감정으로 빠져드는 작업이 한창이었던 듯하다. 무대에 선 동료 배우들의 선호와 능력에 대한 그의 생각—그리고 자신의 자료들에 함축된 견해들에 대한 의식—이 종종 좀더 자유롭게 집필하게끔 도와주었을 것이 분명하다.

그가 『두 신사』를 1592년 이전에 썼다면, 유행을 따른 것이었다. 이 작품의 광대 랜스—그리고 그의 개 크랩—는 1590년대 어느 때라도 연극적으로 진보한 것이었다; 왜냐면 그 전에 광대들이 있기는 했지만, 랜스 역의 배우—그리고 무대 위의 진짜 개, 개를 '연기'하는—는 허구의 환영을 유지하면서도 또한 그것을 깨기도 한다, 새로운, 불편한, 하지만 강렬한 희극 효과를 내면서. 우아하고 인위적인 세계 속으로 랜스는 흙냄새 나는 농부 리얼리즘을 들여놓는다, 이를테면 크랩이 공작의 탁자 아래에서 "오줌 누는 동안"(IV. iv. 19) 한 짓에 대한 질책을 그가 대신 뒤집어쓸 때. 그는 플롯을 거의 진전시키지 않는다, 그러나 자신의 개를 매정하다고 몹시 꾸짖음으로써 줄리아를 대하는 프로테우스의 냉혹한 행동을 강조한다—그리고 무척 지체 높은 척하는 발렌틴의 얼간이 짓을 상쇄한다.

줄리아는 너무도 감동적이라 교묘한, 연약한 균형을 거의 파괴할 정도다. 저자는 그녀를 종교적 이미저리로 감싼 다음 고통을 겪게 한다. 남성들에게 거부된 내적인 힘을 줄리아와 실비아에게 부여하는데, 마치 헨리 가 그의 아버지 집에 있던 독실한 두 여인을 상기하는 투다. 줄리아가, 어떤 의미로든, 앤 셰익스피어의 초상일 가능성은 매우 희박하다; 그러나 희곡 작가는 그의 여자들로부터 배운 바가 있다. 줄리아의 감정을 어찌나 능란하게 환기시키는지 그녀가 연극에 필요한 것 이상으로 감동을 줄 정도다. 무엇보다, 그를 서투름의 종합보다는 강력한 대본을 만들어 내는, 감정에 빠지지 않고 빈틈없는 작가로 자신을 드러낸다; 그는 낭만적 희극에 대한 타고난 소질이 있었다—이미 그린보다 앞서가고 있었다—말도 안 되는 일을 너그럽게 받아들이는 온화한 마음도, 그리고 이것이야말로 배우들이 그를 좋아했던 한 이유일지 모른다.

『두 신사』의 튜더 시대 공연에 대해 우리는 아무것도 모른다. 그러나 1598년 프랜시스 미어스가 셰익스피어 희극 목록에서 그것을 최초로 언급하고 있다, 그것이 한때 유행이었다는 뜻이다. 셰익스피어 작품은 대체로 관습적이었지만, 세련된 런던 입맛에

173

맞을 만큼 재치가 충분했다. 흐름이 민첩하고 가벼우며, 품위 있는 균형감은 유쾌하다. 이 작품의 가장 위대한 등장인물은 크랩인지 모른다, 대사가 한 줄도 없지만, 줄리아 역은 저자의 비극 재능을 암시한다, 그리고 『두 신사』가 새롭던 무렵, 두 비극 작가가 런던 무대를 변화시키기 시작했다.

8. 태도들

말로, 키드, 그리고 쇼어디치

극단에서 그가 맡았을 법한 일들의 변천, 그리고 물론 말로와 키드, 자신의 작품들에 대한 셰익스피어의 태도, 그리고 심지어 그가 살던 런던 환경조차, 그를 좀 더 가깝게 관찰해 볼 기회를 준다. 그의 내적 발전에서 독창적인 것은 무엇인가? 배우와 극장 시인으로서 어느 정도 경험 후, 그는 어떻게 자신의 재능을 최대한 활용했는가?

존 릴리와 비교하더라도, 그는 놀랄 만큼 급작스럽게 시인으로서 꽃을 피웠다. 릴리는 두 개의 우아한 산문 『미사여구』와 『미사여구 및 그의 영국』을 쓴 후 첫 희곡을 집필했다. 학교를 나오자 곧, 셰익스피어는 편지나 웅변문 말고 다른 어떤 것을 썼을 것이 분명하다; 아마추어적인 'hate away' 소네트, 145번은 영리한 초등학생 솜씨 이상은 아니고, 그가 구애 기간 동안 더 야심만만한 작품을 썼을 법하다; 수년 뒤 런던에서 다른 작가들의 작품을 수정했거나 자기 것을 보탰을 수 있다.[1] 하지만 『두 신사』 같은 작품으로 그는 자신의 진정한 가치를 극단에 입증했다. 이국적인 페트라르카 및 이탈리아풍이 다소 섞인 그의 작품은 유행에 맞아떨어졌다, 마치 유행을 포착하여 법학원 학생들과, 도시 신사 계층과 그 아내들, 그리고 외국인 방문객들을 즐겁게 할 수 있는 능력이

175

이미 그에게 있었던 것처럼. 토머스 내시가 1592년 표현한 대로, 오후는 "하루 중 가장 한가한 시간"이었고, 런던에는 매료되기를 기다리는 게으름뱅이들이 많았다, 이를테면 "법정과 법학원의 신사들, 그리고 주변의 지휘관과 병사들.[2]

그러는 동안 감수성 있는, 영향을 받기 쉬운 배우로서 셰익스피어는 자신의 펜을 이끌어갈 무대에서 위 암시들을 집어내고 있었다. 그의 초기 작품들이 거친 연극 기법상 결점에서 벗어나는 것과 그 일은 상호적이다; 일주일에 5일 혹은 6일 동안 연기자로서, 그는 만나는 연기자들에게 적응한 듯하다. 튜더 시대 배우들은 살아남기 위해 암시와 적응이 재빨랐다. 집단 작업은 그의 무대 감각을 부추겼다, 그가 여분의 귀와 눈을 꽤 많이 갖고 있는 것처럼, 그리고 이것이 그린, 필, 윗슨, 그리고 다른 '재사들'보다 그가 유리한 점 중 하나였다.

하지만 그의 재간이 삶의 경험을 앞지르는 사태의 위험이 있었고, 너무 서둘러서 재능을 제대로 발전시키지 못할 위험도 있었다. 배우로서 그는 견과 깨무는 바닥쟁이들을 매료시켜야 했고, 광대 짓거리나 음탕한 지그 따위를 참고 견뎌야 했는데, 『헨리 6세』 2부 케이드 에피소드에서 그것을 신랄하게 암시하는 듯하다 (예를 들어, III. i. 356과 IV. vii. 118~122에서). 시인으로서 그는 탄탄하게 짜여진 그룹을 만족시켜야 했고, 바쁜 스케줄 속에 집중할 시간을 찾아야 했다, 그리고 스스로 만족하기 위해 집필의 낭비를 피해야 했다. 현존하는 그의 첫 희곡(개정본 형태의)은 구조가 명료하고, 이미저리가 살아 있으며, 가끔은 무운시가 적절하다—그러나 딱딱하고, 나무 같은, 현학투의 글, 형편없는 전개, 그리고 학

1   그는 1623년 2절판에서 제외된 몇몇 희곡들 집필에 (최소한) 가담했다. E. 샘스는, 한 논쟁적인 판(1985), 영웅적인 『에드먼드 아이언사이드』를 WS의 습작 드라마라 주장하지만, 이 작품은 아마도 대략 1593~1596년 쓰여졌다. MS BL 에거튼 1994(fos. 96~118) 형태로 존재하는데, 초기 제목이 『역사가 전쟁이라 불렸던 진정한 연대가 모두를 친구로 만들었다』였음을 암시한다.

2   내시, 『전집』, R. B. 매커로, 전 5권. (옥스퍼드, 1966), i. 212.

교 웅변술의 몇몇 가장 나쁜 폐해도 볼 수 있다. 그의 장치 중 몇 가지는 극히 취약한데, 이를테면 『티투스 안드로니쿠스』 5막에서 야만인 '고트족 군대'가 무대로 나와 로마의 시민 질서를 회복시키는 대목. 그는 관찰적이라기보다는 공부 벌레형이다, 배우들이 그에게 말해 준 것에도 불구하고. 『리처드 3세』에서 그의 심리 파악은 잠복해 있지만 미개발 상태고, 『헨리 6세』에서는 몇 가지 목소리가 똑같이 간사스러운, 구별되지 않는 방식으로 말하고 있다; 이것은 1580년대와 1590년대 초 희곡들의 경우 꽤 일반적인 결함이고, 말로와 릴리의 몇몇 작품에서도 사례를 열거할 수 있다. 처음에 셰익스피어가 전개, 혹은 장면 구조에까지 부여하는 능란한 표현은 다른 사람과 비교할 경우 참신함이 떨어진다; 그리고, 우리가 아는 한, 그는 25세가 지날 때까지 대본을 정기적으로 공급하지 않았다. 당대 훌륭한 극작가 중 그렇게 늦게 걸음을 내딛는 경우는 별로 없다.

처음에, 그는 다른 배우들 가까이 살아야 했을 거였다, 그리고 그 사실은 매우 흥미롭다. 재무부 보조금 명부는 1596년 10월경 그가 비숍스게이트 구 성 헬렌 교구, 북쪽 극장가에서 1마일 가량 떨어진 곳에서 숙식했다는 것을 보여 준다. 이것은 성벽에 붙은 성 에델부르 가와 올 할로스에 있는 작고 좁은 가게 옐州 근처 부유한 이웃이었다; 그것을 가르는 넘치는, 법석대는 비숍스게이트 가는 아래쪽 피시 가(『헨리 6세』 2부의)로, 폴스타프의 이스트칩 여인숙 거리로 그리고 계속하여 런던교로 이어진다. 북쪽으로 중앙 광장이 성 바깥 노턴 폴게이트 자치 지역, 진흙투성이 호그 레인, 그리고 쇼어디치 교외 극장으로 이어졌다.

그는 쇼어디치(스토가 '소어스디치' 혹은 '수어스디치'라고도 부르는)를 매우 잘 알게 되었고, 동료 배우 크리스토퍼 비스턴도 그랬는데, 그의 아들 어거스틴, 크리스토퍼, 그리고 로버트가 쇼어디치, 성 레너드 교구에서 세례를 받았고, 1604년과 1615년 사이 그곳에 묻혔다. 비스턴의 더 어린 아들 윌리엄—존 오브리가 알았던 사람—은 교외 극장 근처에서 1680년대 초까지 살았다. 셰익스피어는 숱한 날 어둑한 아침에 그 중앙로를 보았을 것이 분명하다, 왜냐면 성 헬렌 교구에 살 때 그가 북쪽 길을 따라 버비지의 극장 혹은 커튼 극장에 도착했다, 그리고 이 길에는 곧 무너질 것 같은, 버팀목을 괸 주거지들과 냄새나는 샛길들이 있었다.[3]

'창녀와 군인들'로 유명했지만 쇼어디치는 불법 이발사-의사, 뚜쟁이, 거지, 그리고 법정 직업을 갖지 못한 자들의 거처이기도 했다. 추밀원은 이런 지역에서 '방탕한, 해이한, 그리고 무례한' 자들이 노름집, 볼링장, 유곽, 여인숙 거리, 그리고 맥줏집 등지에 우글댄다고 여겼다.[4] 그러나 버비지 사람들은 교외가 편했다. 값싼 연예물 때문에 젊은 배우들에게 인기가 좋았다. 훗날 호기심 강한 오브리는—윌리엄 비스턴이 극작가의 습관에 대해 말해 준 것을 들은 후인 듯하다—셰익스피어 이름 위에 날짜 표시 없이 이런 메모를 몇 자 끼적거렸다:

> 극단 주인도 아니므로 더욱 경탄할 만하다
> 쇼어디치에 살았고, 방탕에 빠지지 않았고, 초대를 받으면 아프다고 했다.[5]

셰익스피어는 습관상 빈틈이 없었다, 만일 이것이 극장 관계 집안의 근거 있는 기억이라면. 배우들이 그를 술판에 초대하면, 그는 '아프다'(치통 혹은 더 나쁜 병 때문에)고 글을 보내 홍등가에서의 방탕을 피했다. 그가 얼마나 자주 똑같은 변명을 써먹었을까? 그러나 오브리는 이 보고에 줄을 그어 버렸다(우리는 그 이유를 모른다). 물론 셰익스피어가 언제 '쇼어디치에서 살았을'지도 말하지

3   존 스토, 『런던 개관』, C. C. 킹스퍼드 편, 전 2권.(옥스퍼드, 1971), ii. 73~74. EKC, 『무대』, ii, 302, 그리고 『사실들』, ii. 252.
4   스토, 『개관』, ii. 368~369 nn.
5   EKC, 『사실들』, ii. 252.

못하고 있다. 역병으로 인한 사망이 1592~1594년 그곳에서 빈발했고, 그는 아마도 좀 더 건강에 좋은 방을 마련할 형편일 때 남쪽으로 1마일쯤 옮겼을 것이다.

어쨌든, 그는 성 헬렌 교회에서 올라오며 교외를 보았다. 소위 아틸러리 필즈와 베들레헴 혹은 '베들램 정신병원'을 지나면서, 노턴 폴게이트에 도달했을 것이다—1589년 시인 윗슨과 말로가 살았던 곳이다. 북쪽은 호그 레인이었다; 그 너머는 여왕의 평의회를 그토록 골치 아프게 만들었던 유곽, 측면 복도가 네 개인 교회, 그리고 배우들이 묻히는 마당이었다. 발로 밟아 놓은 서쪽 들판에 버비지의 극장과 커튼 극장이 서 있었다. 밤이 되면 교외는 이스트칩—『헨리 4세』의 덜 티어시트, 포인스, 피스톨이 흥청망청 놀게 될—만큼이나 야했을 것이 분명하다. 그러나 1590년대 초반 자신의 열망과 웅변 훈련을 자기 작품에 적용하는 시인으로서, 셰익스피어는 수도의 일상을 활용하는 데 더뎠다; 연기자들, 책 자료, 그리고 대본과 할 일이 훨씬 더 많았다. 극작가들은 극단에 대한 충성, 패러디와 모방, 그리고 무엇보다 유행 및 '매표소 수령액'에 관심이 있었다. 그들은 경쟁자의 성공을 연구했고, 그렇게 그는 자기보다 두 달 먼저 태어난 시인의 영향을 받게 되다—크리스토퍼 말로.

§

말로의 도발적인 예술성은 당대 다른 작가의 작품들보다 더 심오한 영향을 셰익스피어에게 끼쳤고, 배경도 전적으로 다르지 않다.

말로, 또한, 장인의 집에서 자랐으며 인본주의 커리큘럼이 정착한 1570년대에 학교 교육을 받았다. 셰익스피어처럼, 그는 시인이 될 잉글랜드 소년들이 받을 수 있는 최고의 훈련을 받았다. 그의, 그리고 스트랫퍼드 시인의 학교 수업에 대한 설명은 대개 1530년대와 1540년대부터, 새로운 라틴어 텍스트가 출판물로 쏟아져 나오고 케임브리지(특히 체크, 애스컴, 해든, 카, 그리고 크리스토 퍼슨이 박차를 가했다), 그리고 훗날 옥스퍼드에서 지적 생활이 첨 예했던 시기, 그 지적 생활을 덮친 변화를 모두 간과하고 있다. 선 생들은 그 움직임을 초등학교 교실로 옮겨 왔고, 말로는 시학과 수사학을 과도하게 강조한 덕을 보았다.

캔터베리의 세련된 왕립 학교에서, 그는 교회 의전 행사를 보았 고, 오비드를 발견했고, 유능한 선생의 말에 귀를 기울였다. 장차 지역 길드 감독 회계원으로 신뢰할 수 없다는 판정을 받게 될, 빚 에 쪼들린 신발공의 아들로서, 케임브리지 코르푸스 크리스티 단 과대학에 입학했고, 문학 석사 학위를 받기 전 어느 시점에 국왕 비밀 부대의 은밀한 작업을 떠맡았다.

요란하고 신성 모독적인 그의 재치는 민감한 성격을 숨기고 있 었다. 그가 했다고 전해지는 진술 중 일부는 자신의 행동 개시에 대한 패러디에 불과한 것인지 모르고, 그의 재치는 최소한, 그가 했다고 추정되는 발언, 즉 "프로테스탄트들은 모두 위선적인 바 보다", 혹은 동성애적인 "담배와 소년을 사랑하지 않는 놈들은 모 두 바보다" 따위보다는 그의 운문에서 더 명백하다. 긴가민가하 는, 꽤 멍청한 리처드 베인스가 보고한 말로의 추정 발언 중 가장 재치 있는 대목은 모세를 마술사와 비교한다: "그(말로)는 모세가 한낱 마술사였으며 W. 롤리 경 극단에만 들면 헤리엇도 그보다 는 잘 할 수 있을 거라고 했다."[6] 어쨌든, 런던 저자거리 동패들 사 이에서 말로는 무신론자, 교황파 성향, 그리고 남색으로 알려졌는 데, 이 비난은 종종 그의 말에 귀를 기울인 사람들이 곧이곧대로 이해한 탓이었다. 그의 탈선행위들은, 마지막 것 이전에도, 치명 적일 수 있었다. 1589년 9월 그가 여관 주인 아들 윌리엄 브래들 리에 의해 호그 레인 위에 세워졌다. 끼어들다가, 동료 시인 토머 스 윗슨이 치명적인 칼날을 브래들리의 가슴에 파묻었다. 두 시인

6   T. 댑스, 『말로 개혁하기』(루이스버그, 펜실베이니아, 1991), app. B. '베인스 주석' 에 인용.

모두 감옥에 갔다, 그러나 셰익스피어는(그가 '방탕에 빠질 생각'이 있었든 없었든) 당연히 1590년에서 1592년 사이 극장가 맥줏집들에 자주 들렀고 말로를 보았을 것이다, 그가 방면된 후, 예를 들어 「비너스와 아도니스」(1593)에 나오는 희극적인 이미지에서, 셰익스피어는 기억하고 있는 듯하다.

> 온갖 부름에 답하는 날카로운 혀의 급사들,
> 말도 안 되는 짓거리 괴팍한 심기를 누그러트리는.
> (849~850행)

이 행들은 노턴 폴게이트 농담 중 하나로, 말로가 진정鎭靜을 요하는 '재사들' 중 하나였을지 모르지만, 그건 낭만적 전기 작가들에게 맡겨 두고 우리는 연기 자욱한, 숨이 막히는 맥줏집 속으로 들어가 보자. 말로의 케임브리지 학위는 그를 신사 계급으로 만들어, 주로 무명이었던 연기자들과 사회적으로 분리시켰지만, 바로 그 연기자들이 케임브리지 시인의 작품『몰타섬의 유대인』에서 연기했던 듯하다―셰익스피어가 자기 작품 속에서 면밀하게 상기하고 있는, 당시 인쇄되지도 않았던 작품에서.

그러나, 말로는 여왕 통치 기간 중 가장 유명한 사건, 즉 1588년 스페인 무적함대의 패퇴로 특정지어지는 시대 분위기 속에서 다른 방법으로도 셰익스피어에게 도움이 되었다. 스페인과의 전쟁은 셰익스피어 사극 10년 내내 지속되었고, 적敵은 무력과 문화적 활기가 거의 대륙 최상이었다. (무적함대와 함께 여행했던 무명 청년 로페 드 베가는 티르소 드 몰리나 및 칼데론과 함께 마드리드 최고의 희곡 작가 중 하나가 되었다.) 1599년 사건들은 정말 기억해 둘 만했다. 해상전이 벌어지기 전 틸베리에 여왕이 '아마존 여왕' 갑옷 차림으로 군 주둔지에 나타났고, 군에 대한 다른 보고들이 『헨리 6세』 1부에서 셰익스피어가 그리고 있는 조앤 라 푸셀의 초상에서 메아리쳤음직하다. 해협의 바람과 4륜 대포차가 거대한, 초승

달 모양 대열의 함대를 격파한 터였고, 포획한 군기들이 훗날 런던에서 '반역자의 문'을 거쳐 흘러갔거나 바오로의 십자가에 전시되었다.

그에 대한 반응으로, 희곡 작가들은 아진코트, 크레시, 그리고 플로든 필드에서 영국이 거두었던 이전의 승리에 대해 빈틈없이 써내려 갔다. 딱히 해상전 승리가 있고 나서 런던의 사극 제작이 시작되었다는 얘기는 아니다. 배우 넬과 탈턴이 당시 인기를 끌었던 『헨리 5세의 유명한 승리』에 참여한 것이 무적함대 이전 시점이었다는 것을 우리는 알고 있다. (두 배우 모두 1588년 혹은 그 이전 사망했고, 넬의 미망인은 그해 3월 존 헤밍과 결혼했다.) 그러나 스페인 전쟁이 정치적 함의가 강한 사극 대본을 위한 분위기를 조성했고, 1587년과 1588년경 말로는 자신의 2부작 『탬벌린』으로 그 분위기에 답했다.

그의 영웅은—스키타이의 양치기로 출발하여—'세계가 경탄하는 자'로 부상, 얼빠지고 맥빠진, 혹은 호통만 남은 군주들을 쳐부수며, 그렇게 체제는 대개 꼭대기가 썩었음을 암시한다. 왕의 존엄을 비웃으면서, 탬벌린은 유명한 대사에서, 입에 재갈을 물린 채 터덕터덕 걷는 포로 신세의 왕들에게 이렇게 소리를 지르고 있다—

> 이봐, 니들 아시아의 응석받이 망아지들아!
> 그래, 니들이 하루에 20마일 정도는 가느냐?
> (2부, IV. iii. 1~2)

다른 과감한 희곡들이 말로에게서 잇따라 나왔는데, 그 지적인 면모는 형식과 의미에 대한 셰익스피어의 태도에 영향을 끼쳤다. 『포스터스 박사』와 『몰타섬의 유대인』은 비극과 광대익살극을 뒤섞고, 극작상의 신념에서 두 작품 모두 학정 및 온갖 이데올로기의 편견에 대한 도전을 암시한다. 『파리에서의 대학살』은, 프랑

스 혐오증에도 불구하고, 귀즈 공작의 마키아벨리풍 대사에서 국
가 폭력의 뿌리를 규명하는바, 그것이 셰익스피어의 스타일에 영
향을 끼친 듯하다—

> 내게 표정을 다오, 내가 이마를 찌푸릴 때,
> 창백한 죽음이 내 얼굴의 주름 사이를 거니는 그런 표정을.
> 손, 단 한 번의 움켜쥠으로 세계를 장악할 수 있는, 그런 손을;
> 나를 헐뜯는 자들이 하는 말을 들을 귀를;
> 왕의 자리, 왕권장王權杖, 그리고 왕관을.
>
> (I. ii. 100~104)

1593년 말로가 피살된 후, 셰익스피어가 모종의 비가풍 헌사를
바치게 되는데, 희곡의 장인 혹은 제작자가 아니라, '「히어로와
리앤더」의 시인'에게였다. 말로가 「히어로」에서 성취한 글은 셰
익스피어가 아마도 스스로 도달하지 못할 것이라고 느꼈을 수준
이었고, 사실 그가 『좋을 대로 하시든지』에서 말로의 시 한 행("사
랑에 빠진 자 중 첫눈에 반하지 않는 자 누가 있는가?")을 인용한 것은
이례적인 행동이었다, 두 시인이 상대방의 직업적 평판을 대충 듣
고 있었다고 하더라도. 『탬벌린』이 『리처드 3세』의 형식에 영향
을 끼쳤듯, 스트랫퍼드 작가의 초기 사극들은 명백히 말로가 자신
의 빈약한, 거의 비정치적인 『에드워드 2세』를 쓰는 데 도움을 주
었다. 그리고 셰익스피어는 드라마에 새로운 심리학 기법을 침투
시킨 시인에게 배웠다. 가이즈, 포스터스, 혹은 바라바스 같은 인
물을 따로 떼어 내고, 또 그들이 대화 상대방을 '지나쳐 말하게'
함으로써, 말로는 다른 시인들에게 매혹적인, 상궤를 벗어난 영혼
을 극화하고, 그 고통을 드러내고, 또 그 심성의 기조를 연극에 부
여토록 하는 법을 보여 주었다. 셰익스피어는 이런 방법들을 빌려
그의 티투스, 헨리 6세, 그리고 글로스터의 리처드를 창조한 듯하
고, 훗날 그것을 발전시켜 햄릿, 코리올라누스, 그리고 티몬 같은

자기중심주의자들을 창조했을 것이다.

'맘씨 좋은 키트(크리스토퍼의 애칭—역자 주) 말로'—사람들이 그를 상기했듯이—는 '재사들'이 그를 인쇄물로 공격하는 것을 그냥 봐주었다. 셰익스피어, 또한, 비난을 받고 또 용서하고 그럴 수 있었다; 최소한, 헨리 체틀이 출판한 작품에서 공격당한 후에도, 그는 체틀을 '예의 바르게' 대했다. 그러나 그는 말로의 유별난 허풍, 센세이션 집착, 혹은 대결 취향을 모방할 기미를 결코 보이지 않을 것이었다. 순회 극단에서 일할 의무가 있는 사람으로서, 그는 자신의 경험을 어느 정도 아껴 썼다. 한 시즌에 숱한 역할을 연기했더라도, 괴팍하거나, 그림 같은 포즈를 취하거나, 혹은 리허설 이후 남의 이목을 끌려 하지 않았다; 그의 동료 대부분이 그가 겉보기에 그렇듯 똑똑하고 믿을 만한 동료라고 여겼다. 그는 사근사근하고, 세심한 사람으로, 무대 바깥 경험은, 아직까지는, 매우 넓다기보다 집중적인 터였다, 그의 초기 희곡과 소네트들이 암시하듯이.

하지만, 그 점에서 말로보다 느리더라도, 그는 이제 놀라운 발전 능력을 드러내고 있었다, 그리고 이 점이 1590년대 그를 표나게 했다. 그 능력은 부분적으로, 훗날 무대에서 확실히 그랬듯 소년 시절 '문법의 신들' 사이에서 그를 도왔음이 분명한, 탁월한 기억력에 의존했다.

우리가 보았듯이, 다른 튜더 시대 배우들도, 물론, 많은 대사들을 보유했고, 정말 이례적인 것은 셰익스피어의 강한 기억력이 아니라 그 환기력이다. 시골 풍경을 상기하면서 그는 미들랜즈 과거의 기조, 느낌, 그리고 분위기를 환기해 낸다, 그리고 그의 회상은 그의 센세이션과 지적 삶을 뒤얽히게 만들고 일신한다. 시골 생활에서 받은 인상들의 깊고 참신한 우물을 끌어댄다; 『티투스 안드로니쿠스』에서 학교 시절의 로마 문화를, 그리고 다른 곳에서는 역사의 광휘를 가르치는, 알려진 교과 과정상 수업 내용들을 쉽사리 연결시킨다. 실제로 그는 자신이 초등학교에서 배운 것을 되찾아 그것을 잘 다듬고, 셰익스피어 희곡들은 논쟁과 모방 같은 학교 기법을 보여 주지만, 그것은 갈수록 세련되고 정교해진다. 그는 쇼터리에서의 때 이른 골칫거리들을 적절히 활용하는 듯하고, 구애 문화에 대해 그가 아는 것이 런던에서 정밀하게 상기된다. 그가 처음에 손쉽게 해내는 것은(혹은 운 좋게 시행착오를 면하는 것은) 비극이나 사극이 아니라, 사랑을 다룬 희극 집필이다. 그의 과거가 지속적으로 그를 가르치고, 조심스러운 추진력으로 그는 스트랫퍼드의 상당 부분을 런던으로 옮겨 왔다.

더욱이, 그의 발전을 도와준 긴장의 한 원천이 미들랜즈 읍과 16세기 런던의 면모들에 대한 최근의, 상세한 고찰에 의해 밝혀졌다. 그는 서로 대비되는 사회적 질서를 알고 있었다: 거의 중세적인, 잘 통제되는 어린 시절 교구에서 교외의 무정부적인, 쪼개진 세계로 들어왔었고, 이곳에서 연극 분야의 성공은 기회, 운, 그리고 재빠른 이성적 노력에 좌우되었다. 스트랫퍼드도 상업적인 경쟁이, 또한, 있었지만, 그곳은 더 오래된, 공동체적이고 종교적인 가치가 통용되는 장소였다, 행동과 감정상 전통이 무대의 실용적이고 기회주의적인 그것과 정반대인. 고향의 경건함과 온건 기질을 바탕으로 양육된 그는 무엇을 하든 썩 흡족하다는 느낌 없이 진력할 가능성이 많았고, 싸구려 교외에서 극장을 원망할 몇 가지 이유가 있었다.

자신의 소네트에서, 그는 잘 알고 있는 감정들을 가다듬는다. 한 번 이상 언급하는 문제 하나가 연기의 저속함, 혹은 배우 및 배우의 명성에 떨어지는 오점이고, 그렇게 소네트 111번에서 '죄를 범한 여신'—운명 혹은 불운과 같은—이 그를 볼품없고, 조잡하며, 비바람에 노출된 직업, '공공연한 풍습이 길러 내는 공공연한 수단'에 불과한 생계 방법밖에 제공하지 못하는 직업 속에 자신을 처박아 놓았다고 암시한다.

그는 평판이 낮거나 그저 그런 직업에 대해 맵시 있게 사과하는 듯하다, 분명 자신의 소네트를 읽는 친구 혹은 후원자들을 기분 좋게 하고자 하는 바람을 갖고. 그러나 그의 행동은 미들랜즈의 한 읍에 있는 자기 가족의 존엄성과 관련한 사항을 그가 잊을 수 없었다는 점을 암시한다. 이와 관련 있는 몇몇 사실들이 그 지역 공식 의사—회계록에 분명히 나타나 있다. 우리가 알고 있듯, 그의 아버지는 형제들의 평의회에서 자취를 감추었고, 형제들은, 물론, 인내심을 잃었다: 1586년 그들은 존 셰익스피어의 참사회원직을 박탈했다. 일련의 수확 실패가 앞에 놓여 있었지만, 1590년대 초반 이미 스트랫퍼드의 경제적 어려움이 심각했다; 제작과 거래 분야에서는 재주 있고 유능한 청년들을 모두 고용하지 못했다. 장터 읍에서 소문이 기승을 부렸고, 시련의 시기라고 해서 줄어들 것 같지 않았다. 윌리엄 셰익스피어는 일이 필요한 형제가 셋, 남편이 필요한 딸이 둘이었고, 처치 가에서 학교를 마칠 아이 하나, 햄넷이 있었다. 자신의 선택이 그의 사회적 지위를 높여 주지 않았다; 그는 가족을 부양할 돈이 필요했지만, 공적으로 돈을 받는 무명 배우가 한 명도 없었다. 무급 배우들 아니라, 대가를 받고 무대 위에 올라가는 ('propter praemium in scenam prodeunt') 사람들이 비난받을 만했다, 로마 법학자 울피안이 선언한 바 있듯. 당대 옥스퍼드가 그 주제를 들고 나왔다. "누가 우리의 극장을 저속하게 만드는가?" 1592년 2월 옥스퍼드에서 공연된 세네카의 『히폴리투스』에 스스로 첨가한 장면에서 윌리엄 게이저는 그렇게 물었다. 그리고 자신의 라틴어로 이렇게 답한다:

Qui sui spectaculum

Mercedis ergo praebet, infamis siet.

Non ergo quenquam Scena, sed quaestus, notat.[7]
돈을 목적으로 연극을 올리는 자, 파렴치하도다. 무대 연기 행위가 아니라, 대가를 위해 그렇게 하는 짓이, 우리를 수치스럽게 한다.

7   윌리엄 게이저, 『돌아온 율리시스』(옥스퍼드, 1592), sig. F5v. J. W. 빈스, 『엘리자베스 및 제임스 1세 치하 잉글랜드의 지적 문화』(리즈, 1990), 350.

그렇지만, 존중의 개념에 무감할 수 없었다 하더라도, 셰익스피어는 자신의 운을 개선하리라는, 그리고 안정과 수익이 보장되는 어떤 지위로 옮겨가리라는 희망을 버리지 않을 만큼 충분히 낙천적이었다. 그가 아무렇지 않은 심정으로 스트랫퍼드로 돌아왔을 리는 거의 없다. 그리고 극장은 그에게 익명성을 제공했다, 최소한; 단지 소수 배우들의 이름만이 대중 사이에 울림이 있었다. 도시의 감식가들은 누가 최고의 대본을 쓰는지 알 수 있었지만, 관심은 스타들, 활기찬 드라마들, 혹은 스캔들에 고정되었지, 대본 작가는 별로였다. 말로의 이름이 얼마나 별게 아니었던지 1590년 두 개의 『탬벌린』 드라마가 그의 이름 없이 인쇄되었을 정도였다—그리고 16세기의 가장 영향력 있는 드라마 『스페인 비극』을 쓴 이가 키드라는 사실도 헤이우드가 어쩌다 지나가는 말로 했을 뿐이다.

§

셰익스피어는 수익성 있는 작품에 대한 감탄이 재빨랐다. 토머스 키드는 대학교를 다닌 적이 없었다—몇몇 '재사들'이 그냥 넘어갔을 리 없어 보이는 결점—그러나 시 대서인이었던 그의 아버지가 그를 재능 있는 리처드 멀캐스터가 운영하는 머천트 테일러 학교에 보냈다. 희곡 구조에 대한 드문 천부적 재능을 지녔던 키드가 1587년경 아마도 『햄릿』을 썼을 텐데, 사라진 이 복수 주제 비극이 훗날 셰익스피어 비극의 한 원천이었을 것이 분명하므로 현재 '햄릿 원형'으로 회자된다. 말로 희곡조차 제대로 먹혀들지 않았을 때인 1594년 6월 9일 뉴윙턴 버츠에서 재공연되어, 『햄릿』은 헨즐로에게 보잘것없는 8실링을 벌어 주었다.[8] 그러나 만일 (우리 생각대로) 시어터 극장과 파리 가든 극장에서 공연되었다면 그것

---

8   『일기』, 21.

은 아마도 셰익스피어가 그 주제를 다루기 이전 13년 동안 무대를 열광시켰을 것이다.

날짜는 불분명하지만 아마도 1580년대 후반 쓰여졌을 그의 걸작 『스페인 비극』에서, 키드는 패턴화한 방식을 사용하여 열렬한 감정의 극단을 환기한다. 셰익스피어에게 끼친 영향은 흡사 스트랫퍼드에서 받은 젱킨스의 수사학 수업에 느닷없이 머천트 테일러 학교 멀캐스터 선생의 수사학 수업이 중첩된 것과 같았을지 모른다. 키드의 주인공—히에로니모—은 고상한 스페인 지방 장관으로 아들이 살해당한 후 격한 슬픔에 휩싸이고 그런 다음 극중 극에서 광란의, 영악한, 피비린내 나는 복수를 감행하는 인물이다. 얼레인 혹은 젊은 벤 존슨이, 늙은 히에로니모 역으로, 바닥쟁이들의 가슴을 산산이 부서트렸을지 모른다—

> 오 두 눈이여, 눈이 아니다, 눈물 가득한 샘이다;
> 오 삶이여, 삶이 아니다, 죽음의 생생한 형태다;
> 오 세계여, 세계가 아니다, 공공연한 불의 덩어리다,
> 혼란스럽고 살인과 비행으로 가득 찬!
>
> (III. ii. 1~4)

그것은 쉽게 패러디되었다—갑옷을 입힌 왕들을 논한 말로의 시행들이 그랬듯이. 그러나 런던 사람들은 키드의 청각적 좌우 대칭에 응답했고, 셰익스피어는 교향악 언어에 대한 똑같은 환호에 호소하게 될 것이었다. 또한, 키드 희곡들은 흥미를 끄는 솔기가 풍부했다. 그는 복수 주제를 영리하게 활용, 정의라든가 시적인 열정, 정치, 표리부동, 심지어 연극 연기 같은 다양한 주장과 관심사를 끌어들인다, 셰익스피어의 『햄릿』에서처럼. 그의 스페인 궁정은 믿을 만하고, 그는 선의를 지닌 왕의 관심이 궁정 정치의 악마적 분규에 얽혀든 자들을 어떻게 가로막거나 부추기는지를 보여 주고 있다.

강 남쪽 로즈 극장에서, 키드와 말로는 사실 수준 높은 비극에 수익성을 더했다. 그들이 셰익스피어를 대담하게 만들었는바, 그는 시절이 더 어려워지면서 자신의 유용성을 높일 필요가 있었다. 전쟁과 인플레이션으로 인한 비참이 모든 연기자들을 위협했다—죽음이 대규모로 도시에 입성하기도 전에, 우리가 보게 되겠지만. 그리고 관청은 변덕스러웠다. 최근 청교도들이 일련의 불법적인, 욕설투성이 '마틴 마프렐럿' 소책자를 내며 과감한 교회 개혁을 제안한 바 있었다. 처음에 정부는 극장 시인들을 고용하여 난폭한 '마틴'에 답하게 했고, 자신을 도운 자들에게 고약하게도 등을 돌렸다.

사실 추밀원은 무대에서 취급당하기 부적절한 '신학과 국가 관련 문제들'을 날카롭게 경고했다.[9] 그러나 배우들은 궁핍을 감옥 못지않게 두려워했고, 1590년경 셰익스피어는 기회를 잡기 시작한 터였다.

'내가 바다다':『티투스 안드로니쿠스』와『말괄량이』

몇몇이 감옥살이를 치른 후, 한 예외적인 남성 및 소년 그룹이 1590년 쇼어디치 여인숙 서쪽에서 만난 바 있었다. 스트레인지 극단과 제독 극단 이전 단원들을 규합한 이 혼합 극단은 스트레인지 경(혹은 더비 백작)의 후원 아래 4년 동안 영국에서 가장 성공적인 배우 집합체로 존재했다. 그들의 프롬프터에게, 셰익스피어는 그의 첫 비극『티투스 안드로니쿠스』를 준 듯하다.

정확히 그가 언제 이 희곡을 썼는지 불분명하고, 이 작품이 쇼어디치가 아닌 헨즐로의 로즈 극장에서 최초 공연되었을 수도 있다. 그러나 그는 작품을 대규모로 계획했다; 그 첫 막이 '1인 2역'을 허용하더라도 최소한 26명의 연기자를 필요로 한다. 무대 뒤패

---

9   추밀원 각서, 1589년 11월 12일.

와 '수금원'들이 대역을 맡았을지 모르지만, 『티투스』는 스트레인지 류 대규모 극단용으로 쓰여졌고, 1594년 존 댄터가 발행한 4절판 대본 표지에 기재된 첫 극단이 바로 스트레인지 극단이다.

셰익스피어는, 또한, 숙련된 비극 배우를 염두에 두었고, 많은 재사들이 쇼어디치에 와 있는 터였다. 새로운 혼합체 중 유명한 인물은 애드워드 앨린인데, 황금의 목소리를 갖춘 26세 가량의 '호언장담' 왕으로, 말로의 『탬벌린』 의상인 주홍빛 바지 혹은 긴 능라 코트 차림으로 단 위에서 몸을 돌릴 때 화려한 빛을 발하는 존재였다. 이런 류는 금속 끈이 달린 커다란 가짜 거울 보석을 걸고 오후 햇볕을 빨아들였다. 버비지의 아들 리처드도 대기 중이었다─아직은 앨린과 경쟁이 되지 못했다─그리고 깡마른, 호리호리한 존 싱클러도, 그는 곧 『말괄량이 길들이기』에서 연기하게 된다. 다른 배우들은 해외를 다녀온 터였다: 조지 브라이언, 토머스 포프, 그리고 윌 켐프는 엘지노어 덴마크 사람들 앞에서 공연했었고, 포프와 브라이언은 쇼어디치에 오기 전 드레스덴 선제후에게 갔었다. 켐프, 광대는, 1590년이면 런던으로 돌아온 상태였고, 스트레인지 그룹에 즉각 참여하지 않았더라도, 곧 그들의 희극 『악한을 알아보는 요령』에서 연기하게 된다.

셰익스피어는 성공에 굶주린, 자신의 특출함을 의식하고 있는 극단과 마주하게 되었다. 그는, 사실상, 그들의 하인이었다. 그의 인격 그리고 심지어 그의 희곡조차 이 시기 신분 결핍과 관계가 있다; 지분 소유자로서도 그는 가장 유명한 배우들만큼 극단에 중요하지는 않고, 싹싹함, 겸손함, 상냥함, 그리고 자신의 대본에 대한 어떤 익살맞은, 초연한 태도가 안성맞춤이었을 거였다. 이 시점에서 그가 쓴 것은 연기할 사람에게 그 즉시 낯익게 느껴질 수 있는 그런 대목이었다. 『티투스』는, 어떤 면에서, 조심스럽게 모방적이다; 검은, 무어풍 악한 아론은, 잔학을 비웃는 것이, 말로의 악한 같고, 상심한, 반쯤 미친 주인공 티투스가 키드의 히에로니모를 닮은 것처럼 꼭 그렇게.

악명 높게도 셰익스피어는 연기 부분을 기괴한, 멍멍한 잔혹으로 채우고 있다: 뚝뚝 흐르는 돼지 피가 필요하다. 최악의 사건은 무대 바깥에서 벌어지지만, 이 비극에서 세 사람 손목이 잘려 나가고, 한 사람의 혀가 잘린다. 티투스는 자신의 소생 중 한 명을 분에 못 이겨, 또 한 명은 수치감에 못 이겨 죽인다. 등장인물들이 대개 상징적인 인형들이다. 그러나 희곡은 페인트칠이 잘된, 감각적인 즐거움을 주는 극장에서 시각적인 소도구들을 유능하게 구사하면서 악의로 가득찬, 악몽을 닮은 '사자들의 황무지', 즉 지글거리는 내장, 강간, 사지 절단, 베어진 목, 생생한 고문, 파이로 요리된 머리, 식인 축제가 횡행하는 로마를 배치한다. 티투스와 아론 역은 생명이 있고, 최초로 통째 성공적인 셰익스피어적 초상이 흑인의 그것이라고 보는 게 타당할지 모른다. (검은 피부색을 예찬한 최초의 엘리자베스 시대 사람은 아니지만, 셰익스피어는 별 경쟁자 없이 가장 웅변적이다: 4막, 아론의 대사 "검은 것은 아름답다"는 강력하다.) 그러나 아론은 1막에서 대사가 없는 단역일 뿐이다. 죽은 아들과 산 아들, 포로로 잡힌 고트족 여왕 타모라, 그리고 그녀의 정부情夫 아론과 함께 티투스가 로마에 입성할 때, 그리고 냉혹한 신앙심으로 타모라 아들의 도살을 명할 때 그의 잘못이 거의 강조되지 않는다. 그의 정치적 실수가 그와 안드로니치를 교묘한 고문에 처하게 만들고, 처음에는 아무 위안도 없다. 2막에서 라비니아가 강간당하고, 혀가 뽑히고, 손목이 잘린 채 비틀거릴 때, 아저씨 마르쿠스가 그녀를 맞으며 뿜어내는 그림 같은 대사는 오비드를 모방한 것이다.

희곡은, 그러나, 읽는 것보다는 보는 것이 훨씬 더 나을 수 있고, 텍스트에서 상상 가능한 스타일상 결점이 훌륭한 무대 연출에서 마법처럼 사라질 수 있다. 젊은 시인의 불안정성 이상의 것이 명백하다. 키드류 복수극 대본에 대한 요구에 맞추면서, 그는 비극에 대해 다른 사람들이 발견하는 바를 용케 흡수하고 있다. 어떤 면에서 신화를 처리하는 솜씨가 『변형담』의 오비드나 『티에스테스』의 세네카보다 덜 전술적이지만, 사건을 제대로 고려한 태도를 제시한다. 고대 로마에 대한 튜더 시대 견해를 조심스레 대변한다, 공화국 국면에서 근엄한 가문의 청렴 덕을 보는 듯하다가, 그 뒤 제국 하에 불경과 쾌락주의로 전락했다는. 그의 자료들은 옛도시와 새 도시, 로마와 런던에 대해 생각하는 데 도움이 되었다. 그는 테레우스의 유난히 잔혹한 강간 이후 필로멜라가 나이팅게일로 변한 것에서 어떤 상징을 발견한다, 그리고 라비니아가 강간당하는 숲 속을 보면, 오비드 신화에 대한 마르쿠스의 암시에서 모두 로마에 적용되는 변형의 조짐이 드러난다.

희곡에 포함된 고전적 변형 신화는 다소 열병에 빠졌고 지나치게 긴장되어 있다, 비록, 4막에서 오비드의『변형담』한 권을 곧이곧대로 무대 위에 내놓을 때처럼 초조하게 강조되기는 하지만. 이 경우 셰익스피어가 여전히 온전함을 유지하는 것은 지능, 심지어 학습 과잉을 통해서다; 그의 오비드 활용은 그가 이 이야기를 조직하고, 사건에 의미를 부여하고, 또 자신의 전망을 정리하는 데 도움을 주므로, 이 희곡은 심지어 희극풍의『두 신사』,『말괄량이』와, 그리고 존재, 태도 혹은 의식상의 변형이 일어나는 다른 초기 작품들과도 연관된다.

그리고『티투스』는 그의 구축 능력에 대한 엄청난 가능성을 보여 주는 작품이다. 그의 감미로운, 변화하는, 그리고 불길한 자연 사용은 자신이 묘사하는 야수성을 돋보이게 하는 데 도움이 된다. 어느 정도는 예민한 시골사람이 미들랜즈의 들판과 수풀로부터 가져왔음직한 류의 런던관 바로 그것을 그가 작품 속에 들여놓는다. 그는 일이 돌아가는, 문명화한 질서를 런던의 벽 내부에서 보았고, 그 너머는 취약하고 혼돈스러운 교외였다. 무엇이 도시 사회를 유지케 하는가? 무엇이 그것을 위협하는가? 그의 타모라는 부패의 상징이다, 더 이상 자양분을 주지 않고 짐승이 되어 가는 여인, 뱅크사이드 혹은 쇼어디치 유곽에서 남성들의 기쁨을 위해 몸을 파는 데까지 전락한 여성과 어느 정도 비슷한. 그가 스트랫퍼드에서 알았던 상당 부분이 수도에서 복제되었지만, 배우들이 수군대는 무법천지의 지저분함, 소굴, 포주, 그리고 매독 걸린 여인들은 아니었다. 극장 지대의 초라한, 종종 타락한 생활을 그는 처음에 별로 끌어대지 않았지만, 『티투스』안에 함축된 것은, 새로운 경험으로서 그에게 가장 깊은 인상을 주었을 런던의 타락한, 절망적인 얼굴이다.

그는 자신의 희곡에서 키드, 말로, 그리고 필의 선례뿐 아니라 오비드, 세네카, 그리고 로마 사가들에도 의존한다. 다른 어떤 도시의 희곡 작가도 그토록 많고 다양한 자료를 끌어내어 그 정도로 응집력 있는, 제대로 계획된 작품을 만들어 내지 못했다, 비록 소수 엘리트들은 그 현란한 구경거리 너머를 별로 보지 못했지만.

아마 1604년과 1615년 사이 어떤 시점이 분명할 텐데, 헨리 피첨이, 주요 배우들은 로마 복장을 하고 다른 사람들은 엘리자베스 시대 복장을 한 '짜깁기' 장면을 『티투스』에서 뽑아 낼 거였다. 그 연극을 본 적이 있든 없든, 그 시각적 상想을 제공한다: 그의 펜 스케치는 칼을 휘두르는 무어인 아론과 그에게 키 큰 타모라가 무릎을 꿇고 그녀의 두 강간범 아들을 살려달라고 애원하는 장면이다. 더 이른 시기, 즉 1596년 1월 1일, 안토니 베이컨의 가스코뉴 출신 하인 자크 프티는, 이 작품의 시각 효과 때문에 충격을 받았다. 이 연극은 주제보다 쇼('괴물')에 더 가치를 두었다, 러틀랜드 벌리-온-더-힐에서 보았던 런던 연기자들의 시골집 공연에 대해 그가 썼듯이.[10] (그곳은 런던에서 100마일 거리였고, 궁내 장관 극단이 북쪽으로 그 정도 올라왔다면 셰익스피어가 배우 중 한 명이었을 수 있다.) 또한, 아마도 1590년대 인쇄물 발라드와 함께 유통되던 한 만화는 라비니아가, 금발이 무릎까지 덮은 형용으로, 자신을 강간한 한 고트족의 목에서 뿜어 나오는 피를 담기 위해 두 다리로 납

10　『티투스 안드로니쿠스』, 아든판, J. 베이트 편(루틀지, 1995), 39~43; G. 엉거러, 「기록으로 남지 않은 엘리자베스 시대 『티투스 안드로니쿠스』 공연」, 『셰익스피어 개관』, 14호(1961), 102~109.

작 냄비를 예쁘장하게 잡고 있는 모습을 보여 준다.[11]

　이 연극의 화려함과 키드풍 특성은 작품을 시대에 뒤지게 했고, 훗날 벤 존슨이 '안드로니쿠스'풍의 유행을 비웃게 된다. 하지만 셰익스피어는 잉글랜드 비극 주인공의 전통을 바꾸고 있는 중이었다, 특히 티투스의 아픔과 고통을 묘사하는 데 있어. 이 초상 속에 그가 훗날 오셀로, 티몬, 혹은 리어 왕을 대변하는 데 사용하게 될 교훈이 있었다. 티투스의 운문 대사는 계시적이다. 그 아름다움의 아연한 힘이 그리고 그 힘을 통하여, 이를테면 쓰라린 고립과 절망 속에 그가 이렇게 선언하는 대목,

> 이 비참에 이유가 있다면
> 그렇다면 나의 비탄을 제한할 수 있으리.
> 하늘이 정말 울 때, 대지가 흘러넘치지 않는가?
> 바람이 분노할 때, 바다가 광란으로 차지 않던가,
> 크게 부푼 얼굴로 창공을 위협하면서?
> 그리고 그대는 혼란의 이유를 알고 싶은가?
> 내가 바다다. 들어라 그녀 신음 소리, 바람 부나니.
> (III. i. 218~224)

　극단의 능력에 맞게 쓰면서, 셰익스피어는 보다 복합적인 플롯과 낭만적 이야기들을 실험했다. 『말괄량이 길들이기』 또한 이른 시점에 공연된 듯하다, 아무리 보아도 1592년 이전, 스트레인지 단원들에 의해.

　젊은 아내가 자신을 때리고 공포에 떨게 만드는 남편에게 길들여지는 오래된, 야만적인 민간 신화에 바탕하여, 이 희곡은 표면상으로 경제 현안에 초점을 맞추고 있다. 자립적인 구혼자가, 여행 중, 부유한 신사의 딸과 결혼만 하면 번영을 누리게 된다. 그러

11　MS 폴저, V. b. 35(핼리웰—필립스의 사본). 『티투스 안드로니쿠스』, E. M. 웨이스 편(옥스퍼드, 1990), 4와 204~207.

나 딸이 '말괄량이'고, 청혼자 눈으로 볼 때 그녀의 재산은 '말괄량이 길들이기' 게임보다 의미가 덜하다. 파두아 출신 캐서린 미놀라라는 여자가, 남자의 지배를 받으려 들지 않는다면, 어떻게 베로나의 좋은 가문 출신 페트루치오가 그녀로 하여금 자신의 독립을 포기하게 만들 것인가? 강렬할 정도로 에로틱한 이 이야기는 굴종과 권력이라는 문제를 떠맡는다, 위압적인 여성에 대한 남성의 두려움, 그리고 르네상스 시대 집안에서 반란하는 여성에 대한 두려움의 문제를.

이 모든 것이 셰익스피어의 구축 능력을 징발하고 있다. 그는 세 가닥의 플롯을 엮어 낸다—케이트와 페트루치오의 관계, 그녀 여동생 비앙카와 청혼자들의 관계, 그리고 술 취한 미들랜즈 땜장이 크리스토퍼 슬라이를 포함한 서론부(혹은 틀 장치)—그리고 『티투스』와 『두 신사』를 능가하는 듯한 솜씨. 그는 또한 판도라의 상자를 여는데, 자신의 자료에 대한 그의 견해가 애매하고 미해결 상태다. 말괄량이 길들이기에 대해 자신의 마음을 딱히 정하지 않은 상태다—한 여성을 고립시키는 데다 재빨리 용기를 제외한 모든 것을 그녀로부터 빼앗을 수 있는 사회에 대해서는 물론이고. 페트루치오와 케이트의 대화는 일상 회화체고, 세속적이며, 종종 음탕하고, 뺨을 갈기는 것처럼 날카로운 바, 시골의 옛날 이야기와 전설에서 잘라 낸 단편들에 의해 풍부해진다. 희곡 작가는 거울 속을 들여다보고 그 가장자리를 넘어 자신의 과거를 들여다본다, 그래서 『말괄량이』는 사실상 희곡 제작을 위한 그의 공급물을 크게 확대시킨다.

그는 어쨌든 워릭셔를 이야기한다, 그리고 서론부 그의 암시는 매력적이다. 크리스토퍼 슬라이라는 이름은 스트랫퍼드의 스티븐 슬라이와 연관이 있고, 이 사람이 훗날 웰쿰에서 인클로저에 저항했다. 따분한, 시시덕대는 귀인에 속아넘어가 스스로 결혼한 귀족이라 생각하는 슬라이는 바솔로뮤라는 시녀를 '아내'로 두고 있는데, 이 이름은 시인 처남 이름이다, 최근 쇼터리로 돌아왔고 또 나이가 앤 셰익스피어와 제일 가까운 형제 말이다. 슬라이는 '버튼-히스' 출신이고, 이것은 시인의 아저씨와 아주머니였던 에드먼드와 조앤 램버트가 살던 소읍 바턴-온-더-히스를 암시하고, 이 두 사람의 아들이자 상속자가 1588년 존과 메리 셰익스피어에게 고소를 당했다가—'Willielmo Shakespere filio suo'와 함께—무사했다.[12] (셰익스피어 이름이 소송에 거론되므로 셰익스피어는 그것에 대해 들었을 것이 분명하고, 그의 바턴 친척들은 내내 그의 아버지 살에 박힌 가시 같았다.) 한 하인이 '시슬리 해킷'을 거론하고, 슬라이가 '마리안 해킷, 윈콧의 뚱뚱보 맥주-마누라'를 언급한다. 여기서 우리는 스트랫퍼드에서 4마일 떨어진 곳에 와 있다—해킷 가족은 희곡이 쓰여지던 당시 윈콧의 매우 작은 마을에 살았다. 1591년 11월 21일, 로버트 해킷의 딸 사라가 퀸턴에 있는 윈콧 교구 교회에서 세례를 받았다. 서론부는 또한 프랜시스 해서웨이의 남편, 즉 데이비 존스 같은 지방 연행 극단을 환기시킨다.

희곡 작가에게 이런 암시들은 기억 장치이고, 활용의 메아리이며, 최근 과거와의 희극적인 연결이다. 그러나 또한 서론부는 아귀가 맞지 않고, 환각적인 기억의 광택도 뿜어내고 있다, 그리고 슬라이는 그의 '아내' 바솔로뮤가 부르듯 '일종의 사극'을 보기 위해 앉고, 『말괄량이 길들이기』가 그들의 놀란 눈앞에 전개될 때, 거짓과 실재 사이의 백일몽 속에 산다. 아니면 그 모든 잇따르는 장면을 슬라이가 생각해 낸 것일까?

슬라이는, 사실, 도입부 두 장면 모두에 출현할 정도로 충분히 중요하고, 5막 이후 다시 등장하여 사건에 대해 언급하는 게 당연하다(그렇게 워릭셔 장면으로 파두아 장면을 둘러싸면서). 그러나, 그

---

12 1587년 소송이 제기되었을 당시 WS가 스트랫퍼드에 있었다고 추측할 필요는 없다. 어머니의 제부 에드먼드 램버트는, 그해 4월 바턴에 묻혔다. 에드먼드의 아들 존('아들이자 상속자')은 1588년 후반 셰익스피어가 그들의 윌름코트 지분을 회복하기 위해 여왕 법정에 제출한 셰익스피어의 탄원서에 인용되어 있다. 그들은 1597년 상속자를 고소한 대법관청 소송을 다시 제기했다.

는『한 말괄량이 길들이기』라는 매우 유사한 희곡 끝부분에서만 재등장할 뿐이다. 배우들이 노상에서, 셰익스피어의『말괄량이 길들이기』에 대한 기억을 토대로『한 말괄량이』를 재구축했던 것일까? 학자들이 이 점에 대해 논쟁 중이다; 우리는 알 수 없다. 그러나 분명, 스트레인지의 극단에 분열이 있었다: 예를 들어『티투스 안드로니쿠스』는 그들 손을 벗어나 펨브룩 극단에 의해, 그리고 훗날, 아마도, 성공적으로, 로즈 극장에서, 서식스 극단에 의해 공연되었다.

우리가 알고 있는바 스트레인지-제독 혼합 극단에서 발생한 가장 심각한 분란이 분열을 야기했다. 1591년 5월, 앨린은 무뚝뚝한 극장 감독 제임스 버비지를 극장 의상실에서 다그치며 연기자들 급료가 어찌 됐느냐고 따졌다. 보통 때와 마찬가지로, 그의 친구는 돈에 대해 전혀 몰랐다. 앨린이 열을 받았다. 다른 사람들을 대신하여, 그는 버비지에게 '불쌍한 과부', 버비지와 함께 극장을 운영했던 사람의 미망인 마거릿 브레인을 '다루듯 배우들을 다루려' 한다고 독설을 퍼부었다. 상황이 그 지경이었다면, 그, 앨린이, 제독에게 호소했을 것! 욕설과 함께, 버비지는 '그들 모두 중 최고의 배우' 세 명을 전혀 개의치 않는다고 고함을 질렀다.

결과적으로 앨린이 쇼어디치를 떠났다. 그는 지도적인 배우들, 이를테면 브라이언, 포프, 어거스틴 필립스, 그리고 아마도 존 헤밍까지 데리고 뱅크사이드에 자리한 헨즐로의 로즈 극장으로 내려갔고, 1년도 안 되어 덤으로 헨즐로의 의붓딸과 결혼까지 했으며, 역병 기간 동안 순회 공연을 하는 내내 스트레인지-제독 극단을 이끌었다. 셰익스피어는 아마도 리처드 버비지, 싱클러, 콘델, 툴리, 그리고 비스턴 같은 사람들과 함께 시어터 극장에 남았을 것이다.[13] 이 배우들 중 몇몇은, 어쨌든, 곧 펨브룩 극단에 모습을 나타내는데, 이 극단은 몇몇 셰익스피어 희곡들을 레퍼토리로

---

13 EKC,『사실들』, i. 42. A. 거,『셰익ㅁ스피어의 무대, 1574~1642』(케임브리지, 2판, 1985), 38~40.

갖고 있었고 노상에서 형편이 어찌나 안 좋았던지 단원들이 연기 의상을 저당 잡혀야 할 정도였다.

몇몇 극단의 해단과 런던 내와 및 근처 모든 공연장의 폐쇄가 목전에 있었다. 다른 사람들과 마찬가지로, 셰익스피어는 연극인 으로서 안정성이 거의 없었지만, 역병 이전 그는 새로운 어떤 것을 시도했었다; 영국 역사를 자신의 주제로 삼으면서 그는 그의 생애에서 가장 지속적인 노력을 기울이게 된 어떤 것을 시작한 터였다.

요크가의 백장미

어떤 면에서는, 적절한 시기에 시작한 셈이었다. 그의 헨리 6세 치세 극화는 역병이 돌던 해―1592년―이런저런 평을 들었고 이 해 후반 문을 연 런던 극장은 하나도 없었다. 그러나 『헨리 6세』 3부작 모두 역병 이전에 집필된 것이 분명하고, 그는 이미 『리처드 3세』를 시작했거나 아니면 그 네 번째 작품을 장미 전쟁에 관한 사극 연작 혹은 4부작으로 완성시켰을지 모른다.

그의 주제―15세기 랭커스터 전쟁―는 그로 하여금 잉글랜드 연대기를 참고하게 했고, 여기서 그는 숱한 문제를 발견했다. 자신의 왕위 세습권을 정당화하기 위해 , 최초의 튜더 가문 출신의 왕은, 폴리도어 버질이라는 이름의 이탈리아 인본주의자를 고용하여 적절한 영국사를 쓰게 했다. 튜더 가문의 피를 씻어 내면서, 버질은 리처드 3세를 피에 미친 악마로 그렸고 1485년 보즈워스에서 그가 사망함으로써 헨리의 영광스러운 계보가 왕위에 오르게 되었다고 썼다. 빈정대는 투의 한 전기에서 토머스 모어 경은 더 나아가 사람들이 증오해 마지 않던, 입술을 물어뜯는 살인자 꼽추로서 리처드 3세의 이미지를 확립했다.

그러나 연대기 작가들이 튜더 이전 시기에 대해 점점 더 많은 것을 썼고, 1590년대 초기 숱한 종류의 고고풍考古風 서적들이 런던과 그 너머 출판사에서 간행되었다. 1576년에 이르면 케임브리지는 존 킹스턴을 자체 출판인으로 임명하고 자체 출판사를 갖게 된다, 그리고 8년 후 옥스퍼드 국교회 성직자 회의가 서적 판매상 조지프 반스에게 100파운드를 융자해 주면서 옥스퍼드 자체 출판사를 차리게 하였다. 영국의 과거에 대한 새로운 자료들은 국가적 자존심과 자의식을 증대시켰지만, 또한 왕권에 대한 흥미를 자극하고 또 어떤 일반적인 냉소를 부추기기도 했다. 사람들은 권위에 대해 회의적이었다, 경제적인 어려움 때문에 환상이 깨어지면서. 왕실의 화려한 행렬과 시 공공 의식이 런던에서 잦았는데 마치 권위의 부드러운, 피상적인 얼굴을 보여 주는 듯했고, 반면 연대기 작가들은, 이따금씩, 권력의 은밀한 속내를 힐끗힐끗 들여다보게 해 주었다.

스트레인지 극단은 헨리 6세를 『일곱 가지 죽을 죄』에 나오는 막연한 도덕극 주인공으로 등장시켰다. 그러나 역사에서 한 왕을 찾거나 그를 사실적으로 보려는 것은 상세한 연보의 북새통 속으로 뛰어드는 일이었다. 이를테면 로버트 파비안의 『새로운 연대기』(1516). 에드워드 홀의 『랭커스터와 요크, 숭고하고 휘황한 두 가문의 통일』(1548), 이 책은 폴리도어 버질을 원전으로 생략 없이 솟구친다, 혹은 리처드 그래프턴의 『연대기』(1562~1572), 존 스토의 『연대기』와 『연보』(1565년까지 거슬러 올라간다), 혹은, 다른 튜더 시대 역사가들이 70년 이상 해 온 작업을 한데 합체한 것이지만 라파엘 홀린즈헤드의 것이라 불리는 방대한 합성체 『잉글랜드, 스코틀랜드, 그리고 아일랜드 연대기』(1577년과 1587년).

1587년 확장판에서, 홀린즈헤드 『연대기』—2절판 3권, 타이틀 페이지 7면, 그리고 350만 단어—는 셰익스피어 작품 중 최소한 열세 개를 위한 자료의 대양이 될 것이었다. 이 책은 어떤 단일 이데올로기 혹은 역사적 논점에도 국한되지 않고, 비록, 정복자 윌리엄에서 시작하여 치세별로 나뉘어 있지만, 거대한 마구잡이식 포괄성을 바탕으로 역사를 열어젖힌다. 그 숱한 자료 구성체들의 견해를 기각하지 않는다. 이 거대한 텍스트는 셰익스피어에게 방대한 도서관이자 세부 자료 공급자였다; 뒤범벅 상태의 광활함, 여러 겹의 견해들, 그리고 비옥한 불일치들은 그의 상상력이 뛰어놀 공간을 허용했다. 홀린즈헤드에 대한 그의 반응은 어느 정도 그가 골딩판 오비드에 대해 그랬던 것처럼 진실된 '자료' 그 자체, 이 경우 영국 역사적 경험의 문서들을 매우 곧이곧대로, 상상의 가공 없이 전달하고 '자료'에 대한 판단은 열어 놓는 책이라는 거였다. 형식 문제로 고민했던 그는 홀의 『숭고하고 휘황한 두 가문』이 리처드 2세(1377~1399) 시기—모브레이-볼링브룩 분규—에서 1485년 리처드 3세 사망 및 붉은 장미 랭커스터 가와 백장미 요크 가가 첫 번째 튜더 왕 치하로 통일되기까지 여덟 치세 동안의 사건 굴곡을 묘사하면서 최소한 15세기를 어느 정도 모양 짓고 있음을 발견한 듯하다. 홀은 도덕적 기조를 깔고 있다, 사건을 모양 짓는 하느님의 손을 실제로 보여 주지는 않지만.『리처드 3세』이전에는 셰익스피어가 역사에서 '섭리를 따르는 계획'에 대한 어떤 강조도 피해 가지만,『헨리 6세』3부 전체의 경우 소모적인 갈등, 의식 및 날카로운 아이러니를 사용함으로써 짜임새를 획득한다.

그는 스스로 가장 도전적인 과제를 설정했는데, 역사의 혼돈에 이제 상상력 풍부하게 응답해야 한다는 점이 그것이었다. 홀 혹은 홀린즈헤드의 저작 중 어느 대목도 이탈리아 혹은 프랑스 노벨라(산문조 이야기—역자 주)류의 호소력 있는 연극적 질서를 갖추지 못했다; 하지만 그는 가장 생동감 있는 질서를 『헨리 6세』에 부여해야 했다. 잉글랜드의 죽은 자들을 재구현하는 무대는 명징성과 강렬함, 그리고 능수능란한 디자인을 요구했다. 연대기들이 세부 사항 지식 확대 기회를 주기는 했지만, 그는 지독하게 제한된 경계 안에서 작업하고 있었고, 그렇게 상상력과 분석적 재능을 강제로 쏟아 부으며 설득력 있는 구조를 만들어 내는 한편 배제해야 할 요소를 늘 의식했다. 그의 재능이 '기적적'이었다는 생각은 선택과 솜씨 있는 차용에 그가 기울여야 했던 숱한 수고들을 도외시하는 결과를 낳게 된다. 『헨리 6세』에서, 그가 기대는 것은 연대기들 이상으로, 그것들과 대중문화 요소들을 융합하는 중이었다; 장난스럽고 축제적이며 오만불손한 크리스마스 연회 사회자들의 광대 짓에서, 정치적인 카바레에서, 로버트 윌슨의 대중적인 애국 드라마에서, 그리고 필과 그린의 감상적인 사극 장면에서 일정 대목을 취했다. 시드니 『아르카디아』(1590)에서 도움을 받았는데, 이 작품은, 전원풍 인습을 가장하지만, 귀족 체제의 괴팍한 결점들을 탐구하며, 시드니 『요정 여왕』(1590)의 첫 세 권에 보이는 정교한 세련미와 인간 권력에 대한 통찰에서도 그는 배웠다.

논쟁의 여지는 있지만, 자신의 사극 시리즈로 셰익스피어는 『헨리 6세』 1부를 제일 먼저 썼다. 이를테면 '신전 정원' 장면에서 대가급 무대 기법으로 치솟기는 하지만 전체가 다소 뻣뻣한 이 작품은 그를 무자비한 자료 취사 선택 속에 휘말리게 만들었다. 정치적으로 유약하고 도덕적으로 착한 헨리 6세는 어린아이 때 왕위에 올라 40년 동안 재임했다. 훗날 최초의 튜더 가문 출신 왕은 헨리를 시성諡聖하려 애썼다, 추정된 그의 기적에 교황 알렉산더 6세가 관심을 보인 후. 처음에는 그 선한 왕을 현명하게도 무대 바깥에 두고, 셰익스피어가 톨벗 경을 전면에 내세우며, 그의 기사 칭호 중에 "블랙미어의 스트레인지 경"도 들어 있었다(IV. vii. 65). 톨벗의 기사 정신이 연극 속에서 상당히 고양된다―가장 매력적인 자객 지망생 오베르뉴 백작과 그의 관계에서 그렇듯― 그리고 루앙 전투에서 달아나는 존 패스톨프 경, 혹은 폴스타프라는 사람의 대조적인 비겁함이 또한 강조된다. 이 시사적인 풍자가 살아 있는 폴스타프 후손들을 겨냥한 것은 아닐까 우리가 의심하지만, 톨벗을 영웅으로 보는 시각으로 셰익스피어는, 내시의 『무일푼의 피어스』가 어느 정도 그랬듯, 제 길을 벗어나 스트레인지 경에게 아부를 하고 있는 건지 모른다.

『헨리 6세』 1부 등장인물들은 거의 모두 완전히 비非영웅적이다, 희곡은 국내 분쟁과 해외 재앙을 보여 준다, 1422년 헨리 5세 장례식에서 1453년 톨벗 경 사망 및 잉글랜드의 최종적인 프랑스 상실에 이르기까지. 야만적이고, 신랄한 대결이 벌어지지만, 단순한 센세이션은 기피된다. 여기서 무대는 『티투스』와 달리 허구의 폭력을 상징하지 않고, 오히려, 지독하게 끔찍한, 과거 실재했던 충격적 사건들을 상징한다. 톨벗의 치명적인 적敵 조앤 라 퓌셀은 첫눈에 알아볼 정도로 잔 다르크를 닮았다. 그녀는 드보라로, "아스트라이아의 딸"로, 심지어 "프랑스의 성자"(I. viii. 29)로 비유되고 있다. 훗날 『요정 여왕』에 나오는 스펜서의 두에사만큼이나 이중적이지만, 셰익스피어는 가상의 루앙 공격을 포함시키며, 조앤을 애국자로 보여 줄 수밖에 없었을지 모른다—에섹스 백작이 이끄는 잉글랜드 군대가 실제로 1591년 11월부터 1592년 4월까지 루앙을 공략 중이었다. 그렇다 하더라도, 조앤은 빛의 세력이 여의치 않자 악마와 성교性交 의식 쪽으로 돌아서고, 순교를 피하기 위해 임신을 주장한다, 그리고 마지막에는 재미있는, 실증주의적인 마녀에 다름 아니다.

셰익스피어의 프랑스인들은 거의 가톨릭이 아니다, 조앤의 성모 숭배에 대한 언급 말고는, 그리고 그는 가톨릭 탄압을 언급하지 않는다. 그의 풍자는 온건한 국교 신자의 그것이고, 마치 죽음이 역사의 주요 사실이라는 듯 체념적이고 고요한 무게가 뿌리에 자리잡고 있다. 헛된, 쓸데없이 참견하는 윈체스터 주교가 유곽에서 돈을 뜯어내는 것을 조롱하지만 그의 교리를 조롱하지는 않는다. 치명적으로 오해받은 자들에 대한 연민을, 그리고 운명적인 그의 백작들이 낭비하는 감정의 광휘에 대한 경탄을 은연중 보이고 있다. 전투 장면은 인간의 무지와 부조리에 대한 짧막한 재난 증언을 크게 벗어나지 않는다.

『헨리 6세』 2부에서 그는 사악한 마거릿 여왕에게 좌지우지되는 유약한, 세속적이 아닌 헨리를 사건 중심에 두면서 유리한 고지를 차지, 국가의 마비를 반어적으로 묘사할 수 있게 된다.[14] 잭 케이드 에피소드가 뿜어내는 참신한, 신랄한 유머는 간접적으로 셰익스피어의 튜더 시대 관객들에 대해 언급한다. 혼란을 부추겨 왕을 축출할 목적으로, 요크 공작이 고집불통 켄트인, '에슈퍼드의 존 케이드'를 일부러 끌어들였다. 케이드의 어중이떠중이들이 마구 날뛰며 곧 런던을 정복한다. 크리스마스 연회의 가치 전도, 그리고 학생들이 학교 유리창을 깨부술 때의 그 '걸어 잠그기'를 패러디하면서 케이드는 문명화한 코드를 유쾌한 신성모독으로 뒤집어엎는다. 자신의 성욕을 합법화한다: "처녀는 한 명도 빠짐 없이, 내게 처녀를 바쳐야 하느니."(IV. vii. 118~120) 귀족 우두머리들이 강제로 막대기에 입을 맞춘다. 공무원 한 명은 "펜과 휴대용 잉크통을 목에 두르고"(IV. ii. 108~109) 교수형에 처해진다. 글을 아는 것은 범죄다—케이드의 런던에서는 모든 변호사들이 죽어야 한다, 반면 도시의 "오줌-하수구"(IV. vi. 3)에 깨끗한 포도주가 안성맞춤으로 흐른다. 지각없는 흥분 상태에 빠진 케이드의 폭도들이 센세이션을 좇는 연극 관객과 같고, 희롱대는 '무어인'에 비유되듯, 케이드는 버비지의 극장에서 공연되는 드라마 끝부분에서 춤을 추는 음탕한 지그 연행자 유형이다. 여전히, 케이드가 주제적 진실의 대변자일 수 있는데 이를테면 "프랑스 읍을 몇 개쯤 더 주어 버리는 것에 대해 의논하는"(IV. vii. 150~151) 헛된 귀족들을 문제 삼을 때 그렇다.

케이드의 빠른 몰락은 요크 공작의 그것을 예견하게 한다. 『헨리 6세』 3부 초반부에서, 저자는 요크 공작이 자신을 구해 줄 아들 에드워드, 조지, 혹은 리처드도 없이, 피에 굶주린 마거릿 여왕 수중에 떨어질 때 서로 반목하는 귀족들에 대한 악몽 같은 이야기를 급박하게 몰아간다. 요크가 명명한 그 "프랑스의 암컷 늑대"

14 『헨리 4세』에 담긴 아이러니와 저자의 은연중 태도에 대해서는, 데이비드 베빙턴, 『튜더 시대 드라마와 정치학: 시사적 의미에 대한 비평적 접근』(케임브리지, 매사추세츠, 1968), 그리고 G. K. 헌터, 「사극에서의 진실과 예술」, 『셰익스피어 개관』, 42호 (1990), 15~24를 보라.

는, "여자의 탈을 쓴 호랑이의 심장"으로 짜증날 만큼 그를 조롱하며 이렇게 자극한다:

> 그리고 그 용감한 꼽추 기형아는 어디에,
> 디키, 네 아들 말이다, 투덜대는 소리로
> 제 아빠의 반란을 성원하던 그 아이는?
> 아니면 다른 사람도 그렇지만 네가 애지중지하던 러틀랜드는?
> 보아라, 요크, 내가 이 손수건에 묻힌 피는
> 용감한 클리퍼드가 그의 펜싱검 촉으로
> 네 아들의 가슴에서 솟구치게 했던 피니라.
> 그리고 그대 두 눈이 그의 죽음을 위해 눈물 흘릴 수 있다면
> 내 이것을 그대에게 주어 뺨을 닦게 하겠노라.
>
> (I. iv. 76~84)

증오를 환기하는 이 강렬함은 새로웠다—그리고 셰익스피어 경쟁자 그린이 질투에 넘쳐 이 장면을 회상하게 될 것이었다. 마거릿의 증오는 『헨리 6세』에서 세련된 패턴으로 바뀐다, 비록 악한은 아무도 없었지만; 저자는 어떤 정치적 교조를 다른 정치적 교조보다 우위에 두기를 거부하고, 사건들은 역사의 고정된 과거 속에 제의화한 듯하다. 어느 정도는 그가 연극을 관객을 위한 제의로 만들고 있고, 정말 그의 초기 사극은 전례적인 면모가 강하다—『리처드 3세』에서는 그것이 너무 공공연하게 진전된 상태인지 모른다. 그러나 여기 『리처드 3세』에서, 훌륭하게, 그는 숱한 중세 도덕극의 알레고리 방식을 개인의 의식 속으로 끌어들인다. 의심할 여지없이 그는 하늘이 현세를 벌하고 정화하기 위해 보낸 '신의 채찍'으로 글로스터의 리처드를 묘사하는 튜더 시대 신화를 거의 피해 갈 수 없었을 테지만, 상징적인 채찍보다 조금 더하게, 리처드는 『티투스 안드로니쿠스』의 아론만큼이나 괴팍하고, 아론을 닮았다. 그는 아버지의 칭찬을 받은 상태다: "리처드는 내

아들 중 가장 자격이 있다", 요크 공작이 『헨리 6세』 3부(I. i. 17)에서 말하고 있듯이. 장차 등장할 햄릿과 달리, 이 아들은 자기 아버지의 죽음을 복수하는 일에 열중하지 않는다. 평화가 리처드에게서 그의 정체성을 박탈했으므로 리처드는 전적으로 자신을 다시 만들어 갈 것이다:

> 나는 이 유약한 평화의 피리 부는 시절에
> 시간을 보낼 아무 기쁨도 없노라,
> 태양에 비친 내 그림자를 훔쳐보며
> 내 자신의 기형畸型을 장황하게 논하는 일뿐.
> 그러므로 내가 연인이 되어
> 이 아름답고 말씨 점잖은 나날을 즐겁게 해 줄 수 없으니,
> 나는 악한의 자질을 보여 주기로 한다.
>
> (I. i. 24~30)

그 목적을 달성하기 위해, 그는 저자가 창조한 속성 몇 가지를 부여 받는다. 이를테면 능란한 언어 구사 능력, 건조한 위트 즐기기, 그리고 행동과 겉꾸미기가 갖는 무진장한 힘에 대한 믿음 따위. 그는 은총의 빛나는 허울을 쓴 마키아벨리파도 되고, 처음에는 유쾌한 악행 역으로, 관객과 관계가 좋은 배우다. 엘리자베스 시대 무대에서 이보다 더 매력적이고 마음을 사로잡는 살인자는 등장한 적이 없다.

헐뜯기 잘하는 정치가들, 멍청한 권력 추구자들 그리고 무력해진 도덕 군자들에 맞서며, 리처드는 4막까지 심지어 사랑스럽기까지 하다. 잭 케이드처럼, 얼마 동안 인간 양심의 짐을 지지 않고 견디는 이점이 있는바, 이 짐은 인과응보적 측면과 함께 클래런스, 앤 부인, 혹은 마거릿 여왕의 야유하는 유령에게로 이전된다. '폼잡이'의 지적인 유쾌함을 갖추고 그가 앤 부인에게 구애할 때 가장 인상적인데, 그녀의 남편과 시아버지를 살해한 후다.

여기서 희곡 작가는 역사적 사건들을 한군데로 압착, 1471년 헨리 6세의 실제 장례식, 1472년 리처드의 앤 구애, 1478년 런던탑에서의 클래런스 피살, 그리고 1483년 에드워드 4세 사망이 같은 시간대에 벌어진다. 환호에 들떠, 리처드는 이 도전에서 저 도전으로 허둥지둥댄다. 헨리의 장례식 행렬을 거리에서 만나며 앤과 마주치는데, 그녀를 연기하는 것은 소년 배우고, 소년 배우는 재치즉답才致卽答 속도로 훈련받았다. 리처드는 분노한 여인에게 "좀 더 느린 걸음"을 청하며 환심을 사고, 앤 자신의 말투 리듬에 자신의 리듬을 맞추고, 그녀의 '악마'를 자신의 '천사'로 맞교환하고, 자신의 무운 시에서 박자를 떨어트리거나 늘인다, 그리고 사실상 완벽하고 기민한 어법 구사를 통해 그녀를 사로잡는다. 그의 정복은 소년 배우들이 성인 배우들보다 고도의 훈련을 받았기 때문에 더욱 흥미롭다.[15] 그렇게 앤의 풍부한 표현력 자체가 그녀 자신의 파멸을 초래한다.

『헨리 6세』의 배우들을 회랑 높은 곳에서 대사하게 만드는 장치가 인위적으로 과도하게 사용되는 듯하지만, 이 경우, 이번만은, 무대 회랑이 원래 무대장치로 드러난다. 3막에서 두 주교 사이로 리처드가 기도서를 손에 들고 높은 곳에 나타나 왕위 수령을 꺼리는 듯한, 위장된 겸양지덕으로 런던 참사회원들을 매료시킨다. (희곡 작가 아버지가 형제 참사회원들에 의해 쫓겨난 바 있으므로, 회랑 드라마는 어쩔 수 없이 관중이 참사회원들을 경멸하게끔 만든다, 리처드가 그러하듯) 셰익스피어는 숙련된 배우들이 아무리 대단한 유연성을 지녔다 하더라도, 텅 빈 북에 지나지 않을지도 모른다는 점을 은연중 흥미롭게 암시한다. '폼잡이'로서 리처드의 탁월함이 그의 비참한 고립과 부적절함에 기인한다—그리고 그가, 쇼맨으로써, 성공하는 것은 부분적으로 그의 내적 삶이 무너지기 쉽고 또 제멋대로이기 때문이다. 그의 창조적 파괴성은 휘황하지만, 기

15 로이스 포터, 「"누구도 완벽하지 않다": 배우들의 기억과 셰익스피어의 1590년대 희곡들」, 『셰익스피어 개관』, 42호(1990), 85~97, 특히 91.

간이 짧다. 그의 '성격'은 변하지 않는다—그러나 연극적인 그리고 정치적인 주도권을 상실한 후 그에게서 느껴지는 친밀감은 줄어든다. 울부짖는 여왕들의 합창 다음 혁신적인 합창 유령 그룹이 나오고, 리처드는 마침내 너무 멀리 떨어져 그의, 감정이 아니라, 생각이, 중심을 차지할 정도다. 반대자들이 보즈워스에서 그와 마주치고, 폭군이 피살된 후, 상징적인 리치먼드 백작이 튜더 가문의 영광을 예언한다.

솜씨 좋은 디자인 때문에 『리처드 3세』는 역사가 스스로를 무대 위에 쓰고 있다는 착각을 자아낸다. 이 희곡은 젊은 버비지에게 최초의 풍부한, 복합적인 셰익스피어 배역을 주었고 저자의 생애와 제임스 및 찰스 1세 치세 동안 내내 인기를 유지했다. 관객과 검열관들이 『헨리 6세』 연작을 최초로 판단할 기회가 있었다. 헨즐로의 『해리 6세』 수입금은, 그게 『헨리 6세』 1부였다고 가정한다면, 이례적인 재정적 성공을 암시한다. 1592년 3월 3일 로즈 극장에서 스트레인지 극단에 의해 공연되어, 『해리』는, 어쨌거나, 헨즐로에게 3파운드 16실링 8페니의 순익을 올려 주었다—그의 일기에 기록된 최고의 '벌이'였다—그리고 6월 19일까지 열네 번 더 공연되었다.[16]

『헨리 6세』에 대한 검열은 놀랄 만큼 온건했다, 우리가 아는 한. 무분별한, 서로 반목하는 귀족들이 왕정을 경멸하는 대목이 행사 담당관들의 비위를 건드렸다. 대화가 삭제되어야 했다. 블랙히스에서 행한 잭 케이드의 호언장담, 이를테면 "내게 오라고 왕에게 명하라… 그의 왕관으로 하여금 그에게 말하게 하겠다, 오래잖아"와 "왜냐면 내일 내가 웨스트민스터의 왕좌에 앉으려 하거든" 따위는 잘라 내야 했다, 2절판 텍스트에서 빠져 있듯이.[17]

그러나 1592년 6월, 폭동이 갑자기 극장을 위험에 빠트리면서,

16 아마 한 번은 빼야 한다, 그것이 3월 16일의 『해리』가 아니라면 『일기』, 16~19.
17 제닛 클레어, 「당국에 의해 허가 묶인 예술」(맨체스터, 1990), 2장; 『헨리 4세』 2부, 마이클 해터웨이 편(케임브리지, 1991), 232.

207

당국은 극단 희곡 대본에서 몇 안 되는 결점 이상의 것을 염두에
두게 되었고, 『헨리 6세』의 성공은 저자의 삶을 거의 개선시키
지 못했다. 그의 전문직은 새롭고, 뒤숭숭했으며, 어떤 길드의 보
호도 받지 못했다; 그리고 1576년 이전 어느 누구도 도시 극장 작
가였던 적이 없었으므로, 그는 자신의 경력이 어떤 결과를 낳을
지 정말로 가늠해 볼 방법이 전혀 없었다. 사실, 여름은 그에게 나
쁜 소식을 전해 왔다, 우리가 보게 되겠지만, 그가 개인적인 인신
공격을 받게 되기도 전에. 노상에서 펨브룩 극단이 그의 『헨리 6
세』 2부와 『헨리 6세』 3부의 짧은 텍스트를 구성했다. 이 대본들
을, 오래지 않아, 그들은 『두 명가 요크와 랭커스터의 다툼』 1부
와 『요크 공작 리처드의 진정한 비극』으로 팔 수밖에 없게 되었
다. 대규모 배역을 갖춘 셰익스피어의 대본은 어떤 극단도 노상에
서 감당하기 어려웠을 거였다. 그러나 한편으로 그는 여행용으로
『헨리 6세』를 생각했던 것이 아니고, 그가 역병이 덮쳐 올 것을
예측했을 리도 없다.

9. 9월의 도시

시기심은 좀체 게으르지 않은 법.
—그린의 『한 푼짜리 위트들』, 1592년

페스트와 전망

강 남쪽 뱅크사이드에서 보면, 1592년 늦은 여름 런던은 고요하고 아름다워 보였을 것이다. 지금과 마찬가지로 그때에도, 며칠은 템스강 위에 안개가 꼈다. 낮게 자리한 남쪽 노천극장 주변 자치구는 공기가 덥고 습할 수 있었다. 여기서, 비록 오르막 강둑 때문에 거주지들이 템스강으로부터 완전히 봉쇄되었지만, 강 범람 구역 내 사는 사람들의 생활은 강 위 교역과 북쪽 도시의 영향을 받았다. 북쪽 둑 공공 및 개인 건물들이 이루는 선 위로, 뾰족지붕과 탑들이 9월 하늘로 치솟았다. 페리선과 바지선들이 강 위에서 여느 때처럼 유유히 움직였다—그러나 뱃사람들은 연극 관람객들을 파리 가든이나 클링크 극장으로 건네 주지 않았다.

셰익스피어는 자신의 탄생 이후 장차 최악의 역병에 시달리게 될 도시와 어떤 관계였던가? 런던 인구의 14%가량이 죽게 된다. 그 재앙은—두려움, 분열, 고통, 그리고 그것이 가져온 쓰라린 상실과 함께—워낙 압도적이라 극장에 대해, 혹은 그의 경력에 대해 대학 재사들이 이러쿵저러쿵 팜플렛질을 한 것은 그에게 비교적 사소한 일로 보였을 것이 분명하다. 하지만 체틀과 그린의 『한 푼짜리 위트들』에 담긴 셰익스피어 공격은 역병 효과 못지않게 우리들의 그림에 속한다. 그러나 유행병 및 '재사들'을 돌아보기 전에, 셰익스피어와 런던 극장들의 관계를 좀 더 살피는 게 좋을 것이다.

209

장차 있을 역병, 최악의 경우 교외 극장 지구―쇼어디치와 서더
크―에서 죽음은 런던 심장부보다 비율이 훨씬 높을 것이었다. 중
앙 교구들은 부유하다 할 수 없는 강변 벨트와 가난한데다 값싸
고 번지르르한 북동 지역에 둘러싸여 있었다, 그렇지만 최근 연
구들은 각각의 도시 교구에 광범한 부유층 지대가 있었다는 것을
보여 준 바 있다. 동일 직종 종사자들이 동일 지역에 한데 모여 살
았을 가능성이 있는 것도 사실이다: 예를 들면 성 둔스탄 교구에
조선공과 선원들이, 성 자일스 클리플게이트에 방적공과 구두 수
선공들, 그리고 올 할로스의 하니 레인에는 비단-방적공들이. 그
러나 웨스트 엔드조차 순전히 신사 계급으로 채워진 것은 아니었
다, 왜냐면 홀본, 스트랜드, 그리고 플릿 가에서 금세공인들을 볼
수 있었고, 아니면 서부 다른 곳들에도 칼붙이 장수와 인쇄공들,
열쇠장이와 은세공인들이 살았다. 런던 각 부분은 사회적으로 다
양했고, 여러 계층이 일상생활에서 서로 분리되어 있지 않았다.

일반적으로, 공공 극장은 교구의 '혼합성'을 반영했다. 1592년
에 이르면 이런 극장이 거의 보편화된다―같은 오후 혹은 작품에
서도 극장은 평민적이면서 궁정적일 수 있고, 상스러우면서 세련
될 수 있었다. 온갖 부류가, 확실히, 『티투스』, 『말괄량이』, 그리고
『헨리 6세』를 보러 왔다, 그리고 매표 수입이 필요했으므로 셰익
스피어는 의도적으로 여러 계층의 관객을 겨냥했다. 이제까지, 이
말을 덧붙일 수 있으리라, 그는 어떤 작품에서도 런던의 실제 다
양성을 암시하지 않았던 터다. 『헨리 6세』에서는 마치 자신이 귀
족들의 머리 아래를 볼 능력이 거의 없다는 투다; 사회적 맥락이
놀라울 정도로 허약하고, 막연하거나 아니면 희박하다. 셰익스피
어는 도시 사람들을 무뚝뚝하게, 한 발 물러서서, 그리고 이따금
씩, 케이드 에피소드에서 보듯, 부드러운 경멸조로 쳐다본다, 마
치 성미 까다로운 후원자를 경계하듯. 온갖 시기의 한 사회를 그
는 얼마나 공정하게 그렸는가? 『두 신사』의 천박한 광대는 나중
에 떠오른 생각인 듯하다; 그리고 향수와 기억은 『말괄량이』에서

워릭셔적 세속성을 부추기는 데 도움이 된다. 행동거지 혹은 지위에서 그의 주인공들은 상류 계층이고, 오로지 신사 및 귀족 계급만 삶의 '온전함'을 실현할 수 있다는 생각을 그가 숱한 런던 사람들과 공유했다는 것만으로는 얘기가 충분치 않을지 모른다.

우아함에 흥미를 느끼며—학교 교육 과정상 과잉에도 불구하고—무대 바깥에, 혹은 극장에 매우 깊게 투신하지 않아도 자신을 실현할 수 있는 시인 자격으로 그는 썼다. 그의 초기 희곡들은, 최상의 말로를 제외하고는 당대 희곡보다 나았지만, 놀랄 정도로 '독창적인' 것은 아니었다. 그것들은 1590년대 다른 드라마들과 차이점보다는 공통점이 더 많다. 『헨리 6세』는 허풍 혹은 과장을 벗겨 내고 드라마를 더 지적으로 만들지만, 이 성과는 관객에 대한 믿음보다 단순한 센세이션과 조잡한 감상에 대한 그의 혐오를 암시한다.

한편, '공동 소유주 배우들'의 말에 그가 극단적으로 신경을 쓰지 않았다고 가정할 수 없다. 그는 배우들의 명성을 떨어뜨리는 일이 거의 없었다. "그대 시인들", 실재한 노상강도를 가상적으로 다룬 작품 『래치의 유령』에서 가말리엘 래치는 연기자들에게 이렇게 말하고 있다, "그대들의 배역이 그대들의 입에 맞도록 무지 노력하라.[1] 그리고 셰익스피어는 배역들이 입과 기억에 맞게끔 수고를 기울였다—그의 운율, 두드러진 이미지, 그리고 리듬은 초기작들을 꽤나 외우기 쉽게 해 준다. (훗날에는 그가 배우들에게 그렇게 친절하지 않을 것이었다) 『헨리 6세』는 역사적 인과 관계에 별 신경을 쓰지 않는다—요크가 왜 서머싯과 싸우는지, 아니면 글로스터가 왜 윈체스터와 싸우는지 우리는 도무지 알 수가 없다—그러나 로즈 극장의 술집 급사나 은세공장이 또한 별 관심 없었을지 모르고, 더 중요한 것은 그가 런던 노천극장에 맞추려고 애를 썼다는 점이다. 이런 장소는 배우가 전면, 오른쪽, 왼쪽의 높은,

---

1   저자 미상, 『랫시의 유령』(SR, 1605년 5월 31일), sig A3v.

급격한 관객층과, 아래쪽 마당 사람들과 직면하게 되어 있다. 무대를 바라보는 사람들 또한 서로 바라보고 반응하며, 흥분의 파도가 감돌 때면, 『헨리 6세』 대사가 갖춘 감정의 강렬함이 강한 효과를 발했을 것이다, 관객의 반응이 드라마의 일부를 이루면서.

셰익스피어는 그 상호 의존성에서 배웠고 그와 관객들은, 선腺 페스트가 돌기 몇 달 전, 함께 발전하기 시작했다. 릴리, 필, 말로, 그리고 셰익스피어의 작품이 보다 세련된 연극을 향해 관객을 준비시켰고, 예배당과 교회들은, 극장을 매도했지만, 또한 돕기도 하였다. 성 바톨프 알더스게이트 같은 청교도 교구회는 '특별 강사'[2]들이 있어 한 주 세 번의 토론을 권장하였다: 이 잦은 논의는 대중의 귀를 훈련시켰고, 청중들은 로즈, 커튼, 혹은 시어터 극장에서 보다 생생한 소일거리를 위한 기호를 개발할 수 있었다. 주교와 마지못한 대학들 또한 도움이 되었다, 최소한 보다 많은 신학 박사들을 읍내로 보내는 방식으로, 그리고 1590년대에 이르면 대학을 졸업하지 않고 도시의 영혼 치료 제도에 입문하는 경우가 별로 없었다.

하지만 극장 반대자들은 그 어느 때보다 강했다—그리고 극장의 명성을 가장 거칠게 깎아내리는 사람들 중 일부는, 사실, 열렬한 지지자들에 속했다. 기록상으로는 그 누구도 노천극장의 눈, 비, 우박, 혹은 언 발에 대해 불평하지 않았다. 런던 사람들은 무대를 스포츠로, 실내의, 전천후 게임으로 받아들였다. 팔꿈치로 서로 밀치고, 고함지르고, 돌 따위를 던지고, 또 무대가 소란스러우므로, 공연장은 광란의, 경계해야 할 혼돈일 수 있었다. 스티븐 고손은 "입에 거품을 물고, 안절부절못하며, 발을 동동 구르는" 배우들의 "열받음"을 불평하고 있고, 비록 배우들의 친구는 아니었지만 그의 말은 신뢰할 만하다.[3]

시 당국은 극장을 질병의 온상으로, 역병 때는 치명적이고 다른 때는 비위생적인 곳으로 눈총을 주었다—비록 몇 가지 극장 관습

2   D. A. 윌리엄스, 『길드홀 잡문』, 2호(1960년 9월), 24~28에서.
3   『다섯 가지 행동으로 작살난 연극들』(1582), sig, Aiv.

이, 얄궂게도, 죽음을 막았을 수 있었지만. 선 페스트 박테리아를 옮기는 쥐벼룩을 퇴치하는 몇 가지 방법이 있음을 우리는 알고 있다—견과 냄새도 그중 하나다. 커튼 극장에서 공연된 로미오의 연애 장면 한중간에 시끄럽게 헤이즐 견과를 깨문다면 배우들이 당혹스러워하겠으나, 그럼에도 불구하고 그 관행은 위생적이었던 듯하다. 페스트균—그 미세한 르네상스 런던 파괴자—을 옮기는 벼룩은 지독했다. 10월 감염되어, 흰 천, 침대보, 혹은 무색 복장에 자리를 잡은 후 3월쯤 깨어나 역병을 퍼트릴 수 있었다; 쥐벼룩이 좋아했으므로 관객과 배우들의 밝은 색 의상은 뜻밖이었다. 의문투성이고, 야만적이며, 또 애매한 질병에 놀라, 참사회원과 그 충고자들은 주간 역병 사망자 수가 급증하자 연기를 금했다. 그것이 일정 수—사망자 20명 혹은 30명—이하일 때 연극 공연이 허용될 수 있었다, 위기 구성 여건에 대한 관리들의 견해는 다양했지만, 그리고 시 당국 혹은 추밀원은 거의 그들이 원하는 기간 동안 '사전 경보성 제한'을 부과할 수 있었다.[4]

군중은 당국을 다른 이유로도 불안하게 했다. 정치적 불안, 재산 파괴, 무질서와 난동, 혹은 도제들의 불만과 작업 땡땡이는, 다른 해악들과 함께, 극장 탓일 수 있었다. 존슨과 내시의 『개들의 섬』(1597년 7월 28일부터 10월 11일까지 공연 금지) 같은 드라마 한 편이 수도 내 모든 연극 공연 유예를 야기할 수 있었다. 무대를 보는 관의 견해는 주로 제멋대로라는 점에서만 불변이었다.

다른 배우들과 마찬가지로, 셰익스피어는 역병을 삶의 한 요소로 보았다—그리고 금욕주의가 그의 직업에 맞았다. 다른 종류의 무대 간섭에 대해서는 자신의 기지를 매우 다양한 억울함에 발휘했다. "이 모든 것에 지쳐, 편안한 죽음을 부르며 나는 웁니다", 그가 소네트 66번에서 쓰는 대로다, 다음에 대한 암시와 함께

4   장—노엘 비라베, 『인간과 페스트』, 전 2권. (파리, 1975), i. 15; L. 바롤, 『정치학, 역병, 그리고 셰익스피어의 극장』(이시카, 뉴욕, 1991), 98~99 참조.

절름발이 휘청이므로 못 쓰게 된 힘,

그리고 당국에 의해 혀를 묶인,

그리고 어리석음이, 의사처럼, 숙련된 자를 통제하는,

그리고 단순한 진리를 단순성이라 잘못 부르는,

그리고 사로잡힌 선善이 악한 대장에게 시중을 드는.

의심할 여지없이 그는 이러한 것들의―혹은 그 중 몇 가지의―무게를 느끼고 있다, 비록 불평은 평범하고 또 자기 시작품의 위트와 상큼한 우아미를 즐기고 있는 것이 명백하지만. 다른 한편으로 소네트들에서 그의 금욕주의가 신빙성을 갖는 것은 부분적으로 맥락이 비교적 참신하기 때문이다. 예를 들어, 소네트 124번에서 그는 외적 환경에 거의 면역된 상태다―그의 이른바 강건한 열정, 그의 '사랑'이 다음과 같은 한.

미소 짓는 과시 속에 고통 받지 않고, 또한

예속당한 불만의 일격 아래 무너지지 않고

초대하는 시간은 우리 유행을 그리로 부르지만.

그것은 정책을 두려워하지 않습니다, 그 이교도

임대받은 짧은 시간 동안만 작동하는 그 이단자를,

두려워하지 않고 일체 거대한 정치체로 혼자 섭니다.

이토록 우아한 선언을 쓴 것은 스스로 흡족하며 또 헨리 가 아버지 집 양털 베개, 바퀴 달린 침대 뼈대, "저 지하 저장실 윗방" 혹은 단순한 목재 의자, 그리고 물품 보관 상자들로부터 꽤 떨어져 있는 상상의 인물인 듯하다.[5] 하지만 이 우아한 시행들은 우리를 연극인에게로 좀 더 가깝게 데려가 주며, '거대한 정치체'로 서는 것, 혹은 과감하게 또 더할 나위 없이 사려 깊게 행동하는 것은

5   우스터셔: 『우스터 유서 색인』, ii. 130, no. 104, 1627년 7월 9일 루이스 히콕스 재산목록.

셰익스피어 금욕주의의 부산물이었다.

28세 때, 그는 사려와 인내심이 충분한 상태가 되었다. 가장 기본이 되는 그의 직업적 재능은 구성 능력 혹은 실행 가능한 대본을 공급하는 능력이었다, 그리고 이것은 그에게 보상을 가져다 줄 힘이었다. 그것을 집행하고 또 배우-희곡 작가로 살아남기 위해 그는 개략적이고 임기응변적이고, 또 감수성에도 불구하고 얼굴이 두꺼워야 했으며, 유머러스하거나 아니면 약간은 반어적이어야 했다. 좋은 배우는 재미난 역류逆流가 있어야 폭력성으로 악명 높은 그 직업에서 냉정을 유지할 수 있었고, 정상적인 비위와 단순한, 어깨를 움츠리는 인내력 없이 극장에서 6개월을 작업했을 리는 없겠다. 확실히, 스스로 극장에 있을 수 있다고 느낀 기간 동안, 그는 돈을 벌기 위해 계속 '물건을 만들' 참이었다. 그의 연기는, 우리가 알 수 있는 한, 그에게 극단의 요구를 깨닫게 함으로써 그 능란한 구축력에 도움을 주었고, 이제까지는 그 재능이 그 목적에 적절한 것처럼 그에게 보였던 것인지 모른다.

그러나 그의 상황은 『헨리 6세』 이후 이보다 더 불확실해졌을 거였다. 그가 악명을 얻고 또 시기의 대상이 되면서, 다른 배우들과 그의 관계가 바뀔 수 있었다: 그리고 이런 부류 사람은 극단 내 조화에서 득을 보는 법이다. 그의 겸손, 사근사근함, 그리고 허세 없는 '열린' 태도는 자연스럽지만 또한 자기 보호적이었다—그리고 그는, 1592년이면, 벤 존슨이 평가했던 것만큼이나 자유롭고 편안해 보였을 것이다. 재미있게도, 이른바 샌도스 초상(런던, 국립 초상화 갤러리 소재)과 스트랫퍼드에 있는 화상 둘 다에서 그는 긴장을 풀고 느슨한 자세. 초상의 경우, 이것은 그 진위 여부가 논란의 대상이었지만, 제임스 1세 시대 것일 수 있는데, 앉은 이는 셔츠 칼라 단추를 풀었고 목 밴드에 매달린 끈을 푼 상태다. 화상에서 셰익스피어의 세련된 가운을 보면, 비단으로 수를 놓았고, 앞부분이 편안하게 열려 있다. 인습적인 자세가 입증하는 것은 아무것도 없지만, 존슨에게 적절해 보였을 수도 있는데, 왜냐

215

면 그는 셰익스피어가 평상시에 솔직했으며, 가식이 없고, 전혀 숨기는 게 없음을 암시하고 있다.

그리고 상상적인 구축에 빠져 있거나 그의 티투스, 그의 캐서린, 심지어 그의 리처드와 자신을 동일시하고, 스스로를 낮추는 데 충족감을 느꼈다 한들, 셰익스피어는 또한 사무적이기도 했다: 대본 하나의 전체 구조 질서에 관심을 가졌고, 최소한 다른 대본 공급자만큼은 실용적이고 현실적이었으며, 일상 생활에서 변화의 신동처럼 보이는 일은 분명 없었다. 그는 '열려 있고' 또 단순하게 구는 것이 현명하다는 것을 알았다: 워낙 많은 것들이 동료와의 정상적인 관계에 달려 있었으므로 그의 상냥함은 가치가 있었다. 그는 연기자들에게 보답해 주었고, 색깔과 의상의 풍부함, 무대라는 도전 속에 내재하는 끝없는 가능성 등 극장의 많은 것에 응답하고 있었다. 그러나 자기 직업의 낮은 지위 혹은 그의 생계가 기회, 행운, 그리고 관리들의 변덕에 좌우된다는 점을 잊었을 리 없다.

§

1592년 6월 늦게, 셰익스피어는 런던의 극장이 그에게 금지된 것을 알았다. 로즈 극장 근처 대중 폭동이 있은 후 당국은 극장들을 폐쇄했고, 금지 조치는 미카엘마스, 혹은 9월 29일까지 지속될 것이라 했다. 그러다가 한여름, 도시 내 역병이 당국자의 주의를 끌었고, 짧은 겨울 시즌 두 번 말고는, 극장들이 (원칙적으로는) 스무 달 동안 폐쇄되었다.

사순절 말고, 셰익스피어는 스트랫퍼드 방문이 가능했을 레퍼토리 연기 휴지기를 통상적으로 갖지 못했다, 그가 짬을 내어 매년 자신의 가족을 보았을 수는 있지만(오브리가 믿듯이). 배우들은 1년 내내 일할 필요가 있었다. 런던이 폐쇄되었을 때, 극단들은 대개 해산하거나 순회 공연을 떠날 수밖에 없었고, 순회 공연은 정상적인 의무(필사적인 행위가 아니라)였지만, 스트레인지 경의 대규모 집단은 순회하는 데 어려움이 있었다: "우리 극단은 대규모라서, 나라를 여행하는 데 부담이 견딜 수 없을 정도입니다", 이 배우들이 중앙 영주에게 탄원했다, "그리고 그것을 그대로 견딘다면 우리는 나뉘고 흩어질 것이며 그렇게 되면 우리가 끝장날 뿐만 아니라, 여왕 폐하께서 우리에게 기꺼이 명을 내리실 때 그것을 받들 준비가 안 되어 있을 것입니다".[6] 여왕께서 '위안'용 연극을 필요로 하신다는 견해에 추밀원이 동의한 터였으므로 여왕을 언급한 것은 '굉장히 정치적'이었다. 그리고 여왕은 배우들에게 빵 부스러기를 던져 준다 한들 잃을 것이 별로 없었다. 스트레인지 극단 궁정 공연 한 번이면 평균 10파운드짜리 어음이 지불되었다—공식 공연료 10마르크(6파운드 13실링 4페니)에 여왕 하사금 5마르크(3파운드 6실링 8페니)를 합친 액수였다. 그리고 여왕은 1년 8개월 혹은 9개월 동안 어떤 연극에도 돈을 내지 않았다(그녀가 주는 돈의 액수는 한 극단 주요 배우들의 일주일 수입을 합한 것과 가까스로 맞먹었다). 그녀의 평의회가, 아마도 이번 시즌에는, '병 전염'이 없을 경우 로즈 극장을 열어도 좋다는 데 동의를 하기는 했지만, 9월에도 역병은 줄지 않았다.

스트레인지 경 극단은 6월 13일 이래 순회 공연 중이었다; 이제 그들은 숱하게 많은 날들을 런던 바깥에서 머물러야 했다. 그들과 함께 여행을 했든 안 했든, 셰익스피어는 새로운 역류를 의식하고 있었을 것이다. 질병은 천천히 악화되었다. 그런 다음, 겨울에 잠깐 감소했다가, 노상에서 배우들이 겪는 역경을 사소하게 만들 만큼 악성으로 바뀌어 도시로 돌아왔다. 대규모 전염병으로 인한 공공의 혼란은 엄청났다. 주인이 하인과 도제를 해고하는 일이 잦았다; 거래가 줄어들고, 가게가 닫혔고, 곡식을 구하기 힘들지도 몰랐다. 욕망에 가득 찬 남자와 합리적인 여자들에 대해 셰익스피어가 관찰한 바가 『사랑의 헛수고』 고급 궁정의 우스꽝스러운 질서

6   『일기』, 283~284(덜리치 단과대학 MS, 대략 1592~1594년).

에 바쳐졌는데, 이 희곡에 대한 생각들은 역병 시기에 그가 본 것으로 확정되었다.

스트레인지 경 사람들은, 예를 들어, 브리스틀에서, 꾸밈과 박수에 헌신하고 있었다. 런던에서는 그들의 여편네 몇몇이 굶주림, 공포, 아니면 죽음과 싸우고 있었다. 앨린 같은 배우는 헌신과 몇 가지 묘안이면 역병이 횡행하는 뱅크사이드에 남은 아내 조앤을 보호해 줄 것이라 느꼈다. "나의 착하고 상냥한 쥐 양", 그는 그렇게 쓰고 있다, "집을 단정하고 깨끗하게 하세요 그러리라 믿어요 그리고 매일 저녁 문 앞과 뒤편에 물을 뿌리고 창가에 루타 약초 같은 것을 상당량 놓아두세요".7 그런 다음 앨린은 자신이 집에 가기 전 그의 세련된, 오렌지 황갈색 울 스타킹 색을 좀 어둡게 해 놓으라고 조앤에게 채근하고 있다. 필립 헨즐로, 조앤의 의붓아버지는, 조앤이 훌륭한 아내로 신에게 십자가 형벌을 그치게 해 달라고 간절히 기도 중이라고 썼다. 쇼어디치에서 700명이 넘는 남자, 여자, 그리고 아이들이 역병으로 죽어 가고 있었다, 그렇게 보였다; 일주일 동안 1,000명이 넘는 사람들이 런던에서 사망했다. 뱅크사이드 위 클링크를 마주 보며, 역병은 집집마다 스며들었다, 헨즐로가 앨린에게 휘갈긴 글씨로 쓰고 있듯이. 이 문장은 번역해 볼 만하다:

Rownd a bowte vs yt hathe bene all moste in every

howsse abowt vs & wholle howsholdes deyed & yt my

frend the baylle doth scape but he smealles monstrusly for

feare & dares staye no wheare for ther hathe deyed this laste

weacke in generall 1603 & as for other newes of this &

that I cane tealle youe none but that Robart brownes wife in

shordech & all her chelldren & howshowld be dead & heare

7　『일기』, 276(덜리치 단과대학 MS, 대략 1593년 8월 1일).

dores sheat vpe[8]

그것(역병)은 우리 주변 거의 모든 집에 번졌고 집안 전체가 죽었네, 그리고 (이 말을 할 수 있네만) 내 친구 회계 담당관이 정말 도망치기는 했지만 겁에 질린 냄새가 끔찍하고 감히 한 군데에 있지 못하네, 바로 전 주에만, 모두 1,603명이 죽었으니까… 그리고 이런저런 다른 뉴스라면 쇼어디치에 사는 로버트 브라운의 처와 아이들 그리고 집안 식솔들이 모두 죽었고 문이 폐쇄되었다는 것이네.

로버트 브라운은, 배우로 당시 우스터 극단과 함께 독일에 있었는데, 아내, 아이들 모두, 그리고 집안 하인들 모두를 잃은 것이 명백했다. 시골에서, 극단들은 종종 역병을 옮기는 것으로 간주되었고 그래서 읍과 마을에 들어가지 못하는 수가 있었다. 배우와 심부름하는 소년들이 굶주림 혹은 기진맥진으로 죽어 가기 시작했고, 최소한 한 극단은 영영 소식이 끊겼다. 스트레인지의 연기자들은, 거의 1592년 후반기 내내 짐을 들고 걸어서 여행했다. 그런데, 최악의 고통이 런던 교외의 샛길, 골목길, 그리고 구획된 주거지에서 기다리고 있을 때 그리고 연기자들이 노상을 떠돈 지 석 달이 안 되었을 때 셰익스피어와 앨린 모두, 스트레인지 극단의 주요 배우로서, 모종의 격려를 받았다. 그 9월 초, 토머스 내시가 시내에서 자신의 인종 차별적인, 뻔뻔스러운 사회 풍자문『무일푼의 피어스 그가 악마에게 한 청원』을 출간했다.

악마에게 보내는 재치 넘치는 편지 형식을 취한 이 팸플릿은 역병 시기 인기를 끌었다. 1592년 두 번 재간행되었다. 앨린의 재능을 인용하기 전, 내시는『헨리 6세』1부에서의 연기로 엄청난 성공을 거두고 있던 한 '비극 배우'를 예찬하고 있다. "용감한 톨벗(프랑스의 공포)이 얼마나 즐거웠겠는가", 팸플릿 작가는 이렇게 쓰고 있다.

---

8   『일기』, 277(덜리치 단과대학 MS, 대략 1593년 8월).

200년 동안 무덤에 누워 있다가 무대에서 다시 승리하리라 생각하면, 그리고 최소한 1만 명 관중의 눈물로(여러 번에 걸쳐) 자신의 뼈를 새로 방부처리하는 것이, 왜냐면 관중은, 그의 인격을 대표하는 비극 배우로, 그가 새로이 피를 흘린다고 상상하므로.[9]

셰익스피어에 대한 간접 예찬은 강하다—이것은 그의 희곡에 대해 언급한 최초의 인쇄물이다—그러나 엉뚱한 구역에서 나왔다. 내시는 희곡 집필을 자기들만의 영역으로 간주했던 학자들에게 기울어 있었다. 24세 때 내시는 재사들 중 가장 날카로운, 가장 독창적인 풍자가로서, 통렬하지만 활기찬 논쟁, 인본주의적 비평, 그리고 문체적 기백의 매개로 팜플렛을 만들고 있었다. 그는 놀랄 만큼 소년처럼 보였다. 건초 더미 같은 머릿결에 날씬하고 여린, 이가 가장자리로 삐죽 나와 얼굴이 유쾌한 거위 이빨 표정이었던 그는 1588년 케임브리지 성 요한 대학 문학사 학위를 받은 경력의 소유자였다. 극장을 위해 일하는 사람들의 어려운 처지에 공감했고, 초기 저작은 동료 졸업생들의 영향을 받았다. 1589년 그린의 이야기 『메나폰』 서문을 써 달라는 부탁을 받고, 내시는 작고 촘촘한 극장 시인들의 세계를 개관하였다. 그가 이제 그린의 견해를 채택한다. 대학 교육을 받은 시인들에 대적하는 것은, 그는 이렇게 주장한다, 기생충 같은 배우들과 유창한 "기술 선생들", 혹은 "웅변 연금술사"로서 그들은 "팽창하는 호언장담 무운시 허풍으로 더 나은 펜에 맞서 보려고 생각한다".

그러나 도대체 누가 배우지 못한 펜인가?

고유명사를 갖고 동음이의 말장난하기를 좋아했던 내시는— 『부조리의 분석』에서 그가 청교도적인 필립 스터브스Stubbes를 "죄를 뿌리째 뽑아 낼 (stubbe up)" 사람으로 환기할 때 그렇듯—

9   내시, 『전집』, R. B. 매커로 편, 전 5권.(옥스퍼드, 1966), i. 212.

하나의 사진틀에 칠을 하여 적들이 셰익스피어 얼굴을 끼워 넣기 적당하게 만든다. 그는 토머스 키드Kyd 추종자를 염두에 두는 듯하다. 이런 자는 "당신에게 일체의 햄릿들, 아니 정말 비극 대사 한 움큼을 주어" 피 비린 세네카를 탕진케 할 것이다, 내시는 그렇게 쓰고 있다, "그것은 배고파 못 견디는 그의 추종자들로 하여금 이솝의 어린아이(Kid)를 모방하게 만들 것이다".[10]

아마 셰익스피어도 키드도 이 글을 읽은 후 목매달 생각을 하지는 않았을 것이다. 내시는 당시 케임브리지-옥스퍼드 못지않게 배우들에게 적대적이었던 대학을 졸업한 직후였다. 케임브리지 관료들은 그곳 혹은 주변 5마일 이내 '어떤 노천 쇼'도 금지하는 1575년 칙령 갱신을 청원하려던 참이었다. 옥스퍼드는 물론 대학이 순회 연기자들을 금지했으나 묘하게도 시 당국은 달랐고, 단지 시 건물 사용만을 금했다. 사실 옥스퍼드 시 회계 담당은 6실링 8페니가 "스트레인지 경 연기자들에게 지불되었다"고 적었고, 극단과 함께 있었다면 셰익스피어는 1592년 10월 6일 옥스퍼드 중심가 근처에서 공연했을지도 모른다.[11] 그러나 부총장은 이따금씩 여러 귀족 극단들(diversorum nobilium histriones)에게 상당량의 돈을 주며 그냥 옥스퍼드를 조용히 떠나게 할 구차한 정책을 펴는 지경에 이르렀다. 내시는 대학 졸업자가 무식쟁이와 경쟁해야 한다는 점이 못마땅하지만, 대학 졸업자들이 영국 시를 구원하고 또 재사들을 위해 나팔 소리를 내리라 희망한다. 팡파르와 함께 그는 뮤즈를 재생시킬 유망주로 매튜 로이든, 토머스 에슬리, 그리고 조지 필을 거론한다. (말로의 이름이 짧은 목록에서 빠져 있는 것은 그가 최근 그린을 화나게 했기 때문일 수 있다.)

어쨌든, 내시는 대학 출신 재사들이 처한 딜레마에 우리를 근접

---

10   내시, 『전집』, i. 20; iii, 311, 315~316.
11   MS 옥스퍼드, A. 5. 6. (옥스퍼드 회계 담당관들은, 열쇠 관리인들과는 달리, 미카엘 마스 때 회기를 끝냈다. 그리고 1592~1593년 회계 항목이 준비된다. 스트레인지 순회 극단은 1592년 10월 6일 돈을 받았다. 이제껏 얘기되어 왔던, '1593'년 10월이 아니라).

시킨다. 세련된 '비가'의 저자로서, 매튜 로이든은 권위를 누렸고, 조지 채프먼은 작품 두 편을 그에게 헌정했다. 옥스퍼드 문학 석사 학위를 받은 후, 로이든은 홀본의 테이비스 법학원에서 법률을 공부하기 위해 내려왔는데, 에슬리가 합류했을지 모른다. 두 청년 모두 도시에서는 시보다 법률이 더 많은 수입을 올려 준다는 사실을 알아챘을 거였다. 왜냐면 시는 공급 과잉 상태였다; 그들 작품 중 남아 있는 것은 별로 없다.

필은 기질이 매우 달랐지만, 첫 아내의 유산을 다 써 버린 후 가까스로 생계를 유지했다. 1579년 석사 학위를 받은 옥스퍼드 크라이스트 처치에서 『항해』의 저자 리처드 해클루트, 필립 시드니 경, 그리고 극작가 리처드 에드스, 레너드 허턴 및 윌리엄 게이저가 동료 학생이었다; 마지막 세 사람은 목사가 되었지만, 게이저는 필의 운문을 칭찬했고, 필은 아동 극단이 궁정에서 공연한 『파리의 심판』은 물론 야외극 대본도 썼다. 그러나, 궁정 기회는 별로 없었고, 그가 야외극에서 배운 지식은 셰익스피어의 동료 극작가 안토니 먼디가 런던 시장 쇼들을 제작하며 배웠음직한 것보다 적었다. 필은 한 연기자—후원자에게 할 수 있을 때 존경을 표하는 것을 잊지 않았다, 1590년 승천 축일 기념 마상 창 시합을 위한 그의 시행에서 보듯:

다비스 백작 용감한 아들이자 상속자,
용감한 퍼디낸드 스트레인지 경, 이상하게 배에 올라 탄,
주피터의, 위엄을 갖춘 새, 황금 독수리 아래.[12]

유망한 시인들치고 스트레인지 경에게 고개를 숙이지 않는 경우는 별로 없었다. 그러나, 필의 희곡 집필은 유연하지도 풍부하지도 않았고, 그는 가난과 정체 속으로 가라앉았다. 대학 졸업자

12 「폴림니아」, 38~40행, 1590년 11월 마상 창 시합에서.

들이 연기자들에 의해 악용되고 있으며, 너무도 많은 다른 펜들과 경쟁하고 있다는 내시의 지적을 설명해 주는 사례였을지도 모른다. 문제는, 대학의 든든한 중세 전당을 떠난 후, 시인을 지망하는 청년들이 런던에서 조각난 동료 졸업생 공동체밖에는 찾지 못한다는 점이었다; 재사들은 자존심이 셌고, 마찰을 일으키기 일쑤였으며, 걸핏하면 화를 냈고, 어느 정도는 서로 경쟁 관계였다, 그리고 제도적인 권력이 없었다.

그러나 내시의 친구들 중, 로버트 그린은, 최소한, 잘나가는 법을 알고 있는 터였다, 배우를 자신의 적으로 보기는 했지만. 과감한 다작 기질에 재능도 있었던 그는 기쁘게, 또 대학 학위를 지닌 신사로서 어느 정도 자존과 권위를 풍기는 절제를 구사하면서 싸구려에다 해방 지향적인, 이웃 보헤미안들의 삶에 뛰어들었다. 1558년 7월 11일 노리치 근처에서 세례를 받은, 요크셔 신사 계급과 번영 관계를 유지했을 수 있는 가문 출신 그린은 성 요한 대학 문학 학사 학위를 받았고, 5년 후 케임브리지 클레어 홀에서 석사 학위를 받았다. 결혼했지만 아내와 자식을 떠났으므로 교외의 여자와 허물없는 사람들 사이에서 '좋은 친구'로, 매끄러운 스타킹과 내시 표현대로 "거위 똥 초록색(greene) 소매가 달린 매우 아름다운 망토"를 걸친 예술가로 보였다. "얼굴이 온화했고, 균형 잡힌 몸매였다", 헨리 체틀은 그렇게 쓰고 있다, "그의 복장은 학자풍 신사 복장을 따랐고, 단지 머리카락이 약간 길었을 뿐이다". 머리카락은 그의 시적 삶에 대한 양보였으나, 그린의 얼굴 표정에는 무언가 깨끗하고, 정확하며, 표나게 말쑥한 데가 있었는데, 이 점은 흰 천을 두르고 작업 중인 모습을 보여 주는 만화 인쇄물에서도 뚜렷하다. 초록색 망토 위로 늘어뜨린 장식처럼 "그의" 몹시 붉은 턱수염이 매달렸고, "첨탑 끝처럼" 길고 뾰족했다.[13] 독서량이 많고 그리스 로맨스를 차용했고, 또 오비드에 민감했던 그는 자신의 탁월함을 과시하는 데 상당 부분 관심이 있었다.

솜씨가 종종 세련미를 결여했다 하더라도, 그린은 예술가로서 상당 부분을 발견, 셰익스피어가 그의 작품을 연구하며 득을 보았다. 산문 이야기로 많은 자료들을 개진하고 또 그리스 풍미를 가미함으로써 그린은 셰익스피어『겨울 이야기』는 물론 『페리클레스』와『심벨린』에도 영향을 끼칠 것이었다. 1592년 그린은 소매치기와 도시의 다른 야바위꾼들에 대한 악당 팜플렛으로 문학 어법과 주제 사항을 매력적으로 하향 확장시켰다. 그린은 소매치기, '가짜 강매꾼들' 및 '호객꾼들'을 직접 인터뷰했던 것은 아니지만, 악당 소굴과 유곽들은 그린에게 문서 자료들을 참신하게 사용할 권위를 부여했다. 혼란스럽고, 또 자신의 사실들에 도덕적 세계를 부과할 능력이 없던 그는 사기꾼을 영웅으로 묘사함으로써 도덕주의적 논평을 피했다. 그의 경력은 셰익스피어의 그것보다 조금 앞서 달렸다. 그린은 오비드에 매료되어, 놀라움에 대해, 사랑과 마음의 '내적 변화'에 대해 썼고, 단순히 존 릴리를 모방하기는커녕 릴리『미사여구』를 명백하게 자신의『마밀리아』로 재구성, 육욕을 논했다. 다시, 카스틸리오네의『궁정 신하』를 집어 들었는데, 완벽한 궁정 신하에 대해 논평하기 위해서가 아니라, 자신의 이야기『모란도』에서 사랑과 수사학을 탐구하기 위해서였다.

하지만 그의 표절이 과할 수도 있었다. 사망 얼마 전 혼란스러운 시기, 케임브리지 잔소리꾼이자 현학자 가브리엘 하비에 답하면서 세련된 팜플렛『벼락출세한 궁정 신하를 위한 뼈 있는 농담』을 썼는데, 대개 1570년대 인쇄물로 나돌던『자만과 겸손 사이의 논쟁』에 들어 있는 프랜시스 틴의 운문을 면밀하게 베낀 것이다. 좀 더 냉소적인 것은 민족적 편견을 무책임하게 끌어다 쓰는 대목이다. 희곡『제임스 4세』에서 그는 스코틀랜드를 깔아뭉갠 다음 스코틀랜드인이 열등한, 넋이 나간 족속이라는 양해 하에

13 내시,『전집』, 매커로 편, i. 287~288; 헨리 체틀,『친절한 꿈. 유령 다섯이 들어 있는, 욕설을 독설로 규탄하는』(SR, 1592년 12월 8일).

그 지방과 잉글랜드의 화해가 진행되는 것을 묘사하고 있다. 연극에서, 잉글랜드는 뼈아픈 교훈을 가르친다, 전투에서 스코틀랜드 지주 7,000명을 살해하는 것—플로든 필드의 역사적 사실을 훨씬 초과하는 내용이다—그리고 그 후 스코틀랜드 왕은 잉글랜드인을 건드린 죄를 감상적으로 용서받고 있다: "젊은 탓이야—츳, 하지만 큰 실수는 아니니까. 잘못된 것을 고치는 게 왕다운 일이지."(2509~2510행)

하지만 그린은 자신의 도덕적 잘못에 사로잡혔고, '회개' 팜플렛에서 자신의 죄상을 열거한다. 그는 주색에 몸을 내맡겼다. ("1년 동안 벽에다 눈 오줌은", 내시는 가브리엘 하비에게 그렇게 말했다, "너와 네 두 동생이 3년 동안 소비한 양에 맞먹지") 창녀를 정부情婦로 들인 그는 『위엄 있는 교환』(1590)에서 논평 없이 여자들에 대해 이런 일화를 남겼다, 비록 본인은 이탈리아 원전에서 번역한 것이라 주장했지만: "염세주의자라 불렸던 아테네의 티몬이라는 사람은, 여러 여자들이 목을 매단 나무를 보고는, 나무마다 그런 열매를 맺으면 얼마나 좋을까 생각했다".[14] 거듭거듭 그는 자신이 희곡을 쓰는 지경으로 몰락하게 된 슬픈 이야기를 해댔고, 마음에 드는 이솝 비유를 배우에게 적용했다, 이를테면 그의 『프란체스코의 운』에서 키케로가 로마 배우 로스키우스를 비난하는 대목: "이런, 로스키우스, 자네는 이솝의 까마귀처럼 자랑스러운가, 남의 깃털의 영광으로 으스대는가?" '깃털'은 솜씨 있는, 힘든 일을 하는 희곡 작가가 공급한 말들이다, 그러므로 배우는 "자랑으로 몸을 부풀릴" 이유가 없었다.[15]

그러나 그의 불평은 이것보다 좀 더 깊은 곳을 흘렀다. 그는 희곡 집필에서, 그것을 존경하기는 하지만, 어떻게 해 볼 길을 전혀 찾을 수 없었다—혹은 만족할 만한 자신의 상 혹은 자신에게 필요한 안정을 발견할 수 없었다. 셰익스피어 경력의 저변을 이루

14   그린, 『전집』, A. B. 그로사트 편, 전 15권.(1881~1886), vii. 231.
15   같은 책, viii. 132.

는 그 똑같은 상황을 들여다보았고, 저속한 취향에 예속된 상업적인 극장용 대본을 만들어 주는 행위가 제작자, 즉 시인을 심한 굴욕 상태로 떨어뜨린다는 것을 알았다. 셰익스피어는 공개적인 예술 활동을 일종의 대중 연예로 추구했고 이제까지 환경이 '내 삶에 제공하는 것'은 공적 수단이 제공하는 것만 못하다고 알고 있었다. 그러나 그린이 자신을 배우들의 꼭두각시로 본 반면, 셰익스피어는 이제까지 그들을 보호자, 제휴자이자 동료로 여겨 온 터였다.

그렇지만 1592년에도 그린의 희곡들은 런던 무대에서 인기가 있었다. 『베이컨 수사』가 헨즐로에게 하루 평균 25실링을 벌어 주고 너무도 매력적이라 속편이 필요했는데, 오늘날 『보르도의 존』이라 불리는 작품으로, 현존하는 판에는 헨리 체틀이 쓴 몇 행이 섞여 있다. 그린의 『분노한 오를란도』, 『런던과 잉글랜드를 위한 거울』(토머스 로지와 공저)은, 『베이컨 수사』와 함께, 그해 2월부터 6월까지 그가 매달 무언가를 만들어 내도록 보장해 주었다.

하지만 4월, 여왕 극단과 스트레인지-제독 극단 양쪽에 『성난 오를란도』를 판 일로 그는 고소를 당했다. 그런 다음, 극장들이 이중의 금지 조치를 당했던 여름, 병에 걸렸다. 내시는 라인 지방 포도주와 간물에 절인 청어 '잔치'를 이 친구와 벌인 것이 원인이라는 점을 부인하지 않았다. 아마도 정부에게조차 버림받았던 그린은 혼자 꾸려 나갔다, 한 고백적인 팜플렛 그리고 연기자들과 셰익스피어에 대한 몇몇 신랄한 촌평들이 그렇게 쓰고 있다, 그리고 분명 어느 날 다우게이트 선창 근처 거리에서 쓰러졌다. 신발공, 이삼이라는 사람이 그를 받아 주었고, 그린은 다우게이트 수상 운반선 근처에서 근근히 연명했다. 옷이 없어서, 자기 것을 빨 때면 셔츠를 빌려 입었다—훗날 하비로 하여금 그의 가난을 비웃게 만드는 한 요소이다. 9월 초 '그는 자기 의자를 향해 걸어갔다가 돌아왔다', 그리고 그날 밤 9시 이후 아내에게 편지를 썼지만, 다음 날 죽었다. 신발공이 그 학자 허리에 화환을 두른 후 장례를

226

봐 주었다.

　그린의 유서에 쓰인 첫 이름은, 아마도, 헨리 체틀이었는데, 이
전에 인쇄업자 존 댄터(『티투스 안드로니쿠스』4절판을 발행한)의 동
업자였던 사람이다. 체틀은, 그 당시, 극장에 대해 직접 체험한 지
식이 없었겠으나, 무대 취향이었고 무대를 위해 쓸 것이었다, 궁
핍 속에서, 그의 딸 메리가 사망한(1595년) 후에. 그때 몇몇 환상적
인 자료가 그의 수중에 있었다. 1592년 9월 20일 그는 자신의 한
작품에 『그린의 한 푼짜리 위트들, 백만 푼의 회개로 사들인. 젊
음의 어리석음, 임시변통으로 아양을 떠는 자들의 거짓, 게으른
자의 비참함, 그리고 사기 치는 궁정 신하들의 해독을 묘사하는.
그의 사망 전 집필되고 그의 임종시 요청에 따라 출판된』이라는
제목을 허락했다.

　　　　'말벌 같은 작은 벌레'와 '벼락출세 까마귀'
그린의 『한 푼짜리』는, 체틀의 수기 텍스트를 인쇄한 것인데, 사
실상 셰익스피어를 강간하거나, 그의 작품뿐 아니라 인격까지 알
랑거리는 투로 공격한 것이고, 죽어 가는 자의 솔직한 진술인 듯
보이는 힘이 있었다. 개인에게 타격을 주기에 적당한 세부 사항으
로 윤색된 우화의 대중적 공식을 그린은 구사한다. 복합적이고 재
치 있는 『한 푼짜리』는 책벌레 로베르토―로버트 그린과 비슷하
게 그려졌다―를 둘러싼 '탕자 아들' 이야기로 시작된다. 탐욕스러
운 아버지를 고리대금으로 고소한 로베르토에게는 '한 푼짜리 위
트'를 살 동전 하나밖에 남은 게 없고, '교외에 사는' 창녀의 유혹
속으로 그의 부자 동생을 꼬드긴 후, 굶어 죽게끔 버려진다.

　자신의 운명을 저주하던 그가 이제 한 무대 연기자를 만나게 되
는데, '시골 작가'로 지냈고 목소리가 괴상한 자다. "진정으로",
로베르토가 혐오감에 떨며 말한다, "내가 듣기에 당신 목소리가
전혀 우아하지 않은데도 [연기라는] 헛된 짓거리에서 그렇게 잘

227

나간다니" 이상도 하다.

목소리 톤이 형편없는 시골 시인이자 배우는 누구인가? 그린은 다른 적을 생각하고 있는 걸까, 아니면 정말 셰익스피어의 음정, 음색, 혹은 미들랜즈식 모음 발음이 불쾌하다고 암시하는 걸까? 어쨌든, 로베르토는 스스로 희곡 작가가 된다. 그의 지갑이 바다처럼 부풀고 그는 마침내, 굴욕 때문에 타락, 배우들을 속이고, 음탕한 친구들과 사귀고, 딱 한 푼만 남게 된다. 이 시점에서, 그린이 끼어들며 자신의 삶이 로베르토와 같았다고 인정하면서 필, 내시, 그리고 말로에게 아마도 배우들에 대해 충고하고 있다. "그대 셋 모두 천박한 심성이로다, 나의 비참함을 거울 삼아 경각심을 갖지 않는다면", 그는 그렇게 말한다, "왜냐면 그대들 중 누구한테도 (나처럼) 그 윙윙 소리들(burres)이 달라붙지 않을 것이다". '윙윙 소리들'은 버비지들일지 모르고, 이어지는 행들은 셰익스피어에 관해 쓰여진 가장 신랄한, 그리고 가장 유명한 것이다. "그렇다 그들을 믿지 마라", 그린은 그렇게 쓰고 있다,

왜냐면 벼락출세 까마귀가 한 마리 있어, 우리의 깃털로 자신을 미화시켰고, 연기자 탈을 뒤집어쓴 호랑이의 심장으로 그가 너희들 중 최고와 마찬가지로 얼마든지 무운시를 퍼부어 댈 수 있다고 생각한다: 그리고 막일꾼 요한네스이므로, 제 지분으로는 시골에서 유일한 '장면-흔들이'(Shake-scene)라는 거지. 오 그대들에게 간청하나니 그대들의 희귀한 재치를 좀 더 돈 되는 일에 쓰기를: 그리고 그런 원숭이들은 그대들 과거의 훌륭함을 모방이나 하라고 내버려 두고, 그리고 다시는 결코 그들에게 그대들의 감탄스러운 발명품을 알려 주지 말기를. 나는 아나니 그대들 중 가장 검약한 자라도 결코 고리대금업자가 되지 않을 것….[16]

16 『그린의 한 푼짜리 위트』(1592), sigs. D4r-v, E1, F1r-v. 그린의 추정되는 회개와 도적적 개혁, 그리고 그의 마지막 저녁과 죽음에 대해서는, 『예술의 장인 로버트 그린의 뉘우침』(1592), sigs, D1v-D2를 보라.

'벼락출세 까마귀'는 마크로비우스, 마샬, 그리고 이솝에 나오는 시건방지고 부황한 까마귀를 닮았는가, 아니면 호레이스의 세 번째 '서한'에 나오는 도둑 까마귀 같고, 그렇게 표절꾼인가? 셰익스피어는 부정직한 사례와 단지 막연하게만 연결되지만, 사악하고('호랑이 심장'을 지녔고), 뻔뻔스럽고, 또 평범하다, 고마운 걸 모르지는 않지만(남의 공적으로 '벼락부자'에다 '미화'), 그리고 책벌레에 젠체했다('유일한 장면—흔들이'), 도미누스dominus 혹은 매지스터 팩토텀magister factotum에서 '막일꾼 요한네스'란 말을 짜 맞추며 그린은 그를 잭 케이드(그는 '만능 수선쟁이 잭'으로 알려져 있었다)만큼이나 제멋대로인 인물로 만들고, 그를 꽤나 잔학한 마거릿 여왕과 연결시킨다.『헨리 6세』3부에 나오는 요크 공작의 대사("오 여자의 탈을 뒤집어쓴 호랑이의 심장!", I. iv. 138)가 적절하게 오誤인용되고, 이 암시는『헨리 6세』2부 초반에 나오는 마거릿의 글로스터 비난("그의 깃털은 빌려 온 것일 뿐/왜냐면 그가 증오스러운 까마귀라는 게 드러났다", III. i. 75~76)을 반향한다.

그린이 경쟁자의 작품을 아주 잘 들었다는 얘기다, 왜냐면『헨리 6세』어느 부분도 인쇄되지 않은 상태였다, 그리고 그는 셰익스피어가 못되게도 돈 빌려 주기를 거절했다는 마지막 암시를 전달한다. 가난한, 굶어 죽어 가는 베짱이가 바쁜 개미한테 다가가 도움을 청한다. 호랑이 심장을 하고 잔인한, 못되게 구는 장면-흔들이처럼, 개미는 그 내면이 '말벌 같은 작은 벌레'고, 그래서 베짱이가 음식을 청할 때, 개미는 말벌처럼 대답한다:

이제 너는 폭풍을 느끼는구나,
그리고 먹을 게 없어 굶어 죽을 지경이구나 나는 맛있는 음식을 잔뜩 먹었는데.
애원해야 소용없다, 나는 가차 없이 쉬련다,
땀 흘리는 노동은 게으른 손님을 싫어하니까.[17]

229

이 팜플렛은 혼란스러운 관찰자가 쓴 것이 아니다. 스트랫퍼드 출신자에 대한 규탄 내용, 목소리가 케임브리지 졸업생들과 표 나게 다르다는 따위가 정확하지는 않다; 그러나 배우 시인에 대한 일별―두터운 증오의 안경을 통해 보는 것이지만―을 가능케 하여 셰익스피어가 다른 시인들과 거리를 두며, 버비지 극단 같은 그룹과 어울리고, 극단의 여러 일을 봐주고, 또 사회적으로 자기보다 지위가 높은 사람들과 경쟁하기 위해 대본을 쓴다는 것을 보여 준다. 짧게 말하자면, 그 주장은 터무니없지 않다. 셰익스피어는 아마도 재사들과 쇼어디치의 다른 사람들을 피했지만, 그린의 도움 요청을 거절한 적이 있는지 없는지는 알 수 없다.

약 500부 가량 인쇄된 『한 푼짜리』는 아주 활발하게 팔리지는 않았다―1596년까지 재판이 나오지 않았다―그러나 공들인 극장 암시들이 어느 정도 효과를 발했을 거였다. 그린이 곤란에 처했다는 증거가 그의 사망이었고, 반면 『헨리 6세』의 성공은 '장면-흔들이'를 암시할 것이 당연했다. 가을에 벌어진 내시와 하비의 전쟁은 그린의 이상한 유고에 관심을 불러일으켰다: "그의 사망 후 그에 대해 팜플렛 짓을 해댄 게 얼마나 꼬였는지", 내시는 그렇게 쓰면서 그린의 『한 푼짜리』라고 불리는 "하찮은 말짱 거짓말 팜플렛"이 자신의 짓으로 되어 있지만 전혀 관여한 바 없다고 덧붙였다.[18] 다른 이들은 체틀을 실제 저자로 보았는데, 이 문제는 아직도 추정이 난무하고 있다.

자신의 청렴결백을 공격받았으므로, 처음에 셰익스피어는 매우 아팠을 것이고, 그가 금욕주의자란들 당혹과 고통을 비껴가지는 못했을 것이다. 그의 대본을 읽은 몇몇 '친구들'이 그와 관련한 추문을 들었을 것이고, 그는 그것을 넌지시 언급하는지 모른다. 소네트 110~112에서 시인은 자신의 끔찍한 곤란, 무대의 무도한 행위, 그리고 행동상 결점들을 언급하고 있다. 그는 비참한, 타협적

---

17 『한 푼짜리 위트』, sig. F2v.
18 내시, 『전집』, 매커로 편, i. 154.

인 여행 중에 '이곳저곳'을 다녔다,

> 내 자신을 보기에 얼룩덜룩하게 만들었고,
> 내 자신의 생각에 유혈이 낭자케 했고, 아주 비싼 것을 싸게 팔았고,
> 오래된 화를 새로운 애정으로 만들었습니다.
> 정말 나는 진실을
> 비스듬히 그리고 이상하게 쳐다보았던 겁니다.

공개적인 무대조차 이제 그를 염료처럼 물들였다: "내 이름은 낙인을 받습니다", 그는 그렇게 선언한다,

> 그리고 거의 그로 하여 내 성품은
> 그것이 작용하는 모양으로 낮추어졌습니다, 염색공의 손처럼.
> 그렇다면 나를 불쌍히 여기소서.

하나의 추문이 불타고 있다, 그가 '너무 푸른(o'er-green)'—셰익스피어는 이 단어를 이번 한 번만 사용한다 그리고 1609년에는 'ore(원광)-green'으로 인쇄되어 있다—에서 'Greene'이라는 이름을 언급하는 것이든 아니든 상관없이. "그대의 사랑과 연민이 상처를 씻어 냅니다", 시인은 소네트 112에서 그렇게 시작한다.

> 천한 추문이 내 이마에 낙인찍었던 그 상처들;
> 누가 나를 좋게 말하든 나쁘게 말하든 무슨 상관입니까,
> 그대가 내 안의 결점을 덮을 만큼 새로운 성장을, 그리고 내 안의
> 좋은 점에 대한 보증을 허락해 주시는데요?
> 그대는 나의 전부입니다, 그리고 나는 알려 합니다
> 그대 입으로 말하는 나의 수치와 칭찬을.

서정시가 그의 삶에서 벌어진 사건들을 정확하게 묘사하지 않

을 수 있지만, 여기서 공격 이후 자신의 기분을 언급하고 있는 것이라면, 그의 '이마'는 맑아진다. 하지만 그는 쉽게 잊지 않았다. 극장에 머물렀다면 '악의'와 '수치'에 대한 노출 상태가 이어질 거였고, 팸플릿은 그의 무대 경력을 더 위험하게 만들었다. 그린의 말들이 지속적으로 그를 성가시게 만드는 점이 아무리 적었더라도, 그것들에 셰익스피어는 자신을 스스로 비웃는 듯하다, 『햄릿』 중 폴로니어스의, 왕자가 '가장 미화된 오필리아'에게 보낸 편지에 대해 말하는 대사에서, 그린의 '미화된'을 언급할 때 그렇듯: "그건 나쁜 구절, 사악한 구절이야, '미화된'은 사악한 표현이지."(II. ii. 110~112) 훗날 같은 장면에서, 폴로니어스 역을 맡은 배우는 분명 그 놀라운 대사 '미화된 숙녀'를 애드립으로 했다, 왜냐면 에드워드 펏지는 1601년경 한 평범한 책에 이렇게 알쏭달쏭 끼적여 댔다: "태양이 미화된 숙녀 염소들을 죽은 개에게서 낳을 수 있는데 입맞춤 잘하는 썩은 고기나 운운."[19] 그러나 이 당시면 셰익스피어가 그 '사악한 표현'을 재미있어 하는 상태였던 듯하다.

어떤 시점에 그, 혹은 다른 손이, 그린의 『메나폰』 혹은 『페넬로페의 그물』에서 그가 뽑아 썼던 '위대한 마사도니아 해적 아브라다스'에 대한 한 행을 『헨리 6세』 2부에서 정말 삭제하였다; 이 행은 『헨리 6세』 2부 4절판에서 사용되지만 2절판에서는 그렇지 않은데, 이 경우 '강력한 일리리아 해적 바르굴루스'[20]로 대체되어 있다. 그리고 1592년 말이면 셰익스피어는, 아마도 헨리 체틀을 만났을 때 자신의 감정을 잘 통제했다. 12월 8일 허가를 받은 『친절한 꿈』에서 체틀은 『한 푼짜리』에 대해 사과하면서 자신은 말로(그가 알고 싶은 생각이 없었던)든 셰익스피어든 사전 지식이 전혀 없었다고 언명했다. 그의 표현 "질"은 연기를 뜻하는데, 최근 그는 셰익스피어가 대단한 배우—공공 극장이 그해 가을 폐쇄

19   J. 리스, 「셰익스피어와 "에드워드 펏지의 책", 1600」, 『주석과 질문들』, 237호 (1992), 330~331.
20   『헨리 4세』 2부, 아든판, A. S. 케언크로스 편(메수엔, 1985), xliv와 106 n.

된 이래 눈이 휘둥그레질 재주였다—임을 발견했고, 더군다나, 완벽하게 공손하거나 정중한 사람임을 알았다는 것: "직접 보기에 그의 행동은 그가 직업에서 탁월한 것 못지않게 공손했으며, 여러 높은 분들이 그의 거래를 올바르다 하는데 그가 정직하다는 뜻이며, 또 그의 글이 익살 넘치는 우아미가 있다 하는데, 이것은 그의 예술성을 입증한다."[21] 체틀은 팔이 한쪽으로 굽어 있는 듯하다. 보통 이상 신분인 인물들, 혹은 '여러 높은 분들'이 그에게, 그 희곡 작가에 대해 말했다. 그들이 정확히 누구인지는 불분명하지만, 셰익스피어는 매우 상큼한 젊은이들과 신분 있는 사람들을 끌어모으고 있었다.

셰그백, 『실수 연발』, 그리고 『사랑의 헛수고』

『한 푼짜리』는 극단과 극단을 위해 대본을 쓰는 시인들 사이의 지속적인 불화의 징후였고, 장차 토머스 데커가 그것을 수행할 것이었다. "오 그대 이 죄 많은 시기의 시인들이여, 연기자들이 이제 그대들을 좌지우지하는",[22] 데커는 그렇게 슬퍼할 것이었고, 그린의 논평 여파 속에서, 배우 시인으로 아기 걸음마 작품 속 셰익스피어는 경계할 이유가 있었다. 그러나 그는 가장 예민한 극장 열성팬 일부, 혹은 런던의 법학원과 법학 예비원의 거대한 기숙사에서 다른 사람들의 흥미를 끄는 터였다. 그린의 '막일꾼' 암시가 있은 지 30개월이 채 안 되어, 그레이 법학원 크리스마스 주연을 벌인 법학도들이, 우스꽝스럽게도, '요한네스 셰그백'에 대해 경고를 받았다. 이 사악한 인간은 런던 역할을 맡고 잠복, 말 그대로 '모든 이'를 노리고 있기 때문에 위험하다는 거였다.

'셰그백'이 셰익스피어를 뜻하는 것이든 아니든, 극장 사정에

21　『친절한 꿈』(SR, 1592년 12월 8일), sig, A4.
22　토머스 데커, 『단지 당신을 즐겁게 하기 위하여』(1607), 『데커의 비연극적 작품들』, A. B. 그로사트 편, 전 5권(1884~1886), ii. 352.

밝은 '말꾼'들은 며칠 전 그레이 전당에서 『실수 연발』을 보았는데 배우들은 야간의 소동을 치르고 그것을 공연했다. 너무 많은 초대 손님들이 참석하고 또 혼잡 중에 몇몇이 빠져 나가고 그럴 때, "숙녀들과 주연 및 춤 말고 다른 중요한 것은 일체 제공하지 않는 게 좋겠다고 생각되었다", 『그레이 전당 공연록』은 그렇게 보고한다, "그리고 이런 스포츠 후에, 『실수 연발』(플라우투스에게 그의 메네크무스가 그랬던 것 같은)이 극단 사람들에 의해 공연되었다. 그렇게 그날 밤이 시작되었고, 끝까지 지속되었다, 혼란 및 실수투성이; 그래서, 그날은 그 후 내내 '실수투성이 밤'으로 불리게 되었다".[23] 셰익스피어 희극은 그레이 법학원과 1594년 12월 28일 무죄한 어린이들의 순교 축일에 잘 어울렸다—비록 그것이 뱅크사이드에서 처음 올려졌을 수도 있지만, 만일 그것이 헨즐로의 『질투의 코미디』였다면. 이 작품은 1593년 1월 역병 휴지기에 로즈 극장에서 공연되었으니까 말이다.[24]

　홀본 근처에 사는 많은 학생들과 신사 계층 체류자들은 공공 극장을 드나들고, 배우를 찾고, 또 무대 가십을 듣고 그럴 시간이 있었다, 그리고 1594년경 셰익스피어는 특별히 그레이 법학원에서 알려진 인물이었을 것이다. 가장 규모가 크고 유행에 민감한 법학원으로, 그레이 법학원은 북쪽과 남쪽의 부유한 가문에서 학생들을 모집했고, 북부 가톨릭 대★가문 자제들이 이곳을 다녔다는 증거가 있다. 그레이의 한 강사가(후에 기사 작위) 토머스 헤스키스였는데, 그는 알렉산더 드 호그턴의, 그리고 자신과 동명인 토머스 헤스키스(랭커셔 루퍼드의) 경의 유언 집행자였는데, 이 사람이 스트레인지 경을 알았고 연기자들을 데리고 있던 터였다. 그레이 법학원에는, 정말, 랭커셔 출신이 다른 어떤 법학원보다도 많았다; 그리고 셰익스피어가 호그턴 및 헤스키스와 아는 사이였든 아니

23　『그레이 전당 공연록: 혹은, 높고 강력한 군주, 퍼풀의 군주 헨리…』(1668), D. S. 블랜드 편(리버풀, 1968), 64, 31~32.

24　『일기』, 19.

234

든, 스트랫퍼드는 랭커셔 출신 학교 선생들을 보유하고 있었다. 그레이의 남쪽 출신 멤버 중, 세련되고 잘생긴 헨리 리즐리, 세 번째 사우샘프턴 백작보다 더 예민한 예술 후원자는 없었다. 역사적으로, 법학원들은 거의 군주에 대한 충성 의무로 드라마를 후원했고, 시인과 장래 극작가들을 숙박시켰다; 또한 그것들은 1590년대 소네트 작시를 위한 벌집이기도 했다. 워릭셔의 마이클 드레이턴이 법학원을 언급하고, 그의 소네트로 판단하자면 그는 자신의 스트랫퍼드 동향인의 미간행 소네트들을 알고 있었다.

요컨대, 『실수 연발』은 저자한테 이질적이지 않은 분위기에서 무대에 올려졌다. 셰익스피어의 가장 재미있는 희곡으로서 이 작품은 그의 상당한 기법을 과시한다. 주요 원천, 두 쌍둥이를 다룬 플라우투스의 재미난, 감상적이지 않은 『메나이크미』를 능가하는데, 통렬한 희극과 광대극을 뒤섞으면서도 한 쌍둥이가 아니라 두 쌍둥이를 혼돈 대상으로 삼아 그렇다. 셰익스피어의 시라쿠사 출신 안티폴루스는 이방인으로—요한네스 세그백이 그렇게 말해지듯—기가 죽을 정도로 빠르게 돌아가는, 유령이 출몰하는 에페수스 사회를 감당하지 못하고, 그 사회가 그를 그의 쌍둥이로 착각한다. 그는 자기 정체성을 잃은 혼란스런 배우 같다, 마치 너무 많은 괴상한 역할을 해야 하는 것처럼, 그리고 비록 동생 아내 아드리아나의 여동생, 도시풍의, 예쁜 루치아나와 사랑에 빠지지만, 결코 이방인의 사회에 완전히 투신하지 못한다.

그를 자신의 남편으로 잘못 알고 또 그의 냉담함에 충격을 받고, 아드리아나는 사랑의 상실로 인해 겁에 질려 그를 간구한다. 그녀의 비애는 비극적 측면이 긴박하고 또 응답 받지 못한다, 마치 그녀가 소위 어두운 숙녀 소네트의 시인에게 답변이라도 하는 것처럼. "그래요, 그래, 안티폴루스, 이상한 표정을 짓고 이마를 찌푸리세요", 그녀가 애원하며 울부짖는다,

9. 9월의 도시

235

어찌된 일인가요 그런데, 나의 남편이시여, 오 어떻게

당신이 당신 자신에게서 멀어지셨나요? —

당신 '자신'이라고 나는 부릅니다, 제게 낯서니까요

그, 나뉠 수 없는, 통합된,

당신 사랑스러운 자신의 더 좋은 부분보다 더 좋은.

아, 당신 자신을 제게서 떼어 내지 마세요:

왜냐면 아셔요, 내 사랑, 당신이 설령 쉽사리

물 한 방울을 파도치는 바다에 떨어뜨렸다가

그 방울을 다시 뒤섞지 않은 채

더도 덜도 아닌 상태로 다시 되찾는다 하여도,

제게서 당신을, 그리고 또한 저를 그렇게 하시지는 못합니다.

(II. ii. 113, 122~132)

아드리아나는 사실상 '스트랫퍼드 관점'에서 저자에게 말하고 있는 것일까? 흥미롭게도, 셰익스피어는 희곡에서 가공의 심리 상태를 묘사할 때 거의 자전에 탐닉한다. 『실수』는 스트랫퍼드 생활에 대한 암시를 담고 있는 여러 겹의 희극이다. 안티폴리가의 '혼돈'은, 광대극 같지만, 대단원 전에 날카로운, 현실주의적 이의 관계의 긴장을 유발한다: 노인 에게우스는, 죽음에서 구원받고, 그의 아내 '여수도사'와 재결합하는데, 그녀의 신앙에 대해서 만큼이나 약초에 대해 실제적이다. 극작가의 아버지처럼, 에게우스는 지극히 중대한 순간에 돈이 없었고, 존 셰익스피어에게 영향을 끼쳤던 튜더 시대 고리대금 법령만큼이나 제멋대로인 법에 직면했다. 그는 자신의 아내보다 자손을 더 열망했고, 그의 시라쿠사 아들, 안티폴루스는, 여행하는 배우가 그랬을 것처럼 가족이 없었다.

희곡의 이런 자전적 측면—너무 과도한 강조를 무릅쓴다면—은 최소한 저자가 자신의 원천이 되는 문학 기조와 거리를 두는 데 도움을 준다. 라틴어 『메나이크미』가 기하-추상적이고 냉소적인 반면, 『실수 연발』은 무죄한 어린이들의 순교 축일에 두 번 공연되는 드라마에 걸맞은 치유 이야기를 펼친다. 셰익스피어는 자신에게 지속적인 지적 중요성을 지니는 문제, 이를테면 존재하지 않음의 공포, 혹은 자기 구원의 필요 같은 문제를 탐구하며, 이 가벼운 희극이 정말 『햄릿』의 정체성 문제 그리고 후기 로맨스의 화해와 대비되게 한다. 만일 1592년 9월 이후 쓰여졌다면, 그럴 법도 한데, 『실수 연발』은 그린의 『한 푼짜리』에 포함된 자신의 청렴결백에 대한 공격 때문에 셰익스피어가 추정되는 것보다 더 깊은 혼란에 빠졌음을 암시한다. 『실수』는 자신에 대한 옹호라기보다는 어떻게 자신이 자신을 판단할 수 있는가를 탐구하는 측면이 더 크다. 다른 사람들이 알아보지 못하는 상태에서, 시라쿠사의 안티폴루스는 자신할 만한, 혹은 방어할 '자아'가 전혀 없다. 아드리아나의 자아, 심지어 그녀 '혈통'의 성격조차 그녀 자신의 행동뿐 아니라, 그녀 남편의 그것에도 의존한다. 재미있기는 하지만, 『실수』는 어떤 면에서 자신을 알고자 하는 능숙한 저자가 쓴 골치 아픈 작품이다. 그레이 학생들은 희곡을 들을 수 있었다면 '피닉스'(롬바르드 가의 한 가게와 어떤 런던 여인숙의 표지판)와 '호저'(뱅크사이드 여관)를 언급하는 것이 분명 재미있었으리라, 뚱뚱보 넬의 지리학에 맞추어 당대 유럽과 아메리카를 돌아다니는 것이며 대머리에 대한 음탕한 농담도 물론 그랬겠지만. 30세 무렵 아마도 머리카락이 빠지면서, 셰익스피어는 대머리를 재치, 혹은 매독, 아니면 둘 다의 징표로 보았다.

　『사랑의 헛수고』 또한 역병 시기 혹은 그 직후 학생과 변호사들을 염두에 두고 쓰여진 것 아니냐는 주장이 제기되어 왔다. 이 작품은 법학원의 '말꾼'들 용으로 충분히 음탕하다. 궁정에서 공연될 예정이었고, 노천극장에서 공연되었음이 분명하다. 운문이 매우 능란하지만, 『사랑의 헛수고』는 비교적 계획성 없이 매우 서둘러 쓴 흔적이 있다. 작품은 나바르 왕의 '욕심 많은' 시간을 물리치고 그 대신들과 함께 3년 동안 공부하여 명성을 얻을 것이며 그 기간 중 어떤 여자도 이 학문 그룹의 명성을 훼손할 수 없다는 돈 키호

237

테적 절름발이 소망으로 시작된다; 그러나 계획은 금세 전복되고, 연극은 거의 플롯이 동나 버린다. 러시아인의, 그리고 저명인사 아홉 명의 우스꽝스런 쇼와 구애놀이는 셰익스피어가 솜씨 있게 즉흥 처리했고, 메르카데가 5막에서 프랑스 왕의 사망 소식과 함께 도착하기 전, 연극은 절묘한 희롱거림이다—재치와 말장난, 그리고 말들에 대한 드라마가 음악 상태를 희구하는 릴리풍 작품.

대신들 중 가장 기민한 비론은, 예를 들어 빛이라는 단어를 3행 동안 우아하게 또 예닐곱 번이나 사용한다, 정말 숨 쉬는 것만큼이나 쉽게.

> 빛은, 빛을 찾으며, 정말 빛에서 빛을 갈취합니다;
> 그러므로 빛이 어둠 속에 놓여 있는 곳을 그대가 찾을 때
> 그대 두 눈을 잃으므로 그대의 빛이 어두워집니다.
> (I. i. 77~79)

그는 나바르 '학문 그룹'의 모든 진실을 처음부터 별로 아니 전혀 힘들이지 않고 요약한다:

> 부득이하게 우리는 모두
> 이 3년 동안 3,000번 맹세를 어기게 될 것이오;
> 왜냐면 누구나 자신의 감정을 갖고 태어나고,
> 그것은 힘이 아니라, 특별한 덕으로만 다스려지는 것.
> (I. i. 147~150)

하지만—한가로운 구성 안에서—셰익스피어는 부분적으로 회상을, 혹은 자신의 초기 작시법 및 수사학 집착에 대한 희극적 비판을 연습하고 있는 듯하다. 분위기가, 어떤 면에서는, 1570년대 처치 가일지 모른다. 초등학교의 온실을 그는 애정과 기쁨에 넘쳐 부활시키고 있다. 아르마도, 홀로페르네스, 그리고 나다니엘 모두

함께 상급 및 하급 학교 현학 취미를 암시한다—그러나 홀로페르 네스는 라블레 작품에 나오는 팡타그뤼엘의 가정교사 이름을 괜히 갖고 있는 게 아니다. 그는 단순한 바보가 아니다, 왜냐면 이탈리아 출신 중 최고의 시인은 오비드, 혹은 큰 코('상상의 구린 꽃 냄새를 맡아 내기 위한') 나소라고 생각한다. 정말, "오비디우스 나소가 진짜지."(IV. ii. 123~125) 오비드 숭배에서, 그는 자신의 창조주를 대변한다. 4막에서 당대 작가들의 오비드에 대한 과도한 의존을 겨냥한 풍자로 보였던 것이 빈틈없는 큰 코 나소 예찬으로 변형된다. 오비드를 향한 셰익스피어의 애정이 이 대목에서 극히 부드러운 초등학교 이상 비판을 벙어리로 만들거나 완화시킨다, 마치 오비드의 매력이 한때 처치 가 공기를 물들이고 젱킨스 선생의 바로 그 벤치를 부드럽게 해 주었다는 듯이. 오비드한테 귀띔을 받고, 홀로페르네스는 퀸틸리안 10권에서 배웠다, 시는, 모방만으로는 충분치 않다는 것('imitatio per se ipsa non sufficit'), 그리고 나소에게 그랬듯 우아함, 능수능란함, 그리고 창의력이 가장 중요하다는 것을.[25] 그래서 그는 비론풍 소나타에 대한 노련한 비판을 제공하며, 4막 자체가 연극을 떠나 서정 시인의 길로 향하는 길을 셰익스피어에게 가리키는 듯하다.

극작가가 홀로페르네스에 빠졌다면, 비론도 그렇다. 이 대신 역할은 『사랑의 헛수고』를 실제로 쓰는 동안 셰익스피어가 생각을 고쳐먹어, 붓 가는 대로, 약간 늘어난 듯하다. 그리고 행동에서, 비론은 가장 온전하게 규정된 길드 홀 위쪽 홀에서 나온 유령이다. 적절한 꾸지람을 듣고, 호박단류 구절을 포기한다고 맹세하는 그 대사 자체가 완벽한 소네트(V. ii. 402~415)이고, 그의 참회는 사랑의 열병을 앓는 대신들 중 가장 가혹할 것이다. 신음하는 환자들을 방문하고 '고통 받는' 불구자들을 그가 미소 짓게 만든다면, 로잘린느가 그렇게 부탁하고 있지만, 춤추는 그의 재치를 환자들

25 조나단 베이트, 「오비드와 소네트들; 혹은, 셰익스피어는 영향의 불안을 느꼈는 가?」, 『셰익스피어 개관』, 42호(1990), 70.

239

이 확증해 주었을 가능성이 높다.

문제는 셰익스피어가 비론풍의 서정적 우아미를 포기할 수 있는가, 아니면 서정적 재능을 자신의 용도에 더 멀리 적용할 길을 찾을 수 있는가 하는 것이리라. 『사랑의 헛수고』는 극장에 대한 그의 열의가 감소하고 있음을 암시하며, 어떤 면에서는 드라마 정신의 실패다. 여성 등장인물들은 결국 멀고, 시험되지 않았고, 정체를 알 수 없으며, 또 겉보기에 어떤 종류의 사랑도 필요로 하지 않는다. 이 연극은 자신의 때를 매우 시험적으로 내다본다―비록 뉴스거리가 되는 이름들로 꽉 차 있기는 하지만. 에식스 백작이 나바르 혹은 헨리 4세와, 프랑스 장군 비론과, 그리고 노르망디 행정관 롱그빌과 함께 1591년 연회를 열었다. 연극의 시사적 병렬은 애매하고, 풍자의 표적들이 명료하지 않다(있기는 있는 것이라면). 아르마도의 시종 소년 모트는 적어도 명확하게 내시를 빗댄 풍자화는 아니다, 소년 배우가 내시의 허풍을 흉내내거나, 그의 우스꽝스러운, 각진 이를 과시했을 가능성은 있지만.

내시는 비론이 진짜 비론 공작 아르망 드 공토와 비교되는 것을 들었을 법하다, 왜냐면 그는 '분주한 재사들'이 있지도 않은 암시를 찾아다닌다고 주석을 달았다. "빵(bread) 얘기만 하면", 내시는 그렇게 썼다, "사람들이 그것을 저지대 지방 브레단Bredan 마을이라고 해석한다; 맥주(beere) 얘기를 하면 곧장 프랑스 베룬Beroune 백작을 비웃는 거라 한다".[26]

셰익스피어는 이 연극에서 거의 조롱하지 않는다, 우리가 아는 한, 미사여구 문체 그리고 말로나 스펜서에 대한 가벼운, 패러디풍 일별 말고는. 그러나 『한 푼짜리』에 들어 있는 공격과 오랜 동안의, 의기를 꺾는 공연장 폐쇄가 그를 극장과 화해시키는 데 아무 역할도 하지 않았다 한들, 그 역경은 앞에 놓인 새로운 길을 좀 더 매력적으로 보이게 했을 가능성이 높았다. 자신의 세련된 드라

---

26 내시, 『전집』, 매커로 편, ii. 182.

마에서, 셰익스피어는 배우와 대규모 군중을 즐겁게 하려고 했다
―그러나 자신의 직업을 은연중에 무시하는 일이 없지 않았다. 그
는 배우의 일상이 주는 압박 및 따분함과 어긋나는 투의 우아미
를 과시하며 썼다. 가장 좋은 시절에도 재정 형편이 불안했던 그
와 그의 동료들은 군중들이 무엇을 좋아할지, 그리고 당국의 비위
를 거스르지 않는 것이 무엇일지 예측해야 했다. 역병이라는 쓰라
린 단절 속에서, 각 극단의 지불 능력은 모두 위태위태했다, 그들
이 무슨 작품을 수중에 갖고 있든, 혹은 작품 공연이 얼마나 좋았
든 상관없이.

더군다나, 셰익스피어가 자기(그리고 스트랫퍼드 가문) 체면에 민
감하고 한결같은 관심을 보였다는 증거가 있다. 돈을 버는 일이라
면 그는 새로운 직업을 택하고 싶은 유혹을 받았을 거였고, 낙천
적이고 또 힘 좋은 사내로서 영국의 위대한 시-후원자를 즐겁게
해 줄 꾀를 내리라 희망했음직도 하다. 일과 생활을 극장에서 보
냈으므로, 자신의 앞길을 확신했을 리 없다. 새로운 직업에 자기
배반이 있을 수 있다. 그의 소네트는, 자전적인 한에 있어서는, 그
의 정체성에 불편하게 접근한다, 마치 그가 벌레 단지의 뚜껑을
열기라도 하는 것처럼. 그것들은 자아의 환영, 그리고 자아를 그
리는 일에 긴박하게 몰두해 있다. 어쨌든 역병 기간, 우리가 아는
한, 그는 무대 너머 새로운 동패를, 새로운 관객을 그리고 주목할
만한 한 청년을 희망적으로 바라보았다.

10. 후원자, 시, 그리고 극단 작업

어떻게, 오, 어떻게 사랑의 눈이
진실할 수 있겠습니까,
바라보며 눈물로
그토록 애달픈 그 두 눈이?
—소네트 148

사우샘프턴 백작에게

궁정 신하, 변호사, 그리고 직업과 상업상 지체가 높은 다른 사람들 사이에서 세련된 독자들을 제대로 의식, 셰익스피어는 역병이 도는 몇 년 동안 에로틱한 작품을 두 편 발간했다. 이 시들은 남녀 독자 모두를 염두에 둔 것이었다. 하지만 오비드풍 우아미와 재치로 풀어낸 강간, 유혹 그리고 여성의 슬픔 이야기에 경탄할 여유 시간이 있는 청년들에게 특히 어울렸다. 「비너스와 아도니스」 그리고 「루크리스」와 함께, 셰익스피어는 교양 있는 사회에서 시인으로 인식되기 위해 강력한 선언을 한 셈이었다.

그리고 시들은 황량한, 역병이 횡행하는 런던과 대조를 이룬다. 1593년 초기면 셰익스피어는 이미 많은 것을 이룬 터였다. 벼락출세한 '장면-흔들이'로 고통을 받았다지만, 인쇄물로 체틀이 사과해 왔다. 그리고 이제 몇 주 동안 배우들이 런던에서 일을 재개했다, 1월 28일 역병이 극장을 폐쇄할 때까지. 스트레인지와 서식스의 연기자들은 겨울에 도시 근처에서 머뭇거리다가 다시 순회 공연 길에 올랐다. 사실, 서식스 극단은 4월 29일이 되어서야 런던 반경 7마일 너머에서 공연해도 좋다는 추밀원 허가를 받았다. 규모가 더 큰 스트레인지 극단은 5월 6일 허가를 받았는데, 그때

242

쯤이면 앨린과 함께 첼름스퍼드로 향한 뒤였다. 틈틈이 연기 극단들은 고된 순회공연을 준비했는데, 켐프, 포프, 헤밍 같은 사람들 및 다른 지분 공유자들을 고용인, 그리고 소년들과 함께 북쪽 뉴캐슬과 요크까지 데려가는 거였다.

런던의 가로는—이 「비너스와 아도니스」 해에—거지들로 들끓었는데, 그중 일부는 해외에서 돌아온 상이군인들이었다. 바오로 교회 마당의 기름 때 묻은 군중 사이에서 책장사들은 수입이 괜찮았지만, 교외는 충분히 비참했다. 필립 헨즐로, 로즈 극장의 그는, 전당포로 업종을 바꾸었다, 고객들에게 터무니없이 높은 50%의 이자를 매기고 또, 주로 여성들에게서, 하찮은, 어린애 옷가지가 든 헝겊 보따리까지 받아들이며.

셰익스피어는 길 떠날 준비를 하는 극단에 소용이 됐을 거고, 대략 이 시기에 합동 작업이 있었을 거라고 생각할 이유가 있다. 그는 분명 자신의 드라마가 즉흥 배우나 다른 손들에 의해 변경될 것이라 보았고, 아마도 이미 『에드워드 3세』를 일정 부분 썼을 텐데, 이 작품은 여전히 인정받는 셰익스피어 정전 작품에 들지 못하고 있다, 학자들은 대체로 그가 첫 두 막에 기여했다는 데 동의하지만. 왕권에 대한 참신한 견해와 프랑스에 대한 온건한 견해를 품고 있는 사극 『에드워드 3세』는 자신의 성질을 다스리려는 왕의 노력을 다루고 있다. 셰익스피어 스타일이 명백하다, 예를 들면, 한 귀족이 딸에게 권력 부패 목록을 선생처럼 근엄하게 선고하는 대목:

> …독은 황금 잔 속에서 더욱 사악해 보이고;
> 어두운 밤은 번갯불 때문에 더욱 어두워 보인다;
> 곪은 백합이 갈대보다 더 악취를 풍긴다.[1]

1   『에드워드 3세 치세: 여러 차례 런던 시 주변에서 공연된』(1596), 『외경』에 재인쇄, C. F. 터커 편(옥스퍼드, 1918), II. i. 449~451.

셰익스피어는 마지막 행을, 글자 하나 빼놓지 않고, 소네트 94번에 써먹었다. 이 희곡의 다른 구절들도 그의 소네트들 안에 들어 있다―소네트들이 『에드워드 3세』 텍스트와 약간 연관이 있다는 얘기다.

이 해에 그는 보다 가벼운 작품들을 공동 작업했을 성싶다; 그리고 『토머스 모어 경의 책』 연극 대본은―간략하게―「비너스」를 쓸 당시 그의 작업 모습을 보는 기회를 줄지 모른다.[2] 우리가 아는 바는 안토니 먼디―휘발성 화젯거리를 좋아했던 정부 정보원―가 토머스 모어 경, 그는 여왕 아버지에 의해 처단 당했는데, 그를 다룬 대본 작업에 주요하게 가담했기 때문이다. 이 희곡은 시기가 적절했다. 1517년 외국을 겨냥한 런던의 '불행한 메이데이' 폭동을 포함시킨 것이다; 이는 불길한, 잊혀지지 않은 사례로 1592년 6월 11일 서더크 폭동에서 메아리쳤고 바로 이것이 8월 역병 경고 두 달 전 극장을 공식적으로 폐쇄시킨 원인이었다. 서더크 폭동의 경우, 폭도들은 정부가 프랑스와 저지대에서 흘러드는 '이방인' 혹은 노동자로부터 도제들을 보호하는 일에 늑장을 부린 것에 분노했다. 역사적인 폭동에서 모어가 했던 역할을 다룬 먼디의 희곡은 센세이션을 기대했으나, 집필에 문제가 생겼다. 대본 수정자들이 불려 왔고, 『모어』 대본 내 셰익스피어의 필적이,

2   이 연대는 여전히 추정 수준이다. 양식적인 증거만으로는, 분명, 집필 날짜를 집어내기가 너무 애매하다. 「비너스」가 허가 받기(1593년 4월 18이) 오래 전에 완성된 것이 아니라 한들, 먼디와 'D 손'이, 차례로, 1593년 말 전에 『모어』 작업을 했단들 있을 법하지 않은 얘기는 아니다. 스콧 맥밀린, 『엘리자베스 시대 극장과 토머스 모어 경의 책』(이시카, 뉴욕, 1987), 3장 그리고 T. H. 하워드―힐 (편), 『셰익스피어와 '토머스 모어 경'』(케임브리지, 1989)에 담긴 견해들을 보라. 먼디가 『모어』 작업을 일찍 시작했다는 주장은, 그러나, 도시의 낯선 위기, 1592년에 첨예해진 위기에 그가 반응한다는 가정에 의거한 것이다. 20세기 중반까지, 이른 날짜에 대한 한 반대 의견은 먼디 필적을 명백히 오해한 것에 근거했다. 『토머스 모어 경의 책』은 먼디의 MS 『존 A 켄트 & 존 a 컴버』(헌팅턴 도서관 MS HM 500)와 한데 묶여 있는데, 이것 자체는 '1595년' 혹은 '1596년'이 아니라, '1590년 12월'로 날짜가 잡혀 있다, I. A. 샤피로가 「날짜의 의미」, 『셰익스피어 개관』, 8호(1955), 101~105에서 보여 주듯.

오늘날 'D 손' 것으로 알려진 2절판 세 쪽에서 발견되었다.

'D 손'—혹은 우리가 생각하기에, 셰익스피어—은 명료한, 흘려 쓴 '서기' 필치로 빠르게, 쉽게 쓴다, 절제 없이, 수고를 줄이며. 그는 이름, 생략, 그리고 다른 지엽적인 것들 위에서 혼란스레 머뭇거리고, 무대 위 연극보다는 삶에서 장면을 상상할 수 있는데 이는 셰익스피어와 다르지 않다, 왜냐면 그가 다른 곳에서 '앙지에르 인들 앞에 등장' 혹은 "벽 위에 시민들" 같은 비연극적인 무대 지시를 쓰고 있다.[3] 그러나 'D 손'은 견실한, 인정 많은 토머스 모어 경을 환기하고, 그의 대사는 마치 시인이 그 안에 사로잡혀 있는 것처럼 일련의 이미지들을 빠르게 구사한다. 이미지의 감정적 영향력이 느낌의 리듬을 만들고, 그래서 시인은 모어의 영혼을 따르고 또 채우지만, 창조하지는 않는 듯하다; 생생한 '등장인물' 윤곽 묘사는 그의 창작 목표 혹은 과정에 포함되기에는 너무 외적인 문제였을지 모른다. 극장 시인의 펜이 빠르게 움직일 수 있었다고 하지만, 당대 르네상스 희곡 텍스트에서는 속도의 흔적을 찾기 힘들다. 런던 폭도들을 향한 모어의 대사에 오늘날 우리는 구두점을 좀 더 무겁게 찍고 있다:

> 너희는 너희 영혼에 무슨 짓을 하는가
> 이런 짓을 하다니? 오 너희 절망적이므로,
> 너희의 더러운 마음을 눈물로 씻어라, 그리고 그 손
> 역도들처럼 너희가 평화를 겨냥해 쳐드는 그 똑같은 손을
> 평화를 위해 쳐들어라, 그리고 너희의 불경한 무릎,
> 그것을 너희의 발로 삼아라.

'D 손'이 실제로 썼던 것은 매우 빠른데, 자연 발생성과 조화가 더더욱 명백한 것은 구두점이 앨린이나 버비지 같은 배우의 허파

---

3   『존 왕』, L. A. 보얼라인(케임브리지, 1990), 185.

에 맞게끔 호흡-쉼 표시를 철저히 하지 않은 까닭이다:

> what do you to yor sowles
>
> in doing this o desperat as you are
>
> wash your foule mynds wt teares and those same handes
>
> that you lyke rebells lyft against the peace
>
> lift vp for peace, and your vnreuerent knees
>
> make them your feet[4]

'D 손'이 집필한 부분은 1623년 2절판에 있는 헤밍과 콘델의 셰익스피어 회상을 상기시킨다, '너무 손쉬워서' 그의 '마음과 손이 함께 움직인' 확실한 작가라는. 설령 그가 쓰지 않았다고 밝혀지더라도, 이 대사들은 그의 이야기 시와 소네트에서 보는 바로 그런 연극적 속성들―민첩함, 유려함, 표현력 있는 어조 등등―을 드러낸다. 『토머스 모어』는 어쨌든 행사 담당관 에드먼드 틸니의 검열안을 놀래었고, 틸니는 봉기를 연극화한 자료들을 대신 이야기로 만들 것을 요청했으며, 대본 수정자들용으로 이렇게 덧붙였다, "그렇지 않을 경우 곤경을 각오해야 할 것".[5]

시인 혹은 필경사 여섯 '손들'의 작품임에도 불구하고 『모어』는 시들해졌다―그리고 그것이 무대 게시판에 도달하기나 했는지 의심이 갈 정도다.

거의 역병의 지겨움에 응답하듯, 셰익스피어는 「비너스와 아도니스」를 준비했다. 이 에로틱한 시작품은 봄에 준비를 마친 상태였다. 기백과 색깔로써, 드넓은 시간의 조망을 구사하며, 엘리자베스 시대 사람들이 얼마나 손쉽게 광활한 미래를, 심지어 법률 문서에서조차 상상했는가 상기시켜 준다. (그들은 우리 시대 공상 과학 소설이 거의 필요치 않았다) 셰익스피어가 태어난 달, 사이먼

---

4   MS BL. 할리언 7368, fo. 9r.
5   MS BL. 할리언, fo. 3r.

손더스라는 사람은 유형적으로 '크로프테' 임대권을 2,995년 기한으로 팔았다. 다시, 토머스 샤팜은 데번 땅을 AD 3607년까지 쓸 수 있었다, 그리고 존 하지는 자기 가족이 AD 4609년까지 소유권을 행사할 수 있는 부동산 매매 계약에 서명했다, 마치 우리의 20세기가 '내일'이라는 듯이.[6] 셰익스피어의 광대한 시간관은 유별난 것이 아니지만, 시에서 썩 유리하게 활용되고 있다. 「비너스와 아도니스」를 그는 세련된, 훌륭한 학교 교육을 받은 헨리 리즐리 세 번째, 사우샘프턴 백작에게 증정했고, 그 시인 후원자에게 걸맞은 라틴어 명구를 찾았다. 그것은, 한 버전에서, 이런 뜻이다, "상상력이 비천한 재사들은 사악한 것들을 예찬케 하라,/아름다운 태양이 나를 뮤즈의 샘으로 이끄나니"[7]

그 후 그는 편지를 덧붙이는데 내용은 그가 그 19세의 백작을 겨우 아는 정도라는 점을 암시한다. 당시 런던에 있었고, 또 그가 돈을 받고 「비너스」 원고를 건네준 스트랫퍼드 지기 리처드 필드가 인쇄한 그 편지는 'William Shakespeare'라는 이름으로 끝난다—그리고 그 철자가 흥미롭다. 필드는 아마도 마지막 이름의 두 음절—'Shak'과 'Speare'—사이에 중간 모음 e를 끼워 넣었다. 왜냐면, 튜더 시대 인쇄에서는, k와 긴 S자 모두 장식 꼬리를 달았다 (즉, 각 활자의 '얼굴'이 그 뒤의 작은 '몸' 앞으로 삐쭉 나온 꼴이고, 함께 놓일 경우 이런 활자는 인쇄할 때 굽거나 깨졌다). 시인의 알려진 서명 여섯 개 중 그 어느 것도 마지막 이름 중간에 e가 보이지 않는다; 그러나 그의 앞 이름은 고정된 것으로 여겨지지 않았다. 습관상, 아니면 신경을 쓰는 한, 아마도 'Shakspere', 혹은 'Shakspeare'인 것이 그는 행복했다.[8]

"올바르고 명예로운 분", 그는 자신의 29번째 생일 몇 주 안에 백작 및 다른 「비너스와 아도니스」 독자들을 위해 전술적으로 이렇게 쓰고 있다,

6   MSS 폴저 Z. c. 39(7), 그리고 Z. c. 9(144, 150).
7   오비드, 『사랑』 1. 15. 35~36.

제 미숙한 시행들을 백작께 헌정함으로써 얼마나 폐를 끼치게 될지 저는 모릅니다, 그토록 미약한 짐을 버텨 달라고 그토록 강력한 지지를 간청했으니 세상이 나를 어떻게 비난할지도 모르고요, 다만 백작께서 겉모습이나마 즐거워 보이신다면, 저는 황공한 칭찬으로 생각합니다, 그리고 맹세하나니 모든 한가로운 시간을 활용하겠나이다, 제가 더 많은 노력으로 백작님의 명예에 보탬이 될 때까지. 그러나 제 의도의 첫 산물이 흉한 것으로 드러난다면, 저는 그것이 그토록 고상한 대부를 갖게 됨을 안쓰러워할 것입니다: 그리고 이후로 결코 그토록 메마른 밭을 갈지 않을 것입니다, 여전히 그토록 나쁜 수확을 거둘까 두려우니까요[.] 저는 그것을 백작님의 친견에 맡깁니다, 그리고 백작님 마음의 만족에, 그것이 항상 백작님 자신의 소망에 답하기를, 그리고 세상의 희망찬 기대에 답하기를.

백작님의 명예를 위해 모든 의무를 다하며,

윌리엄 셰익스피어

그는 새롭게 태어났다, 흡사 자기 두뇌의 '첫 산물'과 함께 자신의 경력을 다시 시작한다, 그리고 '그토록 나쁜 수확'은 그가 자란 진흙투성이 미들랜즈를 암시한다. 사우샘프턴의 최신식 이름은 시인이 자신 없어 하는 작품을 선전한다. 셰익스피어는 토머스 로지의 「스킬레의 변형」을 따르고 있다, 가볍게, 스타일 문제에서.

그러나 그 자신의 에로틱한 짧은 서사시는 가벼운 차용을 잘 구사한다. 그의 아도니스는 새침한, 사춘기를 겨우 넘긴 소년으로,

8   그의 서명 여섯 개는 'Willm shakp', 'William Shakspe', 'Wm shaksper', 'William Shakspere', Willim Shakspere', William Shakspeare'다. 앤터니 G. 페티의 전사와 엘리자베스 시대 서기들의 빠른 필체에 대한 그의 언급을 『초서에서 드라이든에 이르는 잉글랜드 문사들의 필체』(케임브리지, 매사추세츠, 1977)에서, 그리고 논평을 EKC, 『사실들』, i. 504~506에서 보라. 6개 서명이 서로 다른 것은 희곡 작가의 정신 상태보다는 그 시대의 느슨한 철자법과 더 많은 관계가 있다. 그의 이름 인쇄에 대해서는, 마그레타 그라치아와 피터 스톨리브래스, 「셰익스피어 텍스트의 구체성」, 『셰익스피어 쿼털리』, 44호(1993), 255~283을 보라.

연기 극단에 새로 들어온 소년에게 어울릴 듯한 얌전함과 서투름을 풍긴다. 아도니스가 섹스를 '부끄러운 수치심'으로 그리고 처녀의 '수줍음'으로 두려워하는 것은 마치 마마보이 같다.

비너스는 쇼어디치 유곽 마담처럼 미쳐 날뛴다, 혹은 그녀가 아도니스를 팔로 안고 다니거나 동정인 그의 몸을 음탕하게 갈망할 때 언뜻 누구 못지않게 육욕적이고 땀 범벅이며, 헐떡거리는 괴상한 여자로 보인다:

뒤쪽으로 그녀가 그를 밀어냈다, 밀쳐지기를 바랐으므로,
그리고 힘으로 그를 지배했다, 육욕으로는 아니었지만.
(41~42행)

그의 붉은 입술이 잉글랜드를 역병에서 구원해 주거나 '위험한 해'(아마도 1592~1593년)로부터 전염 상태를 몰아내 줄지도 몰랐다, 그녀가 그에게 열정적으로 이렇게 말하듯, "별을 바라보는 자들이"

죽음 위에 썼으므로,
그대 숨결로 역병이 추방되었다 말하기를!
(508~510행)

초기 독자들은 그녀를 희극적으로 보지 않고, 성적으로 흥미진진하다고 여겼다. 그리고 오비드는 비너스와 아도니스가 서로 사랑하는 것으로 이야기를 처리했지만, 여기서는 여신이 광란에 가까운 애원이 전혀 먹혀들지 않기 때문에, 여신이 좀 더 애처롭다. 이 시에서 그녀의 정욕은 정당하다, 마치 저자가 자신의 이른 여자 경험을 끌어들여 그녀를 경계의 대상으로, 그런 다음 어머니같이, 요염하고, 동정 많은 존재로 만들려 하는 것처럼. 셰익스피어가 여성의 성적 주도에 매료되는 것─『한여름 밤의 꿈』에서 티타

니아가 바텀을 상대로 벌이는 광대극풍의, 그러나 마음을 뒤흔드
는 구애, 혹은 『좋을 대로 하시든지』 로잘린드의 올란도 구애, 아
니면 『끝이 좋으면 다 좋다』 헬레나의 버트람 쫓아다니기 등에서
처럼―에는 심오한, 아마도 자전적인 측면이 있다. 시인이 백작으
로 하여금 총각 상태를 버리게 만들려고 글을 썼다고 하기는 힘
들지만, 출산용 작품 격인 소네트 1~17의 행들에서, 비너스로 하
여금 아이를 낳자고 주장하게 만들었다. 아도니스의 말이 암말과
짝을 짓기 위해 뛰쳐나간 후 비너스는 소년에게 성교 자세를 취
하게 만든다, 포동포동한 팔을 그의 목에 감고 그녀의 배 위로 끌
어내리며, 그리고 등을 대고 누워:

이제 그녀는 정말 사랑하고 싶다,
그녀의 챔피언이 뜨거운 만남을 위해 올라탔고.
(595~596행)

그러나 그는 바로 이때 그녀의 환락을 위해 '자극하지' 않았다,
소네트 20의 한 구절에서, 그리고 다음 날 멧돼지의 남근 같은 이
빨이 그의 사타구니에 박힌다.
비너스는 그의 죽음에 분노의 눈물을 흘린다. 온갖 연인들이 비
탄에 빠지리라는 비너스의 전망과 하늘로의 비상에서, 시인은 그
녀가 우리에게, 이 땅에 물려주는 것을 암시한다―성적인 죄책감,
배반의 독기, 그리고 귀찮은 잔소리의 고문, 사실 이런 것들을 셰
익스피어는 소네트에서 취하고 있다.
1593년 4월 18일 허가를 받았으니, 「비너스와 아도니스」는 데
뷔가 늦었지만, 리처드 필드는, 작품을 곧바로 샀는데, 9월 중반
경 인쇄본을 마련했고 또 시장성이 매우 높은 그 판권을 이듬해 6
월 존 해리슨에게 팔았다. 시작품의 그림 같은 호소력, 육감성, 그
리고 상큼한 보조步調가 궁정 신하와 학생들한테 인기를 끌 것이
확실했다; 1599년에 이르면 최소한 6쇄를 찍게 되고, 이 작품이

II. 런던 무대의 배우 겸 시인

출판되던 해 토머스 에드워즈, 마이클 드레이턴, 그리고 토머스 헤이우드가 자신들의 작품에서(모두 1593년 10월에서 1594년 5월 사이에 출판 허가를 받았다) 그것을 언급한다.[9]

그 결과로 셰익스피어의 이름이 런던 문학계에서 더 잘 알려지게 되었다. 극작가 및 다른 시인들이 서로 알았고, 「비너스」가 사우샘프턴 그룹 사이에서 주목을 받았을 거였다. 후원망은 유동적이고 부서지기 쉬웠지만, 멀리 떨어진 정보원들이 한 시인의 경력에 영향을 끼칠 수 있었다. 사우샘프턴은, 우리가 아는 대로, 시인 풀크 그레빌과 함께 궁정으로 왔는데, 그레빌 아버지는 존 셰익스피어 아버지가 '공의회'에 다닐 당시 토지 관리인과 참사회원들을 도운 후 스트랫퍼드어폰에이번의 명예 기록관을 지낸 자였다. 우리는 이 점을 모르지만, 사우샘프턴이 아들 풀크—재능을 알아보는 눈이 상당했던—를 통해 셰익스피어에 대해 약간 들은 바가 있었고 그래서 격려하고 싶은 마음이 더 일었을지 모른다.

드레이턴과 헤이우드 같은 시인들이 「비너스와 아도니스」에 대해 흥분했으니 그 저자가 인구에 회자되었을 것은 분명하고, 젊은 군주의 총애 표시도 받았을 것이다. 백작은 셰익스피어가 '기분상 보장'이라 표현했던 것을 간단하게 주었는바, 그것은, 막연한 대로, 좋게 보았다는 징후를 암시한다. 그에 대해 알게 될 기회가 더 많아진 지금, 셰익스피어는 1593년 가을 무렵, 아니면, 어쨌든, 이듬해 봄 이전에 그 젊은 '헨리 리즐리, 사우샘프턴 백작이자 티치필드 남작'에게서 무엇을 보았을까?

백작 집안으로 보자면 헨리 리즐리의 탄생 시간 자체가 감동적이고 기억할 만했지만—1573년 10월 6일 오전 3시 출생—그는 불행한 결합의 훌륭한 산물이었다. 셰익스피어가 들었거나 아니면 눈치 빠르게 살펴보았을 많은 것들, 이를테면 그 청년이 연기, 예술, 그리고 연극을 사랑한다는 것, 아니면 그의 자기 과시와 야심,

9   캐서린 덩컨-존스, 「빨강 하양 대소동: 셰익스피어 「비너스와 아도니스」(1593)의 최초 필자들」, 『영국 연구 리뷰』, 44호(1993), 479~501.

호모 에로틱한 교우 관계, 그리고 꽤 까다로운, 다소 앞뒤를 가리지 않는 품성 등은 분명 성장 과정에 원인이 있을 거였다. 그의 아버지는 열렬한 가톨릭으로, 한 번 이상 반역죄로 투옥되었고, 어머니는 아름답고, 감상적이며, 다소 철없는 데가 있어 평민을 연인 삼았다고 한다.

소년 시절, 헨리 리즐리는 부모 사이의 중개자 역할을 했다. 그런 다음, 강제로 어머니한테서 떨어졌을 때, 여자에 대한 깊은 의심을 키워 가게 되었다—그리고 그는 종종 남자 친구들한테서 자극 혹은 애정을 구하게 된다. 아버지가 죽었을 때 거의 여덟 살이던 그는 세 번째 사우샘프턴 백작으로, 또 여왕의 강력한 재무 장관—벌리 경—의 피被 후견자로 되었는데 재무 장관은 런던 스트랜드가 세실 하우스의 젊은 귀족 학교에서 그를 훌륭하게 가르쳤다. 다른 왕실 피후견인들, 이들 중에는 미래 그의 영웅 에식스 백작도 아마 포함되었을 것인데, 그들을 만난 후 그는 열두 살 어린 나이에 케임브리지 성 요한 대학으로 갔다. 그의 보호자들 또한 법학이 유용하리라 생각했고, 그를 그레이 법학원에 입학시켰다.

그러나 잘생기고 세련된 백작은, 16세에 문학 석사 학위를 땄지만, 홀본에서 법률책을 읽을 시간이 별로 없었다—그 자신의 사우샘프턴 저택이 그레이 법학원 근처였음에도 『실수 연발』이 그곳 무대에 올려졌을 때 그레이 법학원 술자리를 들락거렸다; 하지만 그는 주로 궁정에서 반짝였다. 시인의 표현대로, "입가에 아직 부드러운 솜털이 꽃피는" 때 여왕과 함께 옥스퍼드에 있었다. 얼마 동안 '매일 연극을' 보게 될 것이고, 스트레인지 경 동생한테 기쁨을 느낄 것이었는바, 이 사람이 희곡 대본을 쓰고 있었던 것이다.

그러나 셰익스피어는 「비너스」 당시 뜨거운 물 속에 있는 그를 보았다. 벌리한테서 그의 손녀이자 옥스퍼드 백작의 딸 엘리자베스 비어 귀부인과 결혼할 것을 명 받고 청년은 실망했다. 그 결합은 운 좋게 그의 교황주의자 얼룩을 씻어 줄지 몰랐다; 어머니의 가톨릭 죄는, 문서 증거로 보자면, (아마도) 불순종으로 피소당한

252

'늙고 불쌍한 여자'[10]를 방면해 달라는 청원보다 더 나쁠 것이 별로 없었지만, 아버지는 국왕 살해 음모에 연루되어 런던 탑에 갇혔다.

여전히 소년은 결혼을 거부했다; 그리고 법은 상속자가 '자기 보호자의 요청대로' 결혼하지 않을 경우, 성년이 되면 '결혼 때문에 누구든 내야 할 액수'를 내게 되어 있었다.[11] 백작은 엄청난 벌금(5,000파운드였다고 한다)을 1594년 10월 21일까지 지불해야 하는 상황에 봉착했다. 그러므로 셰익스피어는 다소 배짱 있는 귀족에게 '끝없는' 사랑(「루크리스」에 동봉한 편지에서)을 서약하고 또 "제가 해야 할 것은 당신의 것입니다, 제가 가진 것의 일부이므로, 당신께 드릴 것입니다"라고 썼던 셈이다. 사우샘프턴은 점점 과시욕이 심해졌다. 섬세한 편물로 날씬하고 가벼운 외형을 가꾸었다; 달라붙는 하얀 실크 더블릿, 춤추는 모자 깃털, 그리고 자줏빛 가터 양말 대님이 가슴까지 내려오는 사랑스러운 다갈색 머리 다발로 상쇄될 수 있었다. 그는 동성애자였던가? 신뢰할 수 없는 윌리엄 레이놀즈는, 아마도 정신분열증 환자였는데, 훗날 사우샘프턴이 아일랜드에 있을 때 한 텐트에서 동료 장교 피어스 에드먼데스와 같이 잤고, 또 "사우샘프턴 백작이 그를 두 팔로 포옹하고 껴안으며 음탕한 짓거리를 했다"[12]고 썼다. 레이놀즈는 사람들이 자기 말을 믿어 주리라 기대했지만, 설령 우리가 그 보고를 폐기 처분한다 해도, 그 젊은 백작이 양성애 혹은 동성애 친구들을 선호했다는 암시는 충분하다.

남색은 범죄였다, 그러나 친밀한, 아주 정다운 사내들 사이 우정은 이 시기 상당히 존경받았다. 남자 친구들은 늘 같이 있기를 명예롭게 갈망할 수 있었고, 그렇게 극작가 토머스 레제의 케임브리지 무덤은 그의 남성에 대한 사랑을 암시한다: 'Junix amor vivos sic jungat terra sepultos.'('사랑이 살아 있는 그들을 한데 묶었

10   MS 폴저, L. b. 338.
11   G. P. V. 아크리그, 『셰익스피어와 사우샘프턴 백작』(1968), 39.
12   MS BL M/485/41.

으니 그렇게 똑같은 땅이 죽음 속에 그들을 한데 묶기를')[13] 소네트들은 셰익스피어가 동성애 감정을 이해하고 있다는 것을 보여 준다. 그가 예찬한 후원자는, 많은 사람들의 눈에, 용기와 예술 면에서 필립 시드니 경의 유망한 후계자로 보이는 사람이었다. 최소한 사우샘프턴의 주변에는 마이클 드레이턴과 그의 친한 친구 리처드 반필드가 있었고, 그들은 동성애적인 서정시를 썼다. 반필드는 옥스퍼드 브라스노스 대학에 다녔다—바나브 반스도 마찬가지였는데, 그는 사우샘프턴의 사랑스러운 눈을 언급하는 소네트를 하나 썼다. 저버스 마컴은 한 소네트에서 젊은 백작의 '잘 조율된' 달콤한 목소리를 예찬했다. 반스와 시인 다니엘은 백작의 위대한 가정교사 존 플로리오(그는 몽테뉴『수상록』을 번역하게 된다)의 절친한 친구들이었다.

대개는 별로 비용을 들이지 않고, 사우샘프턴이 이런 작가들을 달콤하게 격려했고, 내시가 그를 올바르게, 좀 경박하기는 하지만, 대접해 주고 있다, 1594년 발간된『불행한 나그네』헌사에서: "소중한 연인이자 마음에 간직하는 분입니다 당신은, 시인을 사랑하는 이시며 시인들이 사랑하는 분이십니다." 마음에 간직하는 백작이 정말 햄프셔 티치필드에서 시인들을 대접했는지는 분명하지 않지만, 여기서 셰익스피어가 샤일록의 하인 이름 '고보'를 찾았다.[14] 그야 어찌 됐건, 그는 곧 새로운 시를 자신의 후원자에게 바쳤다.

루크레티아 혹은 루크리스라는 에로틱한 주제, 강간당하고 자살한 그녀가 셰익스피어의 흥미를 끌었음이 명백하다—그리고 1593년 사우샘프턴에게 그가 약속했던 '더 많은 노력'이 바로 이 작품인지 모른다. 새로운 시작품의 진지함 그 자체가 백작에 대

13 E. E. 덩컨-존스,『런던 도서 리뷰』, 1993년 10월 7일자에서. 레그는 1607년 사망했다.
14 「그의 아비사 윌로비」, G. B. 해리슨 편(에든버러, 1966), 218; TLS, 1925년 9월 17일.

한 대접이다. 이 로마 여성 이름은 중세 이래 결혼의 미덕과 동의어였다, 비록 그녀의 죽음이 기독교 신앙심을 혼란스럽게 했지만. 「루크리스」에서, 셰익스피어는 그녀 이야기를 '하소연' 전통으로 참신하게 재구성하고 있다, 다니엘의 최근작 「로자먼드의 투정」에서 위풍당당한 각운을 구사하며, 그리고 루크리스의 하얀 젖가슴의 '푸른 혈관'과 '둥근 소탑'이 타르퀸의 야만성에 하릴없이 노출된 상황에서 페이소스를 짜낸다.

타르퀸이 자기 자신과 벌이는 긴장되고 흥미로운, 합리화 논쟁은 『맥베스』의 심리 지형을 예견케 한다. 강간범이 사라지는데, 그 꼴이 여인의 남편, 자기 부인의 정절에 대해 너무 허풍떨다가 강간 사태를 몰고 온 콜라틴 못지않게 엉망이다. 그러나 이 주제의 이점은 셰익스피어에게 비극적 감정과 효과를 측심測深할 기회를 주었다는 것이다. 외적 행동을 최소화하면서 그는 강간 이후 루크리스의 마음에 접근, 그녀의 고뇌, 쇠약, 그리고 자신을 꾸짖는 회의를 탐구한다. 그는 역병이 횡행하는 도시에서 조망하는 자일 수 있었다, 비극적인 그림들을 들어 올리며 고통을 읊조리는:

> 슬픈 광경을 보는 일이 이야기로 듣는 것보다 더 마음을 움
> 직입니다,
> 왜냐면 그때 눈이 귀에
> 스스로 보고 있는 그 무거운 움직임을 해석해 주나니,
> 모든 부분이 고통의 일부를 감당할 때에.
> (1324~1327행)

「루크리스」는 기법적 혁신이 굉장하고 미적인 호소력이 상당한 작품이다. 드라마적인 맥락이 가까스로 그럴 듯한데도 심리적인 고통의 방대함, 느림, 그리고 생생한 묘사가 영적 '물러섬'을 내적인 힘을 발한다; 독자의 마음이 인류 타락의 축도에 고정되고 또 시간을 갖고 그것을 응시하게 된다. 여기에, 또한, 핼러트 스미

10. 후원자, 시, 그리고 극단 작업

스가 말했듯이, "비극을 구성하는 것에 대한 탐사와 그것이 어떻게 작동하는지에 대한 설명"[15]이 있다. 혹은 최소한 백작 눈의 햇빛을 받으며, 저자는 자신의 이해를 좇고 있다. 한 개 남짓한 행이 『티투스』의 이미저리나 분절법을 반향하고, 여기서 그는 이런 희곡에 맞는 이론적 해석을 살펴보고 있다.

그렇다 하더라도, 그의 설계가 어느 정도 타협한 것이고, 그가 식자들과 대화할 수 있는 자신의 적성을 보여 주려 너무 초조한 것 아닌가 하는 인상을 줄 수 있다. 여주인공의 준비된 대사들, 이를테면 밤, 시간, 그리고 기회를 그녀가 비난하는 대목은 수사학적으로 능란하지만 그녀 자신의 억양을 상실한다—튜더 시대 시 작품 중 그렇게 말하는 경우가 열 번도 넘을 것이다—그리고 쉽게 떼어 낼 수 있는 연들이 엘리자베스 시대 시선집 편자들에게 호소력을 발했을 터. 『영국의 파르나소스』(1600)라는 책에다 로버트 얼롯은 「루크리스」에서 39행을 뽑아 실었다(당시 인쇄물로 나왔던 저자의 희곡을 모두 모은 것보다 많은 분량이다). 「비너스」에서는 26행만을 뽑아 실었을 뿐이다. 그리고 존 보든햄의 『벨베데레』(1600)는 「루크리스」에서 91행을 뽑았고, 좀 더 음란한 「비너스」에서는 34행밖에 뽑지 않았다.

1594년 「루크리스」—훗날에는 초기에 유통되던 필드판 제목 「루크리스의 겁탈」을 다시 제목으로 삼았다—로 인쇄된 이 시작품은 이전 작보다 인기가 약간 덜했다, 저자로서는 좀 더 배운 바가 많았겠지만, 그리고 그의 생애에 걸쳐 알려진 것만 6판을 찍었다.

「루크리스」를 사우샘프턴에게 헌정하면서, 셰익스피어는 전보다 덜 서름서름하고, 더 친밀한 어조다. "정말 명예로운 분", 그는 1594년 봄 무렵 이렇게 시작한다,

제가 백작님께 헌정하는 사랑은 끝이 없습니다; 그중 이 시작도 없

15 헬러트 스미스, 「시들」, J. F. 앤드루 (편), 『셰익스피어』, 전 3권(뉴욕, 1985), ii. 447~449.

는 팜플렛은 피상적인 일부에 불과합니다. 백작님의 명예로운 기품을 제가 알기에, 이 가치 없고 본 데 없는 행들을 바칩니다.

그의 시작품은 모두, 이미 쓰인 것이든 앞으로 쓸 것이든, 백작의 명예를 위해 존재할 것이다:

제가 한 것은 당신 것입니다, 제가 해야 할 것도 당신 것입니다,
제가 가진 것의 일부이므로, 당신께 드릴 것입니다. 제 가치가
좀 더 크다면, 제 의무 또한 더 크게 보이겠지만, 이즈음, 미천
한 시절, 그것은 백작님께 달렸나이다; 백작님께서 행복하게
더 오래 사시기를.

당신의 충실한 종
윌리엄 셰익스피어

하지만 분명 거대한, 건널 수 없는 사회적 간극이 젊고 예민한 백작을, 운문을 쓰는 배우로부터 갈라놓았다. 계급의식이 그 시기 매우 첨예했다; 사우샘프턴은 예를 들어 연극을 그의 친구 러틀랜드 백작과 함께 보았다, 그러나 벤 존슨은 이렇게 말한 바 있다, 즉 어느 날 그가 러틀랜드 부인과 함께 앉아 있는데, "그녀의 남편이 들어오면서, 시인들과 자리를 함께했다고 그녀를 비난"하더라는 것.[16] 셰익스피어는 속 좁게 계산하는 사람은 아니었지만, 자신의 사회적 신임도를 향상시키려 애쓰는 유망하고 열성적인 사람이었다; 사실 그의 헌정 편지들은 자신과 백작 사이의 간극을 인정한다, 그러나 그것들은 또한 그 청년을 활용하고 있다. 이제까지 셰익스피어는 그때그때 요구대로 바꿀 수 있게끔 대본을 마련해 주었으므로 배우들의 요구, 제작상의 서두름, 그리고 뒤바뀌는 대중 취향 때문에 다소 제한당하는 상태였다; 그는 과감하게 앞으

16 『벤 존슨』, C. H. 허퍼드와 P./E. 심슨 편, 전 2권(옥스퍼드, 1925~1952), i. 142.

로 돌진해야 했다, 훗날 발전시킬 수 있는 화제들을 건드리면서. 배우와 희곡 작가들은 시간이 자신들을 압박하는 것을 느꼈다, 그러나, 숱한 관찰자들의 눈에, 귀족들의 삶은 보폭이 달랐다. 상상해 보자면, 스트랫퍼드의 시인은 한가한 소네트 작가로서 그 후원자의 특권적인, 상업성이 덜한, 세계로 거의 들어선 거였다.

소네트 쓰기는 궁정 시인들 사이에 유행이 된 터였고, 얼마 동안 법학원에서도 인기를 끌었다. 한번 써 보았다가, 셰익스피어는 그 후 몇 년 동안 소네트를 쓰고 혼자 읽어 보고 그랬다. 이런 식으로, 실패해도 괜찮다는 점에서, 극작가에게 불가능한 어떤 자유를 누리는 셈이었다. 소네트를 인쇄물로 내지 않음으로써, 그것을 자기 맘대로 수정하거나 폐기할 수 있었다. 사실 그의 소네트 138 번과 144번은 저작권 없이, 그리고 아마 초안 상태로, 야릇한 책 「열정적인 순례」의 일부로 출판되었다. 이 책 초판은 현재 단 11 면만이 폴저 셰익스피어 도서관에 보관되어 있지만, 1599년 윌리엄 제거드를 위한 재판본을 토머스 저드슨이 인쇄했다는 것을 우리는 알고 있다.

1598년 셰익스피어의 "달콤한 소네트들이 그의 개인적 친구들 사이"[17]에 돌아다닌다고 프랜시스 미어스가 언급했지만 그 운 좋은 독자들이 누구인가는 밝히지 않았다. 최근 증거들은 그 '친구들'의 수가 얼마 되지 않았음을 암시한다. 어떤 시점에, 그는 대조적인 두 작품을 연작으로 쓰리라 결심했다, 소네트 한 그룹은 한 청년에 대한 경탄할 만한 사랑을 다루는 것으로, 또 한 그룹은 어두운 안색의 기혼녀를 향한 통제할 수 없는 욕정을 다루는 것으로. 셰익스피어의 '이름 없는 청년'과 '어두운 숙녀'에 정확하게 상응하는 인물이 그의 삶에 존재했다는 신화는 18세기 말에 시작된 것일 뿐이다. 소네트들은 사랑을 심오하게 탐구하는바 음탕한 동음이의 말장난과 섹스 농담으로 가득 차 있다; 간통에 대한 서

17 『팔라디스 타미아. 위트의 보고. 위트 공공 재산 제 2부』(1598), sigs. Oo1v-Oo2.

정시들은, 예를 들어, 여성의 성기에 대한 조심스런 암시, 그리고 발기하고 시드는 남성의 성기에 대한 보다 노골적인 암시를 품고 있다. 몇 년 동안은 그가 자신의 서정시를 출판해서 얻을 것이 별로 없었고, 물론, 음탕한 위트와, 성교의 비유, 그리고 육욕의 노출이 담긴 은밀한 소네트가 메리 셰익스피어를 불편하게 만들 거라 느꼈을 수도 있다, 만일 그녀, 혹은 글을 읽을 줄 아는 스트랫퍼드 이웃들이 그걸 본다면. 그는 집에 있는 다른 사람들의 감정을 고려해야 했고, 그렇지만 40대로 접어들면서, 자신의 서정시를 출판할 이유를 아마도 찾은 것이었다(1608~1609년 당시 그의 입장에서 판단해야 마땅할 문제다). 시간이 환경을 변화시킨다, 그리고 마침내 그의 이야기를 일련 번호 154개의 소네트로 풀어낸 『한 연인의 투정』이 나무랄 데 없는 발행인 조지 엘드의 이름으로 토머스 소프 출판사에서 간행되었다, 1609년 책이 등록된 후 얼마되지 않아서.

소네트 작가

그가 소네트를 쓴 순서는 알려져 있지 않다; 그러나 사랑스런 청년을 향한 것은 구문이 더 복잡하고 또 1593년 혹은 1594년 이후 시작했을 가능성이 거의 없다. 그는 몇 가지, 손에 익은 주제로 시작한 후, 비로소 그가 아는 죄의식과 고뇌의 주제들 쪽으로 나아간 듯하다.

자신의 청년 후원자가 보게끔 그가 아이 낳는 주제를 채택했을 가능성이 있다. 한 청년으로 하여금 후계자를 낳으라고 소네트 1~17에서 재촉하면서, 그는 자신의 「비너스」를 반향한다, 사우샘프턴이 좋아할 만한 '보장'을 받은 그 작품을.

1590년대 소네트 유행 속에서, 시인들은 어두운, 개인적인 비밀을 자신의 서정시에서 암시하려 시도했다. 솜씨와 기백을 갖고 셰익스피어 자신도 그 게임을 즐겼고, 이제껏 그 누구도 그의 소네트들에 수수께끼와 문제가 너무 적다고 불평한 적은 없다. 나는 여기서 어떤 수수께끼를 풀거나 어떤 주요 이론을 내세우지 않겠지만, 우선 어려운 한 문제를 일별해 볼 가치가 있다―그는 헨리 리즐리 아닌 다른 귀족을 즐겁게 해 주려고 시들을 썼을까?

그랬다면, 가장 그럴듯한 후보는 젊은 윌리엄 허버트다, 1580년 4월 8일 윌턴생으로, 1601년 1월 세 번째 펨브룩 백작이 된 사람이다. 그와 그의 동생 필립은 1623년 커다란 2절판을 헌정 받게 될 것이었다. 우연의 일치로, 1597년 이 소년의 신경질적인 부모는 그에게 옥스퍼드 백작의 또 다른 아이이자 벌리 경의 손녀, 즉 브리짓 비어와 결혼하라고 재촉했다.

펨브룩은, 물론, 어떤 시점에서 소네트 작가에게 영향을 주었을지 모르고, 그 점을 배제할 수 없다. 그러나 셰익스피어가 1590년대 장래의 백작을 만난 징후는 전혀 없다, 마이클 브레넌의 역사 탐구가, 예를 들어, 윌트셔 소재 윌턴의 펨브룩 가문 주변 환경과 그들의 관심사를 가까이 들여다보게 해 주는데도 말이다.[18] 윌턴 방문자 그 누구도, 거기에 살던 그 누구도, 그리고 윌리엄 허버트 혹은 그의 아버지와 연결된 그 누구도 희곡 작가가 1590년대 그 가문과 어떤 관련이 있었다고 암시하지 않는다. 「비너스」가 인쇄될 때 허버트 경은 13세밖에 안 되었고, 아직 런던에 살지 않았다; 서두의 소네트들이 제일 먼저 쓰였다는 보장은 없지만, 스타일상 오비드풍 시 및 초기 희곡들과 연관이 있지, 그 10년대 후반기 시인의 작품과는 연관이 없다. 더군다나, 1594년까지는 셰익스피어가 단 한 명의 시―후원자만을 인정한다. 1594년 사우샘프턴에게 "제가 해야 할 것은 당신 것입니다"라고 썼으니, 장차 「루크리스」외에 다른 어떤 것으로 후원자를 기쁘게 할 계획임이 분명해 보인다.

소네트 1~17을 보면 그는 진중하고 우아하다―이것들은, 시간

18   M. G. 브레넌, 「펨브룩 백작, 허버트 가문의 문학 후원, 1550~1640」(박사 학위 논문, 옥스퍼드, 1982).

의 모진 파괴와 아름다움의 쇠락을 언급하고 있지만, 진정으로 배우의 서정시다. 소네트를 낭독해 보면 뭔가 빠진 듯하지만, 그때조차도 모국어로 된 가장 아름다운 시로서 인상적이고, 너무나 진실하므로 시인의 음란한, 추한, 그리고 마지막으로 거의 제정신이 아닌 견해를 묵음 처리하거나 절충하지 않는다. 소네트들은 효과적으로 낭송되었다, 어떤 구절이나 이미지를 머뭇대듯 강조하는 게 아니라 전체 행을 대사 단위로 처리하면서. "행의 의미는 아주 빈번하게 두 번째 절반에 존재한다", 배우 사이먼 캘로가 그렇게 언급하고 있다.[19] 그리고 처음에, 시인의 여성 혐오증은 부드럽고, 귀족적이고, 전술적이다. 자신을 비하하면서, 그는 사랑스럽고, 가문이 좋은 청년은 아이를 낳기 위해 아내가 필요하지만, 그러나 그녀가 줄 수 있는 사랑, 위트, 재산, 재능, 반려, 혹은 다른 어떤 것 때문은 아니라는 것을 암시한다.

셰익스피어가 살던 시대 혹은 그 후 곧, 이 품위 있는 서두부 서정시들 중 한 편이 인기를 누렸다. 17세기 손으로 쓴 소네트 2 복사본들이 그의 다른 어떤 소네트 필사본보다 더 많이 남아 있다. 그가 차용했든 드레이턴이 차용했든 드레이턴의 1593년 작 「양치기의 화환」에 들어 있는 한 행—"그대의 가장 아름다운 밭에 시간이 가래로 일군 이랑들"—은 소네트 2 수고의 한 행을 닮았다.

　그리고 그 사랑스러운 들판에 깊은 이랑들을 일구시라.

셰익스피어는 분명 이것을 다음과 같이 수정했다,

　그리고 그대 아름다움의 밭에 깊은 도랑을 파시라.[20]

이미지가 군대적으로 되고, 그리하여 소네트 16에서 군대적인

19　사이먼 캘로. 『배우로 산다는 것』(1985), 127~128.
20　『소네트들과 연인의 투정』, 존 케리건 편(하먼즈 워스, 1986), 441~444.

메아리가 울린다("이 피비린내 나는 압제자, 때가 되면 전쟁을 선포하시라"). 젊은 사우샘프턴이 열망한 것이 군대의 영광이었음을, 우리는 주목한다; 불행하게도 셰익스피어는 (우리가 아는 한) 백작을 예찬했던 두 용감한 소네트 작가와 같은 종류의 군대 증명이 전혀 없었다: 바나브 반스는, 사우샘프턴에게 바치는 소네트를 쓰기 2년 전, 디에프 원정군에 참가했었다; 그리고 저버스 마컴은 사우샘프턴이 에식스 기병 사령관으로 부임할 때 아일랜드에서 대위직을 수행하게 될 거였다.

소네트 1~17에서, 셰익스피어는 어쨌거나 자신의 독창성을 자랑하지 않는다. 알랑거리며 후원자의 학식을 칭찬하지도, 그를 부황하고 서투른 청년과 연결시키지도 않는다. 그러나 변하기 쉬운 인간의 아름다움을 예찬함에 있어, 형식적인 칭찬의 진부함을 피하면서도 예찬의 언어를 시험하고, 그럼으로써 독자의 취향에 경의를 표한 연후에 비로소 신분이 높아 보이는 분께 충성을 맹세한다:

> 내 사랑의 영주, 봉신의 신분으로
> 당신의 진가가 제 의무를 강하게 짜 놓으신,
> 당신에게 저는 이 글로 쓴 사절을 보내 드리니
> 의무를 증언할 뿐 위트를 보이기 위함은 아닙니다:
> 너무도 거대한 의무라 그토록 빈약한 제 위트가
> 그것을 드러낼 말이 부족하매 헐벗어 보일지 모르는…
>
> (소네트 26)

문화의 '영주'라면 그 지친, 나달나달해진 소네트 형식이 여전히 시인의 '위트'를 담아 낼 참신한, 적절한 매개일지 의아해했을지 모른다. 1590년대에 이르면 그 형식은 한물가고 있었다. 소네트란 정말 장난감이고, 아리송한 시인이(가능하면, 아리송한 출판업자의 도움을 받아) 내적자아의 '침묵에 봉헌된'[21] 자전적 비밀을 풀

262

어내는 척하는 사소한 게임이라는 느낌으로 셰익스피어는 쓰고 있다. 그는 자신의 희곡에서 소네트 작가들을 경멸하며, 『두 신사』에서 벌써 "꺼억꺼억 울어 대는 소네트들"을 가볍게 조롱한다. 어떤 면에서 그는 소네트와 함께 자라 온 터였다: 와이엇과 서리의 소네트들이 그의 소년 시절 유행했다. 페트라르크와 롱사르의 소네트 몇 편을 토머스 윗슨이 번역한 것, 그리고 요아킴 뒤 벨레 『로마의 유적들』에 나오는 시간과 과거에 대한 암시적인 소네트들을 스펜서 「로마의 폐허」가 유쾌하게, 꽤 근접하게 번안한 대목을 알았다. 스펜서 「로마의 폐허」는 1591년 작이었다. 그해, 시드니의 휘황찬란한 소네트 연작 「아스트로필과 스텔라」가 나타났다, 시드니가 죽고 5년 후, 다니엘이 델리아에게 바치는 부드러운 소나타 27편과 함께 내시의 원기 왕성한 서문이 붙은 해적판으로.

이 '기쁨의 극장'에서, 내시는 「아스트로필」 서정시에 대해 이렇게 쓰고 있다, "사랑의 희비극이 별빛에 의해 연기된다" 그리고 "독자들은 진주가 흩뿌려진 종이 무대를 보게 될 것이다".[22]

그러나 그 뒤를 이은 잉글랜드 소네트의 홍수 속에서, 종이 무대는 흠뻑 젖게 된다. 젊은 존 던을 필두로 한 법학원 패거리 시인들이 쓰는 새로운, 재치 있게 신랄한 논쟁 시는 소네트 유행에 암운을 드리웠다. 다니엘은 델리아에게 바치는 그의 서정시에서, 이를테면 부드러운, 톤이 세련된 영국 페트라르카풍의 좋은 사례를 셰익스피어에게 제공했다:

어떤 곳을 찾아내라, 그리고 보라 어떤 곳이

---

21   소네트 관행에 대한 퍼트리샤 퍼머튼의 유익한 에세이 「""비밀" 예술: 엘리자베스 시대 세밀화와 소네트들」[S. 그린블랫 (편), 『잉글랜드 르네상스 대표하기』 (버클리, 캘리포니아, 1988), 93~133], 그리고 사무엘의 「델리아」(1592), 윌리엄 퍼시의 『코엘리아』(1594), 그리고 로버트 토프트의 『로라』(1597)를 보라.

22   『전집』, R. B. 매커로 편, 전 5권. (옥스퍼드, 1966), iii. 329.

최소한의 안식을 그대 슬픔에 줄 수 있는가.

훗날 내 시는 믿을 만해지리라,

아직 태어나지 않은 자들이 이렇게 말하리라, "보라 그녀 누운 곳,

그녀의 아름다움이 벙어리였던 그를 말하게 하였나니."[23]

그러나 다니엘은 곧 그 '벌거벗은' 스타일에 절망했고, 자신을 구닥다리 엘리자베스 시대 사람으로 치부했다. 드레이턴은 자신의 소네트들을 거듭 수정하면서 '단련'하려 애썼다. 미어스의 '달콤한 소네트' 예찬조차 1598년에 이르면 홀본의 일부, 아니면 런던 서부 사람들에게 유행이 지난 것으로 보였을 거였다. 셰익스피어 서정시들이 1640년 재판(해적판)으로 다시 떠올랐을 때, 편집자들은 "고요하고, 명징하고 또 우아하게 솔직하다"며 그 작품들을 더 이상 끈질기게 권유하지 않고, 그냥 유행에 뒤진 미덕을 말할 뿐이었다.[24]

문학적 유행에 꽤 민감했지만, 셰익스피어는 그럼에도 불구하고 오래된 서정시 장르를 편하게 느꼈다. 새로운 형식을 발명하지 않고 잉글랜드 혹은 서리풍 형식을 활용하는데 이 형식을 조지 개스코인은 2년 전 인쇄된 『100송이의 갖가지 꽃』 수정판 『포에지』(1575)에 실린 「시 작업과 연관한 몇 가지 교훈적 노트」에서 이렇게 정의한다: "어떤 사람들은 모든 시들을(짧으므로) 소네트로 불러도 된다고 생각한다", 그는 그렇게 쓰고 있다.

그것이 소나레('울려 퍼지다')에서 파생한 축약어이므로 정말 그렇다는 것이다, 그러나 아직도 나는 14행에, 각 행이 10개 음절로 된 것을 소네트라고 부르는 게 최선이라고 생각한다. 첫 12행은 4행마다 교차하는 보격으로 운율이 맞춰지고, 마지막 두 행이 함께 운율을

23   사무엘 다니엘, 『시작품들 그리고 운율의 옹호』, A. C. 스프레이그 편(1950): 소네트 47(1594), 9~10행, 그리고 소네트 46(1592), 6~8행.

24   I. B. [존 벤슨], '독자에게', 『시집: 윌. 셰익-스피어, 신사가 쓴』(1640).

맞추며 전체를 종결짓는다.25

　캐서린 덩컨-존스는 개스코인의 노트에 들어 있는 또 다른 문장
이 셰익스피어의 눈을 사로잡았다고 생각한다. 소네트 130("내 애
인의 두 눈은 태양 같은 게 아니라네")으로 보자면 이것은 그럴 법하
다, 이런 종류의 서정시는 원전에 있는 어떤 암시도 변형시키기 마
련이지만. "만일 어떤 숙녀분을 예찬하는 글을 쓰게 된다면", 개스
코인이 이렇게 단언했다, "나는 그녀의 수정 같은 눈동자나, 그녀
의 체리 같은 입술 등등을 예찬하지는 않을 것이다. 이런 것들은
흔해 빠지고 뻔하므로… 나는 그녀가 지닌 온갖 미비함에 대해 대
신 답해 주고, 그렇게 하여 그녀의 성가를 드높일 것이다".26
　셰익스피어는 다른 소네트 작가들한테서도 차용해 오고 있다.
심지어 소네트 78~86에서 경쟁 시인들을 상상하기도 하지만, 반
스, 마컴, 채프먼, 말로, 혹은 우리에게 알려진 다른 사람들을 불
러오지는 않는다; 그의 이름 없는 경쟁자들은 다른 시인들이 사
용하는 것보다 더 진정성 있고, 더 순수한 언어에 대한 접근을 허
용하는 한 청년을 예찬하기 위한 전략에 속한다. 그의 소네트들
은 '허구'나 '문학 연습', 혹은 단도직입적인 '전기체적 계시'라고
부르기에 너무 역설적이고 복잡하다. 헬렌 벤들러는 '연속적인 지
적 입장 취하기'에 주목을 요하고 그것이 그것들의 한 면모이기
는 하지만, 그러나, 그녀가 암시하듯이, 중요한 것은 내향성의 압
력, 혹은 관념을 강력한 경험으로 변형시키는 시인의 능력이다.27
분명 이 시들은 우리를 셰익스피어 심성의 내부로 데려가고, 그
의 생애에서 소네트들이 갖는 실제적인 중요성은 그것들이 그의
예술적 감수성을 발전시키는 수단이 되었다는 점이다. 이 심성의

25　조지 개스코인, 『포에지』, J. W. 컨리프(케임브리지, 1907), 471~472.
26　『셰익스피어의 소네트들』, 아든판, K. 덩컨-존스 편(월턴 온 템즈, 1997), 95~96
에서 인용.
27　헬렌 벤들러, 『셰익스피어 소네트의 예술』(케임브리지, 매사추세츠, 1997), 6.

극장에서 그것은 리허설 시간이다, 그가 이것저것을 시도해 보고, 자신의 스타일, 분위기, 그리고 감수성을 시험해 보고, 몇몇 서정시를 자기 예술의 최고 수준으로 끌어올리고, 아니면 다른 것들을 단순한 실험용으로 두고 그러는. 그의 소네트들은 그의 희곡에 등장하는 새로운 서정주의를 부분적으로 설명하며, 자신의 등장인물들에게 깊이를 부여하기 위해 그가 사용하는 보다 개인화한 운문, 그리고 그렇게, 특히 1590년대, 그가 극작가로서 우리를 아연케 할 정도로 성장하는 것을 부분적으로 설명해 준다.

§

첫 126 소네트 거의 모두가 한 사랑스런 청년에게 집중하고 그러는 동안 그 대변자의—혹은 시인의—초상을 그리고 있다. 아이를 낳는 현안은 사라진다, 시인이 사랑의 긴박성을 선언하면서. 그는 청년을 위해, 다른 어느 누구도 아닌 그를 위해 살며 그 친절한 도둑과 애인을 공유한다: "내 모든 사랑을 가져가시오, 내 사랑, 그래요, 그것들을 모두 가져가시오."(소네트 40)

이 서정시들은 거의 매저키즘에 달할 정도로 자기 말살적이고, 부드러운 표면 아래 정서가 묘하게 혼란스럽고, 구문이 더 복잡해지면서 다소 반응이 과도한 저자, 쉽게 고통 받고, 자신의 결점을 지겨워하지만, 친구의 변심을 견딜 수 없는 저자를 암시한다. 비록 자연의 단순한 진부함에, 그리고 마음의 눈으로 그린 청년상에 기쁨을 느끼고 또 감동하지만, 그는 실제 사람들로부터 기묘하게 떨어져 있다; 그는 느끼는 반면 관찰한다. 거리를 두고 흠모하면서 침착하다, 혹은 오로지 미심쩍게 여기는 지능의 상像들에만 좌우된; 상호간의 감정에 밀접하게 연루된다는 것은 자신의 쓸모없음을 불안, 동요, 혹은 절망과 함께 깨닫는 것이다. 확실히, 절망은 소네트풍에 속한다. 셰익스피어 소네트들은 경쟁자들의 것보다 유연하고 변화가 많고, 또한 더 패러디적이고, 세련되고, 지적이다. 그는 많이 보고, 다소 적게 집착한다. 그리고 시간, 사랑, 젊음, 혹은 자아에 대해 그가 말할 수 있는 거의 모든 것과 모순된다.

1590년대 어떤 소네트 연작에서도 서사적 지속성은 대단치 않고, 셰익스피어의, 한 시인이 한 청년과 한 어두운 숙녀(둘은 저희끼리 사랑에 빠져 그를 배반한다)를 사랑하는 삼각 관계 연애담은 서사가 약하다. 그 '이야기'보다 훨씬 더 정교한 것이 소네트 그룹을 연결 짓는 스타일과 주제다. 열망의 심리적 흥미를 증대하기 위하여, 저자는 동성애적인, 혹은, 때때로, 양성애적인 측면을 그것에 부여한다. 셰익스피어가 성적 애매모호성을 즐기며 소네트 20에서 보이는 작은 비유담은 워낙 기묘해서 (우리가 상상하기에) 사랑스러운 그 청년의 뇌를 아연케 할 정도다. 시인의 '주인-애인'으로서, 청년은 그가 여성으로 '처음 창조'되었다는 소리를 듣는다,

> 그러다가 자연이 그대를 만들면서 사랑에 빠졌다,
> 그리고 덧붙여 내게서 당신을 빼앗아 갔다
> 내게는 쓸모없는 한 가지를 덧붙였기에.

자연이 사랑에 빠져 처음에는 동성애적 감정을 보이는데, 이것은 아마도 저자에게 충분히 자연스러워 보였을 것이다, 그러나 그런 다음, 이성애 취향으로 기울며, 자연이 '한 가지', 혹은 남근 하나를, 소년에게 준다, 비록 이 사건 이후에도 시인의 감정은 여전히 성적이지만. 그리고 설령 소년을 소유하는 일이 결코 없더라도, 그는 '누리는 자로서 자랑스럽다', 그가 성적으로 빗대어 빈정거리는 투로 이렇게 말하듯이:

> 이제 그대와 단 둘이 있는 것이 제일 좋겠다 생각하며,
> 그런 다음 세상이 나의 기쁨을 보는 것이 더 좋겠다 하여;
> 어떤 때는 온통 그대 모습을 실컷 봄에 충만하고,

그리고 점차 점차 한 번 보기를 말짱 굶주려 한다.

(소네트 75)

이것은 맥락의 손실 없이 그의 감정을 보편화하는, 그리고 남자든 여자든 온갖 인간의 사랑 속에 담긴 깊은 사모의 정을 그려내는 효과가 있다.

청춘을 묘사하는 대신 셰익스피어는 그와 대등한 아름다움을 자신의 서정시 속에 '글로 쓰겠다'는 참신한 목적을 갖고 있다. 그렇게 무대에서 배운 명석한 단순성을, 그리고 계절의 이미저리를 끌어온다, 종종 리처드가 그러하듯 반어적으로. 그는 자연의 리듬을 그 유명한 소네트 18(「그대를 무엇에 비교할까요」)에서 최상으로 잡아채거나 이렇게, 반어법을 줄이고 정열을 더하면서, 쓴다:

정말 겨울 같았습니다 제가
당신과 멀리 떨어져 있는 동안은, 순식간에 흘러가는
시간의 기쁨이여!
얼마나 얼어붙었던지, 얼마나 어두운 날들을 보았던지요,
12월의 황폐함이 얼마나 오래 도처에 있었던지요!

(소네트 97)

아니면 그의 첫 행, "당신으로부터 저는 떨어져 있었습니다 봄날에"에서 비애에 달하고, 그것을 말하는 억양과 엄격하게 단순한, 생생한 세부 묘사를 발전시킨다. 거의 마찬가지로 빈번하게 의미들이 한데 엉기고, 서로 확인하거나 혹은 강화한다, 소네트 53에서 여러 단어들, 본질(substance), 그림자(shadow), 그리고 그늘(shade)이 그렇듯, 그리고 이것은 그의 명쾌한 문체의 명료성을 지닌다. 다른 경우 상호 모순되고 아무런 해결도 보이지 않는 의미들을 포함시킬 수도 있다.

그런 식으로 쓰면서 그는 또한 스스로 치러야 할 대가를, 그리

268

고 괴짜의 상상력과 기억을 드러내기 시작한다. 감정을 과장한다; 그러나 튜더 시대 드라마는 애매한 동기의 깊은 속을 측심하는 시인의 능력에 의존했고, 감정이, 어떤 종류든, 안내자였다. 그는 인간의 상실, 몸을 쇠약하게 만드는 슬픔, 그리고 고인이 된 친구들을 작렬하게 만들 수 있다. "그대 가슴을 온 마음으로 사모하네", 사랑스러운 청년은 그런 소리를 듣는다,

> 그것이 없으므로 저는 죽었다 생각했지요,
> 그리고 그곳에는 사랑이, 그리고 온갖 사랑의 사랑하는
> 부분들이 지배합니다,
> 그리고 제가 땅에 묻혔다 생각했던 모든 친구들이 지배합니다.
> 얼마나 많은 성스럽고 순종적인 눈물을
> 소중한 종교적인 사랑이 제 눈에서 훔쳐 갔는지요
> 죽은 자의 관심으로, 그러나 그것이 이제
> 단지 장소를 옮겨 그대 안에 숨겨져 있는 것으로 보이다니요!
>
> (소네트 31)

사랑스러운 청년이 사랑의 '무덤'이라는 것이 설령 시적 공상이라 하더라도, 위 행들은 기억에 대한 자연스런 견해를 제공한다. 셰익스피어에게는 기억이 집중적이고 활성화시키는 효과가 있다; 죽은 것으로 '추정된' 혹은 땅에 묻힌 것으로 '생각된' 사람들이, 말하자면, 돌아온다. 그들은 다시 태어나는 듯하다, 왜냐면 예전에 그들에 대해 느꼈던 감정이 기억 속에 강력하게 회복된다, 그리고 감정을 불러일으키는 이 힘은 청년 혹은 좋아하는 시인의 열정을 묘사하는 데 유용하다. 셰익스피어의 기억이 이런 식으로 작동하면, 시간이나 장소를 '옮긴' 것들은 그에게 깜짝 놀랄 만한 참신함을 지니며, 그의 창조 자원은 방대하다. 앤 셰익스피어가 분명 소네트 속에 들어 있다, 왜냐면 사랑과 배반에 대해 그가 쓰면서 그의 구애(예를 들면) 소동에 대한 기억이 다시 떠오른다.

자신을 멸절시키는 예술가는, 어느 면에서, 과거가 순간적으로 퍼부어 대는 상상의 존재 혹은 감정의 희생자인가? 사랑스러운 청년은 변덕스럽지만, 시인은 자신의 결점, 자신의 공상 혹은 시든 얼굴에 병적으로 집착한다, "햇볕에 오래 그을려 찌들고 거칠어진"(소네트 62). "그대의 노예이고" 또 "그대의 봉신"이므로, 시인이 거듭 말하듯, "오 내가 고통받게 해 주오"(소네트 57~58). 청년을 전혀 볼 수 없게 되자 그는 조마조마하고, 쓸데없는 기분에 빠진다, 혹은 '버림받고' 또 '완전히 홀로 된' 기분이다, 거의 자기 경멸적이고, 그리고 뉘우침들을 열거한다:

> 제가 추구했던 숱한 것들의 결핍을 저는 탄식합니다,
> 그리고 옛 슬픔으로 새롭게 제 소중한 시간의 낭비를 통곡합니다.
> (소네트 30)

후원의 언어로 이것은 후원자의 사랑 혹은 도움이 있어야 시인이 잘될 수 있다는 암시일 수 있다; 실제로 소네트들에 담긴 우울함은 종종 인습적이다—그러나 그 긴장, 초조, 그리고 잃어버린 시간에 대한 감은 그렇지 않다.

죽음은 안정의 약속이며 또 희망, 욕망, 그리고 수치 모두로부터 구원받는 약속이다. 소네트들에 담긴 비가 조는 존 키츠를 놀랠 거였지만, 저자의 어조는, 극히 드문 예를 제외하면, 죽음의 법칙을 내세울 때 가장 확신에 차 있다,

> 그러나 만족하시오 체포 영장이 떨어져
> 보석도 없이 저를 데려갈 것이니
> (소네트 74)

아니면 죽음을 알리는 교회 종소리, 역병 시기에 그렇듯,

더 이상 저를 위해 울지 마세요 제가 죽을 때에

지르퉁 시무룩한 종소리가

세상에 경고하는 것을 그대 들을 뿐

(소네트 71)

혹은 죽음의 황량한, 아름다운 계절, 아마도, 결국은, '우리의
폐허가 된 수도원'을 암시하는:

노란 잎새, 아니면 그것도 없는,

아니면 몇 장 안 되는, 잎새가 정말

추위에 흔들리는 그 가지에 매달린,

최근에도 달콤한 새들 노래했던 헐벗고 파괴된 성가대석.

(소네트 73)

하지만 시인의 괴짜 같은 명랑함이 어떤 죽음-소망도 무색케
한다; 그가 지치지 않고 자신의 사망을 예보하는 것은 청년의 얄
은 가슴을 갖고 놀기 위해서다. 그리고 죽음의 이미지는 시인의
휘황찬란한, 변화무쌍한 명상이 전혀 이루어 내지 못하는 주제적
통일성의 한 상징으로 작용한다: "이 세계의 모든 숨쉬는 것들이
죽어 있고"(소네트 81) 그 사랑스러운 청년—중요성이 덜한 그의
우매함—이 그의 아름다움을 결코 부인하지 않을 서정시 안에서
'살게' 될 어떤 시간을 시인은 상상한다. 이 소네트들이 근거하는
것은 그 정도로 반어적인 진실이다; 그리고 그것들의 머뭇거림에
서, 그리고 다른 곳으로 옮겨진 결함 있는 아름다움의 상 말고는
다른 어떤 것도 꽉 붙잡을 수 없는 자신의 무능함에서 보는 도덕
적 실패를 아마도 저자는 인정하고 있다. "내 이름도 내 몸 있는
곳에 묻히기를", 셰익스피어는 그렇게 쓴다, "왜냐면 내가 낳은
것이 나는 수치스럽나니"(소네트 72).

귀족 후원자가 보기에 그 점이 상처가 되지는 않았을 거였다,

271

그리고 소네트 127~152―주로 어두운 여인에게 바쳐진―에서 그는 은연중 자신에게 더 가혹하다; 그의 섹슈얼리티는 아마 공공연하다; 그는 성적인 경험에 좀 더 사로잡혀 있는지 모른다, 왜냐면 이상적인 사랑을 다룬 시편에도 음탕한 동음이의 말장난들을 집어넣었다. 타락하는 정사 속에, 자신의 사통을 끊지 못하고, 시인은 생각을 되새기다가 '미칠' 지경에 이르렀다. 그의 어두운 숙녀는 짜깁기한 초상으로, 그녀의 안색 혹은 눈썹 '문상객' 세부 묘사가 스텔라에게 바치는 시드니의 일곱 번째 소네트를 반향한다. 그녀에 대해 우리는 앞뒤가 맞지 않는 보고를 듣는다. 그녀는 '그대의 달콤한 자기'일 수 있다―혹은 버지널(악기 이름, 버진은 처녀 ―역자 주) 건반(혹은 사내 잭) 위로 손을 예쁘게 오므릴 수 있다― 그러나 가볍게 혹은 (보다 자주) 신랄한 농담의 각도에서 보면 추하기도 해서, 젖가슴이 회갈색이고, 얼굴은 누르께하며, 또 화장은, '지옥처럼 새까맣고', 위험하고, 사악하고, 또 창녀 같아서, '온갖 사내가 말을 타는 내포'이고 얼굴이 그토록 형편없으니 큐피드가 눈이 멀었다 할 만하고, 사랑은 '거짓의 역병' 혹은 자기기만의 병이라 할 만하다.

자신에 대한 시인의 분노를 색인하듯 그녀는 의도적으로 초점에서 벗어난다, 말하자면. "저를 저 자신으로부터 그대의 잔인한 눈이 빼앗아 갔습니다", 시인은 그렇게 쓰라리게 그녀를 비난한다; 어쨌든 견디기나 해 보려고 그는 여러 가지 연약하고, 일시적인 자기 객관화를 제안한다. 그중 하나에서 그는 사랑의 '열병'의 희생자다, 자신을 고통스럽게 만드는 그 병을 더 많이 열망하는. 다른 하나에서, 그는 악착같은 남근에 다름 아니다.

"살은", 그가 그의 숙녀에게 이렇게 말한다,

> 그대 이름에 벌떡 일어나 그대를 가리킵니다
> 그의 승리에 취한 전리품처럼.

(소네트 151)

하지만 그가 남자와 여자를 적절히 묶는 사회적 규범을 범했으므로, 그의 고립은 남는다. 셰익스피어의 서정시들은 도덕적이 아니고 비극적이다, '자아'에 대한 이런 여러 가지 견해 속에서 소외가 인식과 언어에 영향을 끼치는 방식을 문제삼으므로. 저자는 자신의 성에 대한 욕지기를 탐구할 것이 당연하다, 햄릿의, 오셀로의, 혹은 리어의 섹슈얼리티 공포증을 더 잘 이해하기 위해서. 여기서 그의 관심은 심리적인 동시에 사회적이다. 엘리자베스 시대 사람들에게 간통은 서출을 암시했고 그렇게 가문의 연속과 이름의 존속을 위협했다. '윌'이라는 이름에 대한 궤변 혹은 동음이의 말장난은 적절하다; 어두운 숙녀 남편의 이름도 그렇다. 자신의 이름을 속담이나 수수께끼의 비존재 인격을 암시하는 이름 '윌'로부터 깔끔하게 떼어 냄으로써 셰익스피어는 소네트의 가장된 자기 고백 유행을 비웃고 있다. 하지만 소네트 135와 136은, 윌에 관한 것인바, 남근과 여근으로 윌의 비어 의미를 끄집어올리고, 강박적으로 간통자를 비난한다. "당신은", 시인이 음탕하게 자신의 숙녀에게 묻는다,

> 그대의 윌이 크고 넓을진대
> 한 번도 나의 윌을 그대 것 안에 숨겨 주지 못한단 말인가요?
> (소네트 135)

여전히, 시인은 육욕에 대한 세련된 소네트에서조차 도덕적으로 따지기를 피하고 있다. 여기서 그는 자신이 사우샘프턴 백작을 예찬한 바로 그 똑같은 책(1593년의)에서 바나브 반스가 발전시킨 바 있었던 그 waist(허리)/waste(낭비) 동음이의 말장난을 반향한다. 셰익스피어에게는, '수치의 낭비'가 '수치스런 허리'를 암시한다. 현대 소네트 발행본에서는, 문법적 구두점이 육욕에 대한 이 대단한 강의의 명료성을 더해 줄지 모르지만, 셰익스피어 어조의 친밀성은 1609년 텍스트에서 보다 뚜렷하다:

낭비 속에 영혼의 비용이

행동하는 육욕이다, 그리고 행동이, 육욕이

서약을 어기고, 살인적이고, 피비린내 나는 비난으로 가득,

야만적이고, 극단적이고, 거칠고, 잔인하고, 믿을 수 없고,

즐기자마자 곧장 경멸당하고,

이성 너머로 사냥당하고, 또 취하자마자

이성 너머 삼켜진 낚시 바늘처럼 증오하는

고의적으로 늪혀졌으나 취하는 자 미치게 만들 때까지.

추적하게 되어 있고 소유하게 되어 있으매,

소유되고, 소유하며, 그리고 추적으로, 극단을 취하고,

막아야 축복이며 입증되면 그냥 비탄인 것을,

꿈 뒤에서 프로포즈 받은 기쁨 앞에,

이 모든 것을 세상이 잘 알지만 아무도 잘 알지 못합니다,

인간을 이 지옥으로 이끄는 하늘을 피하는 법을.

(소네트 129)

그의 자필 원고로 소네트 활자를 짰다면, 9행에서 'In pursut and in possession so'라 쓰고, 그런 다음 'Made'('Mad'와 짝을 맞추어)를 집어넣어 다음 단어의 대문자를 바꾸지 않았을 것이다.[28] 이 시는 재빠르고 유창하지만, 육욕에 대한 전망은 악몽 그 자체다. 상황을 극단까지 몰아가는 유형적인 방식으로 자신의 예술을 발전시키면서, 그는 정열의 가장 황폐한 측면을 에칭etching해 간다. 1590년대 소네트 작가들이 보여 주는 데 실패한 성적인 현실을 그리고 있으며, 성병에 대한 두 편의 일그러진, 반어적인 소네트로 연작을 끝맺는다.

28　케니스 뮤어, 『전문인 셰익스피어』(1973), 233 n. 17.

정치와 『존 왕』

「루크리스」가 인쇄되던 1594년경이면, 역병이 줄었으므로 극장이 소수 배우들에게 희망적인 환상을 심어 주었다. 유행병 직전 활동했던 희곡 작가들 중 그것을 오래 견딘 사람은 몇 안 되었다. 존 릴리는 작품을 쓰지 않고 살며 국회의원처럼 앉아 '포켓 선거구'(특정인이나 특정 집안에 쥐어졌던 선거구, 1832년 폐지—역자 주)가 또 없나 기웃거릴 뿐이었다. 그린은 사라졌다; 필과 내시는 몇 년밖에 남지 않았다. 로지는 극장을 포기하려는 참이었다. 키드는 누추하게 마지막 달을 보내고 있었고, 1593년 5월 30일 뎃퍼드에서—강을 따라 도시 남동쪽—말로가 정부의 정보망 관련 불량배 셋(잉그럼 프라이저, 로버트 폴리, 그리고 니콜라스 스키어즈)을 상대로 칼부림을 하다 피살된 터였다.

부드러운 목소리에, 반짝 빛을 발하는 셰익스피어 후원자는 이제 벌리에게 벌금을 낼 일에 직면했고, 자신의 재산을 후견인에게서 빼내려면 또 막대한 벌금을 물어야 했다. 1594년 11월이면 그 젊은 백작은 사우샘프턴 저택 일부를 세놓고, 또 몇 년 뒤에는 장원 다섯 곳을 팔아치워야 했는데, 포트시와 비그턴 장원도 그 안에 포함되었다—이 중 마지막을 사들인 것이 시인 조지 위더의 친척들이다. 시인들을 위해 달리 딱히 손에 잡힐 듯 뭘 해 준 적이 별로 없고, 사실 백작은 마음 편하게 거금이나, 반영구적인 집—사무실이나, 직책이나, 아니면 다른 대규모 후원 혜택을 제공할 수 있는 처지가 아니었다. 그가 셰익스피어에게 '매매' 대금으로 1,000파운드를 준 적이 있다는 신화는 윌리엄 대버넌트 경이 꾸며낸 것이고, 심지어 로(그는 그 일을 1709년 기록해 두었다)까지 긴가민가하게 만들었다.

그러나 백작의 멋들어진 이름을 사용했으므로 셰익스피어는 「비너스」와 「루크리스」로 그린의 중상모략을 벌충하고 무대 너머로도 독자를 가질 수 있는 시인으로서 자신의 가치를 선전한 셈이었다. 정치가 후원사의 눈길을 끌 수도 있는 문제였고, 1594

년 이른 봄이면 그가 앞날을 확신할 수 없었을 터.

성급하고 정력적인 에식스 백작한테 자신의 정치적 운을 걸면서 사우샘프턴은 활기찬 볼거리를 제공하기 시작했다. 정부 내 벌리-세실파에 가담하여 제임스 6세 왕위 계승을 소리 없이 꾸미느라 에식스 백작은 청교도와 가톨릭 추종차들을 모두 끌어들이고 있었다. 1599년 아일랜드에서 터진 티론 백작 혹은 '오닐 가'의 반란을 쳐부수기 위해 배에 오르면서 사우샘프턴 장군을 기사로 데려갔다—그런데 그는, 최근, 인형 같은 황실 시녀 한 명을 범한 후 아내로 맞은 일로 여왕을 화나게 만든 터였다. 셰익스피어의 어투는 아주 조심스러운 애국자풍이었다. 당대의 (그리고 연극 외적인) 사건에 대해 구체적이고, 명징한 암시에서 그는 『헨리 5세』 5악장 합창단을 시켜 에식스 백작이 아일랜드의 저습지로부터 무사 귀환할 것을 언급케 한다.

아쟁쿠르에서 화살이 빗발친 후 런던 사람들이 해리 왕에게 환호하지 않았던가? (프랑스 기사들에게 화살과 창을 날렸던 그 유명한 사건이 연극에 분명하게 나온다는 게 아니라) "그때에, 낮지만 높게 사랑할 가능성으로", 합창단은 그렇게 말한다, 에식스 백작의 전투 운에 대한 믿음이 불완전한 상태로,

> 은총이 가득하고 자비로우신 우리 여왕 폐하의 총사령관이
> 좋은 시절에 그럴 수 있듯 아일랜드에서 돌아오며,
> 장검에 반역을 꼬챙이 꿰어 돌아올 때에,
> 얼마나 많은 사람들이 평화로운 도시를 떠나
> 그를 환영하겠는가! 훨씬 더, 그리고 훨씬 더 많은 것을,
> 그들은 이 해리에게 해 주었다.
>
> (V. o. 29~35)

이것은 에식스와 사우샘프턴을 위한 선전이 전혀 아니다—그리고 그들의 원정에 대한 셰익스피어의 의문은 예언적이었다. 해외

에서의 군사적 대패 이후, 사우샘프턴, 러틀랜드 및 그의 동생, 그리고 소수의 다른 성급한 낭만파들은 1601년 에식스 백작의 대對 여왕 반역에 가담했다. 그러나 런던 사람들이 봉기하지 않았고, 에식스가 처형되었다. 사우샘프턴은 운 좋게 탑에 갇혔을 뿐이었다—고양이를 벗삼으며.

마지막으로, 거의 무대에서 은퇴한 상태였을 때, 셰익스피어는 에식스 역모자들을 위한—그리고 간접적으로 그의 전前 후원자를 위한—아주 희미한 감정 표시로 사우샘프턴 친구였던 여섯 번째 러틀랜드 백작에게 임프레저를 고안해 주었다. 임프레저란 좌우명과 우회적 도안이 있는 기장으로 대개 깃발이나 종이 방패에 그렸던 것이다. 작품을 고안한 대가로 셰익스피어는 44실링을 받았고, 그의 친구 버비지도 그것을 그린 값으로 같은 액수를 받았다, 그리고 러틀랜드는 그 기장을, 1613년 제임스 왕 즉위일인 3월 24일 마상 대회 당시 사용했다.

이 뒤늦은, 거의 향수병적인 행동은 최소한 에식스 일파의 운명에 대한 셰익스피어의 관심을 보여 준다 하겠다. 의심할 여지없이 그의 신중이 사려 깊은 것이었지만, 정치적 동기를 탐구하는데 있어 균형 감각과 자유를 견지하려는 바람의 표시이기도 했다. 그리고 그 정도는 『존 왕』에서 명백한바, 이 희곡은 1593~1594년 혹은 조금 뒤에 쓰여진 것일 수 있다. 『존 왕』은 소네트 및 「루크리스」 양식과 연관이 있지만, 그것 혹은 그것들의 집필 날짜는 현재도 논란 중이며 개정된 희곡일 수도 있다, 1591년 2부로 인쇄된 저자 미상의, 서툰, 반反 가톨릭 드라마 『잉글랜드 존 왕의 혼란스런 치세』를 저자가 읽기 전에 쓰여졌던 것을 고친.

셰익스피어는, 이 작품에서, 13세기 주제를 취하지만 실제로는 당대 정치적 동기들을 살피고 있다. 존 왕은, 교황을 거부함으로써, 엘리자베스 시대 기독교인들에게 영웅으로 보였다. 연극에서 그는 유약하고 흔들리는 존재며, 종교 자체가 정치적인 기만과 타협의 세계에 존재한다. 희곡이 가톨릭 심기를 상당히 불쾌하게 만들었고, 1640년대 가톨릭 교리성에 근무한 윌리엄 생키 SJ가 스페인 소재 영어 대학 학생들한테 그 희곡의 상당 부분을 금하게 할 거였다. 셰익스피어의 교황 특사 펜돌프 추기경은 기품 있고 세련된 지성인이고 결코 부패하지 않았지만, 세속적이고, 냉소적이며, 교황을 위해 정치적 공갈도 마다하지 않는다.

막무가내로 냉소적인, 점차 발전해 가는 이 희곡의 주인공—서출 팰컨브리지—은 이기적인 모험가로 생존을 위한 거칠고 거침없는 길을 나설 채비를 갖추고 시작한다. 그는 이상적인 연극 배우인지 모른다, 언제든 연기할 수 있고, 사건에서 떨어져 있고, 눈을 떼지 않고, 그리고 삼갈 것이 없는. 희곡의 도덕적 대리인으로서 기만, 기회, 반역, 자기 미혹, 그리고 비겁함의 장으로서 정치에 민감하고, 흥미롭게도 그가 궁정 그룹의 세련됨을 비난하는 방식은 셰익스피어 후원자가 보였던 무기력과 아둔함을 암시한다.

『존 왕』의 뿌리에 놓여 있는—그리고 그 서출이 전도하는—열망은 정의로운 연방 국가를 다스릴 흠 없고, 현명한 통치자를 향한다; 이것은 정치 세계에 존재하는 사악함, 유약함, 그리고 책략의 현실에 맞세워졌다. 희곡 초상들은 어떤 때는 복잡 미묘하고 어떤 때는 매우 수사학적이고 또 어느 정도 과장된 운문으로 그려진다. 『존 왕』은, 훈련은 잘 되어 있더라도, 노상에 지친 극단에 맞았을지 모른다, 왜냐면 거의 저절로 연기가 되고 보통 이상의 자제를 요했다. 존 왕에게 희생된 젊은 아서의 어머니 콘스턴스를 그려 가는 방식은 『루크리스』의 기법 실험을 상기시킨다. 그리고 서출의 애국심이 사려 깊고 또 문제 제기적인데, 최소한 부분적으로는 저자가 자신의 태도가 지닌 모순을 소네트 작가로서 시험한 바 있기 때문이다.

성장기에 교육받은 신앙심과 거리를 두었지만, 셰익스피어가 그리스도적 믿음, 혹은 여왕의 지배를 받는 자기 조국의 가치에 대한 믿음을 잃었던 것은 아니다. 가톨릭에 동조했지만, 교황 대리 대사가 존 왕에게 접주는 것을 보여 준다. 펜돌프 추기경이 영국에 대

한 프랑스의 위협을 언급하면서 왕에게 이렇게 말하고 있다:

> 이 폭풍우를 일으킨 건 내 입김이었소,
> 그대가 교황을 함부로 대한 까닭에,
> 하지만 이제 그대는 마음씨 착한 개종자이시니,
> 내 혀가 다시 이 전쟁의 천둥 비를 잠잠하게 하고
> 거센 파도 몰아치는 그대 땅을 맑게 개이게 할 것이오.
>
> (V. i. 17~21)

서출은, 그러나, 혼란에 빠진, 약자로 전락한 왕에게 줄 다른 충고가 있다. "하지만 왜 왕께서는 고개를 숙이십니까? 왜 슬픈 얼굴을 하십니까?" 펠컨브리지가 존에게 그렇게 말한다,

> 가세요, 그리고 반짝이세요, 전쟁의 신이
> 전장을 바야흐로 장식하려 할 때처럼.
> 용맹과 치솟는 자신감을 보이세요.
>
> (V. i. 44, 54~56[29])

의기소침을 치료하는 이런 해독제는 왕은 물론 지친 극단에도 어울리는 듯하다. 『존 왕』의 전반적인 형식은 최고의 장면들보다 빈약하고, 그리하여 『존 왕』이 강력한 희곡은 아니다. 그러나 그 서출은 힘들여 쟁취한 권위에 기대어 발언하며, 저자가 역병 시기의 고통과 그것을 견디려는 배우들의 투쟁을 알고 있다는 사실을 암시한다.

___

29 『존 왕』의 편집자들은 그 집필 연대에 대해서만 활기찬 대화를 벌이는 것이 아니다. 『존 왕』은 왕정 복고 이래 정규적으로 무대에 올려졌다 ―『헨리 6세』와 달리.

11. 궁내 장관의 배우

나는 크림을 노리는 고양이처럼 사방을 살피지.
—폴스타프, 『헨리 4세』 1부

버비지 사람들과 지분을 공유하다

1594년 황량한, 추운 봄날 남부 잉글랜드에서 역병이 줄고 배우들이 잿빛 하늘 아래 런던으로 돌아왔다. 이런 기묘하고 우중충한 봄은 본 적이 거의 없었다. 지난 2년은 공연단에게 형벌이었다; 순회공연에 성공한 극단은 전혀 없고 역병은 흥행계에 총체적 혼란을 가져왔다. 펨브룩 극단은 해체, 대본들을 팔아 넘겼으며, 그렇게 대본들은 난파선의 잔해처럼 인쇄되게 되었다. 아마도 홍보, 그리고 계속 떠 있는 것이 현안이었으므로 다른 극장들도 대본을 풀어 출판하게 했다. 하트퍼드의 소극단이 휘청했고, 후원자를 잃은 후 서식스 극단이 해산했다. 그러던 중, 4월 16일, 페르디난도 스트레인지 경(최근 다섯 번째 더비 백작)이 워낙 희한한 상황에서 사망, 독살설이 돌았고, 그럴 법했으며, 서식스 백작의 죽음 불과 몇 달 후에 닥친 그의 죽음은, 극장이 가장 열심인 배우 후원자 두 명을 잃었다는 뜻이었다. 페르디난도 극단이 백작 미망인 엘리스— 훗날 얘기될 것이다—의 이름으로 연행을 했지만 그의 죽음은 나쁜 조짐 같았다. 추운 하늘은, 더군다나, 곡식 수확이 좋지 않고(완전히 재앙적인 4년 간 흉년의 첫해다) 곡식 값이 오르며 새로운 난관이 도사리고 있다는 예언이었다.

이제까지, 셰익스피어는 선택권을 열어 두고 있었다: 「루크리스」에 동봉한 편지에서 드라마를 더 쓰는 게 아니라 시를 쓰려 생각하고, 그러면서도 후원을 받아들일 것임을 그는 넌지시 내비치고 있는 것이다. 5월 정부가 개입했고 마치 거인이 광활한 도시 공터에서 어린아이 그룹을 다시 짜듯 일종의 극장 독점을 런던에 세웠다. 그것이 그에게 새로운 기회를 제공할 것이었다; 하지만 전기 작가들은 그가 처한 실제 상황을 과소평가했고, 1590년대 중반 그의 새로운 극단이 직면했던 어려움을 똑같이 과소평가했다. 어떻게 보면, 그는 자신의 경력이 안정될수록 곤경은 더욱 깊어졌다. 일단 극장에 투신한 이상, 또 다른 「비너스」혹은 「루크리스」를 쓸 가망은 없었다; 그리고 이런 정도 품격을 갖춘 어떤 무대 드라마를 쓸 가망도 없었다. 그는 사우샘프턴에게 보낸 두 번의 편지에 암시된 희망을 스스로 잘라 냈고, 야릇한, 차가운 상실과 실망감이 그의 소네트들에 흐르고 있다. 그가 무엇을 했건 미들랜즈 읍내에서 존경을 받기는 힘들겠지만, 배우의 낮은 신분이 고질병이고, 필립스와 포프 같은 동료들이 같이 느꼈던 울화였으며, 그러면서 최악의 문제는 따로 있었다. 모종의, 자신에 대한 불만이 그의 온화함을 줄인 반면 머리 굴리는 삶은 촉진시켰다; 그는 생계유지를 위해 받아들일 수밖에 없다고 느낀 환경에 어느 정도 교활하게 적응했다. 하지만 그의 새 극단은 재정 전망이 불투명했다; 그는 의지할 다른 것이 전혀 없었고, 빈손으로 귀향할 판이었다. 그가 자신의 『티투스』 대본 행로를 따라 버비지와 함께 스트레인지 경 극단을 탈퇴(1591년 5월 이후), 펨브룩 극단으로, 다시 서식스 극단으로 옮겼다 한들, 살아남기 위해서는 어쩔 수 없었다; 훗날 한 극단에 대한 그의 충성심은 시인들 중 발군이 될 것이다. 하지만 그 충성심은 만족 표시가 결코 아니고, 그의 애매한 글 속에 그가 자신의 직업을 받아들인 것 못지않게 반대했다는 복잡한 암시가 깔려 있다. 1595년과 1596년 타협 방식의 삶을 활용하면서 그는 극장의 숱한 규범을 전복했고 자신의 매체를 무시했다; 최초의 위대한 신화풍 희곡 『로미오와 줄리엣』 그리고 『한여름 밤의 꿈』에서 통념을 조롱하더니 급기야 근본적이고 원기 넘치는 조롱꾼 폴스타프를 창조, 잉글랜드 역사의 위아래를 전

도시켜 버리는 것. 그의 새로운 상황은 어떻게 발생했을까, 그리고 그의 새로운 의무는 실제로 어떤 영향을 끼쳤을까?

역병 기간 중 텅 빈 쇼어디치 극장 소유주 버비지 노인이 마냥 게으름만 피우고 있었던 것은 아니다. 호시절 버비지는, 최근 증거가 보여주듯, 극장 관람객들에게 과일, 견과, 그리고 음료수를 파는 식으로 시 교역법을 위반했다. 그는 벌금을 내고, 기소되고, 물건 판매를 금지당했다. 하지만 극장 문을 닫았을 때조차 그는 헬리웰 가에서 불법으로 음식을 팔았다. 미들섹스 법정 소환 (1591~1594년 사이 매년)에도 불구하고. 그가 더 제멋대로 그랬던 것은, 윗사람들과의 연결 때문이었던 듯하다. 그는 '헌스던의 사람'이라 주장했고, 추밀원 헌스던 경, 헨리 케리 노인의 지위를 이용했다.

헌스던 경은 언행이 다소 직선적이고, '툭하면 욕설과 음담패설'이었고, 외모는 늙고 교활한 쾌락주의자풍이었다.[1] 그의 정부였던 궁정 음악가의 딸 아멜리아 레니어가 1593년 그의 아들 헨리를 낳았을 때 그는 아주 커다란 불편을 느낄 일이 없었다; 아이는, 결국, 낭비벽이 심한 그녀의 음악가 남편 알폰소 레니어[2]를 명목상 아버지로 갖게 되었다. 헌스던 경은 자신의 비행을 감추는 둥 마는 둥 뭉개 버렸고, 그런 그에게 견과와 음료수 때문에 법을 무시하는 막무가내 노인 제임스 버비지는 충성스럽고 자랑스러운 예찬자였다. 한 번 이상, 헌스던의 간섭으로 극장은 추밀원의 적대적인 목소리를 피할 수 있었고, 버비지가 다소 씨근거리는, 노화한 할 왕자를 상대로 폴스타프를 연기했다. 헌스던은 여왕의 첫째 사촌이었는데(앤 불린 여동생의 아들) 헨리 8세 취향을 감안하

1 월리엄 플릿우드가 버글리 경에게, 1584년 6월 18일; 로버트 나운턴 경, 『Fragmenta Regalia』(1653), sigs. C6v-C7.
2 레니어와 결혼했으므로, 에밀리아 레니어는 그리스도의 수난을 다룬 한, 궁정 부인 아홉 명에게 바쳐진 시작품, 『Salve Deus Rex Judeorum』(1611)을 자기가 쓴 것처럼 행세했다.

II. 런던 무대의 배우 겸 시인

자면 엘리자베스의 배다른 동생일 가능성도 있다. 여왕과 항상 좋은 관계를 유지한 것은 아니지만, 여왕이 좀 더 믿는 조언자 중 하나였다. 더군다나 그의 사위 에핑엄의 하워드 경 찰스 하워드가 제독에 오르고 얼마 후, 헌스던은 행사 담당국 재정과 대본 검열을 책임지는 여왕 궁내 장관에 임명된다.

그 직책은, 경제가 관건이었다. 헌스던은 예를 들어 여왕을 위한 가면극을 무대에 올리는 데 연극 한 편 올리는 비용의 세 배가 든다는 것을 알았고, 그래서, 찰스 하워드와 동맹을 맺어 대개의 배우들을 최악의 시청 요구 사항들로부터 보호해 주는 한편, 1583년 설립한 여왕 극단을 조용히 밀어주었다. 그러나 여왕 극단은 두 번에 걸쳐 둘로 쪼개졌다, 그리고 1594년 봄 남은 것들은 쇠락해 가고 있었다. 다른 연기 극단들은 거의 파산했고, 녹아나는 중이었다, 그리고 최고의 배우 후원자 두 명—서식스와 더비—이 사라졌다. 헌스던과 하워드가 수도에 안정된, 지속 가능한 극단을 유지하려면 과감하게 움직여야 했다.

이들이 조언을 구했다면, 두 여인이 셰익스피어와 다른 배우들의 운명에 영향을 끼치는 계획들에 대해 들을 수 있었을 것이다. 헌스던이 자신의 친척 더비 백작 부인 엘리스—페르디난도의 미망인—극단 주요 배우 다섯 명을 빼 오면서 그녀와 의논하지 않았을 것 같지는 않다. 더비 극단은 5월 그녀의 이름으로 공연했다. 소송벽이 있고, 까탈스러우며, 훗날 두 번째 결혼에 불만을 느꼈지만, 엘리스 백작 미망인은 묘하게도 시인과 배우들에게 너그러운 관심을 보였다. 헌스던의 딸이자 하워드의 아내 캐서린 케리가, 두 사람보다 더 여왕에 가까웠는데, 역시 조언을 해 주었을 것이다. 어쨌거나, 셰익스피어에게 상당한 도움이 될 섬세한 극장 계획이 드러났다. 비록 명목상으로는 두 추밀원 의원이 후원하지만, 엄격히 말하자면 여왕 행정부의 조처는 아니라서, 계획은 어느 정도 무산되기 쉬운 구석이 있었다. 그러나 런던 연극의 지속을, 그리고, 결국에는, 현대 국가가 본 가장 위대한 문화적 성공을 보장해 주었다.

헌스던과 하워드의 계획은 이중 보험 성격을 채택, 두 극단이 각각 한 '패밀리'를 중심에 두어 안정성을 확보했다; 두 그룹은 각각 벽 북쪽과 강 정남쪽에 위치, 런던을 걸터탔다. 헌스던은 궁내 장관이란 이름으로 쇼어디치 사내와 소년들을 후원하고 그렇게 이윤에 굶주린 노인 버비지와 그의 두 아들을 부릴 것이었다. (커스버트 버비지는, 최근 관리가 되었는데, 1565년 6월 15일 세례를 받았다: 현재 거의 29세; 동생 리처드는, 배우고, 1568년 7월 7일 세례, 현재 25세, 그리고 주요한 성공이 아직 그의 앞에 있었다.) 다른 쪽은, 하워드가 뱅크사이드의 한 극단에 제독 이름을 빌려 주고 에드워드 앨린, 그의 아내 조앤, 그리고 장인 필립 헨즐로를 중심에 세웠다.[3]

제독 극단을 위해, 하워드는 그렇게 앨린이라는 가장 유명한 배우와 헨즐로라는 가장 부유한 극장 감독, 그리고 로즈라는 아마도 가장 최신식 극장에다, 말로 드라마 일체와 헨즐로의 풍부한 연극 대본 재고를 확보했다. 배우들은 추밀원의 시종으로 선서가 허용되지는 않았으나 헌스던 혹은 하워드의 기장과 휘장을 착용하고 다녔다. 하워드가 믿을 만한, 훈련이 잘 된 배우들로는 더비 순회 극단 출신 토머스 다운턴, 여왕 극단의 존 싱어, 그 밖에 에드워드 더틴(1597년 부각), 에드워드 주비, 마틴 슬레이터, 그리고 토머스 타운이 있었다. 그들 모두 제독 극단 기장—어깨에 푸른 초승달이 새겨진 숭고한 사자 형용의—을 착용했다.

하지만 헌스던이 완전 열세는 아니었다. 그의 극단은 7명 혹은 8명을 주주로 시작하였지만, 숫자가 늘 것이었다. 궁내 장관의 주주—혹은 공동으로 극단을 소유—운영하며, 비용을 지불하고 이익을 내는 주도적인 배우—로 리처드 버비지와 셰익스피어가 아마도 여름 이전에 들어왔다. 엘리스 백작 부인 극단에서 조지 브라이언, 존 헤밍, 윌 켐프, 어거스틴 필립스와 토머스 포프 등 다

3   M. 에클스, 「엘리자베스 시대 배우들」, 『주석과 질문들』, 235(1991), 43.

섯 명의 주주들이 더 들어왔고, 신참 서너 명도 묻어 왔다. 이들 어른 배우와 소년 배우들은 팔 기장 혹은 모자에 꼽은 둥근 브로 치 위에, 비상하는 은빛 백조 표식을 달았다.

셰익스피어는 궁내 장관 극단의 주주가 되기 위해 50파운드 가 량을 지불해야 했다, 면제되었을지도 모르지만. 돈을 지불하는 대 신 극단을 위해 매년 신작 희곡 두 편—희극 한 편과 진지한 작품 한 편—을 쓰고 대가를 받는 조건에 합의했을 것이다. 버비지 사 람들은 그의 가치를 어느 정도 알고 있었다. 그의 초기 희곡 전체 가 그들 수중에 있었는데, 그가 자신의 권리를 유지했거나 아니 면, 늙은 버비지가 눈치 빠르게 『헨리 6세』 대본과 다른 몇몇 작 품을 사들였거나 둘 중 하나다.

여타 많은 것들이 극단 수중에 들어왔음은 말할 것도 없고, 그 들은 어느 정도 주목받을 만한 다른 연극 대본 4개를 아마도 확 보했을 것이다: 키드가 썼을 법한 『햄릿』, 최근의 『레어 왕, 잉글 랜드 존 왕의 혼란스런 치세』, 그리고 『헨리 5세의 유명한 승리』 의 몇 가지 대본 중 하나. 제목들이 흥미롭다. 『레어 왕』은 명확 히, 다른 희곡들을 개작한 게 아니라면, 극심한 결원 상태였던 여 왕 극단 소유분이었고, 여왕 극단은, 헨즐로가 기록했듯, 런던을 떠나 '공연을 위해 시골로' 간 상태였다; 이런저런 이유로 그들은 돌아오지 않았다. 궁내 장관 극단의 정규 시인은, 아마도, 똑같은 희곡 대본 4편의 새로운 각색들이 잊혀지지 않도록 하려는 장치 였을 것이다.

§

충분한 계획 기간을 갖지 못한 채 제독 극단과 궁내 장관 극단은 6월 뉴윙턴 버츠에서 10일 동안 공연을 분담했다; 이것은 비참했 다: 6월 13일까지 수입이 거의 없었다. 이틀 후 제독 극단이 강 근 처 로즈 극장으로 왔고, 여기서 꽤 화려한 공연 실적을 올렸다—50

주 동안 4순절과 하지 무렵만 쉬고 35편 정도 작품을 올렸던 것.

궁내 장관 극단은 알 수 없는 문제에 봉착했고—극장 준비가 안 되었거나, 아니면 장소가 어려움을 초래했거나—9월이면 윌트셔 말버러에 나가 있게 된다. 하지만, 겨울에 굶어 죽을 일이 없었으므로, 그들은 도시 심장부 그레이스처치 가 크로스 키스 여관에 있어야 한다는 점을 위대한 후원자에게 명백히 했고, 1594년 8월 8일 헌스던이 명령인지 요청인지 요상한 톤의 편지를 시장에게 보내, 셰익스피어 극단의 도시 진입이 허락되기를 "요구하고 기도한다" 했다. 그는 그들이 이미 그곳에 있음을 암시한다, 그리고 배우들이 거의 네 시 아니라 두 시에 시작할 것을 약속하고 있다. 그들은 교외에서보다 조용하게, 일체의 북과 트럼펫을 사용하지 않을 것이었다,

> 그런 식으로 사람들을 모으지 않을 것입니다, 그리고 교구 빈민들을 위한 의연도 능력껏 할 것입니다. 그러므로 귀하가 내락하실 것을 의심치 않으면서, 이런 합리적인 조건이므로, 귀하를 전능하신 주께 맡깁니다… 오늘 1594년 8월 8일.
> 귀하의 사랑하는 친구,
> H. 헌스던[4]

적어도 며칠 동안, 셰익스피어와 그의 동료들은 크로스 키스에 있었다, 도시 북동쪽 문으로 향하는 간선 도로 근처에.

희극 작가들은, 상상컨대, 정교한 공공 행사가 있어야 상징적인, 다채로운 의식들을 보고 배울 수 있었다. 하지만 역병 이후, 런던의 부유한 내부 교구가 그들 나름의 무지개를 보여 주었을 거였다. 색깔들이, 그 당시, 그냥 마구잡이는 아니었다; 그리고 거

---

4 『일기』, 21~30; EKC, 『무대』, iv. 316. R. L. 크너슨, 『셰익스피어 극단의 레퍼토리 1594~1603』(페이엇빌, 아칸소, 1991), 29.

리는 지위, 다루는 물건, 직업 등을 뜻하는 천의 상징들로 암호화했고, 깃발 심지어 가게 표시에조차 문장이 새겨졌다. 기장 달린 제복 외투, 사제와 공무원 복장, 때때로 학생 혹은 행정관들의 검은 가운, 그리고 숱한 도제들의 푸른 조합복이 눈을 어지럽혔다. 평일이면, 런던은 셰익스피어에게 번쩍거리는 색의 상징 사례들을 제공했을 것이다. 런던은 또 책을 제공했고, 여관에서 멀지 않은 곳에 윌리엄 발리의 책가게가 있었다 그는 곧 음악 관련 출판을 하게 된다.

셰익스피어는 어떻게 자신의 책을 구했을까? 1594년 말이면 분명 홀린즈헤드『연대기』 2판 1부를 갖게 되었을 것이고, 곧 노스판 플루타르크『영웅전』 중 '테세우스의 생애'를 활용하게 된다. 더비 백작이 죽은 후 그의 미망인 앨리스는 사실 노스판 플루타르크 한 권을 '윌헬미'—혹은 윌리엄—라는 이름의 사내에게 선물했다는데 마지막 이름은 사라졌다. 라틴어 서명이 일부 잘려 나가고 이 부분만 남았다:

Nunc Wilhelmi
dono Nobilissima
Alisiae Comitissae[5]

셰익스피어일 수도 있고, 다른 사람일 수도 있다. 하지만 앨리스의 책은 그녀의 윌리엄이 누구든 간에 후원자들이 책들을 바람직한 선물로 여겼으며 시인이 이런 식으로 책을 구했으리라는 점을 암시한다. 후원자들, 이를테면 세 번째 펨브룩 백작 같은 이는 심지어 책 구입 비용을 주기도 했다. 오늘날 스트랫퍼드에 앙리 에티엔의『메디치가의 캐서린』(1575) 한 권이 있는데, 나바르 왕에 대한 언급으로 가득차 있다[6]; 어떤 전설에 의하면, 아주 멀쩡

---

5   『숭고한 그리스인과 로마인들의 생애, 카이로네아의 플루타르크가 한데 모아 비교하는』, 토머스 노스 경 번역(1579); 피커링 & 샤토, 카탈로그 658, 아이템 37.

한 전설은 아니지만, 이 책은 한때 셰익스피어가 소유했다가 훗날 딸 수재나가 어떤 궁내 장관에게 주었다. 책값이 비싸던 시절 셰익스피어가 가장 필요로 했던 책 몇 권을 책방 혹은 후원자들에게서 얻었고, 다른 책들은 단기 대출 받았다는 것은 사실로 보인다. 그의 친구 리처드 필드의 인쇄소 또한 명백한 출처였다, 왜냐면 필드가 1599년 초 리처드 크럼프턴 『관대함의 저택』을 인쇄한 직후 시인은 『헨리 5세』용 참고본을 구해 볼 수 있었다.

크로스 키스에서, 그는 폴스타프의 이스트칩 여인숙 근처에 살았고, 이 무렵, 런던에 대한 관심이 가속화했다. 그의 단원들은 1594년 공연물 하나를 기획했고, 여인숙에서 새로운 희곡을 낭독하고 극단 동의를 얻고 그랬을지 모른다: 그렇게 제독 극단은 '뉴 피시 가의 선 여인숙에서' 대본을 다듬었다, 그리고 이런 낭독회 때 포도주가 흘렀다.[7] 궁내 장관 극단도 포도주 시간을 가졌지만, 소요에 대한 런던 시청의 근심과 치명적 두려움 때문에, 아마도, 그들은 두 번 다시 시 여관 출입을 허용받지 못했다. 핼리웰이 근처로 옮긴 후 그들은 12월 궁정에서 두 번 공연했고, 훗날, 사례금을 받기 위해, 셰익스피어는 1595년 3월 15일 리처드 버비지 및 윌 켐프와 함께 관청 지역 화이트홀로 가게 된다.

공동 수취인으로, 이 셋은 극단의 핵심 인물이었다. 그러나 통상 수취인은 존 헤밍이 되었고, 그가 '사업 매니저'로서 계약, 증서, 그리고 다른 법적 서류들을 관리하고 동료 단원들의 재정적 관심사를 보살폈다. 한편, 배우들은 거의 광란적인 일과를 시작한 터였다. 1595년 커튼 혹은 시어터의 경우, 오후 공연 전에 수차례 아침 리허설을 했고, 셰익스피어는 부분적으로 반半주주 피라미드를 관리하고 배우, 아역, 그리고 사환들을 돌봐야 했다.

성공을 보장하는 첫째 조건이 극단의 질서였지만, 배우들은 튀는 것을 좋아했고, 제 기분대로 살았다. 배우들이 특별히 위험한

6   셰익스피어 중앙 도서관, SR 93. 2, no. 6223.
7   『일기』, 88(현대 철자법). 『헨리 5세』, A. 거 편(케임브리지, 1992), 235.

것은 아니었다, 하지만 극단적인 경우들을 보면 행동의 기저를 이루는 경향을 짐작할 수 있다. 존 헤밍은 16세 과부와 결혼했는데, 그녀의 배우-전남편이 연기자에 의해 살해당했고, 훗날 벤 존슨이 죽이는 배우는 사람을 죽인 경력의 소유자였다. 로버트 도스는 동료 연기자가 해치웠다. 존 싱어는, 당시 '접수' 일을 하다가, 요금 문제로 시비 거는 입장객을 죽여 버렸다. 티벌트와 머큐쇼의 창조자는 눈여겨볼 게 많았다. 특히 연애 사건, 감정 폭발, 난투극 (이를테면 『꿈』에서 연인들과의), 사소한 시비, 질투, 그리고 그의 배우들이 벌인 작은 소동 등등. 그리고 주주 모임에서 그는 최소한 암묵적으로 질서를 도모하는 보수적 방진方陣의 일부가 되었다. 광대들은 보다 독립적인, '단독' 공연자였고, 윌 켐프는 아마도 그의 패거리에 속하지 않았다. 유언장과 유증遺贈에 따르면, 셰익스피어는 광대들에 대해 친근감을 느끼지 못했다, 유난히 작은, 섬세하고 문학적인 로버트 아민에게는 포프와 켐프에게보다 좋은 감정이었지만. 아마 그에게 유언과 유증에 언급이 덜한 친구들이 있었을 것이다, 이를테면 훗날 그의 줄리엣과 로잘린드 역을 맡게 될, 그리고 대개는 개별 배우들에게 도제 수업을 받는 아역들.

　그의 각별한, 알려진 친구들로는 대중적인, 분별력 있는 헤밍, 그리고 헨리 콘델, 어거스틴 필립스, 리처드 버비지가 있었다. 이 네 사람은 확실히 공통적으로 말주변을 타고났고, 무대 위에서나 바깥에서 영향력을 행사했다. 겨우 반 주주로 그룹에 참여했지만 헨리 콘델은 1596년 서머싯 저택 서쪽 스트랜드 가에 값나가는 집 12채를 갖고 있는 시 미망인과 결혼했고, 그 후, 비록 배우로 명성을 얻지는 못했지만, 사업 감각이 쓸 만했고 뭐랄까 무뚝뚝한 효율성을 발휘했다. 어거스틴 필립스는 신중한, 신뢰할 만한 음악가이자 배우로 훗날, 뒤에 다시 말하겠지만, 『리처드 2세』를 둘러싼 고비에서 극단에 유리한 증언을 하게 된다. 뱅크사이드 위쪽으로 옮긴 후, 자신의 얼마 안 되는 재산을 지키기 위해 치밀한 준비를 시작, 권리가 전혀 없는 문장을 직접 사들였고, 사고방식이 실용적인 친구 콘델과 셰익스피어를 무대 밖에서 꽤 자주 만났을 것이 분명하다; 그가 두 사람 각각에게 30실링씩을 상속해 주었고 다른 배우들에게는 더 적은 금액을 남겼다. 리처드 버비지는, 셰익스피어 비극 주인공 역할이 특히 관심을 끄는바, 당대 주도적인 배우이자 솜씨 있는, 아마추어 화가가 되었고 오늘날, 약간 비굴한 표정으로, 남 런던 덜리치 미술관에 걸린 자화상(추정) 속에서 안광을 발하고 있다. 그의 성질은 소문났을 정도지만 성공 때문에 망가지지 않았으므로, 보다 안정적인 요소들 중 하나였다. 셰익스피어는, 돈에 환장했다는 얘기가 있다—그러나 최근 전설은 이 전설을 부분적으로 뒤엎었다. 그도, 그리고 정착한, 결혼한 지주 친구들 중 어느 누구도, 또한 재정 상태에 대한 암시를 판단 근거로 할 때, 아주 돈에 굶주린 상태는 아니었다, 모두 사회적 안정과 극단의 수익성을 바라기는 했지만. 유명했는데도, 사망 당시 버비지의 연간 토지 수익은 200~300파운드뿐이었다—1616년 셰익스피어 전 재산의 연간 수익 역시 그 정도였다(제독 극단 스타 앨린의 재부에 비하면 새 발의 피다, 앨린은 저택 구입을 위해 한 번에 1만 파운드를 투자할 수 있었다).[8]

명백한 타협 없이, 그들은 후원자와 정부 관계자들의 수발을 들었고, 아마도 감언이설의 버터를 처발랐을 것이다. 버비지는 부유한 펨브룩 백작 윌리엄 허버트의 친구 노릇을 했다, 이 후원자가 궁내 장관 자리에 오르기도 전에, 그리고 셰익스피어와 헤밍은 공연국 인가권자들을 접대했고, 헤밍은 공연국의 신뢰를 얻었음이 매우 명백하다. "W. 셰익스피어가 그렇게 말한다", 로즈 극장이 리바이벌한 희극 『조지 어 그린』의 저자에 대한 17세기 초 비망록에 그런 구절이 있다. 이 희곡에서 조지 어 그린은 '웨이크필드의

---

8   E. 넌게저의 『배우 사전』(뉴욕, 1929), 그리고 M. 에클스, 「엘리자베스 시대 배우들」(4부), 『주석과 질문들』, 235~238호(1991~1993)에 담긴 배우들 자산, 유산, 그리고 구매 관련 자료들을 보라.

핀너', 길 잃은 짐승들을 우리에 몰아넣는 업무를 담당하는 관리다. 이 비망록을 믿을 수 있다면, 한 관리(조지 버크 경 같은)가 시인에게 희곡의 저작권에 대해 물은 터였다.『조지 어 그린』은 '한 성직자'에 의해 쓰여졌다,고 셰익스피어가 온화한 말투로 말한 것으로 되어 있다, "그리고 그는 공연 중 핀너 역을 직접 맡았다".[9]

엘리자베스 여왕 시대 극단에서는 모든 주주들이 각각의 연극에서 연기를 했다, 예외가 분명 많았겠지만. 셰익스피어 4절판 및 2절판 텍스트 등장인물 렉시컨 혹은 어휘를 포함한 컴퓨터 연구로 얻어진 최근 증거는 다소 등골이 오싹하는, 문제적인 셰익스피어 연기상을 드러낸다. 그의 희곡 집필은 많은 부분, 이 연구 결과로 보건대, 그가 집필용 탁자에 앉아서 쓰기 좋아했던 '시즌', 11~2월에 이루어졌으나, 그가 1년 내내 연기를 했고, 종종 주역 하나가 아니라 단역 2~3개를 맡기도 했다. 자신의 작품 공연에서 맡은, 혹은 맡았다는 두드러진, 보다 원기 왕성한 역할에는 『티투스 안드로니쿠스』의 검은 아론, 『십이야』의 안토니오, 『트로일루스와 크레시다』의 율리시스 등이 포함된다. 왕 역할을 여러 번 했지만(17세기 그런 보고가 있었듯), 보다 유형적으로 노인, 성직자, 혹은 '사건 제시자'—이를테면 『헨리 5세』의 훌륭한 코러스 역—즉 많은 연기술보다는 웅변을 요하는 역을 맡았다. 한 공연에서 평균 300행 정도를 맡았고, 시작 장면에 나오는 역(종종 북소리 혹은 트럼펫 팡파르와 함께)을 선택했으며, 종종 연극의 첫 행을 맡기도 했다.『로미오와 줄리엣』에서, 셰익스피어는, 소문은 그렇다, 로렌스 역을, 그리고 훗날 코러스 역을 맡았다.『한여름 밤의 꿈』에서는 대체로 테세우스 공작 역에 만족했는데, 그가 시에 대해 강의한다. 같은 드라마를 여러 번 공연할 경우, 『헨리 6세』 1부에서 모티머 아니면 엑서터를, 『사랑의 헛수고』에서 퍼디낸드 아니면 보예트 역을, 그리고 『헛소동』에서 레나토 아니면 신부와 메신저를

9   A. H. 넬슨, 『셰익스피어 쿼털리』, 49호(1998), 74~83.

11. 궁내 장관의 배우

맡았다. 『리처드 2세』에서는 곤트와 가드너로 중복 출연했고, 『헨리 6세』1, 2부 모두에서 왕을 연기하고 또 2부에서 루머 역을 추가했으며, 『즐거운 아낙네들』의 가터 여관 주인 역과 그 다음 포드 선생 역을, 『끝이 좋으면 다 좋다』에서 왕 역을, 그리고 『맥베스』에서 덩컨 역을 맡았다. 셰익스피어는 아마도 음색이 세련된 아리아풍 대사로 말썽꾸러기 1층 바닥 관객들을 놀래는 일을 즐겼을 것이다. 『실수 연발』의 감상적인 에전 역을 일관되게 맡았고, 『좋을 대로 하시든지』의 아담 역과 『햄릿』의 '첫 연기자' 그리고 유령 역을 연기했다.

이 모든 것이, 어쨌든, 컴퓨터 분석이 말하거나 암시하는 바다: 그는 한 역할을 암기해야 연기할 수 있었을 것이고, 그렇게 매우 빈번하게, 이론상으로는, 그 역할에서 '희귀한' 혹은 '잘 사용하지 않는' 단어가 그의 이어지는 작품에서 튀어나오는 것을 보면 컴퓨터는 그가 정말 막 언급한 역 각각을, 그리고 『줄리어스 시저』의 플라비우스 혹은 『오셀로』 데스데모나의 추문화한 늙은 부모 브라반지오 같은 단역을 연기했다고 일러 주게 된다. 어쨌거나, 이론은 그 정도로 충분하다. 사실은 또 다른 문제다: 컴퓨터가 내린 결론은 약간 다른 식으로 해석할 수도 있고, 아직까지는, 기껏해야, 그의 배역에 대해 우리가 부서지기 쉬운 암시들을 갖고 있을 뿐이다—입증이 아니라.[10]

하지만 그가 주역을 맡았다는 암시는 전혀 없다. 아마 그의 집필 비중이 높았고, 또 친구들도 그 점을 알았으므로 보호를 받았으리라. 합작자들이야 전반적으로 더 많은 작품을 냈겠지만, 매년 완전 새로운 작품 두 편에 해당하는 양을 써내는 시인은 별로 없었다. 그는 궁내 장관 극단에 합류하기 전에도 예외적이었지만,

10   D. W. 포스터는 컴퓨터의 도움을 받은 자신의 WS 연기 규정 작업을 『셰익스피어 뉴스레터』, 209~211호(1991)에서 설명하고 있다. 훗날 그는 자기의 발견들을 수정했다. 아직까지는, 자신의, 존슨의, 혹은 다른 희곡들에서 시인이 어떤 역을 했는지 아무도 확신할 수 없다. EKC, 『사실들』, ii.는 17세기 보고서들을 인용하고 있다.

깊은, 항구적인 긴장과 유감—자신이 벌고 있는 돈이 아니라, 아마도, 돈을 버는 방식에 대한—을 지녔으면서도 회원 구성이 빠르게 변하지 않는 상당히 안정된 극단에서 빼어났다. 무대 수요가 그의 신속한 지력에 어울렸고, 그의 글은 그에게 필요했던 긴장 이완을 암시한다. 그의 생산적인 긴장은 분명치 않은, 후유증적인, 그리고 증거가 아주 없지는 않은 자기혐오와, 그리고 작품에서 때때로 드러나는 균형을 잃은 과잉과 관계가 있는지 모른다; 하지만 훨씬 더 그럴 듯한 추론은 1590년대 후반 그가 지나칠 정도로, 생체 실험하듯 다른 관점들에 맞추어 살았다고 보는 것이다. 거의 모든 튜더 시대 희곡 작가들과 마찬가지로 그는 자신의 대본에 대해 유별나게 주인 행세를 하지 않았으며, 배우들에게 자기 직업을 조롱할 기회를 주었고 시인들에게도 그랬다, 숭고하게 부조리적인 그의 몇몇 극중 극에서 보듯. 그의 극단의 결속력은 국외자와 호기심 강한 이들을 난처하게 만든 반면 땀흘리는, 일이 고된 배우들을 그가 잘 알게끔 도와주었을 거였다. 그는 자신이 자신을 얼마나 하찮게 여기는지 보여 주느라 애썼다, 어쨌거나 『한여름 밤의 꿈』과 『햄릿』에 들어 있는 은어-농담, 극장 인용, 그리고 자기 폄하 암시는 그의 경쟁 작가 작품들을 전부 합친 것보다 많다. 운영자들의 소모임에서, 친한 동료들을 가장 확고한 자리에 두고, 그는 극단 한가운데서 작업하고 성과를 냈다—그리고 그의 희곡들을 연기하면서 극단 사람들은 셰익스피어의 내적 존재를 표현하는 거였다.

그의 극단은 청교도적인 런던 시청, 재앙, 그리고 수입 감소의 위협에 시달리고 있었으나, 공공 극장이 1594년 이전보다 안정된 상태였다. 관객들 중 많은 수가 습관적인 연극 애호가였다. 지도적인 배우들뿐 아니라, 필립스, 셰익스피어, 그리고 가발을 착용하고 사치스런 차림을 한 아역 배우들까지 관객들은 무대에서 알아보았고, 혹시 버비지가 『리처드 3세』의 한 행을 빼먹는 일이 생긴다면, 위층 관객들이 큰 소리로 대신 외쳐 줄 지도 몰랐다. 관객

11. 글로브 극장의 배우

293

이 셰익스피어를 알았고 셰익스피어는 관객을 알았다, 그래서 몇몇 중단 소동에도 불구하고, 작품이 공연될 때 복잡하고, 예민한 의사 소통이 가능했다.

그렇게 그는 자신의 흥미를 좇을 약간의 자극을 갖게 되었고, 잃을 게 별로 없다고 느꼈을지 모른다. 그가 『로미오』 혹은 『한여름 밤의 꿈』을 쓴 것은 1596년 조금 전이다, 하지만 장면 배경의 참신한, 솜씨 있는 활용에서 두 작품은 최소한 궁내 장관 극단에서 그가 발견한 것을 보여 주기 시작한다. 이 두 작품은 어느 정도 부분적으로 교정본인 셈이다; 「루크리스」의 빈약한 장면-배경 감각을, 혹은 몇몇 연에서 보이는 신경과민의, 과도한 재주 자랑을, 그리고 소네트 몇 편에서 보이는 느슨한, 거의 소심한 모방 취미를 벌충하는 것. 그는 자연스러움, 올바른 거리 유지법을 발견했고, 재능 때문에만 성공한 것이 아니다. 자기 부정이 심해질수록, 그의 상상력은 더욱 날개를 편다. 매일매일 이어지는 그의 자기 말살적인 업무는 탁자에 앉은 그에게 일과감을 주었을 거고, 자기 작품의 사건을 복잡하게 만들고 호소력을 다층화하는 것이 그가 극단에 해 줄 수 있는 최선의 것임을 그는 알았다. 같은 작품에서, 그는 대중의 태도를 긍정하고 또 반박할 수 있었다, 그리고 어떤 의미에서는, 전복적이고 골치 아픈 면모를 지닌 희곡을 씀으로써, 그의 직업 내부에 또 바깥에 머물렀고, 자신의 발전을 부추겼다.

단역까지 연기했으므로, 연기로부터 배웠다; 그리고 역설적이게도, 이제 관객의 지능과 에너지로부터 물러나지만, 결국 도시의 정체되고 뻔한 생활—사고방식들을 뒤엎기 위해서일 뿐이다. 사실 그는 치솟는, 재치 있는, 서정적 스타일로 런던내기들과 그들의 견해에 도전, 이제까지 가장 위대한 두 작품으로 그들에게 사랑을 논했다.

꿈, 그리고 호흡의 문

1595년 여름 런던내기들은 식품 가격 때문에 벌어진 극심한 폭동에 놀랐다. 서더크에서 장사치가 버터를 빼앗기고, 파운드 당 3페니를 지불받았다, 5페니를 요구했었다. 그리고 이런 고자세가 폭력을 낳았다. 타워 힐에서 도제와 다른 젊은이들이 떼로 몰려 짱돌을 무수히 던지고 소집 나팔 소리에 고무되어 지역 파수꾼들을 타워 가까지 다시 밀어냈다.

시장뿐 아니라, 왕도 놀랐다. 소등령이 하달되었고, 공공 집회가 금지되었다. 훈령으로 모든 극장이 폐쇄되었다. 6월 26일이면 셰익스피어는 생계 수단을 잃게 된다. 로즈 극장이 이미 닫았고, 제독 극단은 지불 능력을 유지하기 위해 순회공연을 떠났다. 버비지 극단은 8월 말—공연이 재개된 때다—까지 고통을 받았지만, 흡사 헌스던과 하워드의 계획을 조롱하듯, 새로운 런던 시장은 휴전을 인정하지 않고 극장과 로즈 극장을 닫으라고 요구해 왔다.[11] 병약한, 늙수그레한 헌스던 경이 그의 극단을 얼마나 오랫동안 보호할 것인가? 셰익스피어는 긴박감이 감도는 도시를 위해 『로미오와 줄리엣』을 준비했고, 그의 비극은 폭력을 삶의 풍토병으로 만드는 도시의 긴장과 둔감을 반영한다.

아서 브룩의 시 「로메우스와 줄리엣」을 통해 그가 알게 된 위대한 사랑 이야기는 이탈리아 무대를 구두 지시한다. 이탈리아는 셰익스피어의 실험에 어울렸고, 잉글랜드 수도와 너무도 자주 비교되는 이교도적인, 승리에 도취한 로마가 있으므로, 그의 학생 시절 문화국이었다. 그가 이탈리아와 결부시키는 아름다움과 우아함은 그에게 묘한 영향을 끼쳐, 자신의 소네트들로 시대에 뒤진 페트라르카 기법에 집착할 때조차, 그의 펜을 평상적인 금기로부터 해방시킨다. 엘지노어로 가는 그의 길은 부분적으로 이탈리아적이었다. 거의 모든 초기 희극과 비극 10편 중 6편이 이탈리아

11   EKC, 『무대』, iv. 318.

혹은 고대 로마를 무대로 삼고 있다—그리고 그의 극작법에서 이탈리아만큼 불균형의 극단들한테 자유롭게 시험할 여지를 허용하는 나라는 없다. 『두 신사』의 어처구니없는, 열병 앓는 연인들 혹은 예리하게 형언되는 로마인 티투스의 고통, 혹은 줄리엣의, 꿰뚫는 듯한 아름다움, 혹은 이탈리아풍 샤일록의 핵심 집약적인, 동화하지 않는 장려함을 창조하는 데 있어, 그는 무대를 충분히 채우는 한편 무대 규범, 경계, 상투형, 그리고 뻔한 결론에 맞섰다—그리고 『로미오와 줄리엣』에는 도전적인 분위기가 있다. 저자는, '시인'으로서, 자신의 매체를 전도시키고 비극을 재정의한다, 그러나 다른 한편 희곡의 운율, 소네트들, 강렬한 외설의 위트, 그리고 고전에 흠뻑 젖은 채 높이 치솟는 이미지들은 그의 신작을 거의 우스꽝스러운 용두사미로 전락시킨다.

분명 극장의 경제적 사회적 요소들이 심지어 그가 경쟁자들을 감안할 때조차 그에게 영향을 끼쳤다. 보폭을 맞추며, 자신의 극단과 제독 극단 둘 다 곧 헨리 5세, 잭 스트로, 오언 튜더, 존 왕, 리처드 3세, 혹은 트로일루스와 크레시다를 다룬 작품들을 갖게 되었다. 제독 사람들은 사랑과 결혼에 대해 보수적인 '선량한 시민'의 태도를 취했으나, 셰익스피어 동료들은, 좀 더 급진적이고 섬세한 연애 드라마를 선보이면서, 4개 법학원 학생, 궁정 신하, 하원 의원들, 변호사, 상인, 그리고 그들의 부인들 사이에서 지지를 받고 있었다. 이들 너머 소매상인, 짐꾼, 노동자, 그리고 숱한 도제들이 있었고, 후자는 연예 산업에 적지 않은 흥미를 보였다. 시 도제들은 거의—종종 듣게 되는 말과 달리 소년이 아니라—10대 후반 혹은 20대 초반 젊은이로, 결혼이 가능할 때까지 대도시에서 몇 년씩 기다리거나 고향에 돌아가거나 그랬을지 모른다.[12] 매음굴과 곰 우리가 그들 일부를 유혹했다면, 교외의 사랑 주제 연극과 심지어 대중적인 역사 주제 연극 또한 그랬다. 숱한 젊은

12 스티브 레퍼포트, 『세계 속의 세계』(케임브리지, 1989), 295~298.

남녀로 하여, 1590년 중반 런던은 국가 훈련 단과대학이었다. 훈련생들은 물론 불평할 만했다, 하지만 1595년 이후 그들은 어떤 대중 소요에도 탐닉하지 않았고 많은 사람들이 『로미오와 줄리엣』을 보러—그리고 저자를 보러 커튼 극장으로 왔을 것이다.

희곡을 보면, 셰익스피어의 신부가 2막 2장에서 하나의 주제를 내놓고 있는데, 잉글랜드 소년이 교구 목사 서기한테 얻어들었을 법한 생각들을 연상시킨다. "오 엄청나지", 그가, 야채 바구니를 사이에 두고 그렇게 얘기했을 것이듯,

> 오 위대한 주님의 은총은 들어 있지,
> 식물에, 약초에, 돌에, 그리고 그들의 본성에,
> (II. ii. 15~16)

식물학은 삶에 교훈을 주는가?

> 이 연약한 아기 꽃 껍질 속에
> 독이 자리 잡았고, 약효도 있다,
> . . . . .
> 그토록 적대적인 두 명의 왕이 언제나 그 안에서 야영하고 있다,
> 약초는 물론 사람도 갖고 있어—기품과 조야한 의지 둘 다를,
> (II. ii. 23~24, 27~28)

은총과 난폭한 의지—혹은 사랑과 증오—가 모든 감각 있는 사물에 내재하므로 각자의 마음, 각각의 읍에서 발생할 수밖에 없다. 그 진리는 저자의 유년 시절과 연관된 것일지 모르지만, 여기서는 눈부신 지적 복잡성과 독특함으로 구현되어, 짧은 사랑이 다른 모든 것보다 우월해지는, 역설을 가능하게 한다.

『로미오와 줄리엣』은 낭만적 희극으로 시작하고 있다. 캐퓰렛 가와 몬테규 가 하인들이 등장한 후 길거리에서 가벼운 패싸움이

297

벌어지고, 로미오조차—검은머리 로잘린에게 정신을 빼앗긴—몬 테규 가 일원으로서 낭만적 익살 광대극의 한 대목쯤으로 여겨진 다: "오, 이런! 무슨 소동이 있었던 거야?" 그가 친구 벤볼리오에 게 묻는다.

> 증오가 문제로군, 하지만 사랑이 더 문제야,
> 아니 그렇다면, 오 떠들썩한 사랑, 오 사랑하는 증오,
> 오 무에서 처음 태어난 유,
> .   .   .   .   .
> 이 사랑을 난 느껴,
> (I. i. 170, 172~174, 179)

하지만 사랑에 눈멀고 정신이 없어도, 그는 경솔하지 않다. 가 문의 적들이 그에게 호의를 갖고 있으며, 그가 캐퓰렛 노인의 축 제에 잠입했을 때 적은 불친절하거나 적대적이지 않다. "사실", 캐퓰렛이 인정하듯,

> 사실, 베로나가 그를 자랑하고 있지 않느냐,
> 미덕과 외모를 갖춘 청년이라고 말이다.
> 이 도시의 재산을 몽땅 내게 준다 해도
> 여기 내 집에서 그 아이한테 굴욕을 주기는 싫다.
> (I. v. 66~69)

서로 앙숙인 이탈리아 두 가문에서 벌어지는 사랑을 다룬 희곡 에서, 진정한 두 연인은, 기묘하게도, 극복해야 할 명백한 장애물 이 하나도 없다. 시의 법 집행자는 에스칼루스, 베로나 군주인데, 폭력에 대한 벌이 혹심할 것이라고 화난 말투로 다짐해 둔다. 로 미오와 줄리엣은 첫눈에 서로 반하고, 의식意識이 서로 다투는 드 라마에서 순간순간의 현실을 소홀히 하지만 않았더라면 잘될 수

있었다. 비극은 4일 안에 발생한다. 이미지들이 시계 시간, 아침과 낮, 요일, 순서, 치명적 사건 이후 흘러간 정확한 시간을 강조한다.

셰익스피어 희곡 중 가장 으슬으슬한 살인이 베로나 거리에서 발생한다. 『오셀로』 혹은 『맥베스』의 어떤 폭력도, 심지어 『리어왕』 중 글로스터의 눈알을 뽑아 버리는 장면조차도, 로미오의 겨드랑 사이로 칼을 찔러 넣어 머큐쇼를 죽이는 티볼트의 우연인 듯한, 끔찍한 즉흥성을 품고 있지 않다. 그것은 비연극적인 살인, 런던 교구 여기저기에서 흔히 있는 종류의 살인이다. 그런 사실주의와 같은 호흡으로, 발코니 장면—가장 유명한 연극 장면이다—이 덧없음, 울타리, 날카로운 중단, 그리고 배경의 거부에 기댄다. 읍, 발코니, 자갈밭 마당, 위험천만한 벽들이 성적 사랑에 적대적이지만, 사랑은 반대를 만끽한다, 마치 연인들이 원하는 음식이 바로 그것이라는 듯, 그리고 별이 가득한 하늘로 차고 오르며 죽음에서 공포를 끌어내고, 사랑의 절개를 조롱하는 것 일체를 거부한다. 로미오와 줄리엣은 옳다—세상이 틀렸다—혹은 그들은 다른 모든 이들을 손상하는 시간과 상황을 옳게 거부한다.

엘리자베스 여왕 시대 사람들은 사랑을 명예롭게 하는 그들이 이상적이라 보았고, 부모의 바람을 우습게 아는 그들이 철딱서니 없다고 보았다, 그리고 그들의 비극을 제정신과 충동 사이의 갈등이 초래한 결과로 보았다. 하지만 연인들은 때가 묻지 않았다. 프란체스코 수도회 신부는 로미오의 열정을 꾸짖는 한편 그것 때문에 그를 더 사랑하게 된다. 캐퓰렛은 자애심을 잃고 성마른 가마우지 노인네로 돌변, 딸 줄리엣을 파리스와 아무렇게나 결혼시키려 든다, 그리고 그는 이 작품의 훌륭한 성과 중 하나로, 그의 탐욕이 폴스타프 징조를 보이고, 그런 다음 연인들의 서정적 비상을 상쇄하는 기저음으로 작용한다. 둔감한 사람들조차 단어들과 사랑에 빠졌다, 책 이미저리를 구사하는 캐퓰렛 부인부터 주인공 이름의 'R'자를 편집광처럼 좋아하는 문맹 유모까지: "로즈메리와 로미오 둘 다 그 글씨로 시작하지 않나요?" 그렇게 그녀가 묻고 있다. (엘리자베스 시대 사람들에게 R은 개 문자였다, 으르렁대는 소리를 닮았으므로) 그러나 문학적 이미지와 현란한 서정적 비상들은 궁내 장관 극단과 제독 극단 사이 상호 경쟁의 상업적 면모에 불과하다. 데커—다작 희곡 작가다—는 관객의 귀를 '황금 사슬'로 말의 '선율'에 묶어 둘 만큼 훌륭한, 그리고 무식한 자들이 사태로 치닫게 만드는 연극들에 대해 쓰고 있다.

> 뼈마디 억센 손뼉을 치고,
> 절찬하지만, 정작 영혼이 홀렸을 뿐
> 내용은 좀체 이해하지 못하는.[13]

이것이 셰익스피어를 가리킨 것이라면, 중상 모략에 다름 아니다, 왜냐면 그의 장면들은 대개 '뼈마디 억센 손'을 지닌 사람과 세련된 사람들 모두에게 공히 뜻이 명료하다. 그러나 '선율', 혹은 세련된, 잘 지은 운문이 『로미오』 같은 연극의 호소력을 유지하는 데 도움이 되었고 그렇게 이 작품은 2년 동안 레퍼토리에 들 수 있었으며, 3~4년 동안 빠졌다가, 훗날 다시 복귀했다. '흥분한 스타일'은 돈이 되었다.

동시에 이 작품에서 그의 서정 기법은, 『한여름 밤의 꿈』 혹은 『리처드 2세』가 그랬듯, 다른 원인들이 있다. 셰익스피어는 자신에 대한 평가가 현실주의적이었고 1596년 무렵 분별 있는 사람이라면 어느 누구도 그를 시드니, 스펜서, 혹은, 아마도, 말로와도 같은 반열에 놓지 않았을 것이다. 상업적인 연극계에서 그가 처음부터 두 사람에 필적하기를 희망했을 리는 없고, 그가 은밀하게 자신을 시드니 혹은 스펜서의 맞수로 생각했다고 추측할 필요도 없다. 그의 견해로 볼 때 1590년대에 그는 자신을 직원, 혹은 극단의 지속을 가능케 하는 작은 원인 정도로 보았다; 그리고 그의

13 데커, 『전집』, F. 보어스 편, 전 4권. (케임브리지, 1953~1961), iii. 121~122.

300

우아한 문장은, 결국, 그의 효용성의 핵심이었다. 자신이 알고 있는 최상의 시인들을 열심히 흉내내면서, 무대의 진부함에 맞서고 재앙 시절에 개발한 서정적 재능을 연마하면서, 극단과 함께 수익을 올리기를 희망했지만, 그러다가, 또한 사회와 행동을 전유하는 자신의 복잡한, 내적 감각을 해독하고 그림 그리는 일을 위한 선택권을 스스로에게 계속 열어 두게 되었다.

줄리엣의 '흥분 스타일'로 그는 위험을 감수한다. 그녀 대사의 다소 장려한 문학적 이미지들은 군대를 소집하는 로마 여신의 운율을 지녔다, 티볼트를 살해한 로미오를 기다리는 동안 그녀가 솔직하게 드러내는 성적 열정도 마찬가지:

> 빨리 달려라, 불타는 발굽의 말들아,
> 태양의 숙소를 향해. 아폴로의 아들
> 파에톤이라면 채찍 흩날리며 서쪽으로 너희를 몰아
> 그 즉시 어둔 밤 내리게 했을 텐데.
> (III. ii. 1~4)

줄리엣의 '흥분 스타일'은 밋밋한 그녀 주변과 그녀를 분리시킨다. 그 사랑의 강렬함이 로미오에게 감염되고, 로미오는 적당한, 당연한 역할을 맡은 아이처럼 기쁘다. (그가 여섯 명의 죽음에 간접적으로 책임이 있다는 점을 우리는 잊게 된다) 캐퓰렛 가족묘에서 줄리엣의 자살은, 마침내, 성스럽다, 그리고 로미오의 자살은 애처롭고, 신파적으로 장려하다: "오, 여기", 그는 말한다, 자신의 '세상이 지겨운 살[肉]'을 탄식하며, 독약 병을 든 채 마지막 입맞춤을 위해 창백한 줄리엣에게 몸을 기대면서,

> 눈이여, 보아라 너의 최후를.
> 팔이여, 껴안으라 너의 마지막 포옹을, 그리고, 입술, 오 너희
> 숨결의 출입구여, 봉인하라, 거짓 없는 한 번의 입맞춤으로,

매점 매석꾼 죽음과의 영원한 계약을.

(V. iii. 109, 112~115)

마지막으로, 죽은 두 연인은 잠이 든 듯하다. 신부가 베로나를 위해 그들의 비극적인 이야기를 다시 말해 주는데, 흡사 은총과 증오가 서로 연관되어 있으며, 늘 존재한다는 자신의 가르침에 밑줄을 긋는 투다. 순수한 사랑은 짧다. 증오 혹은 폭력은, 현대 도시에서, 견뎌야 하는 것일지 모른다.

요점이 확실하고 힘이 대단하지만, 『로미오』는 사소한 약점이 있다(비평가들이 옳게 지적하듯). 쌓여 가는 우연의 일치들, 혹은 코러스를 2막에 다시 내보내는 빈약한 전개, 혹은 유모가 느끼는 연민의 이유 없는, 급작스런 실패, 혹은 캐퓰렛 가족묘에서 신부의 어색한 퇴장, 이는 새로운 종류의 낭만적 비극을 개발하면서 구조 문제 해결에 어려움을 겪는 저자를 암시한다. 그러나 『한여름 밤의 꿈』—이 작품은 『로미오』 수일 후 무대에 올려졌을 법하고, 그렇게 『로미오』를 보내 버린다—에서 그는 자신이 이제까지 희극과 비극에서 성취한 것을 재미나게, 자기 조롱풍으로 요약하고 있다. 이 작품은 독창성이 너무도 현란해서 원전이 전혀 없는 듯 보일 정도다—플루타르크 『위인전』, 초서 『기사 이야기』와 『상인 이야기』, 그리고 릴리 희곡들 말고도 전승과 신화들을 한데 녹여내건만, 어떤 모델과도 닮지 않았다.

『꿈』은 사적인 행사용으로 쓰여졌는가? 여섯 번째 더비 백작과 엘리자베스 베레의 결혼식 날 (1595년 1월 26일) 이 작품이 엘리자베스 여왕을 즐겁게 해 주었다는 말도 있고, 헌스던 경의 손녀 엘리자베스 케리와 버클리 경 아들 토머스의 결혼식(1596년 2월 19일)용이었다는 말도 있다. 두 신부 모두 여왕의 대녀代女였고, 여왕은 대녀가 100명이 넘었고 그들의 결혼식에 좀체 참석하지 않았으나, 더비-베레 결혼식에는 정말 참석했다; 하지만 튜더 귀족 결혼식 때는 (연극이 아니라) 가면극 공연이 상례였으며 1614년까지 궁정 결혼식에서 연극이 공연된 기록은 없다. 『꿈』은, 더군다나, 처녀 여왕의 귀에 거슬렸을, 황폐하고 차가운 처녀성에 대한 언급으로 시작된다. 아버지가 골라 준 사내와의 결혼을 거부한다면, 허미아는 수녀로 살아야 한다, "평생 동안 불임의 수녀", 그리고 테세우스는 공작다운 확고함으로 그녀에게 이렇게 경고한다:

> 정제하여 사용하는 장미가 지상적으로 더 행복하지
> 처녀 가시 위에 시들며,
> 독신의 축복으로 자라고, 살고, 그러다 죽는 장미겠는가.
> (I. i. 72, 76~78)

플롯의 관건인 이 행들이, 궁중에서 공연되었을 경우 삭제되었으리라 생각하기는 힘들지만, '불임의 수녀' 혹은 '처녀 가시' 같은 표현이 여왕 예찬 행사를 당혹하게 만들지 않았을지도 모른다. 이 작품이 다른 부분에서 여왕을 추켜세우고 있다. 저자는 여왕에게 적대적이지 않았다, 하지만 궁정 알랑방귀는 극단의 수익성을 위협할 거였고, 그의 작품 거의 전부가 일단 런던 무대에 올려지고 난 연후에야 법학원이든, 궁정이든, 다른 어느 곳이든 갈 거였다. 릴리의 사례를 의식하면서 그는 자유롭고 민첩한 방식으로 『꿈』의 등장인물들을 균형 잡고 결합시킨다—테세우스와 히폴리타, 연인 4중주, 요정들, 그리고 테세우스와 히폴리타의 결혼식 날 서투르게 숭고한 '피라무스와 티스베'를 공연하게 될 장인들. 인간들 대부분이 곧 숲 속으로 숨어들고 숲에는 요정 왕 오베론과 왕비 티타니아와 그들의 요정 극단 그리고 퍽의 정령이 살고 있다.

요정들이 인간을 비참하게 만드는가? 퍽은 라이샌더의 눈에 오베론은 디미트리오스의 눈에 큐피드의 사랑의 묘약을 바른다—그래서 두 사내가 울화통 터진 헬레나에게 끌린다. 그러나 헬레나는 마법의 숲에 들어오기 전 사랑의 부조리를 눈치챘고, 디미트리오스는 벌써부터 변덕쟁이였다. 테세우스는, 평론가들이 튜더 시대의 이상으로 내세우지만, 저자가 플루타르크의 『테세우스』에서 뽑아 온 이름만 들더라도 아리아드네와 안티오파, 페리게니아, 그리고 에글레스를 농락 혹은 강간한 경력의 소유자다. 아주 가볍게만 개성화했으므로 라이샌더와 허미아, 디미트리오스와 더 나은 헬레나의 열망과 고통은 사랑의 '광기'가 보편적이라는 사실을 암시한다.

부부 사이 평화와 정절은 도처에서 바스러지기 쉽다: 요정의 왕과 왕비는, 테세우스와 히폴리타를 축복해 주러 오다가, 말다툼과 질투로 찢어진다. 5막에서는 상냥한 귀족들이 확실한 보수도 없이 자기들을 위해 봉사하는 일꾼들을 경멸하며, 작품은 인간 심성이 비이성적이고, 통제 불가능하고, 믿을 수 없고, 감사를 모르고, 불친절하고 사악하게 불안정하다는 기색이 완연하다.

셰익스피어의 희극적 인생관의 핵심에 그의 비극적 감각이 자리잡고 있다, 그리고 『꿈』은 비극적 감각이 상당히 일찍부터 뿌리를 내렸다는 증거다. 분명 '한여름의 미친 짓'이었을, 푸른 장식과 점치기, 자연과의 종교적 연관 행위로 얼룩진 시골 소년기 '하지 전야'류 마법 시간과 양상을 이 작품은 탐구하고 있다. 장인들 자체가 스트랫퍼드 시절과 연관된다. 땜장이 스나우트는 장인들의 연극 『피라무스와 티스베』에서 벽을 연기할 참이다. "어쨌든 한 사람은", 닉 바텀이 말한다, "벽이 되어야지; 회반죽, 아니면 찰흙이나 석회-자갈 버무린 걸 붙여 '벽'으로 하는 거야; 그리고 손가락을 이렇게 구부리게 하고, 그 틈새로 피라무스와 티스베가 속삭이게 하는 거지."(III. i. 62~66) 똑같은 재료로 스트랫퍼드 초등학교 바깥 시 예배당 마당과 경계를 가르는 '벽'이 1570년대 분주하게 수선되고 개축되고 그랬었다. 시 평의회 1년 공식 지출 액수의 5%가량이 그 일에 집중되었고, 오늘날 『회계 장부』에서 그 벽은 흥미로운 생애를 갖고 있다:

벽 수선 비용 명세…

보수 작업 선수금으로 위버에게 지불…

예배당 마당 벽 위에 놓을 서까래 여섯 개 값 지불…

벽 서까래 놓는 비용 지불…

토머스 타일러에게 인부 2명 품삯 지불, 예배당 마당 벽 작업 4일치

위버에게 벽 마무리 작업 비용 지불

토머스 타일러에게 인부들 급료 지불, 예배당 벽 작업 품삯 지불…[14]

저자가 학교에 다닐 당시 끝이 없었던 처치 가 벽 공사는, 런던 배우 생활과 대비를 이루는 미들랜즈 읍의 느리고, 빈둥거리는 일상을 떠올리게 해 준다. 장인들은 우스꽝스럽지만, 향수는 아니더라도, 연민의 정으로 그려졌다. 『꿈』을 풍부하게 만드는 것은 그 안에 항상 내포된 인간 경험의 너비고, 일꾼들은 정통의 권위로 풍자화를 벗고 있다. 편안한 스타일이 『꿈』의 심오함을 가면처럼 숨기지만, 그 편안함은 저자가 그 주제에 오랫동안 낯익은 상태라 아주 가볍게 다룰 수 있었다는 징후이므로 전기적으로 흥미롭다: 그만한 질의 기억력 소지자는 때가 되면 과거를 모으고, 생애의 절반 동안 내내 소화 중이던 것을 신속하게 '조립'할 수도 있다.

작품 핵심에 위치한 어둠이 유머를 더욱 감동적이게 한다. 당나귀로 변신한 채 정교한 요정 왕비의 사랑을 받게 되는—또 한 명의 요정 왕비, 대략 이 시기에 심지어 더한 모욕을 당했음을 짚고 넘어가자[15]—바텀이 자신의 경험을 '바텀의 꿈'으로 요약한다. 고린토 전서 1편 2:9의 사도 바오로 냄새를 풍기며 또 오감을 뒤죽박죽 섞으며, 그가 마음으로 눈을 지배하는 것이 숲 지대 제의에서 신의 은총을 받는 방식이라고 생각한다. '여신의 밑바닥 비밀들'은 알 수가 없다, 예를 들어, 『감독 성서』(1568) 혹은 『제네바 성서』(1557)에서 읽었듯 "인간의 눈은 듣지 않았다", 바텀이 진지한 어투로 말한다,

14　MS SBTRO, 1568년 1월 10일~1577년 1월 23일.

15　MS 폴저, W. B. 80(J. O. H.—P. 스크랩북)

인간의 귀는 볼 수 없고, 인간의 손은 맛을 볼 수 없고, 그의 혓바닥
은 생각할 수 없고, 그의 심장 또한 보고할 수 없지 나의 꿈이 무엇
이었는지. 피터 퀸스한테 이 꿈으로 발라드나 한 곡 써 달래야겠군.
제목은 「바텀의 꿈」, 왜냐면 밑바닥이 없으니까.(IV. i. 208~213)[16]

익살 광대극의 경우, 셰익스피어는 자신의 과거 혹은 현재를 포
함하는 사항들을 표나게 시사할 수 있었다. 이런 종교적 주제들
은 원천이 이르고 어리다, 그리고 『바텀의 꿈』은 하나님의 불가해
성에 대한 1570년대 소년용 학습 내용을 반영하는 듯다, 교실에
퍼지던 우스갯소리까지는 아니라 하더라도. 『꿈』 속 꿈으로서 '꿈'
은 시인이 한때 단순하게 이해했던 것에 대한 성숙하고, 염세적인
반추로 인해 '맛과 희극적 깊이'를 일부 획득한다. 바텀이 피터 퀸
스의 '피라무스와 티스베'에서 주역을 맡는 것은 의미심장하다. 자
신을 겨냥한 풍자가 명백한 것. 피터 퀸스는 희곡을 쓰고 희곡의
한 역할을 연기한다는 점에서, 융통성 있게 배역을 나눠 주고 또
배우를 다룬다는 점에서, 리허설을 마련하고 대본을 수정한다는
점에서, 셰익스피어를 닮았다. 셰익스피어는 자신을 온갖 노력이
난센스로 끝나는 '막일꾼 요한네스'로 희화화한다, 그리고 '피라무
스'는 사실 『로미오와 줄리엣』을 모방 풍자하고 『티투스』, 『실수
연발』, 그리고 『두 신사』를 조롱하는 시사도 담고 있다.

테세우스는, 한편, 가장 취약한 무대 공연조차 옹호하는 신사도
를 과시한다. "이런 종류는 최선의 것도 그림자에 불과한 법", 그
가 자신의 전사-신부에게 그렇게 말한다, "그리고 최악의 것도 상
상력이 고쳐 주면 그리 나쁠 게 없지".(V. i. 210~211) 강간과 정복
의 나날을 뒤로 하고, 공작은 정치적으로 빈틈이 없다. 아니 그의
숭고하고 온후한 권위, 그리고 환상에 대한 관심, 그리고 사고의
참신함과, '거친 직공들'에게 보이는 자비심은, 셰익스피어가 생

16 　T. S. 스트룹, 『셰익스피어 쿼털리』, 29호(1978), 79~82.

각했던 이상적인 현대 정치 국가의 지도자상을 거의 전형적으로 구현하는 것인지 모른다.

폴스타프, 할, 그리고 헨리 이야기

궁내 장관 극단은 많은 희곡들이 필요했다. 어쩔 수 없이 빈약한 대본이나마 구해 한 주를 채우기는 했지만, 온갖 조치에도 불구하고, 전망이 악화되었고, 곡식 농사를 망치고, 물가가 오르고, 시 참사회원들이 적대적이고, 빈민 숫자가 늘고, 간헐적으로 역병이 도는 시절 재정적 궁핍과 더 나쁜 곤경이 앞에 놓여 있었다. 빈약한 연극에 객석이 반밖에 안 찬 따분한 오후는 급속한 파멸을 부를 수 있었다. 상주 시인은 실패작들에 유의했다: "나는 최근 이곳에서 불쾌한 연극의 마지막 부분을 보고 있었죠", 셰익스피어는 자신의 마무리 인사용 에필로그 하나에 그렇게 써 놓고 있다.[17] 그는 또 국가의 치욕들을 환기하고 곧장 핵심에 가 닿는 정치극에 대한 굶주림에 유의했고, 부분적으로는 『헨리 6세』의 성공 때문에, 곧 정치와 역사 쪽으로 다시 돌아섰다.

사실 그는 자신의 첫 4부작 이전 시기에―1398년 볼링브룩과 모브레이 사이의 전투에서 1415년 아쟁쿠르 직후까지 17년간―통치한 랭커스터 왕들을 다룬 4부작의 첫 작품으로 『리처드 2세』를 썼다.

이것은 그의 계획 중 가장 위험했고, 연작 중 첫 드라마는 극단을 거의 파멸시켰다. 우선, 『리처드 2세』로 그는 여왕을 성가시게 했던 것이 분명하다. "내가 리처드 2세요, 그걸 모르겠소?" 엘리자베스는 훗날, 정확히 1601년 8월 4일 그리니치 궁에서 골동품 수집가 윌리엄 램바르드에게 그렇게 말하게 된다. 그녀의 정적들은 그녀를 리처드 2세와 비교했는바, 리처드 2세는 그녀처럼 직계 상속자가 없었고 그런 채로 폐위되었던 것. 에식스와 사우샘프

---

17   『헨리 4세』 2부, 에필로그, 8~9.

턴 파벌이 그 유추를 치명적으로 밀어붙였고, 그녀는 극장에 일부 책임이 있다는 생각이었다. "이 비극은", 그녀는 불쌍한 람바드 (그는 이 인터뷰 15일 후 사망했다)에게 말했다, "널따란 길거리와 건물에서 40번이나 공연되었답니다." 람바드는 그녀를 진정시키려 했지만, 그녀는 다시 리처드 2세 이야기로 돌아가 '요구했다', 늙은 골동품 수집가의 표현을 빌리자면, "내가 그의 얼굴과 풍채를 그린 진영, 혹은 생생한 그림을 본 적이 있는가?". "그냥 남들 보는 것 말고는 없습니다", 그녀는 그런 대답을 들었다.[18]

『리처드 2세』 중 왕이 강제로 폐위되는 장면은 여왕이 살아 있는 동안 검열에 걸렸든지 한 번도 인쇄되지 않았든지 둘 중 하나다, 그러나, 다행스럽게도, 궁내 장관 극단은 에식스 공모자 5명 혹은 6명의 요청으로 1601년 2월 7일(그들의 실패한 쿠데타 하루 전) 성급하게 연극을 무대에 올렸음에도 파멸을 면했다; 에식스 반란 공모죄를 벗게 되었던 것. 셰익스피어의 극단을 위해 어거스틴 필립스는 2월 18일 재판—아마도 그의 생애 중 주역 공연 중 하나—에서 그의 배우들이 에식스 사람들에게 그 작품이 "너무 낡고 쓸모가 없어진 지 오래라 어느 극단도 공연하지 않을 것"이라 이야기한바 있다고 주장했다. 배우들은, 갓 태어난 아이나 풀밭의 양처럼, 정치에 대해 문외한이었지만, 존경받는 주주로서, 필립스는 요점을 놓치지 않았다. 그의 극단은 '어떤 다른 작품'을 올려 에식스 공모자들의 주문에 응하려 했으나, 공모자들이, 그럼에도 불구하고, 평상시보다 40실링을 더 얹어 주며 이 작품을 요구했다고 그는 상기했다.[19]

어쨌거나, 배우들이 여왕의 관리들과 이제까지 유쾌하게 지내 왔을 거라는 생각이 든다. 공연국이 상당 정도 정치적 언급을 용

18   존 니콜스, 『엘리자베스 여왕의 행차, 그리고 공공 행렬』, 전 4권.(1788~1821), ii. 41.
19   EKC, 『사실들』, ii. 325. 어거스틴 필립스는, 분명, 에식스의 1601년 2월 8일 불발 쿠데타 10일 후 심문을 받았다.

인해 온 터였다. 하지만 1590년대 중반 셰익스피어가 『리처드 2세』로 모험을 강행했다. 보통 이상으로 의식儀式의 형태를 띠는 이 작품은 리처드 왕의 추락을 해리 볼링브룩의 불길한, 그리고 무섭게 빠른 부상으로 균형 잡고 있다. 리처드는 말하지만, 볼링브룩은 조치를 밟는다. 법과 전통이 리처드의 왕권을 보장했다, 그러나 노퍽 공작을 통해 아저씨 글로스터를 죽였으므로, 그는 휘청한다, 그리고 자신의 죄와 자기 연민을 마음에 그리는 동안, 어리석게도 왕관의 신비에 자신의 목숨을 건다.

셰익스피어는 이 작품에 각별한 노력을 투자, 홀린즈헤드 『연대기』의 세부 사항들을 사용하면서도 어떤 다른 역사극보다 더 대안적인 자료들을 조사했다. 또한 말의 결에도 주의를 아낌없이 쏟아, 텍스트가 보통 이상의 언어 장식을 갖게 되었을 정도다. '귀'에 이토록 많은 것을 요구하는 작품은 몇 편 되지 않는다, 그리고 그 리듬 혹은 꾀바른 부정 동사('unkiss', 'uncurse', 'undeaf', 'unhappied')는 엘리자베스 시대 방식으로 의도적인 중세풍에 달한다. 말로 『에드워드 2세』가 리처드 묘사에 영향을 끼치듯 바로 그렇게, 스펜서 『요정 여왕』의 의도적인 고풍이, 예를 들어, 셰익스피어의 언어에 영향을 끼치고 있다.

코러스 격 인물들은 중세풍이 거의 없다. 마치 엘리자베스 여왕의 성직자 중 한 명인 듯, 칼라일 주교는 축 늘어진 리처드에게 무력을 사용하여 볼링브룩을 물리치라고 간청한다―그리고 오멀은 충고를 문질러 댄다:

> 그의 말은, 폐하, 우리가 너무 게으르고,
> 반면 볼링브룩은 우리가 자만하는 틈을 타,
> 내실과 힘 모두 강하고 커진다는 겁니다.
> (III. ii. 29~31)

1595년 여왕은 잉글랜드 군대의 나태함과 스페인의 위협에 대해 다소 그렇게 느꼈다—스페인의 침략이 예상되고, 그녀의 군대는 대륙에서 철수했다, 그리고 아일랜드는 폭동으로 어지럽고. 어떤 면에서, 셰익스피어는 호전적이고 초조한 여왕과 추밀원을 필경은 거의 기쁘게 할, 슬픈 반면 교훈을 주고 있었다. 리처드를 어떤 역사 기록이 보여 준 것보다 더 수동적인 인물로 만들고 있는 것이다.

그러나, 그렇다 하더라도, 리처드는 추락하는 와중에 잠재력을 발휘한다. 그의 비극에는 형이상학적인 측면이 있다, 왕관에 대한 그의 믿음이 험악한, 신흥하는 실용주의의 조롱을 받을 때조차. 셰익스피어는 얼마나 애국적이었을까? 죽어 가는 고온트는 젊은 왕이 낭비하고 소홀히 하는 잉글랜드를 매우 통렬하게 환기한다:

이 장엄의 땅, 마르스가 앉은 자리,
또 다른 에덴, 천국의 절반,
자연이 스스로를 위해 지은 요새
오염과 전쟁의 손에 맞선,
이 행복한 인간의 번창, 이 자그마한 세계
은빛 바다에 박힌 이 귀중한 돌,
바다는 벽과 같고,
혹은 집을 방어하는 해자처럼
덜 행복한 나라의 악의를 물리치고,
이 축복받은 구역, 이 땅, 이 영역, 이 잉글랜드…
(II. i. 41~50)

하지만 고온트조차 4막과 5막 리처드의 대사 중 중세주의가 쇠망하는 광경보다 덜 인상적일 수 있다.

셰익스피어는 여러 해석이 가능한 쪽으로 작품을 계획했고, 모든 것이 무진장의 문제를 품고 있다. 하지만 초기 역사극에서보다 더 지적으로 자신만만하게, 그는 애국을 주제로 사용, 심각하게 전복적인 사상을 설파한다. 『리처드 2세』는 하나님의 성유를 부음 받은 왕을 없애는 게 얼마나 간단한 일인가를 보여 주고 있다. 하나님의 권능이 아니라, 신성에 대한 가정들이 급진적으로 논쟁의 대상이 된다: 작품은 신성 재가 대목을 삭제, 왕정을 탈신화화하고, '하나님이 정한 지배자'가 하늘과 아무 상관이 없다는 점을 암시한다. 신이 더 이상 '정의로운 자를 보호'하지 않는다는 생각은 극적인 충격을 던지며, 튜더 시대부터 지금까지 군대를 떠받쳐 왔던 믿음의 교리들을 받아친다. 저자의 발전에 중요한 역할을 한 작품으로서, 『리처드 2세』가 또한 셰익스피어 비극들을 위한 길을 열기도 한다. 기름 부음을 받은 종조차 신의 은총으로 보호받을 수 없다면, 역사는 인간 자유 의지의 산물에 불과한 것일지 모른다; 그리고 맥베스 혹은 리어의 운명을 결정지을 수 있는 요소로서 선택, 책임, 그리고 재치-수완에 방점이 찍히게 된다.

이런 전주 이후, 저자는 현대 정치의 애매모호성을 『헨리 4세』 1부와 2부에서 다루는데 이 작품에서 간명하고, 실제적인 해리 볼링브룩—이제 헨리 4세—이 하나로 뭉친 무장 정치 반란과 힘을 겨루는 판인데 맏아들 헨리, 혹은 할 (『리처드 2세』 중 "쏨쏨이 헤픈 내 아들"이자 "재앙")은 땡땡이를 치며 반항 중이다. 『내전들』(1595) 앞부분에서 사무엘 다니엘은 할과 핫스퍼를 대충 동년배로, 그렇게 대비 꼴이자 경쟁자로 그렸다. 좀 더 과감하게, 셰익스피어는 잉글랜드 사회 거의 전부를 포괄하는 가족, 군대, 그리고 정치의 한가운데 할을 위치시켰다. 불쑥 시야를 가로막는 것은 몸피 두꺼운, 방탕한 거상巨像 폴스타프인데, 그는 내시의 재담, 혹은 탈턴의 재치 있는 응답에 정통한 교외 혹은 도시풍 크리스마스 사회자의 정수겠으나, 다만 보다 포괄적이다. 그는 자신의 어느 원천보다 더 복합적이다: "도대체 그에게는 정신을 집중할 수가 없다", 윌리엄 엠프슨이 그렇게 언급한 적이 있다, 현대 무대 연기 평론가들(이를테면 『셰익스피어 살펴보기』의 저자 사무엘 크롤)이 종종 암시하듯, 폴스타프가 일관성을 유지해야 할 이유는 전혀 없지만. 폴스타프는 아마도 켐프가 연기했을 터, 인위적으로 부풀린 그의 무대 의상이 인상적이었을 것이다. 제임스 1세 시대 한 소묘는 허리 잘록한 웃옷과 반바지에 레이스 달린 장화를 착용한 쇠약하고 말끔한 폴스타프를 보여 준다, 그러나 건축가 이니고 존스(1573년생)가 켐프의 광대를 보았을 수 있고, 존스는 훗날 유사한 인물을 묘사하면서 '존 폴스타프 경처럼'이라 적시하고 있다: "팥죽색의 뱃대끈이 낮은 의상", 그는 그렇게 적고 있다, "엄청 불룩한 배" 그리고 "엄청 부푼 다리를 드러내는 반장화" "머리통이 크고 벗겨진" 모습.[20]

『상인』 혹은 『헛소동』에서와 마찬가지로, 셰익스피어는 런던 법학원과 법학 예비원에서 빈둥대거나 법을 전공하는 사람들과 그 너머까지 매료시키기를 희망할 수 있었다. 폴스타프는, 가장 지적인 광대로, 클레멘트 법학원 기숙사 학생이었으나, 한낱 청년일 때 대가리가 깨지기 시작했다(『헨리 4세』 2부, III. ii). 그는 할과 함께 튜더 시대의 중심 이스트칩에 나타나는데, 이곳에는 '그래스가'로 발음되는 잡화상 거리 그레이스처치 가, 그리고 스토가 명명한 바 플레시 마켓 오브 부처스와 보어스 헤드 등 여인숙들이 있었다.[21] 할 태자의 교육 중에는 대식가와 머리가 띵할 정도로 마셔 대고 위트를 겨루는 일도 포함된다. 둘 다 빈틈없는 배우들이다, 그렇지만, 폴스타프는 거짓말을 남발하면서도, 전쟁 시기 애국주의 최악의 허위를 맞받아친다. 태자는 그와 함께 있을 때만 진정한 자아를 갖는다. 돌 티어시트처럼, 광대는 심지어 사회적 진실의 표준이 된다, 가령, 군대 지휘를 맡은 폴스타프가 슈루즈버리 전투 중 자기 부하에게 사태를 설명해 줄 때가 그렇다: "나는 내 부랑자 부하들을 그들 성깔대로, 총알 세례 속으로 이끌

20 윌리엄 엠프슨, 『케니언 리뷰』, 15호(1953), 221; 제임스 레이버, 『무대 의상』(1964), 96.
21 존 스토, 『런던 개관』, C. L. 킹스퍼드 편, 전 2권(옥스퍼드, 1961), i. 211, 216.

었다; 150명 중 세 명도 살아남지 못했고, 그들은 읍의 문으로 갔다, 살아 있는 동안 구걸이나 하려고."(『헨리 4세』 1부, V. iii. 35~38) 이 대사는 군대 체제를 저주한다, 뚱뚱한 광대 아니라. 이와 유사하게 피스톨의 지휘관 부임에 열받은 돌이 궁정의 은총으로 직위를 부여하는 튜더 시대 관행을 정말 경멸하고 있다. "당신이 지휘관?" 그녀는 피스톨을 향해 비명을 지른다,

이 불한당! 뭘 했다구? 창녀굴에서 불쌍한 창녀 풀 먹인 칼라를 작살 낸 공으로? 저 자가 대위라고? 저런 목매달아 죽일 놈, 성병 겁나서 곰팡내 나는 가지 죽하고 말린 케이크나 처먹는 놈이. 대위? 얼씨구, 이런 작자들 때문에 '대위'란 말이 역겨워질 거야, 그러니 대위들이 손볼 밖에.

(『헨리 4세』 2부, II. iv. 139~144)

하지만 폴스타프야말로 르네상스 어법과 행동 사이의 간극을 가장 잘 보여 주는 인물이다, 그리고 단어에 대한 인본주의적 믿음의 과잉을 보여 주는 만큼, 그는 1570년대 한 발 앞선 초등학교 시대 반항아일지 모른다. 소네트 시인이 진실을 말할 수 있는 유일한 매개체다. 몸피에도 불구하고 고양이처럼 민활한 그의 기묘한, 과장된 수동성, 편한 사교성, 그리고 초연함은 워낙 저자를 닮아서 배우들이 재밌어했을지 모른다. 시인과 광대 둘 다 뭔가를 사칭한다; 둘 다 충성심을 이용한다; 둘 다 말을 통해 현실을 통제하려 애쓴다; 둘 다 극도로 긴박하게 남자의 애정과 인정을 구하는 듯하다. 둘 다 무심하지만 건방을 떨지는 않는다—그리고 아마도 오로지 감수성이 비상하고 인격이 매우 겸손한 작가만이 이런 광대를 창조할 수 있었을 것이다. 폴스타프가 아무것도 상징하지 않는 것은 그토록 많은 의미를 독점하기 때문이다.

그럼에도 불구하고 비평가들은, 관객보다 더 빈번하게, 『헨리 4세』를 흠잡는다. 폴스타프의 거짓말은 못마땅할 게 없다 하더라

도, 태자의 거짓말은 번드레하고 사심이 있는 걸로 보일 수 있다: 그가 언제, 혹은 한번이라도, 진실을 말하는지 알 수가 없다, 그리고 해설자들이 헨리 가문 3부작 모두에서 그를 흠잡고 있다. "할은 안티-미다스다; 그가 만지는 모든 것이 쇠똥으로 변한다", 스티븐 그린블라트는 그렇게 쓰고 있다. "할은 위조의 태자이자 원칙이다—그 자신이 사이비 동료이기도 하다."[22] 할이 거짓말을 하는 것은 분명 외모를 조작하고 때를 기다리다가 세계를 놀래키고 또 폴스타프를 거부함으로써 자신을 구원하기 위해서지만, 번데기 형태를 벗은 그의 나비 형용은 다소 뻣뻣하다.

그의 내적 생활—그런 게 존재한다면—은 『헨리 5세』에서조차 드러나지 않는다. 셰익스피어는 여기서 정치 연극에 관심을 집중, 그의 역사극 중 무대 효과가 가장 뛰어난 작품을 써냈다. 설명용 코러스를 첨가한 것은 집필 후기인 듯하고, 그것이 작품의 성공에 얼마나 중요한 역할을 했는가는 1600년 축약본 4절판에서처럼 코러스가 빠졌을 때 뚜렷하게 드러날 수 있다. 셰익스피어는 그의 집필 사상 가장 배타적이고, 강압적인 목적 의식을 갖고, 해리 왕을 꾸준히 예찬하고 그의 무대를 증폭하는 코러스 하나를 만들어 냈다:

이제 상상하라 한 때를
포복하는 속삭임과 골똘한 어둠이
우주라는 드넓은 선박을 채우는 때를.
(IV. 0. 1~3)

하지만 이 코러스는 다른 희곡에서 흘러 들어왔을 수도 있다. 무대 묘사가 틀렸고, 무대 행동에 모순되고, 혹은 해리를 하플뢰르로 보내는 장소가 서로 다른 항구 두 군데다. "모든 사람의 가

---

22   스티븐 그린블랫, 『셰익스피어의 협상』(옥스퍼드, 1988), 42.

2

슴에 있는" 명예 운운하지만 곧바로 이스트칩 악당들이 나오기도한다. 아쟁쿠르 전투 전야 "밤에 해리의 자취가 어렴풋하다" 말하지만, 해리는 밤에 사람이든 악마든 사기를 북돋아 주는 스타일이아니다. 『헨리 5세』의 실제 텍스트는 우리가 무대에서, 혹은 로렌스 올리비에(1944) 혹은 케니스 브라나흐(1989)의 영웅적인 영화에서 통상적으로 듣거나 보는 것과 다르다, 브라나흐의 헨리는 최소한 교수형 당하는 바돌프를 지켜보기는 한다. 현대의 한 편집자는 왕이 자신의 부대한테 형제애에 대해 거짓말을 하고 있으며, 그는 어느 누구에게도 정직할 수 없다는 것, 그리고 정당성이 불분명한 전쟁이 끝난 후 프랑스 공주를 일종의 외교적 강간 형식으로 요구한다는 것에 주목하고 있다.[23]

궁내 장관 극단의 자금 부족 및 여타 어려움 속에 쓰여진 『헨리 5세』는 짜깁기 집필 혹은, 최소한, 불분명한 수정을 드러낸다. 셰익스피어가 할을 힘겹게 다루는 작품이 자그마치 세 편이다. 그러나, 『헨리 5세』는 그의 경력상 외적 개념적 어려움의 가치를 입증하는 것일 수 있다, 왜냐면 그는 정치가들과 군대 영웅들을 마침내 흥미진진한 행동 드라마로 묘사하고, 이 경우 애매모호성이 무대에서 온전히 실현되기는 아마도 불가능하다. 해리는 숭고하게 완벽하고 또 호감을 살 수 있다, 혹은 누구에게나 거짓말을 해대는 무뚝뚝한 종류의, 정치적 얼음 덩어리일지 모른다, 그러나 그는 분명 영웅적이다; 그리고 리처드 2세를 배우들이 제대로 해내기가 어렵듯, 바로 그렇게 헨리 5세를 제대로 못 해낸다는 것은 거의 불가능해 보인다. 폴스타프 묘사에서 풍미, 유머, 그리고 자신감이 더욱 효과적이었던 것은 역설적으로 폴스타프가 『헨리 4세』 1부와 2부에서 진실의 가늠자였기 때문이다, 그러나 『헨리 5세』에는 그런 기준이 없고, 실용적인 해리는 저자가 정치적 영웅주의와 전쟁 중 나라의 야만성을 심각하게 불편해하고 있음을 암

23 『헨리 5세』, 거 편, 12~15, 34~37.

11. 궁내 장관의 배우

시한다.

다른 이야기지만, 폴스타프는 약간 예상 밖의 문제를 일으켰다. 처음 『헨리 4세』에서 셰익스피어는 그를 프로테스탄트 영웅이자 롤라드 순교자 이름을 따서 '존 올드캐슬 경'이라 불렀다. 올드캐슬 미망인 후예들이, 그중에는 여덟 번째 코범 경 헨리 브룩도 있었는데, 항의했음이 분명하고, 광대 이름이 폴스타프로 바뀌었다. 『헨리 4세』 2부에서 에필로그는 변변찮은 파이를 먹으면서 폴스타프가 '땀 때문에 죽을' 지경이지만, "올드캐슬은 순교자로 죽었죠, 이 사람은 그가 아닙니다"라고 말한다. 광대의 새 이름을 넣은 『헨리 5세』 4절판이 1598년 출판되었고, 이후 25년 동안 다른 어떤 셰익스피어 희곡보다 더 빈번하게 재판을 거듭했다. 엄청 인기를 모으며, 폴스타프는 아마추어 연극에서도 성공을 거두었다. 켄트 소재 서렌든에서는, 에드워드 데링 경이 『헨리 4세』 1, 2부를 축약, 그것에 창작 운문 몇 줄을 첨가하고 친척, 친구들, 그리고 '아첨꾼 잭'이 그 누더기 작품을 무대에 올리게끔 각색까지 할 정도였는데 그게 최초의 2절판 출판 1년 전이었다.[24]

그보다 오래 전, 위대한 광대 폴스타프는 『윈저의 즐거운 아낙네들』에 이미 등장, 자신의 면피술을 희생하면서까지 시골 읍내의 어리석음 소탕 작전에 나섰다. 오래된, 암시가 풍부한 사회 정화 민속 신화에 뿌리를 둔 이 희극은 강력하다. 대본은 여왕의 명으로 단 2주 만에 쓰여졌다, 1702년 존 데니스가 키워 낸 전설이 맞다면, 데니스는 『즐거운 아낙네들』을 직접 개작한 작품 『우스꽝스러운 신사』 제작에 거금을 투자한 상태였다. 7년 뒤 로가, 여왕이 셰익스피어에게 사랑에 빠진 폴스타프를 보여 달라고 부탁했다는 세부 사항을 첨가하면서 데니스 전설은 윤색되었다. 폴스타프는 사랑에 빠진 상태가 아니다, 파산 상태일 뿐, 그리고 동일한 연애 편지로 페이지 부인과 포드 부인을 모두 유혹하여 둘 모

---

24   MS 폴저, V. b. 34.

두에게 얹혀 살기를 꿈꾼다. 불행하게도, 그에게는 사진 복사기가 없다. "틀림없어", 페이지 부인이 말한다, "그는 이런 편지가 수천 통 될 거유, 서로 다른 이름들을 쓸 자리만 공란으로 두는 거지 아니, 그 정도가 아냐, 이건 재판 인쇄본일 거야. 긴가민가해서 찍어 댈 거야 우리 둘을 꼬실 때는 뭘 눌러 대든 상관이 없다는 얘기지".(II. i. 71~76) 인쇄와 출판에 대해 그토록 아무렇지도 않게 말할 수 있는 튜더 시대 시골 사람들은 많지 않았다. 이 희극은 도시 관객을 위해 쓰여졌다, 그리고, 분명, 또한, 왕실 행사용이다. 5막에서 요정 여왕 노릇을 하면서, 퀴클리 부인은 '윈저 캐슬'과 '가터 훈위'를 거론한다. 이 작품이 1597년 4월 23일(성 조지 축일) 웨스트민스터 화이트홀 궁에서 거행한 왕실 가터 축제 때 공연되었다는 주장이 제기되어 왔다. 4년 사이 처음으로 기사들이 그때 가터 훈위에 선출되었다, 그리고 몇 주 후 윈저, 성 조지 교회에서 작위를 받았다. 여전히, 『즐거운 아낙네들』이 그때 공연되었다는 증거는 전혀 없다, 그리고 이 작품은 1597~1598년 겨울에야 첫 궁정 데뷔를 치렀을 가능성도 있다.[25]

질투에 젖은 포드가 폴스타프와 협상을 벌이면서 쓰는 가명 '브룩'은, 저자가 코범 경 헨리 브룩에게 복수하려는 것? 작품 속 이름 '브룩'은 '브룸'으로 바뀌었다, 어쨌거나. 셰익스피어는 진짜 프레더릭, 묌펠카르트 백작, 훗날 뷔르템베르크 공작에게 일별을 주는데, 그는 여왕이 가터 기사로 뽑겠다고 약속한 자였다. 독일 주州에 살면서 묌펠카르트는 행방불명된 가터에 대해 묻는 편지들을 보내고 있는 중이었다. 그렇게 바돌프는, 이튼 바깥에서, '독일 악마 세 놈, 파우스트 박사 세 놈'을 염탐하게 된다, 하지만 독일식 영어(의 주장)를 박살 내는 것은 프랑스인 의사 카이우스 박사의 프랑스식 영어다. "듣자 하니", 카이우스가 가터 여인숙 주인에게 말한다, "당신 자마니 공작을 위해 엄청 준비를 하는군.

25 레슬리 핫슨, 『셰익스피어 대 셸로』(1931), 111~122; 『윈저의 즐거운 아낙네들』, 아든판, H. O. 올리버(메수엔, 1971) 편 pp. xlv-xlvi.

단언컨대, 궁정에선 그런 공작 안 온다네". (『즐거운 아낙네들』, IV.
v. 65, 80~82)[26]

셰익스피어가 항상 '자마니'를 조롱하는 것은 아니다, 그리고
햄릿을 덴마크 사람들이 가장 선호하는 독일 대학에 보내게 될
것이다. 여주인공과 그녀 오빠 이름이 '앤'과 '윌리엄'이다, 마치
저자가 먼 과거의 두 사람을 염두에 둔 것처럼. 한숨짓는, 동경에
잠긴 슬랜더가, 노래와 소네트 모음집이 없으므로, 예쁜 여주인
공을 제 깜냥껏 묘사한다. "그녀는 갈색 머리에 목소리가 여자답
게 작죠", 그가 앤 페이지에 대해 그렇게 말한다; 그것이 앤 셰익
스피어의 머리카락 색을 암시하는 것인지는 알 수 없다. 슬랜더는
어찌어찌 하여 앤을 영영 잃게 된다, 매우 재미난 이 희극, 저자가
엘리자베스 여왕 시대 읍내를 배경으로 삼은 유일한 작품에서.

---

26 바바라 프리드먼, 「셰익스피어 연대기, 이데올로기적인 연루, 그리고 떠다니는
텍스트들: 원저는 뭔가 썩었어」, 『셰익스피어 쿼털리』, 45호(1994), 190~210, 특히.
199~203.

12. 뉴플레이스와 시골

그게 그녀 손이더라구.
가정주부 손이지―하지만 그게 문제가 아니고.
―로잘린드, 『좋을 대로 하시든지』

얻은 것과 잃은 것

이 시기 시인은 『로미오와 줄리엣』, 『꿈』, 그리고 『헨리 4세』 같은 효과적인 작품들로 레퍼토리를 채웠건만 아침 리허설 후 모자를 걸어 놓고 쉴 틈이 없었다. 직접 무대에 등장했고, 집필에, 리허설에, 연기에, 동료들과 계획을 짜느라, 그리고 대본을 면밀히 검토하느라 여념이 없던 그가 런던을 자주 떠났을 가능성은 매우 적다. 수입은 1596년에 이르면 짭짤했다. 기록상으로 '윌리엄 셱스피어'는 그해 10월 성 헬렌 교구 세금 부과자 73명 중 하나였으나, 다음 해 2월까지 그가 세금 납부―소득 5파운드에 대한 단돈 5실링―를 잊었거나 게을리 하여 비숍스게이트 구 세무서 공무원이 그의 이름을 재무부에 보냈다. 5파운드라는 낮은 평가는 분명 단순한 명목상 수치였다. 제독 극단 주주들은 매주 1파운드(20세기 말 런던으로 치자면 500파운드 혹은 그 이상에 상당한다)를 벌었다. 이것은 도시 숙련공의 고정급보다 네 배나 많은 액수였고, 통치 말 온갖 자료를 보건대 그의 1년 수입은 100파운드에서 160파운드 사이였을 것이다. 그의 학교 친구들 중 그만큼 번 경우는 거의 없다.

인생 종착역에 이르기까지 그가 런던 부동산에 돈을 썼다는 증거는 전혀 없지만, 스트랫퍼드 유지로 자신을 세우려 신경을 쓴 징후는 도처에서 보인다. 그의 아내, 두 딸, 그리고 어린 아들 햄넷이 1596년 그곳에서 그를 기다렸다. 존 오브리는 셰익스피어가 '매년 한 번' 워릭셔로 들어갔다는 기록을 두 차례 남겼고, 도시 극장이 문을 닫을 법한 여름 그가 방문 휴가를 좋아했다는 믿을 만한 전승이 있다. 7월 22일, 역병이 발발하여 교외 극장 일체가 문을 닫았다. 힘들고 비참한 시련기가 왔다, 헌스던 경이 다음 날 서머싯 저택에서 사망한 것이다; 그리고 늙은 귀족의 장례 행렬을(한 육필 원고 설명을 빌리자면) 숱한 '검은 웃옷' 차림의 자유 농민들이 뒤따랐다.[1] 그렇게 궁내 장관의 배우들은 후원자를 잃었다. 궁내 장관직을 계승한 일곱 번째 코범 경은, 공공 극장에 대한 편애가 덜했다, 아니 정말, 그는 『헨리 4세』에서 조롱당하는 올드 캐슬의 후손이다; 하지만 이제 다른 이유 때문에 위험이 있었다, 일촉즉발 수준은 아니라 하더라도, 극장을 반대하는 런던 시장과 셰익스피어가 충돌할 위험 말이다.[2]

전 후원자 아들의 지원으로, 궁내 장관 극단은 헌스던 경 극단으로 바뀌었다. 그들이 7월 22일 이후 켄트 지방을 순회 공연할 때, 셰익스피어는 분명 집으로 돌아올 기회가 있었고, 스트랫퍼드에 집을 장만하는 것과 상관없이 그곳에 들를 참이었다. 클랍턴 브리지를 건너면서, 그리고 중앙로를 따라 올라가다가 마침내 헨리 가로 들어서면서 그가 본 광경은 어땠을까?

§

스트랫퍼드는 수확 실패—그리고 심각한 화재 두 차례—의 영향을 느끼고 있었다. 새까맣게 탄 목재와 헛간 잔해가 눈에 띄었다. 주요 거리의 집과 상점들은 대개 기와를 얹었지만, 1594년 9월 22일, 그리고 다시 이듬해 9월 화염이 가로 정면으로 솟아올랐다. 화재 진압용 가죽물통, 사다리, 그리고 불타는 이엉을 끌어내

---

1   MS 폴저, W. b. 141.
2   피터 톰슨, 『셰익스피어의 직업 경력』(케임브리지, 1992), 122.

리는 화재용 갈고리도 많은 주거지를 구하지 못했고, 동산 및 부동산 손실이 12,000파운드에 이른다는 소문이었다. 두 번째 화재는 헨리 가 콕스 및 코드리 주거 지역까지 들이닥쳤다—존 셰익스피어의 이중 집은 무사했지만. 인근 주에서 기금이 쏟아져 들어왔다, 그리고 옥스퍼드 시는, 예를 들어, "자기 집이 불탄 사람들 구호용으로 10실링"을 보냈다.[3]

윌리엄 셰익스피어는, 유서에서, 그 액수의 20배를 스트랫퍼드 빈민을 위해 남겼다—후한 유증이라 할 것이다. 비용 지출은 깐깐했지만, 그가 단순히 손이 짜거나, 땅에 환장했거나, 혹은 채무자들을 거칠게 대했던 것은 아니다. 그 정도 재산의 소유자라면 30파운드까지 판결권을 갖는 스트랫퍼드 문서 재판소를 통해 꿔 준 돈을 돌려받기 마련이고, 우리가 알기로 그는 지방 채무자들을 딱 두 번 재판소로 데려갔다—한번은 1604년 약종상 필립 로저스로 하여금 맥아 20부셸 값과 채무를 지불케 하기 위해, 그리고 다시 1608년 빌려 준 돈 6파운드와 피해액을 존 아든브룩으로부터 받기 위해. 아든브룩은 헨리 가 근처 탠워스에서 토지권 투기를 하던 자거나 워릭에서 녹말 허가증을 팔던 자일 텐데, 어쨌거나 자치 지역 내에 살고 있었다.

번화가 재건축 말고, 스트랫퍼드는 대체로 시인의 청년 시절 모습 그대로였다. 이곳에서 시간은 느리게 움직였다, 그리고 읍민들은 그들의 공동체 과거와 접촉하고 있었다. 평의회가 여전히 시청 부속 건물에서 만났고, 건물 바깥은 시 청소부 '절름발이 마거릿'이 마침내 늙은 '어머니 애시필드'에게 자리를 내준 터였다. 마거릿 스미스는 오래 전부터 전체 이름을 잃고, 마치 짐승인 듯, 절름발이 마거릿으로 불렸다, 그러나 대의원들은 그녀를 양로원으로 받아들였다. 대를 이어 그녀와 어머니 애시필드는 뉴플레이스 팅커스 레인에서 채플 레인으로 흐르는 길을 가로지르는 작은, 종종

---

3   MS 옥스퍼드, A. 5. 6. 1595년 2월 25일.

유독한 하천 통로를 청소했고, 뉴플레이스는 장차 시인이 사들이게 될 것이다. 그가 나이 든, 거칠어진 혹은 붉어진 그들의 얼굴을 알고 있었음직하다.[4] 읍내에 사는 많은 여인들은 그가 볼 때 절름발이 마거릿의 몇 살 더 젊은 판으로, 아이를 낳거나 힘든 일에 쓸모가 있는 정도였을지 모른다.

헨리 가에 위치한 그의 부모 집에서는, 여인들이 해야 할 일이 그치지 않았다. 어느 집에나 빗질해야 할 양모가 있었다, 그 전에 돼지기름을 먹여야 했지만, 그리고 빗질이 끝나면 물레질을 해야 했고, 방적기가 그녀의 작업을 재촉해댔다. 그물을 떠서 침대보와 커튼을 만들어야 했고, 바느질로 실내복과 실외복 거의 전부를 재봉해야 했고, 모자와 바구니를 짜고, 끓는 물솥과 심지용으로 녹인 수지를 이용해 양초를 만들어야 했다.

시인조차 어떤 재료로 만든 깃털 펜에 의존해야 했다. 양말을 거위 머리에 씌우면 솜털이 도처에 날아다니고 그때 깃털을 뽑아내면 된다. 셰익스피어의 아내 앤은 그 비슷한 일을 알고 있었을 것이다, 하인들을 부렸다 하더라도. 이해 여름 그녀 나이는 마흔에 가까웠다. 힘든 일은 얼굴에 주름을 새기고 두 손을 색깔지게 한다. "내가 그녀 손을 봤다구," 『좋을 대로 하시든지』에서 로잘린드는 양치기 소녀 피비가 보낸 연애편지를 조롱하면서 이렇게 말하고 있다,

가죽 손이더군,
황갈색 석회암 손이더라구요. 난 정말 그녀가
낡은 장갑을 끼고 있는 건 줄 알았는데, 그게 그녀 손이더라구.
가정주부 손이지—

(IV. iii. 25~28)

4   M&A v. 17~18.

하지만 로잘린드의 몇몇 대사에는 시골 아낙네의 고생을 동정하는 내용이 들어 있다: "처녀는 처녀 땐 오월 호시절이지" 셰익스피어는 그 여주인공을 위해 이런 대사를 써 준다, "하지만 아내가 되면 날씨가 달라져요."(IV. i. 111) 자신의 아내 앤과 함께, 그는 물론 나이 들어가는 부모를 헨리 가에서 찾았다. 같은 해 아버지 존이 문장 관청으로부터 문장을 허용받게끔 분명 안전 조치를 취했다. 현재 남아 있는 수여 문서 초안 두 통은 셰익스피어가 런던 문장관들과 자리를 함께하며 자료를 제공하고 비용을 지불했음을 암시한다. 그의 아버지는 낙관적으로 500파운드 가치를 인정받았고, 가훈(시인은 한 번도 쓰지 않았다) 때문에 희극적인 소동이 있었다. 서기가 'non, sanz droict'로 메모했다가 그런 다음 'Non, Sanz Droict'라 썼다가 마지막엔 쉼표를 빼고 대문자로 'NON SANZ DROICT'로 기재, '권리가 없지 않음'이 되어 버렸던 것. 추측컨대 벤 존슨 작 『모두 제 기질을 벗고』의 광대 소글리아르도(문장 비용으로 30파운드를 지불하는)가 문장관이 제시하는 '겨자가 없지 않음'이라는 가훈 때문에 조롱당하고 의기소침해지는 계기로 이 마지막 대목이 작용했을 것이다, 구절 자체는 존슨이 내 시로부터 빼 온 것이지만.[5]

어쨌거나, 존 셰익스피어와 그의 자녀들이 영구히 수여 받은 문장 모습은 이랬다:

위 오른쪽 끝에서 아래 왼쪽 끝으로 대각선으로 가로지르는 검은 빛깔 문장선 위의 금장. 강철로 날을 세운 은빛 창. 그리고 기장 혹은 꼭대기 장식으로 은빛 날개 새 매, 그 색깔의 화관 위에 서 있는, 앞서 말한 대로 강철로 날을 세운 금장 창을 떠받치는, 문장 막 부장

---

5   농담은 WS의 모토보다는 내시 『무일푼의 피어스』에 나오는, 대구 소금 절임을 포기하겠다는 선서를 수정하는 것에 대한 농담("겨자가 없지는 않게요, 착한 주인님, 겨자가 없지는 않게요")과 연관성이 더 커 보인다; 『전집』, R. B. 매커로 편, 전 5권. (옥스퍼드, 1966), i. 171.

꽤나 단순한 이 문장 스케치는 1596년 문장 관청에서 작성한 수여 문서 두 통 모두의 왼쪽 윗부분 구석에 보인다. 3년 후, 존은 자신의 문장을 처가 아든 문장으로 펠 수 있는 권리를 획득했고, C. W. 스콧-자일스가 지적하듯, 그래서 방패를 "수직으로 양분, 셰익스피어 문장을 오른쪽 길조 위치에 아든 문장을 왼쪽 흉조 위치에 자리잡게 할 수 있었다".[7] 존은, 명백히, 아든 문장과 뒤섞이는 쪽을 택하지 않았다.

셰익스피어는 이런 놀랄 만한 노력에 흥미를 느꼈던 듯하다. 문장관들은—아마도 시인의 요청으로—그의 할아버지 로버트 아든의 직위를 '신사'에서 보다 높은 향사급으로 격상시켰다. 『즐거운 아낙네들』에서는 비실대던 슬랜더가 그의 아저씨—저스티스 셸로우—를 "어떤 증서, 증명서, 영수증, 혹은 계약서에도 향사라고 서명하는" 사람이라며 자랑스럽게 맞아들인다.(I. i. 8~9) 셰익스피어의 동료 작가들로서는, 그의 사소한 문장 쟁취가 별로 놀랄 만한 일은 아니었다. 그의 동업자이자 친구 어거스틴 필립스가, 어느 날 그냥 문장 화가한테서 바돌프 경(윌리엄 필립스)의 문장을 사들였다, 그리고 배우 토머스 포프는 확대 장관 토머스 포프 경의 문장을 매입했다. 리처드 카울리와 셰익스피어는 문장에 대한 합법적인 권리를 갖고 있었다, 그러나, 배우로서, 훗날 둘 다 요크 문장관 랠프 브룩의 불평에 인용되는데, 내용은 윌리엄 데시크 경이 가터 문장관으로서 '비천한 인간들'에게 문장을 수여했다는 것이다.[8]

좋은 가문은 보다 젊은 셰익스피어들의 기회에 깊은 의미가 있었다. 가장 도움이 안 된 것은 아마도 시인의 여동생 조앤일 것이

6   문장원, 빈센트 MS 157, 항목 24(1596년 10월 20일).

7   C. W. 스콧-자일스, 『셰익스피어의 문장』(1950), 28~39, 특히 32.

8   EKC, 『무대』, i. 350; SS, DL 230; ME 84~86.

다, 곧 윌리엄 하트와 결혼할 텐데, 운수 사납게도 모자 장사였던 것. 셰익스피어의 살아 있는 동생 세 명은 이득을 봤을 가능성이 더 많다. 길버트 셰익스피어는, 내내 독신이었고, 이해 29세였다. 그의 동생 리처드는 22세, 그리고 에드먼드는 16세였다. 길버트는 수도에서 성공하려 애썼다, 왜냐면 1597년 그는 세인트 브라이드에서 잡화상을 했고 이때 그와 지역 제화 업자가 보석금 19파운드를 여왕좌법원*에 냈는데, 시계 수리공 윌리엄 샘슨을 위해서였다. 길버트는 1602년 미들랜즈로 돌아왔음이 분명하다. 그때 혹은 조금 후 그는, 아마도 사업상, 피터 로즈웰(혹은 러즈웰) 및 리처드 미턴과 교제하고, 둘 다 셰익스피어가 수취인으로 된 유일한 편지에 언급되고 있다.

20세기 들어, 마크 에클스는 길버트 셰익스피어 및 같은 교구, 그리고 교구 남서쪽에 사는 다소 불미스러운 지기들이 연루된 소송 사건을 발견했다. 길버트가 로즈웰, 미턴, 메리 버넬, 그리고 다른 사람들과 함께 1609년 11월 청구 재판 법정에 출두, 모종의 혐의에 답변해야 했다는 것을 우리는 알고 있다. 혐의 내용은 여전히 알려져 있지 않지만, 로즈웰과 미턴이 스트랫퍼드 영주에게 고용된 상태였으며, 영주의 부하들은, 셰익스피어 친구였던 법 집행관 리처드 퀴니 살해 사건에 연루되었다는 것도 알고 있다. 로즈웰은 싸움꾼 중에서도 냉혹한 싸움꾼으로 등장한다, 셰익스피어 동생 길버트가 연루된 소송 개시 단계부터. 21세의 서빙 처녀 엘리너 바니가 처음 로즈웰에게 법원 소환장을 건넸을 때 화가 폭발했다: "그는 정말 난폭하게 [엘리너]로부터 위 문서를 잡아채더니 그녀에게 다시 돌려주지 않았고, 손에 쥐고 있던 지팡이를 옆에 선 자에게 주자 그자가 정말 그것으로 이 선서 증인을 때리고 집 밖으로 쫓아냈다."[9] 사악한 영주를 위해 일하던 난폭한 패

* 과거 영국에서의 코먼 로 상급법원의 하나. 남왕男王이 왕위에 있을 때는 왕좌법원으로 불림.
9 ME 108.

거리 중 길버트 셰익스피어를 발견하는 일은 흥미롭지만, 이 희미한 재판 소송 위로 검은 커튼이 드리운다; 하지만 그것에 대해 더 알게 될지 모른다. 시인의 동생 길버트와 리처드는, 어쨌거나, 머리에 별 오명을 뒤집어쓰지 않았다, 그리고 살아생전 남긴 흔적이 거의 없다. 길버트는 46세로 죽게 된다. 1612년 2월 3일 스트랫퍼드 성 삼위일체 교회 묘지에 총각으로 묻혔다. 리처드는 1608년 7월 교회 법정에서 잘못 하나를 시인했고, 대가로 벌금 12페니를 물었지만, 그 후 지역 법정이 보기에 흠잡을 데가 없었다. 40세가 되어 갈 무렵인 1613년 2월 4일, 스트랫퍼드에 묻혔다.

셰익스피어 막내 동생은 경우가 다르다, 왜냐면 에드먼드는, 불행하게도, 시 배우가 되었다. 배우를 위협하는 위험 중에는 무절제와 성병이 있다, 그리고 이 청년은 경솔하고 분별이 없었다. 런던에서 그가 아들을 낳았는데, 아들은 1607년 7월 성 레너드 교구에서 세례를 받고 한 달 뒤 크리플게이트에 묻혔다, '비천하게 태어난 배우 에드워드 섹스피어의 아들 에드워드'로. 아버지는 아이보다 아주 조금 더 살았다: 27세에 사망, 1607년 12월 31일 서더크, 성 구세주 교회에 묻혔고, 셰익스피어는 돈을 지불하고 그를 위해 커다란 조종을 울리게 했음이 분명하다.

'어두운 숙녀' 소네트들은, 그 발작적인 관능의 이야기가, 에드먼드에게 아무 소용도 안 되었던가? 우리 시대 기상천외한 작가들은 물론 셰익스피어가, 이를테면 클러컨웰 매춘 지대 매음굴 포주 루시 네그로, 혹은 헌스던의 정부 에밀리아 레니어, 아니면 펨브룩의 멍청한 애인 메리 피턴 같은 검은 머리 요부의 손아귀에 사로잡혔다고 추정한다(그가 이들 중 누구든 한 번이라도 만났다는 사실 증거가 없음에도 불구하고). 배우들이 매독에 공포를 느꼈을 것은 쉽게 상상할 수 있다, 그리고, '동성 사회적인' 문화 속에서, 매우 친밀한 남자들 사이의 우정은 몇몇 배우들의 간통을 막는 데 도움이 되었다. 남자간의 동성애 관계가 일상적이었을 것이 분명하다. 소년 도제들은 잘 보호되었을 법하지만. 셰익스피어가 특별히 순결했는지는 아무도 모른다, 하지만 훗날 위그노 교도들과 함께 살 때도, 그는 미묘한 가족 문제에서 신뢰를 받을 만큼 존경의 대상이었다. 소네트들은 그가 밀통이란 걸 알았음을 암시하지만, 간통에 대한 그의 공포가 보통 이상으로 강했다.

그러나 설령 그가 회개하는 남편이었다 하더라도, 앤 셰익스피어가 결혼 생활 중 단 3년 동안만 그에게 아이를 낳아 주었다는 사실은 묘하다. 그의 어머니는 22년 동안 자식을 생산했지만 앤은 수재나와 쌍둥이 햄넷, 주디스가 태어난 후 아이를 전혀 낳지 않았다. 남편과 절망적으로 낯선 사이가 되었을 가능성보다는, 쌍둥이 임신 및 출산으로 그녀의 재생산 체계가 손상되어 더 이상 아이 갖기가 불가능했을 가능성이 더 높다. 이것은 물론 가능성에 불과하다. 셰익스피어 탄생지 보관 위원회 로버트 베어맨은 "1560년과 1600년 사이 스트랫퍼드에서 발생한 서른두 번의 쌍둥이 출산 사례 중, 열여덟 번은 두 아이 모두 최저 3개월을 생존했다"고 쓰고 있다. 그러나, 여덟 번은 쌍둥이를 출산한 산모가 더 이상 아이를 낳지 못했다—사회 각층에서 아이들을 열망하던 시기에.[10] 쌍둥이 출산은 특히 끔찍할 수 있었는데, 이발사-외과 의사가 소독 안 된 도구를 들고 대기했다가 산모를 구하기 위해 미출산아를 잘라 내고, 짜부라트려서 끄집어냈으며, 그럼으로써 출산이 성공적일 때조차 산모가 회복 불가능한 상해를 입을 수 있기 때문이었다. 셰익스피어와 그 아내는 그럴 수만 있다면 아이를 더 가졌을 것이고, 이 문제와 관련하여 그들에게 선택권이 있었는지는 전혀 분명치 않다. 아이는 부서지기 쉬운 보물이었고, 좋은 가문에서는, 살아 남은 남성 후계가 있느냐에 가족의 안녕과 재산의 존속 가능성이 달려 있다는 생각이 팽배했다.

그 당시, 결혼의 신성함에 대한 믿음은 결합을 강화했다, 그리고 셰익스피어는 가정의 조화로 이득 볼 것이 많았다. 『햄릿』에

10   베어맨, 8.

서 『코리올라누스』에 이르는 자신의 연극에서, 흥미롭게도, 남편과 아내의 대립보다는 부모의 이미지와 화해하는 와중 아들이 직면하는 문제에 더 많은 관심을 쏟고 있다. 그는 앤을 헨리 가 2중 집에서 데리고 나와, 채펄가의 유쾌하고 상냥한 분위기 속에서 함께 살 참이었다; 시인의 집은 편리하고 친절해서 토머스 그린이 손님으로 최소한 1년 동안 묵었을 정도다. 앤의 외모, 복장, 혹은 예절이 셰익스피어를 놀래켰을 리는 거의 없고, 분명, 그의 집안과 그녀 집안은 그가 젖먹이였을 때부터 알고 지냈다. 그러나 사용 가능한 사실로 판단하자면, 그녀의 해서웨이 친척들은 경계할 만한 원인을 제공했다. 상기컨대 앤은 그녀의 큰오빠 바솔로뮤와 나이 차가 얼마 되지 않았고, 그는 쇼터리로 돌아와 있었다. 효심의 표시로 그는 아버지의 이름 리처드를 첫아들에게 지어 주었다. 거기에는 지속성이 있었다, 왜냐면 바솔로뮤와 앤은 일찍이 아버지 이름을 딴 두 남동생을 잃었던 것. 쇼터리에서 앤의 아버지는 번성했다, 그러나 암울한 시절 출세가 필요했던 참신하고 젊은 해서웨이 사람들은 그의 에너지, 혹은 행운의 결과에 만족하지 않게 될 것이다. 앤의 남동생들이 그녀를 화나게 했을 것 같지는 않다, 그리고 그녀가 그중 누구와 의절했다는 조짐은 전혀 없다. 셰익스피어 유서가 그의 아내를 누추하게, 혹은 소홀히 대접하는 듯 보이는 이유 중 하나는 그녀가 정신병을 앓고 있었기 때문이라는 이야기가 있었다—하지만 그 말을 떠받치는 증거는 전혀 없다. 1601년 아버지의 양치기 돈을 보관하고 있는 것을 보면, 그때 그녀는 무력하지 않았다. 휘팅턴이 남긴 몇 구절에도 그녀의 무능력에 대한 암시가 전혀 없다. 그러나, 바솔로뮤의 아이들이 쇼터리뿐 아니라 읍내에까지 정착하면서 해서웨이 가족들 사이에 끈끈한 유대감이 선명하게 드러난다. 그들이 앤 셰익스피어에게 따스한 관심을 보인 것은 정상적이지만, 바솔로뮤 집안은 교구위원, 참사회원, 법 집행관 그런 식으로 갈래를 쳤으니, 그들의 친절한 태도에는 사회적 야심의 흔적이 묻어났다. 바솔로뮤는 앤에게 주의를 기울일 매우 훌륭한 자격이 있었다. 그의 아버지는, 존 셰익스피어의 친구로, 유언에서 바솔로뮤에게 여동생들을 가까이 보살펴 주라고, 혹은 '위안'이 그들에게 '힘 닿는 대로' 되어 주라고 일렀다. 타이수에서 귀환한 그는 더 이상 그냥 농부가 아니었다; 읍에 흥미를 느꼈고 1583년이면 일리 가에 땅을 임대하게 된다. 앤을 찾으면서, 그녀의 아이들과 친해졌다; 그리고 시인의 딸 수재나를 통해 바솔로뮤는 훗날 그녀의 의사 남편 존 홀과 신뢰 관계를 맺게 된다. 셰익스피어 유서는 단호하게 바솔로뮤 및 해서웨이 사람들을 말 그대로 전원 배제하는 반면 수재나와 그녀의 배필에게 힘을 실어 주고 있다. 역설적으로, 수재나의 배필은 바솔로뮤의 유서 관리인으로 임명된다.[11]

그렇다면 도대체 무엇이 셰익스피어의 비위를 건드렸을까? 바솔로뮤와 아들들이 친한 것을 막기는 어려웠다, 그들에 대한 앤의 가족애가 강렬했다면. 그들의 평판이 결코 나쁘다 할 수는 없었으므로, 셰익스피어가 그들을 문전박대할 수는 없었을 것이다. 오랫동안 집을 비웠으므로, 그가 귀가했을 때 집안 사정이 떠날 때와 똑같았을 리는 없었고, 처남들의 씀씀이가 명백히 그에게 거슬렸다. 딱히 어떤 경로로 바솔로뮤가 1610년 200파운드를 마련하여 쇼터리 휴랜즈와 인근 부동산을 다시 사들였는지는 알려져 있지 않지만, E. I. 프립은 그 돈이 셰익스피어에게서 나왔다고 믿는다. 거액이었다; 구매자는 부자가 아니었다. 다른 해서웨이 사람들은 시인과 매우 가까운 곳에 살았다. 바솔로뮤의 아들 리처드가 빵 가게를 포어 브리지 가에 차렸고, 크라운 여인숙의 주인이 되고, 그러다가 법 집행관 자리에 올랐다.[12] 시인이 이런 성공의 첫 조

11 B. 롤런드 루이스, 『셰익스피어 기록 문서들』, 전 2권.(스탠퍼드, 캘리포니아, 1941), i. 156; ME 69~70; E. A. J. 호니그만과 수잔 브록, 『극장 유서들, 1558~1642』 (맨체스터, 1993), 107.
12 E. I. 프립, 『셰익스피어:인간과 예술가』, 전 2권.(옥스퍼드, 1964), ii. 496, 674, 788, 837~838; ME 69.

짐을 반겼든 아니든, 남자 후계자가 없다는 끔찍한 결함이 곧 그의 약점이 될 것이었다. 만일 그가 아내보다 먼저 죽는다면, 그녀 친척들이, 그녀를 통해, 그의 상속 가능 재산에, 혹은 남자 셰익스피어를 위해 마련한 자산 전체에 어영부영 접근할 가능성이 있었다. 그는 앤을 매개로 한 처가 식구들에게 상처받기 쉬웠고, 그녀가 결국은 그들을 받아 주거나 격려하는 정도였다 하더라도, 그것이 그의 화를 불러일으켰을 수 있었다.

자신의 블랙프라이어스 극단 부동산에 대해 그가 취한 유별난 조치는 심지어 유언장을 작성하기 3년 전 이미 그것을 앤으로부터 안전하게 보호했다. 다른 배우들과 비교해 볼 때 그의 유언장은 놀라운 문서다, 그리고 1616년 추가된 분쟁거리를 반영하고 있다. 기묘한 것 하나는 앤을 위한 애정을 느끼게 하는('내 사랑하는' 혹은 '내 사랑' 아내) 문구가 없다는 사실이 아니라(그런 걸 빠트리는 유언자들은 많다), 앤에게 어떤 보석, 기념품, 혹은 다정함을 보일 수 있는 가공품을 하나도 남기지 않았다는 거다. 여기서 정서적으로 가까운 사람들을 원망하는 소네트 화자를 상기해 볼 수 있으리라. 시인은 갑작스레, 음울한 기분에 휩싸인다, 의미 내포는 그랬다, 그가 아는 사내 둘이 그를 묘사하면서 '불쾌'라는 단어를 썼기 때문이다. 그는 헨리 체틀한테 관대했지만, 체틀은 『한 푼짜리』를 시인이 "불쾌하게 여겼다"고 첨언했다, 그리고 토머스 헤이우드는 셰익스피어가 「열정적인 순례」 표지에 "그의 이름을 뻔뻔스레 도용한" 인쇄업자 자가드 때문에 "몹시 불쾌해"했다는 기록을 남겼다. 벤 존슨은 인습적인 과장풍을 구사하면서 그의 "사랑하는 이"가 화를 낼 수 있다고 썼다: "계속 빛나라, 그대 시인들의 별이여", 그는 셰익스피어에게 바치는 비가에서 그렇게 촉구한다, "그리고 분노로/혹은 설득으로, 꾸짖어라 혹은 즐겁게 하라, 고개 숙인 무대를."[13]

13 T. 키시, R. 프링글, 그리고 S. 웰스 (편), 『셰익스피어와 문화 전통』(뉴어크, Del., 1994), 134~135.

문제는 시인이 체틀에게 『한 푼짜리』에 대해, 그리고 자신의 이름을 허가 없이 사용한 인쇄업자에 대해 충분히 불평을 털어놓을 만했다는 점이다. 그가 쉽사리 거슬려 했다는 얘기는 아니다. 그는 가족애와 안정을 믿었고, 그의 아내는 그의 집을 유지하고 그의 아이들을 길렀다. 그가 뉴플레이스에서 만족했다는 징후가 있다, 뉴플레이스는 그의 사회적 지위가 손에 모자를 들고 나타나는 친척들과 다르다는 점을 강조하기에 충분했을 것이다. 그는 앤의 '쇼터리'에 투자하고 싶다는 말을 한 적이 있다—그리고 셰익스피어의 집에는 공손한 분위기가 감돌았다. 아니면 그가 어떤 방문객의, 예정보다 길어진 체류를 견뎠을 리가 없다. 앤은 그를 어떻게 대했을까? 고분고분하게 혹은 금욕적으로 의무를 다하는 것이, 그때는, 특권층 아내들에게서 볼 수 있는 태도였다. 오래된, 존경받는 가문 출신이라지만, 앤이 최근 남편을 잃은 두 아내만큼 유순하지는 않았을 것이다, 그러나 표면에 나타난 것으로 볼 때, 아직까지, 그녀의 태도는 그들과 크게 다르지 않았다: "나는 그의 내부에 훌륭한 부분이 있음을 알고 또 좋게 생각했기에 항상 공손한 존경심으로 대했다", 1617년 마일드메이 부인은 그렇게 쓰고 있다; "그가 내게 해댄 최악의 언사 혹은 행동에도 나는 대항하겠다는 마음이 일지 않았다." 혹은 다시, 앤 클리퍼드의 이런 태도가 좋은 가문 사이에서 전혀 엉뚱했던 것은 아니다: "때때로 나는 그에게서 친절한 말도 들었고 때때로 불쾌한 말도 들었다", 그는 남편을 그렇게 회고했다, "그러나 나는 모든 것을 참고 받아들였으며 정말 가능한 한 최대의 만족과 내 사랑의 확신을 주려 노력했다."[14] 셰익스피어는 대등한 두 사람의 결혼을 믿었을까? 그의 연극들은 넓은 범위에 걸친 결혼관들을 보여 준다, 그리고 결혼에 대한 그의 견해는 대등한 두 악당의 결합을 제시한다고 할 맥베스와 맥베스 부인, 혹은 콘월과 리건의 사례에서조차 모

14   키스 라이트슨, 『잉글랜드회 1580~1680』(1982), 95에 인용; 앤 클리퍼드의 철자를 현대화했다.

습을 드러내기 전일지 모른다. 『즐거운 아낙네들』에는 감정을 공유하는 결혼이 있다, 포드가 권위주의를 풍기지만 『말괄량이』와 『실수 연발』은 아내의 권리를 놓고 토론한다; 『로미오』에서 캐퓰렛은 비참한 결혼 속의 어리석은 독재 군주로 그려진다. 자신의 희곡들에서, 셰익스피어는, 청교도적 사고가 아니라 그의 고향 길드만큼이나 오래된 전통에 기인한 생각을 최소한 마음에 품고 있는데, 결혼은 상호 동의에 바탕을 둔 협력이라는 것이다. 그는 때때로 앤이 그녀의 남동생들로부터 자신을 보호하지 못할까 봐 두려워했다; 해서웨이 사람들에 대해 알려진 것을 차치하더라도, 블랙프라이어스 계약서와 시인의 법적 유언장 두 가지 증거 중에서 우리는 그랬을 가능성을 찾을 수 있다. 셰익스피어의 행동거지에 대해 알려진 것을 종합해 보면, 그는 편하고 사교적이었지만 또한 대응과 적응이 신속하고 유연했으며, 다른 사람들의 견해를 살피고 반영하면서 몇 가지 중심 윤리 원칙만 고수했을 뿐이다; 그의 희곡들은 그들의 생각을 복합적인 변증법으로 발전시킨다. 그가 아내와 정상적인 관계에서 발견했을 법한 안정을 그는 소중하게 여겼고, 자신의 상속 가능한 재산에 대해 걱정했으며 그게 위태하다고 생각했음을 시사하는 증거는 충분하다. 확실히, 1596년, 그 재산의 앞날은 아이들을 매개로 그가 앤과 나누는 결정적인 정서적 유대에 달려 있었다.

게다가, 요컨대, 그 유대 속에 그들 사내아이의 삶이 포함되어 있었다. 그들의 아들 햄넷은, 11세로, 5학년 이하 학습 과정을 마쳤을지 모른다. 그게 정상이었을 것이다, 이 소년이 아버지의 희곡들에 나오는 어린아이들만큼 수줍음을 탔다고 가정할 필요는 없다. 아이를 가진 부모라면 누구나, 죽음이 항존하는 위협으로 보였다. 잉글랜드에서 태어난 아이들 중 11세까지 살아남은 셋째 아이는 한 명도 없었다. 깜짝깜짝 놀래키며, 전염성 질병들이 신속하게 목숨을 빼앗아 갔고, 절대 아이를 잃을 리 없다는 환상을 가진 사람은 좀체 보기 힘들었다. 과연, 아무것도 셰익스피어의 유일한 아들을 구하지 못했고, 아이는 8월 초 원인 불명으로 죽었다. 11일, 꼬마는 성 삼위일체 교회에 묻혔다, 그리고 서기는 매장 기록부에 이렇게 썼다:

윌리엄 셰익스피어의 아들 햄넷[15]

이런 상실은 남편보다 아내에게 더 날카로운 영향을 끼칠 수 있다. 앤이 울고불고 난리 칠 기분이었다면, 남들이 그걸 막지는 않았을 테지만, 슬픔의 과잉은 '약함과 자제력 결핍'의 증거였다— 그리고 아픔을 드러낸다는 것은 구원받은 순정한 영혼에 대한 기쁨보다 아무래도 적절치 못했다.[16] 스트랫퍼드에서 죽음은 공공연했고, 사람들은 조용히 아이의 죽음을 화제에 올렸다. 시인은, 자신의 운문에서, 그렇게 하지 않는 쪽을 택한다, 소네트 37이 그의 상실과 관계된 작품이라는 이야기가 종종 있기는 하지만: "노쇠한 아버지의 기쁨은", 셰익스피어는 그렇게 시작하고 있다,

> 왕성한 자식의 젊은 행동을 보는 것이듯,
> 그렇게 나는, 운명의 무서운 심술로 절름발이 되어,
> 내 모든 위안을 그대의 가치와 진실에서 찾습니다.

그러나 이것은, 기껏해야, 막연하게 그의 어린 아들을 언급할 뿐이다. 자식의 죽음에 커다란 충격을 받은 벤 존슨은, 이를테면 웅변적으로 자식의 죽음에 대해 쓰고 있다. 그와 대비를 이루며, 셰익스피어는 이 기간 동안 희극 집필에, 사극 연작들을 마무리짓고 시저의 로마로 몸을 돌리는 일에 몰두했다. 이 10년 사이 죽었더라면, 그는 튜더 시기 희곡 작가들 중 최고로 기억되는 게 그나

---

15 MS SBTRO, 1596년 8월 11일.
16 데이비드 크레시, 『탄생, 결혼, 그리고 죽음: 튜더 및 스튜어트 시대 잉글랜드의 제의, 종교, 그리고 인생-사이클』(옥스퍼드, 1997), 393.

마 다행이었을 것이다, 하지만 그는 계속 살아남아, 누구와의 비교도 좀체 허락하지 않는 희곡들을 썼고, 아들의 죽음이 그를 변화시켰다. 그는 상실로부터 회복한 적이 한 번도 없는 듯하다. 그렇게, 고통에 대한 그의 견해가 지적 복잡성을 띠게 되고, 그렇게 그는 극단적인, 치유할 수 없는 고통에 처한 사람들과 자신을 동일시하게 된다; 그의 슬픔은 그의 내향성을 증폭시키는 한편 그가 성취했을 법한 어떤 세속적 성공도 조롱하게 만들었을 것이다. 그의 아들이 죽지 않았다면 최고의 지적 자신감으로 넘치는 비극들을 그가 쓰지 못했을 것이라는 주장은 쓸모없다; 그는 1596년 아직 그런 희곡들을 쓰고 있지 않았다. 하지만 햄넷의 죽음, 이 비통하고 끔찍한 손실은, 셰익스피어 속 '예술가'와 '사상가'를 심화했다: 그 상실은 그가, 청년기 유산인 기법 솜씨 과시욕을 끝까지 꾸물대다 철회하는 모양새를 피하도록, 그리고 자신의 힘을 모아 영국 무대 사상 가장 정서가 복합적이고 강력한 연극들을 창조하도록 도왔을 것이다.

두 살인 사건, 뉴플레이스, 그리고 퀴니 씨의 작은 과실
햄넷 사망 약 1년 후, 셰익스피어는 아내와 두 딸을 오래된 길드 예배당 바로 건너편 넓은 집에 정착시킬 수 있었다. 초등학교가, 물론, 예배당과 가까웠고, 어떻게 보면 셰익스피어는 시작했던 곳으로 돌아온 셈이었다. 앤과 두 딸 수재나와 주디스는, 당시 14세와 12세였는데, 1597년 늦게, 혹은 어쨌든 1598년 이전 뉴플레이스로 옮겨 왔다. 집은 거의 과도하다 싶을 정도로 칸수가 많았고 매우 쾌적했으며, 박공이 다섯 개에 3층이었다, 그리고 넓은 풀밭 경계가 집을 채펄 가와 채펄 레인(데드 레인과 워커스 가라고도 한다) 구석에서 뒤로 물러나게 했다. 10개의 방을 난로로 난방했다 ―난로가 사치품으로 과세 대상이던 시기에. 정원이 2개 그리고 과수원이 하나였다, 헛간 2개와 다른 채들도 있었다. 이전 세기

후반 휴 클랍턴 경이 지은 뉴플레이스는 스트랫퍼드에서 두 번째로 커서 정면이 60피트가 넘고, 앞뒤 거리는 70피트 가량, 그리고 북쪽 박공 높이는 28피트였다고 한다. 그러나 기묘한 우연의 일치로, 멜로드라마풍 연극으로 생계를 꾸리는 시인한테 걸맞게, 그 집은 음산한 범죄, 혹은 두 살인 사건과 결부되었는데, 그중 하나는 그의 아내가 옮겨 올 즈음 발생했다.

셰익스피어가 무자비한, 미리 계산된 가족 살인을 알고 있었다는 점은 흥미롭다. 살인이 잦은 시대였다—그러나 뉴플레이스는 희생자와 살인자들을 끌어당기는 자석이었을지 모른다. 에이드리언 퀴니 노인이 살던 초창기 'the newe place'라 불리던 이 예쁘장한 벽돌-목재 건물을 가톨릭 클랍턴 가 사람이 토머스 벤틀리에게 세놓았는데, 그는 헨리 8세의 주치의였다. 벤틀리 이후, 집은 심각한 보수를 요하는 상태였다, 그리고 클랍턴 가 소유주가 멀리 이탈리아에 있는 동안, 윌리엄 보트가 1563년 어찌어찌 하여 집을 소유하게 되었다. 그해, 보트가 딸 이사벨라를 살해했다, 눈으로 보았다는 제화상 롤런드 휠러에 의하면. 이 사건에 대해 아는 다른 사람들은 휠러의 증언을 신뢰했던 듯하다. 우선, 그들은 이렇게 추정했다, 보트는 교활하게도 법 문서를 위조, 이사벨라가 아이 없이 사망할 경우 이사벨라 남편의 재산을 자신이 갖게끔 조치했다: 그런 다음 이사벨라의 음료에 독을 탔다. 제화상은 이 일이 발생할 당시 자신이 집안에 있었다고 했다; 그는 '숟가락', 쥐약, 음료를 보았으며, 이사벨라가 "갑자기 죽었고 쥐약을 마셔 몸이 탱탱 붇다가 죽었다"고 했다.[17] 보트는 결코 살인 혐의로 기소되지 않았다, 왜냐면 그가 교수형을 당할 경우, 제화상은 그렇게 말했다, 집의 진짜 소유주는 물론 이사벨라의 남편도 "앞서 말한 보트가 사기쳐 간 그들의 모든 땅을 영영 잃게" 될 것이었다.[18]

17   PRO, SP 12/79.
18   같은 책.

두 번째 주요 사건은, 보트가 집을 비우자마자 발생했는데, 집에 대한 셰익스피어의 권리를 위태롭게 했다. 보트는 저택을 윌리엄 언더힐에게 팔았고, 언더힐의 동명 아들이 다시 셰익스피어에게 팔았다. 셰익스피어는 뉴플레이스 값으로 120파운드 가량을 지불했다; 정확한 액수는 알려지지 않았지만, 판매 '최종 협약'에 적시된 60파운드의 두 배였을 법하다('최종 협약' 적시 액수는 대체로 가짜였다). 현존하는 라틴어 '최종 협약'은 셰익스피어를 '신사'로 칭하지 않고 과수원에 대한 언급도 없다(두 결함 모두 훗날 수정된다), 하지만 1597년 5월 4일자로 된 이 문서는 그에게 헛간 2개와 정원 2개가 달린 집('uno mesuagio duobus horreis et doubus gardinis')을 양도하고 있다.[19]

매각인 윌리엄 언더힐은, 연중 얼마 동안 아이들리코트에 살았고, 스티븐 버맨이 보기에는 '음흉하고, 탐욕스럽고, 교활한' 국교기피 가톨릭이었다. 그러나 그가 아무리 질 나쁜 인간이었다 하더라도, 자신의 장남보다는 나았다. 셰익스피어에게 집을 판 지 두 달 후, 언더힐은 아들 풀크에 의해 살해되는데, 풀크는 법적 미성년자였고 구두로 아버지 땅을 물려받은 터였다. 이번에도, 분명, 집과 연관된 살인자는 독을 사용했다, 『햄릿』에서 클로디어스가 그러하듯, 그리고 언더힐은 1597년 7월 7일 코번트리 근처 필롱글리에서 죽었다. 그 결과, 뉴플레이스는 중죄인의 재산으로 국가에 몰수되었고, 풀크는 1599년 살인죄로 교수형에 처해졌다.[20] 심지어 『햄릿』을 쓰고 있던 때조차, 셰익스피어는 풀크의 아버지 살해를 사실상 곁에 끼고 있는 셈이었다, 왜냐면 그 범죄는 그의 집 소유권을 희생자의 둘째 아들 허큘리스 언더힐이 성인이 되는 1602년까지 불안하게 했다. 그해 허큘리스가(1581년 6월 6일생이다) 그 건물에 대한 명료한 허가를 획득했고 그것이 희곡 작가에게 팔렸음을 확인해 주었다. 부동산을 매입하면서, 셰익스피어는

19   EKC, 『사실들』, ii. 95.
20   ME 89.

그렇게 이상한 거래를 통해 아버지의 딸 살해 혐의, 그리고 아들의 아버지 살해를 겪게 되었다. 그는 자신이 알고 있는 것을 잘 활용했고, 보트와 언더힐 이야기는 그로 하여금 가족 살해라는 날것의, 원초적인 주제에 익숙해지도록 했다, 그것을 그는 심리적 리얼리즘으로 취하고 있었다. 그리고 정말, 『햄릿』의 기원에 있어 중요한 것은 그 작품이 단순히 문학적 출전으로부터, 혹은 사건에 대한 '가정'으로부터 창조된 게 아니라, 시인이 실제 삶에서 재료를 찾아내어 그것을 자기 가족, 학교, 읍내의 경험과, 그리고 자신의 사적인 열망, 희망, 실망, 그리고 지적인 생활과 완벽하게 융화시키는 방식으로 창조되었다는 점이다. 그는 언더힐을 알았다, 그의 아버지가 보트를 알았듯이; 그리고 『햄릿』의 살인은 오비드에게서 가져온 그림 같지 않고, '티투스' 같지 않고, 실제의, 판단이 민감하게 개입된 사건에 부분적으로 바탕을 둔, 친밀하게 알려진, 일어난 일들이다.

집은 잘 산 셈이었다, 살인 이야기가 그의 아내로 하여금 아들 상실의 충격에서 벗어나게 했든 아니든. 건물의 3면을 푸른 나무들이 둘러쌌다. 정면에 '작은 안뜰'이 있었다, 1737년 그 집을 펜화로 그린 조지 버튜에 의하면, 그리고 두 번째 펜화는 안뜰 마당 양쪽 하인들의 거처를 보여 준다. 뉴플레이스는 1702년 일부 헐리고 존 클랍턴 경이 신고전주의풍으로 재건축했다(완전히 철거된 것은 1759년, 프로드셤 목사 프랜시스 개스트럴에 의해서다), 그래서 버튜는, 부분적으로, 남들이 해 주는 이야기에 의존해야 했다. 하지만 그의 그림은 리처드 그림밋(1683년생)의 기억에 부합하는바 그림밋은 자신의 유년 시절, 그와 클랍턴 가 소년 하나가, 함께 놀 때면, "자그마한 푸른 안뜰"을 지나 "정면이 벽돌이고, 오늘날처럼, 평범한 유리판에 납으로 테를 두른 보통 유리창을 낸" 집으로 들어서곤 했다고 회상했다.[21]

좁은 길 건너편 수로와 나란히 내려가는 과수원과 정원에, 셰익스피어는 장미와 사과나무를 심었다. 작가들은 극작가의 작품들에 언급되는 원예물들의 숫자를 무겁게 더해 가기 일쑤고, 확실히 시인은 사과를 약 30번 가량 언급하고, 변종도 몇 가지 거론한다. 크랩, 피핀, 비터 스위팅, 폼-워터, 애플존과 리더코트. 그는 또한 장미를 최소한 100번은 끌어대고, 자그마치 여덟 가지를 소개하고 있다, 백장미, 붉은 장미, 얼룩덜룩 장미, 머스크 장미, 다마스크 장미, 프로방스 장미, 암-혹은 개장미, 그리고 부드러운-가시 장미.[22] 당시 정원은 종종 정교하게 밭과 길, 나무 그늘, 그리고 격자 울타리를 구획 지었고, 그 모든 것을 벽돌로 쌓은 벽 혹은 묘하고 괴팍한 형태로 깎아 낸 높은 울타리로 둘러쌌다.

자신의 예민한 정원사 기질 때문에 그가 제라드 『식물지』(1597) 같은 책을 읽게 되었을까? 어쨌거나 제라드는 예쁜, 꽃잎이 푸른 꼬리 풀 스피드웰이 부추와 연관이 있으며, 웨일스어로 플루엘렌이라는 것을 보여 준다. 『헨리 5세』에서 가장 마음이 통하는 군지휘관이 웨일스의 플루엘렌이지만, 지역 교구에도 플루엘렌들이 있었다. 튜더 시대 신사는 책에서 본 것을 땅이 직접 주는 교훈과 비교했다. 그리고 폴스타프는, 아마도, 여기서 갈증을 느끼지는 않았을 것이다. 뉴플레이스의 넝쿨, 분명 포도 넝쿨은 너무 잘되어 토머스 템플 경이 하인을 시켜 '포도 세트'를 어느 정도 구해 오도록 했을 정도다. 셰익스피어의 '사촌', 템플 법학원 출신 변호사 토머스 그린은 아침마다 '포도주 1파인트'를 마셨고, 오래 머문 것으로 보아 뉴플레이스 포도주가 그의 입맛에 잘 맞았을 것이다.[23] 맥아에 대한 언급이 전술 자료에 두 번 있고, 매달 양조가 정상이었을 것이다. 앤 셰익스피어는 분명 양조 일을 살폈고, 1598년 겨울 그녀는 많은 맥아를 보유하고 있었다.

21   1737년 10월 버튜의 언급과 스케치에 대해서는, 프랭크 심슨, 「뉴플레이스: 미출판 수고에서 나온 유일한 셰익스피어 집 그림」, 『셰익스피어 개관』(1952), 55~57을 보라; 도판 1에 대한 심슨의 언급은 의심스럽다. ME 89~90도 볼 것.
22   프립, 『셰익스피어』, ii. 466; S. 쇤바움, 『윌리엄 셰익스피어: 기록과 이미지들』(1981), 53.
23   ME 91, 98.

하지만 맥아를 사용해서 맥주를 양조하는 것은, 스트랫퍼드 주민들의 원성을 살 터였다. 맥아는 보리에서 나오는데 보리가 너무 비싸서 가난한 사람들은 만져 보기가 거의 불가능한 주식이었다. 바로 그때, 사람들은 맥아 사재기에 격분한 상태였고, 시는 노골적인 반란에 직면해 있었다.

좋은 집을 사들이면서 셰익스피어는 좋은 가문 몇몇의 눈에 들었다. 아버지의 오랜 친구, 이를테면 에이드리언 퀴니 그리고 그의 아들 리처드는, 친절한 충고를 해 주는 인물이었던 바, 그에게 예민한 관심을 보였다. 사실 셰익스피어는 리처드 퀴니와 에이브러햄 스털리에게 각별한 쓰임새가 있었다. 두 사람 모두 온화하고, 고등교육을 받은 참사회원이었으나, 어쩌다 보니 곤경에 처하게 되었다. 흉년이라 고기 값이 무자비하게 올랐다, 그리고 퀴니와 스털리는 오른 가격에 내놓으려고 맥아를 사재기하고 있었다.

미들랜즈에 기아 위기가 닥치자, 왕립 추밀원은 사재기꾼들을 강력하게 단속하며 스트랫퍼드 조사를 명했다. 결과는 「곡식과 맥아 기록」에 나오는데, 날짜가 1598년 2월 4일로 되어 있고, 묘하게도, 퀴니의 자필로 쓰였다. 곡식 혹은 맥아를 갖고 있는 지역 가구 75개 중 13개 헛간만이 셰익스피어보다 많은 양을 확보한 상태였다, 셰익스피어 헛간이 보유한 양은 10쿼터(혹은 80부셸):

10   w^m shackespere 10 quar^{trs}24

그건 많은 양이었다. 물론, 학교 선생 애스피널 씨는 11쿼터를, 그리고 목사 바이필드 씨는 자기 것 6쿼터에 여동생 것 4쿼터를 확보하고 있었다, 하지만 앤이 80부셸이나 필요했다고 믿기는 힘들다.

그녀의 남편은 그때 런던에 있었고, 근래 투자에 대해 이야기

24   ME SBTRO, Misc. Doc. I(BRU 15/1), 106["The noate of Corne & malte Taken the iiijth of ffebrwarij"(1598)].

한 적이 있었다. 분명 땅에 돈을 조금 투자해 보겠다고 아버지에게 이야기했었다. 1월 24일, 스털리는, 어쨌거나, 당시 수도에 체류 중이던 리처드 퀴니에게 편지를 보내 "우리의 동향 친구 셰익스피어 씨가 쇼터리 혹은 우리 근처 땅 몇 마지기[약 30에이커]에 어느 정도 돈을 투자하고 싶어 한다"고 썼다. 이 암시를 준 것은 퀴니의 나이 든 아버지 에이드리언, 그는 30년 동안 존 셰익스피어와 친하게 지낸 사이였다. 퀴니 집안은 포목상으로, 정교한 옷감, 비단, 그리고 잡동사니들을 팔았다, 그러나 가업이 기울었고, 맥아 제조가 시의 주요 산업이 된 터였다. 읍 평의회 일로 런던에 종종 들르면서, 젊은 퀴니는 재무성 관리를 만나고, 화재 구호 기금을 타내고, 새로운 읍 특허를 독촉하고, 혹은 스트랫퍼드의 면세를 따내고 그러는 것이 상례였다. 퀸스 칼리지, 케임브리지를 다녔고 그에게 뉴스를 보내 주던 친구 스털리와 매우 유사하게, 퀴니는 공민 정신의 소유자로, 이따금, 시의 복지 및 재정을 자신의 것과 혼동했다. 어느 쪽도 셰익스피어와 편하고 친밀한 관계는 아니었다, 셰익스피어가 그들을 경계했던 것이다.

시인은 쇼터리 땅에 투자해야 하는가? 에이드리언 노인은 그 경우 누구한테도 득이 없다고 본다, 그리고 읍 임차지 지분을 그가 샀으면 하고 바란다, 1월 24일 스털리가 퀴니에게 말하고 있듯. 그렇게 되면 필요한 현금이 자치회로 들어올 것이고 시인에게도 도움이 될 것이다, 그러므로 요는 퀴니가 셰익스피어를 설득 가능한가에 달려 있었다: "자네가 그에게 줄 수 있는 충고로 보아 그리고 그가 그렇게 하여 사귈 수 있는 친구들로 보아", 스털리는 그렇게 쓰고 있다, "우리는 이것이 그가 겨냥할 만하고 또 맞추는 게 불가능하지 않을 과녁이라 생각하네. 그걸 얻으면 그는 정말 출세를 하게 될 거고 또 우리에게 많은 도움이 될 걸세. Hoc movere et quantum in te est permovere ne negligas[애써 이 안으로 들어올 것 그리고, 안에 있는 바로 그 만큼, 깊게 들어설 것]."[25]

그러나, 아마도 셰익스피어를 만나지 못한 채, 퀴니는 허겁지겁

II. 런던 무대의 배우 겸 시인

스트랫퍼드로 돌아왔을 것이다. 친구의 편지에 추가된 뉴스 때문에 걱정스러웠다. 읍은 곡물 가격을 강제로 올리는 자들을 공격하기 위해 '엄청나게 모여든' 시민들이 소동을 일으켜 난장판이었다. 어떤 사내는, 풀크 그레빌 경에게 항의한 모양이었는데, 이렇게 말했다, "그분 말이 일주일 안에 그놈들 중 몇몇을 교수대로 끌고 갈 거라더군, 아, 그 맥아 제조업자들 말이요". 지역 방적공은 '그들이 자신들의 집 문에 효수될 것을' 보게 되리라 믿고 있었다.[26] 폭도가 퀴니의 헛간을 공격했다면, 횃불을 들고 뉴플레이스로 몰려갈 수도 있었다. 셰익스피어의 아내와 딸들은 위험에 처했고, 이는 그가 훗날 『코리올라누스』에서 보여 주게 될, 곡식 문제로 폭동을 일으키려 여념이 없는 로마의 폭도들과 가장 유사한 정황이었을지 모른다.

스트랫퍼드 곡물 심사는, 스털리의 편지 수일 후 벌어졌는데, 열받친 분위기를 식혀 주었을 수 있고, 과도한 저장분이 마법처럼 헛간에서 사라졌음을 보여 준다. 초기 조사에서, 스털리는 맥아 26쿼터, 퀴니는 맥아 32쿼터와 보리 47쿼터를 가진 것으로 보고되었다—모두 632부셸. 그러나 2월 4일에 이르면, 퀴니의 서류상 저장분은 맥아 14쿼터 정도로 축소되었고, 스털리 헛간은 보유분이 단 5쿼터, 친구 셰익스피어 보유분의 반으로 뚝 떨어졌으니 도덕적 순정성과 지복의 장소였다![27]

여전히, 서민들은 반란 직전이었고 시인은 겁을 집어먹었다, 아니었다 해도 어쨌거나 그의 투자 계획이 바뀌었다. 이제까지 우리가 알고 있는 한, 그는 다음 4년 동안, 혹은 그의 아버지 사망 이후 1602년까지 스트랫퍼드에 단 1페니도 투자하지 않았다. 결핍의 시기 그가 너무 많은 맥아를 보유했었지만, 그렇게 경솔한 짓은 다시 하지 않을 것이었다(풍년이 들고 나서야 비로소 그는 20부셸

25 MS SBTRO, BRU 15/1/135(1598년 1월 24일).
26 같은 책.
27 베어맨, 27~28.

을 이웃 로저스에게 팔았다). 왕립 추밀원은 곡식 투기꾼들을 '늑대들'이라 불렀고, 우연의 일치로 스틸리가 수다스러운, 근심투성이 편지에서 똑같은 표현을 쓰고 있다: "사람은 사람에게 신이고, 사람은 사람에게 한 마리 늑대다", 그는 퀴니에게 라틴어로 그렇게 말했다.[28] 셰익스피어가 이 두 참사회원 중 누구와 아주 친하게 지냈다는 것은 현대 전기의 신화일 뿐이다(그들이, 설령 이용하려 했을 때에도, 그를 경외감으로 대했을 수는 있겠다), 그러나, 그렇다 한들, 그가 두 사람에게서 얻은 암시를 재미로 작품에 써먹었을지 모른다.

1598년 말 퀴니는 런던으로 돌아왔다. 그와 스틸리는, 지난 몇 년 동안, 서로 위로해 온 터였다, 뭐랄까 『베니스의 상인』에서 안토니오가 위로 받는 식으로, 그리고 부당 이득을 취하는 참사회원으로서 그들은 몸을 사릴 이유가 있었다(지난 1595년 곡물 투기업자로 정체가 드러난 이래). "잘 지내게, 내 소중한 사람", 스틸리는 이해 가을 친구에게 그렇게 인사한다, "그리고 주께서 우리 서로의 사랑과 위안을 키워 주시기를."[29] 사실, 두 참사회원 모두 그 당시 빚을 진 상태였고, 스틸리는 대금업자와 거래 관계 지속이 위태로운 상태였다. 1월 그는 "당장 30파운드 정도가 반드시 필요하다"고 퀴니에게 말했다, 대금업자한테 80파운드를 빌렸고, 돌려줄 돈 중 40파운드의 지불을 6개월 동안 연기해 달라고 퀴니에게 부탁한 터였기 때문이다. 이제 8월 16일, 사태는 더 나빠졌다: 6주 안에 갚아야 할 100파운드짜리 채무 증서가 있었다, 그리고 다른 채권자들을 만나려면 스틸리는 급히 25파운드가 필요했는데, 퀴니의 "일이 잘 되어" 돈을 마련할 수 있기를 희망했다.[30] 그러나 퀴니 또한 돈이 필요했다, 그리고 며칠 후 카터 레인의 벨 여인숙에서, 그는 유명한 편지 한 장을 셰익스피어에게 썼다.

28   E. I. 프립, 『리처드 퀴니 선생』(옥스퍼드, 1924), 120(1597년 11월)에서 인용.

29   MS SBTRO, BRU 15/1/136(1598년 11월 4일).

30   베어맨, 33.

급히 서두른 편지였지만, 퀴니는 토머스 부셸, 리처드 미턴, 그리고 피터 로즈웰을 언급하는데, 이들은 모두 스트랫퍼드 영주 에드워드 그레빌 경에게 고용된 사람들이었다. 시인의 동생 길버트가 그들 중 둘과 거래를 했었다, 우리가 기억하듯이, 그리고 퀴니가 이제 부셸과 미턴을 대출의 담보로 제시하고 있는 것이다. "사랑하는 동향 친구", 그는 10월 25일 셰익스피어에게 이렇게 쓰고 있다, "저는 당신을 감히 친구로 생각하고, 부셸 씨와 저를 보증인으로, 혹은 미턴 씨와 저를 담보로, 30파운드만 도와주시기를 앙망합니다. 로즈웰 씨는 아직 런던에 오지 않았습니다, 그리고 저는 특별한 이유가 있고요". 표면상 읍의 일로 도시에 온 것이므로, 퀴니는 에드워드 경의 대리인 로즈웰한테서 경비를 받을 것이라 희망했다, 그러나 대리인은 나타나지 않았다. "제가 런던에서 진 온갖 빚을 벗게끔 도와주면 저와 좋은 친구가 될 것입니다", 퀴니는 그렇게 셰익스피어에게 보장하고 있다.

> 저는 신께 감사하며 빚을 싫어하는 제 마음을 한결 다스립니다. 저는 이제 관청으로 가서 제 사업이 어떻게 처리되었나 알아볼 참입니다. 당신은 나 때문에 신용이나 돈을 잃는 일이 없을 겁니다. 신께서 그리하실 겁니다. 하지만 이제 당신 스스로 설득하시리라 믿습니다, 그리고 걱정하실 필요 없겠지요. 하지만 모든 무거운 감사의 정으로 저는 내내 흡족한 마음으로 당신의 친구가 될 것입니다, 우리가 거래를 계속한다면 당신은 스스로 재무 담당관이 되는 셈입니다.

아마도 시인은 그의 돈이 아니라, 대금업자에게 부탁하여 30파운드를 대부 받게 해 달라는 부탁을 받는 중이었고, 이 점은 정말 퀴니가 며칠 후 스털리에게서 받은 비망록에 암시되어 있는데, 스털리는, 그때, "우리의 동향 친구 Wm 섹[스피어] 씨가 우리한테 돈을 조달해 준다"는 소리를 듣고 반가웠으며, "언제, 어디서, 어떻게 가능할지 듣고 싶다"고 쓴 것이다. 당시 대금업은 10% 이자까지 허용되었지만, 빈축을 사는 직업이었고, 전문적으로 운영하지 않으면 위험 천만이었다. 그렇다 하더라도, 퀴니의 편지에서 약간 기묘한 것은 밑바닥에 흐르는 어두운, 분명치 않은, 반쯤 억눌린 근심 혹은 불안감이다, 그리고 그는 서둘러 결론을 맺고 있다:

> 시간이 없어 이만 맺어야겠군요, 그렇게 저는 이 편지를 당신의 보살핌에 맡기고 도움을 희망합니다. 오늘밤은 관청에서 지새야 할 것 같네요. 서둘러 주십시오. 주님이 당신과 우리 모두와 함께하기를, 아멘. 카터 레인의 벨로부터 1598년 10월 25일.
>
> 당신의 친절한 벗
>
> Ryc. 퀴니

퀴니는 이 편지를 접고, 봉인했다, 그리고 겉봉에 "내 사랑하는 훌륭한 친구 & 동향 Wᵐ 셰익스피어 씨에게 전달 바람"이라 썼다. 이 편지는 아마도 보내지지 않았다, 아니면 시인이 답장을 보냈거나. 어쨌든 퀴니는 그날 그와 모종의 접촉을 가졌다. 스트랫퍼드로 돌아와 있던 아버지는 시인에 대한 접근이 행해지고 있다는 감을 잡았고, 아들에게 쪽지를 보내, 혹시 "네가 Wm 셰[익스피어]와 거래를 하거나 돈을 받게 되면"[31], 니트 스타킹을 매입, 고향에 와서 되팔라고 충고하였다. 아들은 스타킹을 샀을지 모르지만, 자기 주인의 대리인, 로즈웰을 보지 못한 것이 내내 심란했고, 곧 영주, 에드워드 그레빌 경의 노골적인 적대감을 알게 된다 —영주의 부하들이 장차 퀴니의 두개골을 쪼개 버릴 것이었다.

최근 들어, 스트랫퍼드와 셰익스피어의 관계가 변한 터였다. 그는 집주인이었다, 마침내, 30대 중반에, 헛간을 태우거나 더 심한 짓을 벌이려는 충동에 사로잡힌 시민들 사이에서. 그의 80부셸은 2월 이후 골치를 썩였는가? 처음에 그는 지역 맥아 제조업자들과

---

31   MSS SBTRO, ER 27/4(1598년 10월 25일)과 BRU 5/1/136(1598년 11월 4일) 및 5/1/131(1598년 10월). 내내, 퀴니와 스틸리의 철자를 현대화했다.

같은 심정이었을 법하지만, 시민 반란이 일어날지도 모른다는 전망이 그가 아는 읍 사람들을 걱정시켰다. 직관컨대 셰익스피어는 날로 증대하는 폭력과 책임을 지는 공동체 개념의 쇠퇴를 동반한 사회적 해체 위협을 두려워했다. 그의 마지막 행복한 희극 연작들, 『좋을 대로 하시든지』부터 『십이야』까지는, 자신의 환멸에 맞서는 훌륭한 보루였을지 모른다; 그러나 그의 사재기로 보아, 기아와 비참한 결핍의 시기, 그는 아마도, 돌이켜 보면, 현대 인간의 냉담한, 차가운 사회적 무관심의 어떤 1급의, 추한 증거를 품고 있었다.

이곳이 아든 숲

『좋을 대로 하시든지』—셰익스피어의 가장 행복한 희곡—는 리처드 퀴니가 런던에서 시인에게 도움을 청한 지 얼마 안 되었을 때 쓰여졌다. 이 희극은 거의 단언컨대 저자의 35번째 생일 이후, 1599년 쓰여졌을 것이다; 등록된 것은 1600년 8월 4일이다. 퀴니, 그레빌 사람들, 스트랫퍼드, 그리고 아든 숲이 연루된 문제들과 관련이 있지만, 영국 미들랜즈 지방에서 횡행하는 불법을 널리 알리려는 게 희곡의 목적은 아니다. 원기 왕성한 희극으로서이 작품은 저자의 낙천적인 기질을 암시한다. 희곡풍을 보면 그가 전원 로맨스와 시드니 『아르카디아』 조의 뉘앙스를 즐기고 있음을 알 수 있다, 낭만적인 무대가 런던 사람들의 농촌 향수를 달랠 때조차. 메이데이가 되면 우유 짜는 처녀들은 우유통을 들고 런던 거리를 행진했고, 5월제의 기둥과 모리스 춤꾼들이 '황금의' 농촌 세계를 향한 열망을 암시했다.[32] 오를란도에 대한 사랑으로 애를 태우며, 로잘린드는 소년 가니메데로 변장한 채 주변 환경을 압도

32 스토의 『개관』에 대한 로저 프링글의 언급, J. F. 앤드루 (편), 『셰익스피어』, 전 3권. (뉴욕, 1985), i. 275; 프랑수아 라로크, 『셰익스피어의 축제 세계』, 제닛 로이드 번역(케임브리지, 1993), 특히 4장.

한다. 그녀는 열정의 혼란을 피하고, 재치 있게 페트라르카풍 연인(그녀의 이름을 나무에 새기는)을 가르친다, 그리고 네 쌍의 결혼과 그녀 자신의 에필로그로 끝나는 구성을 조화롭게 편성한다. 구성은 그럼에도 불구하고 야만성, 소외, 그리고 불의라는 질병과 연관되고, 그래서 우리의 시선은 결국 미들랜즈로 향하게 된다. 퀴니의 곤경은 이 작품과 그 후 시인의 태도에 어느 정도나 영향을 끼쳤을까?

셰익스피어와 협상을 벌이던 바로 그날, 퀴니는, 그게 1598년 10월인데, 읍을 위해 혜택을 따내려 애쓰고 있었다. 그 일을 꾸준히 추진하면서, 초조했지만, 사랑하는 동료 참사회원의 언질이 있었다. 스틸리는 11월 스트랫퍼드 자치회를 위해 여왕 당국으로부터 얻을 수 있는 일체의 반을 에드워드 그레빌 경에게 주라고 그에게 말했다, 그렇지 않으면 "그가 우리들이 맡기에는 너무 고급스런 일이라 직접 나설지" 모르니까.[33] 에드워드 경은 자신의 법적인, 보호벽이 튼튼한 권력을 감 잡고 있는 터였고, 그 권력을 존 셰익스피어, 퀴니 사람들, 스틸리, 그리고 '지주 저택'에서 일해본 다른 사람들은 잘 알고 있었다.

왜냐면 읍은, 결국에는, 묘한 상태였다. 자치 헌장에도 불구하고, 엘리자베스 여왕 시대 스트랫퍼드는 영주에게 복속된 옛 장원 성시城市의 몇몇 면모를 유지하고 있는 상태였다; 하지만 이전 영주 어느 누구도 에드워드 경만큼 욕심이 많지는 않았다. 에드워드 경이 사는 읍 남서 쪽 밀코트는 그의 아버지 로도윅이 소작인을 죽인 죄로 처형당한 후 물려받은 것이었다. 에드워드 경의 침범은 『좋을 대로 하시든지』가 쓰여지고 수년 후 좀 더 노골적이 되어, 스트랫퍼드의 곡물세를 요구하는가 하면, 에이번 강가 풀밭이 많은 뱅크로프트를 울타리로 둘러쌌다.(뱅크로프트는 공유지로 읍민들이 소와 양, 그리고 고리를 끼운 돼지 몇 마리에게 풀을 먹이던 곳이었다)

---

33   MS SBTRO, BRU 15/1/136.

퀴니는, 다른 사람들과 함께, 진절머리를 내며 울타리를 무너뜨렸다. 에드워드 경은 소송으로 응했고, 그런 다음 '칼로' 이기겠노라 맹세했다.

불길한 공언이었다. 퀴니가 지방 행정관 자리에 오르는 것을 반대한 에드워드 경은 집사를 시켜 들들 볶는 전술을 택했다. 그러나 5월 어느 날 밤, 스트랫퍼드 최고 지방 행정관에 재선되고 몇 달 후, 퀴니는 가격을 당했다. 실내를 가득 메운 에드워드 경 사람들이 '고래고래' 고함을 지르며 주인을 위협하고 있는 집에 들어선 후, 지방 행정관은, 기록을 인용하자면, "소동을 가라앉히려 노력하던 중 머리가 심하게 깨졌다".[34] 아마 두개골에 금이 갔을 것이다. 리처드 퀴니는 법적인 유언장을 작성하지 않았음이 분명하다; 근무 중 습격을 당한 유일한 스트랫퍼드 행정관 퀴니는 몇 주 후 숨을 거두었고 1602년 5월 31일 성 삼위일체 교회에 묻혔다. 미망인과, 모두 스무 살이 안 되는 아이 아홉을 남겼다; 엘리자베스, 에이드리언, 리처드, 토머스, 앤, 윌리엄, 메리, 존, 그리고 조지. (그의 셋째 아들 토머스가 훗날 포도주상으로 셰익스피어 딸 주디스와 결혼하게 된다.)

한 스트랫퍼드 행정관의 잔혹한 죽음을 셰익스피어는 잊지 않았고, 그의 작품에서 사회적 염세주의가 심화하는 것을 설명하는데 이 사건은 도움이 된다. 『트로일루스와 크레시다』 및 『아테네의 티몬』 같은 작품은 앤, 수재나, 그리고 주디스가 살아야 했던 읍에서 그가 알게 된 폭력 및 아나키의 영향과 무관하지 않다. 또한 중요한 것은 (소네트들이 암시하듯) 그가 자신의 결함을 주제 삼을 수 있었다는 점, 그리고, 우둔함이든 갈팡질팡이든, 공동체의 결함으로 나타나는 요소들을 자기 내부에서 찾을 수 있었다는 점

---

34 누가 (혹은 몇 사람이) 퀴니를 쳤는지는 확실치 않다. 하지만 그는 그레빌의 토지 관리인, 혹은 집사들로부터 위협을 받았다, 한 방에서 그레빌의 하인들에게 둘러싸여 몰매를 맞기 며칠 전에. 프립, 『셰익스피어』, ii. 542~549, 576~578, 그리고 ME 97~98 참조.

이다. 셰익스피어의 대對 경험 반응에 근거 없는 어떤 한계를 부과하는 것, 혹은 성숙한 예술가로서 그가 오로지 혹은 주로 책에서 배웠다고 보는 것, 뉴플레이스와 연관된 두 죽음, 아니면 퀴니 피살이, 비극에 대한 그의 태도와 아무 관련이 없다고 추정하는 것은 어리석은 짓이다. 개인들에 대한 그의 반응이 한 번이라도 단순했던 적이 있는지 분명치 않다; 그는 에드워드 그레빌 경 같은 게걸스러운 인간에게조차 소름이 끼치지 않았을지 모른다, 그리고 길버트 셰익스피어와 에드워드 경의 부하 두 사람의 관계는 기록으로 남아 있다. 그러나 스트랫퍼드에서 질서가 해체되는 광경은 셰익스피어에게, 때때로, 가차 없고 또 돌이킬 수 없어 보였을 것이다. 1590년대 말, 퀴니가 겪었던 영주 문제는 선례가 있었다; 시인의 아버지와 에이드리언 노인은 함께 읍을 위해 전 영주 워릭 백작으로부터 특혜를 쥐어 짜내려 노력했던 적이 있었고, 에이드리언은 1598년 전후 자기 아들의 노력과 근심을 의식하고 있었다.

그해쯤이면, 또한, 탐욕이 그레빌 영역에 한정되지 않는 터였다. 읍 북쪽에 관목이 우거진, 아든 숲이 있었는데, 에드워드 경의 사촌—풀크 그레빌 경—이 허가도 받지 않고 광대한 지역을 깡그리 벌채해 갔다. 이는 땅 없는 빈민, 혹은 나무를 땔감으로 사용해야 하는 무단 거주자들에게 타격이었다, 마침 소작인들이 경작했던 아든 들판을 지주들이 인클로저 할 때에. 인클로저는 일부를 떠돌게 했고, 남은 이들은 굶주림과 궁핍에 직면했다. 실제 '아든 숲'에서는 유아 사망 빈도가 잦았다; 그리고 숱한, 깡마르고 가슴 평평한 아낙들이 훗날 배란을 멈추게 된다. 항의자들이 당국을 심란하게 했다, 물론, 그러나 토지 인클로저에 맞선 반란—1596년 바솔로뮤 스티어가 주도한—은 지도자가 처형되기도 전에 웅얼거림으로 끝났다.[35]

옛날 이야기 맥락으로, 『좋을 대로 하시든지』는 가장 황량한 악

---

35 리처트 윌슨, 「인클로저 폭동들」, 『셰익스피어 쿼털리』, 43호(1992), 1~19; V. H. T. 스킵, 「아든 숲, 1530~1649」, 『농업사 리뷰』, 18호(1970), 84~111, 특히 95.

을 품고 있기는 하다. 찬탈자 프레더릭 공작은, 겉보기에, 동생 땅을 빼앗은 후 훌륭한 '공작 어른'과 수행원들을 추방했다. 돼지와 함께 밥을 먹게 하는 형 올리버의 탄압을 받고 올란도는 자신의 권리를 주장하지만, 올리버는 폭군의 레슬러를 시켜 동생의 목을 부러뜨리려 한다. 물론, 올란도는 살인자-레슬러를 패퇴시키고 곧장 로잘린드와 이상주의적으로 사랑에 빠진다, 그녀가 그와 그렇듯.

여주인공의 자기 과신과 담력은 희곡의 주요 원천 토머스 로지의 다소 유혈낭자한 로맨스 『로잘린드』 혹은 『미사여구의 황금 유산』의 여주인공 그대로다. 셰익스피어는 로지의 폭력성을 완화하지만, 『로잘린드』의 주제, 즉 별로 중요치 않은 운명의 선물과 아주 중요한 인간 심성의 선물 사이의 차이를 발전시키고 있다. 로잘린드는 푸른 숲에서 변장을 하고 남자처럼 말하고 행동하지만, 여자로서 느끼는 특권을 갖고, 희곡 작가는 심리학적 리얼리즘이 갑작스런 사랑, 우스꽝스러운 에피소드, 원기 왕성한 수사학, 그리고 다섯 곡의 노래―그의 초기 희곡 어느 것보다도 많은 노래다―를 포괄하는 유쾌한 사이비-전원주의와 긴장 관계를 이루게끔 배치한다. '황금기' 신화를 상쇄하는 것은 터치스톤만이 아니고, 자크도 그런데, 인간의 일곱 시기에 대한 그의 연설은 자신의 최악을 노년용으로 남겨 두고 있다. "가장 마지막 장면은", 자크는 칙칙하지만 통렬하게 의견을 개진한다,

그것은 바로 제2의 유치찬란, 완전한 망각이에요,
이빨도 없고, 시력도 없고, 입맛도 없고, 아무것도 없죠.
(II. vii. 163~166)

이것은 1590년대 말 존슨과 마스턴의 풍자풍을 패러디한 것인지 모른다: 그리고 자크의 냉소주의는 하인 아담의 등장으로 중단된다, 왜냐면 아담은, 80세로, 목구멍만 포도청일 뿐 '구석에 내팽개쳐져 등한시되는 나이'를 안다.

하지만 셰익스피어가 여기서 강조하는 것은 사회적 이슈가 아니다. 로지는 '아든 숲'을 상상했고, 작품에 극작가의 아든 숲은 주로 행복한 토론과 회상이 행해지는 무작위 만남의 무시간 공간이다. 단어 '아든' 자체가 프랑스 아르덴과, 워릭셔의 아든과 그리고 아마도, 로버트 아든 딸 입술에서 흘러나오는 옛날이야기를 들은 적이 있다면 저자의 청년 시절과, 관련이 있다. 작품 속 아든에서 죽음이 아주 부재한 것은 아니다, 그리고 터치스톤은 죽음에게서 배운 바 있는 최초의 셰익스피어 광대다. "하지만 모든 게 사실상 필멸이듯", 그는 로잘린드에게 이렇게 말한다, "모든 사랑은 어리석음으로 필멸성을 드러내지." 셰익스피어는, 그럼에도 불구하고, 죽은 시인 말로를 소심하게, 혹은, 아마도, 앤 바턴이 주목하듯 '사적인 기억의 의식'으로 환기한다. 양치기 소녀 피비는 말로의 『헤로와 리앤더』(1598년 두 가지 판으로 출판되었다) 중 한 행을 인용하면서 이 작품을 불러오고 있다

> 고인이 된 양치기 시인님. 님의 시 정말 대단하군요, 좋아요,
> '첫눈에 반하지 않는 자 누가 사랑이라 하겠는가?'
> (III. v. 82~83)[36]

그리고 로잘린드는 사랑에 대한 그녀의 가장 훌륭한 반反낭만주의적 언급으로 시의 주제를 암시한다(말로의 리앤더가 물에 빠져 죽는 것은 아니지만). "트로일루스는 그리스 곤봉을 맞고 두뇌가 터져 나왔어요", 그녀가 올란도에게 말해 준다,

> 하긴 그는 죽기 전에 할 일은 했네요, 그래서 사랑의 모범 중 하나가
> 되었구요. 레안드로스는, 헤로가 수녀가 됐단들 그 뒤로도 숱한 세월
> 을 살았을 거예요, 한여름 밤 너무 더웠던 게 탈이었죠, 그 훌륭한 청

---

36 앤 바턴, 『셰익스피어와 연극 사상』(1977), 155.

년은, 목욕하러 헬레스폰투스까지 가다가 다리에 쥐가 나서 익사한 거였는데 멍청한 그 시대 연대기 작가가 그게 세스토스의 헤로 때문이었다고 주장한 거라구요. 순전 거짓말이죠. 사내들이 이따금씩 죽기는 했죠, 벌레들이 그걸 파먹었구요, 하지만 사랑 때문은 아녜요. (IV. i. 91~101)

로잘린드는, '가니메데'로서, 고정된 인격으로부터 자유롭고 또 남자로서나 여자로서나 똑같이 적절하지만, 여전히 상처 받기 쉽다. 푸른 숲에서 자연이 모든 이를 미묘하게 변화시키는 와중에, 아첨을 거부하는 것만으로도 그녀는 매력적인 심성을 갖춘, 가장 연극적인 여주인공이다. "저는 이토록 운율에 압도된 적이 없어요", 그녀는 올란도의 서정시에 대해 이렇게 말한다, "제가 한 마리 아일랜드산 쥐새끼였던 피타고라스 시절 이래로 말예요, 그런데 그 시절이 좀체 기억나지 않네요."(III. ii. 172~174) 그녀를 통해, 저자는 희극의 감성을 민첩하게 시험하고 있다, 마치 희극이 실제 상실 혹은 슬픔에 대한 일체의 왈가왈부를 연기하는 수단으로 아주 나쁘지는 않다는 듯. 하지만 '아든 숲'은 기근, 빈곤, 불의, 추방, 혹은 인간 정신의 무지 못지않게 실제적인 신화적 진실의 원천이다. 그것은 셰익스피어가 충성과 사랑 같은 가치들의 내화를 보여 주면서, 연인들의 영혼을 강하고 날카롭게 강조할 수 있는 낭만적 무대를 제공해 준다. 그들의 가장 은밀한, 점진적으로 변해 가는 감정과 지각을 그는 외화하고, 이런 면에서 최소한 비극을 끔찍하게 내성內省하는 언저리로 자신을 몰고 간다.

III

천재의 성숙

13. 줄리어스 시저의 탑 남쪽

호 아니, 아니, 천만에! 그가 좋은 사람이라고
말한 내 뜻은 그가 재산이 적당하다는 거였소.
하지만 그 재산이 좀 문제가 있죠.
상선 하나는 트리폴리로, 또 하나는 인도로 가고 있단 말씀이야.
게다가 거래소에서 듣자니 멕시코 행 세 번째 상선도 있고,
잉글랜드 행 네 번째 상선도 있고, 다른 사업도 해외에서 벌이고 있다 이거요.
근데 배라는 게 판자에 불과하고 선원이란 게 사람에 불과한 거 아니겠소.
땅 쥐 있고, 물 쥐 있고, 물 도둑놈 있고 땅 도둑놈 있고—해적 말이오—
그런데다 파도와 바람, 그리고 바위라는 게 위험천만이거든요.
그분은, 그럼에도 불구하고, 재산이 적당하지.
삼천 더컷이라. 그의 보증을 받아도 될 것 같군요.

—샤일록, 『베니스의 상인』

벤 존슨의 엄지손가락

엘리자베스 여왕 치세 말—1601년 7월 25일 성 제임스 축일에—
극장 사람 두 명이 도성 내 알더스게이트 근처 브릭레이어스 홀
(벽돌공 회관—역자 주)로 가서 시 길드 중 하나인 고명한 타일공과
벽돌공 조합에 회비를 냈다. 두 노동자 모두 미불로 냈다—첫 번
째 사람은 2실링, 그리고 두 번째 사람은 3실링. 첫 번째 사내 리
처드 허드슨은 건축 노동자로 1570년대부터 뱅크사이드 제 2차
글로브 극장 시기까지 버비지 집안을 충성스럽게 도왔다.[1] 다른
사람은 섬뜩한, 근육질의 런던내기로 1572년 6월 벤저민 존슨이
란 이름으로 세례를 받았으나, 그냥 '벤 존슨'으로 행세하게 된다.

---

1   메리 에드먼드, 「허드슨과 버비지 사람들」, 『주석과 질문들』, 239호(1994),
502~503.

분명 벤 존슨은 벽돌 쌓는 일을 혐오하게끔 배웠겠지만 운과 세간의 평판이 나쁠 때 그 일을 시작했다. 로랜즈에서 군복무를 마친 후 결혼, 떠돌이 배우로 지내다가, 희곡 작가가 되었다. 로의 이야기로는 작품 한 편이 궁내 장관 극단에 건네졌을 때 그는 "완전히 무명"이었으며, 극단은 작품을 "대충대충 그리고 피상적으로" 다루었고 또 돌려보낼 참이었는데, "그때 셰익스피어가 다행스럽게도 작품에 눈길을 주었다, 그리고 몇몇 대목이 너무 좋아서 우선 통독을 하고, 그런 다음 존슨 씨와 그의 작품을 대중들에게 추천하고픈 생각에 사로잡혔다".[2] 로의 이야기에는 그럴 듯한 대목이 별로 없다, 왜냐면 순회 극단이 1598년 최초로 그의 '기질'극 한 편을 무대에 올렸을 때 그는 결코 '무명'이 아니었기 때문이다. 새로운, 공연 가능한 대본에 대한 강한 요구가 일상적으로 있었다. 그러나 존슨을 폐기 처분에서 구해 주었든 아니든, 셰익스피어가 작품을 좋게 보았음은 분명하다: 그는 이탈리아를 무대 배경으로 한 초기 공연 때 직접 연기를 했다; 그리고 분명 존슨의 '런던화한' 수정본(오늘날 종종 공연되는)에서도 또한, 등장인물 누구나 각각 지배적인 특성, 혹은 '기질'에 휘둘리는 유행풍 희극『모두 제 기질대로』는 젊음의 시건방짐과 늙음의 망상을 싸움 붙이고 있다. 이 작품은 산뜻하고, 재미있다, 그리고 실감난다: 어느 극단이라도 이 작품을 소중히 여겼을 것이다.

이 작품 첫 공연 이후 얼마 안 되어, 존슨은 자신의 비극적 기질을 드러냈다. 9월 22일 쇼어디치에서 벌어진 결투에서 가브리엘 스펜서를 죽였던 것, 스펜서는 당국이 존슨과 내시 합작품『개들의 섬』에 격노, 그 전 해 존슨과 함께 마셜 시 감옥에 처넣은 배우였다. 존슨이 이번에는, 교수대를 피하기 위해, 목사에게 은총을 호소했다: '면죄시'를 읽어 자신의 라틴어 실력을 증명했고, 왼쪽 엄지손가락 밑바닥에 뜨거운 쇠로 타이번의 'T'자 낙인을 받았는

2   니콜라스 로,「윌리엄 셰익스피어 씨의 생애 등에 대한 약간의 설명」. 셰익스피어,『전집』, 로 편, 전 6권(1709), i. pp. xii~xiii.

데, 그가 다시 살인을 할 경우 신원 확인을 위해서였다.

그런 다음 그는 벽돌 쌓는 일로 돌아갔다—그러나 오래 하지는 않았다. 극단을 위한 그의 다음 작품『모두 제 기질을 벗고』도입부에서, 그는 자신이, 집에서는 "콩과 버터 밀크"로 연명하지만, 2주일에 한 번 "배우들과 훌륭한 식사"를 한다고 언급하고 있다.[3] 자신의 두 '기질'극에서 연기한 사람들과 저녁 식사를 했고, 또 그들의 정규직 시인을 보았을 것이 틀림없다. 26세, 존슨은 키가 크고, 키에 비해 마르고 앙상했으며, '산더미 만한 배'의 조짐은 아직 전혀 없었다. '무릎 덮개(거친 모직물)'를 걸치고 다녔고 '겨드랑이 밑을 짼' 웃옷을 선호했다고 한다. 그는 분명 셰익스피어를 압도했다, 셰익스피어의 키가 크다는 설명은 없으니까, 그리고 셰익스피어 평상 복장은 언급할 일이 없었다, 그가 늘 배우-운영자의 범용한 실크 더블릿 차림이었음을 바로 그 점이 암시하기는 하지만. 초상화를 믿자면 묘하게도 이마가 높고, 언뜻 수직에 가까운 셰익스피어에 대한 평판은 "잘생기고 틀이 좋은 사내: 매우 훌륭한 친구, 그리고 매우 기민하며 유쾌하고 부드러운 위트의 소유자"였다.[4] 존슨에게 중요한 것은 그 '틀이 좋은 사내'가 잠재적으로 손이 큰 대본 구입자라는 점, 그리고 30대 중반의, 런던에서 최고로 유명한 희곡 작가라는 점이었다. 셰익스피어는, 그들의 만남 초기, 가늘고, 기묘하고, 재기 번쩍하고, 구변 유창한 허수아비와 대면하게 된 셈이었고, 존슨은, 오만하게 자기 자신에게 집중하는 스타일이었지만, 나이가 더 많은 시인이 자연스럽고 솔직했다고 기억한다. "그는 (정말) 정직했다". 자신의 스트랫퍼드 친구에 대해 그렇게 회상했다, "그리고 개방적이고 자유로운 성품이었다; 상상력이 탁월했다; 생각이 과감했다, 그리고 표현이 부

3   『벤 존슨』, C. H. 허퍼드와 P./E. 심슨 편, 전 11권.(옥스퍼드, 1925~1952), iii. 440.
4   MS 보들리, 대주교 F. c. 37(존 오브리).

드러웠다." 이런 구절은 인간에 대한 기억과 그의 운문에 대한 기억 사이를 애매하게 미끄럼 탄다; 그러나 존슨은 자신의 비가에서 "아버지의 얼굴이 자식 속에 살아 있다"고 주장했다, 마치 셰익스피어의 붙임성 있는 태도가 그의 "미끈하게 잘 다듬어진 시행들"[5] 속에 여전히 살아 있는 것처럼.

그럼에도 불구하고 자신의 예술이 성숙하면서, 존슨은 셰익스피어를 주된 경쟁자로 보고 공포와 강박 관념, 당혹과 경멸을 번갈아 품었다: "셰익스피어는 기법이 모자라다", 1619년 윌리엄 드러먼드에게 그렇게 말했고, 회고를 통해 자기 친구의 주요 결함을 요약하려 했다. "내 기억으로, 연기자들은 종종", 존슨은 이렇게 적고 있다, "작품을 쓰면서 (어떤 내용이든 상관없이) 한 줄도 지워 버린 적이 없다는 점을 셰익스피어 명예에 부합하는 사례로 거론했다. 내 대답은, 한 천 줄쯤 지워 버렸으면 좋았을 것을, 이었고 그것을 사람들은 악의적인 진술로 치부했다."[6] 그가 친구들로부터 약간의 도움을 받아 발명해낸, 교양 수준은 형편없으나 천부적인 재능이 있는 스트랫퍼드 시인 이미지는 '약간의 라틴어 및 더 변변치 못한 그리스어 실력'으로, 말의 거품 속에 아연한, 터무니없는 실수를 저지르는 류였다. 『줄리어스 시저』가 존슨의 진을 20년 이상 뺀 것은, 이 작품이 존슨의 예상보다 덜 멍청했기 때문임을, 『뉴스 중앙 시장』(1626)과 『발견들』(존슨 원고들을 태워 버린 1623년 11월 화재 이후 쓰였음직한)에 수록된 그의 언급으로 미루어 짐작할 수 있다—하지만 최상의 상태일 때 그는 셰익스피어의 장점을 날카롭게 가려냈다.

브레드가 머메이드 선술집에서 그들이 '재치를 겨루었다'는 전설은 근거가 희박하다,[7] 존슨이 비싼 술값에도 불구하고 머메이

5   『벤 존슨』, 허퍼드와 심슨 편, viii. 584, 392.
6   같은 책 i. 133, viii. 583.
7   I. A. 샤피로는 연관된 전설들과 증거를 「언어 클럽」, 『현대 언어 리뷰』, 45호 (1950), 6~17에서 훌륭하게 분석하고 있다.

드를 좋아했고, 또 셰익스피어가 1613년경이면 그 집 주인 윌리엄 존슨을 알게 되는 것은 사실이지만. 한 번은 이런 여관에서, 두 시인이 술을 마시던 도중, 아마도 존슨이 비문 흉내를 냈다, "여기에 벤 존슨이 누워 있다,/예전에 한가락했던[?누구의 아들이었던]" 운운, 그러자 셰익스피어가 이렇게 끝을 맺어 주었다:

> 그는 살아생전 게으른 물건이었다
> 그리고 이제 죽었으니 별 물건 아니다.

다른 이야기에서는, 연장자 시인이 존슨 아들의 대부 역할을 해야 했고, 세례 기념 선물을 생각하느라 머리를 쥐어짜는 '숙고' 끝에 영감이 떠올랐다. "좋은 라텐(latten, 놋쇠, 혹은 놋쇠 비슷한 합금으로, 교회 용기에 종종 쓰인다. 여기서는 '라틴'의 서툰 동음이의어) 숟가락을 한 다스 사 줘야겠네", 그가 벤에게 이렇게 말했다, "번역은 자네가 하게".[8]

사실이 암시하는 것은 셰익스피어가 그 키 큰, 지적인 젊은 시인의 '기질'극, 그리고 훗날, 1603년, 로마풍 비극 『시저너스 그의 몰락』 공연 때 연기를 직접해 주는 호의를 베풀었다는 점이다. 그리고 자신의 경쟁자에 대한 존슨의 초기 언급은 호감, 중립, 혹은 조심스런 풍자를 오갈 뿐 다른 시인을 공격할 때 보였던 통렬함이 전혀 없다. 조만간 존슨은 자신이 일해 주는 온갖 극단을 기분 나쁘게 할 테지만, 그는 궁내 장관 극단이 호감을 사려 애쓰는 작가였다. 엄지손가락 낙인이 격리의 기장記章이었을지 몰라도, 콩과 버터 밀크를 떠나 이너 템플 법학원 학생, 시인 지망생, 그리고 정신 사나운 무리 사이에서 친구들을 구할 때 그는 느낌이 좋았다: 그는 자신의 두 번째 '기질'극을 4개 법학원에 헌정했다. 링컨 법학원의 존 던과 이너 템플 법학원의 프랜시스 보몬트 같은 시

8   이 일화의 여러 판(17세기 비망록에서 보이는 니콜라스 러스트레인지, 니콜라스 버그, 그리고 토머스 플룸의), EKC, 『사실들』, ii. 243, 246~247을 보라.

인들, 혹은 던과 절친한 사이였던 헨리 구디어 그리고 그레이 법학원의, 심성 예리한 의회주의자이자 수필가 프랜시스 베이컨과 알고 지냈다. 상류 계급 기호 형성을 돕는 사람들과 그는 연계가 있었다. 법학원의 더 젊은 사람들조차 영향력이 있었고, 궁내 장관 배우들은 상류 계급이 이탈이라도 할 경우 사활이 걸린 권위를 상실할 수 있었다.

더 나아가, 존슨은 법학원의 새로운 풍자 작가들을 극구 칭찬했을 뿐 아니라, 그들의 선배들한테까지 교제 범위를 넓혔다. 그의 친구 겸 경쟁 상대였던 미들 템플 법학원 출신 존 마스턴은, 1576년생인데, 『악한의 천벌』에 수록된 그의 시들은 도시의 게으른, 특권층 댄디들에게 일침을 가하는 선례를 보여 준 바 있다—가령 22세 때 쓴 '냉소적 풍자'는 이렇다:

이들은 사람이 아니라, 환영들이다,
어리석은 불꽃들, 개똥벌레 유충들, 허구들,
유성들, 닐루스의 쥐새끼들, 백일몽들,
터무니없는 것들, 그림들, 그림자들, 닮은꼴들,

호, 린케우스!
저 사치스런 복장의 신사 좀 보게,
정말 활기차고, 정말정말 말쑥하고, 정말 호화스러워 보이지 않는가
저 프랑스제 오늬 무늬 헤링본 좀 봐; 하지만 별거 아니지,
그 옆에 달라붙은 예쁜 창녀 말고는.[9]

고전 라틴 운문의 신랄한 풍자 조를 잡아채어, 마침 1599년 풍자가 금지된 판에, 마스턴은 자신의 날카로운 능력을 희곡 집필에 활용하기 시작한 터였다.

---

9 『악행의 채찍』(1598) 중 풍자시 VII을 보라.

13. 줄리어스 시저의 탈 남쪽

이 시기 참신하고 젊은 지식인들은 단순히 재미있는 연극 혹은 고분고분한 극장 개념을 뒤엎는다. 셰익스피어는, 그로서는, '문인들'과 공개적으로 경쟁해 봐야 얻을 게 별로 없었고, 경쟁심이 결핍된 걸로 보였을지 모른다. 그의 그런 면모가 구변 유창한, 신랄한 존슨을 무장 해제시키지는 않았다 하더라도, 그에게 깊은 인상을 남기기는 했을 것이다. 말투와 행동거지에서, 셰익스피어는 자신의 가치에 대해 무심한 것처럼 보였을지 모른다, 아니면, 최소한, 자신의 실제 혹은 상상의 비난자들에 대해 약간 익살맞았는지 모른다. 그의 농담은 그가 자신의 편안함, 혹은 고분고분함, 혹은 입으로는 무슨 일이든 하게 만드는 악마 때문에 마음이 심란했다는 점을 의미할 수 있다; 그가 연기상 자기 과시, 심지어 동음이의 익살에 어려움을 느끼는 것이, 악마에 대한 역습처럼 보일 수 있다. 농담하는 중력으로, 그가 자신을 낮춘다, 마치 그렇게 할 달콤한 기회가 주어진 데 감사하는 것처럼, 소네트의 시인이 자신에 대한 견해에서 은연중에 내비치듯. 그의 시인은 경쟁자라는 생각에는 "난감하여 할 말을 잃고", 다른 시인이 "더 훌륭한 영혼"이라고, 혹은 자신의 "뻔뻔스런 짖어 댐"이 "훨씬 열등하다"고 확신한다.[10] 소네트 78의 시인은, 학식 있는 사람들 사이에서 불안초조를 느끼며, 자신의 사랑스런 친구한테 "나의 거친 무지를 학식의 높이까지" 올려 달라고 부탁한다.

셰익스피어가 자신의 박학을 주장하지 않았다는 한 암시로 존슨 또한 그의 박학을 일체 부인했지만, 존슨은 스트랫퍼드 시인이 결코 매가리 없는 자라고 생각하지 않았다. 셰익스피어는 연대기나 이야기 자료들을 새로운 형태로 가공하여 능숙한 배우들에게 주는 유용한, 실용적인 시인으로 자신을 보았다: 공급자로서, 배우가 작품을 해석할 수 있게끔 희곡 텍스트 안에 폭넓은 가이드라인을 남겨 두었고, 그렇게 자신의 의도에 대한 제한된 견해를

10   소네트 80과 85.

주장하지도 않았으며, 자신이 쓴 것에 대한 책임을 폐기 처분하지도 않았다. 존슨은, 대조적으로, 해석의 부담을 관객들에게 던져 버리고, 또 주로 원전 없는, 사회적 식견의 희극을 쓰면서 시대의 자만, 탐욕, 그리고 기만을 겨냥해 가는 중이었다.

존슨의 자기 주장적인, 냉소적인 안하무인을 대하는 일이 극단의 요구를 상상력 풍부하게 채워 주는 일만큼 셰익스피어의 체질에 맞지는 않았다. 희곡 집필에서 유행이 바뀌었고, 그는 선두를 유지하려 애썼다. 하지만 존슨의 신랄한 날, 자유로운, 공격적인 심성, 폐부를 찌르는 조롱과 해체를 향한 지칠 줄 모르는 지적 열의는 은연중 연장자 시인의 온순함에 대한 비난으로 작용할 수 있었다. 셰익스피어는 새로운 낭만적 희극으로 자신을 반복하는 중이었고, 그렇게 하면서 빼어난 예술성을 과시했지만, 전에 써먹었던, 효과가 입증된 상황에, 낡은 장치에, 그리고 종종 탈턴을 연상시키는 광대를 누그러뜨린 버전에 의존했다. 그가 존슨 혹은 다른 어느 누구를 공들여 모방했다는 이야기가 아니다, 나무들의 숲에서 가지 몇 개를 뽑았다고 할 수는 있겠지만. 그러나 그의 새로운, 거짓말 혹은 허풍, 이를테면 『트로일루스와 크레시다』의 테르시테스, 『이에는 이』의 루치오, 혹은 『끝이 좋으면 다 좋다』의 파롤스는 존슨의 『모두 제 기질대로』 속 카를로 부폰 같은 타락한 광대와 관련이 있다. 지적인 몫이 증가하고, 존슨의 사례와 영향이, 다른 요소들도 작용했지만, 셰익스피어를 어렵고, 자기 함정적이고, 자기 도전적인 왕자 햄릿 창조의 위업으로 이끌고 가는바 햄릿의 심성이 '복수'가 연기된 다섯 개 막 내내 무대를 사로잡는 것이다. 존슨의 사례는 또한 셰익스피어의 이른바 '문제 희극들' 및 앞으로 쓰게 될 다른 신작들에서 나타나는 새로운, 날이 가혹한 리얼리즘에 자극제로 작용했다.

그들의 우정에 관한 일화들은 두 시인이 서로를 의식한 것에 대해 별 이야기가 없지만, 존슨은 경쟁심이 강했고, 활동적이었고, 신경질적으로 야심을 키웠다. 그의 『시저너스』는 은연중 『줄리어스 시저』를 공격한다, 그리고 영웅적 행위를 힐난하고 국가에 만연한 부패를 폭로하는 존슨의 희곡을 『리어 왕』의 저자는 분명 기억하고 있었다. 존슨은 경쟁자에 대한 직설적 비판 대부분을 프롤로그, 서두 운문, 혹은 1614년경 쓰게 될 회상록용으로 모아 두었다. 돌이켜 보면, 그는 『헨리 6세』의 '녹슨 검 세 자루'와 '랭커스터의 오랜 삐걱거림'으로는 충분히 정치적 현실을 보여 주지 못한다는 점, 혹은 『헨리 5세』의 "그대를 바다 건너로 가볍게 실어 나르는" 같은 코러스는 어리석을 정도로 인위적이라는 점을 암시하고 있다. 셰익스피어 무대 장치와 자연의 모방에 대해 말하자면 관객은 딱히

III. 천재의 성숙

> 빗발치는 총탄 소리가 들려야
> 천둥인 것을 알거나; 야단법석 북소리가
> 우르르 덜커덕대야, 폭풍우가 몰아치는구나.[11]

생각하는 게 아니다. 존슨이 볼 때 『페리클레스』는 말만 번지레한, 곰팡내 나는 이야기로 예술성이 부족하다. 『겨울 이야기』 혹은 『폭풍우』으로 말하자면, 훌륭한 신-고전적 시인이라면 "이야기류, 폭풍류, 그리고 유사한 촌극류를 써 대는 부류처럼 작품 속 자연을 겁먹게 하는 짓을 혐오"해야 한다.[12] 그리고 존슨은 『바솔로뮤의 장날』 도입부에서 경쟁자가 얼마나 낡았는지 보여 주기 위해 시간 개념을 흐리마리 풀어 버린다. 『티투스 안드로니쿠스』를 좋다고 하는 사람들의 기호는 "25년, 혹은 30년 동안" 답보 상태다, 라고 그는 1614년 말하고 있다.[13] 이 모든 것은 1623년 비가에 담긴 그의 비평적 견해로 상쇄되는데, 이때는 살아서 성가시게

11 『벤 존슨』, 허퍼드와 심슨 편, iii. 303.
12 같은 책 vi. 16.
13 제임스 샤피로, 『라이벌 희곡 작가들: 말로, 존슨, 셰익스피어』(케임브리지, 1991), 133~170, 특히 154를 보라.

작품을 써 대는 셰익스피어가 주었던 부담감을 그가 벗은 까닭이다; 이 지적인 비가 속에 인간 셰익스피어에 대한 관심은 드물다. 하지만 1614년 무렵이면 아직 자신의 견해를 수정하려는 존슨의 주된 노력이 시작되기 전이었고, 새로운 신작들에서 스트랫퍼드 시인은, 존슨이나 마스턴을 결코 안중에 두지 않았다고는 할 수 없지만, 아니 사실상 그들로부터 배우고 있었지만, '기질'의 인간을 날카롭게 압박했고 질색하게 만들었다.

샤일록, 불안한 『베니스의 상인』, 그리고 프랜시스 미어스

햄넷 셰익스피어가 죽기 직전, 런던 사람들은 바다로부터 기운을 북돋는 뉴스를 들었다. 잉글랜드 군의 카디스 항 공격 결과 선적물이 풍부한 군함 2척을 나포하게 되었다. 그중 한 척, 산안드레스 호가—앤드루 호로 개칭되어, 『베니스의 상인』 중 살레리오의 대사에서 해양 재산을 뜻하는 속언으로 쓰인다, "나의 부자 앤드루가 백사장에 갑판을 댔다구"(I. i. 27) 운운.[14] 이것이 시기를 잡는 데 도움을 주는바, 셰익스피어는 선박 나포 소식이 런던에 도착한 1596년 7월 이후, 그리고 작품이 등록된 1598년 7월 22일 이전에 『상인』을 썼다.

미들랜즈는 추수 기근, 기아, 그리고 광범한 사회 불안의 시기를 맞았다; 시인이 유일한 아들을 잃었고, 그리고 뉴플레이스에 상당한, 과시적인 투자를 했던 때이기도 하다. 그의 활력과 극단의 재정적 절박성에 대한 온갖 주장에도 불구하고, 이즈음 그의 심경은, 때때로, 평상시보다 더 내향적이었으리라 짐작할 만하다. 『상인』의 단호한 도덕적 주제, 영혼 질병의 생생한 상, 그리고 주목할 만한 성격 묘사는 일체 내향적이다. 논쟁적 대사들이 감탄을 자아내지만, 마지막 막은 애매하게 미화되었다—그래서 초반에 이슈

14 Q1600과 F1623이 그렇다.

363

로 제기된 법과 자비 문제가 미해결 상태로 남는다. 저자는 유대인 악당을 다루는 데 기묘한 곤란을 겪고 있고, 이 문제는 유대인 대학살 이후 현대 연출자나 관객한테도 더 쉬워지지 않았다. 사악한 목적으로 사용된 예술 작품은 이것 말고도 많고, 광인들이 매력을 느꼈던 모든 예술 작품을 폐기 처분 한다면, 남은 예술이 별로 없을 것이다. 샤일록은 근본적으로 역설적이고—자신의 악행에도 불구하고—지친 적대자 기독교인을 도덕적으로 오그라뜨릴 수 있다; 그는 흐릿해 보이는 안토니오 혹은 약간 지나치게 달콤한, 오지랖 넓게 유능한 포셔와 극적 균형 관계를 이루지 않는다.

변호사와 법학도들은—엘리자베스 여왕 시대 런던이므로 그들만이 아니겠지만—4막 재판 장면 중 공작과 고관들 앞에서 안토니오가 악당의 칼에다 자신의 가슴을 드러낼 때, 그리고 포셔가, 법복 차림의 변호사 벨라리오로서, 샤일록의 칭찬을 얻어 낸 후 그를 뭉개 버릴 때 그 자리에 얼어붙게끔 되어 있었다. 튜더 시기 관습법과 대법관청 재판소의 완화한 형평법 간 갈등이 작품의 핵심에 놓여 있었던 것. 안토니오의 살덩어리 1파운드를 요구하는 샤일록의 계약 문서는, 성문법 최악의 완고함을 품은 반면, 포셔는 처음에 형평법의 공평성을 대표한다. 법적인, 그리고 다른 측면에서, 이 작품은 옛날이야기다: 어떤 잉글랜드 법도 어느 누구에게든 안토니오처럼 자신의 생명을 위험에 처하도록 만드는 것을 허용하지 않았다. 저자는 율법주의자가 아니다, 그러나, 이야기의 기묘한 면모들을 보자면, 그는 5막 전까지 그것들을 기절할 정도로 효과 있게 다루고 있다.

셰익스피어는 종종 상당한 것이 '주어진' 상태에서 작업을 했다. 이 작품의 경우, 그는 1558년 밀라노에서 인쇄된 세르 조반니의 『저능아』에 마련된 기성품 중세 이야기를 사용하는데 베니스의 한 상인이 자신의 '대자代子' 자네토를 위해 유대인 대금업자한테서 돈을 빌린다는 내용이다. 『상인』은 이 이야기의 선을 바싹 따르고 있다. 이탈리아 판에서, 빚을 제때 돌려받지 못할 경우,

364

그 유대인은 상인의 살덩어리 1파운드를 취할 수 있다. 자네토는 어여쁜 '벨몬테의 숙녀'를 졸졸 따라다닌다; 그리고 유대인은 법학 박사로 변장하고 베니스로 온 그 숙녀가, 계약에 따르면 유대인이 피 한 방울도 흘려서는 안 된다는, 혹은 정확히 1파운드만을 취해야 한다는 점을 들이밀자 파탄에 처한다. 유대인은 계약서를 찢어 버린다; 법학 박사는 숙녀가 젊은 자네토에게 주었던 반지를 달라 하고, 자네토는, 벨몬테로 귀환하자마자, 반지를 정부한테 주었다는 힐난을 듣고, 결국 그의 숙녀가 자신이 꾸민 모든 일을 밝히고, 반지는 주인을 되찾는다, 그리고 모든 게 행복하게 끝난다. 그 이야기는 윤곽이 뚜렷하고, 셰익스피어는 난국을 해결하는 적극적인 여주인공을 개발했는데, 『두 신사』, 그리고 훗날 『다 좋다』와 『이에는 이』가 그런 주제를 품고 있다. 그는 포셔가, 벨몬테에서 보석 상자, 비위 상하는 구혼자들, 그리고 죽은 아버지의 유서 등에 시달릴 대로 시달린 연후에야 비로소 자신감을 갖고 베니스로 가게 만든다. 이탈리아 이야기에서 그를 매료시킨 또 다른 요소는 악당-유대인이다.

분명 대금업자 유대인이라는 인물은 셰익스피어 상상력의 원천을 심오하게 자극했다. 샤일록이 나오는 장면은 다섯 군데지만, 그가 희곡을 지배한다. 셰익스피어는 말로 작 『몰타 섬의 유대인』의 반쯤 희극적이지만 사악한 주인공 바라바스라는 훌륭한 자료를 갖고 있었다(그가 거의 그대로 따랐다는 이야기가 아니다). 최근, 헨즐로는 개종한 포르투갈인 유대인으로, 여왕 주치의 중 하나였으나, 1594년 여왕 독살을 기도한 죄가 드러난 로데리고 혹은 루이 로페스에 대해 공분이 이는 것을 기화로 『유대인』을 재공연했다. 하지만, 시인은 고리대금업자로서 유대인 정형에 초점을 모으고 있다; 그가 이탈리아 이야기에서 발견한 것은 바로 그거였다.

박해받고, 집단 거주 지역으로 압착되고, 유례없는 세금 징수 표적으로 되고, 툭하면 얻어맞고, 종종 살해당하는 일이 벌어지자, 유럽 유대인들은 생계를 위해 허용된 몇 안 되는 수단 중 하나로 대금업 쪽에 관심을 돌렸다. 그들은 이자—특히 궤도를 벗어난, 불법적인 비율의—를 받고 돈을 빌려 주는 일에 관계하였다, 하지만 『상인』이 쓰일 당시 이자를 받는 일은 더 이상 도덕적인 문제가 아니었다. 스털리가 웬 대금업자한테 빚을 진 상태였고, 퀴니가 시인의 알선으로 대금업자를 만났을지 모른다. 고리대금업에 대한 태도는, 그럼에도 불구하고, 진화 중이었다. 대금 행위에 대한 옛날의 공동체적, 신학적인 태도는 제임스 1세 시대 경제적 필요가 규정했을 태도에 길을 내주고 있었다.[15] 존 셰익스피어가 뻣뻣한 고리대금업을 저질렀고, 20%의 이자를 부과한 대부 두 건은 증권 거래소에서나 가능한 묘기였을지 모른다. 셰익스피어는 유대인 궁정 음악가를 만날 기회가 있었지만, 다시 도시의 유대인 인구는 매우 적었고, 그가 유대인 혹은 대금업자들에게 개인적인 편견이 전혀 없었을 것은 너무나 당연하다. 부유한 금전 중개인 존 쿰과 친구 사이였고, 보다 과감하게 프랜시스 랭글리와 거래를 텄는데, 파리 가든에 스완 극장을 짓고 1596년 문을 연 바로 그 사람이다. 랭글리는 그에 관한 쇼엔바움의 대체로 정확한 설명에서 '포목상'[16]으로 불리지만, 이것은 랭글리가 런던에서 모직물 도량형 검사관 일을 하고 있었다는 점을 도외시하고 있다; 그는 쓸 만한 연결선과 변변찮은 그러나 잠재력 있는, 공직을 갖고 있었다; 그리고 거간 및 다른 사업으로, 1589년 파리 가든 장원을 살 수 있을 만큼 부자가 되었다. 7년 후, 레슬리 핫슨이 발견했듯, 윌리엄 웨이트는 어떤 소송 중 '죽음이 두려워(ob metum mortis)' '윌렐뭄 셱스피어Willelmum Shakspere', 프랜시스 랭글리, 존 소어의 아내 도로시 소어, 그리고 앤 리에 대한 접근 금지 명령을 청원했다. 이 사람들에 대한 핫슨 자신의 추론은 핫슨이 밝혀냈던 사실의 가치를 흐렸지만, 그는 예를 들어 웨이트의 계부 윌

15   노먼 존스(1571년 대금업 훈령의 여파에 대하여), 『하느님과 대금업자들』, 특히 199.

16   SS, DL 137, 198~200 참조.

리엄 가드너가 파리 가든 및 서더크 관련 재판을 맡은 치안 판사였음을 적고 있다. 딱히 무슨 이유로 셰익스피어가 이 소동에 휘말렸는지는 알 수 없다, 하지만 그는 보복 소송에서 공격적인 투자가이자 돈-거간꾼 편으로 등장한다.[17]

이 모든 것을 합해도 그가 대금업자 샤일록을 왜 그토록 활기 있게 또 감정 이입적으로 그렸는가는 조금밖에 해명되지 않는다. 감상이 배제된 공연에서, 샤일록은 그의 적수들, 이를테면 거짓말을 하고 그의 물건을 훔치고, 또 죽은 아내 레아가 그에게 준 '터키석'을 낭비하는 딸 제시카보다 낫거나, 그에게 욕설을 퍼붓는 안토니오, 혹은 그를 패퇴시키는 포셔보다 더 가치 있을 수 있다. "공감의 씨앗이 거기에 있다", 존 그로스는 이렇게 쓰고 있다; "비극적인 혹은 아프게 학대받는 샤일록을 연기해낸 배우들은 종종 너무 나간 건지 모르지만, 그들에게 빌미를 제공한 것은 셰익스피어 자신이다."[18] 샤일록은 감수성, 정서적 복합성, 종교적 권위, 그리고 통렬한 대사(이 장 서두에 그가 바사니오에게 하는 언급 같은)를 부여받았다: 궁내 장관 배우들이 종종 그를 수염 빨갛고 억양 낯선 단순한 광대로 연기했을 가능성은 거의 없다. 그는 사투리를 쓰지 않고, 1600년 희곡 표지는 전혀 희극적이지 않다: "매우 훌륭한 『베니스의 상인』 이야기. 위 상인에 대한 유대인 샤일록의 잔악한 행위, 살덩이 딱 1파운드를 잘라 내는: 그리고 세 상자의 선택으로 포셔를 얻게 되다."

안토니오가—이 점이 중요하다—고리대금업자를 증오하는 부분적인 이유는 유대인이기 때문이다. 기독교도 심성의 질병이 유

---

17   그의 이론에도 불구하고, 레슬리 핫슨은 『셰익스피어 대 셸로』(1931)에서 랭글리, 가드너, 그리고 와이트를 조명하고 있다. 특히 pp. 9~83을 보라.

18   존 그로스, 『샤일록: 전설의 생애 속 400년』(1994), 323. 샤일록의 면모에 관한, 존 그로스 개관에 대한 타당한 보충으로는, 프랭크 펠젠스타인의 『반유대인 전형들 1660~1830』(볼티모어, 메릴랜드, 1995)에 들어 있는 「어린 애들은 누구나 샤일록을 싫어하지」 장, 그리고 데이비드 카츠의 『잉글랜드 역사 속 유대인들 1485~1850』(옥스퍼드, 1995), 그리고 제임스 샤피로의 『셰익스피어와 유대인들』(뉴욕, 1996)이 있다.

대인의 특색, 그의 존재 전체를 경멸하게 만들고 있다: 개 같은 유대인. 안토니오가 드러내는 것은 종교적 편견이지, 인종 편견은 아니라는 평론가들의 견해는 제법 위안을 주지만, 셰익스피어가 살던 시대는 그 정도로 단순하지 않았다; 경계가 그렇게 분명하지 않았다. "자넨 나를 믿음이 없는 자라 했어", 샤일록이 그렇게 안토니오에게 상기시킨다, 그리고 안토니오는 반박하지 않는다. "자넨 나를 개라 했지", 그리고 기독교도가 대답한다:

하시라도 난 당신을 다시 그렇게 부를 거요.
다시 침을 뱉을 거고 다시 발로 차기도 하고.
(I. iii. 110~129)

샤일록이 베니스의 어떤 법을 어기기도 전에, 혹은 목숨을 위협하기도 전에, 이 대사가 행해진다. 사실이다, 훗날, 적들은 그의 딸 제시카를 기독교도로 받아들인다, 유대인이 아니라. 하지만 그때쯤이면 그녀는 자신의 유태 유산, 유태 민족을 부인하고, 또 자기 아버지의 보석을 훔친 상태다; 그토록 머리가 아둔하고 텅 비지 않았다면 그녀는 통째 경멸받아 마땅할 성격이다. 심리를 탐구하는 이 작품에서, 셰익스피어는 타성과 편견의 깊은 권태를 그리고 있다. 헤브루판 셰익스피어를 편집 중인 아브라함 오즈, 혹은 레오 샐링거 같은 평론가들이 그 권태의 깊이, 그것을 극복하지 못하는 상인과 귀족층의 무기력, 그리고 그것을 얽히고설키게 만드는 신화 및 전승 주제들을 지적한다. 연출가 피터 홀은 이 이야기가 "인종주의의 위태로움, 그리고 그것이 어떻게 피해자는 물론 가해자에게까지 독이 될 수 있는지 보여 준다"[19]는 것을 간파한다. 4막에서 샤일록의 퇴장은, 사실상, 그의 방문자들을 낙인

19   피터 홀, 『나 자신을 전시하기』(1993), 382~383. 레오 샐링거, 『셰익스피어와 제임스 1세 치세 사람들의 연극 형식』(케임브리지, 1986), 그리고 아브라함 오즈, 『사랑의 명예』(뉴어크, 델라웨어, 1995)에 개진된 견해 참조.

찍고, 몇 쌍의 연인들을 5막의 빛바랜 결말 속에 둔하고, 잘 까먹고, 혹은 위선적인 꼴로 남겨 둔다. 마술적인 밤의 아름다움, 음악의 화성이 있으나 긴장을 더는 데는 별 도움이 되지 않는다, 포셔의 반지와 나리사의 반지를 둘러싼 빈약한 희극도 그렇다. "나는", 『리처드 2세』의 혼수상태와 자기 연민에 빠진 주인공은 이렇게 말한다,

> 나도 빵을 먹고 살지, 당신들처럼, 결핍을 느끼고,
> 슬픔을 맛보고, 친구가 필요하다구. 이렇게 필요의 신하이건만,
> 어떻게 당신들이 나더러 왕이라 할 수 있는가?
>
> (III. ii. 171~173)

샤일록의 인도적인 항의는 그것보다 강력하다, 이를테면 자신의 적들이 숭배하는, 십자가에 매달려 죽은 유대인을 환기, "당신들이 우리를 가시로 찌를 때, 우리가 피 흘리지 않았는가?"라고 말할 때, 그리하여 여기서 저자는 파괴를 일삼는 물질주의, 편견과 독선을 다시 떠올리고 있는 것이다.

그럼에도 불구하고 셰익스피어가 베니스를 상업적으로 그리고 벨몬테를 낭만적으로 처리한 것은 다스려지지 않은 충동을 드러낸다, 등장인물들이 환기하는 자비와 정의의 주제를 극적으로 어벌쩡하게 또 회피하듯 다루는 것이 바로 그렇듯. 포셔의 무료함, 아버지의 유언을 따르는 척하는 그녀의 그 피곤한 어처구니없음, 기독교도 귀족들의 잘난체, 안토니오의 부도덕—이 모든 것들이 샤일록의 신념, 총체성, 그리고 끈질김과 어울리지 않고, 그리하여 샤일록의 권위는 심지어 안토니오의 살덩어리를 적시한 그의 미치광이 계약으로도 감소하지 않는다. 고의적이든 아니든, 시인은 핫스퍼, 폴스타프, 샤일록, 그리고 말볼리오 같은 인물의 경우 계획을 뒤집는 듯하다, 왜냐면 이들은 주변 인물들보다 더 강렬한 생명으로 박동하고 있다. 이 경우, 아들의 죽음에 즈음하여 자신

이 풍족함을 누리는 것에 대한 혐오가 셰익스피어의 극작법에 영향을 끼친 듯하다. 거대한 채펄 가 주택에 그가 들인 경비는 가공할 물자 결핍과 높은 물가 때문에 가난한 사람들이 필요한 보리, 콩, 귀리, 혹은 호밀 등을 살 수 없던 때로서는 유난스러운 것이었다.[20] 읍은 굶주린 자들을 보살피려는 노력을 기울이면서 부유한 자들을 비난했고, 셰익스피어는 대금업의 병폐를 요약하고 물질주의에 등을 돌린다. 샤일록은 철두철미하게 벌을 받지만, 이 연극의 주요 관심사는 그와 공존한다—그는 결코 다시 채울 수 없는 주제상 간극을 남긴다.

역설이 덜하고 대체로 보다 객관적으로 쓰여진 『헛소동』과 『십이야』는 셰익스피어가 일련의 낭만적 희극을 통해 발전시킨 성숙한 위트, 보폭, 그리고 능란한 인물 묘사를 드러내며, 두 작품 모두 사회적 자기만족에 대한 공격이 지적인 데가 있다. 『상인』의 구혼자 시험은 베아트리체와 베네딕트의 결투 시늉과 유사하다. 『헛소동』과 『십이야』의 사랑 전개는 마태오 반델로나 프랑수아 드 벨포레 같은 이탈리아 혹은 프랑스 대중 작가들이 쓴 이야기와 연관이 있고, 셰익스피어가 이룬 혁신 중 하나는 변화한, 극화한 이야기에 심리적 차원을 부여, 자기기만의 여지를 탐구하는 수단으로 '사랑'을 활용한다는 점이다. 『십이야』는, 『햄릿』 직후 쓰였는데, 희극 장면들이 농익은 자두를 의도적으로 닮았다; 리처드 힐먼 같은 평론가는 심지어 상상의 엘리아가 뿜어내는 일체 후덥지근한 분위기, 그리고 '그 안에 살고 있는 사람들의, 환상에 흠씬 젖은 자기 탐닉'에 압박감을 느낄 정도다. 필립 에드워즈는 저자가 "자신의 희극을 모든 면에서 의문시"[21]하고 있다고 본다. 은연중, 저자의 정체성도 의문의 대상이다, 그리고, 뻣뻣하고, 아첨을

20 MS 폴저, W. b. 180은 결핍과 연관된 증거를 보여 준다. 제임스 베넷, 『투크스베리 역사』(투크스베리, 1830), 307~309 참조.
21 리처드 힐먼, 『셰익스피어의 전복』(1992), 141; 필립 에드워즈, 『셰익스피어와 예술의 한계』(1968), 63.

일삼는 말볼리오가 샤일록과 매우 다르지만, 저자는 양심과 착각에 빠진 부랑아와 다시 과도하게 공명한다.

§

명성 때문에 셰익스피어는 다른 모든 극 시인들과 구분되는 터였다. 그의 작품 몇 편이 저자 미상 4절판으로 출판되다가 1598년 상서로운 조짐이 보인다. 『리처드 2세』와 『리처드 3세』의 두 번째 4절판이 그의 이름으로 출판되었을 뿐 아니라, 『사랑의 헛수고』('W. 셰익스피어 작'으로 명기되어) 첫 보급판도 선을 보였던 것. 그의 '연애 희곡'들 출판은 저자에 대한 관심을 자극했다. 존 매닝엄은, 1602년 『십이야』가 상연되던 미들 템플 법학원 학생으로 같은 해 자신의 『일기』에 몇 자 끼적였는데, 이 일화는 오늘날까지도 셰익스피어 전기 작가들을 걸맞은 미혹에 빠뜨리고 있다. 매닝엄이 그 이야기를 한 방 동료 에드워드 컬한테 들었을 것이라는 추정이 있지만, 정보 전달자 이름이 너무 희미하게 적혀 있어 제대로 알아보기가 불가능하다. 『일기』의 필적을 연구한 한 학생은 매닝엄이 이 일화 바로 뒤에 분명 '토즈 씨'라고 썼다고 주장하는데 꽤 그럴 듯하다.[22] 노어포크, 힝엄 출신 토스Towes, 혹은 토즈Towse는 이너 템플 법학원 학생으로 유명한 사람들에 관한 이야기를 '납품'했고, 일기 작가의 주요 정보원 중 하나였다. 입이 좀 거칠고 또 넌지시 역사를 언급한다는 점에서 이 이야기는, 어쨌거나 해를 넘기며 벌어지는 법학원 크리스마스 잔치에서 듣게 마련인 심술궂은, 꾸며낸 일화들과 일맥상통한다. 1602년 4월 기록된 일화는, 리처드 3세를 연기한 후, 리처드 버비지가 자신에게 반한 한 숙녀와 데이트 약속을 한 적이 있다는 거다; 하지만 두 사람의 목소리가 너무 컸는지, 셰익스피어가 엿듣고는, 그녀에게 먼저 다

22 『미들 템플 법학원 존 매닝엄의 일기 1602~1603』, R. P. 솔리엔 편(하노버, 뉴햄프셔, 1976), fo. 29b, pp. 75, 328, SS, DL 205 참조.

가갔고, '접대를 받고, 한참 노는데 버비지가 왔다'. 리처드 3세가 문에 와 있다는 메시지를 접한 시인은 익살맞게도 리처드 3세보다 먼저 정복자 윌리엄이 왔노라는 말을 전했다.[23] 학생들은 유명한 배우 버비지를 골탕 먹이는 시인의 소재를 즐겼고, 이야기가 자꾸 전해지면서, 새로운 세부 사항들이 첨가되고, 1759년 토머스 윌크스 『무대 총람』에 인쇄되었는데, 매닝엄 『일기』가 빛을 보기 훨씬 전이다.

좀 더 맨 정신으로 셰익스피어의 명성을 가리키는 것은 열성적인 목사 프랜시스 미어스의 작품, 1598년 『팔라디스 타미아. 위트의 보고. 위트 공공 재산 제2부』라는 제목으로 출판되었다. 셰익스피어보다 1년 연하로 링컨셔 출신인 미어스는 이 뭉툭한 8절판 (그리고 또한 그의 최초 인쇄 설교집 『신의 수학』)에서 자신을 '두 대학 모두의 문학 석사'로 설명하고 있다. 학자로서 그는 게으르다. 고전 인용들을 주로 J. 라비시우스 텍스터가 쓴 『오피키나』로 알려진 입문서에서 따오고 있는 것, 그러나 '시'라는 제목을 붙인 대목에서는, 비유가 가득한 문체로, 그 당시 살아있는 영국 시인들에 대한 사람들의 느낌이 어땠는가를 예민하게 보여 준다.

미어스의 가치는, 우리한테는, 그가 독창성 없이 대중의 견해를 반영한다는 데 있다. 그의 찬사들은 거의 모두 밋밋하고, 그는 다른 누구보다 마이클 드레이턴을 많이 언급하고 가장 많은 지면을 들여 그를 추켜세운다. 하지만 그가 쓴 두 연이 중요한데, 그중 하나가 셰익스피어와 오비드의 관계에 대한 엘리자베스 여왕 시대 사람들의 견해를 잘 요약하고 있다. "유포르부스의 영혼이 피타고라스 속에 살고 있다고 생각되듯이", 미어스는 현학풍을 보이며 이렇게 말을 꺼낸다, "오비드의 달콤하고 재치 있는 영혼이 감미로운 꿀 혓바닥의 셰익스피어 속에 산다, 그의 「비너스와 아도니스」, 그의 「루크리스」, 그리고 개인적인 친구들끼리 돌려 보는

___

23   매닝엄, fo. 29b. EKC, 『사실들』, ii. 212는, 유용하지만, 정보 제공자 이름을 과신하고 있다.

372

설탕 맛 소네트들이 그렇다."²⁴ '설탕 맛 소네트들'은, 『소네트들』
(1609)에 인쇄된 시 몇 편을 뜻할 것이다. 그런 추정이 가능하다,
미어스가 지금은 망실된 셰익스피어의 몇몇 14행 시와 다른 연애
서정시를 언급하는 것일 수도 있지만, 둘째 연은 다른 비밀을 품
고 있다. "플라우투스와 세네카가 라틴 희극과 비극의 최고봉으
로 평가받듯", 그는 이렇게 쓰고 있다.

> 그렇게 셰익스피어는 영국인 중 무대용 두 종류에 모두 가장 탁월하
> 다; 희극은 『베로나의 두 신사』, 『실수 연발』, 『사랑의 헛수고』, 『사
> 랑의 보람』, 『한여름 밤의 꿈』, 『베니스의 상인』이 그렇다: 비극은
> 『리처드 2세』, 『리처드 3세』, 『헨리 4세』, 『존 왕』, 『티투스 안드로니
> 쿠스』 그리고 『로미오와 줄리엣』이 그렇다.²⁵

미어스의 책이 등록된 1598년 9월 7일까지 존재했을 것이 분명
한 연극들을 알려 준다는 점에서 이 목록은 무한한 가치가 있다.
그는 1597년과 1598년 런던에 있었고, 그의 조사는 최근 것이다,
왜냐면 『팔라디스 타미아』 8일 후 등록된 에버라드 길핀의 『스키
알레테이아』를 거론하고 있다; 그러나 그의 목록이 모든 작품을
수록한 것은 아니다. 이를테면 『헨리 6세』가 빠졌고, 희극 6편과
'비극' 6편을 거명하는 식으로 셰익스피어가 이중으로 탁월하다
는 걸 보여주려고 한다. 만일 『헛소동』이, 그 당시, 아직 공연되지
않았다면, 미어스가 『사랑의 보람』이라고 부른 작품이 바로 그것
인가? 후자는 1953년 런던의 한 책가게 주인이 발견한 설교집 한
질의 돌쩌귀로 사용된 종이 뭉치가 1603년 9월 재고 처리된 책
들에 대한 서적상 기록을 드러내면서 유령의 꼴을 어느 정도 벗

---

24 프랜시스 미어스, 『팔라디스 타미아. 위트의 보고. 위트 공공 재산 제2부』
(1598), sigs. Oo1v~Oo2.
25 프랜시스 미어스, 『팔라디스 타미아. 위트의 보고. 위트 공공 재산 제2부』
(1598), sig. Oo2.

었다. 『사랑의 헛수고』 아래 『사랑의 보람』이라는 대본명이 수록되어 있었던 것. 미어스는, 그렇다면, 그 제목을 오기한 게 아니었다, 하지만 『사랑의 보람』이 없어진 작품을 이야기하는 건지, 아니면 『말괄량이 길들이기』, 『헛소동』, 혹은 『다 좋다』 등 현존하는 연극의 다른 이름인지 여전히 알 수 없다.

배우를 위해 대본을 쓰는 시인에게야, 『팔라디스 타미아』 정도는 순진하고 재미난 헛소리에 불과했을지 모른다. 극장은 나날의 관습과 당대 청중의 취향을 신경썼을 뿐 있을 법한 문학적 가치에는 별 관심이 없었다. 『햄릿』에서 셰익스피어는 『팔라디스 타미아』의 주제넘은 짓을 가볍게 조롱하고 있는지 모른다. "플라우투스와 세네카는 희극과 비극의 최고봉으로 평가된다"는 미어스의 판결을, 폴로니어스가 정신없는 무대용 희곡 장르 목록 나열 바로 뒤에 반향하는 듯한 것이다. "세네카는 아무리 무거워도 지나치지 않고, 플라우투스는 아무리 가벼워도 지나치지 않지요", 그는 그렇게 무게를 잡으며 햄릿을 훈계한다, 마치 후자가 어두운 비극과 밝은 희극의 차이도 잘 모르는, 미덥지 않은 류의 초등학생인 것처럼.[26]

아무튼, 셰익스피어의 명성에 따라붙은 진지한 비평이 시작되었다.

글로브 극장의 『줄리어스 시저』

어느 정도까지는, 말로 『몰타섬의 유대인』—키드 『스페인의 비극』과 함께 헨즐로의 로즈 극장 작품 중 가장 돈을 많이 벌어들인 작품이다—의 성공적인 재공연 때문에 궁내 장관 배우들이 그들의 『베니스의 상인』이 지닌 잠재력에 주의를 돌렸을 거였다. 후

---

26 『햄릿』, II. ii. 401~402.

자가 시어터 혹은 커튼 극장에서 얼마나 자주 공연되었는지 알려 줄 일기는 없지만 샤일록은 성공했고, 『상인』이 공공 원형 극장과 궁정에서 특히 잘 통했다는 징후들이 있다. 그러므로 1597년 궁내 장관 배우들이 심각한 어려움에 처했다는 것, 그리고 고정 작품들이 그들을 구하지 못했다는 점은 놀랍다: 살아남는 것이 문제였다. 극단에 현금이 없고, 확실한 극장이 없고, 안정된 수입이 없었다, 그리고, 파산에 직면하자, 그들은 대본을 팔아 치우기 시작했다. 1597년 중반까지 그들이 처해 있던 어려움은 그 정도가 상당히 과소평가되어 왔다.

셰익스피어 극단을 재앙으로 몰고 간 것은 얄궂게도 먼 장래를 내다 본 제임스 버비지의 계획이었다. 1년 전, 노인은 예비분 중 600파운드를 투자, 블랙프라이어스 소재 옛 수도원 '위층 식당'을 사들였다. 이 거대한 방은, 도시 서쪽 부유층 고객들이 편하게 찾을 수 있는 곳에 가까이 위치하여, '실내' 수입원 노릇을 하겠거니, 그는 그렇게 희망했다. 모든 연극 관람객들이, 버비지의 계획에 따르면, 의자에 앉을 수 있고, 이 점이 최소 6페니의 입장료를 보장해 줄 거였다, 뒤쪽 높은 회랑석은 싸게 받고, 오케스트라석 혹은 1층 정면 특별석, 아니면 무대 양옆 박스석을 비싸게 받는 식으로(현대 극장의 좌석 및 요금 배치가 대체로 그렇다).[27] 그러나 11월, 블랙프라이어스 주민 31명이 추밀원에 청원, 그들 동네 한가운데 일반 공공 극장이 서는 데 반대했다—청원 서명자 중에는 흡사 '부르투스, 너마저'에 답하듯, 극단의 새로운 후원자, 두 번째 헌스던 경 조지 케리도 있었다. 계획은 붕괴했다.

자본을 블랙프라이어스에 묻어 둔 채, 노인 버비지는 석 달 뒤 사망했다. 그러니 커스버트와 리처드가 새로운 수입원을 사냥해야 했다, 극단이 살아남으려면. 극단이 서 있는 땅의 소유주는 자일스 앨런이라는 자였는데 청교도들과 생각을 폭넓게 공유한 사

27   앤드루 거, 「돈 혹은 관객」, 『극장 수첩』, 42호(1988), 3~14.

람이다—임대 계약 갱신을 거부했다. 그는 질이 나빴다. 터무니없
는 가격을 고집하더니, 그나마 배우 리처드를 담보로 칠 수 없다
는 이유로 서명을 거절했던 것. 커스버트가, 아무 소득도 없이, 임
대 계약 갱신을 위해 애쓰는 동안, 극단은 쇼어디치 임대가 끝나
는 1597년 4월 13일 이전 뱅크사이드 소재 랭글리의 스완 극장을
사용할 수도 있었지만, 딱히 낫달 것도 없는 커튼 극장에 매달렸
고 그러는 동안 현금이 바닥을 기고 시어터 극장은 "어두운 침묵,
그리고 광활한 고독" 속에[28] 서 있게 되었다. 돈은 흘러들지 않았
다. 수금원들이 극장 문에서 기다렸지만, 돈을 별로 보지 못했다.
이런 일이 왜 벌어졌는가는 어쨌든 약간 미스터리다; 그러나 줄어
드는 현금은 모든 극단의 걱정거리였고, 어떤 이유든 대열을 이탈
하는, 혹은 거리를 두는 따분하고 맥 풀린 신사 부대 유령은 악몽
이었다. 배우들은 먹어야 했다; 고용인들에게 돈을 줘야 했다. 시
인의 친구들이 그의 대본을 최고의 자산으로 쳤고, 1597년과 1598
년 현금을 구하기 위해 『리처드 3세』, 『리처드 2세』, 『헨리 4세』 1
부, 그리고 『사랑의 헛수고』를 앤드루 와이즈에게 팔아넘긴 일은
그들에게 아픈, 가슴을 짓누르는 손실로 느껴졌을 수밖에 없다.

　인기작들이었다. 와이즈에게 팔린 이 작품들은 4절판으로 인쇄
되었고, 결국 첫 세 작품은 초판 후 25년 동안 찍은 재판 횟수가
토머스 헤이우드의 『네가 나를 모른다면』 1부(1605), 사무엘 다
니엘의 『필로타스』(1605), 저자 미상의 『착한 아내를 고르는 법』
(1602), 혹은 보몬트/플레처의 『필래스터』(1620) 못지않은 셰익
스피어의 유일한 희곡들이 된다. 그러나 셰익스피어 작품 네 편
을 와이즈에게 내놓은 것은 자포자기적인 행동이었고, 이 점을 강
조하는 것은 이제까지 셰익스피어 전기 작가들이 그 점을 무시해
왔을 뿐 아니라, 그의 극단에 대한 언급이, 또 지속적인 현상으로
서 그의 성공에 대한 생각이 너무나 적었기 때문이다.

28　에버라드 길핀, 『진실의 그림자』(1598), 풍자시 5.

그리고 그의 명성은 무엇을 의미했는가? 인쇄된 희곡들은 그의 이름을 선전했지만, 그의 극단이 현금을 긴박하게 요한다는, 혹은 그들의 매력이 감소하고 있다는 신호일 수도 있었다. 경쟁 극단들은 상대방의 레퍼토리를 건드리지 않았다; 그러나 셰익스피어 동료들은 분명 연극 한 작품을 도둑맞았다고 믿었고, 보유 대본들 중 많은 수를 기꺼이 내놓았을 리 없다.[29] 그의 사극 혹은 낭만적 희곡을 관객들이 좋아했다면, 동료들은 그에게 똑같은 것을 더 요구했을지 모르고 셰익스피어는 반복할 위험이 있었다. 한편, 잘 다루던, 보다 옛날의 형식에 기댔다면, 그는 공연의 새 유행에 발맞추어 권위를 유지하려는 극단의 노력을 위험에 빠뜨릴 수 있었다. 그가 해냈던 어느 것도 극단의 지불 능력을 담보할 수는 없었다.

위법 혐의가 있는 계교가 그들을 살렸다. 그의 동료 몇몇은 뱅크사이드 로즈 극장 근처에 살았고, 1598년 12월 버비지 가는 이곳 공터를 31년간 임대하는 계약을 맺었다. 겨울이 심한 서리를 몰고 왔다고 스토는 말한다. 크리스마스 이전 템스강이 런던교에서 얼었다, 그리고 해빙, 그리고 성 요한 축일, 즉 27일 살을 에는, 우울한 날씨가 뒤따르고, 28일은 눈이 심하게 내리고, 강이 "다시 거의 얼어붙었다".[30] 들키지 않게 폭설을 틈타, 커스버트와 리처드 버비지, 목수 피터 스트리트, 그리고 여남은 되는 일꾼들이 쇼어디치의 낡은 시어터 극장을 해체했다. 무거운 목재들이 마차에 쌓였고, 거리에 깔린 얼음이 그런 마차들을 위태롭게 했을 거였다. 목재들을 '거의 얼어붙은' 템스강 위로 끌고 갔을 리는 없고, 아마도 런던교를 지나 니콜라스 브렌드가 유산으로 물려받은 서더크 지대에 부려졌는데, 브렌드의 아버지, 토머스는

---

29 R. L. 크너슨, 「레퍼토리」, J. D. 콕스와 D. S. 캐스턴 (편), 『새로운 초기 잉글랜드 연극사』(뉴욕, 1997), 469~471.
30 스토, 『잉글랜드 연혁』(1601), 1303; 앤 제널리쿡, 「존 스토의 폭풍과 극장 파괴」, 『셰익스피어 쿼털리』, 40호(1989), 327~328.

1544년 그 땅을 샀다. 로즈 극장 바로 오른편, 강에서 더 떨어진 곳이었다. 여기서 피터 스트리트는, 28주 만에 일을 끝내겠다고 맹세, 그의 일꾼들을 이끌고 장차 글로브라 불리게 될 새로운 극장을 지었다.

거의 한꺼번에 문제가 발생했다. 앨런은 사유지 무단 침입 소송을 제기, 앨런의 땅에 있으므로 앨런 것이 분명한 800파운드 상당 자재를 스트리트가 가져갔다고 주장했다—그리고 재판은 거의 2년을 끌게 된다. 또한, 건축비가 치솟았다. 2월 21일, 버비지 가는 비용의 50%를 충당하기로 합의했고, 전례 없이, 지주 다섯 명을 끌어들여 각각 공동 소유자 혹은 '살림꾼'으로서 10%씩을 투자하게 했다. 다섯 명의 새로운 '살림꾼들'은 셰익스피어, 존 헤밍, 윌 켐프, 토머스 포프, 그리고 어거스틴 필립스였다: 그렇게 배우들이 (제임스 버비지 노인의 길을 따라) 소유주가 되었다. 집단적으로, 그들이 글로브 극장 토지 임대분의 절반을 몫으로 가졌지만, 오래지 않아 헤밍이 포목상 윌리엄 레브슨과 랭커셔에서 온 금세공인 토머스 새비지를 수탁자로 의뢰, 다섯 명이 자신의 계약 조건을 '공동 임차'로 하는 증서에 서명하게 했다. 배우들이 자신의 지분을 처분할 수 있게 되었다는 뜻이고, 그렇게 그해 말 켐프가 극단을 떠났을 때 다른 네 명이 그의 지분을 받았다.

글로브 극장 터를 마련해 준 브렌드 가 덕분에 전기에서 최초로, 흥미롭게도 셰익스피어의 이름을 언급하는 문서 여섯 개를 살펴볼 수 있게 된다. 현대의 어떤 학자는 '토머스 브렌드 경' 운운했지만, 그는 작위를 받은 적이 결코 없고, 좋은 가문 출신도 아니다. 사실 그는 1597년 9월 사망한 터였고, 브렌드의 상속 가능 재산 심사가 마침내 끝난 1599년 5월 16일, 성 구세주 교구 내 그의 부동산에는 당시 '윌리엘미 셰익스피어와 다른 사람들이 점유한('in occupatione Willielmi Shakespeare et aliorium') 새로 지은 집[즉, 글로브 극장]과 부속 정원('una Domo de novo edificata cum gardino')이 들어 있었다. 의미 심장하게도, 이는 1599년 5월 현재 셰익스피어가 가장 두드러진 글로브 임대인으로 여겨졌다는 것, 그리고 또한 글로브가 그달 부분적으로 존재했다는 사실을 암시한다. 두 번째 문서는 2년 후 이야기다. 니콜라스 브렌드—토머스의 아들—가 1601년 10월 7일 글로브를 포함한 자신의 서더크 재산을 배다른 동생 존 보들리에게 저당잡혔을 때 서명한 증서에는 '리처드 버비지와 윌리엄 셰익스피어, 신사'를 포함한 18명의 임대인 이름이 올라 있다—이 경우 극단의 주도적인 배우와 정규 극작가들이 주요 임대인이다. 1601년 10월 10일자인 세 번째 문서에서도 그들은 그렇게 나타난다—니콜라스 브렌드가 사망하기 딱 이틀 전 보들리의 재산 관할권이 강화되었을 때다.

셰익스피어 생애 마지막 15년 동안 실질적인 글로브 소유주는 존 보들리였지만, 이야기가 약간 복잡하다. 기술적으로, 보들리는 니콜라스의 맏아들 매튜로부터 위임을 받은 상태였고, 수년 동안, 두 동반자와 소유권을 나눠 가져야 했다. 보들리의 첫 번째 동반자가 사망한 후, 두 번째 동반자, 그의 아저씨 존 콜렛이 자기 지분을 보들리에게 판 것이 1608년인데, 이때 증서는 '극장'과 '리처드 버비지 및 윌리엄 셰익스피어, 신사'를 언급하고 있다. 이 둘은 그렇게 다시 한 극단, 당시 '왕립 극단'이라 알려진 극단의 가장 높은 임대인으로 연결되고 있다. 심지어 그 자신의 사망 이후에도, '윌리엄 셰익스피어, 신사'는 1622년 2월 21일자 증서에서 극장 임대인으로 거명된다(왜냐하면 한 임대인이 죽어 땅에 묻히고도 몇 년 동안 이런 기술이 반복되는 것이 상례였다). 1624년 3월 12일, 고인이 된 친구 버비지와 셰익스피어 둘 다 임대인 명단에 올라 있다, 아직 살아있는 커스버트 버비지 및 헤밍과 함께, 그리고 마지막으로, 9년 뒤, 1633년 6월 20일, 글로브는 "현재 혹은 최근까지 존 헤밍, 커스버트 버비지, 리처드 버비지 그리고 윌리엄 셰익스피어 혹은 그들 중 누구, 그들의 동료 혹은 위임받은 자 다수 혹은 한 명, 기타가 소유 혹은 점유"로 묘사되고 있다.[31]

어쨌거나, 법적 증서에 대해서는 그쯤 하자. 셰익스피어는 글로

379

브의 '살림꾼' 혹은 임대권 지분 소유자로 1599년 새로운 수입과 새로운 자극을 누렸다, 아름다운 극장이 문을 열었던 것. 하지만 경쟁자들의 도전은 사라지지 않았다, 검열도, 청교도의 분노도, 혹은 역병으로 인한 오랜 폐쇄의 위협도 마찬가지. 글로브 극장은 정확히 어떤 모습이었을까? 1613년까지 존속한 첫 번째 글로브에 대해 말하자면, 노든, 비스처, 혼디어스, 딜러램, 그리고 다른 이들의 스케치는 그것이 원형, 6각형, 혹은 8각형이었고, 계단 탑이 없었음을 보여 준다. 무대 혹은 의상실 스케치 한 장 없다. 다행스럽게도 현대에, 혹은 1989년 10월 이래, 황홀한 고고학 자료들이 글로브 극장 터에서 나왔는데, 현재 거의 전부가 서더크 앵커 테라스와 서더크 브리지 로드 아래고, 그러나 전체 터는 아직 더 발굴해야 한다. 이 극장에 대해 배울 게 아직 남아 있는 셈이다. 그렇지만, 부분들을 독창적으로 활용할 수 있고, 1997년 문을 연 실물 크기 뱅크사이드 글로브 극장 복원 건물은, '셰익스피어의 공장'에서 공연이 어떤 형태였을지 짜릿한 흥분으로 감 잡게 해 준다.[32]

스트리트는, 어쨌거나, 나무 말뚝 주위로 백악(회백색 연토질 석회암) 잡석을 깔아 기초를 튼튼히 했다. 옛 극장의 높은 목재 구조를 사용하면서 비용을 과감하게 줄였고, 글로브는 직경이 대략 100피트에, 복잡한 계단 탑 대신 회랑 층을 쌓은 다면체로 섰다.[33] 터무니없는 절약으로, 지붕에 타일을 깔지 않고 이엉으로 이었는데, 그 결과 1613년 구조물 전체가 불에 타 폭삭 가라앉게 된다.

다른 극장과 마찬가지로, 화장실이 없었을 테지만, 회랑에서 양

31   C. W. 윌리스와 그의 아내 헐다가 원래 이 참고 문헌들을 발견했으나 출판하지 않았고, 데이비드 케스먼이 「여섯 건의 자전 기록 "재발견": 소홀히 다뤄져 온, 셰익스피어에 대한 참고 자료 몇 가지」, 『셰익스피어 뉴스레터』, 45호(1995년 겨울), 73~78에서 평가하고 있다.
32   배리 데이의 『나무로 만든 이 "오": 셰익스피어의 글로브 재탄생』(1997)은 현대 글로브 터의 생생한, 기술과 무관한 역사를 제공한다.
33   A. 거, R. 멀린, 그리고 M. 슈링, 『글로브의 디자인』(1993).

동이에 일을 볼 수는 있었을 게 분명하다: 병맥주가 잘 팔렸다. 스트리트의 집 짓는 일꾼들은 런던의 어떤 적敵—태양—에 주의를 기울였다. 태양은 도시 사람들의 얼굴을 태워, 농민처럼 보이게 하고, 비싼 의상들을 빛 바래게 만들었다. 높은 회랑 지붕이 거의 모든 사람의 눈을 태양으로부터 가려 주었다. 배우들은 오색 '하늘', 홈통을 낸 무대 뚜껑 속에서 대기했는데, 이것이 부분적으로 공명통 역할도 했으며 별, 천체, 그리고 다른 천문학적 상징들이 페인트로 그려져 있었다.

경쟁이 곧 시작되었다. 1600년 스트리트는 크리플게이트 바깥에 포춘 극장을 세우기 시작하는데, 글로브 극장에 대한 헨즐로와 앨린의 응답이었다. 혼란과 당혹에 빠진 추밀원은 곧 우스터 배우들의 보어스헤드 극장 공연을 허가했고, 다른 성인 극단은 물론 아동 극단도 도시에 들여보내 주었다. 글로브는 1599년 5월 말 이전 개관했을 것이 분명하다.

그리고, 고객들을 실어 나르는 뱃사공은 물론 강 건너에서도 유심히 찾으면 보였던 휘황한 극장 깃발, 높은 지붕 위에서 트럼펫 부는 사람, 그리고 회랑이 엘리트들로 채워지면서 마당을 빽빽이 메운 도제와 장인 군중들 사이에 이는 법석과 소란—이 모든 것들이 궁내 장관 배우들에게는 확실히 매우 전도유망해 보였다. 그들의 시인은 이 노란색 도금 지남철이 필요했다—사치스런 전시를 자연스럽게 보이도록 만드는. 그에게 더욱 필요 불가결한 것은, 지난 5년에 걸쳐 그의 극단이 겪은 역경, 시행착오, 불화, 그리고 실험주의 경험이 아니었을까. 그의 동료 지주들은 얼굴을 맞대는 일이 없었다, 최근 몇몇이 기꺼이 함께 일하겠다는 뜻으로 돈을 공동 투자하기는 했지만. 매음굴과 곰 우리와 날카로운 흥행주들이 버티고 섰는 이곳 뱅크사이드에서, 배우들은 새로운 긴장감으로 도전에 직면했다. 1594년 헌스던의 계획 이래 그들은 파산의 위협에서 자유로운 적이 없었고, 적들이 근처에 대기 중이었다. 서더크 성 구세주 교구 위원회는 처음에 공연 중단을 요구하더니 그 다음에는 지역 극장에 세금을 매겨 이득을 취하려 했다. 셰익스피어는 얼마 동안 그 지역에 숙소를 정했다가, 다시 강을 건너 친구 헤밍과 콘델 쪽으로 이사했는데, 이들은 올더먼베리의 성 메리 교구에 살고 있었다.

지주들은 좋은 가문 사람들을 붙잡아 두기 위해 '고급품 판매' 정책을 취해야 했고, 그것 자체가 마찰을 빚었을지 모른다. 극단을 떠나 런던에서 노리치까지 모리스 춤 행진을 벌이면서, 윌 켐프는 자신의 적들을 '셰익커레그스(넝마쟁이들)'라 부르게 된다—셰익스피어 혹은 그가 고용한 사람들에 대한 가벼운 힐난이었을 것이다. 힘 좋은 근육질의 켐프는 뱅크사이드에서 반복하기 적절치 않은 종류의 음탕한 지그 춤으로 유명했다. 무엇 때문에 그가 이익을 추구하는 극단을 떠났는지 여전히 알려지지 않았지만, 그의 퇴장은 일과 시간 후 벌어진 말다툼, 논쟁, 그리고 협잡 정치를 짐작케 하는 빙산의 일각인지 모른다. 켐프가 떠나기 오래 전부터, 배우들이 블랙프라이어스와, 앨린과, 혹은 서로 다른 수입원과 겪은 말썽은 분명 불안을 야기했다. 예술가로서, 셰익스피어는 극단의 정치 행각을 어떻게 활용했을까? 그들의 논쟁을 스케치하지는 않았을지 모르지만, 『줄리어스 시저』를 쓸 때 그는 그들의 정치적 행동들을 익히 알고 있었다.

바젤 출신 젊은 의사 토머스 플라터는, 가을 뱅크사이드의 한 극장에서 줄리어스 시저를 다룬 비극 한 편을 보았다. 1599년 9월 18일부터 10월 20일까지 잉글랜드를 방문했던 플라터는 그의 스위스 친척에게 어려운 방언체로, 에르네스 샨체르의 표현을 빌리자면 오늘날 "심지어 독일어 학자들도 알쏭달쏭할" 독특한 형태의 "16세기 독일풍 문체"로 보고했다. 그러나 플라터는 런던 극장들을 묘사한다, 그리고 경쟁작을 지칭하는 게 아닌 한 그는 새로운 글로브에서 『줄리어스 시저』를 보았다. "9월 21일, 식사 후, 2시경, 일행과 함께 강을 건너갔다. 짚으로 이엉을 얹은 집 [streuwine Dachhaus]"에서, 플라터는 이렇게 쓰고 있다,

우리는 첫 황제 줄리어스 시저의 비극을 보았는데, 공연은 매우 즐거웠고, 등장인물은 대략 15명이었다; 연극이 끝날 무렵 그들이 함께 춘 춤은 경탄할 만큼 극도로 우아했다, 그들의 관습에 따라, 각 그룹마다 둘은 남성 복장 둘은 여성 복장이었다.

이 스위스 의사가 좋은, 방석 있는 좌석표를 샀을지 모르겠다 (그는 극장에 대해 이렇게 쓰고 있다, "그러나, 따로 분리된 회랑과 장소가 있고, 그곳은 자리가 더 쾌적하고 좋다, Yedoch sindt underscheidene gang unndt standt da man lustiger unndt basz sitzet").[34]

그리고 대략 '등장인물 15명'이라는 플라터의 기억은 『줄리어스 시저』에 꽤 잘 들어맞는다(단역 배우들을 제외한다면), 그리고 연극 마지막의 우아한 춤은 흥미로운 양상이다. 당시 켐프는 아직 떠나지 않은 상태였다, 그러므로 춤꾼들 사이에 그가 있었을 수도 있다—셰익스피어 희곡에는 광대를 위한 좋은 배역이 없지만. 『줄리어스 시저』는 스타일이 밝고 묵중하여 로마의 권위와 시저 암살이 야기한 공포에, 혹은 세계사의 주요 세속 사건에 걸맞다. 현대 학급에서 종종 인기를 끄는 이 비극은 심지어 엘리자베스 여왕 시대 어린애들에게까지 그 생애를 가르쳤던 한 영웅을 다루고 있다. '줄리어스 시저'는, 이를테면 『배우는 아이들의 교육』(1588)이라는 책에 이런 구절이 있다, "역사상 최초의 그리고 가장 위대한 황제로, 매우 순정한 문체를 구사, 당대 역사서와 문법책 몇 권을 저술했다."[35] 정교한 비극이지만, 셰익스피어는 아무 거리낌없이 자기 딸에게 이 작품을 낭송해 주었을 수도 있다. 성적인 동음이의 재담은 대체로, 그리고 사소한 악덕의 표출은 일체 피한다—안토니의

34   줄리어스 시저, 마빈 스페박 편(케임브리지, 1988), 3~5. 『토머스 플라터의 1599 년 잉글랜드 여행』, 클레어 윌리엄스 번역(1937); 그리고 어니스트 샨처, 「토머스 플라터의 엘리자베스 시대 무대 관찰」, 『주석과 질문들』, 201호(1956), 465~467.(플라터의 의미 일부는 여전히 모호하다. 나는 샨처 번역을 따랐으며, 방언에 대한 헬무트 조엘의 충고를 받아들였다.)

35   K. W., 『배우는 아이들의 교육; 그 위엄, 효용, 그리고 방법 선언』(1588), sig. D1.

관능미조차 어느 정도 떨어져 있다—그리고 글로브 관객들에게 고상한 정치에 발맞추어 '순정한' 언어를 구사하는 위엄 있는, 영웅적인 로마인들을 보여 준다. 또한 무대의 힘을 예찬한다. 줄리어스 시저 암살을 재연, 배우들은 그가 살아생전 그랬을 법한 만큼 흥미로운 인물로 만듦으로써 시저를 영속화하고 희곡의 효과는 부분적으로 캐시어스, 브루투스, 안토니 세 사람의 독백, 그리고 브루투스와 안토니 두 사람이 시저의 시신을 놓고 행하는 연설을 축으로 구축된 세심하고 촘촘한 구조에 달려 있다.

셰익스피어의 반어법이 관객을 비웃는다. 어떻게 보면, 시저의 시체를 두고 행하는 안토니의 연설 후렴은 그들의 위트를 추켜세운다:

> 하지만 브루투스는 말합니다 그가 야심만만했다고,
> 그리고 브루투스는 명예로운 사람입니다.
>
> (III. ii. 94~95)

하지만 이 대사는 모든 도시 군중들이 사람 말에 잘 속아 넘어간다는 점을 암시한다, 단어 '명예로운'이, 5막에서 안토니가 죽은 브루투스를 높이 상찬하는 것을 예표하는지 모르겠지만.

아무튼, 『줄리어스 시저』는 인기가 있었다. 풍風은, 아서 험프리 표현대로, "도리스 양식의 주랑 현관처럼 평범해" 보일 수 있었다.[36] 시저보다, 시저의 튜더 시대 권위에 더 압도되었던 셰익스피어는, 로마적 명료성과 로마적 단순성에 대한 존경의 표현으로, 자신의 기법을 각별히 억제하고 있다. 주요 안내자 플루타르크를 바싹 따라붙으면서, 이 경우 홀린즈헤드를 그랬던 것보다 더 바싹 따라붙으면서, 그가 로마 주제에 자신감을 갖게 되고 이 자신감이 『코리올라누스』 및 『안토니와 클레오파트라』를 거치면서 더욱 커질 것이다. 플루타르크『영웅전』(노스판)은 성격보다 정치적

---

36 『줄리어스 시저』, A. 험프리 편(옥스퍼드, 1984), 46.

행동에 조금 더 관심이 가 있지만, 셰익스피어의 브루투스가 갖고 있는 모든 특성이 정말 플루타르크의 브루투스에서 연원한다. 심지어 플루타르크가 로마인들을 복원하듯 스케치하는 것처럼, 이 작품에서 캐시어스는—기본적으로—근엄하고 회의적인 쾌락주의자고, 브루투스는 이상주의적 금욕주의자다, 그리고 마르크 앙투안은 관능을 좇는 기회주의자다.

하지만, 성격 묘사상 근본적인 차이가 드러난다, 시인의 직관적인 방식, 혹은 주인공 각각에게 미묘한 규범 이탈을 허용하는 심리를 창안해 주는 데서. 그 문학적 원천은 없지만, 그는 연극계의 정치 협잡 혹은 자기 극단 내부 사건들을 모델 중 하나로 갖고 있었는지 모른다. '살림꾼'으로서 그는 자기 극단 내 관계를 꼼꼼히 살펴야 할 동기가 있었다. 그가 문학적 방식으로 생각하지는 않았으므로, 캐시어스에서 윌 켐프를 기대하기는 거의 불가능하다, 그러나, 또 한편, 이 희곡 작가의 심성이, 위기가 닥쳤을 때 인간들이 어떻게 상호 작용하는가를 천재의 '기적'만으로 알 수 있는 상상의 고치 속에서 작동했던 것은 아니다. 플루타르크에 기대면서, 어떤 면에서 자신의 주요 원천에 너무 충실했던 것은 사실이다. 이 작품은 객관적인 논평자가 없다, 하지만 분명 브루투스에게 활기찬, 그럴듯한 지적 생명을 부여하고, 브루투스의 사고와 감정에 내재한 오류들을 섬세하게 암시하면서 셰익스피어는 존슨의 자극, 특히 그의 신고전주의적 개념에, 그리고 법학원과 연관된 시인들에게 매우 효과적으로 응답하고 있다. 이 작품으로, 그는 보다 은밀하고, 보다 개인적인 헌신을 요하고 또 대담한 어떤 것을 다음 비극에서 쓸 채비를 갖추었다—최고의 '도약', 그가 극작가 경력에서 디디게 될 최대의 한 걸음을 위하여.

14. 햄릿의 질문들

햄릿이 레어트스에게 나쁜 짓을 한 건가? 결코 햄릿이 아냐.
햄릿이 자신으로부터 떨어져 있었다면,
그리고 자신이 아닌 채 레어트스에게 나쁜 짓을 했다면,
그건 햄릿이 한 게 아냐, 햄릿이 그걸 부인하네.
그럼 누가 그랬지?
―왕자 햄릿

시인들의 전쟁과 '작은 매 새끼들'

혹심한, 얼음 같은 날씨와 폭설이 시어터 극장을 해체하는 일꾼들을 가려 주었던 듯하다, 하지만 배우들한테야 맹추위는 불리했다. 두꺼운 얼음이 12월과 1월 잉글랜드의 강들을 덮기 시작했다. 알프스 빙하가 곧 샤모니 근처 집들을 으깨며 유럽 전역에 더 추운 시기가 시작됨을 알렸고, 겨울은, 일반적으로, 셰익스피어의 여생 동안 힘들 참이었다.[1] 강력한 겨울을 그가 유감스러워한 징후는 전혀 없지만, 얼어붙은 날씨가 유쾌할 것은 없고 그의 새로운 희곡에서 겨울은 황량한 계시를 예고한다: "지랄같이 춥군,/ 심장이 얼어붙을 것 같아", 프란시스코가 그렇게 말한다, 첫 장에서, 그리고 후에 햄릿이 의견을 보탠다: "바람이 살을 에는군, 아 추워."

추위에 단련되기는 했지만, 신사 계층들이 살을 에는 바람 속에 템스강을 건너 어두운, 얼음 낀 회랑에 앉는 쪽을 택할 것 같지는 않았다. 더군다나, 런던에서 경쟁이 날카로워지면서, 특히 어린애에 불과한 것들―솜씨 있는 소년들―이 다시 실내 극장에

---

1   H. H. 램, 『기후, 역사와 현대 세계』(1982), 201~205, 그리고 E. 리로이 라두리, 『축제의 시간, 기아의 시간』, B. 브레이 역(뉴욕, 1988), 312~313.

서 작품을 올리기 시작한 후로 배우들은 근심할 이유가 분명 있었다. 1599년 후반, 자그마한 홀 극장이 성 바오로 초등학교에서 다시 문을 열었고, 바오로 아동 극단의 소년 배우들이 신랄한 마스턴의 작품 두 편을 무대에 올렸다—풍자적 로맨스 『안토니오와 멜리다』, 그리고 그 속편 비극 『안토니오의 복수』. 마스턴은 극장의 호화로움을 광고하면서 이곳에서는, 오후 4시부터 6시까지 큰 촛불, 작은 촛불, 그리고 횃불로 방을 밝히므로, "발효 중인 맥주꾼 웃옷과 엉겨붙지 않을까" 걱정할 필요가 없다고 주장했다.[2] 이듬해, 해면체 같은 블랙프라이어스 사람들한테서 이윤을 얻어 내려고, 리처드 버비지가 그 방을 헨리 에번스에게 임대했는데, 바오로 아동 극단의 전 지배인 세바스찬 웨스트컷과 친하게 지내는 웨일스 출신 젊은 대금업자였다. 에번스는 두 번째 소년 극단, 채펄 아동 극단을 되살려 내고, 벤 존슨을 가담시켰다—그 결과 중 하나로, 마스턴, 존슨, 그리고 데커가 일반 공공 무대를 향해 포문을 여는 막말 욕설 시합(시인들의 전쟁)이 벌어지게 된다.

용감한, 투쟁하는 시인들이 대중의 시선을 두 아동 배우 극단 쪽으로 끌어당겼다. 셰익스피어는 이 경쟁심에 어떻게 대응했을까? 소년 극단들은 그가 『줄리어스 시저』를 『햄릿』으로 잇는, 갑작스런, 참으로 절묘한 업적에 영향을 끼쳤다. (분명 그리스 연극을 염두에 두고) 『햄릿』은 2000년 동안 쓰인 작품 중 최초의 위대한 비극이라는 말이 있다. 그 의견에 시비를 거는 것은 아마도 '위대한'이라는 상대적 용어에 시비를 거는 데에 불과할 것이다. 『햄릿』은 그 이전에 쓰인 어떤 희곡 작품보다 높은 위치에 있다; 그리고, 정말, 이론의 여지가 있지만 그 후에 쓰인 작품들 중 단 세 작품만이 독창적으로 높은 그 위치에 도달한다: 『리어 왕』, 『맥베스』, 그리고 『오셀로』. (어느 때를 막론한 다른 작품들이 이 작품들에 필적한다고 생각되려면, 우리가 기댈 것은 아이스킬로스 혹은 소포클레

2   『잭 드럼의 여흥』(1600), V.

스 아니라, 물론 셰익스피어다.) 첫 희곡이 괄목할 만하다고는 하지만, 텍스트가 아직 결정되지 않은 상태다. 『햄릿』은 서로 대비되는 세 가지 대본으로 존재한다 1603년의 이른바 '불량 4절판', 이것은 배우의 기억을 짜 맞추어 만든 것으로 생각된다; 주로 저자 대본에 의존한 1604~1605년 '양호 4절판'; 그리고 수정이 가해진 듯한 1623년 2절판 텍스트. 『햄릿』을 1599~1600년경에 썼다면, 셰익스피어는 '가짜 시작'을 했던 것일 수 있다. 당시 혹은 훗날 자신의 작품을 수정하는 것; 그리고 학자들은 있었을 법한 수정과 바오로 아동 극단 혹은 채펄 아동 극단에 대한 그의 태도 사이의 가능한, 심란한 관련들을 언급하고 있다.[3]

첫 번째 4절판에서조차, 왕자 햄릿은 소년에 불과한 자들 때문에 손해를 보는 순회 극단 배우들의 곤경에 대해 듣는다. 정규 관객을 잃었으므로, 배우들은 순회에 나설 수밖에 없다.

> 왜냐면 주요 청중들이
> 그들에게 왔으나, 지금은 사적인 연극(을 후원하는) 쪽으로 돌아섰다,
> 어린아이들의 감정 쪽으로.
>
> (sig. E3)

셰익스피어가 정말로 썼던 것은 이보다 훌륭하겠지만, 이는 실제 상황을 반영한다. 런던의 새로운 볼거리로, 바오로의 아동 극단은 1600년에 이르면 궁내 장관 극단과 날카롭게 경쟁하게 되고, 위 문장은, 별로 빈정거리는 투 없이, 시인의 노골적인, 편하지 않은 불만을 암시한다, 『햄릿』의 번득이는 기지 밑을 흐르고 있을 법한 근심을. 최근 글로브는 시인의 극단 재정을 되살린 터였다, 그리고 버비지, 헤밍 및 다른 사람들은 자신감을 가질 이유가 있었

3   『햄릿』, G. R. 히버드 편(옥스퍼드, 1987), 67~130, W. W. 그레그 인용 부분; 그리고 '작은 매 새끼들'에 대해 R. L. 크너슨, 『셰익스피어 쿼털리』, 46호(1995), 1~31을 보라.

다. 하지만 그들 중 누구도 어리석게 아동 배우들에 대해 염려하지 않았으리라. 런던은, 10년 동안, 숙달한 아동 연기자들을 본 적이 없었다, 그리고 새로운 그룹들은 활기차고, 훈련이 잘 되어 있고, 과감하고, 최신풍이었다. 그들이 내놓은 물건들은, 사실, 기민한 다양화 전략의 결과였다, 그러나 바오로의 아동 극단은, 목청이 분명하고, 순정하고, 종소리를 닮았고, 현대를 배경으로 한 작품에서도 노래 부를 때와 꼭 마찬가지로 폭소탄을 날리는 데 능했다.

두 번째 4절판에는 아동 극단에 대한 언급이 전혀 없다. 그러나 『햄릿』 2절판 텍스트에는 날것의, 밉살스런 개구쟁이에 대한 보고가 있다. 관객을 툭하면 훔쳐 가는 소녀 배우들에 대한 차분한, 재미난 반응이 있는 것. "낡아 버렸나?" 햄릿 왕자가 클로디어스의 성에 도착하는 성인 배우들에 대해 묻는다. "아뇨, 전과 다름없습니다", 로젠크란츠가 유쾌한 궁중 농담 투로 대답한다,

> 하지만, 마마, 맹금류들의 둥지가 생겨나서요, 새끼 매들이 꽥꽥 고음을 내지르며 평자들의 비난을 파묻어 버리고 그러면 관객들이 정말 난폭하게 박수를 쳐 대고 그래서요. 이런 게 요즘 유행이 돼서, 공공 무대를—사람들은 그렇게 부릅니다만—시끄럽게 욕보이고 있어서 결투용 쌍날칼을 착용한 신사들은 펜이 두려워, 그곳에 감히 안 가려들 합니다.
>
> (II. ii. 338~345)

로젠크란츠가 언급하는 게 바닥에서 32피트 가량 올라간, 혹은 엄청난 지붕 등성이 높이 대략 85피트에 이르는 둥근 천장 위에서 공연했던 블랙프라이어스 소재 채펄 아동 극단 소년들이라면 이야기는 더욱 재미있어진다. 그 소년들은 높은 둥지에 깃든 야위고 자그마한, '매 새끼'에 불과하다. 이런 찍찍대는, 시끄러운 젖먹이 새끼 새들은, 당장에는 박수갈채를 받지만, 그들의 경솔한 풍자가 '결투용 칼을 찬' 사람들을 자극할 경우 끝장나게 되어 있다.

실제로, 런던의 두 아동 극단 모두 결국은 추밀원의 비위를 건드렸고 폐쇄에 직면했다. 햄릿이 그 '작은 매 새끼들'을 걱정하고 있다. "뭐라, 어린애들?" 그는 로젠크란츠에게 그렇게 묻는다, 극장가 뒷공론과 시시콜콜한 일들을 무척 궁금해하면서,

> 누가 그들을 데리고 있지? 장래 준비는 어떻게? 노래 종치면 배우도 끝장이다? 나중에 그들이 안 그러겠나, 일반 배우가 되려는 거였다면—대부분 그렇겠지, 더 뾰족한 생계 수단이 없다면—작가들이 자기들을 꽥꽥거리게 만들어서 장래 직업을 망가뜨렸다고?
> (II. ii. 346~352)

로젠크란츠는, 늘 돌아가는 사정에 밝은 터라, 요즘 연기 극단들은 오로지 아동 극단 작가들과 공공 배우들이 서로 공격하는 대본만 사들인다고 말해 준다. "그게 말이 돼?" 햄릿이 설마 하는 표정으로 묻는다, 그리고 이제 로젠크란츠뿐 아니라 길덴스턴까지 거들고 나선다:

> 길덴스턴: 오, 흡사 재사들이 전쟁을 벌이는 형국이었지요.
> 햄릿: 애들 쪽이 이겼나?
> 로젠크란츠: 네, 그랬답니다, 마마, 헤라클레스와 그의 짐 또한.
> (II. ii. 359~363)

지구를 어깨에 멘 헤라클레스가 글로브 극장에 페인트로 칠해진 표식이었다. 소년들이 글로브 극장 관객들을 떠메고 갈 것이라는 점을 은연중 암시한다 하더라도, 셰익스피어는 끝장난, 천박한 궁정 신하들에게 그 근심을 표현하게 두고 있다.

하지만 '시인들의 전쟁'에는 어느 정도 '머리를 쥐어짜는 일'이 있었고, 의심할 여지없이 셰익스피어는 그것에 주의를 기울였다. 정확히 어떻게 시인들의 전쟁이, 1590년대 말 아동 배우들을 끌

어들이면서, 발발했는가? 유래는 불분명하다, 그러나 극장 관계자들은 벤 존슨의 가시 돋친 호전성을 의식하고 있었다. 이미『모두 제 기질을 벗고』에서, 존슨은 마스턴의 현학적인 혹은 과장된 용어 사용을 조롱했다. 마스턴 희곡『히스트리오마스틱스』가 은연중 존슨의 편을 들며 공공 극장의 단조로움을 공격하지만, 존슨은, 스스로 경악하며, 마스턴의 공허한 철학자 크리소가누스가 자신을 조롱하는 것임을 알았다. 두 연극 모두 1600년이면 무대에 올려졌을 것이 분명하다—전쟁 중단이 불가능해졌을 때다. 마스턴의 충고 혹은 공동 집필에 힘입어, 그 다음은 토머스 데커가 무턱대고 안티-존슨풍『풍자 시인 공격』으로 싸움에 끼어들었는데, 이 작품은 사적으로 바오로 소년 배우들이 그리고 공적으로 글로브 극장에서 공연되었다. 맞춤하게 발끈한 존슨은,『신시아의 술잔치』와『삼류 시인』에서 적들을 우아한 재치로 희화화했는데, 특히 후자는 풍자에 대한 존슨의 견해를 호레이스의 뒤틀린, 인내심 강한 문체로 표현하고 있다. 케임브리지 학생들은, 그러는 동안, 환호하며 전쟁을 따라다녔고 그것을 그들의 연극『파르나소스 산에서의 귀환』2부에 기록했다: "오 그래 벤 존슨은 골 때리는 친구야, 호레이스를 불러내서 시인들을 더부룩하게 하고 말이야, 하지만 우리 친구 셰익스피어가 우리 속을 말끔하게 해 주고 그의 평판을 작살냈어."[4] 이 언급은 꽤나 기묘해서 주석자들이 애를 먹었고, 다양한 설명을 낳았다. 엘리자베스 여왕 치세 말이면, 극장 관객들(그리고 먼 데 사는 학생들)이 희곡 저자가 누구인지 신경을 썼을지 모르지만, 그들은 극단과 극장에 대해 더 잘 알고 있었다. 학생들은 아마도『풍자 시인 공격』을 셰익스피어가 존슨에게 준 '하제下劑'로 생각했을 것이다, 왜냐면 궁내 장관 극단이 이 작품을 공연했으므로, 아니면『십이야』혹은『좋을 대로 하시든지』(부제가 붙은 두 작품 중 하나다)를 마스턴의 희곡『좋을 대로 하시든지』와 혼동했거나.

셰익스피어는 담담하게 '시인들의 전쟁'과 거리를 두었다, 어쨌

391

거나, 『트로일루스와 크레시다』의 아이아스 역에 존슨의 몇 가지
특징을 농담하듯 가미하기는 했지만. 그는 그것을 상당히 주시했
고, 적어도 간접적으로는, 그것이 그의 집필 내용과 방향에 영향
을 끼쳤다, 설령 자신의 보다 심오한 지적 정서적 강점을 그가 다
시 살펴보게 만든 것뿐이라 하더라도. 어떤 면에서 전쟁은 사소했
고 날조되었으며, 연루된 모든 사람의 입맛에 맞는 선전 캠페인
양상을 지녔고, 정말, 우리가 종종 '극장들의 전쟁'이라 부르지만,
레퍼토리의 갈등을 별로 반영하지 않았다. 소년들은 성인 극단과
꼭 마찬가지로 도덕극, 연애 희극, 혹은 전원, 신화, 혹은 당대를
배경으로 한 연극을 무대에 올렸다.

그러나 처음부터, 뿌리는 좀 더 거슬러 올라가고, 또 존슨이 호
레이스라는 등장인물을 창조할 무렵 온전히 발전하지만, 진정한
'시인들의 전쟁', 데커의 표현대로 '포에토마키아'는 내재했고, 그
저변을 흐르는 현안은 예술의 공적인 책임이었다. 존슨은, '풍자
희극'의 경우, 누구를 위해 쓰든 상관없이 독립된, 고귀한 비판자
였던 듯하다; 그러나 최근 그는 소년 패거리 극단의 자유를 활용,
사회적 위선을 폭로하는 중이었다. 조지 채프먼은 1596년 일찍이
『알렉산드리아의 눈먼 거지』에서 세련되고 고상한 도덕적 거리
를 보여 주었지만, 그도, 또한, 채펄 아동 극단을 위해 쓰기 시작

4   『파르나소스 산으로의 순례』, 그리고 『파르나소스 산에서의 귀환』 1부와 2부는
작자 미상으로 1598년과 1602년 사이 쓰였는데, 케임브리지, 성 요한 단과 대학에서
공연된 세 희곡 작품이다. 에드먼드 리시턴이 이 학교를 다녔고 1599년 BA를 그리
고 1602년 MA를 받았다. 그는 현존하는 MS를 아마 갖고 있었을 것이다: 그 첫 장
에 "에드먼드 리시턴, 랭커스 트렌시스"라는 이름이 씌어 있다(MS 보들리, 롤린슨 D.
398). 인용된 행들은, 두 번째 『귀환』에서 나온 것으로, 최근 두 졸업생 스튜디오소와
필로무수스를 WS의 극단 배우로 고용할 것인가를 놓고 켐프가 버비지에게 한 말이
다. 첫 번째 『귀환』에서는, 바로, 걸리오가 스펜서 및 초서 낭독을 저능아에게 맡기고
있다. 그는 「비너스와 아도니스」를 베개 밑에 두고 자고 싶어 한다. "오 달콤한 셰익스
피어 씨", 그는 미친 듯 읊는다, "나는 궁정에 있는 내 서재에 그의 초상을 걸어 둘 거
야". 세 희곡 모두 WS를 인용하거나 모방한다; 『세 파르나소스 희곡들』(1598~1601) J.
B. 레시먼(1949), 특히 337, 369~371을 보라.

했다. 데커는 공공 극장 편에 섰다. 하지만 마스턴과 존슨은―그들의 티격태격에도 불구하고―공공 극장을 현대적 지루함과 나약함의 징후로 보았다.

논쟁 중 직접 공격을 받지는 않았지만, 셰익스피어는 은연중 공공 영역의, 전적은 아니더라도 약간은 낡은 설치물 격이었다. 배짱과 즐거움으로, 패거리 극작가들은 궁정 사회에, 세계주의 성향 집단에, 고위 학력자 및 세련된 계층에 호소력을 발휘하고 있었다. 공공 무대는 소심하게 비쳐질 수 있었다―이를테면『즐거운 아낙네들』에서 보이는 억센 영국인 예찬, 혹은『헨리 4세』나『헨리 5세』에서 보듯, 애국심에 대한 끝없는 야단법석, 혹은『실수연발』부터『상인』을 거쳐『헛소동』에 이르는 작품들에서 보이는 것처럼 법 제도에 대해 삼가는, 조심스러운, 기본적으로 무비판적인 견해. 노란색을 씌운 글로브 극장은, 그렇다면, 서민의 진부한 일상을 위한, 혹은 계급제와 공권력 옹호를 위한 군중 볼거리 제공 장소에 불과하지 않겠는가?

새로운 재치꾼 몇 명이 보다 자유로운 탐구, 새로운 도덕을 선보였다. 마스턴『안토니오의 복수』의 주인공은 지적 수준이 높은, 초연한, 자부심 강한 금욕주의자로 세속적인 허영에 일체 한눈을 팔지 않는 식으로 죽음을 피한다. 여기서 복수는 그 자체로 거의 선이다. 그러나 우연의 일치든 아니든, 마스턴의 작품과 대략 같은 시기, 셰익스피어는 각별한 주의를 기울이며 비상한 복수극을 쓰기 시작했다.

왕자의 세계

어찌 보면『햄릿』은 기존 연극들을 근본적으로 변형할 능력을 갖춘 시인에게 새로운 시작이 아니었다. 이 경우, 아마도 직접 쓰지는 않았지만 궁내 장관 배우들이 공연한 바 있는 작품, 혹은 그의 동료들이 버비지의 극장에서 무대에 올린 후 잠깐 뉴윙턴에게 넘겨졌던 게 분명하지만 현재 망실된 『햄릿』—유령이 나오는 복수 극—을 셰익스피어는 참조할 수 있었다. 아마 키드의 작품인 듯, 그러나, 다시, 저자는 알려져 있지 않다. 이것은 소음투성이에 볼품없다고까지는 못해도, 시끄러운 작품으로, 로지 작 『위트의 비극』(1596)에서 시사하는바 "극장을 향해 그토록 비참하게, 굴 장수 여인처럼 햄릿, 복수해, 라고 외치는 유령의 마스크처럼 창백한" 작품[5]으로 그려지고 있다. 셰익스피어는 최소한 다른 기성 희곡을 한 편 더 염두에 두고 있었다. 키드 『스페인의 비극』에서, 그는 '복수' 주제와 장치들로 가득찬 부엌 찬장을 찾았는데, 벨포레의 『비극적인 이야기들』(1570)에서 활기찬 복수자 암레트, 더 이전 삭소의 12세기 『덴마크 이야기』에 등장했던 암레트 이야기 개정판을 발견한 후 이것이 그의 흥미를 갈수록 증폭시켜 왔을 것이 분명하다.

또한, 그의 새로운 희곡은 극장 상황과 연관된다. 1599년이면 감지되는, '공공' 무대가 대중 볼거리 제공처에 불과하고, 무지하며, 대담함이 없다는 비난에 따르는 분위기에 『햄릿』이 응답한다. 복잡하고 지적인 주인공, 참신하고 미묘한 말장난, 찬란하게 환기된 무대 장치와 복수 주제의 새로운 처리, 세련되고 우아한 독백, 그리고 풍부한 철학 등 이 비극의 모든 것이 글로브 공공 무대의 세련미를 홍보한다. 이 작품의 유머는 새로운 '재사들'의 풍자에 필적하고, 섬나라의 편협성은 흔적도 없다. 주인공은 비텐베르크—루터와 파우스트 대학—의 학자이고 행동 반경이 덴마크와 독일뿐 아니라 노르웨이, 프랑스, 영국, 폴란드, 심지어 왕의 '스위스 사람들' 그리고 (음모와 음탕함의 분위기로) 대중적인 개념의 이탈리아까지 포괄한다. 하지만 글로브를 위한 선전 혹은 상업적 상황에 대한 응답을 이 비극은 훨씬 능가한다.

의미의 풍부함, 애매모호성, 고압적인 모순과 최상의, 느리고 심

---

5   Sig. H4v.

란한 아름다움을 감안하면, 『햄릿』은 거의 혼돈이다. 공공 극장 및 걸핏하면 당혹해하는 관객용으로는 엄청난 위험을 감수한다. 『줄리어스 시저』는—비교해 보면—산뜻하게 예의를 갖추었고, 거의 소심했으며, 이 작품의 윤택함 따위는 일체 없었다. 『햄릿』의 확신에 찬 글쓰기는 최고의 통찰과 관찰력을 모두 눈앞에 둔 시인을 암시한다. 갑자기, 그의 인생 경험 전체가 말이 된다, 혹은 뮤즈가 그렇게 만들었다: 정말 햄릿은 종종 그 저자의, 온갖 편의를 제공하는, '사적인' 표현으로 느껴지며, 편집자들은 몇 가지 기묘한 점을 지적한다. 2절판과 두 번째 4절판을 합치면 셰익스피어가 한 작품으로는 너무 많은 행을 썼다는 것, 배우들을 무대 위에 4시간 내지 5시간 동안 세울 만한 분량이라는 사실이 드러난다. 편집자들이 믿는 대로 두 번째 4절판이 그의 '가짜 문서(혹은 작업용 MS)'를 바탕으로 했다면, 그 MS는 삽입구, 지워 버린 부분, 그리고 정렬이 엉망인 혹은 사라진 대사 앞머리들의 뒤죽박죽이었을지 모른다. 두 번째 4절판 식자공은 도대체 무슨 뜻인지 알아먹을 수가 없어 열악하지만 인쇄된 첫 4절판을 자주 들여다보았다.

그렇단들 『햄릿』은 꼼꼼하게 계획되었다. 스타일이 편안해서 저자가 실제로 기울인 강렬한 지적 노력이 표면에 떠오르지 않을 뿐이다. 소네트 집필 경험은, 최소한, 흔히 복수극 집필 중 접하게 된다는 가장 부담스러운 문제, 복수를 부르는 범죄의 발생과, 5막 복수 실행 사이 긴 간극을 어떻게 채우느냐 하는 문제에 대한 하나의 답변을 제공했다. 몇몇 소네트에서, 셰익스피어는 너무 세련되어 무대용으로는 거의 적합하지 않을 듯한 역설을 탐구하는데, 이를테면 도덕을 시험하는 소네트 121이 그렇다. 야만적으로 행동하는 게 더 나은가, 아니면 단지 남들에게 사악해 보이기만 하는 게 더 나은가? "사악한 게 사악하다는 평판보다는 낫다", 그는 촘촘하고 복잡한 서정시를 그렇게 시작, 도덕을 곤두세우고 있다. 『햄릿』의 복수 틀은 주인공에게 혹은 오필리아의 견해를 따르면, "궁정 신하의, 군인의, 학자의 눈, 혀, 칼"을 갖추고, 충분히 생각을 가다듬은 행동이 기질상 어울리는 르네상스 인간에게 소네트 같은 뉘앙스의 사고와 자의식을 펼칠 공간을 준다.[6] 결과는, 그러나, 복수 주제 대신 주인공, 덴마크 궁정, 그리고 권력 정치에 대한 강조다.

그러나 설령 『햄릿』을 전개하는 것이 정치 권력의 투쟁이라 해도, 이 점이 이 작품을 빼어나게 하는 것은 아니다. 평론가들은 작품의 정치적 성격뿐 아니라, 존슨 박사가 표현한 바 있듯, "장면들의 내용과 감정이 얼마나 상호 호환적으로 다양화하는가"에 대해서도 주목을 요했다. "고전적 비극과 이보다 더 다른 작품은 생각하기 힘들 것이다", 현대 『햄릿』 편집자 중 하나인 G. R. 히버드는 이렇게 쓰고 있다. "이 작품에서 엘리자베스 여왕 시대의, 모든 것을 포괄하려는 경향은, 자신이 바로 그걸 하고 있다는 점을 충분히 의식하는 한 희곡 작가에 의해, 극한까지 추구되고 있다." 한 화제가 다른 화제를 파먹어 들어간다, 그렇지만 조직적인 엘시노어 처리에는 비옥한 이중성이 있고, 그것이야말로 덴마크 환경에 대한 셰익스피어의 태도를 가장 일관되게 구분 짓는다. 그가 덴마크 여행을 한 적이 없을 수도 있지만, 그의 동료 배우 윌 켐프, 조지 브라이언, 그리고 토머스 포프는 1585년과 1586년 엘시노어 혹은 덴마크어로 헬싱괴르(도시 이름이지 성 이름은 아니다)에서 공연한 바 있었다. 중세 크로겐 성, 축축하고 황폐한 요새가 그때 르네상스 크론보르그 궁으로 변형되어 값비싼 가구를 갖추고 색깔과 빛을 부여받게 되었다: 성의 재단장을 경축하는 행사가 열리고 있었다.[7] 영국 배우들은 중세의 제약을 벗고 이제 막 솟아오르는 왕 프레데리크 2세의 새로운, 풍요로운 덴마크를 보았다. 덴마크의 문화적 분위기는, 그때, 독보적이고, 인상적이었다, 그리고 앞으로 전개될 제임스 1세 치하 잉글랜드 역사 및 셰익스피

6   『햄릿』, III. i. 154; 『햄릿』, 히버드 편, 32.
7   『햄릿』, 히버드 편, 29; 바바라 에버렛, 『젊은 햄릿: 셰익스피어의 비극들에 대한 에세이』(옥스퍼드, 1989), 3~8.

어 생애와 무관하지 않았다. 프레데리크의 딸 안나가 스코틀랜드의 제임스 4세와 결혼하고, 또, 그의 아내로, 훗날 영국 여왕에 오르게 되는 것. 그녀의 남동생이자 왕 크리스티안 4세는 아버지보다 더 열심히 건축가 및 화가 군단을 동원, 덴마크 사회를 현대화했다. 헬싱괴르에서, 셰익스피어의 배우들은 북구 르네상스의 두드러진 사례를 본 것이었다.

셰익스피어가 배우들의 방문과 관련하여 실제로 무슨 이야기를 들었는지는 알 수 없다, 듣기나 했는지도 확실하지 않고. 『햄릿』에서 그가 사용하는 멍청하고, 과음을 일삼는 '돼지 같은' 덴마크 놈들 운운의 보고는 내시 작 『무일푼의 피어스』에서 찾은 것이다. 내시는, 사실이다, 크론보르그의 광휘나 그 주인이 벌이는 거창한 사업을 주목하지 못하고 있다. 그러나 『햄릿』은, 인간의 이중성 주제를 채택하면서, 물리적인 장소 배경에도 또한 이중성이 있다는 점을 넌지시 내비친다. 그는 '돼지 같은' 엘시노어 이상의 그 무엇을 보고받았던 것 아닐까, 그리고, 어쨌거나, 그는 배우들한테서 자신이 뽑아낼 수 있는 것을 뽑아냈다: 어떤 면모들을 보면, 이 작품은 해외 권력에 대한 잉글랜드 배우들의 숨겨진 헌정일지 모른다고 해도 크게 틀린 말은 아니다. 그는 『햄릿』을 부분적으로는 꾸미기에 대한, 연기와 연극 기술에 대한 드라마로 계획했다. 클로디어스가 햄릿 왕을 죽이는 장면을 보지는 못하지만, 우리는 3막에서 이런 살인 행위를 두 번 '공연'으로 살피게 된다. 햄릿은 자신을 구하려는 무대 배우처럼 행동한다. 극장용 농담들이 비극적 행동을 누그러뜨리지만, 또한 예상하기도 한다, 이를테면 폴로니어스가 자신도 대학 다닐 때 '훌륭한 배우'로 여겨진 적이 있다고 공언하는 장면. "그런데 무슨 역할을 하셨나?" 왕자가 그렇게 묻는다.

폴로니어스: 줄리어스 시저 역이요. 주피터 신전 앞에서 피살됐습지요. 브루터스가 저를 죽였습니다.

397

햄릿: 굉장한 곳에서 엄청난 바보를 죽이다니 정말 야만적인 브루터
스였구먼.—배우들은 준비됐나?

(III. ii. 99~102)

농담의 내용은 헤밍이 시저를, 그런 다음 폴로니어스를 연기하
고, 상대역인 브루터스와 햄릿을 그의 동료 버비지가 맡았다는 뜻
인 듯하다. 버비지한테 한 번 죽었는데, 불쌍한 헤밍은 다시 죽게
될 것이다. 아라스 천 쪽으로 돌진, 햄릿이 폴로니어스를 칼로 꿰
뚫어 버리는 것—그리고 배우들의 역할에 대한 가벼운 농담이 햄
릿의 정말 '야만적인 역할'을 예상하게 만든다.[8]
가족애가 작품의 중심에 놓여 있다—그러나 기괴한 것이 일상
적인 것과 뒤섞인다. 예민한 아들이, 죽은 아버지를 이상화하면
서, 찬탈자이자 형제 살해범인 삼촌 및 근친상간한 어머니와 맞선
다. 셰익스피어는 아들에게 내적 진실성과 지성을 부여한다(그래
서 유령의 복귀는 더욱 충격적이다), 그리고 두 복수자 포틴브라스와
레어티스를 첨가한다. 덴마크 궁정이 과도하게 사악한 것은 아니
다. 클로디어스는 끔찍한 인물이 아니고, 그의 범죄는 스트랫퍼드
시인의 집이 연루된 두 살인 사건보다는 봐줄 만하다. 왕 살해는
아이들이 학교에서 무슨 소리를 들었든 상관없이 중세 정치학의
연장에 불과했다. 악한으로서, 클로디어스는 비참하게 자신의 죄
를 의식하며, 자신에게 정직하고, 두려운 만큼 후회에 젖어 있다.
저트루드의 관능은 그녀의 양심을 거의 파괴하지 않으며, 폴로니
어스, 오필리아, 그리고 레어티스가 보통 가정의 느낌을 더욱 확
립시킨다.
자신의 자료들을 근본적으로 정상화하면서, 저자는 엘리자베
스 여왕 시대 가정의 얽히고설킨 압박감을 참조할 수 있었다. 그
는 가족 유대감에 대한 자신의 경험 내부로부터 글을 쓰고 있는

8 『햄릿』, 필립 에드워즈 편(케임브리지, 1985), 5.

듯하고, 비애는 그의 주인공이 이전의 정상 상태를 이상화하는 데 기인한다. 이 작품을 쓸 당시 셰익스피어 부모는 모두 생존해 있었고, 이 작품의 '비길 바 없이 풍부한 상상력' 속에는 가족을 묶는 정서적 끈이 주는 압력을 내부로부터 보여 주는 그의 능력이 포함되어 있다. 그는 오랜만에 집에 돌아와 그의 부모, 형제자매, 아내, 그리고 아이들을 보았고, 기억 속에 그들을 데려갔다. 만질 수는 없었지만, 그들은 상상 속에 존재했다. 『햄릿』은 어느 가정이나 알고 있는 치명적 상실에 대한 의식을 포괄하지만, 여기서 죽음은 상실의 순간을 얼어붙게 하고, 그래서 주인공은 위안받을 데가 없다, 그는 저트루드나 오필리아한테 희망할 수 있는 게 전혀 없다. 유령과 만나기 전 햄릿이 삼촌의 "내 사촌"이자 "내 아들" 운운에 답하는 대사는 그를 유형화하는 것으로 유명하다: "친척[kin] 이상인데, 친하지는[kind] 않죠."(I. ii. 65) 이 말장난은 비틀어진 관계에 대한 절망을 반영한다. 그가 유지하고 싶은 세계는 튜더 시대 특권층 어린아이의, 혹은 안전, 약속, 그리고 기독교적 신비의 세계와 혈연 관계고, 이 점은 1막에서 흐릿하게나마 드러난다. 유령이 연옥에서 돌아오고 수탉의 꼬꼬댁 소리에 도망친다, 혹은 마르켈루스가 "우리 구세주의 탄생을 축하하는"(I. i. 140) 계절의 잠재력에 주목한다. 형이상학적 실재가 여기서 대낮 속으로 파고들지만, 1막에서조차 형이상학적 진실은 애매하고 불확실하다, 그리고 이 불확실성이 햄릿이 던지는 질문의 주조음이다.

형제 살해는 창세기 카인과 더불어 시작되었고, 비텐베르크 학자는 악과 죽음을 만나야 한다. 하지만 왜 그 자신이 복수자가 되는가? 부모의 사랑을 절대 명제로 믿으며, 셰익스피어는 과거 경험이, 결국은, 통째로 좋았던 한 왕자를 암시한다. 아버지가 피살되었다는 소식이 햄릿을 생각 많은 우울증 환자로 만들지는 않지만, 변덕스럽고, 기민하며, 역할 연기자처럼 '기괴한' 행동들을 취하는 그를 드러낸다. 소네트 시인처럼, 햄릿은 너무도 많다고 할 만큼의 진실을 거의 알고 있다; 그는 이데올로기를 피해 가며 인본주의 초등학교 역설들 속으로 한 걸음 한 걸음 길을 찾아 들어 간다. 진부한 것들을 마치 아무도 듣도 보도 못한 것인 듯 지껄여 댄다, 물론 독백은, 그 참신한 연상의 긴박함이, 르네상스 사상을 불러와 제것으로 만들지만. 독백들은 그의 극단적인 고뇌를 과시 하고, 이 점은 중요한데, 그것을 변형시키는 게 아니라, 끔찍한 고 통 및 그 가시화를 견디는 심성을 그대로 유지한다. 놀랍게도, 보 편적인 개념들이 햄릿 고통의 목록에 오르는데, 그것은 그 언어의 아름다움이 심성의 색인인 것과 꼭 마찬가지다. 셰익스피어는 여 기서 최대한 지적 압력을 행사한다, 그러나 비상한 것은 그가 햄 릿의 망상 및 감정 틀 안에서 그토록 강렬하게 생각들을 투사할 수 있다는 점이다.

왕자가 집중하는 것은 왕 형제—야만적인, 육욕을 좇는 삼촌과 부드러운, 사랑스런 아버지—사이의 안티테제고 이것이, 해럴드 젱킨스의 주장처럼, 희극이 지닌 극적 도덕적 구조의 일부일 수 있다. 그러나 햄릿의 관심사는 나뉘어진 인간의 성격 이상의 것 이다. 오필리아를 모욕하고 학대하면서, 그는 아버지 피살에 대한 책임의 일부를 저트루드에게 전가하는 일에 희열을 느끼고 있다. "눈이 있는 거요?" 그는 왕 햄릿이 으스스한 전범으로, 클로디어 스는 타락한 짐승으로 묘사되는 화장실 장면에서 자기 어머니에 게 이렇게 옥박지른다,

두 눈 있으나 느끼지 못하고, 느끼나 보지 못하고,
두 귀 있으나, 두 손 혹은 두 눈동자 없고, 냄새 맡으나 냄새뿐,
아니 진정한 감각 아래 병든 부분만 아니어도
그토록 둔감할 수는 없지.[9]

이 행들은, 두 번째 4절판에 있는데, 나중에 저자가 삭제해 버

9   『햄릿』, 아든판, 해럴드 젱킨스 편(메수엔, 1982), 123, 129; 『햄릿』, 부가 문장, F. 8~11.

린 듯하다, 저트루드의 감각 기관에 대한 햄릿의 매도가 지나치다는 것을 알아차리기라도 한 것처럼. 그럴 법하다; 하지만 설령 다른 누가 그것을 도려냈다하더라도 셰익스피어의 이런 저트루드 깎아내리기는 예술적으로 결함이 있으며, 객관성을 결여했고, 제멋대로다. 희박한 공기에서 드라마를 만들어 내기는커녕, 긴장을 꾸며 내는 꼴이다; 그는 밀접하게 느껴지는 기억에, 힘든, 고정된, 쓰라린 압박감에, 그리고 심지어 냉랭한 쓴맛에 응답했다. 그가 우리와 마찬가지로 희망과, 유감과, 좌절을 겪었다는 이야기다. 그러나 『햄릿』은, 셰익스피어의 박력이 그의 아버지보다는 어머니와 훨씬 더 많이 연관된다는 것, 그리고 그의 깊은 이해와 예술적 실수, 그가 줄리엣 혹은 로잘린드를 찬양하고, 두 명의 서로 다른 포셔에서 기묘한 실패를 겪는 것, 제시카에서 아마도 휘청대는 것, 그리고 소네트들에서 명백히 드러나는 이상한 여성 혐오증에 메리 셰익스피어가 연루되어 있는 것을 암시하는지 모른다. 자신이 창조한 온갖 여주인공들에도 불구하고, 셰익스피어는 악을 여성의 탓으로 돌리는 분위기가 편하다. 또한 『햄릿』의 경우 심리적 상호의존에 대한 그의 믿음이 흥미롭다, 왜냐면 내적으로 주인공은 어머니의 이미지를 수정하려는 장황한 노력을 기울이면서 자신에게 죽음을 준비시킨다. 그 과정에서 그는, 이제까지 암시되기는 했지만 『리처드 2세』에서 희미하게 탐구되었을 뿐인 튜더 시대 문제들의 악몽 속으로 들어가게 된다, 그리고 이 문제들은 신학적 편견이 거의 없고 실제적인 관심사를 뿌리에 두고 있다. 중세적 사고방식이 사라졌다면, 어떻게 인간 존재를 평가하고 또 갈등들을 인성 속에 화해시킬 것인가? 육욕은 심성을 저주하는가? 무슨 벌을 받든 상관없이 양심 때문에 정당한 명분을 승인하는 게 맞는가? 사회적 불의 혹은 이국풍의 개인적 범죄에 반대하는 일에 목숨을 걸 만한가, 그리고 비정상적인 투쟁과 전략이 보장될 경우 어떻게 자기 행동의 결과를 예견할 수 있는가?

현대적 사고의 이런 구석들을 파고들면서, 왕자는 연기자들한테 다른 관심도 보여 준다. "대사를, 제발 부탁이네만 발음을 내가 지시한 대로 해 주게—혀 놀림을 경쾌하게", 그는 두세 명의 인정받는 배우들 사이에서 이렇게 말한다. "허공을 손으로 너무 톱질하지도 말아, 이렇게 말이야, 모든 걸 부드럽게…" 산전수전을 다 겪은 순회 극단에 어떻게 쓰였건, 이런 충고는 충고하는 왕족의 거친 행동을 비꼬듯 반영한다. 연기에 대한 왕자의 가장 유명한 대사는 벤 존슨의 애스퍼를 반향하는바, 『모두 제 기질을 벗고』에서 거울을 제시, "흉하게 일그러진 시대/온갖 신경과 근육질이 해부된 시대"를 비추려 하는 등장인물이다. "행동을 대사에 어울리게, 그리고 대사를 행동에 어울리게", 햄릿은 이렇게 신고전주의적 지혜를 되뇌고 있다,

> 덧붙여 이 점을 특히 유의하게; 자연의 중용을 넘어서지 말 것. 무엇이든 과도하면 연기의 목적에 위배되지, 연기의 목표는, 예나 지금이나, 말하자면 자연에게 거울을 비추어, 미덕이 자신의 자태를 보게 하고, 경멸이 자신의 상을 보게 하고, 또 시대의 나이와 육체의 모양을, 왁스에 도장 찍듯 보여 주는 것이거든.

그는 이 모든 것이 '과도하거나 결함이 있어서는' 안 된다고 첨언한다. 당연히 기겁을 한 첫 번째 연기자가 "우리 극단은 이미 절제 쪽으로 개혁을 했다"고 말한다. "오", 햄릿은 상관없이 말한다, "몽땅 개혁해야지."[10]

햄릿은 배우들에게 둔감하지만, 연기 기법에 대해서는 자기 의견이 분명하고, 여기서 셰익스피어는 당대 극장을 삐딱하게 보고 있는 듯하다. 절제와 자연주의를 옹호하면서, 왕자는, 결과적으로 궁내 장관 배우들의 연기술을 강조하는 듯하다, 왜냐면 이들은 제독 배우들보다 더 훈련이 잘 되어 있었고, 소년 극단보다 더 삶을

10 『햄릿』, III. ii. 1~5, 17~25, 36~38.

닮았다—더 실물 크기였다. 햄릿의 충고는 왕을 살해하는 일에 머뭇거리는 햄릿의 고뇌와 대비되고, 이 점이 내포하는 암시 하나는 자신의 성격이야말로 최선의 연기 전통으로도 보여 줄 수 없을 만큼 애매하다는 것일지 모른다.

버비지는, 그렇다 하더라도, 위대한 배역 햄릿을 성공적으로 창조했다. 『햄릿』은 엄청난, 지속적인 성공을 거두게 되었다: 이 작품은 저자를 시대의 가장 뛰어난 비극 작가로 자리매김하게 했다. 나라 안팎에서 작품이 공연되었다. 수년 안에, '드래곤' 호에 승선한 킬링 선장의 배우들이 시에라 리온 해변에서 이 작품을 공연하게 된다. 모스크바 보리스의 고두노프에게 파견된 토머스 스미스 경은 그곳에서 벌어진 사건을 『햄릿』에 비교했고, 존 폴레라는 젊은이는 파리에서 삼촌 프랜시스 빈센트 경에게 보낸 편지에서 프랑스 스포츠를 묘사하던 중 저자를 인용한다: "스포츠를 하는 사람들이 비극에 출연한 배우들 같아요, 그리고 그들에 대해 이야기하노라면 제가 셰익스베어를 연기할 수 있을 것 같기도 하고요."[11] 1603년 첫 4절판에 담겨 있는 『햄릿』이 '케임브리지와 옥스퍼드 두 대학에서' 공연되었다는 주장을 뒷받침하는 증거는 전혀 없다(그렇지만 반박하는 증거도 전혀 없다)—그것은, 이를테면, 이읍에 있는 개인 저택에서 공연된 것일 수도 있다.

"젊은것들은", 1601년경 스페그트의 『초서』를 베끼다가 반쪽가량의 공란에 가브리엘 하비는 근엄하게 썼다, "셰익스피어의 비너스와 아도니스를 아주 좋아한다: 하지만 그의 루크리스, 그리고 비극 『햄릿, 덴마크의 왕자』는, 그 안에, 좀 더 현명한 부류들이 좋아할 거리도 들어 있다."[12]

---

11 킬링의 배우들이 1607년 바다에서 『햄릿』을 공연했다. 토머스 스미스 경이 팜플렛 『T. 스미스 경의 러시아 여행 및 여흥』 sig. K1(1605)에서 이 작품을 고두노프 모스크바 왕정과 연관하여 인용하고 있다. 폴레는 1605년 파리에서 편지를 보내 왔다: 힐턴 켈리허, 「한 셰익스피어 암시」, 『대영 박물관 부속 도서관 저널』, 3호(1977), 7~12.

12 EKC, 『사실들』, ii. 197.

이 성공의 뒤를 이은 비극적 희곡은 『트로일루스와 크레시다』였다, 비극 장르로 분류하기가 『햄릿』보다 훨씬 더 애매하지만. 셰익스피어가 이 작품을 법학원용으로 썼을 거라는 추정이 오늘날 이루어지고 있다. 그럴 가능성은, 미약하지만, 1609년 두 서적상 리처드 보니언과 헨리 월리가 기록해 놓은 주장, 즉 그것이 당시 "새로운 작품"이었으며 "천박한 자들의 손뼉-발톱에 긁힌 적이 한 번도 없다"는 주장에 의해 더 커진다. 그해 초, 그들은 이것이 글로브의 런던 관객을 위해 이미 공연된 바 있는 작품이라고 선전했다.13 『트로일루스』가 법학자들만을 대상으로 한 연극이라는 암시는 그 외에 거의 없다. 1602년(이 작품이 쓰여졌다고 생각되는)이면 셰익스피어의 극단은 걱정거리를 갖게 된다: 조지 케리, 헌스던 경이 너무 병들어 추밀원에 참석할 수 없었다: 그들은 중앙 관청가에 후원자가 아무도 없었다. 1597년 헌스던이 궁내 장관에 임명되면서 그들이 다시 궁내 장관 극단이 되었는데, 그의 와병과 여왕의 쇠락이 그들을 위험에 빠뜨렸다. 여전히 그중 어느 것도 트로이 전쟁에 대한 셰익스피어의 씨무룩한 견해, 용기와 이상주의에 대한 그의 공격, 혹은 믿음을 저버린 크레시다와 쓰디쓴 환멸에 빠지는 트로일루스 묘사를 해명해 주지 않는다.

셰익스피어는, 그러나, 튜더 시대 작가들이 냉소적으로 대했던 한 전쟁에 깊이 빠져든 터였다. 호머와 오비드는 물론 로버트 헨리슨의 『크리세이드의 유언』과, 아마도 초서의 『트로일루스와 크리세이드』 및 다른 자료들에서, 그는 이야기의 옛날판을 발견했다. 1590년대 공연된 트로이 전쟁 희곡은 세 편일 것이다. 그리고 1599년 헨즐로를 위해 체틀과 데커가 『트로이엘스 & 크레세다』라는 작품을 한 편씩 쓴 바 있다. 그 1년 전, 조지 채프먼은 『호머 일리아스 일곱 권』을 에식스 백작에게 헌정하면서, 그리스 영웅— 아킬레스—을 "비길 바 없는 그의 미덕 속에 영혼의 위엄이, 그리

13 『트로일루스와 크레시다』, K. 뮤어(옥스퍼드, 1984), 193.

고 왕족 인간의 탁월함 전체가 빛나는"[14] 사람으로 기렸다.

채프먼에 대한 반응이 키츠와 같을 리는 없었을 터, 셰익스피어는 게으르고, 부패한, 그리고 살인을 일삼는 아킬레스를 보여 준다, 그러나 그의 드라마에 등장하는 초상들 중 그 어느 것도 심지어 아이아스의 초상조차 온갖 튜더 시대 선례들로부터 자유롭다는 의미에서 '독창적'이지는 않다. 전설에서 이미 인물들이 평가받은 터였고, 이 작품의 냉소주의는 근래 벌어진 『일리아스』 논쟁, 그리고, 최근 들어, 극장의 풍자적 염세주의와 맥을 같이 한다. 존슨의 『삼류 시인』에는 무장한 프롤로그가 있는데, 그것에 『트로일루스』의 프롤로그 인물이 응답하고 있다, 왜냐면 그는 자신을 이렇게 부른다:

무장한 프롤로그 그러나 성공을 자신하지는 못하죠
집필도 연기도.
(23~24행)

셰익스피어는 희곡으로 풍자적이라기보다는 그의 자료들에, 전쟁의 현실에, 견해가 뒤섞이는 문제에, 그리고 역사가 배우들에게 역할을 강조하는 것에 흥미를 느끼는 면이 더 많다.

기나 긴, 쓸모없는 트로이 전쟁 상황이 그에게 인간 능력의 역설을 탐구할 기회를 제공한다—특히 한편으로 통찰과 낭만적 믿음의 능력, 그리고 다른 한편으로 논리 및 지적 논의 능력의 역설을. "여기서 지능은 첫째 속성이다", 윌슨 나이트는 이 작품에 대한 가장 사려 깊은 산문 중 하나인 『불의 바퀴』에서 이렇게 쓰고 있다: "바보들이 재치가 무디다는 이유로 조롱당하고, 현자들이 자신의 장황한 지혜를 과시하고, 연인이 사랑의 형이상학적 의미 내포를 분석한다."[15] 이 작품은 참신하게 분석적이지만, 이제까지 발전해 온 셰익스피어의 역사관 및 기질관에 오랜 뿌리를 두

---

14 조지 채프먼, 『호머 일리아스 일곱 권』(1598), sig. A4.

고 있다. 「루크리스」에서 이미 그는 '교활한 율리시스'를 언급했었고, 이 작품에서 율리시스는 여우 같은 동시에 결함이 있다. 낭만적 희극의 주인공들보다 더 차게 그려진 트로일루스가 사랑의 실패에 더 책임이 많고, 크레시다는 자기기만에 빠지는 경향이 없다. 작품은 여러 장르와 관계되고 비극 형식에 대한 세련된, 혁신적인 비판을 내포하고 있다—그러나 이 찬란한 실험이 실제로 그 당시 런던의 개인 공공을 막론한 어느 무대에서든 특별한 성공을 거두었는지는 매우 의심스럽다.

투자

이 시절 스트랫퍼드에 슬픈 변화가 발생, 인간의 필멸성이 시인을 그의 과거로부터 좀 더 떼어 놓았다. 그의 아버지가 죽었다. 그리고 존 셰익스피어는 1601년 9월 8일 성 삼위일체 교회에 묻혀 영면하게 되었다. 그가 남긴 법적 유언장은 전하지 않지만, 그의 맏아들은 헨리 가 주택 두 채를 물려받았다.

그 온화한 장갑 수선공은 노년에 입이 헤펐을까? 누군가가, 어쨌든, 에이드리언 퀴니에게 '쇼터리의 우수리 땅 약간'을 사고 싶은 시인의 바람을 이야기했다. 그것은 미묘한 사안이었다, 아마도, 다름 아니라, 존 셰익스피어의 아들이 여윳돈을 투자하려는, 반쯤 이뤄진 계획과 연루되어 있었던 것. 그러나 스털리와 늙은 에이드리언 둘 다 존의 매우 풍족한 아들—주머니에 돈이 있는 배우이자 극장 시인—을 설득, 쇼터리 땅을 잊고 십일조 토지 지분을 구입하여 그 자신과 시 위원회를 돕게 한다는 희망을 품고 있는 상태였다. 스털리는 시인을 꼬드길 '수 있는' 정신 나간 존재로 언급하지만, 그 장갑 수선공 아들이 자기 돈을 어떻게 쓸지와 관련하여 남의 말을 기꺼이 들으려 했는지는 분명하지 않다. 뉴플레이스를 구

15   G. 윌슨 나이트, 「『트로일루스와 크레시다』의 철학」, 『불의 바퀴: 셰익스피어 비극 해석』(1961), 47~72, 특히 48.

입하고, 셰익스피어는 4년 반 동안을, 그리고 아버지가 죽을 때까지 기다렸다가 비로소 또 다른 대규모 지출을 감행했다—글로브 '살림꾼'으로서 그의 수입이 늘었음에도, 그리고 『햄릿』이 (1601년경이면) 글로브 극장이 주로 뽑아 드는 카드 중 하나였을 때에.

재정을 확보하면서, 그는 툭하면 충돌하려는 부류들로부터 자신을 방어하려 했던 듯하다; 사실, 그는 쇼터리에 투자하지 않았고, 몇 년 동안 때를 기다렸다. 존 셰익스피어의 혀는, 설령 말썽을 일으켰다 하더라도, 금전적 여유가 있는 자 누구에게나 친절을 마구 베푸는 시 위원회의 경망스러움보다는 덜 성가셨을지 모른다. 어쨌든, 아버지의 죽음으로 인한 슬픔은, 늙은 장갑 수선공의 결점에 대해 셰익스피어가 가졌던 온갖 감정을 아마도 능가했을 것이다. 슬픔은 공공 기록 보관소를 피해 갈 수 있지만, 그가 이 무렵 쓴 시 두 편의 강력한 비가풍 가락은 그의 상실감을 간접적으로 반영하는 것일지 모른다. 집필 날짜가 아직 미정이라는 점을 덧붙여 두는 게 좋겠다. 사무엘 다니엘과 1590년대 구슬픈 톤을 따르는 서사시 「연인의 투정」은, 1602년 혹은 그 직후 쓰여졌을 가능성이 있다. 이 작품은 젊은 여자를 유혹, 농락한 후 버리는 주제를 여자의 관점에서 다루고 있는데 따분한 비가풍이다. 그녀를 유괴하는 것은 자기 변명에 열심인 젊은 타르퀸의 영악한, 흥미로운 버전이다, 거의 불변인, 납덩이 같은 그녀 슬픔의 효과가 그 초상을 상쇄하기는 하지만.

「불사조와 호도애」는, 그가 이 서정시를 그리 명명한 적은 한번도 없지만 어쨌든, 그의 아버지가 사망하던 해 출판되었다. 존슨, 채프먼, 그리고 마스턴의 운문들과 함께 로버트 체스터의 모음집에 수록되었는데, 제목은 『사랑의 순교자: 혹은 로잘린의 투정. 불사조와 호도애의 꿋꿋한 운명 속에 사랑의 진실을 우화적으로 보여 주는』이었다. 책을 헌정 받은 존 살러스베리 경이 1568년 아내로 맞은 우르술라 할살은, 스탠리 태생으로, 네 번째 더비 백작이 몰래 얻은 딸이었다. 우르술라와 그녀의 남편은 아이가 둘이었다, 1587년 태어난 딸 제인, 그리고 1589년생 아들 헨리. 불사조와 호도애 모티브를 활용하면서, 체스터의 시인들은 살러스베리 가문을 예찬하는 듯하다.

셰익스피어가 쓴 것은 순수한 사랑의 죽음에 대한 진혼곡이다. 장례 의식을 시사하면서, 그는 불사조와 호도애를 애도하는 새들의 부대를 상상하고 있다, 둘은 이상적으로 사랑했었다:

> 심장이 따로 떨어져 있으나 찢어지지 않았다,
> 거리가 있으나 공간은 보이지 않았다
> 이 호도애와 그의 왕비 사이에:
> 그들이 아니라면 정말 이상해 보였으리라.
>
> (29~32행)[16]

기묘하게도 그의 각운 '찢어지지(asunder)—이상해(wonder)'가 가벼운 노래 「저는 죽어 버릴까요?」에도 나타나고 최근 들어 게리 테일러는, 다소 설득력 없게, 또 대다수의 불신에 봉착한 상태로, 이 작품이 셰익스피어의 것이라고 주장하고 있다. 여기 한 연에서, 한 여인의 유방 사이 골짜기가 보인다:

> 예쁘게 드러난, 견줄 바 없는
> 맨살과 젖가슴이 젖꼭지를 갈라 놓고
> 언제나 갈라진 젖꼭지가 우리를 홀리고
> 이토록 놀랍고 가치 있는 것에는
> 오로지 선한 것만 접근해야 하나니.
>
> (71~76행)

가벼운 사랑, 가벼운 시다—그리고 이것은 운율만 갖췄을 뿐 날

---

16 시를 떠받치는 종교 의식에 대해서는 H. 네빌 데이비스, 「불사조와 호도애: 진혼과 제의」, 『영국 연구 리뷰』, 46호(1995), 525~530.

아다니는 공중그네에 불과하다. 「저는 죽어 버릴까요?」가 처음 셰익스피어 작품으로 할당된 것은 리처드 롤린슨(1689~1755)이 모아 옥스퍼드 대학 보들리 도서관에 기증했던 때고, 거의 모든 수록 작품의 저자 규명이 믿을 만하다. 가벼운 노래의 출처는 미심쩍지만, 맞다는 주장은 계속 제기될 수 있고, 그것이 셰익스피어 작일 가능성도 충분하다고 필자는 생각한다. 꼭 무게를 둘 필요가 없는, 잃어버린 습작들이 그의 가장 정교한 서정시들, 혹은 그의 불사조와 호도애를 위한 '비가들' 뒤에 숨어 있을 것이 분명하다:

> 아름다움, 정절, 그리고 희귀함,
> 우아함이 일체 간명한 상태로,
> 여기 재 속에 담겨 있나니.
>
> (53~55행)

아버지가 사망한 후 투자가 잇따랐다. 1602년 셰익스피어는 현장 확인도 없이 구매 계약을 두 차례 맺었다. 그의 정원을 가로질러 채펄 레인 끝자락에 로윙턴 장원에 속한 땅이 있었는데, 당시 소유주는 장원의 안주인, 워릭 백작 미망인이었다. 등본 소유권을 극작가에게 이전하는 절차가 마련되었다; 하지만 그녀의 대리인 월터 게틀리가 9월 28일 증서 양도를 위해 장원 법정으로 왔을 때, 그것을 건네받을 사람이 아무도 없었다. 4년 후, 그 일은 여전히 들쭉날쭉한 상태였다. 오두막과 정원이 이 1/4에이커 땅에 있었다, 그렇지만 장원 통람은 셰익스피어에게 임차권이 허용된 법적 날짜를 공란으로 두고 있다—그가 그런 귀찮은 공식 절차를 거쳤다는 어떤 기록도 남아 있지 않다.[17]

다른 때는 그의 동생 길버트가 도와주었다. 1602년 5월 1일, 셰

---

17   ME 92; SS, DL 246; 베어맨, 37~38.

익스피어는 320파운드를 들여 부유한 쿰 가문, 워릭의 윌리엄 쿰과, 스트랫퍼드에 사는 그의 조카 존에게서 읍의 북동쪽, 당시 구舊 스트랫퍼드라 불리던 지역의 열린 들판 107에이커 가량을 사들였다. 길버트가 영수 증서를 받았고, 험프리 메인워링, 안토니 내시와 그의 동생 존, 그리고 다른 사람들이 입회를 했다. 시인의 땅은 19개 펄롱으로 산재했고, 각 펄롱의 모양은 울퉁불퉁했다. 토지에 울타리 치기가 시작될 때 펄롱들의 이름과 정확한 위치는 망실되었다, 그러나 이름들은 흥미롭게도 1994년 최근에 이르기까지 속속 밝혀지고 있다.[18]

그는 왜 이 땅을 샀을까? 그의 동기는 전기 작가들이 추정한 것처럼 단순 혹은 명료할 것 같지 않다. 토지 소유는 지위, 영향력, 혹은 지역 정치 색깔을 띠는 명망을 대동했고 물려줄 수 있다는 게 종종 결정적이었다; 게다가 이 경우 최근 증거는 암시적이다. 1625년경 사이먼 아처, 비숍턴 장원의 영주가 행한 조사에서 비롯한 한 문서는, 이 107에이커를 상세하게 묘사하고 다소 애매한 투로 셰익스피어가 "상기 토지를 딸과 결혼한 스트랫퍼드의 홀

18 셰익스피어 펄롱의 이름들은, 수세기 동안 망실된 상태였지만, 골동품 수집가적 흥미 이상의 의미를 갖는다; 그것들은 그가 어렸을 적부터 알았던 들판 및 이름들과 연관된다. 오늘날 펄롱의 이름 몇 가지가 스트랫퍼드의 뉴타운 지역에서 발견되었다. 1602년, 38세가 된 지 약 1주일 후, 셰익스피어는 구 스트랫퍼드 들판을 구입했다: 클랍턴 네더 펄롱에서 12에이커, 그리고 클랍턴 오버에서 10에이커 더; 웨트게이트에서 1에이커; 리틀 레드널에서 6에이커; 그레이트 레드널에서 8에이커; 네더 길피트에서 2에이커; 라임 펄롱에서 6에이커; 오버 길(?피트)에서 2에이커; 홈스 크로스에서 4에이커; 홀 펄롱에서 2에이커; 스토니 펄롱에서 4에이커; 클랍턴 헤지 '속으로 뻗은' 베이스 손에서 4에이커; 베이스 손 '속으로 뻗은' 네더 펄롱에서 4에이커; 스토니 펄롱의 상단 끝에서 4에이커; '웰컴 처치 로와 브린클로즈 로 사이' 버츠에서 4에이커; 롤리 꼭대기 땅 8에이커와 '롤리 아래쪽' 땅 10에이커; 포드스 그린 '속으로 뻗어 바닥에 깔리는' 땅 4에이커, 그리고 '헤임'에서 차지 10에이커. 그것이 모두 합쳐 105에이커다. 그는 또한 2에이커 가량의 차지 혹은 목초지 땅을 샀는데, "딩길리스와 웰컴 힐스 부근에서 밀웨이와 프로세션 부시까지 놓여 있는"이라고 묘사되어 있다. 『셰익스피어 쿼털리』 45호(1994), 87~89쪽 수록, 메이리 맥도널드, 「구스트랫퍼드 소재 셰익스피어 부동산에 대한 새로운 발견」 참조.

씨에게" 주었다고 언명한다. 1607년 수재나의 결혼을 위해 밟은 수속에서 정말 땅이 등장한다면, 그가 종신 재산 소유권을 유지한 연후에 유언장에서 비로소 재산을 수재나와 그녀의 남편에게 상속해 주는 게 통상적인 혹은 평범한 처신이었을 것이다.[19]

수재나에 대한 그의 깊은, 근심 섞인 보살핌은 명백하다. 1602 년 무렵이면 벌써 새로운 정치적 분위기를 느낄 수 있었고, 그래서 그는 자신의 재산을 늘리는 데 있어 빈틈없고, 멀리 내다보고, 또 정치적일 수밖에 없었을 거였다. 스트랫퍼드에서 이 분위기는 청교도적이라 할 수 있을 거였다, 청교도주의도 정도와 색깔 차가 있으며, 반드시 어떤 종교적 원리를 바탕으로 하는 것은 아니라는 점, 그리고 셰익스피어 생존 당시 닥쳐올 지역의 위기는 다른 요소들도 포괄한다는 점을 우리가 명심한다면. 그러나 그 자신의 직업에 대한 지역적 반감이 크게 증가한 상태였다. 시 위원회가 그것 때문에 그를 덜 쳐주었던 것은 아니다—그들은 꽤나 긴박하게 그의 비위를 맞추게 된다—교구 교회에서 그는 배우상이 아니라 시인상으로 굳어지게 될 테지만. 이 시기, 그는 뉴플레이스에 없는 것이 눈에 띄었다. 배우로서 돈을 벌었다고 알려진 주요 지주였고, 연극-연기에 대한 반감이 더 날카로워지면서 참사회원들이 공식적으로 그것을 반향했다. 1602년 12월 그들은 시청 홀 혹은 다른 시 위원회 재산 내에서 일체의 '연극 혹은 막간극'을 금하는 조치를 통과시켰고, 벌금이 10실링(그 명령을 어겨도 된다는 '허락 혹은 허가'를 내 주는 그 누구라도 지불할 수 있는)에서 매우 비싼 10 파운드로 폭등할 것이었다.

연기에 대한 시 위원회의 적의는, 이를테면 1607년 단순히 허가받지 않은, 떠돌이 배우만을 겨냥했던 에드워드 쿡 경의 '노리치 금지령'보다 훨씬 더 엄혹했다. 뉴플레이스를 사들인 돈이 때묻었다고 여겨지지는 않았을 테지만, 그의 동료들이 런던에서 박

19   메리 맥도널드, 「셰익스피어 자산에 대한 새로운 발견…」, 『셰익스피어 쿼털리』, 45호(1994), 87~89; 베어맨, 41.

수갈채를 받고 있을 때조차, 셰익스피어는 시 위원회 단체가 자신의 생계 수단을 비난하는 읍으로 돌아왔다.[20] 그 결과 수년 후, 그는 위원회의 십일조 땅에 대해 생각하게 된다.

스트랫퍼드에서 그의 마지막 주요 지출은 정치적 양상을 띠었다, 왜냐면 보살펴야 할 빈민들이 너무 많아 곤경에 빠진 시 위원회는 십일조 임대 토지에서 돌아오는 수입에 의존했다. 극작가는 이 투자에서 손에 잡히는 보상 이상으로 얻을 게 있었다. 십일조 토지 지분을 갖기만 하면 그의 현금이 지역에서 출구를 찾고, 자신은 아니지만, 자손들을 위해 있을 법한 이익을 내고, 또 '관청' 사람들에 대한 그와 그 가족의 충성심을 은연중 내비치는 셈이었다. 얄궂게도 에이드리언 퀴니의 계획이 이렇게 진짜 열매를 맺게 된다, 결국. 1605년 7월 24일 입슬리의 랠프 허보드로부터, 셰익스피어는 위원회의 십일조 토지에 대한 지분의 반을 440파운드에 사들였다. 이것은 그의 최대 규모 현금 지출이었는데, 20세기 말을 기준으로 대략 30만 파운드 혹은 조금 더에 상응하는 액수다. 그가 구입한 것은 구 스트랫퍼드, 웰쿰, 그리고 비숍턴의 옥수수, 곡물, 잎사귀, 그리고 건초 십일조 땅, 그리고 교구 전역의 양모, 양 십일조 땅과 여타 '작고 개인적인' 십일조 땅을 포괄했고, 러딩턴과 비숍턴의 몇몇 십일조 땅과 커류 경 및 에드워드 그레빌 경의 일정 권리가 유보되었을 뿐이다. 십일조 땅—원래 교구 목사에게 생산물의 1/10을 바치는 것—은 주로 시 위원회로 귀속, 임대되고 있던 터였다.

그의 반半 몫은 얼마나 벌어들였을까? 지속적으로 들어가는 돈이 꽤 되기는 했다. 반 임대를 위해 그는 매년 5파운드를 전차인 존 바커에게 지불해야 했고, (소유주) 위원회에 (소유주로서) 매년 내는 돈이 17파운드였다. 셰익스피어는 읍의 주요 십일조 땅 지분의 소유주였던 적이 한 번도 없고, 1611년 무렵 스트랫퍼드 십

20   MS SBTRO BRU 2/1, 1602년 12월 17일과 1612년 2월 7일. E. I. 프립, 『셰익스피어: 인간과 예술가』, 전 2권. (옥스퍼드, 1964), ii. 845~846.

III. 천재의 성숙

일조 부동산 전체의 가치 합계는 293파운드 6실링 8페니로 산정되었다. 그의 반 재산의 가치는 당시 매년 60파운드, 혹은 전체의 1/5이었다.[21] 납부금을 제하면, 그는 대략 40파운드가 남게 된다, 그리고 그렇게 10년 혹은 11년 안에 자신의 지출을 메울 수 있을 거였다. 그가 임대했을 때 기간은 31년이 남아 있었다, 그렇게 셰익스피어는 분명 자손들이 이익을 볼 것이라 기대했다(그들은 정말 이익을 보다가, 1625년 3월 반 지분 거의 모두를 위원회에 되팔았다). 십일조 땅 경작을 안토니 내시에게 맡겼는데, 그의 아버지도 후바우드 가문을 위해 그 땅을 경작했었다.

평상시 조심스러움으로, 그는 다른 자산을 활용했다. 우스터 주 기록 보관소에서, 탄생지(혹은 탄생지와 울숍)에 대해 많은 것을 말해 주는 문서들이 1990년대에 빛을 보게 되었다.[22] 그중 하나는 헨리 가 부동산 열 개 방의, 그리고 대략 20년 전 그 건물과 토지를 장기 임대했던 루이스 히콕스의 1627년 사망과 함께 만들어진 부엌, 지하실, 그리고 맥주 양조장의 상세한 목록이다. 우드 가에서, 히콕스의 아내는, 자그마한 규모로, 맥주를 양조했다. 루이스가 맥주 판매 허가를 획득했다, 하지만 수년 전 그는 농업에 손을 댄 듯하다, 왜냐면 '토머스 히콕스와 루이스 히콕스'가—1602년 쿰 가문의 증서에서—현재 혹은 조만간 구 스트랫퍼드 땅을 보유하는 것으로 인용되어 있다.[23]

존 셰익스피어가 죽은 지 얼마 안 되어, 히콕스 가는 탄생지 동쪽 날개에서 번창하기 시작했다. 이곳에 루이스와 그의 아내 앨리스, 즉 이웃과 싸웠던 '나이 들고 착한 히콕스'가, 여관을 세웠고, 처음에는 '메이든헤드'라 부르다가 나중에 '스완과 메이든헤드'로 이름을 고쳤다. 시인은 별로 많지 않은, 정기적인 집세를 받았

21 EKC, 『사실들』, ii. 119~127.
22 진 E. 존스, 「루이스 히콕스와 셰익스피어 탄생지」, 『주석과 질문들』, 239호 (1904), 407~502.
23 ME 101.

고, 여동생 조앤 하트를 서쪽 날개에 머물게 해 주었는데, 그녀는 늙은 장갑 수선공 시절부터 남편과 함께 이곳에서 살았던 듯하다.

15. 왕의 배우들

이런 친구들은 어느 정도 영혼이 있지,
나는 스스로 그런 부류임을 천명하네.―왜냐면, 이봐,
자네가 로드리고인 것만큼이나 확실하게,
내가 무어 인이라면 이아고는 될 수 없을 테니까.
그를 따르면서 나는 단지 내 자신을 따를 뿐이네.
하늘이 알지, 사랑과 의무감이 아니라,
그렇게 보임으로써 내 개인적인 목적을 따른다는 걸.
내 겉보기 행동이
내 마음의 본질적인 행동과 모양을
정말 외양으로 드러낸단들, 오래잖아
나는 심장을 내 옷소매에 입고
갈까마귀한테 쪼아 먹게 할 걸세. 나는 지금 내가 아니야.
―이아고, 『오셀로』

제임스 왕의 도착

『햄릿』의 성공이 셰익스피어를 고무했을 것은 의심할 여지가 없고, 그의 극단이 지닌 지불 능력과 권위가 확실해졌다고 믿게 만들었을지 모른다. 하지만 그들의 상황은 1602년 현재 낙관론에 빠질 근거가 별로 없었다. 궁정에 대표 한 명 없었고, 노쇠한, 성마른 여왕이 죽는다면 그들은 영영 폐기 처분될 수도 있었다. 후원자는 무력해진 상태였고(월든의 하워드 남작이 궁내 장관실에서 의무를 수행했다) 배우들은 어둡고, 꺼림칙한 미래를 설계하도록 강요당했다. 비싼 스페인 전쟁이 질질 끌었다, 그리고 극단적인 빈과 부가 런던에서 눈을 부릅떴다―인플레이션이 1590년대만큼이나 가혹했다. 『트로일루스와 크레시다』 자체는 공공의 권태와 불

415

안한 분위기에 걸맞았고, 다소 조잡한, 냉소적인 일상 언어는 현대를 지시하는 것이었는지 모른다.[1] 극단의 운명을 좌우하는 많은 것들이 극단 통제 훨씬 너머에 있었다, 이를테면 국가 정책의 예측 불가능성, 해결 안 된 왕위 계승 문제, 그리고 다음 잉글랜드 군주의 변덕: 어쨌든 귀족들은 분명 또 한 명의 여자가 왕좌에 앉는 것을 용인하지 않을 것이었다.

엘리자베스 여왕의 연극 선호는 크리스마스 연휴 기간에 시작하여 1월 내내 이어졌다—통틀어 그녀는 극단이 공연하는 연극 8편을 보았다. 그녀가 셰익스피어에게 호의를 베푼 적이 있는가? 그녀는 자신이 셰익스피어든 그의 작품이든 좋아한다는 내색을 별로 하지 않았고, 헌스던과 하워드의 1594년 극장 계획과 거리를 두었다, 헌스던 경의 딸 캐서린 케리가 그녀에게 공공 극장과 관련하여 주지 사항을 일러 주었을 가능성이 있지만. 1603년 2월 캐서린 케리(당시 노팅엄 백작 부인)의 예기치 않은 죽음이 여왕의 육체적 쇠락과 동시에 발생했다. 홀아비가 된 캐서린 남편, 68세의 제독은 곧 19세의 상속녀와 결혼했는데, 이 상속녀가 결혼식 날 밤 노래를 불렀다는 소문이 났다. 이는 그녀가 남편을 아예 잠재우려 그랬는지 아니면 그냥 깨어 있게 만들려고 그랬는지에 대한 논쟁을 촉발했다. 여왕은 최근 들어 제독의 두뇌를 신용하지 않았지만, 캐서린의 죽음은 그녀에게 영향을 끼쳤다. "아냐, 로빈, 몸이 안 좋아!" 3월 그녀는 로버트 케리 경에게 그렇게 말했다. 마루에 앉아 있다 신하들의 설득에 못 이겨 그녀 방으로 갔고, 그곳에서 그녀의 주교가 (케리의 말이다) "그녀에게 그녀가 누군가를, 그리고 무엇이 될 것인가를 간단하게 말해 주었다; 그리고 비록 그녀가 오랫동안 이곳 지상에서 위대한 여왕이었지만, 이제 곧 그녀가 맡았던 책무에 대한 설명서를 왕중왕께 바쳐야 한다고". 그녀의 주요 장관 세실 경은 스코틀랜드의 제임스 4세가 그녀 뒤를

1   더글러스 브루스터, 『셰익스피어 시대의 연극과 시장』(케임브리지, 1992), 101~102.

잇도록 절차를 밟았고, 그녀는 죽기 전 이것에 동의했다. 1603년 3월 24일 엘리자베스가 사망했다는 소식을 듣고, 케리는 에든버러를 향해 곧장 말을 달렸으며, 그곳에 도착, 낙마 때문에 피투성이가 된 얼굴로 스코틀랜드의 제임스에게 그가 잉글랜드 왕임을 알렸다.[2]

새로운 왕은—그의 어머니는 스코틀랜드 여왕 메리였다—건전한 청교도로 처음에는 가톨릭 교도들에게 호감을 보이다가 에식스 추종자들을 편파적으로 대했다. 아직 북쪽에 있을 때, 셰익스피어의 후원자 사우샘프턴 백작을 4월 5일 석방했고 24일 알현했었다. 그러는 동안 나라는 고인이 된 여왕을 애도했다, 그린의 '장면-흔들이'와 '벼락출세한 까마귀' 운운이 인쇄된 것을 재빨리 눈치챈 헨리 체틀이, 이해 채프먼, 존슨, 그리고 셰익스피어는 엘리자베스 여왕의 죽음에 대한 추도시 쓰기를 까먹었다고 애써 적어 놓기는 했지만. 체틀의 『영국의 상복』에서 셰익스피어는 "은빛 혀를 가진 정교한 서정 시인으로 검은 눈물 한 방울 흘리지 않았다"

15. 왕의 배우들

애도하지 않았다, 그의 사막에 은총을 내렸던,
그리고 그의 노래에 고귀한 귀를 열어 주었던 여왕의 죽음을.
목동들아, 기억하라, 우리의 엘리자베스를
그리고 노래하라 그녀의 강간, 타르퀸, 죽음이 저지른 그것을.[3]

시들이 억수로 쏟아져 나와 새로운 왕을 반겼고, 왕은 평화 중재자(rex pacificus)로 행세했다. 역병이 번져 런던 사람 대부분은 1603년 그를 볼 수 없었다. 하지만 그의 강림을 행복해하는 도취

2   『로버트 케리 회상록』, F. H. 메어스 편(옥스퍼드, 1972), 58~60. H. 네빌 데이비스, 「제임스 1세 치하 『안토니와 클레오파트라』」, 『셰익스피어 연구』, 17호(1985), 146.
3   『잉글랜드의 상복』(1603), sigs. D2v—D3.

감이 소네트 107번에 언급된 듯하다. "필멸의 달은 그녀의 이지
러짐을 견뎠습니다", 셰익스피어는 그렇게 썼는데, '견뎠다'는 단
어가 '치렀다' 혹은 '겪었다'를 뜻할 수 있다면, 엘리자베스 여왕
의 죽음을 넌지시 언급한다 할 만하다,

> 그리고 운명의 예언자들이 이제 비웃습니다, 자신들의 예언을;
> 불확실성이 이제 확실하게 왕관을 씁니다,
> 그리고 평화가 선포합니다, 영구한 올리브 가지를.
> 이제 가장 온화한 이 시간의 향유 방울로
> 내 사랑 참신해 보입니다, 그리고 죽음이 내게 복종합니다,
> 죽음에도 불구하고 저는 이 빈약한 운율로 살 테니까요…

호레이스와 오비드를 반향 삼고, 또 마지막 대구에서 '폭군'을
넌지시 언급함으로써, 작가는 사건들로부터 침착하게 거리를 유
지한다. 새로운 치세로 돌입하는 그의 거리 유지는 유념해 둘 가
치가 있다.

극장 사람들 대부분에게, 비에 휩쓸린 그의 스코틀랜드만큼이
나 왕에 대해 알려진 바가 없었다. 셰익스피어보다 2년 연하인 제
임스는 붙임성 있고 신체 건장한 인물로 사냥에 몰두했지만, 정치
적으로 기민했고, 신학 토론을 즐겼다, 그리고 왕권, 악마학, 담배
에 대해 교양 수준의 책을 쓸 능력이 있었다. 두 아들에 딸 하나였
다, 그리고 젊은 아내(그의 궁정에서 '앤'이 아니라 '안나' 여왕으로 불
리는)는 가면극에서 춤을 추고 연기를 했다. 스코틀랜드, 그리고
잉글랜드의 왕으로서 그는 어려운 입장이었다. 남쪽에서 그가 접
한 경쟁적인 아첨 이면에는 스코틀랜드인들이 토지와 관직, 과밀
대학 자리들을 잉글랜드 귀족 면전에서 낚아채 갈 것이라는 두려
움이 잠복해 있었다. 부분적으로는 반反스코틀랜드 감정을 맞받
아치기 위해 그는 스코틀랜드인을 관직 밖에 두는 대신 돈을 주

었고, 충성심을 물려받지 못했다는 느낌 때문에 명예를 '팽창' 시키는 방식으로 충성파를 창조했다(그는 4개월 동안 906명에게 기사 작위를 주었다). 제임스는 미술, 가면극, 그리고 무대극으로 광휘를 발하며 주위 사람들의 헌신을 유지하고, 국내의 적들을 현혹하고, 또 외국 사절들에게 인상적인 궁정이 필요했다. 런던 도착 10일 후 느닷없이 비서를 통해 임시 옥새관—세실 경—에게 지시, 셰익스피어 배우들의 지위를 상승시키는 '특허 증서'를 발행하게 했다. 이틀 후 작성된, 그리고 1603년 5월 19일로 명시된 왕실 특허증(여기서는 현대 철자법으로 인용한다)은 권한을 부여하고 허가를 내주는 투가 어딘지 모르게 폴로니어스풍이다: "이들 우리의 하인 로렌스 플레처, 윌리엄 셰익스피어, 리처드 버비지, 어거스틴 필립스, 존 헤밍, 헨리 콘델, 윌리엄 슬라이, 로버트 아민, 리처드 카울리", 그리고 나머지 극단 관계자들은

> 희극, 비극, 사극, 막간극, 도덕극, 전원극, 무대극 그리고 그들이 이미 연구했거나 향후 사용 혹은 연구할 것들을, 우리의 사랑스런 신민들의 오락은 물론, 우리가 기분이 좋아 그것을 보는 게 좋다고 생각할 때 우리의 위안과 즐거움을 위하여 공연하는 기법과 능력을 자유롭게 활용하고 행사할 사.[4]

엘리자베스 여왕 아래, 배우들은 귀족 후원자를 두었다. 제임스 치하 그들은 왕실 후원을 받게 된다, 그리고 특허증은(1619년 갱신되고 제임스 사망 이후 다시 약간의 수정을 거쳐 갱신) 앞으로 왕립 극단, 혹은 왕의 사람들 혹은 배우들로 알려지게 될 극단의 출현을 증거한다. 유행병이 잦아들면, 특허증이 그렇게 선언한다, 셰익스

4   EKC, 『무대』, ii. 208. 스튜어트 시대 무대 자체에 관해서는, 제니 워몰드, 「제임스 4세와 1세 : 두 명의 왕 혹은 하나?」, 『역사』, 68호(1983), 187~209; 데릭 허스트, 『권위와 갈등: 잉글랜드 1603~1658』(1986); 그리고 그레이엄 패리, 『복원된 황금기: 스튜어트 시대 궁정 문화, 1603~1642』(맨체스터, 1981).

피어 극단은 '글로브라고 불리는 그들의 평상시 건물', 혹은 어느 시, 대학 도시, 혹은 영토 내 어떤 자치 도시에서도 공연할 수 있다. 치안 판사, 시장, 그리고 다른 관리들은 그들이 장애 없이 쇼를 연행하게끔 "허용하고 견뎌야" 할 일이다, 그리고 "그들의 직위와 자질에 걸맞은 사전 대우"를 허락해야 한다. 특허 증서는 "우리를 위해 이들 우리 신민들에게 그 이상의 혜택을 베푼다면 무엇이든 기꺼이 건네받을 것"이라고 덧붙이고 있다.[5]

셰익스피어 전기 작가들이 넌지시 내비치는 것과 정반대로, 제임스는 미적미적 끌다가 다른 극단들을 왕의 이름 아래로 통합했고, 그의 배우들이 받는 혜택은 미미할 것이었다. 왕의 배우들은 역병 기간 동안 (역병은 1603년 5월 19일부터 이듬해 4월 9일까지 극장을 닫게 만들었다) '유지 및 구호' 명목으로 30파운드의 '하사금'을 받게 될 것이었다.[6] 1603년 말이 되어서야 우스터 극단은 안나 여왕의 후원 아래 '여왕의 배우들'이 되었는데, 안나 여왕은 1604년 2월 4일자 특허 조치에 의해 채펄 아동 극단을 '여왕 주연 아동 배우들'로 후원하였다. 제독의 배우들은 1604년 초 '헨리 왕자의 극단'이 되었다(특허 증서가 발행된 것은 2년 후지만).

왕의 특허는 극단이 시청에서 공연할 수 있게 권한을 주었다— 시 위원회가 공연을 금하든 않든 상관없이. 스트랫퍼드 평의회가 여전히 배우들의 시청 홀 입장을 금지할 수 있지만, 그것을 정당화하려면 추밀원에 호소문을 올려야 했을 것이다. 낭비벽이 있는 왕에게 배우들이란, 결국, 거래였다. 물가 상승에도 불구하고 제임스는 그들에게 공연 당 딱 10파운드를 주었는데, 정확히 전임자가 주었던 액수다. 1603년에서 1604년 2월까지 극단이 왕정으로부터 수령한 총액은 대략 150파운드, 역병 시기 주요 극단 배우 각각이 1주일에 1파운드를 받았다면 적은 액수다. 엘리자베스 여왕이 연극들을 즐겼던 반면, 제임스 왕은 아주 좋아하지는 않

---

5   EKC, 『무대』, ii. 208~209.
6   같은 책 iv. 168.

았고, 그도, 그리고 이제껏 알려진 그의 궁정 최측근 어느 누구도, 셰익스피어의 비범함을 알지 못했다. "첫 연휴 기간에", 1604년 초 햄프턴 궁정에서 더들리 칼턴 경은 그렇게 관찰했다, "우리는 매일 밤 거대한 홀에서 공공 연극을 보았고, 그때마나 왕은 항상 참석했다, 그리고 이유에 따라 좋아하거나 싫어했다: 하지만 그가 각별히 연극을 즐기는 것 같지는 않다. 여왕과 왕자는 배우들과 좀 더 친했다, 다른 날 밤 따로 불러 만나기도 했으니까."[7] 제임스는 장차 꼭 작품에 유리하지만은 않은 쪽으로 희곡 허가 결정을 번복할 테고, 반면 자신을 겨냥한 무대 풍자를 때때로 참아 주기도 할 것이었다. 그가 강력한 느낌을 갖는 현안(이를테면 스코틀랜드와 잉글랜드를 통합하려는 그의 계획 같은)을 어떤 작품이 치고 들어올 경우, 그의 반응은 무자비하게 즉각적일 수도 있었다.

셰익스피어 극단은 전보다 훨씬 자주 궁정에서 공연했다. 그들은, 몇몇 대본에서, 스코틀랜드인을 자극할 만한 언급을 고친 듯하다. 『이에는 이』, 『맥베스』, 『리어 왕』, 혹은 『심벨린』 같은 신작에서는, 시인이, 사실상, 그의 군주에게 경례를 올리고 있다. 동작이 명료하고, 단호하고, 뚜렷하다, 그리고 마치 강제된 것처럼 제한적이다, 그가 제임스 왕에게 아첨했다는 추정은 민감하고 또 다소 논쟁적인 사안이지만. 이 사안을 더욱 얽히고설키게 만드는 것은, 때때로, 아마도, 셰익스피어 쪽에서 한 스튜어트 왕과 전반적인 견해 일치를 이루려는 경향을 보인다는 점이다. 그 점은 자신과 극단의, 왕의 극단이라지만 여전히 낮은 신분에 대한 그의 명료한, 지당한 견해를 바탕으로 깔고 이해해야 한다. 존슨과 달리, 셰익스피어는 그와 배우들이 공연하는 스튜어트 궁정과 거리를 유지했다.

하지만 왕의 배우들은 고무되었다. 그들은 낙관적이었다: 6월, 아니면, 어쨌든, 그해가 가기 전 새로운 주주들을 받아들였다. 그

---

7   MS 폴저, W. b. 182. 『국가 문서 연차 목록, 국내, Jac. I』, vi. 21.

러나 그들이 상승하는 비용을 충당할 수 있다는, 혹은 역병 시기 글로브를 포함한 임대 상태를 유지할 수 있다는 보장은 전혀 없었다. 1603년 브라이언이 떠났고, 포프가 사경을 헤매는 중이었다. 켐프는 광대 로버트 아민으로 대체했는데, 금세공인의 도제였다가 글로스터셔, 샌도스 경 극단 배우로 활동하던 중 들어온 경우였다. 새로운 주주 중 하나는 버비지의 피후견인 니콜라스 툴리였다: 그리고 다른 한 명 알렉산더 쿡은 헤밍의 도제였음이 분명하다. 세 번째 로렌스 플레처는, 1595년, 1599년, 그리고 1601년 스코틀랜드 순회 공연을 이끌었고, '국왕 폐하의 희극 배우'로서 제임스 왕의 총애를 받았으며, 에버딘 시민권을 얻었다.[8] 셰익스피어 희곡 2절판 배우 목록에는 빠져 있지만, 플레처는 1605년 어거스틴 필립스 유서에서 상기되었다.

새 주주 중 마지막, 존 로윈은 우스터 극단에서 데려왔다—그러나 아마도 처음에는 빠른 승진을 기대하는 고용인으로서였을 것이다. 내전 발발 전까지 왕의 배우들을 떠받치는 기둥 중 하나로, 그는 서더크, 성 구세주 교구에, 종종 '극장 근처에' 살았고, 셰익스피어에 대한 기억을 1642년 극장 문을 닫을 때까지 전해 내렸다. 대략 1604년 혹은 1605년부터, 극장은 대개 주주가 12명 혹은 13명이었다.[9]

제임스 왕은 동명 성인의 축일인 7월 25일, 웨스트민스터 대성당의 제한된 모임 앞에서 왕관을 썼고, 역병 때문에 거의 1년을 기다리고서야 장려한 공개 입성을 성사시킬 수 있었다. 워낙 극심한 전염병을 피해 궁정은 서리에서 계속 퍼포드로 행군해 갔는데, 당시 그곳에서는 시인 존 던이 무례한 결혼 때문에 망신당한 상태로 초췌한 삶을 연명하고 있었다; 궁정은 계속 햄프셔, 버크셔, 그리고 옥스퍼드셔를 지났고, 죽음이 거의 발뒤꿈치까지 달라붙은 꼴이었다. 우드스톡, 옥스퍼드 근처에서, 그들은 옥스퍼드 단

8 E. 넌게저, 『배우 사전』(뉴욕, 1929), 141~142.
9 A. 거, 『셰익스피어의 무대 1574~1642』(케임브리지, 1985), 46.

과대학들이 문을 닫고 있다는 보고를 받았다. 역병은 "매일 위력을 더해 갔다".[10] 그러나 화이트 섬으로 여행한 후, 제임스가 마침내 윌트셔에 도착, 젊은 펨브룩 백작과 함께 윌턴 저택에서 예정보다 오래 묵을 수 있었다.

셰익스피어 극단은, 명백한 절망 상태는 아니었지만, 이미 길을 나선 터였다, 순회 공연은 혐오의 대상이었지만—그리고 1597년부터 1600년 사이 정말 셰익스피어 생애 중 배우들을 위한 순회 공연이 가장 적었다. 대략 1605년 이후 일반적으로, 나이 젊은 사람들이 순회 공연에 파견되었다. 역병에 찌든 이해 왕의 배우를 실은 마차들이 북쪽 코번트리와 서쪽 슈루즈버리로 바퀴를 굴렸다. 그들은 배스에도 도착했으나, 이해 3,000명이 근처 브리스틀에서 사망했다, 그리고 역병은 노리치, 노샘프턴, 체스터 같은 읍으로 번졌다. 10월이면 배우들은 현명하게도 런던의 자그마한 서쪽 교외 지역으로 물러난 상태였다.

이곳이 모트레이크다—풀럼 너머 바로 리치먼드 성 근처. 어거스틴 필립스는 강 근처 모트레이크에 집 한 채를 사 둔 터였다, 1604년 이전 시점에, 그리고 이곳에서 극단은 역병이 걷히기를 기다렸던 듯하다. 그럼에도 불구하고 가을 늦게 그들은 모트레이크에서 윌턴으로 가 후원자 왕과 합류하라는 명령을 전달받았고, 존 헤밍은 훗날 "서리 주 소재 모트레이크에서 상기한 궁정으로 와 왕 폐하 앞에서 작품 한 편을 공연하느라 그와 그의 극단이 치른 수고와 비용에 대한 보답으로" 30파운드를 받았다.[11] 윌턴 저택은 펨브룩 백작들의 시골 별장이었다. 제임스는 방금 젊은 펨브룩을 가터 기사로 승격시킨 터였다. 백작의 어머니가 필립 시드니 경의 여동생이었고, 별장은 종종 시인들을 끌어들이고 또 전설을 부추겼다. 한참 뒤 빅토리아 시대 중반, 1865년 8월, 그리스어 가정교사로 머물고 있던 이튼 고등학교 선생 윌리엄 코리는, 그가

10   MS 폴저, W. b. 181(라틴어를 번역).
11   EKC, 『무대』, iv. 168.

당시 허버트 부인한테서 들은 기묘한 이야기를 끼적거려 놓았다. "이 집은 흥미진진해요", 허버트 부인이 코리에게 그렇게 말했다, 그리고 덧붙였는데, 놀라운 내용이었다: "위층은 울지 방이에요; 편지가 하나 있는데, 출판된 적은 없고, 펨브룩 부인이 아들에게 보낸 편지고, 제임스 1세를 솔즈베리에서 모셔 와 『좋을 대로 하시든지』를 보여 드리라는 내용이죠; '우리는 셰익스피어 그 사람과 함께 있단다.' 그녀는 롤리를 위해 왕을 구워삶으려 했던 거죠 —왕은 왔어요."[12]

매력적인 이야기다. 울지 추기경은 1530년 사망했으니, 1544년, 첫 번째 펨브룩 백작이 윌턴의 부동산과 수도원을 수여한 후 지은 저택에 머물렀을 리가 없다. 허버트 부인이 방 하나를 '울지 방'이라 부른 것은 아마도 그 방 벽에 추기경의 초상이 걸려 있기 때문이겠지만, 그녀는 치유 불가능한 '셰익스피어 환상들'에 시달리고 있었다; 그리고 셰익스피어가 '우리와 함께' 있다 운운의 편지 한 통은 발견된 적이 없다. 하지만 1996년, 피터 데이비슨은 윌턴 자치시가 1603년 6파운드 5실링 0페니의 금액을 '하사 및 사례 명목으로 왕립 극단에게' 지불했다는 사실에 충분한 근거를 제공하는 그 무엇을 발견했다.[13](왕의 배우들 입장에서 보자면 후하다고는 할 수 없더라도, 공정한 액수다). 그것이 왕의 배우들을 지칭하는 것이라면, 그들이 지역 시민들을 위해 공연했을 가능성은 있다, 그러나 그들의 주요 의무는 왕을 향했다. 윌턴 저택에서 그들이 최소한 한 편은 공연을 했는데, 그게 반드시 『좋을 대로 하시든지』라야 할 필요는 없다. 또한 그들은 연휴 동안 햄프턴 궁정에서 자신들을 필요로 하리라는 것, 그리고 그해 겨울 아니면 그 후,

12 M. G. 브레넌, 「"우리는 셰익스피어와 함께 있다": 윌턴 집과 『좋을 대로 하시든지』」, 『윌트셔 고고학과 자연사 매거진』, 80호(1986), 225~227.
13 『리처드 3세 첫 4절판』, 피터 데이비슨 편(케임브리지, 1996), 47. 윌턴 자치 시민 1603년도 회계장부에는, "Paid to mr Sharppe for his layinges out vppon giftes and fees vnto the kinges seruantes £6=5=0"(트로브리지 공문서 보관소, G25/1/91)라 되어 있다.

안나 여왕이 애용하는 아마추어 궁정 가면극에 도움을 줘야 할지도 모른다는 것을 알게 되었다.

제임스를 위한 공연 이후, 셰익스피어의 배우들은 궁정에서 저임금 하인에 불과한 신분을 벗어나지 못했다. 설령 왕을 연기한다 하더라도, 연극이 끝나면 배우는 보조적이거나 안 보이는 존재로 전락했다. 1590년대가 그랬고, 이 흥미로운, 지존에서 무無로의 변형을, 셰익스피어는, 사실상, 『말괄량이』의 슬라이, 혹은 『꿈』의 바텀으로 묘사했다. 그러나 기술 때문에 환영받았으므로, 그의 배우들은 이해 겨울 궁정으로 다시 초대되어 전례 없는 8회 공연을, 그리고 이듬해에는 11회 공연을 치렀다: 엘리자베스 여왕은 그보다는 덜 부탁했다. 1613년까지 10년 동안, 그들은 최소 138회의 왕정 공연을 치르게 된다. 이 공연들은 스트랫퍼드의 한 시인에게 손으로 만질 수 있는 금전적 가치 이상의 의미를 지녔던바 그는, 그의 동료와 함께, 왕정을 연구했던 것이다. 그리고 왕립 극단으로서 그들의 권위는 글로브에서 해가 될 게 없었고, 글로브가 제공하는 수입원은 역병의 공포, 화재, 홍수, 검열, 스튜어트 가문 출신 왕, 악마적인 운運만이 막을 수 있을 것 같았다.

구경거리, 『이에는 이』, 그리고 『끝이 좋으면 다 좋다』

유혈 사태 없이 새로운 군주를 모셨다는 런던 사람들의 안도감 및 군주와 안나가 영감을 주었을 법한 예술적 독창성에 대한 감각은 1604년 명백했다. 양식을 뻐기는 통치자가 등장했으므로, 상황 변화는 기대할 만했다—최소한 방종, 무단 외출, 그리고 다소 초조한 방식 등 그의 결점이 나타나기 전까지는. 하지만 그의 치세 처음 10년 동안, 예술성이 뛰어나고, 지적이고, 또 영적인 힘이 강한 작품들이 나타났다, 그리고 여왕 궁정의 참신한 분위기, 밝은 전망, 관용은 간접적으로 극장에 영향을 끼쳤다—그리고 셰익스피어의 대담함에도.

런던으로의 '왕의 입성'을 위해 극작가와 동료 여덟 명이 각각 값싼 붉은 천 4.5야드를 가운용으로 받았다, 극단이 왕의 조직이었기 때문이다: 그것은 왕이 관례적으로 주는 선물이었다. 3월 15일 극단들은 길거리를 행진하지 않았다, 그러므로, 아마도, 셰익스피어도 행진하지 않았다, 그러나, 그가 저질 천의 붉은 가운을 걸쳤든 안 걸쳤든, 그는 왕권이 어떻게 감지되는가를 보기 위해 예민한 상태였을 것이다. 그는 경쟁자들을, 그리고 대중 취향을 연구해야 했다. 이 시기에는, 여러 종류의 구경거리가 있었다—여행 중이거나 행진 중인 군주를 위한 야외 쇼들, 매년 10월 29일 런던 시장 취임일을 기념하는 런던 시장 쇼, 그리고 군주의 입성 도중 공연되는 장면들 등등.[14] 런던 사람들은 1559년 엘리자베스 여왕 등극 이래 거대한 규모의, 공연 장면이 있는 왕 입성 행사를 보지 못한 터였다.

제임스의 웅장한 이벤트를 위해, 스티븐 해리슨은 높은 목재 및 회반죽 구조물을 도안했는데, 가장 큰 것은 높이 90피트에 너비가 50피트였다. 기둥, 돔, 첨탑, 그리고 피라미드로 구성된 아치들에 상징적인 장식물들이 덧씌워졌고, 페인트로 칠한 소용돌이 무늬 장식과 그로테스크한 여인상 기둥들이 있었으며, 평평한 좌석을 높이 올려 살아 있는 배우들을 앉혔다, 마치 도시 자체가 공공 극장인 것처럼.

탑에서 하룻밤을 잔 후, 왕은, 군중들을 싫어했는데, 3월 15일 군중들로 꽉 찬, 요란하고 굉장한 길로 들어섰다. 길을 따라 첫 번째 눈에 띄는 것은 펜처치의 아치로, 벤 존슨이 맡고 있었다. 제임스가 접근하면서, 커튼이 뒤로 젖혀졌고, 도시 수호신 복장을 한 인물이 템스강의 신과 대화를 시작했고, 템스강의 신은 산 물고기들을 항아리에서 쏟아 냈다. 다른 인물들이, 살아나며, 위에서 씰룩댔다. 현자의 충고 및 호전적 군대의 지지를 받으며, 수호신이

14   데이비드 M. 버거론은 『잉글랜드의 공공 야외 볼거리 1558~1642』(콜롬비아, SC, 1971)에서 이 소재를 훌륭하게 전반적으로 개관하고 있다.

그의 딸들과 함께 나타났다—기쁨, 존경, 신속, 경계, 애정, 그리고 일치. 다람쥐와 흔들 향로를 손에 들고 민첩함과 '신속한 행동의 향기'를 암시하면서, 신속은, 예를 들어, "불꽃 빛깔의, 짧게 꼬아 올린 의상을 착용했고, 뒤에 날개가 달렸으며, 머리카락이 빛났고, 리본으로 묶여 있었다; 가슴은 열어젖혔다, 여장부처럼".[15] 왕이 조바심을 내는 동안, 수호신은 나라의 고대 트로이 사람들에 대해 이야기했는데, 그들의 진정한 계승자, 스튜어트 가문까지 이야기를 끌고 내려왔다.

왕은 그 다음, 도시의 이탈리아인 및 네덜란드인 구역에서 만든 겸손한 아치로 옮겼고, 다시 칩사이드의, 그야말로 장관을 이룬 토머스 데커의 '노바 아라비아 펠릭스' 아치로 옮겼다. 여기서 제임스는 빛나는, 깃털 많은 불사조, '새로운 아라비아에, 새로운 봄'을 가져다준 불사조 이미지로 그려진 자신을 보았다. 음악이 들려왔다, 그리고 성 바오로의 두 소년 성가 대원이 '황홀한 목소리'로 노래불렀다. 그러나, 아마도, 거대한 지구의가 달린 90피트 높이의 신세계 아치를 지나면서, 왕은 인내심이 닳아서 희박해졌을 것이다. 템플 바의 한 아치를 지나, 그는 마지막 순간에 튀어 오른 토막 귀틀 한 채 때문에 행진을 멈추었는데, 그 안에서 무지개, 태양, 달, 그리고 플레이아데스 성단이 70피트 높이의 두 첨탑 사이로 치솟았고, 인간 혜성, 엘렉트라 별이, 그를 영국 제도의 새로운 아우구스투스로 환영했다.

배우들의 목소리가 들리지 않고 왕이 흐리멍덩한 눈으로 혐오감을 표했으나, 그날 행사가 실패였다고 보기는 힘들다. 왕의 런던 '입성'은 작가, 배우, 도상 제작자 들의 기술을 널리 알렸다, 그리고 궁정 구경거리가 알아먹기 힘들었다고 하지만, 또한 풍부하기도 했고, 왕권과 사회 질서 체계 뒤에 숨은 진실을 그림으로 보여 주려 했다는 점에서 탈문학적이고, 상상력이 풍부했다.

15   패리, 『복원된 황금기』, 6에서 이용.

그리고 그것은 새로운 가면극과 무대극에 꽤 좋은 조짐이었다. 안나는, 깊은 인상을 받고, 통역자 존 플로리오, 그리고 시인 사무엘 다니엘을, 궁정의 개인 전용실 궁내관으로 받아들였고, 존슨과 이니고 존스를 고용했다. 이상야릇했지만, 도상들은 공공 오락에 높은 기준을 설정, 마음에 도전적이고 호소력을 발했으며, 박학, 아름다움, 그리고 정교한 세부 묘사를 제공했다. 신사 계급은, 사실상, 지적이고 암시가 풍부한 연극을 향해, 심지어 『리어 왕』혹은 『안토니와 클레오파트라』의 너비와 장려함을 향해 준비되고 있는 셈이었다. 안나의 궁정은 재능의 온실이 되었다, 다양한 신분과 환경을 지닌 남자와 여자들을 끌어들이면서. 그녀의 측근들이 어리석음을 부추겼지만, 예술과 지성은 정말 정신의 유쾌함과 약간의 관용을 먹고 번창하는 법. 왕비는 가톨릭이고 그녀 남편은 기독교도였다, 그러나 제임스는 로마 교회를 '우리의 어머니 교회'라 불렀고, 클레르보의 성 버나드와 성 어거스틴의 저작을 존경하노라 주장했다. 최소한 처음에는 그가 영국의 정신사 자체를 조명하면서 시인과 영국 국교 성직자들에게 유리한 환경을 장려했다. 그는 장차 가톨릭 교도에게 난폭한 반응을 보일 것이다. 기독교의 청교도파를 거칠게 대했지만, 바로 이해 햄프턴 회의에서 번역자들을 움직이게 하고 이들이 훗날 킹 제임스판 성경을 만들어 내게 된다. 이따금씩, 그는 연예 오락을 비웃었다. 아마도 『베니스의 상인』을 그는 정말로 인정했다, 어느 참회 주일 직전 일요일에 공연되는, 그리고 다시, 헨리 왕자를 위해, 어느 참회 화요일, "K의 명으로" 공연되는 식으로.[16] 안나의 식욕이야 이 정도로 물리기가 힘들었다: "버비지가 와서 말하는데 여왕께서 보지 않은 신작은 없답니다, 하지만 『사랑의 헛수고』라는 옛 작품을 되살렸는데, 재치 있고 또 명랑해서 여왕님 입맛에 아주 괜찮을 거라는군요", 월터 코프 경은 세실 경에게 그렇게 전했다. "그리고 이

---

16 EKC, 『무대』, iv. 172.

작품을 내일 밤 사우샘프턴 백작 댁에서 공연한답니다, 문제가 있으면 편지 주시고요⋯ 버비지는 당신의 즐거움을 보살피는 제 전령입니다."[17] 그건 커스버트 버비지였을 게 분명하다, 리처드의 동생으로, 월터 경을 섬겼으니까, 그리고 편지는 안나가 남편보다 더 많은 연극을 본다는 사실을 알려 준다.

왕의 배우들이 궁정에서 공연한 신작들 중에는 『이에는 이』와 『끝이 좋으면 다 좋다』가 들어 있다. 둘 다 제임스의 견해와 전반적으로 일치하면서 인간에게 내재하는 잠재적, 자연적 성애 충동, 그리고 구원의 환상을 보여 준다. 둘 다 영적인 우아함도 환기한다. '섹스버드'의 『끝이 좋으면 다 좋다』는 성 스테파노 축일인 1604년 12월 26일 밤 런던 관청 연회장에서 공연되었다.[18]

집필 날짜는 알 수 없지만, 이 작품은 1603년 사건들을 암시한다. 저자 나이 40세―혹은 그 근처―였을 때 쓰여졌으므로, 그의 극단이 개편되고 또 확장되던(툴리와 쿡이 주주 그룹으로 끌어올려지던 당시 셰익스피어가 자신의 협정을 재계약했다면) 초기 작품으로 보아도 무방할 것이다. 계약 하에 혹은 '양해' 하에 그는 매년 신작을 두 편씩 써 왔지만, 제임스 1세 치하에서 비율이 절반으로 낮아질 것이었다: 나머지 집필 기간에는 평균 1년에 한 편을 내놓았다. 역병 발발 기간 중 극장 폐쇄, 배우들의 수요, 혹은 자신의 편의가 분량에 영향을 주었을 것이다; 또한 그가 1년 동안 단 한 작품만을 붙잡고 늘어졌다고 볼 수도 없다. 그는 『리어 왕』 같은 복잡한 계획을 세웠다가, 『맥베스』 때문에 그것을 제쳐 두고, 또 거의 동시에 희곡 대본 두 개를 완성했을 수도 있다; 그러나 경향을 보자면, 곧 덜 쓰게 된다. 그의 필치가 나빠진 터였다(『토머스 모어』의 초기 'D 손' 필치와 『오셀로』의 텍스트 문제를 비교해 보면). 그리고 설령 그것이 육체적 쇠약의 징후일 필요는 없다 하더라도 그

17 『솔즈베리 백작 부인 MSS 연차 목록』(1883~1976), x vi. 415(철자법 현대화).
18 EKC, 『무대』, iv. 171.

가 더 이상 '막일꾼 요한네스'의 의무를 지녔을 것 같지는 않다.[19]

그의 직업적 생애는 힘들었다; 이윤이 축적된 터였다, 그리고, 아버지의 재산을 물려받고 또 새로운 투자를 했으므로, 그는 돈이 없지 않았다. 편안한 비번 상태였다. 런던에서, 곧 보게 되겠지만, 그는 연극 바깥의 다른 사람들, 특히 아주 흥미로운 이민자 연결망과, 그들의 몇몇 후손들과 접촉하고 있었다; 그리고 그가 살고 있는 도시 북쪽은, 일반적으로 생각하는 것과 달리 동료 주주들과 그렇게 가깝지는 않았다. 아직 런던을 떠날 생각까지는 없다 하더라도, 그가 리허설로부터의 해방을 반겼던 것이 분명하다. 존슨의 『시저너스』(1603)에 출연한 후, 무대에 덜 자주 나타났을 법하다, 전혀 안 나타났다고 하기엔 좀 뭐하지만, 그리고 빠빡한 시간 제한 없이 글쓰기를 희망했을 법하다. 그는 주로 시기를 비껴가게 하고, 경쟁자와 마찰을 피하고, 또 친밀한, 위계질서가 있는 동지애를 기대하면서 그것을 부추기려 애써 왔다; 배우들의 동지애에 대한 은연중 비판을 우리는 『햄릿』보다 『오셀로』에서 더 잘 볼 수 있을지 모른다. 그러나 어떤 경우든, 극단에 대한 그의 충성심은 의심하기 힘들다. 인원 팽창이 그의 의무 증대를 암시하는 것은 결코 아니다; 그리고 그에게서 매년 세련된 대본 한 편을 받는 일이 그들의 권위를 유지시켜 주었을 것이다.

왕위 계승 이래 낭만적 희극들은 유행에서 떨어져 나갔다: 풍자극, 비극과 희비극들이 판을 쳤다. 그는 한 장르를 아예 잊어버리는 경우가 드물고, 『이에는 이』는, 비극적이기보다 희극적인데, 심리적 깊이가 어떤 경쟁작의 추종도 불허한다. 등장인물이 복잡한 조지 휏스톤의 2부로 된 엘리자베스 여왕 시기 희곡 『프로모스와 카산드라』의 원전, 즉 이탈리아 소설가 제랄디 친티오의 중편을 참고하고 있다. 세부 사항은 친티오한테서 가져오고 또 휏스톤의 희극적인 부차적 줄거리를 차용하면서, 셰익스피어는 '비엔

19   E. A. J. 호니그만, 『'오셀로' 텍스트와 셰익스피어의 수정』(1906), 86~88.

나' 속 당대 런던을 상상하고, 그래서 2장의 경우 뱅크사이드 글로브 극장에서 200야드 정도 떨어진 것일 수도 있다. 그의 희곡들은 모험의 골목길 근처에서 무대에 올려졌다, 골목길 이윤이 확실했던 적은 한 번도 없지만. "전쟁이 어찌 되든", 불쌍한 매춘부 오버던이 유곽 장사에 대해 이렇게 외친다, "역병이 어찌 되든, 교수대가 어찌 되든, 그리고 가난이 어찌 되든, 난 손님이 부족하단 말이야."(I. ii. 80~82) 런던 사람이 지녔을 법한 견해로 보자면, 그녀는 해외 전쟁을, '땀' 혹은 역병을, 윈체스터의 반역자 재판을, 그리고 1603년 가을경 거의 버려진 수도에서 단골이 줄어든 것을 언급하고 있다. 셰익스피어는, 거의 모든 면에서—이 작품 그리고 다른 작품들에서—미들턴, 마스턴, 혹은 웹스터보다 기질이 덜 이국적이다.

1막에서 그가 스케치하는 인물들은 금세 막다른 골목에 봉착한다—젊은 클라우디오, 그는 약혼녀를 임신시킨 것 때문에 공포에 질려 있고 사형 선고를 받은 상태다; 올바른 안젤로, 비엔나 부시장, 그는 육욕에 굴복한다; 그리고 미숙하고 불같은 이사벨라, 성 클라라 수녀회 신참, 그녀는 도덕적 정직성을 갈망하며 안젤로와 같이 자느니 차라리 오빠 클라우디오를 죽게 내버려 두는 게 낫다는 생각을 한다. 그들 모두를 조종하는 것이 신 같은 비엔나 공작인데, 자리를 비우지만 수사로 변장하여 돌아오고, 한편으로 제임스 왕의 저서 『바실리콘 도론』(이 작품의 한 원천이다) '훈계의 군주'를 종종 상기시킨다.

잉글랜드의 스튜어트 가문 출신 왕과 다소 유사하게, 공작은 신권으로 통치하고, 행정관으로서 관용이 우선이라는 점을 인정한다, 그리고 군중을 불신한다—"나는 백성을 사랑하지", 그는 이렇게 주장하고 있다,

> 그러나 그들의 눈에 맞추어 나를 연출하기는 싫어.
> 그게 정치적 효과는 있더라도, 내 입맛에 안 맞아

그들의 시끄러운 박수갈채와 격렬한 인사가.

(I. i. 67~70)

3월 15일 제임스의 기분이 그랬을지 모른다. 그러나 비엔나 공작 빈센티오는 기묘하게 상처를 잘 받는 인물이다. 그는 당혹스럽고 불편하다; 루초의 중상 모략이 그를 정신 못 차리게 하거나, 숙취가 있다는 이유로 감옥에서 사형당하기를 꺼리는 살인범 바나딘이 그를 다시 정신 못 차리게 하고, 그 결과 그의 잘린 모가지가 클라우디오의 머리 대신 안젤로에게 보내질 수 없게 된다. 이런 세부 사항은 극작가가 자신의 초기 희극 극작법에 불만을 느끼고 사회적 권태를 더 잘 다룰 방법을 모색하고 있다는 사실을 암시한다. 셰익스피어를 다른 극작가들과 구분 짓는 것은 각각의 인물에게 차례로 최대한의 설득력을 부여하는 능력이지만, 또한, 그리고 못지않게, 특수한 종류의 사회적 리얼리즘을 부여하는 능력이기도 하다. 그의 등장인물들은 인간 사회를 풍자하는 게 아니라, 그 베일을 벗기는 쪽으로 인도되고, 이 작품에서 그는 통치 행위라는 추상적 현안을 다루는 바 런던은 물론 잉글랜드 읍들에 대한 그의 태도도 포함되어 있는 듯하다. 안젤로의 부패한 정의가 스트랫퍼드를 오염시킨 것인지 모른다, 왜냐면 이곳은 편협한 청교도 상투형들이 위원회에 영향을 끼쳤고, 다른 읍에서처럼, 설교가 드라마 및 다른 '음탕한' 연예 오락을 대치하고 있었다.[20] 『이에는 이』는 감정을 억제하는 지적 희극을 중요시한다, 그리고 눈부신 극적 긴장이 작품의 숨막히는, 서로 얽혀 드는 플롯 속에 명확하다, 그리고 그 속에서 성적 욕망이 질서의 솔기를 뜯어 버리는 것이다. 결말은 오만하게도 공작에 의해 제시되는데, 공작이

20   패트릭 콜린슨, '교회: 종교와 그 표명들', J. F. 앤드루 (편), 『셰익스피어』, 전 3권. (뉴욕, 1985), i. 21~40, 특히 35. 스트랫퍼드에 대해서는: MS SBTRO, 위원회의록, 1602년 12월 17일 및 1611/12년 2월 7일자; 앤 휴스, '스트랫퍼드어폰에이번의 종교와 사회, 1619~1638', 『미들랜즈의 역사』, 19호(1994), 58~84.

이사벨라를, 그녀가 자신을 좋아하든 말든 신부로 맞는다. 마침내 공작은 성적 망상에 사로잡힌 안젤로보다 조금이라도 나은 인간이 되었는가—그리고 안젤로는 구원받았는가? 소네트들에서처럼, 저자는 성적 욕망을, 대체로 창피스럽다고는 할 수 없더라도, 관리하기 힘든, 엄청난, 내밀한, 위협적인 힘으로, 현자조차도 저항할 수 없는 것으로 묘사한다.

성적 욕망과 혐오가 결혼이라는 주제와 뒤섞이는 게 『끝이 좋으면 다 좋다』이다. 이 작품 줄거리는 보카치오 『데카메론』에 나오는 한 이야기가 그 바탕인데, 극작가는 1566년 초판이 간행된, 번역이 엉성한 윌리엄 페인터 『환락의 궁전』에서 이 이야기를 발견했다. 번안물로 훌륭한 페인터의 작품에서, 나르본의 길레타라는, 의사의 부유한 딸이, 피스툴라(긴, 병을 유발하는, 관처럼 생긴 궤양)로 고통 받는 프랑스 왕을 몸에 좁은 구멍을 내어 고쳐 준다. 때맞추어 치료를 해 준 보답으로, 왕은 그녀를 마음 내켜 하지 않는 벨트라모에게 시집보내 주겠다고 약속하고, 그러자 벨트라모가 플로렌스로 튀는데, 그곳에서 연인을 만나게 된다. 그러나 길레타는, 계략으로, 그 새로운 숙녀를 대신하여 그와 잠자리를 함께 하고, 그녀가 건강한 아이를 둘 낳고 다른 면으로도 자신을 입증하자, 벨트라모는 기꺼이 그녀를 받아들인다.

이야기에 담긴 민속 모티브를 활용하는 한편, 셰익스피어는 가난하고, 신분이 낮으며, 지적이고, 또 신경질적으로 강렬한, 주목할 만한 여주인공을 발전시킨다. 순전히 리듬 때문에, 그는 『다 좋다』의 2절판 텍스트에서 그녀를 '헬렌'과 '헬레나' 두 가지 이름으로 부른다. 그러나 1장에서는 '헬레나'로 소개하는데, 잉글랜드 군주의 딸로 로마 황제와 결혼하고 진짜 십자가를 발견했다는, 전설적인 3세기 성녀의 이름이다. 벨트라모는 셰익스피어 희곡에서 미숙한, 쉽사리 남에게 끌려 가는, 그러나 아주 불쾌지는 않은 젊은 버트램, 루실롱의 백작으로 바뀐다. 착한 마음씨 때문에 버트램은 그의 어머니인 백작 부인, 왕, 라푸, 그리고 다른 사람들의 감탄을 자아낸다. 곤경은 감상적이 아니라 심리적이고 또 성적이다. 헬레나는, 그럴 만하게, 버트램의 육체적 사랑을 갈망하지만, 버트램은, 왕의 숙직 근무자로서, 그녀와 억지로 결혼해야 하는 데 혐오를 느낀다. 그것은 우리를 저자의 「비너스와 아도니스」 시절로 다시 데려간다, 그리고 정말 사우샘프턴의 경력과 셰익스피어의 소네트들이 버트램의 진퇴양난 속에서 만나고 있다. 왕의 불침번을 서는, 반항적인 기질의 소유자로서, 셰익스피어 후원자는 한때 전쟁을 갈망하다가 아일랜드에서 에식스 백작의 기병 장군이 된 경우였다. 작품 주인공은 이탈리아로 도망가, 무의미한 전쟁에서 기병 장군으로 신용을 얻은 후 도덕적 타락에 빠진다.

버트램의 심리가 리얼리즘적으로 발전한다, 그래서 그의 이중성, 허영, 그리고 혼란이 심지어 5막 끝에서도 뚜렷하다. 이제까지 내내, 그는 소네트들의 사랑스러운 청년을 닮아, 무엇을 하든 상관없이 경탄과 흠모의 대상이었다. 그는 백작 부인에게 경솔하고 고삐 풀린 어린애보다 더 나쁘지는 않다. 프랑스 왕에게는 '자부심이 강한, 오만한 소년'이다. 인색한 파롤스에게는, '연인'이자 '얼빵하고 게으른 아이' 혹은 '색을 밝히는 꼬마'다.[21] 분명, 이전 후원자와 유사점이 아주 크지는 않다. 버트램은 결국 결혼을 하게 되지만 사우샘프턴은 아니었다, 그리고 저자가, 시에서건 연극에서건, 살아 있는 모델을 바탕으로 어떤 등장인물 초상을 그렸던 사례는 알려져 있지 않다. 그럼에도 불구하고, 사우샘프턴을 괴롭혔던 영국 숙직 근무 체계는 프랑스 왕의 결혼 명령에 대충 상응하고, 버트램은—「연인의 투정」에 나오는 변덕스런 소년처럼—아마도 상상과 실제를 혼합한 인물일 것이다.

『두 신사』에서 『십이야』에 이르는 희곡들에 선례가 있지만, 헬레나는 헨리 가의 경건한 분위기와 연관이 있다. 헬레나는 여주인공들 중 가장 명백하게 종교적이다, 자신의 처녀성에 대해 음탕한

21　『다 좋다』, II. iii. 152, 265; IV. iii. 220, 302.

파롤스와 농담을 주고받는 재치에도 불구하고. 저자의 가치관은 "그의 워릭셔 동류들로부터 유래하며 도시와 궁정 양쪽에서 통용되는 사고와 두드러진 차이를 보인다", 고, 저메인 그리어가 주장한 바 있고, 그러니 셰익스피어가 '절개'를 '매저키즘에 연루된 성심리학적 특성 중 하나'로 생각한 것이 아니라는 이야기다.[22] 물론 그는 절개를 믿었다, 극장 동료 혹은 그 자신의 형제들이 그렇지 못했던 사례로 그를 당황케 했건 아니건. '침대 계략'으로, 침대 계략은 『이에는 이』와 『다 좋다』 양자에 나오지만(그리고 보카치오가 연원이다), 합법적인 침대 배우자가 남자의 상상 연인을 대체한다. 그렇게 무관심한 버트램이 헬레나와 함께 잠을 자고, 그녀를 처녀 디아나로 여긴다. '침대 계략'은, 물론, 성욕의 정체성 상실을 강조하려는 장치고, 저자는 일종의 반어적 신뢰감을 갖고, 심지어 대본 작가의 안도감을 갖고 구사한다, 마치 침대에서의 하룻밤이 인생 문제를 해결하지는 못할지 모르나, 무대 위 처치 곤란한 문제 하나를 풀 수 있다는 데 만족한 것처럼. 그리고 과연, 누가 그걸 의심하는가? 분명 관객은, 『다 좋다』 공연을 보면서, 버트램은 헬레나가 필요하다는, 혹은 최소한, 그가 개조될 시기가 무르익었다는 느낌을 갖게 될 수 있다. 그들의 결혼 생활이 황량한 지옥일 필요는 없다, 하지만 그렇다 하더라도 그들의 불화합성이 5막에서 주로 극화되었던 터다. 40세 가량의 셰익스피어가 보기에 영적 구원이란 어떤 복잡한, 현실주의적으로 간파된 인간 딜레마 사실들과도 무관한 꿈일지 모른다. 그러나 그는 거친 민속 이야기에 설득력 있는 내용을 부여하고 있는바, 이는 그가 세속적 자료들을 다룰 때 보여 주는, 로버트 스몰우드의 다소 관대한 표현을 빌리자면 "무한하고 세심한 배려"[23] 덕택이다. 헬레나 역이 연기하기 쉬운 것으로 드러나지는 않았지만, 그녀는 이 극작가

22 저메인 그리어, 『셰익스피어』(옥스퍼드, 1986), 109, 113.
23 로버트 스몰우드, 「『끝이 좋으면 다 좋다』의 디자인」, 『셰익스피어 개관』, 25호 (1972), 45~61.

작품 전체에 등장하는 어느 인물 못지않게 엘리자베스 여왕 시대 경건함의 이상에 근접한다.

깃털로 장식한 부대들

최근 무대 비극들이 글로브 극장 좌석을 채우는 데 도움이 되었고, 마스턴과 토머스 헤이우드의 비극 작품들이 인기를 끌었다. 『햄릿』은 분명 군중들을 끌어 모았고, 헤이우드의 현실주의적 가정 비극 『친절로 살해된 여인』은, 1603년 초 경쟁 극장인 로즈에서 공연되었는데, 아내를 살해하는 한 흑인을 다룬 글로브 측의 위대한 가정 비극 공연과 연관이 있다—『베니스의 무어인』, 오늘날 우리가 『오셀로』로 알고 있는 작품이다.

헤이우드 작품이 『오셀로』보다 앞섰건 뒤졌건, 두 작품은 경쟁을 유발할 만큼 유사한 종이었다. 셰익스피어 만년 '비극 시기'는 상업적인 원인이 있지만, 상업적 긴박성 때문에 오히려 자신의 온전한 지적 성숙을 『햄릿』과 같은 수준으로 『오셀로』에서 발하게 되었다. 최근 몇 달 동안, 사회악의 사소함과 편재성이 런던에 사는 그의 뇌리를 떠나지 않았다. 알려진 경험 거의 모두를 그는 대중의 태도를 연구할 때조차 활용했다. 많은 런던 사람들이, 제임스 왕 등극으로 인한 낙관론은 근거가 위태하다고 여기기 시작한 터였다. 수천 명의 일꾼들과 '주인 없는' 영혼들이 일거리를 찾아 부유한, 손짓하는 잉글랜드 수도로 밀려들었지만, 자연스런 모양새가 낙관주의적인, 해방된 자아를 벌주는 쪽이었다. 『이에는 이』에서 순박한 자, 순진한 자, 혹은 길을 잘못 든 자들—대낮의 '어리석은 놈들'과 '주로 날뛰는 자들'—은 감옥에서 서성댄다. 런던 안으로 들어오는 수백 명의 소녀와 젊은 여자들 중, 우리가 아는, 저자의 고향 스트랫퍼드어폰에이번 출신이 두 명 섞여 있다. 엘리자베스 에번스는 '무어 레인에 있는 소문 나쁜 집으로' 다시 또 다른 '이즐링턴 소재 집'으로 갔다는 것을 오늘날 런던 브라이드웰 문서 보관소에서 확인케 된다. (이런 사례들이 기록된 것은 1604년 직전이다) 조이스 카우덴이란 여자는 '상기 엘리자베스와 스트랫퍼드 업폰 하벤'에서 같은 학교를 다녔다고 말했고, 조지 핀더는, 그도 스트랫퍼드 태생인데, 자신이 친구로서 알고 있는 사항을 다음과 같이 증언했다:

> 스트랫퍼드 업폰 더 하벤 태생 조지 핀다는 스트랫퍼드 업폰 하벤의 그녀 아버지가 칼장수며 상기 엘리자베스가 그곳에서 태어났다고 말했다. 그는 또 자신이 상기 엘리자베스를 이 도시에서 3~4년 동안 알고 지냈으며 그녀에 대해 아주 나쁜 소문을 들었고… 그녀의 친구들이 매우 가난하여 그녀를 먹여 살릴 능력이 못 된다고 말했다 (1597년 2월 1일/1604년 11월 7~8일, 브라이드웰 감옥).[24]

뱅크사이드, 글로브와 로즈 극장 근처에는, 엘리자베스 및 조이스 들이 적지 않았다. 그들은 새로운 통치체의 약속과 무슨 연관이 있는가? 셰익스피어는 엘리자베스와 조이스를 본 적이 한 번도 없을지 모르지만, 그들의 주변 환경이 『오셀로』에 부재한가는 그리 확실치 않다. 특권층, 재능 있는 자들, 가정교육을 잘 받은 자들, 그리고 성공한 자들, 또한, 적대적인, 인간 외적인 세력에 휘둘리는 것처럼 보일 수도 있었다, 그리고 가장 가치 있는 영혼이 가장 커다란 고통을 받을지도 모른다. 희극 작품에서, 그는 현대의 악을 스케치했다, 『좋을 대로 하시든지』 혹은 『헛소동』은 슬픔, 불안, 그리고 고통을 우스꽝스러운 플롯으로 일부 완화하고 일부 회피하지만, 『햄릿』에서 그런 다음 『오셀로』에서, 그는 비극 형식을 탐구의 방식으로 활용, 삶에 대해 자신이 알고 있는 것 속으로 관객들을 끌어들이면서, 그들의 깊은 인식에 호소한다.

15. 왕의 배우들

24   브라이드웰 문서 보관소 MS, 1597/8~1604, 런던 길드홀 도서관 승인; 로라 라이트와 조나단 호프. 공작의 '빈'에 있는 사소한 범법자들에 대해서는, 『이에는 이』, IV. iii. 1~18을 보라.

동시에, 그의 성숙한 비극 작품 각각은 마치 희곡의 인위성을 보상하려는 듯 보다 넓은, 더 일반적인 의문을 포괄한다. 무대를 통해 타당한 진실을 말할 수 있는 가능성에, 자신의 매체를 실험하는 일에, 심지어 머리를 깨끗이 청소하는 일에 그는 관심이 있다, 자신의 직업에 대한 그의 애매모호한 감정이 연루되어 있다. 그는 어떤 정해진 규칙에도 집착하지 않고, 『오셀로』에서 보듯 비상한 형식미와 언어미, 복잡한 설계에, 그리고 극한적인 고통의 조명에 기댄다. 극단의 수요에 기민하게 반응, 그는 『오셀로』의 결에 비상한 윤택함을, 비애에 비상한 힘을 부여했다. 논란의 여지가 있지만 이 작품은 『햄릿』 직후 계획되었고, 『햄릿』 오필리아 역은 노래를 잘 부르는 소년 배우가 맡았다. 바로 이 소년이, 재주가 매우 뛰어나, 데스데모나 역도 맡았을지 모른다, 왜냐면 그녀가 (『오셀로』 4절판 텍스트) 4막에서 버드나무 노래를 부른다. 데스데모나가 이 작품 2절판 텍스트에서는 '노래를 부르지' 않는 것을 보고, 어떤 평론가는 『오셀로』가 잽싸게 『햄릿』을 이은 것은 음악적 재능이 있는 한 소년을, 목소리가 갈라지기 전에 빨리 써먹어야 했기 때문이 아닐까 하는 의견을 내기도 하였다.[25]

그럴지도 모른다. 하지만 그것은 작품 공연 날짜를 가늠케 하는데 충분한 증거는 아니고, 숱하게 많은 소년 배우들이 노래를 부르고 류트를 연주했다. 셰익스피어는 현명하게도 자신의 '작은 매새끼들'을 믿었다. 한 소년 배우가 심지어 침묵으로 청중을 뒤흔들 수도 있었다. 실제로 훗날 『오셀로』가 1610년 옥스퍼드로 옮겨 공연되었을 당시 한 학자는 데스데모나가 "죽음으로 우리를 더욱 굉장히 감동시켰다, 침대에 누워 그녀의 얼굴만으로 관객에게 자비를 호소할 때"[26]라고 라틴어로 적어 놓았다.

1604년은 왕의 배우들에게 바쁜 해였다. 여름에 그들이 서머

---

25   리치먼드 노블, 「『오셀로』 집필 시기」, TLS, 1935년 12월 14일, p. 859; 『오셀로』, 아든판, 호니그만 편(월턴 온 템스, 1997), 344~350 참조.
26   G. 틸러슨, TLS, 1933년 7월 20일, p. 494를 보라.

싯 저택으로 불려 가, 스페인 평화 협정서에 서명하러 온 카스티야 장관과 234명에 이르는 그의 수행원들을 보살펴야 했다. 셰익스피어와 그의 동료 11명은, 하급 궁내관으로, 당시 18일 동안, 8월 9일부터 27일까지, 파티 시중을 들 수밖에 없었고, 수고에 대한 보답으로 정확히 21파운드 12실링 0페니가 지불되었다. 배우 한 사람 당 일당을 2실링씩 쳐 준 셈인데, 왕이 근위대 일반 병사에게 지불하는 액수와 동일했다. 보수가 형편없었던 이 시기를 지나고 나서 비로소 『오셀로』는 1604년 11월 1일 궁정에서 공연되었다. 이슬람 터키족에 맞선 베니스의 전쟁에 주목하는 걸 보면 이 작품은 가볍게 제임스 왕을 띄워 주고 있는 건지 모른다. 셰익스피어는 궁정의 후한 보수에 대해 별 환상을 가지지 않았고, 레퍼토리에 계속 머물, 감동이 예리한 드라마를 계획했다. 겉보기에 그는 분명 자신의 주요 원천—다시 친티오가 쓴 이야기—을 극도의 인내심으로, 그리고 자기 주장을 없애고 판단했다. 시간을 두고 많은 것을 활용하려 했던 것일까: 그러나 주어진 줄거리를 수정한 후, 자신의 과거 작품에서 풍부하게 끌어오고 또 새로운 장면들을 가시화하면서, 어찌나 빠른 속도로 집필했는지 벤 존슨, 헤밍, 그리고 콘델이 기억을 할 정도다. 그는 아마도 자신의 텍스트를 수정했겠지만, 성숙한 비극 작품들에서조차 혼란스런 시간표, 노골적인 모순, 변경된 이름, 거대하게 불쑥 나타나지만 결국 작가한테 잊혀지는 '유령' 같은 등장인물들, 그리고 기타 사소한 흠을 남겼다.

친티오의 질투 이야기를 바탕으로 하지만, 『오셀로』는 도덕극들에 대한, 명성과 남성 유혹에 대한, 그리고, 미묘하게, 연기 집단에 대한 연극이다. 이런 사실들로 하여 이 작품의 사랑 이야기가, 남녀 주인공을 이아고가 망가뜨리는 이야기와 함께, 촘촘하게 직조된다. 짜임상 결점들은 관객들이 눈치 챌 수 없고, 이 작품 —엄청난 자신감과 솜씨로 쓰인—은 그의 비극 중 가장 통렬하다. 비평가들은 종종 이 작품의 줄거리가 지저분하고 볼품없다는 점을 망각하는데, 전체적으로 비상한 아름다움을 뿜어내고 이야기는 단순하기 때문이다. (줄거리는 두 문장으로 족하다: 카시오가 베니스에서 고참 소위를 제치고 중위로 승진하자, 그 소위, 이아고는 신혼의 오셀로와 자신의 경쟁자에 대한 복수를 맹세한다. 키프로스에서, 이아고의 간계에 넘어가 데스데모나와 카시오가 연인 사이라고 믿게 된 오셀로는 우선 데스데모나를 죽이고 그런 다음 자살한다, 그러나 간계가 밝혀져 카시오가 진급하고 이아고는 남아 재판과 고문에 직면한다.)

줄거리가, 보조 플롯도 없이, 이토록 단순하기 때문에, 셰익스피어는 몇 안 되는 주요 인물의 심리학적 관심사를 개발할 수 있었다. 그는 한 군인의 주변 환경을, 그 상호 작용으로, 동기들로, 그리고 강렬한 정서로 쌓아 간다, 심지어 사랑의 배반을 극화할 때조차. 종종 그가 더 오래된 희곡들, 이를테면 말로의 『탬벌린』, 『포스터스 박사』, 그리고 『몰타섬의 유대인』을 참조한다. 무어인의 대사 뒤에 깔린 말의 음악은 『탬벌린』의 음악이 원전이고, 이아고가 청중에게 마음을 까발리는 것은 『몰타섬의 유대인』에 등장하는 악한의 희극적 말거리를 배경에 깔고 있다. 심지어 오셀로와 이아고의 열중한, 동성애적인 대화 뒤에도, 『포스터스 박사』에서 벌어지는 희생자와 유혹자 사이의 기분 나쁜 동맹이 감지된다.

보다 최근작들의 반향도 있다. 이아고는 존슨 희곡에 나옴직한 풍자꾼을 닮았다, 그가 자신의 식별력을 조롱이 아니라 파괴에 사용한다는 것이 다르다. 『오셀로』는 또한 저자의 희극 경험에서 나온 풍부한 덮개들로 이루어져 있다. 여자의 아버지 면전에서 여자에게 구애하고, 그녀와 몰래 결혼식을 올리고, 또 위원회에 깊은 인상을 심은 후 배를 타고 나가 키프로스 총독이 되는 관리는 로맨스의 주인공일지 모른다. 바다조차 오셀로에게 은혜를 베풀어 이슬람 터키족을 익사시켜 버린다. 그는 모든 면에서 잘나간다, 카시오가(2막, 3장에서) 면직되기 전까지는, 그리고 그때 그는 '오쟁이졌다고 상상하는 남편'의 딜레마에 빠진 상태다. 희극에서 오쟁이진 남편은 우리를 희희낙락하게 만드는 소재지만, 이 작품 그리고 다른 작품들에서 시인은 그것을 피해 간다. 결혼을 파괴하려 음모를 꾸미는 악한 주제를 정성스럽게 발전시켜 간다, 물론 가볍게나마 이 주제는 이미 다뤄졌었다, 『헛소동』의 클라우디오와 헤로를 갈라 놓으려 했던 돈 존의 노력으로.

이아고가 도덕극에 등장하는 '악덕'일지 모른다, 그러나 콜리지가 명명한바 그의 '동기 없는 악감정'은 현실적으로 시작된다. 제임스 1세 시대 사람들은 후원을 거부당할 때 생겨나는 앙심을 어렵잖게 이해했다. "그 도시의 명망가 세 분이", 이아고가 1장에서 로더리고에게 말해준다,

> 나를 그의 부관으로 써 달라는 개인적인 청탁으로
> 그에게 모자를 벗었어. 그리고 단연코
> 난 내 가치를 아네, 내가 그 자리에 어울린다구.
> 근데 그가, 제 나름의 자존심과 생각이 있다 이거지,
> 요리조리 변명을 둘러대고
> 알쏭달쏭 군사 용어를 엄청 쑤셔 넣으면서
> 거절을 하더란 말이지, '안됐지만' 그가 이러더라구,
> '난 이미 내 부관을 정했소이다."
> 근데 그게 누군지 아나?
> .   .   .   .   .
> 마이클 캐시오라는 잔데,
> .   .   .   .   .
> 야전 한 번 지휘한 적 없고
> 부대 배치에 대해 아는 거라곤
> 가정주부 수준이라—책에 있는 지식 말고는 말야.
> .   .   .   .   .
> 실전 능력은 없고 단지 떠벌이는 게
> (I. i. 8~25)

명료하고 뚜렷하다, 하지만 이아고가 다른 이유를 생각하는 만큼 싫어하는 진짜 이유는 파묻힌다, 그리고 갈아 대는 듯한 그의 증오는 인종적 중상으로 요약된다. 무어인의 검은 피부가 그에 대해 말해지는 거의 모든 것의 준거틀이 된다. 오셀로는 '두꺼운 입술'로, 혹은 '바르바리산 말'로 언명되거나 '가슴이 그을음투성이'거나, 혹은 '음탕한 무어인'이다. 편견은 전염병처럼 브라반지오 노인, 상원 의원에게로 튄다, 이아고가 "늙은 검둥이 숫양 한 마리가/당신의 하얀 양을 덮치고 있다"고 고함을 지를 때다. 인종주의는 심지어 수치스러워하는 오셀로에게도 전염되는바, 그가 자신의 이름이 "내 얼굴처럼 검다"(I. i, III. iii. 392~393)고 단언하는 것이다.

『베니스의 상인』에서 모호한 역할을 했던 것과 대비되게, 셰익스피어는 여기서 인종주의 감정을 도덕적으로 명료하게 다루고 있다. 그것은 에두름과 미학적 효과의 공간을 허용한다, 그리고 『베니스의 상인』과 『오셀로』의 결정적인 차이 하나는 『좋을 대로 하시든지』와 『햄릿』과 같은, 과거 가정의 기억에 의존하는 작품들이 그 사이에 끼어든다는 점이다. 어쨌든, 셰익스피어는 어린 시절 그에게 깊은 인상을 남기기 시작했던 성경의 상징들을 더 잘 활용할 수 있는 상태다. 『오셀로』에서 멍할 정도로 놀라운 것은 그의 미학과 도덕적 관심 혹은 압력 사이에 어떤 틈도, 어떤 종류의 나눔선도 없다는 점이다. 오셀로는 검고 평범한 사람이다, 빛을 배반하는 자, 유다에 의해 희생되는, 그리고 다른 성경 가닥들이 설계도에 들어 있다. 중심적인 반어는 저열한 인종주의 중상이, 이아고로부터 솟아 나와, 고상한, 사리사욕 없는, 그리고 결혼의 육감성 때문에 심란한 한 무어인을 겨냥했다는 점이다. 스스로 혼란스럽게 칭하는바 데스데모나의 '순결성'을 높이 평가하면서, 오셀로는 그녀가 자신을 혼돈에서 구해 주었다고 단언한다. "당신은 정말 훌륭해!" 그가 그녀에게 말한다,

파멸이 내 영혼을 사로잡더라도
난 정말 그대를 사랑해, 그리고 그대를 사랑하지 않으면,
다시 혼돈이 오리로다.

(III. iii. 91~93)

오셀로의 '혼돈'은 불법적인 열정과 무정부의 영역이다. 그것은 심성의 틀이지만, 또한 어떤 장소고, 심지어 스트랫퍼드의 엘리자베스와 조이스 그리고 그의 자매들을 집어삼키는 어떤 도시다. 그것은 쇼어디치와 뱅크사이드의 매음굴이다. 그것은 도시 배우 및 군인과 관련이 있다. 군대와 무대는 어쨌든 공통점이 많다. 셰익스피어는 『오셀로』에서 키프로스의, 무거운 규범에 얽매인 군인들간의 관계를 보여 주는데 군인들은, 배우들처럼, 그들만의 의식, 금기, 그리고 남성적 유대를 갖고 있다. 1602년이면 군대와 무대 둘 다 매혹적인 직업이었고, 정말 버비지는 시드니 혹은 에식스에게 명예가 될 정도의 추종자를 거느렸다. 사회에서 약간 떨어진 그들의 남성 집단에서, 군인과 젊은 배우는 툭하면 여자를 위험 요소로 간주하는 경향이 대체로 같았다.

남성 부대를 굳게 결합시키는 것은 잠재적인 동성애 감정이었는데, 어찌나 강한지 이아고가 편하게 언급할 수 있을 정도다. "저는 최근 카시오와 함께 잤습니다", 소위가 그렇게 말하면서 데스데모나의 간통에 대한 무어인의 의심을 굳히는 것이다. 밤에 카시오는, 아마도, 이아고의 입술에 강렬하게 입술을 맞추었다, 마치 입맞춤을 뿌리째 뽑아 내려는 것처럼, 그리고 "그의 다리를 내 넓적다리에 올려놓았지요", 그리고 신음 소리를 내고, 입을 맞추고, 그런 다음 소리쳤다 "저주받을 운명이여, 그대를 무어인에게 주어 버리다니!"(III. iii. 418~430) 결혼 의례의 패러디를 연기하면서, 주인공과 악한은 신부와 신랑에게나 어울릴 대사를 주고받는다.

유혹자에 대해 무어인이 느끼는 감정은 일정 부분 어지러울 정도로 동성애적이고, 키프로스에서, 이아고가 있는데도, 장군은 데

스데모나뿐 아니라 여자의 성에 대해 내심 적대적이다. 그렇지만 오셀로의 대사는 자신의 천직을 최고의 가치 기준으로 끌어올리는 직업인에게는 자연스럽다. 이제까지 살펴본 셰익스피어 작품에서 3막 오셀로와 이아고의 대화보다 더 섬세한 대사는 없었는데, 결탁한 두 사람의 친밀감의 한중간에서 주인공이 그의 아내를 면박하는 것이다. 그가 읊는 구절의 청각적 장려함, 혹은 윌슨 나이트가 칭한바 "오셀로 음악'은, 데스데모나의 달콤한 육체를 부대 전체가, 육체 노동자들도 모두, 맛보았기를, "내가 아무것도 몰랐다면", 하고 바라는 오셀로의 병든 평안에 대한 우리의 감을 압도해 버린다. 아리도록 강렬한 것은 오셀로가 느끼는 자기 규정 욕구다. "오, 이제 영원히", 그는 페인트로 칠한 무대 배경을 찬양하는 배우풍으로 외친다,

> 안녕 평정한 마음이여, 안녕 만족이여,
> 안녕 깃털 장식의 부대여, 그리고 야망을
> 미덕으로 만드는 대전투여! 오 안녕,
> 안녕 히힝대는 전투마와 날카로운 나팔 소리여,
> 영혼을 일깨우는 북소리, 귀청을 꿰뚫는 피리 소리,
> 당당한 깃발, 그리고 영광스러운 전쟁의
> 온갖 면모, 자부심, 위용, 그리고 의식이여!
> (III. iii. 100)

이런 전쟁 예찬은 어느 시기에나 과도하게 느껴지겠지만, 평화 중재자 왕의 시기 특히 그랬을지 모른다. 무어인이 자신의 영혼을 드러낸다고 해서 그의 위엄에 대한 우리의 감이 제한될 필요는 없고, 그것 때문에 우리가 그에게 덜 경탄하는 것도 아니다. 셰익스피어는 남녀 주인공 모두에게 약간의 거리를 두고, 그래서 관객은 그들과 일체화하는 게 아니라 관찰하고 공감한다. 이아고는 항상 우리에게 오셀로보다 가깝다, 그렇지만 이 악당은 진부함에도

III. 천재의 성수

444

불구하고 신비한 면을 갖고 있다.

작가의 등장인물 선호도는? 데스데모나는 그녀의 사소한, 재난을 부르는 무분별, 브라반지오를 무시하는 행위, 무어인에 대한 사랑스러운 열중을 통해 따스하게 인간화하지만, 불분명한 상태로 남는다. 저트루드나 맥베스 부인, 고네릴과 리건, 혹은 심지어 클레오파트라보다도 알려진 게 적다. 자신을 극화하는 무어인은 물론이고 계산적인, 정신 말짱한, 임기응변에 능한, 그리고 반쯤 우스꽝스러운 이아고에 대해서도 저자는 자신의 기질에서 힌트를 얻었는지 모르지만, 양자를 모두 객관적으로 보고 있다. 이 작품의 감정 구조는 흠잡을 데가 없다, 그렇지만 오셀로와 이아고는, 현대 연극사가 보여 주듯, 숱한 다른 방식으로 연기될 수 있다. 『오셀로』공연이 특히 새로워지는 것은 여주인공의 죽음이 누구(무엇) 탓이냐가 원작 그대로 애매한 상태를 유지할 때다. 주인공의 감동적인 무흠결성이 저자에게 호소력을 발휘하는, 최소한 부분적인 이유는 오셀로가 종사하는 편협한 직업 때문에 파멸에 이른다는 점이다. 이 작품에서 군인이라는 직업에 대한 스케치는 끔찍할 정도로, 눈에 보일 정도로 정확하다, 배우 직업과 평행으로, 그리고 가장 높은 수준의 비극 예술로. 셰익스피어가 배우들을 비난한 것은 아니지만, 자신의 소명을 은연중 날카롭게 해부하고 있다. 그래서 그는 자신의 객관성을 부추긴다—내적으로 극장과 거리를 두어야 한다고 스스로 다그치는 듯하다, 그가 이미 진행 중인 위대한 연작으로 맥베스 혹은 리어 왕의 마음을 들여다보기 전에.

16. 비극적 숭고

온갖 축복받은 비밀들,
아직 알려지지 않은 대지의 온갖 약초들아,
내 눈물로 솟아나라!
—코델리어, 『리어 왕』

노인은 늘 리어 왕 격格 이다.
—괴테

그럴 거야, 그럴 거야, 그럴 거라구.
—첫 번째 마녀, 『맥베스』

제닛의 손님과 마리의 숙박인들

제임스 왕 치세에 원기 왕성한, 지적인, 그리고 소문날 정도로 아름다운 여인을 셰익스피어는 알게 되었는데 그녀 집안에서는 '제닛'이라 부르고, 그보다 네 살이 어렸다. 17세기 이래 그녀는 소문의 안개에 휩싸인 상태였다, 그러나 그녀를 낭만화할 필요는 없다.

제닛은 1568년 11월 1일, 성 마거릿의 웨스트민스터에서 세례를 받았다, 세례명은 제인 셰퍼드. 세 명의 셰퍼드 형제들이 작고 한 튜더 가문 출신 여왕을 섬기다가 스튜어트 가문 출신 군주에게 고용되었다. 그녀의 남동생 토머스와 리처드는 솜씨 좋은 궁정 자수가, 장갑 직공, 그리고 향수 제조가로, 여성 모자 상인 마리 마운트조이—그녀의 집에 셰익스피어가 살았다—가 모자와 머리 장식을 공급하며 안나 여왕을 기쁘게 했을 때에도 여왕을 섬겼다. 세 번째 남동생, 윌리엄 셰퍼드는, 캐터리에 사무소를 두고 왕가 살림용 음식을 대량으로 조달해 주었다.

제닛은 존 대버넌트와 결혼했는데 그는, 세속적인, 실제적인, 교양 있는 남자로, 머천트 테일러 학교를 다니다가 상인 중개업자이자 포도주 수입상으로 아버지한테 합류했다. 메이든 레인의 성제임스 갈리키테 교회 근처에 위치한 자신의 집에서, 그녀는 포도주를 실어 나르는 남편 선박들을 볼 수 있었다. 이 선박들은 종종 보르도에서 왔는데, 돛을 펄럭이며, 창백한 포도주 상자들을 부리면 그것들을 다시 갑판 넓은 거룻배가 상류 스리 크레인스 부두로 옮겼다. 누구나 다 포도주 선박들에 대해 알고 있었다. "그 안에는 상인 한 명 선적분 보르도 포도주 전량이 들어 있지". 『헨리 4세』 2부에서 돌 티어시트가 폴스타프에 대해 말하는 대로다, "짐칸에서 그보다 더 잘 채워진 덩치는 본 적이 없을걸." 더군다나 강을 사이에 두고 글로브와 거의 정반대 쪽이라 대버넌트 가 사람들은 배우들의 뻔뻔스런 트럼펫 소리가 들리는 곳에 있었다. 극작가가 매력적인 아내를 둔 포도주 수입상에게 끌렸다고 한들 놀랄 게 없다; 그리고 대버넌트는 안토니 아 우드가 그 세기에 그에 대해 썼듯이 "연극 및 연극 제작자들, 특히 셰익스피어를 동경하고 사랑하는 사람"이었다.[1]

이 부부의 친구라면, 하지만, 누구나 그들의 불행에 대해 알고 있을 거였다. 1600년까지, 제닛이 낳은 아이들은 사산이거나 나오자마자 죽었다. 그녀는 아이 다섯을 묻고 30세에 여섯째, '존'을 낳았는데, 이 아이도 마찬가지로 죽었을 것이 분명하다, 왜냐면 장차 또 다른 아이가 그 이름을 갖게 되니까. 슬픔에 빠진 그녀는 가능한 모든 방향을 두리번거리며 도움 혹은 위안을 구했다, 아마도 셰익스피어에게서, 그리고 분명 그 괴팍한, 유행을 좇는 점성술사 겸 의사 사이먼 포먼에게서. 그녀 남편에게는 '아이들 상실'을 보상해 줄 게 아무것도 없었고, 마침내 역병에 찌든 도시를 탈출하기 위해 그는 순조로운 런던 생활을 집어치웠다. 1601

1   『헨리 4세』 2부, II. iv. 60~62, 『Athenae Oxonienses』, P. 블리스 편, 제 3권 (1817), 802~809.

년경, 대버넌트는 제닛을 옥스퍼드로 데려가 포도주-선술집을 운영했다.

스트랫퍼드로 올라가는 간선 도로 위 옥수수 시장 동쪽에 위치한 이 선술집은 당시 뉴 칼리지 소유였다. 시인의 생애 기록에 언급된 것과 달리 '2층 건물'이 아니라, 20개 혹은 그 이상의 방을 갖춘, 그리고 옥수수 시장 뒤로 120피트 가량 늘어선 4층 건물이었다. 축소되고 또 정면이 현대화했지만, 옥수수 시장 3번가는—현재 골든 크로스—"중단 없이", 마리 에드먼드가 적었듯, "대략 800년 동안" 기능해 온 5번가의 낡은 여관 근처에 여전히 존재한다.[2] 이곳 옥스퍼드로 올라와, 제닛의 운이 바뀌었다, 장차 아이 일곱을 낳고, 그들 대부분이 노년까지 살게 된다. 그녀의 첫 번째 튼튼한 아들, 로버트는, 훗날 회상했다, 작은 교구의 목사로서, 셰익스피어가 소년이던 그에게 '한 100번쯤 입맞춤'을 퍼부어 댔다고. 1606년 태어난 그녀의 다음 아들은 시인이자 극작가 윌리엄 대버넌트 경으로, 드라이든의 도움을 받아 『폭풍우』를 각색했다, 그리고 셰익스피어가 그의 대부였다는 옥스퍼드 전승을 의심할 이유는 없다. 그를 알았던 존 오브리에 따르면, 윌리엄 경은 만년에 포도주 한 잔을 놓고 이따금씩 그의 친구들에게 "그가 보기에 자신은 셰익스피어의 바로 그 정신으로 글을 쓰며, 그의 아들로 여겨지는 데 충분히 만족한다"[3]고 말했다. 이것이—조만간 다른 소문과 함께—그의 유명한 대부가 옥스퍼드를 방문했을 때 윌리엄이 그를 보러 달려갔으며, 신의 이름을 남용하지 말라는 말을 들었다는 이야기를 야기했다. 제닛은 '매우 아름다웠다', 그러니, 사람들이 느꼈듯, 스트랫퍼드 시인이 그녀와 동침했다 한들 못 믿을 게 무언가?

다행히, 셰익스피어가 제닛과 놀아났다고 추측되는 방이 마침내 1927년 빛을 보게 되었으니, 옥수수 시장 3번가를 뜯어고치는

2   메리 에드먼드, 『희귀한 윌리엄 대버넌트 경』(맨체스터, 1987), 18.
3   같은 책 13.

데 페인트칠을 한 방이 드러났던 것. 신속한 추정은 그게 '최상의 침실'이라는 거였는데, 이 추정에 동조한 쇼엔바움은 만일 시인이 제닛을 침대로 끌어들였다면, 이곳이야말로 그곳이라고 생각했다. "거기 그 최상의 침실에는 커다란 난로가 있었다", 그는 이렇게 말한다; "넝쿨과 꽃이 서로 뒤얽힌 무늬가 벽을 장식했다." 간통용으로 꽤 쓸 만한 장소다—그러나, 사실, 1594년 뉴 칼리지 재고품 목록을 보면 이 방과 선술집의 다른 방들은 대버넌트 사람들이 오기 전에도 징두리 벽판을 댄 상태였다.[4]

셰익스피어의 옥스퍼드 방문 가능성이 전설에 아주 상응하지는 않는다. 존 오브리는, 그가 들은 바를 정확히 전하고 있지만, 대버넌트의 두 아들이 한 말을 들은 것일 수 있다; 그는 또한 그들의 딸 제인(1602~1667)과도 알고 지냈는데, 그녀는 처음에 남편과 함께, 그런 다음 1636년 이후 혼자 옥수수 시장 여인숙을 왕정복고 시기까지 운영했다. 워릭셔로 "1년에 한 번 올라가는 중에", 오브리는 말한다, 셰익스피어는 "정말 여행 중 대개 옥슨의 이 집에 머물렀다; 그리고 융숭한 대접을 받았다."[5] 1553년 시행된 포도주 훈령이 옥스퍼드에 포도주-선술집 세 곳을 허용한 터였다, 그리고, 여관과 달리, 셰익스피어가 아는 그 커다란 건물은 일반 투숙객을 받지 않았다, 그러므로 그가 그곳에 머물렀다면 친구의 손님 자격으로였을 것이다.

대학의 휴게실 체제가 아직 개발되지 않은 상태였다: 셰익스피어가 살던 당시 옥스퍼드 단과대학들은 포도주-선술집을 휴게실로 쓰고 있었고, 여러 직위의 단과대학 교수 단골들이 따로따로 식사를 했으므로, 대버넌트 사람과 하인들은 여러 방에서 바쁠 수밖에 없었다. 넝쿨 및 꽃으로 장식된 조용한, 전원적인 방은커녕, 셰익스피어는 도착하자마자 연기 자욱한, 조명이 잘 된, 석사, 학

---

4   같은 책 22~23. 쇤바움 『셰익스피어의 생애』(옥스퍼드, 1970), 99(1991년판), 61의 오류들이 SS, DL 224~225에서 반복된다.

5   MS 보들리, 대주교 F. c. 37.

사, 그리고 재학생 들이 왁자지껄하게 가득 찬 건물로 들어섰을 거였다. 그녀 아이들에 둘러싸여 제닛은 온화했다—"재치(혹은 지능)가 아주 뛰어나고", 오브리는 말한다, "그리고 대화가 지극히 기분 좋았다". 그녀 남편은 프랑스에 정통했고, 문학과 연극에 밝았다, 그리고 공사에 관심이 많아 훗날 옥스퍼드 시장이 된다.

하지만 그의 분위기는 아내와 대조적이었다. 다른 사람들도 대버넌트가 오브리의 말대로 '매우 무거운 사람'이었다고 확인해 준다—마치 자신이 런던을 포기한 이유를 잊을 수 없다는 듯이. 그는 그곳에서 벌어진 여섯 아이들의 죽음을 기억했다; 그리고 그의 분위기는 방문자의 소네트들 밑바닥에 깔려 있는 무거움에 상응한다는 점을 지적해 둘 만하다—그러나 어쨌든, 아들 햄넷을 잃은 터였으므로, 셰익스피어는 대버넌트 사람들과 공통점이 있었다. 분명한 것은, '존경받는' 손님으로서, 셰익스피어가 따스한 대접을 받았다는 사실이고, 의심할 여지없이 그가 그들의 첫 번째 건강한, 살아남은 아들한테 '입맞춤' 세례를 퍼부을 만한 이유가 있었다.[6]

셰익스피어는 존과 제닛에게 매우 성실했다; 그들은 그를 상당 기간 손님으로 맞았다. 셰익스피어의 런던 거처 선택은, 특별히 일관성이 있지는 않았다. 현재 공공 기록 보관소에 남아 있는 다섯 문서는, 그의 세금 미납에 관한 거지만, 런던에 있을 때 그가 머물던 곳과 지인들에 대해 우리가 이미 아는 것보다 조금 더 알려 준다. 우선, 1597년 11월 15일자 징수 문서에 수록된 증명서는 셰익스피어를 '마지막 징수금의 두 번째 지불금' 혹은 성 헬렌 소재 5파운드 가치 평가 재산에 청구된 5실링을 미납한 자로 이름을 올리고 있다. 다음의 네 문서도 모두 성 헬렌 교구 5파운드 평가(1598년 10월 1일 현재) 재산에 부과된 13실링 4파운드(많은 액수는 아니고 배우로서 그의 주급 대략 반에 해당하는 액수다)를 그가 미납

6   MS 보들리, 대주교 F. c.

한 것과 연관되어 있다. 마지막 징수가 윈체스터 주교(서리의 클링크 특구에서 받도록)에게 넘어간 것으로 보아 그는 1596~1597년 겨울이면, 혹은 1599년보다 늦지는 않게 강 남쪽으로 옮긴 상태였을 것이다. 주교가 징수한 세금 총액은 그가 1600~1601년 걷어야 했던 것 중 4페니 이내다, 그러므로 셰익스피어는 13실링 4페니를 제때, 혹은 당국이 그를 닦달하자 냈을 법하다. 부과된 5실링을 그가 낸 적이 있는지는 알려져 있지 않다, 미미한 액수다; 납부를 기피했을 수도 있다(세금 기피가 많았다), 하지만 그의 세금과 관련하여 우리가 갖고 있는 자료는 극히 미약하다.[7]

성 헬렌 교구에서 그가 가까이 두고 산 사람이 아마도 같은 주거 구역의 토머스 몰리였는데, 정확히 똑같은 액수의 세금이 매겨졌다.[8] 성 헬렌의 그의 방에 깃펜, 잉크, 그리고 집필용 탁자를 두고 있었다면(그랬을 법하다), 시인이 어느 날, 글을 쓰면서 음악을 들었을 것이다,라고 추정하는 일은 흥미롭다. 그의 이웃 몰리는 연습을 해야 했다: 그는 숙련된 음악가로, 소년 극단(바오로 악동 극단)과 함께 연습했다. 또한 흥미로운 것은 그가 성 헬렌 교구의 이주민들, 혹은 그 이름으로 보아 프랑스, 혹은 저지대 출신을 암시하는, '메링게', '드 뷸리', '드 클라케', '드 부', '바르하겐', '반데스커', '베글레먼', '반데르 스틸트' 같은 가족들에게 둘러싸여 지냈다는 점이다. 사실, 친구든, 관련자든, 혹은 우연히 알게 된 자든, 셰익스피어 집단에는 네덜란드, 플랑드르, 혹은 프랑스 출신이 비상하게 많았다. 딱히 우연의 일치로는 설명되지 않

7   이 다섯 기록 문서에 대한 최고의 분석은 여전히 EKC, 『사실들』, ii. 87~90, 그리고 M. S. 주세피, 「셰익스피어의 서더크 수고와 연관된 회계 문서들」, 『런던 및 미들섹스 고고학 사회 업무』, NS 5호(1926), 281~288이다. SS, DL 220~223의 세금 요약이 유용하다, 그리고 『셰익스피어 기록 문서들』, 전 2권(스탠퍼드, 캘리포니아, 1941), i. 262~271에서 B.롤런드 루이스가 제공하는 배경 또한 그렇다, 후자의 전사는 신뢰하기 힘들지만.

8   성 헬렌 교구에서 배우 및 음악가에게 부과한 세금 액수는 아마도 표준치였을 것이다; PRO, E179/146/369를 보라.

는다. 겉보기에 분명, 그는 '이방인들'이 편했고, 런던의 이주민들에 대해 그가 지녔던 존경심은, 장차 보상받게 된다. 그가 매우 잘 아는 페테르 스트리트는, 네덜란드 출신 가구장이로, 글로브 극장을 지었다. 시인의 스트랫퍼드 동창 인쇄업자 리처드 필드는, 자신을 고용한 사람의 미망인, 응집력 있는 프랑스 기독교 공동체의 재클린 보트롤리어와 결혼한 터였다. 필드 사람들에 대한 오해가 많다. 그들은 1610년 무렵까지 분명 블랙프라이어스에 살았으나, 1615년 이전 어느 시점 성 미카엘 교구 그레이트 우드 가의 새로운 가게로 옮겼다, 그러므로 이제까지의 추정과 달리, 셰익스피어가 마운트조이 사람들 집에 머물 때 그들이 '마운트조이 집 근처 우드 가'에 살고 있었을 리는 없다.[9] 프로테스탄트 보트롤리에는, 가톨릭 후원자 애런들 백작에게 책을 한 권 헌정하고, 또 훗날 스코틀랜드의 제임스 6세 왕에게 텍스트를 제공하는바, 종교 문제에 대해 그의 미망인 재클린 못지않게 너그러웠다. 그녀의 프랑스 프로테스탄트 교회가 프랑스 출신이 아닌 런던 사람과 신자의 결혼을 묵과하는 것보다 더 쉽게 가톨릭 교도와 결혼을 용인하는 터였다. 필드 사람들은, 불가피하게, 영국 국교 텍스트들을 인쇄했지만, 편협한 노선을 고집하지는 않았고, 사실, 1599년, 대주교가 작성한, 감독 관청을 거스를 가능성이 너무도 큰 인쇄업자 명단에 포함되어 있었다.

셰익스피어는 또한 극장을 통해 이주민들과 접촉했다. 스트랫퍼드 근처 버밍턴 사람들과 관련이 있지만, 그의 친구이자 왕립 극단 공동 주주 니콜라스 툴리는, 앤트워프에서 플랑드르 여자를 어머니로 태어났고, 그녀의 남편이 1583년 그곳 한스 란카르트 집에서 죽었다. 런던으로 돌아와 어머니는 토머스 고어와 결혼했

9   A. E. M. 커크우드, 「리처드 필드, 인쇄업자, 1589~1624」, 『도서관』, 12호 (1931), 1-35: 또한 『런던 위그노 사회 재판 일지』에 수록된 유관 논문 두 편을 보라; W. R. 르 파누, 「토머스 보트롤리어」[20호(1958~1964), 12~25], 그리고 콜린 클레어, 「영국 튜더 시기 난민 인쇄업자와 출판업자들」[22호(1970~1976), 115~126].

고, 고어의 어머니, 앨런 대버넌트가 존 대버넌트의 숙모였다. 대버넌트 사람들과 고어 사람들, 그들도, 도시의 유명 포도주 상인 및 양조 업자들 중에 이주민 친구들이 있었다. 최소한 네덜란드 출신 양조업자 한 명, 돈 많고 독신이었던 엘리아스 제임스는, (스토에 의하면) '거대한 양조장'을 블랙프라이어스 극장 근처에 갖고 있었는데, 우리의 각별한 흥미를 끈다, 왜냐면 이 총각은 셰익스피어와 두 가지로 연결되어 있다. 엘리아스 동생의 미망인이 존 잭슨이란 사람과 결혼했다는 것을 우리는 안다, 그런데 이 사람이 1613년 셰익스피어와 함께 블랙프라이어스 문루門樓를 사들인 듯하다.[10] 또한 엘리아스가 죽자—그는 30대 초반 사망했다—비문을, 한 17세기 MS(현재 보들리 도서관 소장)는 'Wm: 셰익스피어'가 쓴 것으로 적고 있다:

> 신의 뜻대로, (세상은 아직 바라지 않으나)
>
> 엘리아스 제임스가, 조물주에게 진 빚을 다 갚고,
>
> 여기 쉬고 있다: 산 대로, 그는 죽었다,
>
> 그가 말씀을 강력히 입증하노라,
>
> 이런 삶, 이런 죽음: 그렇다면 알려진 진실 하나 말하리라,
>
> 그는 신을 공경하며 살았다, 그리고 그렇게 죽었다.[11]

극작가가 이 행들을 썼을 가능성은 매우 높다, 왜냐면 이 글은 정직한 양조 업자를 위한 묘비명 이상의 내용이 아니고, 그는 훌륭한 운문 '이하'를 언제 쓸 것인지 잘 알고 있었을 가능성이 높다(엘시 덩컨-존스가 지적한 대로). 어쨌든, 그는 그 블랙프라이어스 총각, 엘리아스를 알았고, 저지대 출신 이주민과 그의 친교는 특히 중요하다: 이는 셰익스피어의 30대 후반 혹은 40대 초반이 어떤 모습이었을까 하는 문제다.

10 힐턴 켈리허, 『런던 도서 리뷰』, 1986년 5월 22일, p. 4.
11 MS 보들리, 롤린슨 시. 160, fo, 여기서 철자가 'Helias Iames'다.

네덜란드 화가 가문 출신의, 혹은 그들에게 알려진 누군가가, 그의 초상을 정성스레 그렸을 것이 분명하다. 관심을 집중시키는 것은 1623년 2절판 표지에 실린, "런던, 마틴 드뢰샤웃 작"이라 서명된, 잘 알려진 동판 셰익스피어 초상이다. 1601년 4월 26일 세례를 받았으므로, 마틴 드뢰샤웃은 시인이 (52세로) 사망할 당시 겨우 15세였다, 그러므로 보다 젊은 셰익스피어를 보여 주는 그 동판화는 실물을 보고 그린 것이 아니다; 이제까지 자료로 보아 우리는 그것이 화가가 21세 혹은 22세였던 1623년 위촉되었다고 말할 수 있다. 드뢰샤웃은 런던 거주 플랑드르 화가 3세대에 속했다: 그의 할아버지 존은 브뤼셀(당시 남 네덜란드) 출신 화가였다; 그의 삼촌 마틴이 화가였고, 아버지 마이클은 판화가였다. 거의 모든 면에서 이 동판화는 아마추어적이지만, 다른 전문가들은 드뢰샤웃이 작업을 하면서 셰익스피어가 30대 말 혹은 40대 초였을 때 만들어진 매우 실력 있는 화가의 세밀화 혹은, '아마도 엷게 칠한 무광 색채'를 보여 주는 섬세한 드로잉을 참조했을 거라는 M. H. 스필만의, 주장에 동의하는 편이다.[12] 머리 동판이 정확하다는 것은 성 삼위일체 교회 흉상도 보여 주는바 해골 비율이 유사하고 또 그 유명한 직립형 이마가 똑같다. 1623년 동판화를 강력히 지지한 벤 존슨(그는 습관적으로, 아마 눈으로 보기도 전에, 지지했을지 모른다)이야 도외시한다 하더라도, 여전히, 재정 위험을 감수해 가며 많은 돈을 들여 그의 36편의 희곡 2절판을 합동으로 낸 인쇄업자들을 만족시키려면 초상이 어지간히 비슷하기만 해서는 안 되었을 것이다.

대중적인 신화에서, 셰익스피어는 재치 있고 선술집을 드나드는 시인으로, 유명한 어두운 숙녀들에 대해 글을 쓰고 그녀들을 침대로 끌어들인다, 그래서 희곡을 쓸 시간이 별로 없다. 동판화가 암시하는 측면은 다르고, 그것을 입증하는 증거가 많다. "극단

12   M. H. 스필만, 『셰익스피어 희곡 첫 2절판 제목 페이지』(1924); S. 쉔바움, 『윌리엄 셰익스피어: 기록과 이미지들』(1981), 168.

운영자라면 누구나", 셰익스피어 동료 연기자 비스턴의 배우 아들한테서 오브리가 들었듯, "여자들의 유혹을 마다하지 않았을 것이다, 그리고 권유를 받을 경우 아프다고 둘러대지 않았을 것이다".[13] 소네트들의 시인은 자신이 스스로를 무대에서 '광대처럼 보이게' 한다며 유감스러워하고, 펨브룩 그리고 사우샘프턴의 친구 중 어느 누구도 그가 '문인들' 사이에 있는 광경을 보고한 바 없다. 드뢰샤웃의 동판화는 괴팍하다고까지는 못해도 분명 까다로운 면이 있는 사려 깊은 인물, 비록 '성품이 열려 있고 자유분방하지만', 현란한 사교와는 극히 무관해 보이는 인상의 관찰자를 그리고 있다. 재치 있는 시인의 '섬광'은 없을지 모르지만, 초상은 지력이 엄청난 작가의, 다른 사람의 고통에 둔감하지 않은, 그리고 『아테네의 티몬』, 『맥베스』, 혹은 『리어 왕』을 썼을 가능성이 있는 한 독립적인 인간의 내적 본질을 암시한다.

셰익스피어는 환심을 사고 자신을 보존하는 습관이 능란하고 또 자연스러웠다: 그는 개인주의자들 속에서 자신을 보호하고 구하는 법을 배웠다. 40대의 그는 대체로 유혹에 강했다, 그리고 무분별한 행동들은—스트랫퍼드 기록과 소네트들에서 우리가 알 수 있는 한—반쯤은 후회되는 청년 시절 혹은 성년 초기의 일이었다. 그가 감각적 즐거움에 황홀해하지 않고, 가능한 한 오래 살려고 열심이었는지도 확실하지 않다: 그러나 "그는 대지의 표면과 삶의 과정을 사랑했다", 조지 오웰이 말했듯.[14] 그는 호기심이 있었다. 자기 수양이 잘 된 대버넌트 사람들에게 경탄했고, 마찬가지로 사업가 기질이 풍부했던 콘델을 좋아했으며, 런던에서 찾은 배경이 가장 다양하고 견해가 가장 비상한 사람들은 바로 숙련된

13   MS 보들리, 대주교 F. c. 37. E. A. J. 호니그만, 「1600년경 셰익스피어와 런던의 이주민 공동체」, J. O. 밴더 모튼 (편), 『엘리자베스 시대와 현대 연구』(헨트, 1985), 143~153, 특히 145~146 참조.
14   조지 오웰, 「리어, 톨스토이, 그리고 바보」, 『코끼리 쏘기』(1950), 52.

이주민들이었다—그들의 에너지와 성공은 대중의 질시를 부를 정
도였다.

교외에 번진 역병 때문에 뱅크사이드의 샛길은 매력이 줄었다:
그리고 결혼한 배우들은, 양육할 아이들을 데리고, 북쪽으로 갔다.
몇몇 다른 이들도 그랬다. 늦어도 1604년경이면, 셰익스피어는 런
던 북서부 성 바오로 교회와 크리플게이트 사이에 살게 된다. 이
곳, 성 올라브 교구에서, 머그웰(훗날 몽크스웰) 가와 실버 가 가장
자리에 위치한 이중으로 된 공동 주택에 방을 얻었다: 몽크스웰
가는, 어찌 되었든, 수도사들 때문이 아니라, 알가루스 드 무체벨
라 때문에 생겨난 이름인데, 그는 12세기에 이 지역 토지 소유 증
서를 갖고 있던 사람이다(이 거리 이름은 1277년 '무케벨레스트라테'
였다, 그리고 1570년대까지도 '머그웰 가'로 불렸다).[15] 이곳 부동산은
프랑스인 기독교도 크리스토퍼 마운트조이가 임대, 아내 마리 및
외동딸 마리 혹은 메리와 함께, 숙녀용 가발과 장식용 머리 덮개를
만들었다. 마운트조이는 다른 위그노 교도들과 함께 1572년 성 바
솔로뮤 축일 학살 이후 자신이 태어난 크레시로에서 도망쳤었다;
잉글랜드에서 몇 년 동안을 기다린 후 비로소 공민세를 내고 귀화
했지만, 그 전에도 번창했는데, 특히 마운트조이 사람들은, 도제들
을 두고, 왕실에 장식용 머리 덮개를 납품했기 때문이다.

그들의 가게는 1층에 있었다. 도제들이 종종 다락방에 묵었고,
셰익스피어는 이중으로 된 공동주택에 넓은 공간을 확보했을 법
하다(아마 한 층 위에). 존 스토는 훌륭한 사람들이 살았던 실버 가
의 '여러 좋은 집들'을 언급한다; 근처 몽크스웰 가에 커다란, 돌
과 나무로 잘 지은 네빌 여관 건물과 거대한 이발 외과 의사 전당
이 섰고, 그 안에 이발 외과 의사들에게 새로운 헌장을 수여하는
헨리 8세를 그린 홀바인의 유명한 그림이 걸려 있었다. 거리를 따
라 좀 더 올라가면 전 시장 암브로스 니콜라스 경이 최근 창건한

15   존 스토, 『런던 개관』, C. L. 킹스퍼드 편, 전 2권.(옥스퍼드, 1971), ii. 339n.

구빈원 건물이 있는데, 니콜라스의 아들 다니엘은 한 소송에서 증언하던 중, 그가 극작가와 나눴던 대화들을 언급한 바 있다.

이 소송은 셰익스피어가 마리 및 그녀의 남편과 함께 살 때 이루어진 한 결혼 합의에서 했던 역할을 드러낸다; 그것은 그들이 그를 어떻게 여겼는가를 보여 준다, 그리고 또한 우리에게 조지 윌킨스라는 2류 극작가를 소개한다. 셰익스피어가 동료 헤밍 및 콘델이 사는 교구와 '인접한' 교구에 살았다는 말은 다소 부정확하다: 둘 다 멀리 떨어져 있지는 않았지만, 그들은 성 올페이지 교구 및 성 올번 교구 너머 동쪽, 성 메리 올더먼베리에 살았다,[16] 그리고 다른 극장인들, 이를테면 존슨, 데커, 먼디는 이 무렵 북쪽, 성 자일스 교구의 도시 성벽 바깥에 살았다. 셰익스피어가 배우 혹은 시인들의 입김을 목덜미에 느낄 정도로 가깝게 살지는 않았지만, 조금만 걸으면 뱃사공이 강을 건네 줄 거였고, 그렇게 그는 30분 안에 글로브에 닿을 수 있었을 것이다.

어쨌거나 1604년 하숙집 여주인은 그를 잘 써먹었다. 약 6년 전, 마리 마운트조이는 스티븐 벨롯이라는, 용모 단정하고 유능해 보이는 프랑스 청년을 도제로 받아들였다. 그 바로 전, 마리가 근심에 차서 사이먼 포먼과 의논을 했고, 포먼은 스완 앨리의 포목상 헨리 우드와의 실수로 인한 그녀의 임신을 진단했으나, 진단은 허위 경고로 드러났고, 위험이 덜 따르는 연애 전망이 호소력을 갖기 시작했다. 분명, 품행이 방정한 조수가 그녀의 딸 메리에게 열심이었다, 결혼 제의는 망설였지만. 남편과 상의한 후, 마리는 그녀의 마흔 살 먹은 숙박인 셰익스피어에게 간청, 스티븐 벨롯이 메리와 결혼하도록 설득하면 지참금도 내놓겠노라 했다. 이 사명을 맡은 다른 사람은, 겉보기에 분명, 없었다: 크리스토퍼 마운트조이 또한 셰익스피어에게 도움을 채근했다. 판다로스 같은

16   SS, DL 260. WS의 성 올라브 교구, 그리고 헤밍스와 콘델이 있던 성 메리 올더먼베리 교구는, 북쪽 성 올페이지 교구, 남쪽 성 올번 교구에 의해 나뉘었다. 스토, 『개관』; 그리고 로저 핀레이, 『인구와 대도시』(케임브리지, 1981), app. 3의 설명을 보라.

중매인으로서, 셰익스피어는 도제의 마음을 움직여 마운트조이 처녀를 받아들이게 하려고 최선을 다했고, 그 결과 벨롯과 메리가 1604년 11월 19일 성 올라브 교회에서 결혼했다.[17]

크리스토퍼 마운트조이는, 그러나, 약속을 지킬 사정이 못 되었다. 사위와 관계가 악화되었고, 8년이 되기 전 청원 법원(1612년 5월 7일자)이 셰익스피어 및 다른 사람들에게 원고 스티븐 벨롯 대 피고 크리스토퍼 마운트조이 간의 민사 재판에서 증언할 것을 요구했다.

민사 재판의 핵심 이슈는 벨롯이 주장한 대로 마운트조이가 청년에게 결혼 즉시 60파운드를 주고 또한 200파운드를 유산으로 남기겠다는 약속을 한 적이 있느냐는 거였다. 증인 누구도 유산이나 60파운드라는 정확한 액수를 전혀 기억하지 못했다, 그러므로 셰익스피어가 이 액수를 기억하지 못한 것은 이상할 게 없다. 원고와 피고의 성격에 대해 이야기된 것은, 그러나, 매우 중요할 수 있고, 셰익스피어의 언급에서 보이는 공평무사성은 정말 인상적이다(아마도 이것이 그가 양쪽을 다 인정함으로써 말썽을 피한 첫 경우는 아닐 것이다). 이런 기질로, 그는 다소 밋밋하게 두 논쟁 당사자의 성격을 기술, 둘 다 훌륭한 사람으로 묘사하지만, 벨롯에 대한 자신의 호감이, 마운트조이도 그 청년을 유익한 피고용인으로 여겼다는, 혹은 그런 말을 한 적이 있다는 뜻으로 해석될 소지를 교묘히 피해 간다.

시인은 원고와 피고를 알고 지냈다, 둘 다, '1년가량', 그렇게 그는 흔쾌히 인정한다. 벨롯은, 셰익스피어가 회상하는바, '행동거지가 예의바르고 정직했다', 그리고 '매우 착하고 근면한 피고용인이었다'. 한편, 그의, 아마도, 불완전한 기억으로, 그는 '피고(마

17 윌리스 사람들이 1909년 PRO에서 발굴한 26건의 기록 자료들에 대해서는 C. W. 윌리스, 「새로운 셰익스피어 발견들」, 『하퍼스 먼슬리 매거진』, 120호(1910), 489~510이 여전히 유효하고, EKC, 『사실들』, 그리고 쉔바움, 『기록과 이미지들』, 20~39에 제시되어 있는 설명도 그렇다.

운트조이)가 상기 [스티븐 벨롯을] 고용하여 커다란 이익이나 수입을 잡았다고 말하는 것을 들은 바가 없었다'. 그렇지만 그 문제를 말하자면, 마운트조이는 정말 이 피고용인에 대해 '대단한 호의와 애정을 품었으며 또 보여 주었다'. 사실, 여러 잡다한 기회에, 셰익스피어는 피고와 그의 아내가 벨롯은 '매우 정직한 친구'라고 하는 말을 들었다. 이제까지는, 그 정도다. 또 다른 답변에서, 셰익스피어는 당시 30대 후반의 마리가, 처녀를 받아들이게끔 설득해 달라고 숙박인에게 애원하는, 분명 다소 난처했을 실버 가 장면을 떠올린다, 보고의 법적 형식은 매우 무미건조하지만: 셰익스피어는 "상기 피고의 아내(마리)가 [그에게] 간청, 상기 원고로 하여금 상기 결혼이 시행되도록 마음을 움직여 달라 했고 따라서 이 증인은 정말 그렇게 하도록 원고의 마음을 움직였다"고 증언했다.[18]

그 장면이 발생한 것은 1604년, 혹은 그가, 『다 좋다』와 『이에는 이』에서, 뒤로 빼는 총각들은 옆구리를 찔러 결혼하게 만들어야 한다는 견해에 서명하던 당시 벌어졌다. 정확히 마리의 딜레마가 그에게 헬레나와 비엔나 공작 빈센티오 아이디어를 주었을 가능성이 있다, 에른스트 호니그만이 암시하듯,[19] 그러나 중요한 점은 아마도 다른 이는 실패했을지도 모를 건수에서 오로지 그가 중재자로 성공했다는 사실일 것이다, 왜냐면 그것은 극작가로서 그의 습관과 적으나마 관계가 없지 않다. 그는 자기 것이 아닌 견해 속으로 자신을 던져 넣는다, 그리고 여기서, 흥미롭게도, 그렇게 하면서, 친지들과 함께, 마리의 딜레마 및 개인들의 행동과 성격을 설득하고 있다. 다니엘 니콜라스, 암브로스 경의 아들은, 이를테면 자신이 들었던 바를 이렇게 증언했다.

월리엄 셰익스피어라는 사람은 피고[마운트조이]가 [벨롯]을 좋게

---

18 PRO, 청원 법원, 셰익스피어 관계 청구 번호 4/1 문서 기록(1612년 5월 11일).
19 「셰익스피어와 런던의 이주민 공동체」, 149~150에서.

말했으며 고용된 당시 그를 아주 좋아했다고 말했습니다. 그리고 상기 셰익스피어를 움직여 그의 딸 메리 마운트조이[와] 원고 간의 결혼을 성사시켰다고요… 셰익스피어가 이 선서 증인[니콜라스]에게 말한 바에 따르면 결혼은 그녀에게 지참금을 주는 걸로 성사되어 식이 올려졌습니다.[20]

니콜라스의 구절, '보증으로(make suer)'는 셰익스피어가 스티븐과 메리의 약혼 서약을 자신이 직접 주재했다는 것까지 가리킨다:

그리고 셰익스피어 씨는 그들 [스티븐과 메리]는 아버지로부터 지참금으로 얼마간 돈을 받을 것이며 그 보증으로 동의를 했고, 메리와 합의했다, ~~서로 손을 맞잡게 하면서~~ 그리고 메리도.[21]

풍문식 증언으로 판결을 내릴 수 없었던 법정은, 증인들 말로는 어떤 점도 분명하게 알 수 없다는 이유로, 벨롯-마운트조이 사건을 다소 지겨운 내색을 하며 '프랑스 교회의 장로'들에게 떠넘겼고, 장로들은 마침내 마운트조이에게 20노블(6파운드 13실링 5페니), 원고가 요구한 것보다 훨씬 적은 양을 지불하라고 명했다, 그리고 훗날 '무절제하고 방향 잃은 생활'을 이유로 마운트조이를 파문했다. 그렇게 분규의 법적 부분은 끝이 났다. 셰익스피어는, 추정컨대, 아마도 1606년 10월 마리가 사망했을 때, 그리고 벨롯 부부가 실버 가로 돌아와 새로운 싸움을 벌이기 전에 집을 나왔을 것이다.

이 소송에서 가장 기묘한 증인 중 하나가 2류 작가 조지 윌킨스였는데, 벨롯과 메리가 실버 가를 떠나 있을 당시 함께 살던 사람이었다. 지하 세계와 연관이 있고 또 유명한 유곽 주인이었던 윌

20 PRO, 청원 법원, 청구 번호 4/1(1612년 5월 11일).
21 같은 책(1612년 6월 19일).

킨스는, 20대 후반 분명 셰익스피어와 어느 정도 알고 지냈다. 그는 골치 아픈 청년으로, 여성들에게 지독히 적대적이었다. 그의 모든 작품이 마치 자신의 죄책감을 드러내듯 죄악과 비참함에 사로잡혀 있다. 그는 잔학하게도 임산부의 배를 걷어찼다; 또 다른 여자한테는 매질을 가한 다음, 마구 짓밟아 대서 사람들이 그녀를 집까지 업어다 주어야 했다. 그의 행동이 법정 기록에 남아 있고, 여자를 걷어차는 데 대한 언급 두 가지가 그의 작품에 보인다.[22] 그의 중편『타이어의 왕자, 페리클레스의 고통스런 모험』(1608)은 현대의 한 저서[23]에서 추정하는 것과 달리 셰익스피어『페리클레스』의 한 원전이 아니라 오히려『페리클레스』를 바탕으로 한다.

월킨스가『페리클레스』의 두 막을 직접 썼는가? 그랬다면, 그는 아마도 그 연상의 시인을 실버 가 혹은 그 주변에서 한 번 이상 보았을 것이다. 스티븐 벨롯의 남서쪽에 살면서, 월킨스는 명망을 희구하다가 나중에 사소한 범죄로 재판 받게 된다. 그와 알고 지냈다는 것이 셰익스피어 탓은 아니고, 또, 어쨌거나, 셰익스피어가 그 연하의 시인을 얼마나 잘 알고 지냈는지 알려진 바 없다. 월킨스에게는 아직 최악의 나날들이 남아 있었다. 그러나, 잔학한 '걷어차기'를 비롯한 그의 태도와 습관 일부는, 셰익스피어에게 분명했다, 왜냐면 셰익스피어는 부유한 런던, 그리고 꼴사나운 런던을 관찰했다; 우리는 월킨스를 다시 만나게 될 것이다.

시간의 영속성—『맥베스』와『리어 왕』

한때 엘리자베스 여왕이 즐겨 보던 일단의 늠름한 백조들이, 여전히 템스강 위를 고요히 아무렇지도 않게 떠갔다. 이 조류들은 낮은, 바닥이 평평한 바지선과 부드러운 물 표면 위로 돛이 높은 선

---

22   로저 프라이어, 「조지 윌킨스의 생애」, 『셰익스피어 개관』, 25호(1972), 137~152, 특히 151~152.
23   쉔바움, 『기록과 이미지들』, 24호.

박들 사이에서 볼 수 있었다. 도시에 사는 많은 배우들은 분명 대기 중인, 겉천을 댄 페리선에 발을 들여놓고 백조들을 바라보며 뱅크사이드로 건너간 경험이 있을 것이다—그리고 로즈 혹은 글로브 극장에 가면 새 소식 혹은 뜬소문을 들을 수 있었다. 1605년 여름 후반 왕 후원자의 소식이 있었다. 제임스 왕은 8월 27일 옥스퍼드에 도착한 터였다. 그는 성 요한 단과대학 문밖에서 기다리며 매튜 그윈의, 짤막한, 예쁘장한 환영 행사를 감상했다. 소년 세 명이, 여성 예언자 혹은 시빌 복장을 하고, 그를 스코틀랜드 전사 뱅쿼의 후손으로 맞았다. "당신이 아니라 뱅쿼", 그들은 잉글랜드의 그리고 스코틀랜드의 왕에게 이렇게 말했다,

> 뱅쿼! 당신이 아니라 당신의 후손들에게
> 영원 불멸자들이 영속의 지배를 약속했나니.

다행히 피비린내 나는 왕위 찬탈자 맥베스와 연루되지 않은 상태로, 왕은 그 다음 옥스퍼드 학자들에게 안내되었다.[24] 이틀 동안 그는 신학, 의학, 법학, 그리고 다른 주제에 관한 '라틴어' 토론에 귀를 기울였다. 대학에서 토론된 한 의제는, '상상이 실제 효과를 낼 수 있는가?'(An imaginatio possit producere reales effectus)'였다. 왕의 배우들은, 10월 9일 옥스퍼드에 도착했으므로, 대판지로 인쇄된 그 학문적 의제를 보았을지 모른다. '상상력' 문제는, 우연의 일치든 아니든, 『맥베스』의, 덩컨 피살 전 암살자의 상상력만으로 공중에 단도가 생겨나는 장면에서 답변된다.

옥스퍼드 행사들은 셰익스피어의 작품에 영감을 주지 않았을지 모르지만, 홀린즈헤드 『연대기』에 수록된 맥베스와 뱅쿼를 아마도 그에게 상기시켜 주기는 했을 것이다. 새로운 지배 체제의 신화는 스코틀랜드 역사를 격상시켰고, 우연히, 왕 살해가 11월 런

24 [매슈 그윈], 『Vertumnussive Annus Recurrens Oxonii…』(1607), "Ad Regis… tres quasi Sibyllae…", 4~5행.

III. 천재의 성숙

던에 화젯거리로 떠올랐다. 경악스러운 계획이 밝혀졌다. 구이도 혹은 가이 포크스라는, 요크셔 출신의 한 병사가 화약 20통과 숱한 쇠막대를 상원 의사당 지붕 밑으로 운반, 왕, 여왕, 헨리 왕자, 주교, 귀족, 그리고 기사들을 '청천벽력과 함께 일제히' 날려 버리려 했던 것.

홍미롭게도, 가이 포크스의 음모망을 따라 가다 보면 워릭셔 신사 계급에 이르고 그 안에 셰익스피어가 아는 사람들이 포함되어 있다—이를테면 로버트 케이츠비, 그의 아버지는 스트랫퍼드, 비숍턴, 그리고 쇼터리에 땅이 있었다, 그리고 존 그랜트, 그는 스니터필드의 지주였다. 숱한 동조자와 공모자들이 지방 사람이라 판사단이, 줄라이 쇼—훗날 셰익스피어 유언 공증인 중 하나—를 포함하여, 1606년 2월 스트랫퍼드에 모여 화약 음모 사건을 조사했다. 옳고 그른 것을 분간 못하는 게 맥베스 같았으므로, 음모자들이 셰익스피어에게는 영 멀어 보였을 리 없다. 그러는 동안 재판과 교수형이 런던에서 치러졌다. 예수회 수도원장 헨리 가넷 신부가 5월 3일 교수형에 처해졌다. 재판정에서 그가 '말끝을 흐릴' 권리를 주장한 것은 『맥베스』의 청소부를 상기시키는바 그는 덩컨이 암살당한 후 자신이 지옥의 문에 있다고 생각하면서 이렇게 말한다: "두드려라, 두드려… 참으로, 저울 양쪽에서 저울 반대쪽을 저주할 수 있었던 입 따로 마음 따로 애매모호 씨올시다, 반역이 충분했지요, 하나님을 위해, 하지만 하늘한테는 애매모호할 수 없었죠. 오, 들어와, 애매모호 씨." (II. iii. 7~11).

몇몇 공개 사건의 흔적을, 그렇다면, 『맥베스』에서 찾을 수 있을지 모른다, 하지만 이 스코틀랜드 비극은 두 명의 왕 앞에서 공연되었는가? 혹은 이 작품 자체가 '국왕용'으로 쓰였는가? 8월 머리카락이 곤두선, 깃발 휘날리는 전함 트레 크로너 호가 제임스 왕의 처남인 덴마크 왕 크리스티안 4세를 태우고 그레이브젠드에 닿았다. 여동생 안나를 보러 온 게 주요 목적이었고, 그는 융숭한 대접을 받았다. 어쨌거나 84년 만에 처음으로 외국의 지배자가 영국을 공식 방문한 사례였다. 키가 크고 거의 비만에 가까운, 희끗한 금발의 29세 덴마크인으로, 크리스티안 4세는 보통 사람을 깔아뭉갤 정도로 주량이 셌다—그의 자상한 어머니는 '하루에 라인산 포도주 두 갤런을' 마셔 댔다고 한다—그러나 주인의 언어를 제대로 알아듣지 못했다. 어쨌든, 왕립 극단은 두 명의 유쾌한 군주 앞에서 공연을 세 번 했다. 어떤 작품이 공연되었는지에 대해서는 암시가 없고, 『맥베스』가 그중 하나였다는 징후도 없다.[25] (훗날, 『안토니와 클레오파트라』에 나오는, 비틀거리는 폼페이 요트 승선 장면이 제임스와 크리스티안의 선상 축제를 상기시킨다는 주장이 있지만, 저자는 다른 어느 곳에서도 그토록 어리석게 후원자를 조롱하는 위험을 무릅쓰지 않는다.)

그럼에도 불구하고 『맥베스』는 조만간 제임스의 궁정에서 공연되었고, 이 작품과 후원자 왕과의 관계는 매우 흥미롭다. 홀린즈헤드 『연대기』에서, 셰익스피어는 뱅쿼가 덩컨 왕 살해 음모에 연루된 것을 발견했는데, 제임스 1세의 조상이 반역죄에 연루되었다는 암시를 피하기 위해 이를 고쳤을지 모른다. 하지만 맥베스와 뱅쿼가 결탁하여 왕을 죽인다면 드라마의 맥락을 보더라도 결함이었을 것이다: 그는 뱅쿼의 가담을 씻어 낸다, 그렇게 맥베스는 덩컨 살해 행위에 대한 일체의 변명 거리를 박탈당하게 된다.

동시에 셰익스피어는 완전 결백한 뱅쿼, 제임스 1세의 전범인 조상 뱅쿼를 거부한다. 희곡에서 뱅쿼는 맥베스와의 '용해될 수 없는 연결'을 인정하며, 후자의 왕위 등극을 받아들인다, 자신이 '그것으로 가장 옳지 않은 반칙'을 저지른 게 아닐까 두려워하지만. "자네한테 그들의 말이 찬란하게 이뤄졌으니", 뱅쿼는 마녀들의 도움에 대해 이렇게 말한다,

그것들이 나의 신탁 또한 되지 말란 법 없잖아,

25   H. N. 폴, 『왕의 희곡 맥베스』(뉴욕, 1978); 그리고 H. 네빌 데이비스, 「제임스 1세 치세 『안토니와 클레오파트라』」, 『셰익스피어 연구』, 17호(1985), 123~158.

그리고 내가 희망에 들뜨지 말란 법 없잖아? 하지만, 쉿, 더 이상은 그만. (III. i. 8~10)

"쉿, 더 이상은 그만"은 그의 확고한 스코틀랜드풍 양심의 가책을 의미하지 않는다, 그리고 뱅쿼는 그 자신 혹은 후손들의 출세에 대한 다른 '저주받은 생각들'을 드러내기 전에 피살당한다. 반역과 무관하지만 맥베스의 지배를 묵인했다는 점에서 비난받을 만하고 욕망에서는 유죄다. 『맥베스』의 이런 측면이 전기적으로 흥미로운 것은 셰익스피어의 연극적 관심, 그의 정치적 리얼리즘, 역사, 심리학, 그리고 진실에 대한 관심이 최고조에 달하고 있기 때문이다. 그는 한 스코틀랜드풍 희곡을 짜깁기해서 스코틀랜드풍 제임스에게 맞추는 것이 아니다; 위험을 감수해야 한다는 점을 알고 있고, 그렇게 감수하지만 무모하지는 않다. 그렇게 나아가다, 4막 마녀들이 뱅쿼 후손들(여기에 제임스 1세가 포함될 것이다)의 미래를 보여 주는 장면으로 후원자에게 잠깐 예의를 표하는 듯하다. 맥베스가 공포에 질려 본다, 왕위 계승선이 "운명에 금이 갈 때까지 행렬이 이어질 참인가?"(IV. i. 133). 그것은 제임스 후손들의 숭고한 계승선이 세계 종말 때까지 이어질 것이라는 셰익스피어 당대 생각을 반향한다.

다른 면에서 『맥베스』는 제임스 1세와 별 연관이 없다, 그의 저서 『악마학』(1597)에 나오는 마녀에 대한 진술이 뱅쿼의 언급과 유사하기는 하지만. 극작가는, 의심할 여지없이, 후원자의 저서들을 읽었다. 그러나 셰익스피어의 마녀는 복잡한, 애매모호한 존재로 중세적인 사고방식과 관련이 있다. 그들이 맥베스를 무너뜨린다. 한 평론가의 견해에 따르면 그들은 자기들을 악마화하는 사악한 질서를 전복하는 희곡의 '여주인공들'이 된다,[26] 그러나 그들은 또한 신비하고 알 수 없는 도상, 운명의 이미지, 악마적인 유

26 테리 이글턴, 『윌리엄 셰익스피어』(옥스퍼드, 1986), 2~3.

혹자, 그리고 악의가 있는, 추한 노파로, 런던교, 화이트채펄, 혹은 뱅크사이드에서 요금을 내고 운세를 알아봄직한 '현명한 여자들', 마녀들, 그리고 마법사들과 꼭 닮았다. 저자는 뱅크사이드에서 혹은 시내에서 보고 들은 것을 활용했다. 그의 친구 리처드 필드는, 예를 들어, 1593년 헨리 스미스―내시의 탁월한 '구변 좋은 스미스'―의 『설교집』을 출판했는데 스트랜드, 성 클레멘트 데인스에서 행해진 설교에 들어 있는 신랄한 이미지들이 종종 희곡의 그것을 상기시킨다: "당신들은 청중이 아니라 숫자 '0'같군, 있는지는 알겠는데 아무 의미도 없는"―혹은, "마치 우리가 밤처럼 새까만 까마귀라는 듯, 복음의 비누를 죄다 써도 깨끗이 씻을 수 없는"―혹은, "그의 빛 일체가 일순 꺼졌지" 혹은, 우리의 삶에 대한 비유, "무대에서 자기 대사를 하는 배우, 그리고 곧장 그가 다음 사람에게 자리를 내주는 것".[27]

물론 이 가운데 어느 것도 셰익스피어가 구변 좋은 스미스를 알거나 읽었다는 점을 증명할 수 없지만, 심성의 습관이 상응한다 할 것이다. 온갖 독창성에도 불구하고, 극작가는 겸손함, 조심성, 혹은 아마도 피고용인이었다가 주요 배우가 되었던 경험 탓으로 돌릴 수 있을 법한 기벽을 갖고 있었다. 종종 모래알 속, 아니면 자신이 발명하지 않은 구절, 단순하고 근거 있는 어술 혹은 알려진 상황을 찾고 나서 그것을 바탕으로 상상력을 작동시켰다. 맥베스와 맥베스 부인에 대한 희미한 암시를, 그들이 아무리 기이하다 한들, 그가 알고 있는, 열망하는, 높은 곳을 지향하는, 그리고 약간 쌀쌀맞은 프랑스 이주민에게서 찾았을 가능성도 있다. 왕궁의 안나에게 납품을 하고, 셰익스피어를 구워삶고, 그리고 딸을 위해 일을 꾸미는 실버 가의 마리는 맥베스 부인과 한참 멀다. 그러나 셰익스피어는 마운트조이 부부를 알기 시작한 연후에, 부분적으로는 자신의 런던 경험 총체를 바탕으로, 그의 드라마 중 가장 소

27   피터 밀워드, 『셰익스피어의 종교적 배경』(1973), 127~133.

름끼치는 결혼한 남녀를 창조해냈다.

그가 우발적으로 주워 모은 그 어느 것도, 마찬가지로, 『맥베스』의 분위기, 혹은 엄청난 암시 효과, 아연할 정도의 압축과 자료 운용의 황금률, 그리고 복잡한 이미지들의 위용을 제대로 설명해 주지 않는다. 여기에는 작가의 사려 깊은 절제 이상의 것이 담겨 있다. 이 비극은 어느 정도 그의 다른 작품들, 이를테면 『리처드 2세』의 국가 통치권자 암살 혹은 『헨리 6세』 2부의 말끝을 흐리는 예언과 마녀 장면을 재료로 쓰고 있다. 그러나 보다 섬세하게 『맥베스』를 책임지는 것은 저자의 정서적 보수주의, 심지어 그의 지조, 충성심, 그리고 자기 존엄성이다: 그는 자신의 과거와 계속 연락을 유지한다. 옛날 작품들을 마구 뒤져 새 작품을 만들어내는 것은 아니지만, 극작법에 대해 그가 유익하게 배운 것을 마음에 간직하고 있다: 그의 과거 극장 경험으로 가는 수로는 넓게 열렸고 흐름이 빨랐다. 『맥베스』는 그 경력의 정수다.

스코틀랜드 왕위 찬탈자의 경우에도 그는 하나의 모델을 가까운 곳에 갖고 있었다, 그가, 다른 의미로는 그의 주인공들 누구 안에도 없듯이, 바로 그렇게 주인공들 모두에 존재하는 한. 맥베스의 도덕의식은 놀랍다: 그는, 역도逆徒와 마주치자 "그분이 그자를 그어 버렸거든요, 배꼽에서 턱까지"(I. ii. 22) 식의 거친 스코틀랜드 야전 사령관치고는 묘하게도 자의식이 강하다. 칼로 무차별 살육을 자행하면서도, 모범적인 남학생의 상상력과 비판적인 자애심을 갖고 있다, 그의 아내가 조명을 돕는 그, 복잡성으로 다져진 근육질임에도 불구하고.

"당신 성품이 난 못 미더워", 맥베스 부인이 그를 부추기며 말한다. "인정의 우유가 너무 많아서"(I. v. 15~16) 그녀의 성징뿐 아니라 맥베스의 고분고분함 또한 1막에서 그들이 결탁하고 스스로 실천하는 그 역할 연기를 교사한다. 셰익스피어는 이런 상호 의존성을 알고 있었던 듯하다. 맥베스 부인은 처음에 소름끼치는 매력을 갖춘, 눈길을 끄는 연기자지만, 맥베스의 감정 이입이 그의 열

심성 불만을 연기해낼 여지를 그녀에게 제공한다—이 불만은 비정상적인 살인, 정치적 승리, 혹은 직업상 거의 불가능한 이중 노력의 성공으로 한 사람을 이끌어 갈 수 있는 종류의 불만이다. 처음의 온갖 질긴 신경줄에도 불구하고, 맥베스 아내는 허영이 전혀 없는 것이, 마치 왕비가 되어 봐야 얻을 게 별로 없다는 투다. 남편에 대한 그녀의 감정은 거의 전적으로 자기 아이를 위해 사는 어머니에 가깝다.

하지만, 주요 자료들을 그토록 변형시키는 작품에서 더 이상 자전적 무늬들을 찾을 필요가 없다. 셰익스피어는 인물 대다수를 쓰여진 자료 밖으로 좀체 걸어 나오지 못하게끔 복종시켰다. 그러나 맥베스의 영혼 묘사에서는 엄청난 내적 압력을 구사, 왕위 찬탈자의 외적 행동이 아니라 바로 이것이 극의 주된 내용이 될 정도다. 맥베스 본성의 '우유' 혹은 민감함은 피비린내 때문에 무효화하지 않고, 오히려 활동하는 그의 양심에 자양분을 공급하며 급기야 그가 자신의 투명성을 견디지 못하게 된다. 그는, 정말, 깔아뭉개지고, 찢긴다, 그리고 발가벗겨진다. 그의 범죄가 그의 아내를 말살한다, 그리고 그가 받는 벌의 일부는 스스로 자신의 파멸을 너무도 정확하게 보고한다는 것인데 이 정확도가 그에 대한 우리의 감정을 복잡하게 만들고, 인간의 삶에 대한 우리의 지식을 확장하고, 심지어 무심결에 과오를 인정하는 이런 대사에서조차 어떤 도덕극도 도저히 넘볼 수 없는 풍부함을 갖추게 한다:

> 두려움의 맛을 내가 거의 잊어버렸구나.
> 한때는 오감이 오싹해졌었지,
> 밤 비명 소리를 들으면, 그리고 내 머리칼이
> 음침한 이야기를 들으면 곤두서서 떨곤 했어,
> 마치 그 안에 생명이 있는 것처럼. 나는 공포를 포식했다.
> (V. v. 9~13)

맥베스가 아니라 뱅쿼의 후손들이 '왕이 될 것'이라는 사실이 그에게서 일체의 위안을 박탈한다, 그리고 마녀들이 알 수 없는, 쓸모없는 말만 뇌까리므로 그는 시간을 해석하는 능력을 상실한 다. 하지만 그의 투명성은 변함이 없다. 맥베스는 뱅쿼의 후손에 대한 자신의 끈질긴, 스스로를 갉아먹는 집착을 이해하고 있다, 그리고 그 주제는 유산 문제에 대한 셰익스피어 개인의 지속적인 관심과 간접적인 관련이 있다.

배우들 사이에서 이런 관심은 이상할 게 없었다. 왕립 극단 배우 들은, 예를 들어, 친구를 상속자로 거명하는 게 일반적이었다. 어 거스틴 필립스는, 1605년 5월 사망했는데, 금화 30실링을 셰익스 피어에게 남겼다, 극단 다른 사람들에게도 물론 유산을 남겼다. 주 도적인 배우가 남긴 가치 있는 '지분'은 그 자체로 상속 희망자를 들뜨게 했고, 소송을 야기했으며, 또 극단을 당황하게 만들었다.

그러나 당시 상속에 대한 시인의 관심—이것이 『맥베스』를 『리 어 왕』과 연결시키는데—은 비정상적으로 골이 깊었다. 이 작품들 속에서 그는 "애매모호하게, 예언을 통해 또 행동을 통해, 실제라 고 제시되는 미래", 감수성이 예민한 한 평론가는 그렇게 적고 있 다, "그리고 세계의 시간 위에 제한된 도안을 강제하려는 재앙적 인 시도"[28]를 보여 준다. 이것이 딱히 셰익스피어에게 도덕적인 목표가 있었다는 뜻은 아니다, 그리고 맥베스와 리어 왕은 차례로 유산의 악몽에 휩싸이며 또한, 시간뿐 아니라 공공 정치체 및 내 적 자아와, 격렬하게 파괴적인 투쟁에 빠져든다.

글로브에서 먼저 시도됐을 가능성도 있지만, 『리어 왕』은 1606 년 12월 26일 성 스테파노 축일 밤 화이트홀에서 왕과 신하들이 보는 가운데 공연되었다. 이 작품은 후원자를 기쁘게 했다, 아마 도, 리어 왕의 왕국 분할이 엄청나게 어리석은 짓이었다는 점을 보여 주었기 때문이다. 선포, 화폐 주조, 볼거리, 그리고 심지어 선

28   프랭크 커모드, 『마무리 감각』(옥스퍼드, 1967), 88.

박 깃발까지 수단으로 동원하면서 제임스는 위원회에게 잉글랜드와 스코틀랜드의 합병―결국 100년을 요하게 되는 사안―을 받아들이라고 촉구하는 중이었다―그리고 제임스는 스스로 '대영 제국의 왕' 행세를 했다. 하지만 셰익스피어의 비극이 왕의 선전 선동 내용을 담고 있는지는 의문이고, 제임스와 정반대인 리어의 목적을 보여 주면서 작품은 그와 거리를 유지한다. 아마 그래야 했을 것이다, 왜냐면 『리어 왕』은 위험한 작품이었다. 작품에 등장하는 벼락출세자와 궁정 신하들은 꽤나 혐오의 대상이던 제임스의 스코틀랜드 출신 총신들을 자극할 수 있었다, 사악한 두 딸이 당시 궁정의 묵인 하에 독점권을 채 가던 부류로 여겨질 수 있는 것과 꼭 마찬가지로, 그리고 방자한 왕권과 쇠망해 가는 질서에 대한 이 작품의 견해가 스튜어트가 측근들을 즐겁게 할 수는 없었다. 이 작품 2절판에서 보이는 광범위한 수정 중 일부는 검열 혹은 자기 검열 때문일 수 있다, 이미 그런 견해가 제시되어 있지만.

무대에서 『리어 왕』은 많은 것을 요구했다. 버비지는 주인공 역을 어찌나 훌륭하게 해냈는지 늙은 리어가 '그 안에 살아 있는' 듯했다고 한다, 그리고 재빠른, 난쟁이 체구의, 추한 용모가 매력적이었던 로버트 아민의 재능은 바보 역을 훌륭하게 해냈다.[29] 그들의 성공을 부인할 수는 없다, 그러나 그것을 강조하는 일은 아마도 셰익스피어의 본심을 오해하게 한다. 연출가들의 말대로, 현대에 좋은 『리어 왕』 공연(정말 뛰어난 공연은 차치하고라도)이 상당히 드문 이유 중 하나는 주제 역이 『햄릿』의 왕자 혹은 『맥베스』의 왕위 찬탈자에 비해 상대적으로 덜 중요하기 때문이다. 피터 브룩은 『리어 왕』에서 주요한 것 말고도 '독립적이고 결국은 똑같이 중요한 내러티브 줄기를 여덟 가지 혹은 열 가지' 찾아냈고, 그

29 E. 넌게저, 『배우 사전』(뉴욕, 1929), 20, 74. 아민이 리어의 바보 광대를 연기했다는 증거는 상황에 준할 뿐이다. 이 배우의 역할, 표정, 그리고 신장에 대해서는(난쟁이라야 그 역할을 할 수 있다는 게 아니라) 데이비드 와일스, 『셰익스피어의 광대: 엘리자베스 시대 극장 배우와 텍스트』(케임브리지, 1987), 144~163.

래서 에드거, 켄트, 고네릴, 리건, 그리고 다른 사람들의 3차원적 역할이, 폭풍 장면들보다 오히려, 이 작품의 주요한 도전 지점이다.[30] 아니면 다시 피터 홀이 명명한 바 『리어 왕』의 '물리적 마라톤'이 많은 사람들을 거의 대등하게 괴롭힌다.[31] 지형이 너무 험하다; 주자들이 단체로 뛴다; 누구도 넘어져서는 안 된다. 작품이 자신의 엄청난 복잡성을 나눠 주고 있다. 1605년 혹은 1606년이면, 아마도, 셰익스피어가 주요 배우 두 명에게 대체로 예상되는 것보다 덜 배타적으로 의존했을 듯하다, 그리고 『리어 왕』과, 훗날 『폭풍우』를 쓰면서 그는 가장 밀접하게 또 과감하게 극단의 잠재력에 마음을 썼다. 『리어 왕』은 버비지를 위해 스타 배역을 조각해 주는 것보다 극단 능력 전체를 동원하는 일에 더 관심을 갖고 있다—그리고 또한 전혀 새로운 종류의 관계를 탐구하는 일에.

예를 들어, 3막의 미치광이 왕은 모의재판을 열고 사악하고 방심한 딸 중 한 명을 기소한다. "그녀를 먼저 심판하라", 리어가 극심한 고통으로 절규한다, "이게 고네릴이야. 이 명예로운 모임 앞에 내가 맹세하노니, 그녀가 불쌍한 왕 그녀 아버지를 발길로 찼도다."

> 바보광대: 이리 오쇼, 아줌마. 당신 이름이 고네릴이야?
> 리어 : 아니라곤 못하리로다.
> 바보광대 : 미안해, 난 당신이 조립식 걸상인 줄 알았어.
> (1608 4절판, viii. 42~47)

시간에 구애되지 않는 이런 류의 광기는 두 가지 관점에서 해석 가능하다. 고네릴의 범죄는, 리어가 보기에, 오로지 그녀가 '불쌍한 왕이자 자기 아버지를 발로 걸어찼다'는 것이다—그리고 우리는 시인 윌킨스를 기억하는바, 여자를 '걸어차는' 게 본성 중 하나였던 사람이다. 자기 딸의 범죄를 축소하면서 리어는 그것의 특

30 피터 브룩, 『이동하는 초점』(1988), 87.
31 『피터 홀의 일기』, 존 굿윈 편(1983), 356.

수한, 고통스러운 잔학성을 암시한다, 인간의 야수성을 지칭하는 그 영속적 의미는 물론이고. 그리고 바보가 무례하게도 속담을 연상시키며 고네릴과 의자를 혼동하는 것은 태풍의 세력 속에서 그렇듯, 혹은 코델리어의 시체를 놓고 행하는 리어의 연설에서 보듯 물리적인 것과 비물리적인 것 사이의 기묘한 관계에 관심을 갖는 드라마에 걸맞다.

셰익스피어는 꼼꼼하고 세심하게 『리어 왕』을 준비했다, 독서 범위가 심지어 그를 기준으로 하더라도 넓고 강렬했다. 그의 몇몇 원천을 간단히 고려하더라도—여기서 나의 언술의 초점이 바로 그것인데—그의 구상이 참으로 장려하다는 사실을 눈치채게 된다. 그는 플로리오의 박력 있는 몽테뉴 번역(1603)을 읽음으로써 자신의 전망 그리고 심지어 어휘까지 풍부하게 했고, 플로리오의 단어 몇 개를 희곡에 빌려 왔다. 그가 알고 있었을 성싶은 다른 '레어 왕'의 여러 판본 가운데, 홀린즈헤드 것과 스펜서 작 『요정 여왕』 2권에 수록된 짧은, 우아한 것을 읽었고 1605년 익명으로 출판된 『레어 왕』 중 몇몇 부분을 최초로 활용했다. 과장된 대구로 쓰인 『레어 왕』은 여왕 극단, 그리고 서식스 극단이, 마지막 헐떡거림으로, 1590년대 발발한 역병 끝 무렵 올렸던 『리어 왕』 연극과 동일 작품일지 모른다. 처음에 레어 왕은 자신이 사랑하는 코델리어를 브리타니 지배자와 결혼시킬 계략을 짠다. 그의 심술을 잘 아는 고노릴과 라간은 모두 그가 골라만 준다면 누구와도 결혼하겠다고 맹세한다; 그러나 코델라는 아첨을 거부하고 그리하여, 레어는, 코델라를 추방하지는 않지만, 왕국을 사악한 자매에게 나누어 준다. 셰익스피어는 이 작품의 일곱 개 장을 작품 첫 장 일부 분량으로 압축했다.

이야기의 어떤 버전도 불운한 왕이 미쳐 버리는 것을 암시하지 않지만, 한 현대 학자가 원천을 추적하면서(아니면 부질 없는 기러기 사냥?) 광증에 대한 기묘한 사례가 하나 드러났다. 1603년 무렵 두 자매, 샌디스 부인과 와일드구스 부인이, 늙은 아버지, 신사

-연금 수령자 안네슬리가 미쳤다는 공증을 받으려 했다. 안네슬리에게 셋째 딸, 코델이 있었는데, 그녀는 세실 경에게 그녀 아버지와 그의 재산을 인자한 보호자가 보살피게 해 달라고 졸랐다. 와일드구스네는 늙은 연금 수령자의 유언에 이의를 제기했고, 마침내 코델 안네슬리가 1608년 윌리엄 하비 경, 사우샘프턴 백작의 계부와 결혼하게 된다—어떤 사람은 그가 'Mr. W. H.' 혹은 셰익스피어 소네트들을 헌정 받은 사람이라고 말하기도 한다. 도움이 되는 사례였겠다, 하지만 시인이 굳이 그런 것을 알아야만 리어의 광증에 대해 생각할 수 있을까?

두 가지 원천은, 그러나, 매우 흥미를 끈다. 시드니 『아르카디아』에 수록된 산문체 팔라곤 왕 이야기에서, 셰익스피어는 이른바 '리어 이야기의 완벽한 평행선' 혹은 글로스터가, 그의 서자 에드먼드의 간계에 빠지고 에드거의 항심은 여전히 보지 못하다가, 사나운 리건과 콘월에게 두 눈을 뽑히는 보조 플롯을 가져왔다.[32] 시력이 있을 때는 둔감했으나, 눈구멍에 피가 엉겨붙자 글로스터는 더 잘 보는 법을 배우게 된다. 그의 고뇌는 왕의 내재적인 고통의 외적 등가물이고, 여기서 예수 수난에 대한 암시가 꽤나 공공연하다. 한 손, 그리고 다른 한 손이, 한 발, 그리고 다른 한 발이, 나무에 못 박혔다, 기독교 서구에서 벌어진 가장 기억할 만한 장면에서, 그리고 로마 일반 병사가 괴로워하는 주님의 고통을 끝내주려 애썼다. 따라서 글로스터의 눈알을 후벼 파내는 것에 대한 리건의 언급 "한쪽이 다른 쪽을 조롱할 거야; 다른 쪽도"와, 콘월의 언급 "더 볼지 모르니까, 막아야지" 사이에서, 평범한 하인이 고통과 치명적인 상처로부터 콘월을 구하려고 애쓴다; 그렇지만 이 작품은 기독교 알레고리에서 한참 멀다. 기독교보다 앞서는 동시에 뒤서는 게 거의 분명하므로, 이 작품이 온갖 역사적 시간으로부터 놓여날 수 있을지 모른다, R. A. 포크스가 지적하듯. 리어

---

32 케니스 뮤어, 『셰익스피어의 원천들』, i. (1957), 145.

는, 어쨌든, "나이를 많이 먹었지만 생애가 없다. 그가 어떻게 왕위에 올랐는지, 치세에 무슨 일이 벌어졌는지, 심지어 얼마 동안 다스렸는지에 대해서조차 우리는 아는 게 없다, 그래서 그는 영원히 권좌를 누려 온 듯하다. 그의 왕비와 관련하여, 그녀가 죽었는지 살았는지 우리는 전혀 아는 바가 없다."

알 필요가 있다는 게 아니다, 포크스도 암시하고 있지만, 그리고 부분적으로 완전히 신화적인 맥락으로는 상상할 수 없다는 이유 때문에, 『리어 왕』은 항상 본질적으로 당대의 작품으로 보일 수 있다.[33] 괴테가 알고 있었듯 리어는 대다수 청중 속에서 언제 어느 때나 쳐다보고 있다, 왜냐면 노인은 늘 리어 왕 격格이다.

스트랫퍼드와 연관된 텍스트 하나가 극작가에게 비극 형식 고찰에 매우 유용한 암시를 주었다. 사무엘 하스넷이 쓴 예수회 푸닥거리 의식에 대한 목청 높은, 비꼬는 듯한 폭로서 『악명 높은 천주교 사기 행위 선언』이 바로 그것인데, 1603년 익명으로 출판되고 2년 동안 판을 거듭했다. 이런 반가톨릭 팜플렛은 화약 음모 사건 직후 각별한 호소력을 발휘했다. 전에 청교도 축마사에 대해 쓴 적이 있는 하스넷 박사는 에드먼즈 신부로 알려진 윌리엄 웨스턴이 이끄는 사제단이 1586~1587년 행한 축마 의식을 파고든다. 세 명의 젊은 여종업원들이 푸닥거리를 받았고, 에드먼드와 함께한 사제들은 잉글랜드 미들랜즈 지방 예수회 신부들, 이를테면 쇼터리 데브데일스의 로버트 데브데일 신부, 그리고 토머스 카텀 신부 등이었고, 후자가 셰익스피어 학창 시절에 젱킨스를 대체했던 스트랫퍼드 학교 선생의 동생이다.

사제들은 '이곳 잉글랜드에서 불꽃놀이'를 하러 프랑스에서 건너온 말짱 날라리들이었다. 그들이 얼마나 엉망이고 괴팍했는지는 젊은 처녀들 몸에서 쫓겨났다는 악마들의 이름만으로도 짐작할 수 있다, 음탕 물건, 프라테레토, 오비디쿠트, 마후, 모도, 음탕

---

33   R. A. 포크스, 『햄릿 '대' 리어』(케임브리지, 1993), 181.

발끈 모자('거드럭거리는 보잘것없는 악마'), 혹은 '여자를 웃게 만들수 있는' 호비디댄스, 그런 식이다.[34] 이 요상한 이름들이 쓸모 있다고 판단, 셰익스피어는 광인 '불쌍한 톰'으로 가장한 에드거로 하여금 그중 몇 개를 때맞추어 쓰게 한다. "다섯 개 적이 불쌍한 톰을 한꺼번에 덮쳤다", 에드거가 그의 눈먼 아버지 글로스터에게 이렇게 소리친다,

> 정욕의 오비디쿠트, 벙어리의 군주 호비디댄스, 도둑질의 마후, 살인의 모도, 얼굴 찡그리는 플리버티지벳, 그는 그 뒤로 하녀와 시녀를 차지했지. 그러니, 그대에게 축복을, 선생!
>
> (1608년 4절판, x v. 56~61)

『실수 연발』과 『십이야』에서 셰익스피어는 이미 푸닥거리를 영적 사기 행위로 다루었고, 이 작품에서도 그렇게 다룬다, 다만 여기서 에드거가 짐짓 꾸며대는 것은 살아남기 위해서 그리고 자기 아버지를 구하기 위해서다. 그는 "하스넷이 인정할 어떤 것보다도 더 끔찍한, 마구 떠다니고 전염이 되는 악에 대한 대응으로 무언극을 하고 있다", 고 한 훌륭한 비평가는 썼다, 하스넷 박사를 다소 과소평가한 것이지만.[35] 에드거는, 제 목적에 성실하게, 아버지의 절망을 정화하려 애쓴다, 아마도 도버 낭떠러지에서, 그리고 그렇게 그는, 최소한, 사제의 구원 기능을 갖고 있다.

하지만 그렇다고 셰익스피어가 하스넷을 논박하려는 의도였다는, 혹은 쇼터리 가톨릭 혹은 학급 선생 가족의 순교에 대한 자신의 관심을 표현하려 했다는 이야기는 아니다. 극작가는 생각보다 덜 교조적이었다. 사리에 맞고 분명한 사실은 푸닥거리를 다룬 한 책이 유용한 언어 몇 개, 혹은 몇몇 착상을 셰익스피어의 『리어 왕』 집필에 제공했다는 점, 그리고 그 안에 거론된 스트랫퍼드 이름들

---

34   『악명 높은 천주교 사기 행위 선언』(1603), sigs. G4, H1v, Q3v, 그리고 Aa2v.
35   스티븐 그린블랫, 『셰익스피어의 협상』(옥스퍼드, 1988), 127.

이 같은 교구 출신이었던 그의 흥미를 끌었다는 점이다. 채펄 가에 살았던 경험이 간접적으로 작품에 영향을 미치는가? 셰익스피어는 자식들을 깊이 걱정했다, 혹은 그의 맏딸 수재나가 방자하고 완고해 보였다한들, 아주 막 나간 추정은 아니다. 집에 그가 부재했다는 점은, 앞으로 드러나거니와, 다 자란 그의 두 딸과 그의 관계를 복잡하게 만들 만했다. 수재나가 코델리어의 '모델'이라고 보기는 힘들다, 그러나 다시 그의 원천 혹은 감정의 범위에는 제한선이 없다. 그는 자신이 알고 깊이 느낀 것을 참조했고, 대략 1606년 이후부터 아버지와 딸의 유대는 그의 작품에서 거의 강박적인 주제가 된다.

『리어 왕』은 물론 코델리어와의 첫 위기를 엄청나게 상술한다. 세 딸에게 모두 자기 표현을 거부하며, 리어는 자기 왕국을 파멸시킬 거였다. 그런 정치적 어리석음에 대하여 코델리어가 진실을 말함으로써 반대하고 결국 세속적으로 유리한 위치를 잃는다, 훗날 아버지를 위해 생명까지 흔쾌히 바칠 딸로 드러나지만. 헛된 왕은 자신의 가장 치명적인 실수를 이미 5장에서 알아챈다. "오 아주 작은 결함", 리어는 고네릴의 궁정에서 이렇게 외친다,

그것이 코델리어 속에서 어찌 그토록 추해 보였던가!
그것이, 기계처럼, 내 본성의 틀을 비틀어 돌렸도다,
고정된 장소로부터. 내 가슴에서 온갖 사랑을 뽑아냈도다,
그리고 담즙을 더했도다. 오 리어, 리어, 리어!
(I. iv. 45)

그렇지만 그는 마침내 죽은 코델리어를 품에 안을 때까지 고통받아야 한다. 이 시련 전체에 영적 발전 구도는 전혀 없고, 리어가 배우는 그 어떤 것도 그에게, 그의 조국 정치체에 쓸모가 없다, 그가 도울 수 없는 빈민들에게는 물론이고. 이 작품의 정치적 주제는 셰익스피어 후기 로마 비극들을 예견하게 한다, 그렇지만 정치

는 주요 관심사가 아니다. 리어는, 마지막으로, 그의 환상 대부분을 벗는다, 시간은 용서가 없다는 점, 혹은 자만은 우리들 인간 조건에 내재한다는 점, 혹은 그의 어리석음이 필경 자신이 사랑하는 유일한 사람의 죽음을 초래하게 된다는 점을 결코 스스로 깨닫지 못하는 것 말고는.

고전적 뿌리: 이집트, 로마, 그리고 아테네

아침이면 뱅크사이드에서 왕립 극단 배우들이 시인의 작품을 연습해 보았다. 와글대는 선술집에서 극단 검토용으로 낭송된 대본은 멀쩡한 대낮 리허설의 그것과 다르게 들릴 수 있었다. 무대 감독 일은 대본 담당 혹은 대본 보조가 맡았는데, 작품 텍스트 전체를 두루 꿰고 있어야 했다. 우리가 주목했듯, 셰익스피어는 배우들이 연기 신호를 제때 받게끔 보살피는 일을 맡았고, 그의 '무대 보조들'이 제때 소품이 공급되도록 도왔을 거였다. 그렇지 않으면, 대개는, 배우들이 각각 자기 도구들을 챙긴 듯하다. 분명 다양한 관행이 있었다, 하지만 대본 보조는 선배 배우들과 함께 종종 장면을 자르고, 행들을 재배열하고, 아니면 몇 행을 만들어 넣거나, 저자 혹은 다른 누구를 불러 수정하게 했을 법하다. 버비지, 헤밍, 혹은 콘델 같은 사람은 자기들이 시인의 목표를 시인 자신만큼이나 잘 안다고 느꼈을지 모른다.

더군다나, 그의 동료들은 그가 돈 내는 관객층에게 어떤 영향을 끼치는가 신경 써야 했다. 신사 계급, 고학력자층, 그리고 도시 서쪽, 홀번의, 그리고 웨스트민스터의 세련된 계급은 연극을 위한 영향력, 돈, 여가를 지녔으므로 가장 중요했는데, 진지한 주제를 선호했다. 다른 사람들은 엘리트들의 기호를 따를 가능성이 컸다. 셰익스피어의 비극 작품들은 런던 사람들의 관심사 및 의식과 어떤 연관성을 갖는가? 비극 주인공의 고통으로, 그는 만연한 불안감을 형언하고 또 설교대에서 늘 표현되는 것은 아닌 감정 영역들을 탐구할 기회를 가져 왔다. 보다 폭넓은 대중의 의식 속에는 잉글랜드 종교 개혁이 기독교를 분열시킴으로써 야기한 섬뜩한 상실에 대한 인식이 자리잡고 있었다. 거의 모든 사람의 생활에서 종교가 중요한 요소이던 시기, 새로운 불안은 지속적인 영향을 끼쳤다. 기독교가 약화하면서, 정체성, 삶의 목적, 그리고 활동의 의미가 의문시되었다. 중세적 믿음이 주었던 지향으로부터 각 개인이 분리되었다. 그리고 심지어 1604년 위원회가 제임스 왕에게 도전장을 내밀었을 때조차, 스튜어트 통치 체제는 정치, 사회 조직, 그리고 당대 삶의 다른 측면에서 일어나는 중대한 변화에 혼란을 느끼는 대중들에게 별 지침을 주지 못했다.

셰익스피어의 전망은 그의 희곡 주인공에 비하면 희망으로 좀 더 가벼웠지만, 그도 그들처럼 느꼈을 수 있다. 끈질긴 악덕, 남자와 여자가 스스로 만들었다고 보기에는 너무 강력한 악덕을 의식했다, 그렇지만 자신의 비극들에 암시된 불안을 어떤 종교적 확신의 징후로 균형 잡는 법이 결코 없다. 각 비극은 그가, 수사학과 극작법에 통달한 상태로, 삶을 시험하는 상상 속의 가정이었다. 그러나 종교적 요소는 억제된다. 그의 비극적 주인공들의 모욕당한 대사들을 그것이 그 자체로 일부 설명해 준다, 이를테면 끔찍한 폭풍 속에 선 리어의 대사처럼. "그을려라, 나의 백발을!", 헛된, 굴욕을 겪은 왕이 이렇게 절규한다,

> 그리고 그대, 만물을 뒤흔드는 천둥이여,
> 평평하게 하라, 두텁고 둥근 지구를!
> (III. ii. 6~7)

리어의 절망이 저자 자신의 절망인 적이 있는가? 셰익스피어의 심정은 모순의 그리고 극단적인 감정의 복잡한 통행로였다. 그러나 어느 정도는 자신이 창작한 작품의 불확실성, 긴장, 그리고 비극적 결말에 사로잡혀 있었다. 그의 배우들이 신경썼던 것은 입장 수입

이었다, 그들이 그를 격려하지 않았다는 이야기가 아니다. 그리고, 때때로, 그들이 새로운 소재를 제안하고 그랬을 것은 분명하다.

고전적 소재들이, 예를 들면, 폭넓은 호소력을 발했다.『줄리어스 시저』이후 그는 아마도 3두 정치 체제에 대한 신작을 쓰면 좋겠다는 지주들의 의견에 동의했을지 모른다. 시저 사망 후 합동으로 로마 세계를 지배한 레피두스, 옥타비우스, 그리고 마르쿠스 안토니우스로 구성된 공화 3두정.

하지만 정말 그런 계획이 있었다 하더라도, 셰익스피어는 계획을 연기했다. 에식스의 최근, 1601년 반란이 무대에 영향을 끼쳐 로마인들을 다룬 연극이 왕에 대한 이야기처럼 보이기 시작할 정도였다. 아들 풀크 그레빌은, 예를 들어, '제국을 버리고 욕정을 좇는 변칙적인 열정'을 보이는 연인을 소재로『안토니와 클레오파트라』를 집필했으나 그것을 태워 버렸다. 그의 작품은 화장실 드라마였다, 사적 공연을 위한, 그러나 그는 현 정부가 그것을 매우 불쾌해할 것 같았다. 새로운 통치 체제에서, 의심의 대상은 예상대로 존슨이었다. 자신의 로마 희곡『시저너스』때문에, 셰익스피어는 이 작품에 출연한 바 있는데, 존슨은 추밀원에 끌려가 '천주교풍 및 반역' 혐의로 비난받았다, 비난한 자는 늙은, 반쯤 노쇠한 노샘프턴 백작이었다.[36] 저자의 자기 옹호를 들으면서(혹은 졸지 않으려 애쓰면서) 추밀원 의원들은 그들의 엄청난 실수를 깨닫고 그를 놓아주었을지 모른다. 존슨이 치른 곤경은, 어쨌든,『시저너스』가 야유를 받으며 무대에서 퇴장당했다는 사실만큼 왕립 극단 배우들을 당혹에 빠뜨리지는 않았다. 자신의 최근 로마 희곡들에서, 셰익스피어는 겉보기에 분명 존슨이 역사 자료들을 과감하게 새 틀로 짠 데 힌트를 얻었다, 이를테면 그의 레피두스가 그렇다, 그러나『시저너스』의 굳은 스타일, 반어의 결핍, 그리고 지리한 도덕적 강조는 피하고 있다.

36 『벤 존슨』, C. H. 허퍼드와 P./E. 심슨 편, 전 2권.(옥스퍼드, 1925~1952), i. 141.

479

그가 로마 주제로 되돌아가는 것을 새로운 법이 촉진했을까? 1606년 공포된 연기자 악습 규제법은, '경외심으로'가 아니면 신, 예수 그리스도, 혹은 성 삼위일체에 대한 언급을 금했고, 공연국이 이 법을 심각하게 받아들였다. 배우들은 그 방침에 따랐고, 그 결과 이교도적이거나 고전적인 소재 활용이 증가했다. 셰익스피어가 마침내 동료들에게 『안토니와 클레오파트라』를 내놓은 것은 1606년 혹은 1607년경이다, 초기 공연 기록은 없지만. 이 비운의 연인은 도덕적인 면에서 평가되는 게 상례였다. 그럼에도 불구하고, 초서 『훌륭한 여인의 전설』과 펨브룩 백작 부인의 『안토니의 비극』(1592), 이것은 불어로 된 로베르 가르니에 작 『마르크 앙투안』의 영어판인데, 모두 클레오파트라가 사랑을 위해 순교한 여인으로 묘사한다. 사무엘 다니엘 작 『클레오파트라의 비극』(1594)은 남녀 연인을 모두 기리며 심지어 무자비한 옥타비우스를 동정에 민감한 인물로 보여 준다. 폭넓은 해석의 여지가 셰익스피어에게 열려 있었는데, 그는 노스판 플루타르크 『마르쿠스 안토니우스의 생애』에서 세부 구절, 일화들, 장면 암시들을, 그리고 인물에 대한 기본적 접근을 따오고 있다. 몽테뉴의 빈틈없는, 자기 공대적인 『수필들』을 아마도 아이디어를 빌릴 정도로 꼼꼼하게 읽은 것은, 셰익스피어의 전망 변화에 대한 암시로 볼 수 있다. 이는 자신감의 증대, 새로운 내적 본질을 갖춘 자기 회복, 그리고 심지어 대중적 가치에 대한 더 과감한, 더욱 탐구하는 태도를 포함한다. 그는, 탈문학적 진실, 신화, 우화, 그리고 역사적 시기 사이함축적인 연결에 관심을 갖게 되는 중이었다. 대사가 있는 역이 35명, 즉 평상 숫자의 거의 두 배가 되는 그의 신작 희곡은 세 대륙을 떠돌며 BC. 41~30년 사건들을 광활한 화폭 위에 재창조한다. 이 시기, 3집정관 사이의 불화가 결국 로마 공화정 시기와, 그 엄격한 자율, 꾸준한 봉사 정신, 그리고 반反절대 시민 원칙을 끝장내게 된다.

꼭 맞게, 『안토니와 클레오파트라』 이야기는 안토니의 타락에

대한 로마인의 견해로 시작한다. "보게", 필로가 이렇게 주장한다,

> 조금만 잘 살펴보게, 그러면
> 세계의 3대 축인 그가
> 창녀의 바보로 전락했음을 알 걸세. 보라니까.
> (I. i. 11~13)

그리고 그렇게 우리는 본다. 그 유명한 연인들의 말다툼을 보면 주장과 행동 사이에, 그들이 주장하는 것과 무대에서 행하는 것 사이에 우스꽝스러운 대비가 있다. 소네트들에서처럼, 상호 참여가 없거나 불확실하다. 하지만 셰익스피어가 레피두스의 노쇠한 무기력, 폼페이의 쓸데없음, 혹은 옥타비우스의 가혹함을 보여 줌으로써 로마의 김을 빼므로, 안토니는 관대함과 잠재적인 미덕으로 비중을 획득한다. 우리가 관찰하는바 두 연인은, 특수하게, 그들이 말한 것보다 근거가 덜하거나 덜 '진정'하다[37], 4막 요행의 승리 후 장면에서 보듯, 클레오파트라의 의기양양한 대사를 연인의 보다 수수한 대사가 상쇄하기는 하지만:

> 클레오파트라: 주군 중의 주군!
> 오 무한한 용기여, 그대는 미소 지으며 돌아오십니까
> 세상의 덫에 걸리지도 않고?
> 안토니: 나의 나이팅게일,
> 그들을 침대로 쫓아 보냈소. 그렇지, 여자, 비록 희끗희끗
> 나이가 다소 젊음의 다갈색과 뒤섞이지만,
> (IV. ix. 16~20)

안토니의 '눈에 보이는 외모'는 파괴되는 로마 세계를 닮았다.

37   제닛 아델먼, 『평범한 거짓말쟁이』(뉴헤이번, 1973), 102~121, 『안토니와 클레오파트라』, 존 드레이커키스 편(베이징스토크, 1994), 56~77에.

짧은, 흩어진 장면들이 자아내는 현기증 나는 속도감은 최근 중세적 통일성의 균열로 인한 붕괴 그리고 한때 서유럽을 한데 묶었던 믿음의 상실을 암시한다. 무대 위 용해 현상으로, 셰익스피어는 종교 개혁 시대 자체의 혼돈스런 사건들을 환기한다.

두 연인의 자살이 『안토니와 클레오파트라』의 의미를 복잡하게 만든다. 여왕이 스스로 목숨을 거둔 것으로 상상한 안토니는 자신의 자살 의식을 치르지만, 서툴기 짝이 없다. 여전히 살아 있는 그의 몸을 그녀의 기념탑 위로 끌어 올리는 상황이 유형적인 동음이의 익살과 희극을 유발한다. 그리고 그가 죽은 후에도, 클레오파트라는 충실한 광대를 더 견뎌야 하는데 그는 독사 바구니를 들고 『헛소동』에 나왔을 법한 인물이다.

이런 코미디는 연기놀이를 암시한다. 사건이 자신의 역할을 바꾸는 것에 대한 거부만큼 두 연인을 고양시키는 것은 없다. 클레오파트라는 무대상 이시스의 불멸성과, 나일 강의 갱신과, 피라미드와 연계된 반면 자신의 목표를 위장한다. 그녀의 성행위는 '연기'되는 것인 한, 즉 말로 이루어지는 한, 나이를 피해 간다. 안토니는 죽음으로써 시간의 '강력한 필연'을 피했다, 그러나 그가 삶으로 변형되었는가? 자기 발견 혹은 심리적 변화가 거의 순전한 환상의 영역에서 발생할 수 있는가? 이 짓궂은 작품은, 다행히도, 그 환상들을 분쇄하며 그것들을 드러낸다, 그리고, 한 유명한 사례에서, 제임스 1세 시대 관객이라면 이집트 여왕이 어느 날, '우리를 연출'하게 될 희극 배우들을 언급할 때, 그리고 그녀의 숭고한, 정신을 못 가누는 안토니가

> 취한 모습으로 무대에 등장할 때, 그리고
> 새된 소리의 클레오파트라 역 소년 배우가 나의 위대함을
> 창녀의 몸짓으로 연기하는 것을 보게 될 때
> (V. ii. 215~217)

그들이 보는 것이 소년에 불과함을 의식하게 되어 있었다. 그녀의 정치적 통찰은 일체의 이런 운명으로부터 그녀를 구원한다: 그녀는 죽음으로 옥타비우스의 의표를 찌른다. 저자의 비꼬기가 그녀를 탈신화화하지는 않았지만, 그녀의 사랑과 안토니의 비극적 고통이 지니는 가치의 문제는, 다소 감질나게 또 멋지게, 공중에 떠 있다.

『코리올라누스』—이 작품 또한 정치와 연극성을 주제로 포함한다—는 셰익스피어가 44세 되던 해에 부분적으로 혹은 통째로 속한다. 다시 그가 주된 이야기를 플루타르크에게서 가져오는데, 플루타르크는 로마 장군 카이우스 마르티우스 코리올라누스의 생애를 그리스인 알키비아데스의 그것과 짝 지웠다. 후자는 『아테네의 티몬』에 등장한다, 그러나 셰익스피어는 초기 로마 공화국과 이웃 볼스케족 간의 전쟁에 참가했던 용감한 로마인을 비극의 주인공으로 더 선호하며, 이는 로마 태동기 정치를 잉글랜드 현재에 비추어 탐구할 여지를 그에게 준다. 최근 수확이 빈약하고 물가가 치솟아, 새로운 폭동이 미들랜즈 지방에서 폭발했는데, 10년 사이 규모가 가장 큰 것이었다. 주요 발생지는 스트랫퍼드에서 그리 멀지 않은 힐모턴과 래드브룩이었다.

『코리올라누스』는 로마의 곡식 기근에 따른 평민들의 반란으로 시작한다. 첫 번째 시민은 흥미롭게도 '넘치는 것'을 빈자들과 나눠야 한다는 리어 및 글로스터의 발언을 반향한다: "잉여분을 썩기 전에 주기만 해도 그들이 우리를 인도적으로 구해 주었다고 생각할 텐데, 그걸 비싸게 먹힌다고 생각한단 말야."(I. i. 16~18) 그리고 따로따로 있을 때, 시민들은 합리적이다, 저자가 자기 주 폭도들의 팜플렛 『워릭셔 갱부들이 다른 모든 갱부들에게』(1607년경)에 실린 불만 몇 가지를 모델로 삼았음에도 불구하고. 집단적일 때, 그들은 끔찍하게도, 한 우상에서 다른 우상으로 넘어가고, 쉽사리 기만당하고, 자기들의 어리석음을 보지 못하고, 어떤 이상한 특출함에 대해서도 악의적이다. 한 순간 코리올라누스를 존경하다가, 다음 순간 그를 경멸한다.

코리올라누스의 어머니는 억척스레 사랑하고 관리하는 인물로 특히 흥미롭다. 유형이 되기에는 너무 복잡한 그녀는 메리 아든 (그녀의 관리 능력은 로버트 아든의 유서가 인정하고 있는 바다)에 대해 알려진 바와 전적으로 다르지 않다. 볼룸니아는 여타 천재의 어머니들과 다르지 않다 우리가, 이를테면, 괴테 혹은 프로이트를 신뢰한다면, 그리고 코리올라누스가 뛰어난 것은 부분적으로 자신을 어머니한테 상처받기 쉬운 상태로부터 해방시키기 위해서다. 불행하게도, 호민관들이, 시민 권리의 옹호자로서, 그의 기질을 이용, 평민들이 그에게서 등을 돌리도록 만들고, 집정관 직을 거부당한 그가, 쿡쿡 쑤시는 분노에 사로잡힌 채, 로마에서 추방된다.

호민관들–브루투스와 시키니우스—과 집정관 선거를 다루면서 셰익스피어는 자신의 시대를 다소 경계하듯 살핀다. 물가 폭등에 시달리는 잉글랜드에서 그가 본 것은 어느 때보다 많은 사람들이, 자격 있는 자와 한량, 그리고 운 좋은 자까지 선거권을 허용하는 기준선 연간 수입 40파운드에 달하고 있다는 사실이었다. 왕에 대한 적대적인 태도가 새로 고개를 들었다. 국회의원들이 용감해졌고, 자신의 비용 일부를 그들이 인준하지 않자, 제임스 1세는 그 평론가 모임을 '입을 다치게 할 수 없는, 인민의 호민관들'이라 불렀다. 위원회는 관습법과 전통적 권리에 호소하며 반격했고, 이것이 먹혀들었다. 그 직접적인 결과 중 하나로, 글로브가 속한 교구위원 선거가 확정되었다(모든 교구민에게 선거권을 부여했다), 그리고 1608년 제임스 왕은 더 나아가 런던에 새로운 헌장을 승인했다. 이는 왕이 시의 조세 징수권을 파먹어 들어가는 것을 막았고, 그것을 블랙프라이어스까지 확대시켰다, 그리고 이곳에 연기자들이 새로운 극장을 열 참이었다.

『코리올라누스』는 잉글랜드 선거의 미래 또한 슬쩍 들여다보고 있다. 셰익스피어 시기 잉글랜드 후보들은 소수에 의해 선택되고 또 유세가 허용되지 않았지만, 투표자들이 어떤 후보에 대한 환호를 완강하게 거부하는 '논란성' 선거들이 있었다. 이런 '논란성' 선거에, 예를 들어, 1601년 스트랫퍼드 투표자들이 휩쓸리게 되었다, 당시 워릭셔 상원 의원이었던 그레빌이 돌아오지 않았고 급기야 제임스 왕 추밀원은 그가 '선택'을 받아야 한다고 주장했던 것. 잉글랜드 체계를 자신의 드라마 속에 들여오면서, 시인은 상원으로 하여금 코리올라누스를 집정관 감으로 선택하게 한다. 로마 시민들이 그의 집정관 직위를 거부할 뿐만 아니라 잉글랜드 관행을 다소 추월, 후보들은 다수결 투표로 승인을 받아야지, 환호만으로는 안 된다고 생각한다. "하지만 그건 문제가 아냐, 더 많은 쪽이 가져가는 거니까", 한 시민은 그렇게 말하고 있다; 다른 시민은 개인적 선택의 '명예'에 대해 말한다. 잉글랜드 종교 개혁자들은 당시 의원 후보들의 대중적 선택을 촉구했다, 그러나 그것을 제도화한 것은 1625년 이후다.[38]

작품에서는, 정교한 정치적 현안들이 비극적 주제를 산출해낸다. 로마는 코리올라누스의 오만, 경멸, 그리고 도전을 받아들이지 못하지만 그것이야말로 코리올라누스가 전투를 통해 로마를 구원할 수 있었던 요소였다, 그리고 그의 상처는, 볼룸니아가 고이 간직하는 애국심의 상징이지만, 그에게 아무 소용도 되지 못한다. "우리의 미덕은", 그의 친구이고, 적이고, 결국 그를 죽이게 되는 아우피디우스가 4막에서 이렇게 말한다,

당대 관찰자의 해석에 놓여 있는 것

· · · · · ·

하나의 불이 하나의 불을 내쫓고, 하나의 못이 하나의 못을;
정의는 정의에 의해 휘청거리고, 힘은 힘에 의해 실패하는 법.

(IV. vii. 50, 54~55)

---

38 『코리올라누스』, 브라이언 파커 편(옥스퍼드, 1994), 34~43.

비극은 아우피디우스의 말과 보조를 맞추며 묵음으로 끝나지만, 『코리올라누스』는 저자의 가장 훌륭한 정치 분석으로, 그가 자기 시대 정치학을 교묘히 활용하고 있음을 보여 준다. 이 비극의 운문 스타일에는 '오셀로 음악' 같은 게 전혀 없다, 그러나 거친 마찰음의 서정 음악이 작품의 강건한 행동에 어우러진다. 기묘한 구절 "온갖 칼에서 화환을 제거해 버렸다(lurched all swords of the garland)"—'lurched'는 "모든 상대방에게서 ~을 빼앗는다는 의미다—는 벤 존슨이 1609년 무렵, 자신의 작품 『에피코이네』에서 조롱하고 있다.

그보다 전에, 셰익스피어는 토머스 미들턴을 보았을 게 분명하다, 미들턴은 미장이의 아들로, 재능이 거의 존슨 수준이었다. 1580년 성 로렌스 주리 가에서 세례를 받은 미들턴은 22세에 헨즐로의 재능 있는 하청 작가 도장에 처음 모습을 나타낸다; 그러나 그는 유능한 공동 필자이자 훌륭한 희곡 작가로 드러난다, 1620년대 쓰인 『여자들을 의식하는 여자들』, 『바꿔친 아이』(윌리엄 롤리와 공저), 그리고 『체스 게임』에서 보게 되듯. 어떤 시점에 그는 『맥베스』에 마녀들의 노래들과 춤 하나를 보탰고, 셰익스피어 『아테네의 티몬』을 공동 집필했거나, 아마도 수정하려 애썼을지 모른다. 이 작품의 정확한 상태에 대해서는 여전히 논란 중이다, R. V. 홀즈워스와 몇몇 사람들이 텍스트 내 미들턴의 필치를 지적하지만.

『아테네의 티몬』 공연을 스트랫퍼드 시인이 보았든 안 보았든, 이 비극은 세련되지 못할망정 완성본이고, 그 텍스트는 최소한 『페리클레스』보다는 더 낫다. 번성한 티몬의 모습, 그런 다음 역경을 맞은 모습이 보이고, 시인, 화가, 아페만투스, 알키비아데스, 그리고 다른 사람들의 방문이 2부로 대위법 처리된다. 주인공은 마치 담시곡에서 걸어 나온 듯 순진하다. 리어처럼, 표면만 보고 사랑의 맹세를 한다: 코리올라누스처럼, 소외되어 있다. 티몬은 중세적인 방식으로, 돈은 정적靜的이며, 불임이고, 쥐 버리는 게

486

맞다고 여긴다. 그에게 아첨하던 자가 돈 꿔 주기를 거부할 때, 그는 돈이 대지를 부패시킨 유동적이며, 자기 복제적인 권력임을 알게 된다. 인류에 대한 거대한 증오가 부풀면서, 그가 태양을 끌어들인다;

> 오 축복받은, 해충을 낳는 태양, 뽑아 내라 대지로부터
> 썩은 습기를; 네 여동생 달의 궤도 아래
> 공기를 오염시켜라.
> (IV. iii. 1~3)

반쯤 미치고 또 궁핍한 처지로, 그는 금을 발견하는데, 이것은 그가 죽기 전 인류에게 퍼붓는 기나긴 비난을 빈정거리는 효과를 낸다. 그의 무덤은 바다에 씻길 것이다, W. B. 예이츠가 사랑했던 다음 행에서 우리가 알게 되듯:

> 티몬은 그의 영원한 저택을 지었다
> 소금 바다 해변 위에,
> 그리고 바다는 하루 한 번 끓는 거품으로
> 거품을 일으켜
> 사나운 큰 파도 덮으리라.
> (V. ii. 100~103)

이것은 셰익스피어가 쓴 (해즐릿은 이 작품에 매료되었을 당시 그렇게 썼다) "내내 진심인, 실없는 소리를 하거나 샛길로 샌 적이 한 번도 없는 몇 안 되는 작품 중 하나다. 그는 노력을 늦추지 않고, 설계의 통일성을 시야에서 놓치는 적도 없다".[39] 『아테네의 티몬』은 돈이 '해충을 낳는' (혹은 새끼를 까는) 물건이라는 샤일록의 금전관이, 정말, 옳다는 것을 드러낸다. 제임스 1세 치세 사람들은 돈이 유동적이고, 생산적이며, 또 자기 복제적이라는 견해를 받

아들였고, 그 돈이 티몬을 경악하게 만든다. 제임스 왕은 돈 때문에, 혹은 위원회의 열성이 그를 겨냥해 불타게 만드는 낭비벽 때문에 파멸하기 시작한 터였다. 그리고 여기서 셰익스피어는 제임스 1세 치세 자금 연계의 많은 측면에 대해 간접적으로 언급하고 있다, 이를테면 후원제에 대한 새로운 불안에 대해, 혹은 끊임없는, 가파른 물가 앙등으로 인한 고통에 대해. 자비는 중세 공동체와 함께 죽어 버린 것일 수도 있었다. 셰익스피어에게, 돈은 혼란스런 축복이었다: 배우로서 또 주주로서 그 자신이 벌어들인 액수는, 1590년대, 스트랫퍼드 참사회원들이 그를 어떻게든 조종해 보고픈 유혹을 느끼게 할 정도였다. 그것이, 사실, 스털리-퀴니 편지들이 드러내는 바다; 하지만 편지들이 암시하는 것은 더 나쁜 내용일지 모른다—즉 시인의 돈이, 어느 시점에, 그를 그의 아버지로부터 떼어 놓을 수 있는 현안이었다는 것, 퀴니네 두 사람과 스털리가 존 셰익스피어의 '헤픈' 입을 통해 '쇼터리' 투자 계획을 들었다면 말이다. 그 계획이 풍문으로 돌게 된 후, 시인은 (자신의 벌이에도 불구하고) 아버지가 죽을 때까지 고향에 어떤 투자도 하지 않았음을 우리는 기억한다.

정확히 언제 그가 『티몬』을 썼는지는 알려져 있지 않다, 그러나 부분적으로 플루타르크가 연원이므로, 후기 로마 작품을 위해 플루타르크를 활용하던 무렵일 것이다. 자신과 그 메아리들에 의해 배반당한, 고뇌에 찬 주인공 스케치에 있어, 이 작품은 예의 비극 작품들과 공통된 주제적 관심사를 갖고 있다. 그것들은 어느 정도의 심리적 비용을 치르고 집필되었을까?

『코리올라누스』 이후, 셰익스피어는 촘촘한 플롯과 현실적인 장면들을 포기했고, 더 이상 비극을 쓰지 않은 것을 보면, 분명 한

---

39 해즐릿, 『셰익스피어 희곡 등장인물들』(1817). 그 시대와 연관한 『티몬』의 돈 주제에 대해서는, 코펠리어 칸의 「관대함의 마법」에 대하여, 『셰익스피어 쿼털리』, 38호(1987), 34~57; A. D. 너톨, 『아테네의 티몬』(보스턴, 매사추세츠, 1987); 그리고 마이클 코러스트, 「생물학적 재정」, 『영국 문예 부흥』, 21호(1991), 349~370을 보라.

노선을 할 수 있는 만큼 추구했다는 느낌이었다. 그의 경우는 이상하다; 단테, 레오나르도, 몰리에르, 바흐, 그리고 다른 사람들을 생각해 보면, 그들 모두 비길 바가 없다, 그렇지만 어느 누구도, 어떤 종류의 예술 장르에서도, 순전히 집중된 광대함을 거쳐, 이 시인의 후기 비극들이 도달한 지적이고 정서적인 성취를 능가한 적이 없다. 그는, 한동안, 스스로를 탕진한 사람이었다; 말라비틀어질 정도로 진을 짜냈다. 그는 겉보기에 분명 극장에서, 그리고 또한 스트랫퍼드 채펄 가에 사는 외고집 딸의 장래에서 자신의 갱신을 추구했다, 채펄 가에 종종, 말을 타고 도착했을지 모른다, 길드 채펄 근처, 오래된 대학 도시에서 '중후한' 대버넌트 선생을 보고 난 후.

IV

마지막 국면

17. 이야기들과 폭풍우들

이제 제게는 없습니다,
일을 시킬 정령도, 마법을 부릴 예술도,
그리고 나의 마무리는 절망이죠,
기도로 구원받지 못하는 한,
기도는 참 아리죠, 그래서 공격하지요,
자비 자체를, 그리고 온갖 잘못을 풀어주지요.
—프로스페로, 『폭풍우』

수재나의 결혼

기민한 여행자라면 1607년경 탈것에 올라 스트랫퍼드로 들어서면서 읍 사람들이 한결같이 칙칙하다거나 지역 경기가 절망적으로 내리 눌린 상태라고 보지는 않았을 것이다. 청교도 감정이 '전당'에서 만나는 참사회원들 사이에서 강했다, 그러나 옛날 축제들이 여전히 치러졌다. 즐거움이 충분했고, 상인들은 1590년대 야윈 시절보다 축하할 일이 더 많았다. 사악한 자들에 대한 두려움에도 불구하고, 30곳 정도 맥줏집이 스트랫퍼드에 허용되었다, 모두 브리지 가에 위치한 여인숙 세 곳—크라운, 베어, 그리고, 스완—과 함께.

지역 위원회 내부 긴장들이 극작가의 만년을 조명해 준다(그의 사위에 대한 참신한 증거가 그렇듯). 그러나 먼지투성이 런던을 떠난 후, 셰익스피어는 자연의 아름다움이 서린 곳으로 돌아온 것일 터였다. 클랍턴 브리지를 지나가면서, 탈것에 오른 이는 초록빛 경작지가 높은, 잡초 무성하고 조야한 둑으로 끝나는 것을 보았다. 에이번 옆으로 비옥한 '물-펄롱'이 뻗었다—그곳에서 온갖 종류

492

의 야생 조류들이 번식하고 느림보 잿빛 거위가 먹이를 쪼았다.

화약 음모 사건은 여전히 긴, 기묘한 그림자를 드리우고 있었다. 친교황파 '유물' 가방을 소지한 것이 발각되어, 참사회원 조지 배저가 투옥되었다; 윌리엄 레이놀즈라는 사람도 감옥에 갇혔는데, 시인의 유언에 언급된 바로 그 사람(국교 거부 천주교 신자의 아들)일 것이다. 그러나, 뉴플레이스 사람들한테 더 나쁜 일은, 셰익스피어의 맏딸 수재나가 새로운, 엄한 법을 어겼다는 사실이다—이 법의 목적은 (법령 문안 그대로) '교황파 성향이 있는 사람들'을 벌주려는 거였다. 1606년 5월 5일 재판을 받은 20명 중, 법정 문서에서 그녀가 기소된 내용을 보면, 전항을 다시 언급하므로 다소 건조하지만, 이렇다:

> Officium domini contra
> Susannam Skakespeere   similiter similiter
>   dimissa

무슨 말인가 하면, 나이 23세에, 수재나가 4월 20일 부활절에 잉글랜드 국교 성체 성사를 받지 않은 잘못으로 기소당했고, 그렇게 20~60파운드라는 무거운 벌금을 내야 할 판이었다. 다른 여섯 명과 함께, 그녀는 집행리가 개별 이름을 적시했음에도 소환에 응하지 않은 죄까지 추가된 상태였다. 그러므로 그녀의 형 집행이 다음 법정이 열릴 때까지 유보되었다—'dimissa'가 그녀의 입장 후 퇴정을 지칭한다면.[1]

자신의 희곡에서 셰익스피어는 개신교-천주교 갈등을 최소화한다, 그리고 자신의 믿음을 홍보하는 스타일이 아니다. 그러나 수재나의 믿음은 미정 상태였을 것이고, 훗날, 24세 때, 그녀가 결혼한 존 홀은 교회에 다니는 의사였다. 그녀가 살던 당시 20대 중

1   휴 A. 핸리, 「스트랫퍼드 기록에 나타난 셰익스피어 가족」, TLS, 1964년 5월 21일, p. 441. (훈령집, 켄트 주 문서 보관 사무소)

493

반 스트랫퍼드 여인이 다소 '나이 들었다'고 여겨졌을 거라는 추정은 잘못이다. 현대의 한 논문은 26세로 결혼한 앤 해서웨이를 '노처녀'로 표현하고, 셰익스피어가 결혼한 것이 '쇼터리에 사는 그의 시들어 가는 마녀'를 구원하기 위해서였다고 추정한다. 이런 말들은 남성의 빈약한 상상에 불과하다. 교구 기록이 도움이 된다, 그리고 그것을 바탕으로 살펴보면 앤의 결혼식 이후 150년 동안 12개 교구(스트랫퍼드 근처 알세스터를 포함한)에서 여인의 초혼 '적령기'가 딱 26세였다. (약 25년 동안 스트랫퍼드에서 여자 초혼 연령은 심지어 더 높았다)[2] 24세의, 뉴플레이스 소유주의 맏딸이라면 읍내 총각들 중 신랑감이 많았을 것이다.

그러나 수재나는 홀 씨를 맞았다—박사 학위 기록이 없는 의사. 그의 여동생, 사라는 그 학위를 지닌 케임브리지 '물리학자'와 결혼한 터였다, 그러나 박사 학위 없이 의업을 하는 것은 불가능했다. 1575년 베드퍼드셔 농촌 마을 칼턴의, 의사 가문에 태어난 존 홀은 30마일 떨어진 케임브리지, 왕립 단과대학에 다녔다; 1593년 학사, 1597년 석사 학위를 땄고, 그런 다음 프랑스를 여행했다. 어떻게 그가 미들랜즈 지방으로 오게 되었을까? 그가 있던 칼턴 교구는 스트랫퍼드와 가깝지 않았지만, 토머스 루시 경이 칼턴의 한 장원을 물려받은 터였다. 에이브러햄 스털리가 루시를 위해 일한 적이 있었고, 홀 씨의 환자 명단에 스털리라는 사람이 들어 있다. 약간의 지역적 연고를 갖고, 그는 1607년 6월 5일 수재나와 결혼하기 전에 의사로서 개업했다.[3]

---

2   초혼 당시의 여성 나이에 관한 교구 등록부 기록 증거는 E. A. 리글리와 R. S. 스코필드, 『잉글랜드 인구사 1541~1871』(1981), 248, 255, 그리고 『미들랜즈 역사』, 7(1935~1937)에 수록된 J. M. 마틴의 스트랫퍼드 기록 연구에 요약되어 있다. '전전긍긍하는' 앤 해서웨이에 대해서는 SS, DL 82~83을 보라.

3   MS 에든버러, H-P, 콜, 347, 해리엇 조지프, 『셰익스피어의 사위: 존 홀』(햄들, 코네티컷, 1964), 1~5. 어빈 그레이, 존 홀의 「전례」에 대하여, 『계보학 잡지』, 7(1935~1937), 344~354. 홀은 '1600년경' 처음 스트랫퍼드에 온 것으로 추정되어 왔다; 이 읍에서 그의 최초 기록은 1607년 6월 5일로 되어 있다.

작품으로 판단할 때, 셰익스피어는 결혼에서 아버지가 맡는 역할에 심오한 성찬 성사적 중요성이 있다고 보았다. 『리어 왕』, 『오셀로』, 혹은 『로미오와 줄리엣』에서, 아버지가 자신의 신성한 역할을, 딸의 반대에도 불구하고 그냥 '주어 버리는' 방식으로든, 아니면 딸의 결혼을 제지하는 방식으로든 경멸하는 것은 장차 다가올 비극적 결말을 암시한다. 그리고 성 삼위일체 교회쯤에서 행해지는 시골 결혼식의 상징들은 그에게 중요했을 거였다. 소년들은 정절의 상징 로즈메리 가지를 소매에 묶었다; 신부 들러리들은 금칠을 한 보리 케이크 혹은 화환을 들고 나르는데, 풍요를 상징했다. 아버지가 신부를 제단까지 동행했다.

"어느 분이 이 여인을 이 사내와 결혼하라 주십니까?" 사제가 그렇게 외칠 거였다. 그러면 아버지가 신부를 넘겨주었다, 그리고 그 후 땅의 삶에서 아버지 역할은 끝이다. 그는 신랑 신부가 결혼 서약을 하는 모습, 그리고 신랑이 신부의 손가락에 반지를 끼워 주며 이런 말을 하는 모습을 지켜보았다: "이 반지로 저는 당신과 결혼합니다, 제 몸으로 당신을 숭배합니다, 그리고 제가 지닌 세상의 온갖 재화 일체를 당신께 드립니다."

하지만 신부의 아버지한테도, 결혼은 오늘날만큼이나 희망적이었다. 존과 수재나는 아이를 낳게 될 것이고, 이 무렵 『페리클레스』 5막에서 셰익스피어는 딸을 향한 아버지의, 사랑을 증언하는 그의 가장 감동적인 구절 중 하나를 쓰고 있다. 그는 또한 아버지의 아마도 결백한 사랑이 지니는 창피스러운 측면도 보았고, 『페리클레스』에서 아버지의 사랑에 포함된 얽히고 난해하고 근친상간적인 감정으로 그것을 상징화했다. 수재나에 대한 그의 사랑은 복잡하고 강렬했다, 그리고 그 징후는 그의 법적인 유언과, 간접적으로 그의 만년작에서 보인다. 최근 증거, 1994년 빛을 보게 된 자료는, 존과 수재나는 셰익스피어가 쿰 사람들한테 샀던 구 스트랫퍼드 토지가 자기들 차지가 될 것임을 알았다는 점, 그리고 이것이 결혼 계약에 고려되었을지 모른다는 점을 암시하고 있다.[4] 홀 사람들은, 셰익스피어의 호의에 민감하게 반응, 아마도 오래지 않아 뉴플레이스에서 멀지 않은 옛날 읍 가로街路, 오늘날 홀의 작은 농장으로 알려진 목재틀 집에 정착했고, 유일한 아이, 엘리자베스 홀을 출산, 1608년 2월 21일 세례를 받게 했다. 43세에 셰익스피어는 할아버지가 되었다.

그는 사위를 어떻게 생각했을까? 의사로서 존의 사회적 지위는 아주 높은 것은 아니었다, 그리고 당시 의학 지식은 오늘날보다 더 광범위하게 유포되어 있었다. 이제까지 희곡에 등장한 의사들은 별 특징이 없거나, 『즐거운 아낙네들』의 카이우스 박사처럼 희화화했다, 그러나 『페리클레스』의 세리먼 경—바다에 '매장' 당한 주인공의 아내를 되살리는—은 희생적인 개업의로, 존 홀과 다르지 않게 되살리고 있다,

> 나를 돕는 유익한 성분
> 식물, 광물, 돌 속에 든 성분들을.
>
> (xii. 32~33)

홀 씨는 사실 심지어 '산호'와 '진주'로 마련한 '혼합물'을 활용, 집에서 40마일이나 떨어진 곳까지 치료약을 날랐다. 그의 첫 치료 사례집은 망실된 상태지만, 두 번째는, 1617년부터 시작되는 바, 그의 처방 습관을 매우 흥미롭게 알려 준다. 약초와 '진주'를, 그가 한 가톨릭 사제에게 처방한 적이 있고, "온갖 기대를 능가하며 그 가톨릭은 병이 나았다"고 적었다. ("신에게 축복을", 홀은 라틴어로 그렇게 적었는데, 로마 교회 사제를 위한 그의 경건한 이 말은 치료 사례집 인쇄 당시 누락되었다) 셰익스피어는 사위를 근 10년 동안 알고 지냈다, 그리고 자료를 모아 볼 때 둘은 꽤 친했던 듯하

---

4   메리 맥도널드, 「셰익스피어의 자산에 대한 새로운 발견…」, 『셰익스피어 쿼털리』, 45(1994), 87~89.

다. 예를 들면 토머스 그린의 『일기』(스트랫퍼드가 공공 위기를 겪던 1614~1617년 근심 많은 읍 서기가 쓴)에서 둘은 런던에 함께 나타나며, 산호 및 진주로 병을 치료한다는 홀의 생각이 기억되었을 법하다. "그의 뼈는 산호가 되었다," 시인은 『폭풍우』에서 에어리엘에 대해 이렇게 썼다.

> 그의 예전 두 눈은 진주가 되었다,
> 그의 어느 부분도 사라지지 않아,
> 다만 바다-변화를 겪고
> 진귀하고 기묘한 어떤 것으로 변할 뿐이지.
> 바다 요정이 시간마다 울리다, 그의 조종을.
>
> (I. ii. 401~405)

홀의 처방이 이 노래에 영감을 주지 않았을지도 모른다, 그러나 그와 알고 지내는 것은 그의 이상한, 액체 변형법과 엘리자베스 여왕 시대 약물류를 아는 것이다. 그는 방혈을 싫어했다. 그의 방식 몇 가지는 미신적이지만, 그는 부드러운 쪽을 선호했다. 100가지 이상의 약초를 썼고, 홀의 정원은, 뉴플레이스 정원처럼, 식물 종류가 다양하기로 유명했다.

한 번은 수재나가 '기침으로 고생'했는데, 그는 꽃즙 관장을 처방했다, 그런 다음 "나는 색 포도주 한 방울을 데워 주사했다, 그러자 통증이 완전 치유되었다" 그리고 그렇게 "스트랫퍼드의 홀 부인, 나의 아내"는 치유되었다. 신경통이 셰익스피어 후손들에게 드물지 않았다. 그리고 엘리자베스가, 어릴 때, 홀이 진찰한바 '토르투라 오리스'(왼쪽 뺨이 아프다가 오른쪽 뺨이 아픈 병) 증세를 보였을 때, 홀은 가장 온전한 치료 기록을 남기게 된다. 아이가 악화되었다. 그러나 나중 단계에, 그녀가 쇠약해졌을 때, 그가 향신료로 그녀의 등을 문지르고, 아몬드 기름을 얼굴에 바르고 코 위로 압착하니, 마침내 그녀는 '죽음으로부터 구원'받는다.[5]

훗날 스트랫퍼드 위원회 자리를 권유받지만, 두 번 거절했다(마찬가지로 기사 작위도 거절했다). 그런 다음 받아들이지만, 불참 벌금만 물게 되었다. 그런 터무니없는 조처에 그가 발끈하자, 위원회는 그를 쫓아냈다. 홀 씨의 적 중 하나가 되는 다니엘 베이커는, 중심가의 극단적인 청교도 리넨 판매상으로, 1602년 집행관 직에 있으면서 연극 공연 금지를 관철시키는 데 한몫했던 사람이었다. 편협하고 또 모질었던 그가 셰익스피어 만년에 들어선 새 질서를 짐작케 한다: 읍 동업 조합들은 사라진 것이나 다름없었고, 소매상들이 판세를 장악했던 것. 읍민들 사이에 불안감이 감도는 부분적인 이유는 스트랫퍼드가 자치읍이고, 장원이고, 또 교구였으므로 통제의 경계가 서로 겹친다는 데 있었다.

신사용 양품장수, 포목상, 직물상들이 규칙으로 뭉치고, 격식을 차리고, 공격적일 수 있었다. 홀 씨는 장차 그들을 '불구 대천의 악당들'이라 부르게 된다; 그들은 그를 '거짓 비방꾼'이라 저주했다.[6] 그들은 셰익스피어가 죽기 전 지역 목사를 제거할 음모를 꾸몄다(결과적으로 성공했다), 그리고 홀은 장차 다음의, 고학력 목사를 옹호하려다가 위원회의 분노를 사게 된다.

청교도 직물상들조차 대개는 영국 국교 예배에 참석했고, 홀은 청교도 성향이었다; 하지만 이 시기는, 계급 혹은 지위가 읍 생활에서 분쟁을 낳는 요소였다. 지역 정치는 직업, 친구들, 그리고 교육과 상관이 많았다—그리고 지역을 나누는 데 한몫한 것이 존 홀 같은 고학력의, 전문 직업인이 보통 상인들에게 보이는 경멸이었다.

엘리자베스가 태어나고 몇 달 안 되어, 시인의 어머니가 사망했다. 메리 셰익스피어는 1608년 9월 9일 묘지에 묻혔다. 그해 10월 교구 목사 서기의 소환을 받고, 시인의 여동생 조앤과 그녀의

5   해리엇 조지프, 『셰익스피어의 사위』, 59. 존 홀, 『영국인의 몸에 대한 관찰 몇 가지』, 제임스 쿡 번(1679), 16, 29, 31~34.
6   앤 휴스, 「스트랫퍼드어폰에이번의 종교와 사회, 1619~1638」, 『미들랜즈 역사』, 19(1994), 58~84, 특히 69.

남편 윌리엄 하트가 나타나 그녀의 재산 문제를 정리한 것으로 보인다.

메리 셰익스피어는 깃털 펜을 능숙하게 사용했고, 한 소송에서 그녀의 남편을 도왔다, 그리고 아들 중 한 명 이상을 소학교에 보냈다. 남아 있는 증거와 유전적 확률로 보아, 그녀는 지적이고, 이해가 빨랐고, 열성적이고, 사심 없는, 남성들 여러 세대에 유용한 사람이었다, 왜냐면 그녀는 아버지, 남편, 그리고 맏아들을 차례로, 아든 농장과 헨리 가를 능력 있게 운용하면서, 도왔을 법하다. 셰익스피어는 그녀가 살아 있는 동안 소네트들의 출판을 미루었다. 그녀가 죽고 8개월 후 그것들이 출판용으로 등록되었다. 소네트들에 담긴 음담패설보다 한 시골 여인을 심란하게 했을 것은 그녀 아들의 기묘한, 반어적인 주장이었을지 모른다, 왜냐면 이것들이야말로 가장 복잡한 한 정신세계로 들어가는 출입구이다. 그의 관계 중 가장 얽히고설킨, 그리고 모순적인 것은 언제나 어머니와의 관계가 아니었을까, 의심하게 된다. 여성에 대한 그의 혼란스러운 태도는 너무 깊어서 그 뿌리가 어릴 적일 수밖에 없다. 그가 여성을 혐오했다는 전기적 증거는 전혀 없지만, 여성과의 관계에서 그는 꽤나 까다롭게 자기 보호적으로 된 터였다. 소네트들에서 보이는 성적 오염 혹은 오탁은 기묘한 빛을 던지고, 그 자체로 『햄릿』, 『이에는 이』, 그리고 『티몬』의 한 주제이기도 하다. 성에 대한 그의 혼란스러운 견해와, 장성한 딸에 대해 느끼는 사랑 사이 차이는, 여성들을 새로운 각도에서 스케치하고 또 종종 자신을 조롱하는 그의 만년 희곡들의 긴장에 영향을 끼친다; 하지만 좋아했던 그 딸들을 그가 신뢰하고 편하게 느꼈는지는 그리 분명하지 않다.

우리는 수재나의 기질을 좀 더 보게 될 것이다, 하지만 사위는 그만한 다행이 없었다. 1606년 12월 의사의 아버지, 액턴의 윌리엄 홀이 작성한 유서는 맏아들을 무시하고 작은아들 존 홀을 상속자이자 '유일한 집행인'7으로 지명하고 있다. 시인 또한 홀을 그가 아는 어느 누구보다 신뢰했던 듯하다.

§

그의 소네트 몇 편은 1598년부터 돌고 있는 터였고, 그해 미어스는 '사적인 친구들'이 그것들을 보았다고 적었다. 몇 편은, 아마도, 경탄을 불러일으켰다. 존 위버가 젊은 '문인' 시절 출판한 『에피그램들』(1599)에 수록된 한 서정시는 셰익스피어 소네트 형식을 모방하며 제목도 「셰익스피어풍으로」지만, 『로미오와 줄리엣』의 세 소네트를 본 것일 수도 있다. 위버는 『에피그램들』을 랭커셔, 호으턴 타워의 리처드 호으턴 경에게 헌정했다—그리고 소네트들과 랭커셔 사이의 막연한 연계가 또 하나 있다. 소네트 2번 수고가 에드먼드 오즈번 경, 혹은 그의 두 번째 아내 앤이 수집한 목록에서 발견되었는데, 앤의 어머니 메리가 똑같은 호으턴 타워의, 리처드 호으턴 경(1570~1630) 여동생이었던 것.[8]

다소 덜 중요한 것이 「그의 아비사 윌로비」라는 장시인데, 1594년 9월 3일 인가가 났고 저자는 아마도 학생이다. 저자일 가능성이 있는 헨리 윌로비는 옥스퍼드, 성 요한 단과대학에 입학했다가 엑서터 단과대학으로 옮겨 1595년 학위를 받았다. 5년 전 헨리 윌로비의 형 윌리엄은 엘리너 뱀프필드와 결혼을 했는데, 엘리너의 여동생이 같은 달 토머스 러셀과 결혼했다. 이것이 흥미로운 것은 셰익스피어가 훗날 러셀을 유서 감독인으로 지명하고 그에게 5파운드를 남기기 때문이다.

이 시는, 여유 있게, 좌절을 겪은 한 연인, "헨리코 윌로베고. 이탈리아-스페인계", 혹은 "H. W."를 다루고 있는데, 그의 "친한 친

7   윌리엄 홀의 유서는 1607년 12월 12일로 되어 있다. 그레이, 「전례」, 345~347.
8   G. 테일러, 「셰익스피어의 소네트들 수고 몇 편」, 『존 라일랜즈 대학 회보』, 68호(1985~1986), 222~223; 존 위버, 『가장 오래된 내용의, 가장 새로운 방식의 경구들』(1599), sig. E6r.

구 W. S."가, 자신과 "유사한" 열정으로부터 회복한 터라, 사랑이 "이 새로운 배우한테는, 옛날 연기자한테서보다 더 행복한 결말에 이를 것인지" 볼 참이라고 되어 있다. 'W. S., 새로운 배우, 옛날 연기자'에 대한 언급은 거의 없고, 막연하다, 그리고 또한 감질난다, 하지만, 아마도 셰익스피어의 오비드풍 시들을 읽고 그가 또한 무대 배우이기도 하다는 사실을 아는 독자라면 상상 못할 것이 「아비사」에는 없다. 여전히, 과도한 확신은 어리석다. 「아비사」는 셰익스피어의 「루크리스」를 언급한다, 그리고, 우리가 최근 알았듯, 한 법학원 거주생, '미들 템플 법학원의 H. M.'이라는 사람은, 1605년 쓴 자신의 반쯤 에로틱한 작품에서 이 두 작품을 연결짓고 있다:

> 읽었지(「아비사」를) 작가가 보고하는 대로
> 읽었어 「루크리스」를 따랐다더군:
> 에일레인의 이상한 운명 혹은 내 여인의 장난감[9]

「아비사」와 연관된 각 문제는 모두, 어쨌든, 소네트 출판의 신비에 이르면 움츠러든다. 셰익스피어는, 거의 확실하게 자신의 서정시들을 수정한 것으로 보이고, 사무엘 다니엘의 「델리아」(1592) 전통을 좋아 소네트 연작으로 배열했을지 모른다, 왜냐면 「델리아」에 소네트 그룹들, 가벼운 막간, 그리고 「로자먼드의 투정」이 있다. 역병이 몇 달 동안 판을 쳤으므로 셰익스피어는 충분한 시간을 갖고 자신의 소네트들을 두 주요부 안에 소그룹들로 배치했고, 소네트 153과 154를 막간으로 사용했으며, 「연인의 투정」을 덧붙였다.

분명, 또한, 셰익스피어의 수입이 1607년과 1608년 오랜 극

---

9 『그의 아비사 윌로비. 혹은 겸손한 하녀의, 그리고 정숙하고 절개 굳은 아내의 진정한 초상』(1594), sigs. L1v-L2. R. C. 혼, 「셰익스피어에 대한, 기록되지 않은 당대 언급 두 가지」, 『주석과 질문들』, 229호(1984), 220도 보라.

장 폐쇄로 줄어들었고, 약간 낡은 패션의 시작품을 팔 수 있을 때 팔아야 할 이유가 있었을 거였다. 어쨌든 그의 서정시 모음집은 1609년 5월 20일 런던에서 인가를 받았고 조지 엘드가 인쇄, 고급 출판업자 토머스 소프에게 납품했는데, 소프는 1600년 이래 존슨, 마스턴, 그리고 채프먼의 작품들을 펴냈으며 대학들과 계약을 맺은 터였다. 『셰익-스피어의 소네트들』이 훗날 출판물에서 제외되었거나, 혹은 불규칙한 상황 속에 출판되었다는 징후는 없다. 13부가 여전히 남아 있는바, 소수 독자들이 이 초판본을 매우 소중하게 간직했다는 뜻이거나, 말 그대로 낱장으로 찢길 정도의 인기를 끌지 못했다는 뜻이다(매우 대중적이었던 1593년의 『비너스와 아도니스』는 단 한 부만 남아 있다).

소프는, 극장 작가들에게 기댔는데, 소네트들 출판 당시 꽤 믿을 만한 기록을 갖고 있었다. 그의 책들은 신망이 있었고, 그의 인쇄업자 엘드는, 특별하게 고급은 아닐망정, 꽤 훌륭한 수준을 유지했다. 1611년, 아마도 존슨풍 농담으로, 소프는 코리에이트의 『오드콤비아의 연회』를 본문 텍스트는 빼고 서론 부분만 내게 된다, 그리고 사실 그것 때문에 그는 권위를 잃게 된다, 『연회』 자체는 출판한 적이 없지만.[10]

『셰익-스피어의 소네트들』에 그는 인상적인, 의미가 불분명하기로 유명한 헌정사를 썼는데 곧 보게 될 것이다. 그것은 셰익스피어 학자들에게 스핑크스의 수수께끼가 되었다, 그리고 학자들은 물론 서슴없이 소프가 의미했을 바를 일깨워 주었다. 'W. H.'를 'W. SH.'의 오기로 추정하면서, 한 비평가는 소프가 다른 곳에서는 자신의 서명을 'T. Th.', 혹은 'TH. TH.'로 하고 있음을 살피고 있다. 그렇다면, 'W. H.'가 'W. SH.' 혹은 'W. 셰익스피어'의 탈자일 경우, 이 기묘한 헌정사는, 라틴 묘비명을 흉내낸 것인

10   K. 덩컨-존스, 「1609년 셰익-스피어의 소네트들은 정말 인가 받지 못했는가?」, 『영국 연구 리뷰』, NS 34(1983), 151~171.

바, 거의 해독이 가능할지 모른다.[11]

'영생하는 시인'은 우리 주主를 가리키는 것일 수 있다, 그리고 '호의적인 모험가' 은유는 시장에 나가는 소네트 시집 자체에 적용할 수 있다. 그렇다 하더라도, 문구는 현저하게 일그러졌다:

다음의. 소네트들. 의.

유일. 생산자. 에게.

W. H. 씨. 만. 복.

그리고. 그. 영원성.

약속되다.

우리의. 영. 생의. 시인.

에 의해.

원한다.

그. 호의적인.

모험가. 이제.

나서.

면서.

T. T.

그리고, 의문이 인다, 유능한 인쇄업자였던 엘드가, 'W. H.'라는 명백한 오기를 그냥 내보냈겠는가? (작품 다른 곳에는 오기가 많지 않다) 판매가 걱정되어, 소프는 소네트 독자들을 어리둥절하게 만드는 식으로 유혹해 보려 했을지 모른다, 1590년대 출판업자들이 그랬듯, 그리고 손수 'W. SH.'를 'W. H.'로 바꾸었을지도. 그 설명은, 최소한, 소프의 성격에 대해 약간 알려진 것과 어긋나지 않는다. '오기' 이론(1896년 브레가 처음 주장했다)은 멀쩡하다는 면

11   D. W. 포스터, 'W. H., R. I. P', PMLA 102(1987), 42~54, J. M. 노스워시, 『도서관』, 18호(1963), 294~298.

에서 이점이 적지 않다, 하지만 관심은 소네트들의 '유일한 생산자'일 수 있는 'W. H.' 이니셜의 소유자에게 집중되었다(사우샘프턴 백작 헨리 리즐리를 선호할 경우 문제가 조금 발생하는). '생산자'는 '창작자'를 뜻하지만, '영감 제공자' 혹은 '주선자'로 여겨졌고, 아직까지는, 'W. H. 씨' 지망생 중 가장 유력한 것은 여전히 윌리엄 하비 경(사우샘프턴의 계부)와 윌리엄 허버트, 펨브룩 백작이다. 귀족을 '씨'로 호칭하는 전례가 있었다, 그러나 극장과 연결된 출판업자, 혹은 관객 혹은 배우가, 1609년, 인쇄물에서 그 위대한 펨브룩 백작, 왕립 극단의 후원자를, 단순히 'W. H. 씨'라고 언급했을 것 같지는 않다. 윌리엄 하비 경을 지지하는 것은 약한 정황 증거뿐이고, 헌정사는 사람을 꼬드기는 수수께끼로 여전히 남아 있다—소프가 바란 게 바로 이것 아니었을까.

『셰익-스피어의 소네트들』은 판매가 너무 부진해서 곧 재발간될 수 없었거나, 아니면 저자의 생존 당시 재출간이 보류되었다. 그러나 1609년 매우 중요한 시기 런던에서 이런 우아한 서정시들을 출판물로 갖고 있었다는 사실은, 셰익스피어의 배우들에게 아마도 전술적으로 유리했을 것이다.

『페리클레스』에서 『폭풍우』에 이르는 '고통스런 모험'의 땅

수재나가 존 홀에게 시집을 갈 무렵 시 극장들은 여러 차례 폐쇄를 겪은 터였다. 역병은 수그러들 기미가 별로 없었다. 혹은 설령 몇 주 동안 수그러들었다 한들, 사망자 수가, 추위 아니면 따스한 날씨 때문에, 연이어 크게 오르니, 추밀원은 치안 판사들에게 새로운 훈령을 내릴 수밖에 없었고, 그렇게 문이 다시 닫히기 십상이었다. 연기 극단으로서는, 높은 물가 비용에 고통 받고 수입이 전혀 없는 기간이 몇 주씩 지나갔다, 그렇지만 이 시기 왕립 극단은 후원자에게 도움을 받았다, 1607년 사순절 시작 9일 후 궁정 공연을 허락 받았듯. 그들은 제임스 왕을 축복할 좋은 이유가 있었다. 다음 해 7월 28일 런던에 50명의 사망자가 기록되었고, 일주일 후 40명 이상이 죽었으며, 가을 3주 동안 사망자가 102명, 124명, 혹은 147명에 달했다. 기나긴, 강제된 중단기가 시작된 터였다—그리하여 글로브의 문이 16개월 동안 닫힌 상태에서, 왕의 사소한 하사조차 반가웠다.[12]

글로브 사람들은, 그럼에도 불구하고, 위험한 발걸음을 시작, 역병이 걷혔을 때 좋은 입지를 확보하려 했다. 성공은 그들의 위엄, 권위, 그리고 높은 질 여하에 달려 있을 거였다, 왜냐면 그들은 도시 내 엘리트 구역, 전에 그들을 거부했던 곳에 극장을 지음으로써 꿈을 이루려는 생각이었다. 버비지를 겨냥한 청원서를 작성하고 신사다운 이름을 서명했던, 하몬 버크홀트, 아스카니오 드르니얼마이어, 그리고 기타 등등이 불평했던 것은 그들 한 가운데에 '일반 공연장'이 선다는 거였다. 이번에도 이런 거주자들이 항의를 할 참이었고, 정말, 왕립 극단 배우들에게 성공은 그들이 새로운 시 구역에 자신들을 확립하는 동안 운 좋게 초기 불평들을 피하느냐 못 피하느냐에 달려 있을지 몰랐다. 인쇄된 『셰익스피어의 소네트들』을 통해 그들의 시인이 궁정에 걸맞은 세련미를 구사한다는 것을 보여 주는 일은 도움이 되었을 것이고, 소프판은 그렇게 1609년 전혀 재앙이 아니었다.

배우는 셰익스피어 관찰 대상의 중심이었으나 『폭풍우』 같은 작품을 보면 그는 곧잘 배우 주변을 넘어 살아 있는 원천을 살폈다는 점을 알 수 있다. 몇 년 동안, 도시 서쪽 템스 근처에 '겨울' 전당을 두는 것이 유리하다는 이야기를 많이 들었을 것이다. 이미 1596년 버비지 노인이 지붕 있는 극장 계획을 품고 블랙프라이어스의 방을 구입했었다, 그러나 그 계획은 실패했다: 1590년대 말

---

12 '전염 시기 사적인 공연에 대한 보답'으로, 왕은 왕립 극단 배우들에게 40파운드(1609)와 30파운드(1610~1611년 겨울에)를 수여했다. 그들은 또한 순회공연 수입이 있었다.

까지 수도원 식당 위층은 동굴처럼 비어 있었다. 그러다가 그 거대한 전당은 채펄 아동 극단에게 대여되었고, 소년 배우들이 풍자와 정치적 우롱으로 곤경을 겪게 되자 그들의 지도자, 흥행주, 그리고 임대권 소지자 헨리 에번스는 임대권 판매 계약을 흥정했다. 마침내, 소년 극단이 폐쇄되자, 에번스가 새로운, 받아들일 만한 제의를 극단에 해 왔다, 그래서 수도원 식당 위층은 1608년 셰익스피어 배우들의 수중에 다시 들어왔다. 역병이 모든 수입원을 봉쇄한 그 중대한 때, 버비지 사람들은 새로운 '관리인' 계획을 세웠고, 1608년 8월 9일 관리인 수를 7명으로 늘렸다. 포프는 사망한 터였고, 필립스는 모트레이크에서 영면 중이었다; 그러는 동안 그들의 글로브 지분은 윌리엄 슬라이와 헨리 콘델에게 넘어간 상태였다. 두 지분을 자기 몫으로 챙기면서, 리처드와 커스버트 버비지는 이제, 헤밍스와 셰익스피어(극단의 전 관리인 중 생존자로서)는 물론이고, 슬라이와 콘델까지 동등한 주주로 블랙프라이어스에 끌어들였다. 일곱 번째 지분은 외부 전주 토머스 에번스에게 돌아갔다. 슬라이는 거래가 진행되던 중 사망했다, 그리하여, 역병이 찾아들었을 때, 새로운 극장 관리인은 여섯 명이었고, 그중 4명이 왕립 극단 배우들이었다.[13]

우위를 뽐내며, 배우들은 극장 두 곳을 유지하기로 결정했다, 글로브가 대여되었거나 팔렸을 가능성도 많지만. 어느 극단도 1년에 절반은 무덤처럼 텅텅 비는 두 극장을 모두 유지해 보겠다는 어리석은 생각을 품은 적이 없었다, 그러나 1609년부터 계속, 글로브는 3월부터 9월까지 사용되고, 그런 다음 날씨가 추운 7개월 동안 사용 중지 상태였으며, 그동안 궁정 신하들과 법 관계자들이 시내로 다시 돌아왔으므로, 극단은 런던 서부 강 근처 부유한 지역에서 공연을 했다. 실내에서 게으름뱅이들, 혹은 '오후꾼들'(종종 실내 극장의 단골)에게 호소력을 발휘하는 데는 글로브와

___

13   거, 『극단들』, 294~295.

비슷한 시간이 들 거였고, 매주 여섯 차례 공연이었을 게다. 겨울 무대는 부분적으로 일광을 쓰고, 촛불과 횃불을 보탰지만, 글로브 입장료가 1페니에서 시작하는 반면, 지붕 있는 극장은 좀 더 받을 수 있었다. 블랙프라이어스 입장료는 회랑석이 6페니, 오케스트라석 벤치에 앉으려면 1실링을 더 내야 했을 것이다. 박스석은 1/2 크라운. 10명에 이르는, 번드레한, 담배 피우는 한량들이, 종종 깃털 달린 모자까지 쓰고, 의상실을 지나, 의자를 빌리고 무대 위에 앉는 데 드는 비용이 총 2실링이었다.

블랙프라이어스는 무대 뒤 음악에 이상적인 것으로 드러났다. '작은 매 새끼들'이 그것을 활용한 바 있었다, 그리고 셰익스피어는 『폭풍우』에 이르는 동안 음악과 노래 사용이 증가해 왔다. 글로브의 무대 발코니는, 사실, 개조가 용이했으므로 연주단들이 그곳에서, 또한, 연주할 수 있었다, 그리고 입장료가 더 높다 한들 '양쪽 공연이 서로 다르리라'[14]는 기대는 별로 없었다. 셰익스피어는 종종 기악 효과를 썼다, 아마도, 작품의 애매함, 혼란스러움, 혹은 미약한 효과를 벌충하는 예술적 버팀대로서(그의 가장 빈약한 작품은 망실되었거나, 아니면 현존하는 수정본에서 삭제된 상태인지 모른다). 초기 희극들에서는 음악 사용을 아꼈지만, 『사랑의 헛수고』 중 중요한 노래 두 곡과 『꿈』의 마법 음악은 『좋을 대로 하시든지』에서의 갑작스런, 놀라운 발전을 예견케 하는바, 이 작품에서 음악과 노래는 각 주제들, 이를테면 시간의 흐름, '휴일'의 유머, 아든 숲의 기쁨, 혹은 감사를 모르는 인간의 마음 같은 주제들을 강화한다. 그렇다 하더라도, 만년 로맨스 작품들의 음악이야말로 가장 활기차게 혁신적이다. 블랙프라이어스의, 그리고 글로브의 새 설비들이, 그의 실험을 유도했음이 분명하고, 『심벨린』 혹은 『폭풍우』에서 음악은, 엘리자베스 여왕 시대 방식으로, '신념의 행동'이 되어, 작품 진행 속에 든, 임재하지만 파악하기 힘든

14 거, 『극단들』, 368.

의미를 강화한다.

　실내 무대를 갖기 전에도, 그는 『페리클레스』, 『심벨린』, 『겨울 이야기』, 그리고 『폭풍우』를 포함하는 연작을 시작했었다. 이 희곡들은 순진하게 재현적이고, 분위기가 화해적이고, 이전의 그 어느 작품보다 제스처가 덜하고 구조의 단호함이 덜하다. 그가 청년기에 썼던 튜더풍 로맨스 연극, 그리고 중세 후기의 기적극들을 상기시킨다. 그는 왜 그렇게 되돌아가는 것처럼 보일까? 현대적 리얼리즘, 논리, 그리고 문자 표현에 의존하는 한계를 피하면서, 그가 자신의 예술로 대중적 로맨스의 풍부한 영역을 활용할 수도 있겠다. 그러나 보다 개인적인 어떤 목적이 있었다, 그가 고집스럽게 소수 주제를 거듭 변주하는 것으로 보아. 『리어 왕』 때부터, 그는 자신이 좋아하는 사람들과 관계를 제대로 맺기 위해, 그리고 아마도 집에서의 부재 때문에 생긴 모종의 소외 측면을 극복하기 위해 자신이 기울이는 노력을 창작의 재료로 쓴 듯하다. 하지만 설령 그렇다 한들, 그는 또한 그럴 필요를 초월한다, 지적으로 또 예술적으로, 그리고 그의 생애 중 겉으로 드러난 사건과 정확한 일치를 이루는 그의 작품은 하나도 없다. 심리적 원인, 노이로제, 근심 걱정, 혹은 그런 류의 기타 등등만으로 연원을 삼을 수 있는 작품 또한 하나도 없다. 형식과 주조는 각각 다르지만, 그의 만년 희곡들은 열린 영혼의 탐구력이, 또한 확장된 초점이, 비슷하다. 로맨스 효과가 고조되지만, 개인보다는 일정 기간 한 가족한테 벌어지는 일에 더 관심이 있다. 극심한 질투심 같은 동기가 가족을 찢고, 비통한 소외를, 엉뚱한 결과를, 어떤 때는 죽음을, 그리고 '고통스런 모험들'을 초래한다.

　거듭거듭, 그는 마음속으로 화해, 자비, 그리고 용서의 필요성을 곰곰 생각한다. 이 주제들은 심지어 1613년 공연된 『헨리 8세』에까지 스며 있고, 그는 그런 것들이 존재할 수 있는 조건, 이를테면 성장과 쇠락, 우연과 시간의 경과, 자의식의 발전, 그리고 한 세대가 다른 세대에 미치는 영향 등을 살핀다. 『페리클레스』와

『겨울 이야기』의 경우, 오랜 세월의 간극이 두 왕 세대를 가르고 있다. 유아들이 자란다; 분리는 멀리 떨어진 땅에서 예상 밖의 결과를 낳게 된다. 젊은 층이 늙은 층의 갱생을 돕고, 여주인공들이 발하는 효과는 투쟁, 이를테면 코델리어 혹은 헬레나에게 알려진 투쟁 덕이 아니고 뭐랄까 그들의 존재 덕이다. '양치기 소녀' 퍼디타를 아들 플로리젤이 사랑하는 것을 경계한 『겨울 이야기』의 보헤미아 왕은 찔레나무 가지로 그녀의 얼굴을 망가뜨리겠다고 위협하지만, 그 어느 것도 퍼디타에게 위해를 가할 수 없고, 『페리클레스』의 매음굴에서 마리나를 욕망하는 사내들 또한 그녀의 미덕만을 경험할 뿐이다. 악은 급작스럽고, 무자비하고, 또 격렬하지만 이 연작들에서 사악한 행위를 하는 자들 모두 용서받는다, 『페리클레스』에 등장하는 근친상간범 안티오쿠스 말고는. 의전적인, 정교한 결말, 그리고 잃어버렸거나 죽었다고 생각한 사람들의 회복이 붕괴와 폭력을 상쇄한다.

분명, 하지만, 셰익스피어는 여전히 극단이 붙잡아 둘 필요가 있는 극장 관람객 시장 상층부를 만족시켜야 했고, 그의 로맨스는 대학 사람들과 젊은 한량들의 애독서인 시드니 『아르카디아』와 유사성을 갖는다. 관객 취향이 궁정풍 상연물 쪽으로 기우는 중이었다. 또한 셰익스피어는 런던의 도제들과 하인들도 충족시킬 생각을 낼 수 있었는데, 그들 중 많은 수가 여자였다. 심리적으로 그의 희곡들은 망명 현실에 그리고 사회 부패에 대한 그의 견해에 뿌리를 두고 있었다. 이상한 것과 상상의 질서 교란에 매료되었다는 것, 그리고 마이클 빌링턴이 (『리어 왕』을 논하면서) 표현한바 "인간 존재의 변덕스러운 부조리를" 그가 인식했다는 것을 이 작품들은 보여 준다.[15]

조지 윌킨스, 여성 혐오자가 정말 페리클레스 소재를 암시했다면 적절했을 것이다. 극장을 주도하는 사람과 어울려 다니면서,

15 『가디언』, 1994년 4월 8일.

윌킨스는, 거짓말처럼, 그 당시 말썽과 거리를 두었고, 창녀들을 쥐어 패는 일도 다른 사람의 옷을 마구 훔치는 일도 없었다; 그의 범죄 대부분이 아직 때를 기다리는 중이었다. 윌킨스가 존 데이 및 윌리엄 롤리와 합작으로 동방에서 최근 실제로 벌어진 모험을 다룬, 1607년 공연된 희곡『세 영국 형제의 여행』을 썼다는 것을 우리는 알고 있다. 이 작품은『페리클레스』와 비교되어 왔는데, 윌킨스가『페리클레스』를 그해 시작했을 수 있다. 어떤 면에서『페리클레스』의 첫 두 막은 그의 스타일을 풍기고, 셰익스피어는 이 연극을 완성 혹은 수정했을지 모른다, 왜냐면 이 작품 이후 1608년 윌킨스의 산문 이야기『페리클레스의 고통스런 모험』이 그 뒤를 이었다. 이런 저자의 가설은, 하지만,『페리클레스』가 1609년 헨리 고손이 펴낸 불규칙하고 결함이 있는 4절판으로만 존재한다는 사실에 의해 조금 약화한다. 그 문장 대다수는, 그럼에도 불구하고, 의미가 완벽하게 통한다, 그리고 우리는 분명 고손의 텍스트에서 배울 것이 더 있다. 시의 2류 출판업자였던 고손은, 1611년 윌킨스가 한 여자를 거의 치사 상태로 만들었을 당시 그의 법적 보증인이 되어 주었다. 어쨌든, 이 작품의 첫 두 막은 셰익스피어 것으로 알려진 어느 작품보다 진부하지만, 둔감한 효율성으로 비정상적인 구도에 맞아떨어진다.

희한하게도,『페리클레스』는 무대 위에 14세기 시인 존 가워의 화신을 올려놓는데, 자신의『사랑의 고백』에서 도덕적인 사항을 젖혀 두고 사랑에 대한 400개가 넘는 이야기를 단순한, 직접적인 양식으로 기술했던 이다. 가워가 그 안에 포함시킨 타이어의 아폴로니우스 이야기의 한 버전이『페리클레스』의 바탕이다: 그렇지만 셰익스피어는 1576년 초판 발행된 로렌스 트와인의 로맨스 버전『고통스런 모험들의 패턴』또한 자료로 쓰고 있다. 늙은 가워, 초서의 친구가『페리클레스』각 막을 떼운, 고풍으로 소개하면서, 무대 행동은 드넓게 분산된 에피소드들을 거느리며 야외용 볼거리를 닮아 간다. 그리스에 있는 자신의 딸과 안티오쿠스의 근친상간 비밀을 알게 된 페리클레스는 우울하고, 수동적이다, 그리고 선의에도 불구하고 희생된다, 그렇지만 마상 창 시합을 하는 기사 혹은 난파한 왕자로서 그의 모험들은 그들에게 어떠한 자기 이해도 제공하지 않는다. 첫 4막에서, 그는 시련을 견디는 옛날이야기의 주인공을 가까스로 면할 정도다. 그의 방황과 고통, 겉보기에 분명한 아내 타이사의, 그런 다음 딸 마리나의 실종을 겪으며, 자신으로부터 그리고 또한 근친상간의 가능성을 인정하는 것으로부터 달아나는 듯하다. 셰익스피어가 볼 때, 인간의 심성이 구축하는 자기 합리화의 벽은 워낙 완강해서 욥이 겪은 것보다 더 지독한 시련만이 빛을 들일 가능성이 있다. 마침내 은연중이나마 안티오쿠스의 비밀과 마주할 때, 주인공은 마리나를, 그런 다음 잃어버렸던 아내를 되찾는다. 여성의 성적 욕망과 구분되는 여성의 미덕에 대한 강한 이미지에서, 여성에 대한 이 작품의 견해는 셰익스피어로서 가능했을 견해보다 덜 모순적이지만, 이 작품은 죄와 운명에 대한, 설령 꿈 같다 하더라도 감동이 강력한 연구다.

훨씬 더 가벼운, 그렇지만 더 복잡한 『심벨린』은 다른 소재와 함께 잉글랜드 역사, 흩어진 왕가 사람들, 그리고 초자연적인 간섭을 요약한다. 이 작품은 기나긴, 누비는 듯한, 포괄적인 플롯을 언뜻 아무렇지도 않게 풀어 나간다, 셰익스피어가 자신의 과거 작품 몇 개를 가볍게 경멸하는데도 그렇다. 하지만 이 작품은 놀라울 정도로 어렵고, 엠리스 존스가 설파한 적이 있듯, '『심벨린』의 초점을 맞추려면 아직 멀었는지' 모른다. 현대의 무대 공연 평론가 한 사람은 텍스트가 두려울 정도로 뜻을 종잡을 수 없으며, "끊임없이 분위기와 터를 변환한다"[16]고 적은 바 있다.

『심벨린』의 주제가 통째 모방 풍자적이거나 희극적이라는 이야기가 아니다. 나라의 연대기 작가들에게, 『요정 여왕』의 스펜서

16   엠리스 존스, 「스튜어트 시기 심벨린」, 『비평 에세이』, 11호(1961), 84; R. 스몰우드, 「스트랫퍼드어폰에이번의 셰익스피어…」, 『셰익스피어 쿼털리』, 41호(1990), 104.

에게 그랬듯, 잉글랜드 군주 심벨린의 시대에는 거의 사건이 없었다: 평화가 그 시대의 신비스러운 목적이었다, 왜냐면 BC. 33년 시작한 심벨린의 35년 치세가 끝날 무렵, 그리스도가 태어났다. '팍스 로마나'의 고요는 영적인 의미가 있었다; 그러나 스펜서는, 그 섬의 왕이 로마에 공물 바치기를 거부했으므로, 그의 치세에 잉글랜드의 자유를 위한 투쟁이 실제로 시작되어, 아서 왕 때 절정에 달했다고 덧붙였다. 이런 자료를 기민하게 살피고, 셰익스피어는 대중을 위한, 블랙프라이어스의 재사와 법조인들을 위한, 그리고 또한 궁정을 위한 활기찬 이야기를, 1610년 『심벨린』으로 고안해냈다.

그리고 이 작품은 6월 4일 헨리 왕자가 웨일스 공 작위를 받고 또 제임스 왕의 가장 오랜 스코틀랜드 친구 제임스 헤이가 바스 기사 작위를 받던 날에 걸맞은 참고 자료들이 있었다. 셰익스피어는 홀린즈헤드 작 『스코틀랜드의 역사』를 참조, 그 전 스코틀랜드인 헤이의 위업을 끌어들인다. 『심벨린』이 웨일스 항구 '밀퍼드' 혹은 '밀퍼드 정박소'를 16번이나 언급하는데, 이곳이 어처구니없게도 런던에서 대륙으로 가는 가장 가까운 출항지가 된다. 웨일스의 밀퍼드가 번성하는 항구(사실 그랬다)였다는 점을 지적하는 것만으로는 비평가들의 성에 차지 않을 것이다, 왜냐면 켄트 주 항구들도 열려 있었다; 극작가가, 『겨울 이야기』에서는 보헤미아에 항구를 갖다 붙일 정도지만, 지도를 볼 줄 알았다. 셰익스피어의 지리학은 상징적이고, 제임스의 증조부 헨리 7세가 1485년 밀퍼드 항구에 정박, 폭군을 물리치고 왕관을 획득했다는 사실은 그가 살던 당시 많이 활용되는 터였다. '밀퍼드'는 헨리 7세로부터 이어지는 제임스 왕가 족보, 그리고 폭정에 맞선 토착민의 저항을 암시한다. 그러나 잉글랜드의 첫 저항 영웅이 심벨린이라 한들, 희곡에 등장하는 인물은 악의에 찬 왕후와 결혼한 멍청이 바보다. 그녀가 죽자, 심벨린이 인사불성 상태에서 벗어난다, 그리고 브리튼 사람들이 로마인들에게 저항하는 것은 오로지 지속적인 평화를 유지하기 위해서다.

이런 저항은 그리스도가 가져온 인류의 영적인 해방과 유사하다—노골적으로 드러난다는 뜻이 아니다. 심각함을 위장하면서, 저자는 자신의 희곡들과 몇몇 고색 창연한 장치들을 조롱한다, 그리고, 비록 자신의 기법을 『한여름 밤의 꿈』과 다른 곳에서 날려 버린 바 있지만, 여기서 자기 조롱은 편재적이고, 작품의 상황과 결 속으로 침투한다. 브라이언 기번스는 『심벨린』에서 "셰익스피어가 겉보기에 유난한 정도로 빈번히 자신의 이전 작품들을 언급한다"고 적었는바, 정말 『로미오』, 『헨리 5세』, 『다 좋다』, 『리어 왕』, 『오셀로』, 『안토니와 클레오파트라』, 그리고 심지어 「루크리스」까지 암시하고 있다.[17] 이 작품은, 마지막 시간용으로, '소녀'를 '소년'으로 전환하는 기법을 사용한다—마치 줄리아, 제시카, 포셔, 네리사, 로잘린드, 그리고 비올라가 꾸민 일련의 성전환에 대해 반어적으로 사과한다는 듯이. 여주인공 이모겐(혹은 몇몇이 원할 것이듯, 인노겐)이 소년 피델레로 변장하지만, 잠에서 깨어 보니 무덤 속, 머리 잘린, 바보 같은 구혼자 클로텐의 곁일 뿐이다.[18] 또한 셰익스피어는 소네트들, 『이에는 이』, 그리고 몇 편의 비극 작품들에 등장하는, 여성에 대한 불신 바로 그것을 다시 끄집어낸다. 비역사적으로, 심벨린에게 딸 하나와 아들 둘을 두게 한다(그렇게 제임스 왕의 가족에게 맞춘다), 그러나 두 아들 아르비라구스와 귀데리우스는 촌스러운, 선사 시대적인 잉글랜드에서 늙은 벨라리우스와 함께 산다, 벨라리우스는 궁정에서 도망쳐 나온 사람이다. 집에는 왕의 딸 이모겐이 있는데, 그녀는 남편 포스무스와 떨어져 있다, 그가 왕족 혈통이 아니라는 이유로.

비록 멀리 로마에 있지만, 포스무스는 여전히 이모겐의 성에 위

---

17   브라이언 기번스, 『셰익스피어와 다중성』(케임브리지, 1993), 18~47, 특히 23.
18   'Imogen' 혹은 'Innogen'에 대한 (해결되지 않는) 철자법 논쟁에 대해서는: S. 웰스 등, 『윌리엄 셰익스피어: 텍스트 길잡이』(옥스퍼드, 1987), 604; 존 피처, 「심벨린의 이름들」, 『비평 에세이』, 43호(1993), 1~16.

협받는다: 그는 영적인 동시에 육체적인 사랑에 응답할 수 없다. 저자는 『오셀로』를 가로지르며 문제를 비극적인 것에서 우스꽝스러운 것으로 전환한다. 그렇게 주인공이 이모겐의 순결을 놓고 내기를 하고, 사실상 스스로 오쟁이 지기를 바라며, 이아키모가 그녀와 잤다고 믿게 된 후, 이모겐을 죽일 계획을 짠다. 충성스런 데스데모나와 크게 달리, 이모겐은 자신의 성깔을 드러낸다, 이를테면 하인 피사니오가 그녀를 죽이라는 명령을 받았다고 한탄할 때 그렇다:

> 피사니오: 이 일을 하라는 명을 받은 이래
> 한 번도 눈을 붙이지 못했습지요.
> 이모겐: 붙이면 되지 않느냐, 침대로 가서, 눈을 붙이거라.
>
> (III. iv. 99~100)

플롯은 그녀를 안전하게 웨일스로 데려가고 그곳에서 그녀는 왕족 혈통 오빠들을 찾는다. 갈수록 혼란에 빠져, 포스무스는 그녀를 남성의 재산으로 생각한 바 있다. 그는 그녀의 사지를 찢고 '내 안의 여성 부분'을 파괴시킬 거였다; 그는 자신의 어머니를 포함한 온갖 여성들의 배신을 두려워하고, 그의 공포는 그의 궁극적인 갱신 이전에 재앙을 낳는다. 작품의 중심에 있는 것은 거대한 여성 혐오증 환자로, 너무 어둡고 괴팍하여 어떤 고의적인 자기 희화화도 암시하지 않는다. 하지만 『심벨린』에 담긴 자기 조롱은 저자가 이전에 극화한 태도들의 부담을 벗어야 할 필요를 충분히 암시할 만하고, 옛날이야기 요소와 사건에 대한 마법적인 견해의 도움을 받아, 희곡은 역사, 신화, 그리고 남성의 자만에 대한 탐구가 인상주의적이며 참신함으로 넘친다.

산개가 덜 불규칙하고 또 화제가 다소 덜 암시적인 『겨울 이야기』는 분명 블랙프라이어스의 재사들과 글로브의 관객들에게 공히 호소력을 발휘했다. 4막과 몇몇 다른 장면에 나오는 양털깎기 워릭셔를 너무도 가깝게 그려 내므로, 뉴플레이스에서 쓰였으리라 짐작이 갈 정도다. 1611년 1월 1일 궁정에서 공연된 벤 존슨 작 『오베론 가면극』의 영향이 목신들의 춤에서 보이지만, 셰익스피어가 본문을 집필한 후 자신의 목신 춤을(4막 4장에) 첨가했다는 징후가 있다. 점성술사 사이먼 포먼은 『겨울 이야기』를 글로브에서 1611년 5월 15일 보았다, 그리고 궁정에서 11월 공연된 이후, 이 작품은 29년 동안 왕립 극단의 레퍼토리로 자리잡았다.

크게 인기를 끌었던 튜더 시대 로맨스이자 이 작품의 주요 원천인 그린의 『판도스토』만 읽어 보아도, 비방자가 구사하는 대비 패턴에 셰익스피어가 크게 빚지고 있다는 것을 알 수 있다. 판도스토만큼 야만적이지는 않은, 그리고 결혼 초 그만큼 행복하지도 않은 레온테스는 그의 아내 허미온과 그의 유년 시절 친구 폴릭세네스 사이의 연애를 추정하고 질투 가득한 분노로 치닫는다. 레온테스가 헛것을 보는 광증, 혹은 호모 에로틱한 소년 시절의 기억에 시달린다는 말이 있었다, 그러나 텍스트는 우리를 빠르게 결말로 인도한다: 그는 아내의 신생아 퍼디타를 산 채로 불태우라고 명한다, 마치 메리 여왕의 순교자-화형불이 여전히 타고 있는 것처럼, 그러나 아기는 보헤미아 해변에 버려졌다가 목동에 의해 발견된다. 허미온과 아기가 죽었다고 믿고, 레온테스는 다음 16년을 기도와 참회로 보낸다, 스트랫퍼드의 단과대학 사제들이 해가 지새도록 기도했던 것처럼. 아이를 불태우는 행위(위협만 가했을 뿐이다)가 순교자를 환기할 것까지는 없지만, 그린의 『판도스토』에서는 고통이 영적으로 바뀐다. 확실히, 레온테스는 시련을 다 겪은 후에도 여전히 퍼디타의 '가치'에 대해 회의적이다.

겨울 풍경의 서막과 보헤미아의 조야한 장면들을 "퇴장, 곰 한 마리 뒤를 따른다"라는 유명한 지문이 간명하게, 우스꽝스럽게 연결짓는다. 퍼디타의 구원자 안티고누스를 잡아먹는 이 동물은, 전설상, 2월 2일 성축절에 나타나 겨울이 얼마나 더 갈 것인지를 말해 주는 굼뜬 짐승, 성축절 곰을 암시한다.

그러나 이 희곡의, 말하자면, 보조 텍스트에서, 셰익스피어는 잔혹함, 이기주의, 그리고 맹목을 강조한다. 그 전에, 남편에게 박해받을 때, 허미온은 이렇게 말하고 있다, "러시아 황제가 제 아버지였어요". 제임스 1세 치하 사람들은 아마도 이반 4세 혹은 '뇌제 이반'(1530~1584)이 도처에서 반역을 감지하고, 분노로 발작하며 자기 아들을 죽이고, 또 모스크바에서 야생 곰들을 풀어 희생자들을 죽인 것을 기억했을 거였다.[19] 셰익스피어가 넌지시 이르는 것은 그 잔인한 곰이 우리네 생활에서 멀리 떨어져 있지 않다는 사실이고, 그의 보헤미아 장면들은, 온갖 유쾌함에도 불구하고, 구원에 대한 그의 불신을 밑바닥에 깔고 있다. 퍼디타는, 겉으로는 주의 깊지만, 소심하고 어정쩡하다가 급기야 어쩌다가 행운이 따를 뿐이다; 그녀의 연인 플로리젤은 아버지가 죽으면 받게 될 유산에 대해 허풍을 떤다; 그리고 희극적인 아우톨리쿠스 (같은 이름이 그리스 신화에서는 사기꾼들의 신 헤르메스 혈통이다)는 시골 사람들의 우매함을 알고 있다. 노상강도에게 털린 체하는 조무래기 도둑이자 사기꾼으로서, 아우톨리쿠스는 양털깎이 축제를 기회 삼아 전원 사람들을 '양털 깎으려' 한다. 그가 자신의 악당질을 즐거워한다, 노래를 잘한다, 그리고 희곡의 매력을 더한다, 그러나 이 작품으로 셰익스피어의 사회적 염세주의가 사라지는 것은 아니다.

그의 무방향성이, 경력 만년에, 보다 날카로운 사회적 리얼리즘으로 가는 길임은 아마도 『폭풍우』에서 분명하다. 이 작품은 유명한 '극장 충격'으로 시작되는데, 프로스페로의 적들을 실은 배 한 척이 바위섬에 한바탕 좌초하는 이 장면은 글로브보다 블랙프라이어스의 무대 효과에 다소 더 잘 어울렸다. 1장에는 선원이, 폭풍 중에 들었을 법한, 바람이 불어 가는 쪽에 위험할 정도로 근접한 바위섬으로부터 배를 떼어 놓으려는 항해용 명령어가 들어 있다.

19 데릴 W. 파머, 「제임스 1세 치하 모스크바 사람들: 『겨울 이야기』에서 겨울, 학정, 그리고 지식」, 『셰익스피어 쿼털리』, 46호(1995), 323~339, 특히 332.)

항해법에 대한 책은 존재했다, 그러나 시인은 인쇄된 선원용 매뉴얼이 전혀 없었다, 수고 형태의 문서(랠프 크레인이 몇 부 복사했듯)에서 항해 용어 목록을 찾았을지는 몰라도. '늙은 뱃사람들'한테 들었을 수도 있다; 하지만 이 장면이 반영하는 것은 최신 항해술이다. 분명한 것은, 하지만, 그가 소위 '버뮤다 팜플렛들' 및 버지니아 회사 사업에 관련된 사람들 몇몇을 알았다는 점이다.

1609년 5월, 토머스 게이츠 경과 조지 섬머스 경이 이끄는 500명의 식민지 이주자들을 실은 배 9척이, 1607년 봄 창설된 제임스타운 식민지를 강화하기 위해 아메리카를 향해 돛을 올렸다. 2년 뒤, 버지니아 식민지는 가까스로 명맥을 유지하는 처지에 빠졌다—정착민 중 절반가량이 겨울마다 죽었던 것. 유별난 태풍을 만나 게이츠와 섬머스는 버뮤다로 밀려났다, 본토로 갈 겨를을 찾기도 전에; 그들이 겪은 시련 소식은 곧 런던에 도착했다. 셰익스피어는 폭풍에 대한, 제임스타운의 곤경에 대한, 그리고 적대적인 원주민들에 대한 이야기를, 1610년 7월 15일자 윌리엄 스트레이치의, 당시 수고 상태 편지에서 읽었음이 명백하다. 그는 게이츠의 친구들도 몇몇 알고 있었다, 버지니아에 재정적으로 관심을 가졌던 사우샘프턴 및 펨브룩 친구들은 물론이고, 로버트 시드니 경, 헨리 네빌 경, 혹은 심지어 훗날 그 식민지 총독으로 부임하게 될 델라웨어 경한테서도 아마 이야기를 들었을지 모른다.

하지만 선박, 아메리카 인디언들, 혹은 식민지 통치 정책과 관행에 대한 '소식통 정보'를 구하는 것만으로는 충분하지 않았다, 왜냐면 관객들이 알 만한 것을, 혹은 이야기되고 있는 것을 계산해야 했다. 1609년이면 런던 사는 몇몇이, 버지니아는 원주민들이 이미 정착했던 곳이라 그들에게 제임스 강 유역 땅 소유권이 있으며, 유럽인들이 그들을 쫓아낼 권리가 없다는 것을 상당한 자료에 근거, 주장한 터였다. 제임스 1세 시대 공식 정책은 이를 부인했다, 그리고 4월, 예를 들어, 식민지 개척자들이 진정으로 문명과 신앙을 아메리카 야만인에게 전해 주었음을 보여 주기 위해

517

두 가지 훈령이 인쇄되었다.(한 훈령은, 날랜 논리로, 타락한 무대 배우들이야말로 버니지아의 진짜 적들임을 증명하고 있다)[20] 『폭풍우』는 식민지 논쟁의 양쪽 측면에 모두 반어적인 깊이와 복잡성을 부여한다. 한편으로, 셰익스피어는 원시인의 고결한 삶을 찬양하는 몽테뉴 에세이 『식인종에 대하여』에 응답한다(칼리반은 도덕적으로 발육 부진 상태고, 약탈을 일삼으며 강간도 서슴지 않을 존재다); 그러나 다른 한편, 프로스페로의 섬에 도착하는 유순한 고관들 사이에 술주정뱅이와 살인 음모자들을 끼워 넣는다. 섬을 요구하는 칼리반의 주장을 꽤 그럴 듯하게 들리도록 만들고, 어느 정도는 그와 공감한다. 이 괴물의 언어는 스트랫퍼드 장갑 직공 아들의 그것처럼, 그의 세속적 위치 혹은 지위 너머에 있고, 그가 『폭풍우』에서 가장 사랑스러운 무운시를 대사로 갖고 있다. "은총을 구하겠습니다."(5막 1장 119쪽) 칼리반의 마지막 바람을 관객이 천박하거나, 꾸미는 거라거나, 혹은 쓸모없다고 해석할 필요는 없다.

『폭풍우』의 무대는, 그럼에도 불구하고, 대서양이 아니라 지중해에 위치한 섬이다, 그리고 저자는 자신이 전에 시험해 보았던 이탈리아의 현실 정치학을 스케치한다. 프로스페로는 거의 마키아벨리적인 현명함을 구사, 딸 미란다가 가장 나쁜 적의 아들과 결혼할 것을 확실시한다. 한 현대 평론가는 우리가, 어쨌든 '프로스페로와 셰익스피어의 동일화로부터 달아날' 필요가 있느냐고 묻는다.[21] 아마 없을 것이다. 극작가가 다소 그렇듯, 마법사는 거의 어찌해 볼 수 없는 세계를 조합하고 드잡이한다, 자기 사람들을 어떤 길로 이끈다, 그리고 그들에게 상황을 주어 반응하게 만든다. 만물의 덧없음에 대한 마법사의 견해는, 그를 창조한 자가 종종 표현하는 세계관과 부합한다, 이를테면 프로스페로가 "거대한 구체(globe) 그 자체"가 녹아 없어지고 우리의 "실체 없는 볼거리"가, 마침내,

20 마거릿 호틴, 「『폭풍우』에 나타나는 당대 주제」, 『주석과 질문들』, 232(1987), 224~226.
21 필립 에드워즈, 『셰익스피어와 예술의 한계』(1968), 151.

IV. 마지막 국면

구름 한 줌 남기지 않는 거라네. 우리는

꿈의 재료야, 우리네 삶은

잠으로 둘러싸여 있고 말야.

(IV. i. 153~158)

고 생각할 때 그렇다. 이 연극은 그럼에도 불구하고 셰익스피어의
무대 고별 인사는 아니었다. 그는 앞으로 세 편의 희곡을 더 쓰게
된다. 그러나 이 작품의 강건하게 균형 잡힌 구조는, 그가 희비극
적 로맨스 안에 내내 타당하고 지적으로 참신하며, 애매모호하고,
또 탐구적인 인생관을 담아낼 수 있다는 점을 가장 잘 보여 준다.
1611년 11월 1일 만성절에 왕 앞에서 『폭풍우』가 공연되었다는 이
야기가 있다. 약 1년 반 뒤, 다시 궁정 무대에 올려졌는데, 엘리자
베스 공주와, 프레더릭 공(팔라틴 선제후)의 결혼식 언저리였고 프
레더릭이 수행단을 이끌고 하이델베르크에서 온 터였다.

글로브 극장의 화재

블랙프라이어스의 무대 장치는 에어리엘이 내리닫고, 치솟아 오
르고, 또 한량들의 모자 위로 빙빙 돌게 만들었다. 한 소년이 맴을
돌고, 자연스레 노래부르고—공중 10피트 높이에서—그러다가 시
야에서 휙 사라질 수 있었다. 하지만 그 마법과 매혹, 아름다운 노
래들, 퍼디낸드와 미란다라는 에덴 동산풍 연인, 그리고 야수적
이면서 호기심을 자극하는 칼리반에도 불구하고, 『폭풍우』는 중
간 정도 성공을 거두었을 뿐이다—그것에 대한 당대 언급의 빈도
나 스타일로 볼 때. 극단은 순익을 남겼지만, 칼리반은 폴스타프
나 샤일록만큼 자리를 채우지 못했다. 살았든 죽었든, 셰익스피어
는 1642년까지 극단의 주축 노릇을 할 거였다—하지만 새로운 종
류의 희비극이 이미 유행하는 터였다.
 셰익스피어가 극작가로서 자신의 명성이 상당한 현실성을 갖

고 있다고 믿었는지 의심스럽다, 그의 극단이 공유하는 명성과 별도로. 하지만 인기 있다는 것은 알았다. 젊은 시인들이 그를 모방하거나 패러디했고, 이제 런던 사람들이 그의 이름을 '윌'로, 그의 주요 경쟁자를 '벤'으로 줄여 불렀다—이 축약을 훗날 토머스 헤이우드가 개탄하고 있지만.

> 유창한 셰익스피어, 그의 황홀한 펜대는
> 기쁨과 열정을 구사했건만, 겨우 의지[will]였다.[22]

법학원 학생들이, 1610년 무렵, 벤의 『연금술사』와 윌의 『심벨린』을 놓고 어느 게 더 좋은가 논쟁했을 법하다. 시인들은 '벤의 부족' 쪽을 택했다, 벤이 문하생들을 격려했으니까; 그러나 나이가 더 많은 시인은 추종자 규모가 컸다. 사람들은 그를 배우로 보았다: "누군가 그러던데, 훌륭한 윌이라고, 내가 장난으로, 노랠 불렀거든", 1610년 후반 헤리퍼드의 존 데이비스는 이렇게 썼다,

> 당신은 왕 역할을 몇 번 장난으로 하지 않았소,
> 당신은 왕의 친구였던 거요.[23]

그의 재치를 옥스퍼드 출신 토머스 프리먼이 칭송했는데, 꼭 집어서 "그대 두뇌는 민첩한 머큐리"라고 했다. 셰익스피어의 인기를 가늠하게 만드는 한 징후로, 그가 쓰지 않은 작품들, 이를테면 『런던의 탕아』(1605) 혹은 『요크셔 비극』(1608)이 그의 이름으로 나왔다, 혹은 수줍게 그를 내색하는 이니셜을 붙이기도 했는데, 'W. S. 작' 『청교도』(1607), 'W. Sh. 작' 『혼란스런 치세』(1611), 그런 식이다.

하지만 셰익스피어에 대한 부정적인 평가 최소한 세 가지가

22 EKC, 『사실들』, ii. 219.
23 EKC, 『사실들』, 214.

『폭풍우』 이후 득세했다. 첫 번째는, 그린과 내시의 언급에 그 전
례가 있지만, 그가 단지 쉽게 쓰는, 능변의, 불완전한 작가로 '과
장' 혹은 '벌컥' 스타일에 중독된 상태고, 이것이 『맥베스』의 경
우 '참사'로 끝난다는 거였다(이 문제에 대한 드라이든의 보고에 의하
면 존슨이 종종 그렇게 말했듯). 두 번째 비난은 그가 배우지를 않았
다는 거였다, 그리고 이것은 셰익스피어의 '보잘것없는 라틴어,
더 보잘것없는 그리스어 실력'에 대한 언급이 있기 8년 전 프랜시
스 보몬트가 제기했다. "여기서 나는 버리고 싶습니다", 보몬트는
1615년 무렵 운문 서한으로 존슨에게 이렇게 쓰고 있다,

> (제 안에 그런 게 조금이라도 있다면) 학위를,
> 그리고 온갖 학식을 이 행들에서 씻어 내고 싶습니다 깨끗이
> 셰익스피어의 가장 좋은 행들처럼…

설교자들은, 보몬트가 첨언하듯, "종종 필멸 인간이 자연의 희
미한 빛에 인도되어/어디까지 갈 수 있는지"를 보여 주는 최고의
사례로 그를 택할 것이다.[24] 스트랫퍼드 시인이 약간 머리가 시원
찮다는, 혹은 지적이라기보다는 직관적이라는 암시가 있다. 세 번
째 비난은 이 미들랜즈 출신이 당대의 유행, 혹은 신사 숙녀들의
세련된, 최상의 대화를 따라잡지 못한다는 거였다. 드라이든이 그
런 소리를 내고 있지만, 보몬트와 플레처의 매력적인 작품에 이미
내재해 있었다.

왕립 극단은 소년 극단에서 실패한 두 시인을 놓고 도박을 감행
한 터였다. 둘은 가망이 없어 보이는 짝이었다. 1584년경 레스터
셔 민사 법원 재판관 아들로 태어나 개종된 '신의 은총' 수녀원-
그의 가족 중 국교 거부자들에게 잘 알려진-에서 한때 양육되었

---

24   EKC, 『사실들』, 211, 224.

던 프랜시스 보몬트는 1507년 옥스퍼드까지 갔었다. 그곳에서 그는 학위를 받지 않고 이너 템플 법학원으로 옮겨, 익살극 문법 강의를 했고, 그런 다음 재치 있지만 실패한 드라마 두 편을 썼다. 또한 존 플레처를 만났는데, 5년 연상이었고, 그의 아버지는, 런던 주교였으므로, '신의 은총' 출신 교황파를 경멸했을지 모른다; 그러나 늙은 주교는 빚더미 속에 사망했다.

플레처도, 처음에는, 운이 좋지 않았다. 그의 전원극 『충실한 여자 양치기』가, 둘의 합작 『큐피드의 복수』와 마찬가지로 실패했는데, 소년 극단 공연이었다. 그러나 보몬트와 플레처는 일을 계속, 1609년 왕립 극단 배우들을 위해 『필래스터』를 썼고, 이 작품이 그들을 유명하게 만들었다. 오브리가 훗날 뜬소문을 기록해 놓았다: "그들은 뱅크사이드, 극장에서 가까운 곳에서 함께 살았다, 둘 다 총각이다; 같이 잤다─존 헤일스 경 등등한테 들은 말이다; 매춘부 한 명을 집에 두고 있는데, 둘 다 그녀에게 환장했다; 똑같은 의복과 외투 등등을, 공유했다."[25] 그럴듯한 조화를 이루며 둘은 12편 가량을 합작하더니 프랜시스 보몬트가, 1613년, 돈 많은 상속녀의 품을 찾아 극장을 떠났다.

보몬트 친구의 기법은 생기발랄했다, 『말괄량이 길들이기』에 대한 응답인 『여인의 전리품』에서 보듯. 플레처의 재미난 대본에서, 마리아, 이제는 고인이 된 셰익스피어 가문 케이트의 사촌이, 페트루초와 결혼하지만, 결혼한 날 밤 문을 잠그고 그를 쫓아내거나 그렇지 않으면 그를 향해 탁자를 뒤집어엎는다. 대중의 취향이 보몬트와 플레처를 왕의 배우들에게 없어서 안 될 존재로 만들기 시작한 터였다. 연극 구경꾼들은 자기들이 가 볼 만한 극장들을 선택하는 중이었고, 야외 포춘 및 레드 불 극장(1612년 웹스터 비극 『하얀 악마』가 실패했던)이 '시민' 극장이 되어 가듯, 블랙프라이어스와 훗날 드루어리 레인의 소규모, 지붕이 있는 콕핏 극장은

25   『약전들』, 앤드루 클라크 편, 전 2권.(옥스퍼드, 1898), i, 96.

고급화했다.[26] 왕립 극단 배우들은 엘리트 관객들이 더 안전하다고 느끼기 시작한 터였다. 보몬트와 플레처는 셰익스피어 작품에 영향을 끼쳤다, 셰익스피어가 그들의 작품에 그랬듯, 그러나 그들은 사회와 정의, 영혼의 진짜 질병들, 혹은 국가와 관련한 개인에 대한 일체의 관심을 회피했다. 정치와 사랑의 명예, 정서적 딜레마, 공손한 행동 개념에 신경을 썼다. 플레처의 희곡들은 흥분, 감정에 호소하는 대화, 그리고 영악한 플롯으로 구성된다. 그의 비도덕적 기질은 엘리트들을 즐겁게 했고, 왕립 극단은 그를 잘 써먹었다.

왜, 그렇다면, 셰익스피어는 구태여 희곡들을 플레처와 함께 썼을까? 온갖 연기 극단들이 통상적으로 합작 드라마를 사용했고, 그들의 시인 대다수가 공동 작업을 했다. 극단의 요구가 작업을 결정했다, 셰익스피어는, 아마도, 자기가 하고 싶은 대로 할 수 있었지만. 그는 한 문제에 대해 두 마음 혹은 세 마음이었을 수 있다: 극단으로부터 자신을 약간 떼어 놓는 편이었지만, 또한 유행을 시험하는 편이었다. 어디까지나 런던을 뜨려고 했을 것 같지는 않다, 그리고 사실 그는 공동 작업을 통해 극단의 새로운 발전에 참여했다.

그가 플레처와 합작한 한 작품, 현재 망실된 『카르데니오』에 대해 우리는 조금밖에 알지 못한다. 궁정 공연이 1612~1613년 겨울 연회 중에 그리고 다시 1613년 6월 8일에 있었다. 40년 후 험프리 모즐리는, 그 당시면 극단 대본 몇 편을 획득한 상태였을 것인데, '플레처 & 셰익스피어 씨 작, 『카르데니오의 역사』'라는 드라마를 한편 등록했다. 한참 뒤, 1728년, 루이스 시어볼드가 자신의 작품 『이중의 거짓』─『돈키호테』에 나오는 낭만적 카르데니오 우화에 기초한─을 출판하면서 그것을 "원래 W. 셰익스피어 작; 그리고 이제 시어볼드 씨가 수정하고 무대에 맞게 각색한" 것

26 거, 『극단들』, 122.

이라 했다. 『이중의 거짓』에서 오래된 제임스 1세 치세 때 작품이 어쨌든 명백하기는 한가? 만일 그렇다면, 옛날 작품에는 두 아들의 가치에 대한 공작의 불안, 보조 플롯 하나, 그리고 유혹 장면이 등장했을지 모른다—플레처에게는 아마도 맞춤했을 자료다. 하지만 플레처의 유명한 동업자를 『거짓』에서 발견하기는 힘들다, '상상', '의심', 그리고 '소유' 같은 단어들이 구식으로 운율에 사용되는 것이, 셰익스피어의 망실된 단어들의 유령일지는 모르겠으나.[27]

플레처의 필치가 『헨리 8세』와 『모든 것은 진실』에서 발견되었다—그가 이중 어느 부분을 썼다는 외적 징후는 전혀 없지만. 키루스 호이의 언어학적 『헨리 8세』 공연 대본 연구는, 1994년 J. 호프의 작업에 의해 대체로 확증되는바, 플레처가 쓴 것이 몇 장면 되지 않으며, 셰익스피어가 작품 거의 전부를 쓰고 그는 '손을 보거나' 아주 짧은 문장을 보탰을 뿐이라는 점을 보여 주었다.

작고한 여왕의 아버지, 헨리 8세는, 런던에서 여전히 위태로운 소재였다. 이 작품은 헨리 왕이 아내 캐서린을 처리하고, 그런 다음 앤 불린을 찍은 후 무대 뒤에서 그녀와 동침, 장래 엘리자베스 1세가 될 유례없는 아기를 조국에 낳아 주는 과정을 반어적으로 기리고 있다. 5막 중 아기가 세례 받을 때, 거리에서는 거의 '집단 섹스'가 벌어진다. 청소부는 '인디안들'이, 아마도 버지니아에서 건너와, 도시의 여성들을 흥분시킨 게 아닌가 의아해한다. "맙소사", 그가 소리 지른다, "저 간통 지망생들 문에서 지지고 볶는 것 봐라! 내 기독교도 양심을 걸고, 이 한 번의 세례식이 세례 받을 새끼 천을 깔 거다. 이 자리에 아버지도, 대부도, 몽땅 합친 것도 있겠지."(V. iii. 159~160) 그런 음담패설이 교활한, 육욕을 좇는, 기회주의적인, 용서를 모르는, 약간 일관성이 흐트러진 헨리의 성격에 어울린다, 그리고 작품은 새로운 장르의 다큐멘터리 로맨스

27 존 프리해퍼, 「『카르데니오』, 셰익스피어와 플레처 작」, PMLA 84(1969), 501~513.

로 펼쳐진다. 1613년 민감한 외교관(그리고 지칠 줄 모르는 편지 집필자) 헨리 워턴 경은, 깊은 인상을 받았다. 이 무대 연극은, 그가 느끼기에, "얼마 동안 위대함을, 우스꽝스럽게는 아닐망정, 친밀하게 만들만큼 진설성이 충분했다".[28]

버킹엄, 캐서린, 그리고 울지—헨리의 총애를 잃은 사람들—는 '이혼'당하거나 국가에 의해 추방될 때만 내적 본질을 갖게 된다. 그들의 회개 행위는 감동적이지만, 『심벨린』이나 『겨울 이야기』의 화해와 다르다. 이 작품에서 사회는 영적 개종에 의해 갱신되지 않는다. 저자의 염세주의가 내내 내재한다, 특히 국가 경영술에 대한 신랄한 견해가 그렇다, 볼거리, 생생한 뜬소문, 그리고 장차 있을 엘리자베스 여왕 및 제임스 왕 치세에 대한 찬양(5막)이 우울함의 저류底流를 균형 잡기는 하지만.

셰익스피어의 염세주의—인간의 동기와, 망상, 그리고 의지를 그가 고찰할 때의—는 『숭고한 두 친척』에서 그가 스케치하고 있는바 열정과 전쟁이 사람의 심성에 끼치는 영향을 다룬 한 음흉한 이야기에서 심지어 더 명백해진다. 그가 쓴 부분은 아마도 1막, 대부분의 5막, 그리고 2막과 3막을 여는 장 한두 부분일 것이다. 그와 플레처는 초서의 묘사적인, 다소 비非극적인 『기사 이야기』—『꿈』에서 이미 가볍게 사용된 바 있다—를 연극으로 만드는 일에 착수했는데 초점 일부가 에멜리에의 사랑을 얻으려는 두 기사 팔라몬과 아사이트의 경쟁에 맞추어져 있는 이야기다. 플레처는 최선을 다해 초서 이야기를 따랐다. 그것과 거리를 두면서, 셰익스피어는 대등한, 반짝이는 광채를 그의 제의적인 1막으로 창조했고, 1막은 그의 가장 뛰어난 글 몇몇을 갖게 된다. 1612년 혹은 1613년이면 그의 재능이 아직 시들지 않은 상태였고, 그의 공동작은, 경력이 계속되었더라면 그가 탐구의 새로운 변증법과 새로운 드라마 형식을 찾아냈을지 모른다는 사실을 암시한다. 『친척』

---

28 로건 피어솔 스미스, 『헨리 워턴의 생애와 편지』, 전 2권.(옥스퍼드, 1907), ii. 33.

에서, 그의 운문은 환기력이 강력하다. 테세우스는, 결혼을 하러 가는 도중, 테베의 미망인 여왕 세 명의 제지를 받고, 그들은 그가 일단 히폴리타의 침대에 들면 자기들이 정당하게, 긴급히 그의 도움을 필요로 한다는 사실을 결코 생각하지 않게 될 것이라고 말한다.

"우리의 청원이 무시되고 말 거요", 첫 번째 여왕이 외친다, 셰익스피어의 펜에서 나온 마지막 무대 대사 중 하나에서:

> 그녀의 두 팔이,
> 주피터를 신들의 모임으로부터 꼬여 낼 그 두 팔이, 필히
> 허락하는 달빛으로 그대를 꽉 끼는 갑옷처럼 둘러쌀 때! 오 그때
> 그녀의 감겨드는 체리 입술이 감미로움을
> 맛보는 그대의 입술 위로 떨어뜨릴 때, 그대는 어떻게 생각할 것인가
> 썩어 빠진 왕들과 눈물 얼룩진 여왕들에 대해? 무슨 상관 있겠는가
> 그대가 느끼지도 않는 것에 대해, 그대가 느끼기에
> 마르스가 자신의 전쟁 북을 일축하게 만들 수 있는 것에 대해?
> 오, 만일 그대가 하룻밤만
> 그녀와 동침하더라도, 그 매 시간이
> 그대에게 백 시간보다 더 길지니, 그리고
> 그대가 기억하는 것은 오로지
> 그 연회가 그대를 이끌어 가는 것뿐일지니.

(I. i. 174~185)

"그대에게는 어떤 별도 어둡지 않으리라", 여왕은 테세우스를 그렇게 영접한다. "하늘과 땅 모두 그대를 영원히 벗하리라."

그의 공동 작업자는 그 우아함에 필적하려 노력하지 않았다. 플레처는 팔라몬과 아사이트의 우정, 그들의 정세에 밝은 대화, 에밀리의 어리벙벙한 사랑 그리고, 광증, 홀림 및 섹스를 다룬 보조 플롯을 열심히 꾸려 나간다. 그의 중세 기사들은 제임스 1세 시대

궁정 신화가 된다—팔라몬은, 비평가들이 지적하듯, 보몬트와 플레처의 『필래스터』에 나오는 침대에서 깡충대는 파라몬드 같다. 팔라몬을 좋아하다 광기에 휩싸이는 간수 딸을 다룬 보조 플롯에서, 플레처가 도시와 시골을 비교하는데, 농촌 사람을 별스럽고 무지하다고 깎아내리는 방식으로 도시 귀족층을 추켜올리고, 그렇게 엘리트 극장 관객들에 대한 호소력을 확보한다. 그의 보조 플롯 집필은 빠르고, 깊이가 없다, 그리고 추잡하다, 비도덕까지는 아니더라도 그리고 그 덕분에, 이 작품은 '엘리자베스 여왕 시대의 타협', 혹은 한때 온갖 계층을 위해 쓰도록 희곡 작가를 이끌었던 그 주요한, 관객 내 사회적 결속의 완전한 끝장을 반영한다.[29]

나이 든 시인의 2절판 작품집에서는 제외되었던 『숭고한 두 친척』이, 4절판으로, 1634년, 토머스 코츠에 의해, 이런 문패로 인쇄되었다.

> 그들 시대를
> 풍미한 기억할 만한 명사;
> { 존 플레처 씨와, 윌리엄 셰익스피어 씨 작. }—신사

알파벳 순서가 먼저이기는 하지만, 플레처 이름이 먼저 언급된 것은 아마도 그가 드라마 대부분을 썼기 때문일 것이다.

§

1613년 봄, 이때쯤이면 이 작품들 중 두 편 혹은 세 편이 완성된 터였는데, 셰익스피어가 런던 소재 자신의 첫 부동산을 사들였다. 블랙프라이어스 문루, 그것은 이름이 암시하듯 소小수도원 복

29 더글러스 브루스터, 「간수의 딸과 미친 여자들 언어의 정치학」, 『셰익스피어 쿼털리』, 46호(1995), 277~300.

합체의 두꺼운 동쪽 벽에 난 문 위로 펼쳐졌다. 사제들이 음모를 꾸미는 중심지이자 도피처로서, 그것이 거의 역사를 가시화했다: "뒷문과 샛길이 가지가지였습니다, 그리고 비밀 지하실과 외딴 곳이 많고요." 블랙프라이어스의 주민 리처드 프리스가 당국에 그렇게 말한 바 있었다. 사제라면 손쉽게 '바다로 가는 비밀 통로'를 따라 도주할 수 있었다—그리고 성 앤드루 언덕을 몇 발짝만 내려가면 퍼들 부두였고, 뱃사공이 기다렸고, 템스강이 흘렀다.

1613년 3월 10일, 셰익스피어는 문루의 소유주, 런던 시민이자 음유시인 헨리 워커에게 140파운드—뉴플레이스 비용보다 아마도 많은 액수—를 지불하기로 합의했다. 다음 날, 그가 80파운드를 현찰로 내밀고 저당 문서에 서명했는데, 잔액을 9월 29(미가엘 축일)에 지불한다는 내용이었지만, 저당 문서는 그가 사망했을 때에도 미지불 상태였다.

사업 거래에서 그가 느슨했을 수 있다, 그러나 또한 각별한 노력을 기울이고 있기도 하다. 증서 표지를 보면 그에게 공동 구매자가 세 명 있었다, 윌리엄 존슨, 존 잭슨, 그리고 존 헤밍, 그런데 이들은 1페니도 내지 않았다. 헤밍은 아마도 왕립 극단 소속 그의 동료였을 것이다, 존슨은 머메이드 여관 주인이었고, 잭슨은 젊은 양조업자 엘리아스 제임스의 처제와 결혼한 사람이었다. 이런 조치가 내는 효과 중 하나는 앤 셰익스피어에게 문루 상속권이 없는 거였다, 설령 그녀 남편이 유언 없이 죽는다 하더라도. 잉글랜드 관습법은 남편이 유일 소유주가 아닌 재산을 과부가 요구할 수 없게 되어 있었다. 그 구매에 대한 현대의 한 설명은 이것이, 시인이 문루에 임대인을 들여놓은 상태였으므로, '순전하고 단순한' 투기성 투자였다고 한다.[30] 그러나 이 주장은 날짜를 심하게 무시하고 있다. 임대인, 존 로빈슨은, 1616년 그곳에 있었다. 3년 전이면, 셰익스피어는 다른 목적과 필요가 있었을 법하다. 런던에

30 S. 쉔바움, 『윌리엄 셰익스피어: 기록과 이미지들』(1981), 47; EKC, 『사실들』, ii. 154~169.

몇 주씩 머물 참이었다, 그린의 『일기』로 우리가 알고 있듯이, 그리고 임시 숙소로서 문루는 한 극장의 현관 계단쯤 될 것이고, 글로브에서 강 건너 바로였을 것이다. 극단이 그의 각본들을 비축해놓은 곳도 지척이었다, 그리고 그가, 처음에, 블랙프라이어스에 살며 작업할 생각이 아니었다는 징후는 전혀 없다.

여전히, 재앙이 그의 계획에 영향을 끼쳤을 수 있다. 그가 새로 구매한 지 녁 달이 채 안 된, 글로브 극장이 관객들로 꽉 찬 날 재앙이 닥쳤다. 관람석 지붕을 이엉으로 얹은 그 원형 극장에서 1613년 6월 29일, 화요일, 연기자들이 『모든 것은 진실』이라는 새 드라마를 공연 중이었다, 헨리 워턴 경이 7월 2일 적은 바로는, "헨리 8세 치세 중 몇몇 주요 사항들을 표현하는" 작품이었다. '새 드라마'라는 구절은 『헨리 8세』가 당시 비교적 새로웠다는 의미에 불과할지 모른다, 왜냐면 7월 4일 젊은 상인 헨리 블루엣은 이 작품이 "전에 두세 번밖에 공연되지 않았다"고 썼다. 워턴은, 하지만, 일부 이엉에 불이 붙고, 불꽃이 한 바퀴를 돌아 지붕 안으로 들어갔으며, 그러나 바람이 불을 키웠고, 그래서 짧은 시간 동안 웅장한 글로브 건물이 전소되는 정황을 가장 잘 전해 준다. 작품은, 그는 이렇게 쓰고 있다, "숱하게 많은 비상하고 화려한 장관과 위엄의 상황 속에, 심지어 무대를 금테로 두른 상태에서 시작되었다; 조지니 가터니 하는 훈위 기사들, 장식 외투 등등의 근위대들". 무대 위 현란한 장관이 거의 모든 사람의 눈을 사로잡았다.

이제, 헨리 왕이 울지 추기경 집에서 가장 행렬을 벌이고, 그리고 그의 등장에 맞추어 축포 몇 발이 발사되고, 포 구멍 하나를 막았던 종이, 혹은 다른 소재가 이엉에 불을 붙이고 말았는데, 처음에는 그냥 연기가 나는가 보다 생각했고, 그들의 눈은 쇼에 더 집중하고 있었는데, 그게 안으로 타들어가며, 행렬처럼 한 바퀴를 돌더니, 한 시간도 안 되어 땅바닥에 폭삭 가라앉을 정도로 건물 전체를 전소시켰다.

그 고결한 직물의 치명적인 시기였다, 하지만 나무와 지푸라기, 그리고 몇몇 버려진 외투만 불탔다; 단 한 사람이 반바지를 태웠는데, 신중한 재치를 발휘, 병맥주로 불을 끄지 않았다면 살을 태울 뻔했다.[31]

블루엣의 첨언에 의하면 아무도 화재에 다치지 않았고, "다만 한 사람이 데었다… 한 아이를 과감히 구하느라, 그가 아니었다면 아이는 불에 탔을 것이다".[32] 반바지에 붙은 불을 병맥주로 껐다는 사람이 그일까? 청교도들은 '갑작스럽고 끔찍한 화재'에서 하느님의 손을 보았다, 그리고 한 재사가 그 끔찍한 전소를 주제로 발라드 한 편을 썼다:

> 그게 밑에서 시작되었다면, 분명,
> 그들 마누라들이 겁에 질려 싼 오줌으로 불을 껐겠지.
> 오 슬픔이여, 비참한 슬픔이여, 그렇지만 이 모든 것은 사실이다.[33]

하지만 거의 즉시 왕립 극단 배우들은 새로운 글로브를, 동일한 터에, 타일 지붕으로 짓자고 결정했다. 비용은 대략 1,400~1,500 파운드, 엄청난 액수였다, 각 주주에게 50파운드 혹은 60파운드라는 무거운 할당액이, 그리고 훗날 추가 액수가 돌아갔다.

새로운 글로브를 위한 땅주인 협상자는 헤밍, 콘델, 그리고 두 버비지였다. 헤밍은 이미 연기를 그만둔 터였고, 왕립 극단 주주 다른 두 사람—알렉산더 쿡과 윌리엄 오슬러—은 다음 해 사망한다. 블랙프라이어스의 자기 집에도 불구하고, 셰익스피어는 아마도 극장 지분을 팔 때라고 느꼈을 것이다. 그는 그렇게 새로운 글로브에 투자하는 일을 피했고, 이 극장은, 경비가 갈수록 증가하는 상태에서, 짓는 데 1년 걸렸다. 그의 지분은, 어쨌든, 그가 유언

31   피어솔 스미스, 『헨리 워턴』, ii. 32~33.
32   『헨리 8세』, 존 마게슨 편(케임브리지, 1990), 1~3.
33   「런던 글로브 극장의 슬픈 화재를 노래한 소네트」, 402행, EKC, 『무대』, ii. 421 을 보라.

을 작성하기 전에 팔렸다. 새로운 글로브에 돈을 투자한 '극장 관리인들'의 한정된 숫자는 당시 전성기를 마감할 참이었던 리처드 버비지의 사망 당시 1년 수입이 왜 300파운드 남짓에 불과했는가를 설명해 줄지 모른다. 셰익스피어가 자신의 새로운 작품이 왕립 극단 배우들한테 전만큼 유효하지 않다고 느꼈을 수 있다; 그리고 『숭고한 두 친척』 중 그가 집필한 부분은 플레처의 양식과 전혀 다르다. 이 작품은 1613년―가을 이전에―공연되었고 셰익스피어는 다시 런던으로 올 참이었다, 그의 나이 들어가는, 땀 흘리는 동료들 곁으로. 그가 연기를 포기하지는 않았을지 모르지만, 집필 경력은 그해가 질 무렵이면 이미 끝난 상태였다.

18. 젠틀맨의 선택

우리는 공포를 사소하게 만들지,
미지의 두려움 앞에 우리를 복종시켜야 할 판에
허울만의 지식에 안주하고 말이야.
—라푸, 『끝이 좋으면 다 좋다』에서

아니, 당신이 빚졌지 하나님한테 죽음을.
—할 왕자가 폴스태프에게

저희가 모를 리 없지요. 백작님들께서 읽어주시기에
보잘 것 없는 것들이라는 것을: 그리고, 보잘 것 없다고
해버렸으니, 헌정을 하기에도 뭐합니다. 하지만 두 분께서
이 보잘 것 없는 것들이 웬만하다고 흔쾌히 생각해 주시는 고로…….
저희의 바람은, (이것들이 [셰익스피어 씨보다] 오래 살고,
그의 운명이, 가끔 그렇듯, 자신의 저작을 직접 정리할 수
없는 것이었던바 두 분께서 너그러이 보아주십사.
—존 헤밍스와 헨리 콘델, 『윌리엄 셰익스피어 씨 희극, 사극과
비극들』(1623)에서 펨브룩 및 몽고메리 백작에게 바치는 헌사 중

스트랫퍼드 친구들과 집안일들

"그는 적당한 때에 걸맞은 재산을 모을 만큼 운이 좋았다", 1709
년 니콜라스 로는 셰익스피어에 대해 그렇게 썼다, "그리고 죽기
전 몇 해 동안 고향 스트랫퍼드에서 지냈다고 한다".[1] 시인의 재산
이 풍부했다는 로의 믿음은 옳게 느껴진다, 그러나 온갖 유용한 작
업에서 은퇴한다는 생각이 일반적으로 말해서 상례는 아니었다.

1   EKC, 『사실들』, ii. 268.

정력과, 여행을 할 만한 건강, 그리고 활동적인 심성을 지녔으므로 셰익스피어는 자기 시간 전부를 집에서 허비하지 않았다. 그는 1614년 수도에 오래 머물 이유가 분명 있었다, 왕립 극단 배우들이 궁정에서 공연한 바로 그때다. 그가 서둘러 귀향하지 않았다.

스트랫퍼드가 무덤은 아니었다, 하지만 그곳에서 그의 생활 템포와 범위는 축소되었다, 그리고 그를 눈에 띄게 했던 직업의 기묘한 환상적 장려함은 물론 흥분되고 또 도전적인 예측 불가성이 없었다. 공공 극장 연극들은 "대규모 관객을 겨냥하여 아낌없는 규모로 구상되었다"—그리고 언제나 "장대한 효과와 제스처의 필요"가 우연한, 임시적인 무대 공연에 있어 왔다.[2] 가장 장대한 제스처도 실패할 수 있었다, 어떤 극단의 생존 능력도 확실한 적이 없었다, 그리고 그의 작업 기간을 통틀어 보아도 그의 동료들에게 보장된 것은 거의 없었던 터였다.

1614년 4월 50회 생일을 맞을 즈음 그에게 상실이 찾아왔다. 남동생 길버트와 리처드가 거의 1년 간격으로 사망했고, 셰익스피어와 그의 여동생만이 헨리 가 가족 중 생존자로 남았다. 그의 이모 마거릿, 어머니의 자매 중 막내 역시, 그해 8월 26일 스니터필드에 묻히게 된다.

뉴플레이스에서는 낯선 방문객들이 그를 찾아올 수 있었다, 집이 예배당에 붙어 있고, 교회와 가깝다는 이유만으로도. 이해 설교사 한 명이 하룻밤을 묵었고, 읍은 그의 목을 축인 색sack 와인 1쿼트와 '클라렛' 1쿼트 값으로 앤에게 20페니를 지불했다. 설교사들이 기초 설교를 하기 위해 도착했다—9월에 오켄, 부활절에 햄릿 스미스, 성령 강림절 주간에 페롯.

채펄 가 소재 그의 집 북쪽과 인접한 이웃들에게, 시인이 이방인이었다고 보기는 힘들다. 근처에 과부 톰린스가 살았는데, 그녀의 남편 존, 재단사는, 시인의 아저씨 헨리 셰익스피어를 고소한

2   러셀 잭슨, 『셰익스피어의 배우들 2』, R. 잭슨과 R. 스몰우드 편(케임브리지, 1988), 10~11.

적이 있었다. 과부 가까이 헨리 노먼, 그의 아내 조앤, 그리고 네 아이들이 살았다, 장갑 수직공 조지 페리는 물론이고. 기묘한, 땅딸막한, 뉴플레이스 '거대한 정원' 속 자기 정원을 경계 삼은 주거지에 애 없는 쇼 부부가 살았다. 훗날 시인 유서의 증인을 맡게 되는 줄리 혹은 줄린스 쇼는 화약 음모 사건 조사에 참가했었다. 그는 현관 마루 위 식당에서 잠을 잤고 침실 노릇을 하던 식당은 아마도 7월 같았다—초록빛 무릎 덮개, 커다란 초록빛 카펫, 그리고 초록빛 커튼 다섯 개가 있었다. 맥주와 양모 장사로 돈을 번 영리한 참사회원이었던 그는 셰익스피어 생애 마지막 해 지방 행정관 자리에 올랐다.[3]

줄린스는 시인에게 유용한 사람으로 드러나게 된다. 또한 유용한 것이 토머스 그린, 그의 『일기』 이해분은 베스 퀴니 부인(지방 행정관 미망인)과 읍 여인들이 반기를 들었던 토지 인클로저 위기 중 셰익스피어가 했던 말 조각들을 기록하고 있다. 시인의 딸 주디스가 퀴니 부인을 도왔다, 그리고 토지 관련 위기 자체가 그린에 의해 조명된다. 그와 그의 동생 존은, 존도 스트랫퍼드에서 활동했는바, 법조계의 부름을 받았다; 존은 클레멘트 인 법학원 변호사였다. 미들 템플 법학원 출신으로, 그린은 스트랫퍼드 지방 자치체의 법무관을 하다가, 1603~1617년 자치구 재산 관리인으로(특허에 의해) 또 읍 서기로 근무했다. 집 한 채를 기다리는 동안, 그가 1609년 이렇게 적어 놓았다, "뉴플레이스에서 1년 더 묵을지도 모르겠다."[4] 당시, 그와 햄프셔, 웨스트 메온 출신 아내 레티스, 그리고 어린 자식, 1604년생 앤과 1608년생 윌리엄은, 앤 셰익스피어의 손님으로 살고 있었지만, 몇 달 안에 성 삼위일체 교회 근처 성 메리의 집에 정착한다.

3   MISS SBTRO, BRU 2/1. E. I. 프립, 『셰익스피어:인간과 예술가』, 전 2권.(옥스퍼드, 1964), ii. 798~800.
4   EKC, 『사실들』, ii. 96(1609년 9월 9일).

시인은 주로 부재자였고, 지역 서기들은 그를 잊었다. 1611년, '간선 도로의 보다 나은 보수를 위한 위원회 법안 시행 비용 충당을 위한' 기금 마련용으로 작성한 기부자 명단에서 빠진 이유를 이러한 사실이 설명해 줄지 모른다. 명부에, 스트랫퍼드의 지도적인 인사들 70명이 이름 기둥으로 적혀 있다; 한 명당 2실링 6파운드가 표시되어 있다. 오른쪽 맨 끝에, '윌리엄 셰익스피어 씨'라는 이름이 첨가되어 있는데, 보족補足처럼 보인다, 마치 그가 아직 살아 있다는 것을 누군가 상기한 것처럼.[5]

1년 혹은 2년 후, 셰익스피어는 거의 과할 정도로 양지陽地에 있었고, 읍의 상태가 불안했다. 그의 맏딸이 곤란을 겪은 터였다. 1613년 수재나 홀이 젊은 존 레인을 고소했다, 7월 15일은 우스터 성당 영국 국교회 감독 법원에서 벌어진 소송에서 중상모략을 했다는 이유였다. 수재나는 레인이 '약 5주 전' 그녀가 '임질에 걸렸고 & 존 파머의 집에서 라페 스미스와 사악한 짓을 했다'는 말을 퍼뜨렸다고 주장했다.

수재나는 그때 30세였고, 5살 난 아이가 있었다; 훗날 그녀는 남편의 비석에서 'fidessima conjux'(정숙한 아내)로 불린다. 홀 씨가 여행 중일 때, 뜬소문이 그녀한테 붙어 다녔다. 라페 혹은 랠프 스미스, 추정상 연인은, 35세의 모자상 겸 포목상이었다. 존 레인은, 23세에 불과했는데, '불덩어리 세 개, 불타는' 문장이 어울리는, 오래된, 존경할 만한, 그러나 괴팍한 가문 출신이었다. 그의 할아버지 니콜라스 레인이 야생 능금나무 곤봉으로 사람을 때린 적이 있었다; 그리고 노인의 조카, 또 다른 니콜라스는, 로버트 피셔가 휘두른 불통 막대기에 살해되었는데, 피셔는 살인죄로 기소되었으나 정당방위였으므로 석방되었다. 존 레인은 난폭했고, 교구위원들이 그를 술주정뱅이로 고소한 적이 한 번 있었다.

그러나 문제는 그렇게 간단하지 않다. 읍내 반反청교도 운동의

5   베어맨, 44~48 참조.

지도자로서, 존 레인은 지적인 후임 청교도 교구 목사 토머스 윌슨에 맞선 폭동을 조직한 다섯 '신사' 중 하나가 되었고, 홀 씨가 윌슨을 강력하게 지지하는 터였다. 상당히 분명한 것은, 개인적 앙심 또한 있었다 하더라도, 레인이―반청교도 무리의 지도자로서―교회에 나가는, 직선적인데다 청교도 동료까지 거느린 홀 씨의 명예를 실추시킬 정치적 동기가 있었다는 사실이다. 어쨌든 수재나는 명예를 회복했다. 훗날 시인의 유언에 입회하게 되는 로버트 홧콧이, 지방 행정관을 대신하여 우스터 성당 법정에 출두했다. 레인은 출두하지 않았다. 2주일 안에 그는 파문당했다.[6]

수재나는 교회 법정을 두 번 거부했다. 딸의 경솔함을 걱정했든 안했든 그녀의 곤경을 잊을 리 없었을 셰익스피어는 신중했다. 혼란기였고, 그는 장차 오게 될 웰쿰 위기 때 엄정 중립 정책을 결정했다. 변호사 및 부유한 지주들과 연락을 하며, 자신의 상속 가능한 자산에 민감한 관심을 보였다.

웰쿰 위기는, 결과적으로, 읍 거의 전체를 흥분시켰다. 그것을 예고한 것은 또 다른 읍 화재였는데, 1614년 7월 9일 발생한 이 화재는, 레비 폭스가 지적하듯, 두 시간도 채 안 되어 가옥 54채를 태우고 8,000파운드의 피해를 냈다. 그것은 위원회에 무거운 부담으로 작용했다, 왜냐면 위원회가 700명가량의 빈민은 물론, 재물과 집을 잃은 사람들을 도와야 했다.

화재 딱 하루 뒤, 늙은 금전 거간꾼 존 쿰이 사망했다; 그는 읍에서 가장 부자였다고 한다. 셰익스피어에게 5파운드를 남겼고, 셰익스피어는 존 쿰과 그의 10퍼센트 대부에 대해 묘비명을 썼다고 한다―그러나 이 행들은 9년 전 'H. P.'라는 사람이 쓴 고리대금업에 대한 대구를 반향하고 있다:

백 중 열이 여기 묻혀 있다;

6   프립, 『셰익스피어』, ii. 813, 839~842; ME 50;SS, DL 289.

백에 열로 그의 영혼은 구원받지 못했다.

이 무덤에 누가 누웠는가 어떤 이가 묻더라도,

"오 호!" 악마가 말한다, "나의 존-어-쿰이지."

노인의 재산은 거의 모두 조카 토머스 쿰에게 넘어갔는데, 셰익스피어가 이 사람에게 장차 매우 개인적인 물품, 그의 칼을 남기게 된다.[7]

토머스의 형 윌리엄 쿰이 1614년 구 스트랫퍼드, 비숍턴, 그리고 웰쿰 개간지를 담으로 둘러쳐 이익을 내볼 요량이었다. 28세의 윌리엄 쿰은 돈이 많고, 공격적이고, 또 단호했지만, 처음 그 계획을 추진한 것은, 4촌 大★하버러의 윌리엄 리플링엄의 도움을 받은 슈롭셔의 아서 메인워링, 즉 대법관 엘즈미어의 급사장이었다. 교구 들판은, 그중 일부가 메인워링 소유였는데, 방목을 위한 풀과 베어 들일 건초가 있었고, 이곳을 울타리로 두르면 경작 가능한 면적이 모두 양 방목용으로 전용될 수 있을 거였다. 물론 농업 효율을 기대할 수 있었지만, 에드워드 그레빌 경은 울타리 계획에 실패했다. 어떤 개간지 인클로저 계획에도 반대하는 완강하고 분노한 저항이 일었는바 이유는 '그루터기 및 가을걷이 이후'에 대한 공공 권리가 끝날 뿐 아니라 인클로저가 고용을 감소시켰기 때문이다. 양 축산은 경작농보다 일이 적었다(양이 사람을 잡아먹었다, 토머스 모어 경의 표현을 빌리자면), 그리고 대다수 서민들이 볼 때 그것은 고난, 가난, 그리고 인구 감소를 초래했다.

계획이 계속 진행된다면, 셰익스피어는 두 가지로 손해일 수 있었다. 그의 십일조 땅 지분 가치가 떨어질 수 있었다, 목초지가 교구에 가져오는 수입이 줄어든다면. 또한, 그의 구 스트랫퍼드 땅이 영향을 받았다(1994년 우리가 명시적인 세부 사항까지 보았듯이). 예를 들어 그가 '포드스 그린 속으로 뻗어 바닥에 깔리는 땅' 4에

18. 젠틀맨의 선택

---

7   베어맨, 56.

이커를 갖고 있었는데, 부분적으로 울타리를 쳐야 할 펄롱이었고, 딩글스 안과 웰쿰 주변 그의 목초지가 포함되었다.[8] 십일조 땅과 펄롱들은 셰익스피어가 평생의 작업을 통해 번 것, 혹은 상속자들에게 남겨 주려는 전체 재산의 일부를 대표했다.

9월 5일, 읍 서기 그린은 계획이 영향을 미칠 자유 보유 부동산 소유자 명단을 깔끔하게 작성했고, 맨 먼저 '셰익스피어 씨'의 연관된 토지 소유 현황을 적어 놓았다(거의 모두 부정/배제형이지만):

> 4야드 토지. 공유지는 아니고 가스펠 숲 너머 땅도 아님, 샌드필드 땅은 아님, 비숍턴 너머 슬로 힐 땅도 아니고 비숍턴 너머 인클로저도 아님.[9]

9월 23일 그린은 그 다음 인클로저에 저항한다는 위원회의 만장일치 결정을 걱정스럽게 적고 있다. 스트랫퍼드의 행정관으로서 그는 폭력을 두려워했다, 그 한가운데 자신이 있는 듯하므로 더욱. 긴장하여, 셰익스피어는 10월 28일 리플링엄과 협의했고, 리플링엄은 '윌리엄 셰익스피어' 혹은 그의 상속인 혹은 수탁인에게 십일조 땅의 매년 그 가치에 관한 어떤 '손실, 손해 및 장애'도 보상하기로 합의했다.[10] 그린도 십일조 땅 지분이 있었다, 그래서 토머스 루카스, 시인의 변호사의 충고에 따라 합의문에 그의 이름이 첨가되었다.

계획이 진전되든 그렇지 않든 잃을 게 별로 없으므로, 셰익스피어는 그렇게 장차 있을 어떤 분쟁에서도 중립적인 역할을 할 수 있었다. 그린은, 분명, 신경과민성 불안에 사로잡혔다. 인클로저가 어디에서도 진행되지 못하게 막으려는 열정으로, 그는 리플링엄과 계약을 맺었고, 대중의 분노에 직면할 수 있었다. 이런 상태

8   같은 책 52~55.
9   EKC, 『사실들』, ii. 141(대문자 추가).
10   MS SBTRO, ER 27/3

로, 그린은 1614년 11월 15일부터 1617년 2월 19일까지 소모열에 들뜬 기록을 남겼다―그의 일기다.

11월, 그는 런던에 있었다―메인워링보다 더 이빨이 사나운 상어, 즉 윌리엄 쿰을 찾아. 찾는 게 여의치 않자, 셰익스피어를 방문했는데, 셰익스피어는 사위 존 홀과 함께 16일 도착해 있었다. "내 사촌 셰익스피어가 어제 시에 도착했으므로", 그린은 이렇게 썼다, "나는 그가 어떻게 하고 있나 보려고 갔다." 시인은 정보가 밝았다, 매우 정확하고 특수했다, 그러나 읍 서기가 질문을 하자 경계하는, 전술적으로 달래는 분위기였다. 그린이 걱정할 것은 없어 보였다, 계획자들은 너무 멀리 갈 생각이 꿈에도 없었으니까. 그들이 그에게 말했고, 셰익스피어가 이렇게 단언했다, "가스펠 숲까지만 울타리를 칠 거야, 그리고 그렇게 위로 곧장, 딩글스 일부를 필드에, 클랍턴 헤지 문에 남겨 두고 솔즈베리 조각 땅을 먹고."[11]

이런 정확도는, 겉보기에, 그린의 신경줄에 별 소용이 없었다. 아마도 이 점을 알아차리고, 셰익스피어는 방침을 바꾸었다. 그는 11월 17일 런던에서 인클로저 위기가 몇 달 뒤에나 있을 것처럼 말했고(12월에 시작할 것인데도), 그런 다음 있지도 않을 것 같은 내색을 했다. 홀 씨는 이 다채로운, 변화무쌍한 실마리를 집어 들고 장인의 의견에 동조했다. 셰익스피어는 덧붙여 "그들은 4월에 토지 측량을 할 생각이야. 그런 다음 배상을 하겠지, 그 전은 아니야."라고 말했다. 우리는 고네릴이 리어의 기사들을 깎아내리고, 급기야 그녀에 대한 그들의 위협이 무화하는 장면을 떠올리게 된다. 어쨌든, 홀 씨가 안심시키는 대화에 합류했다. 시인"과 홀 선생", 그린은 후에 이렇게 휘갈겨 썼다, "아무 일도 벌어지지 않을 거라는 게 그들 생각이라는 얘기".

하지만 12월 10일 스트랫퍼드로 돌아온 그린이 태풍을 감지,

11   MS SBTRO, BRU 15/13/26a-29. 토머스 그린의 일기(논평을 붙인) 전사에 대해서는, C. M. 잉글비, 『셰익스피어와 웰쿰 공동 경작지 인클로저』(1885); EKC, 『사실들』, ii. 141~152; S. 쉔바움, 『윌리엄 셰익스피어: 기록과 이미지들』(1981), 64~91.

리플링엄을 찾아 우선 베어 여관을, 그런 다음 뉴플레이스를 뒤졌으나 허탕이었다. 계획자 중 한 명을 뉴플레이스에서, 그 소유주도 없는 마당에, 찾을 것이라고 기대했다는 사실은, 그린의 그 유명한 '사촌'이 그렇게 중립적이지 않았다는 점을 암시할지 모른다. 셰익스피어는 쿰 가족과 가까웠고, 이런 류의 위기를 맞아, 값을 올릴 재산이 많은 부유한 부류와 한편이 되고 싶은 유혹을 받았을지 모른다. 스트랫퍼드에서, 계획자들의 명분에 마침내 제멋대로인, 흉포한 윌리엄 쿰이 공개적으로 합류했고, 위원회는 그에게 대표 여섯 명을 보내 '애정을 표하고', 단념을 설득했다. 그들에게 감사를 표하면서, 쿰은 꿈쩍도 하지 않았다; 그는, 그가 표명한 생각은 그랬다, 해빙기가 되면, 도랑을 파고 울타리를 심기 시작할 참이었다. 12월 23일, 위원회는, 소속 위원 '거의 전원'이 서명한 편지를 메인워링과 셰익스피어에게 보내 지지를 구했다. "나 또한", 그린은 그렇게 적었다, "직접 내 사촌 셰익스피어에게 당시 우리가 맺은 모든 맹세를, 그리고 또한 인클로저로 생겨날 불편함에 대한 비망록을 베껴 써 보냈다."

그럼에도 불구하고, 12월 19일 서리가 녹았을 때, 토지 인클로저가 시작되었다. 웰쿰 근처 바깥에서, 울타리 심기를 준비하기 위하여, 쿰의 일꾼들이 도랑을 팠고 그것은 곧 '최소한 50퍼치', 275야드까지 뻗었다.

그것은 읍에 대한 공공연한 도전이었다. 그 응답으로, 위원회는, 밴크로프트를 강습했던 퀴니의 호전적인 전통에 따라, 첫 번째 격렬한 조치를 취했는데 그때 시인은 집을 떠나 있었다. 확실히, 이것은 조심스런, 혹은 일종의 호전적인 제스처였다. 참사회원 두 명이 도랑을 메우려 했다! 그들은 삽과 행운이 필요했다—그러나, 우선, 전투 중 합법적이기 위해, 윌리엄 월포드와 윌리엄 챈들러가 웰쿰 한곳의 임대권을 사들였고, 그래서 그들은 1615년 1월 6일 공유권이 있는 임대인이 되었다. 불행하게도, 쿰은 '질이 괜찮은 사람' 몇이 자신의 도랑을 메우려 한다는 소리를 들었다. "오 그렇게 하겠단 말이지!" 그는 화를 내며 지방 행정관에게 말했다.

그들이 삽을 들기 전, 그린은 참사회원들에게 "아주 은밀하게, 아무도 가는 걸 보지 못하게 하십시오, 다른 사람들이 무리 지어 뒤를 따르면 소요 혹은 폭동이 일어날지 모르니까요"라고 충고했다. 웰쿰 들판에서, 그 두 사람은, 그린이 표현하듯, "그 악한들이 불법적으로 땅을 파는 것을 방해하려 노력했다". 결과는 우스꽝스러웠다; 두 사람은 땅 파는 사람들한테 욕을 직사하게 먹었다, 그리고 쿰이 말 위에 올라탄 채 마구 웃어 대는 와중에 땅바닥에 내팽개쳐졌다. 그렇게 인클로저 집단이 위원회를 깔아뭉갰다—단 그들이 여자를 계산하지 않은 터였다. 말이, 부락의 부엌에서 부엌으로 전달된 듯하다, 읍에서처럼. 여자와 어린애로 이뤄진 소규모 군대가 밤에 밖으로 뛰쳐나와 쿰과 메인워링의 도랑을 메웠다.

그런 여성의 항의는 리플링엄을 심히 성가시게 만들었다. 여자들, 숫자로 덤비는 그들이 까다롭게 보인 것은 월포드 및 챈들러와 달리 '내팽개칠' 수가 없기 때문이었다. 리플링엄은 또한 노한 여자 한 명을 상대해야 했다, 1615년 1월 12일 수요일 그와 쉰 목소리로 만난, 반인클로저 집단을 대표하는 읍내 한 여성이 주디스 셰익스피어의 친구 베스 퀴니였다. 회의가 결렬되면서, 그린은 그렇게 적었다, 리플링엄은 "여성 도랑 작업자들을 공평하게 대하기 위해" 지방 행정관에게 명단을 제출하겠다고 맹세했다.

호소, 협박, 그리고 법원 청원에도 불구하고 위기는 지속되었다. 지방 자치체가 4월 2일, 쿰을 겨냥한 금지령을 따냈다, 그러나 쿰은 포기하지 않았다. 중지당하기는커녕, 임대인들을 때리고, 옥에 가두고, 가축을 우리 속에 두고, 자신의 주거지 말고는 웰쿰 부락에서 주민을 철거시켰다.

도시에서 다시 돌아와, 셰익스피어는 사건 전개를 흥미롭게 살피고 있었을 것이 분명하다. 9월, 그린이 일기에다 가장 호기심을 자극하는 대목을 기재했는데, 셰익스피어의 감정에 대한 암시를 주는 듯하다: "내가 웰쿰의 인클로저 행위를 견디지 못한다고 W

셰익스피어가 J. 그린에게 말했단다." J. 그린은, 존, 일기를 쓴 자의 동생이다. 그린은 '그(he)'라고 쓰기 시작했다가, 그것을 '견디다'라는 말로 바꾸었다. 왜 그는 구태여 자신의 감정에 대한 다른 사람의 견해를 끼적여댔을까? 이 대목의 의미는 여전히 불분명하지만, 그린이 더 이상 펜 실수를 하지 않고 '견디다(bear)'를 '진척시키다' 혹은 '성공적으로 유지하다'라는 뜻으로 썼을 가능성은 딱 알맞다. 어쨌든, 1615년 가을이면 쿰은 성공할 가망이 사라진다, 그리고 시인은 별 관심이 없었을지 모른다. 그렇다 하더라도, 쿰은 1617년 무렵까지 버티고 나서야 두 손을 들었다.[12]

웰쿰 사건은, 하지만, 어느 한쪽에 치우치지 않는 듯 보이면서도 친구들에게 신의를 지키는, 그리고 자기 자산의 가치를 보호하고 싶은 셰익스피어의 바람을 도해 설명해 준다. 딸 주디스의 감정은, 웰쿰 위기에서, 반대자들 쪽이었을 것이다, 그녀가 여자들과 함께 도랑을 메우러 나갔는지는 알려져 있지 않지만. 1611년 12월 4일에 벌써, 주디스는 베스 퀴니를 위해 판매 증서의 증인이 되어 주었다.[13] 그 베스 퀴니가 틀림없이 리플링엄에 반대했으며, 시인은 그 리플링엄과 계약을 맺었다. 이미 아버지와 발걸음이 어긋났지만, 그녀는 훗날 그를 겁주게 된다. 아마도 스스로 아는 것보다 더 끔찍하게.

하지만 시인이 인클로저의 성공을 바랐다는 게, 혹은 그가 위원회의 고충을, 혹은 농장 노동자의 일거리를 나 몰라라 했다는 게 사실일 필요는 없다. 셰익스피어의 중립성은 신뢰감을 주었고, 1615년이면 그가 좀 더 중립적이다. 읍은 웰쿰 사건에서 난투극 위에 그냥 있었다며 그를 비난하지 않았고, 다른 관심 사항들과 별도로, 그는 미래를 고려해야 했다. 그의 법적 유언과 만년 친교들이 암시하는 바가 그것이다.

12   베어맨, 59, 그리고 위의 n. 11.
13   ME 132.

친구와 있을 때, 명백히, 셰익스피어는 종종, 런던에서 셰익스피어와 그 사심 없는, 근면한, 솔직한 홀 씨를 방문했을 때 그린이 보았던, 조심스레 느긋한 분위기에 빠져 있었을지 모른다. 시인은 굶거나 목마르지 않았다; 즐겁게 시간을 보냈다, 조심성과 어떤 목적이 있었지만. 오브리가 명명했던 그의 모양 좋은 몸이—셰익스피어의 나이 50세 혹은 51세에—30대 같을 수는 없었다. 그의 초상은 운동선수의 그것도 식도락가의 그것도 아니지만, 만년에 몸무게가 늘었다. 그것만으로도, 그는 자전거 타기를 계속했을 터. 더군다나 미들랜즈 읍과 런던 사이를 자전거로 왕래했다면, 그가 아마도 스트랫퍼드 남쪽으로 4마일을 달려 올더민스터의 친구 토머스 러셀을 식은 죽 먹기로 만났을 것이다.

이 친구는 1570년에 태어났다. 서머싯, 브루턴에서 자라난 러셀은 매력 있고 너그러운(만년의 그의 선물들이 보여 주듯) 시골 지주로 도시에 세련된 집을 한 채 갖고 있었다. 그의 고운 마음씨는 길조를 띤 별처럼 그를 동반했고, 그는 운도 약간 있는 터였다: 청년 시절 장원 두 곳을 물려받았다. 옥스퍼드, 퀸즈 칼리지에 다닌 적이 있고, 그런 다음 홀아비로 12,000파운드 가치를 지닌 숙녀, 수학자 토머스 디게스의 미망인 앤 디게스를 따라다니다 그녀와 결혼했다. 올더먼베리, 필립 레인에 있는 그녀 집이 실버 가와 아주 멀지는 않았으므로, 시인은 아마도 런던에서 러셀을 보았고 그의 의붓아들 레너드 디게스(1558~1635)를 만났을 것이다, 왜냐면 레너드가 셰익스피어를 소재로 두 편의 시를 썼고, 그중 한 편은 위대한 2절판을 위한 기념 운문이다.[14]

러셀은, 토머스 쿰처럼, 약간의 여유와 상당한 영향력이 있는 사람이었다. 셰익스피어는 그런 류의 친구들을 좋아했다, 그러나 그는 또한 그린 사람 둘, 그레이스 인 법학원의 토머스 루카스, 혹은 클레멘트 인 법학원의 프랜시스 콜린스 같은 변호사들을 찾아나서기도 했다. 루카스는 주로 스트랫퍼드에 살았다. 콜린스도 그러다가, (1612년경) 읍을 위한 장시간의, 복잡한 법률 소송을 마치고 워릭으로 옮겨 갔다.

말에 올라탄 셰익스피어의 실루엣이 사람들에게 알려져 있지 않았을까 싶다, 최소한 올더민스터에서는. 1615년 친구들이 그를 종종 집에 못 가게 했든 안했든 그는 그해 말 집안 소식을 듣게 되었다. 그의 딸 주디스가 베스 퀴니 부인의 아들 토머스와 결혼할 참이었다. 베스를 위한 증서 입회인 역할을 해 줄 때 이미, 그때가 1611년인데, 주디스는 토머스 퀴니와 아마도 약혼한 상태였을지 모른다; 확실히 그런 징후들이 있다. 증서는, 알고 있듯, 퀴니를 독립시킨 우드가 집 한 채의 판매를 위한 것이었고, 그 절차 덕분에 그는 중앙로에 있는 애트우드 여인숙을 임대할 수 있었던 듯하다. 왜 주디스가, 1611년이면 젊은 나이인데도, 불려가 퀴니의 증서에 서명을 했는지는 그녀가 그들에게 어느 정도 의미 있는 존재였다는 점 말고는 설명하기 힘들다. 어쨌든, 5년이 지나고 결혼이 성립했다. 애트우드 여인숙 구내, 혹은 그 근처에서, 퀴니는 결혼 후 주디스와 살다가 그녀를 중앙로와 브리지 가 모퉁이 케이지라 불리는 커다란, 두드러진 집으로 데려갔고, 이곳에서 포도주와 담배를 취급했다. 그는 훗날 몇몇 공직에 올라 자치시 선출 대의원, 경관, 그런 다음 읍 회계 담당관이 되어 자신의 장부를(1622~1623) 셍-즐레가 지은 16세기 로맨스 출전 프랑스어 대구로 장식했다. 으레, 퀴니는 프랑스 운문을 뒤죽박죽 뜯어고치고 뒤섞어, 즐거운 격언을 만들어 낸다: "현명해지기 위하여, 도제살이를 다른 사람

---

14 1606년 옥스퍼드, 유니버시티 칼리지에서 BA를 받은 후, 레너드 디게 (1588~1635)는 해외에서 공부했으나, 돌아와 MA를 받고 그의 대학에서 살았다. 「고인이 된 저자 W. 셰익스피어 선생을 기리며」는, 22행인데, 성 삼위일체 교회에 있는 시인의 기념비에 대한 첫 언급이 들어 있으며 1623년 2절판(예비 쪽 8페이지)에 나타난다. 제목이 없는 68행짜리 "시인은 태어나는 것이지 만들어지는 게 아니다"는 존 벤슨이 펴낸 셰익스피어 『시집』(1640)에 들어 있는 헌사다. 아주 미미한 활자체 변화가 있지만, 디게스의 시 두 편은 EKC, 『사실들』, ii. 231~234에도 나온다.

544

의 곤경으로 때우는 자는 행복하다."[15] 그러나, 퀴니는 자기 곤경의 도제였다. 포도주상이자 읍 공복으로서, 그는 공적 체면을 실추당했다. 욕을 하여, 그런 다음 금지된 시간에 '독한 술'을 허용하여 벌금을 물었다.[16] 훨씬 더 나쁜 쪽으로, 그와 주디스는 자식 복이 없다. 그들의 첫 아들 셱스피어 혹은 '셱스퍼' 퀴니가 1617년 5월 8일 유년기에 죽었고, 두 아들이 뒤를 따랐다. 리처드가 1618년 2월 9일, 그리고 토머스가 1620년 1월 23일 세례를 받았다. 두 아들 모두 1639년, 각각 21세와 19세로 사망하게 된다.

주디스가 겪는 생활의 어려움은 1615~1616년 겨울 상상하기 힘들 정도였다, 셰익스피어는 딸의 반려자에 대한 의심에서 완전히 자유로웠던 적이 한 번도 없었다. 훗날 그가 퀴니의 행동 때문에 경악했다는 전설은 알려진 사실과 아무 관련이 없고, 그가 장래 사위에 대한 읍의 견해를 몰랐을 성싶지는 않다. 어쨌거나, 그는 변경할 수 없는 상황에 직면했다. 그의 딸 주디스가 31세였고, 퀴니는 27세. 그들이 결혼을 앞두고 있었다. 딸에게 결혼 지참금을 남기기 위해, 셰익스피어는 친구이자 변호사 프랜시스 콜린스를 불러들였고, 1616년 1월 유언 초안을 작성했다. 기묘하게도, 그 유언은 그달에 서명도 집행도 되지 않았다.

그 전에 계획되었다 해도, 두 사람의 결혼식은 약간만 연기된 거였다. 신부와 신랑 모두 생일이 2월이었지만, 오로지 그 때문에 이 달을 택한 것은 아니었다. 퀴니는 문제가 심각했고, 셰익스피어의 딸과 할 수 있을 때 결혼을 해 버리자는 심산이었던 듯하다: 그는 1616년 2월 10일 교구 교회에서 주디스와 결혼했다. 불행하게도, 결혼식은 1월 28일(칠순절: 사순절 전 제3일요일)에 시작하여 4월 7일(부활절 다음 일요일)에 끝나는 사순절 기간에 행해진 터라, 우스터 주교의 특별 허가를 받아야 했다. 지역 교구 목사, 존 로저스가 자신이 직접 허가를 내줄 권리가 있다고 주장한 것은 이른바

15   프링, 『셰익스피어』, ii. 833.
16   MS 에든버러, H—P 콜. 365.

'스트랫퍼드 특수 교구', 혹은 읍의 통합 헌장으로 확정한 스트랫 퍼드 특별 관할권 때문이었다, 그러나 우스터 주교는 로저스의 권리를 논박하고 나섰다. 그렇게 자신의 잘못과 전혀 무관하게, 두 남녀는 우스터 감독 법원의 소환장을 받게 되었다. 소환 담당관 월터 닉슨은, 그러나, 남편한테만 관심이 있었다. "닉슨이 소환한 사내는 출두하지 않았다", 라틴어 등재 내용은 그랬다, 그리고 퀴니가, 혹은 가능성은 덜하지만 그와 주디스 둘 다, 파문을 당했다. 법정 주요 등재 내용만 보자면, 파문은 토머스에게만 적용되었다.

서기들은, 당시, 당혹스런 수준의 라틴어 생략형을 구사했다, 그러나 주요 등재 내용 왼쪽의, 난 외 주석 하나는 주디스가 우스 터에서 범법자의 아내로 지목되었다는 사실을 보여 준다:

스트랫퍼드

    officium domini contra

    Thomam Quynie

    Et eius vxorem

    Excommunicatio

    Emanatur[17]

즉, 서기는 이렇게 적어 놓았다: "주님의 관리가 토머스 퀴니와 그의 아내에게, 파문장 발행". 이 형벌은 곧 취소되었다(퀴니 가의 첫 아들이 세례를 받을 수 있었다), 그러나 이 사건은 신부의 아버지 한테 영향을 끼쳤을 가능성이 매우 크다. 셰익스피어는 유서에서 교회를 위해서도 기념 설교를 위해서도 단 한 푼 남기지 않았다; 그리고 그 차가움은 최소한 간접적으로 자기 딸에게 타격을 가한 성직자에 대한 그의 생각이 어땠는가를 암시한다.

17   우스터셔, 802/BA 2760, 심방 훈령집 1613~1617, fo. 27v. 항목은 주디스가 아니라 단지 그녀 남편의 재판 결석만을 다루며, 이 문서는 토머스가 받은 형벌에만 적용된다.

사실, 셰익스피어에게는 더 나쁜 소식이 있었다. 토머스 퀴니에게 마거릿 휠러라는 연인이 있었는데, 그녀가 아이를 낳다 사망, 3월 15일 아이와 함께 묻혔다. 열 하루가 지난 후, 퀴니는 스트랫퍼드 교회 법정에 소환되어 사망한 여인과의 간음 혹은 음란 행위로 기소되었다('incontinentia cum quadam Margareta Wheelar'). 처음에는 참회의 백의 차림으로 3주 연속 일요일 교회에 설 것을 명 받았다가, 그는 신속히 그 대신 5실링을 교구의 가난한 사람들에게 기부해도 된다는 허락을 받았고, 비숍턴 예배당 부속 건물에서 사적으로, '그 자신의 복장으로' 잘못을 시인할 것을 명 받았다. '기각'이라고 서기가 끼적여댔다,[18] 그리고 퀴니는, 원칙적으로, 무사했다.

시인은 사건을 그리 쉽게 종결짓지 않았을지 모른다, 왜냐면 퀴니의 추문 때문에 주디스가 망신을 당했다. 셰익스피어는 아마도 화가 나거나 침울했을 것이다, 그러나 그것이 그에게 치명적인 영향을 끼쳤다고 볼 필요는 없다. 이해 봄, 그의 삶은 대중적인 전기 작가들이 선호하는바 단정한, 모호함이 없는 패턴에 들어맞지 않는다. 예를 들면, 그는 퀴니의 말썽을 1616년 1월, 유서 초안 작업이 까닭 모르게 설명 없이 연기될 당시 이미 눈치 챈 상태였을 수 있다. "퀴니의 재판과 불명예는", 현대의 한 설명은 이렇다, "유서 내용을 변경하는 동기가 되었을 뿐 아니라 또한 충격이었으므로 셰익스피어의 최후를 재촉했다."[19] 하지만 '재판'(무거운 단어다, 아마도, 젊은 사내가 교구 목사 법정에서 가벼운 꾸중을 재빨리 접수하는 것을 표현하는 데는)은 사실 극작가가 자신의 법적 유서를 변경한 다음에 벌어졌다, 그러므로 그것은 '변경하는 동기'가 아닐 것이다.

우리가 알기로 3월 셋째 주 무렵이면, 채펄가 뉴플레이스 사람들에게 삶이 고단했을 터였다. 날씨는 예년보다 따스했고, 셰익스

18   H. A. 핸리, 「스트랫퍼드 기록에 나타난 셰익스피어 가족들」, TLS, 1964년 5월 21일, p. 441.
19   SS, DL 299.

피어는 몸져누웠다. 몸져누웠다는 증거는 잠시 미루자, 여기서는 1616년 3월 25일까지, 그가 최후의 숨을 몰아쉬는 상태, 혹은 '죽어 가는 사람'이 아니었다는 말로 족하다. 그날, 그는 유능했다. 귀찮고 성가신 환자의 방 한가운데서, 1월 작성된 자신의 법적 유언이 서명도 집행도 되지 않은 상태라는 것을 완벽하게 인식하고 있었다. 유서를 집행하기 위해, 그는 이제 프랜시스 콜린스를 다시 불러들였고 어찌나 많은 변경을 지시했는지 변호사가 유언 첫 페이지를 다시 써야 했다. "콜린스가 결국 깨끗한 유언장을 작성할 수 없었던 것은", 누구는 이렇게 추정한다, "아마도 유언자의 상태가 심각하여 서둘렀기 때문이다."[20] 그러나 그 당시는 깨끗한 유언장이 요구되지 않았고, 콜린스는 다른 작업도 똑같이 행간에 글을 써넣은, 다소 휘갈겨 덮어씌운 상태로 두었다. 존 쿰의 유언장(쿰이 죽기 오래 전 변호사가 작성한)도 똑같은 상태다. E. K. 체임버스는 3월 25일의 사소한 변경에 대해 사려 깊은 견해를 밝히고 있는데 셰익스피어의 유서에 가해진 대다수 "행간 글자 삽입과 말소들은 유서 초안을 작성하거나 작성된 초안을 읽으면서 그 용어를 최종 확정 짓는 과정에 자연스럽게 행해질 수 있는 것들이다. 그것들은 잘못을 교정하고, 법률 용어를 보다 정확하게 하거나, 아니면 보족을 추가한다"고 했다.[21]

셰익스피어의 유언 서두에 보이는 선언은 다른 극장 관계자들이 남긴, 현재까지 남아 비교를 요하는 134개 유언장 중 일부의 서두 부분과 매우 유사하다:

하나님의 이름으로 아멘. 저 워릭셔 주 스트랫퍼드어폰에이번의 신사 윌리엄 셰익스피어, 완벽한 건강과 기억으로 하느님께 찬양드리고, 제 마지막 유언과 유언장을 다음과 같은 양식으로 작성하고 정합니다. 우선 말하자면, 제 영혼 제 창조주 하느님의 손에 맡기고, 제

---

20 SS, DL 297.
21 EKC, 『사실들』, ii. 174~175.

IV. 마지막 국면

구세주 예수 그리스도의 유일한 은총을 통해 영생에 참가하기를 희
망하고 또 믿어 마지않습니다. 그리고 제 몸을 제 몸이 만들어진 흙
으로 되돌립니다.[22]

공식을 닮은 구절은, 물론, 유언자의 '완벽한 건강'의 징후가 전
혀 아니다. 대체적으로, 이 극작가의 유언은 재산과 소수 개인 품
목을 묘사한다. 셰익스피어는 칼이 한 자루밖에 없었다. 그는 매
우 세련된 금속으로 만든 사발들을 수집했다, 혹은 여러 개를 축
적했다, 이를테면 주디스에게 물려주는 '넓은 은 & 금제 사발', 그
의 손녀 엘리자베스(그녀를 그는 '조카딸'로 부른다)가 그의 나머지
접시들을 차지하지만. 그는 수고본 혹은 책들을 언급하지 않는다,
별로 중요치 않다는 듯이; 하지만 그것들이 현재 사라진 재고품
목록에 들어 있을지 모른다. 그와 대조적인 것이 리즈 출신 존 바
너드가 보여 주었던, 알렉산더 쿡이라는 사람으로, 그 또한 1564
년에 태어났는데, 유언을 거의 전적으로 책에 한정했다. 이 쿡은,
리즈 초등학교와 옥스퍼드, 브라스노즈 단과대학을 다녔고, 청교
도 논객이었다.[23] 그러나 사무엘 다니엘, 존 마스턴, 그리고 제임
스 셜리 같은 시인들은 모두 유언에 책 혹은 수고본을 언급하지
않는다.

유산 수령인이 등장하면서, 셰익스피어는 『이에는 이』의 공작
을 상기시킨다, 행간 밖으로 빠져 나온 이야기를 어떻게든 수습하
기를 바라는. "항목. 나는 내 사위에게 유산으로 준다"—이런 말들
을 듣거나 아니면 초기 초안에서 베끼다가, 그의 변호사가 멈추었
다, 그리고 '사위'를 '딸 주디스'로 바꾸었다. 퀴니는 언급되지 않
는 굴욕을 겪는다. 결혼을 통해 맺어진 다른 친척들, 또한, 무시된
다. 어느 학자는 바솔로뮤 사람들이 당시 쇼터리에 살았다는 생

18. 젠틀맨의 선택

22   PRO, PROB 1/4(철자법 현대화)
23   존 버나드, 「청교도 논쟁꾼과 그의 책: 알렉산더 쿡(1564~1632)의 유서」, 『아메
리카 서지 학회 문서들』, 86(1992), 82~86.

각이지만 예를 들어, 1614년 그의 읍 선출 대의원과 선거구 순경을 지냈고 시인이 사망할 당시 교구 위원이었던 로버트 해서웨이가 뉴플레이스에서 멀지 않은 포어 브리지 가에 살고 있었다.[24] 유언자에게 그 사람은 무대 바깥에 있다, 혹은 존재하지 않는다. 셰익스피어는 주디스에게조차 상당히 가혹하여, 150파운드를 남겨 준다—더 돈이 많은 그녀 언니에게 준 것보다 훨씬 적은 액수다—그리고 주디스의 주요 액수에는 조건까지 붙어 있다. 그녀는 결혼 지참금으로 100파운드를 가질 수 있지만, 나머지 50파운드는 '등본 소유 주택', 혹은 채펄 레인의 오두막에 대한 권리를 포기할 때만 그녀의 소유다. 주디스 혹은 그녀의 몸에서 난 자식이 3년 후 살아 있을 경우를 위해 마련된 150파운드가 더 있다. 그렇게 되면 원금이 아니라, 연간 이자 수입이 그녀의 자식에게, 혹은 주디스가 여전히 결혼한 상태일 경우 그녀에게 돌아갈 것이다. 당시 그녀의 남편이 아무리 '이 따위'라도 150파운드 값어치를 지닌 아내 땅에 정착해야만 금액을 청구할 수 있을 거였다.

극장 관계자들의 유서 중 근심 가득하고, 인색하고, 악의적이고, 혹은 심지어 광포하게 괴팍한 경우도 드물지 않다. 별난 것은 자신의 재산을 먼 미래까지 안내하기 위해 셰익스피어가 취하는 조치 범위의 절박성이다. 땅을 남성에 한해 상속되는 부동산으로 증여, 장래 딸들과 아내들 사이의 재산 분배를 미리 차단했고, 주요 유산 수령인 수재나 홀에게 거의 모든 것이 남겨진다. 여기서, 그는 리어가 처음 고네릴에게 그랬던 만큼이나 아낌이 없다.

> 내 모든 헛간, 마구간, 과수원, 정원, 토지, 주택 & 상속 가능 재산 무엇이든, 놓인 것, 누운 것과 있는 것 혹은 가져야 할 것… 읍과 부락, 마을 내에 있는 모든 것, 스트랫퍼드어폰에이번, 구 스트랫퍼드, 비숍턴 & 웰쿰의 들판과 땅…

24 오류는 SS, DL 300에 있다. MSS SBTRO 읍 평의회 보고서에 나오는 리처드 해서웨이 언급, 그리고 프립, 『셰익스피어』, ii. 787~788과 837을 보라.

그 모든 것과, 뉴플레이스, 헨리 가 주택과 런던의 블랙프라이어스 문루까지 수재나가 '소유하고 차지할' 것들이었다. 그러나 그는 그녀의 존재하지 않는 후계자들을 나열하는 데 열심인데, 이들은 아직 안 태어난 남자의 몸에서 태어나게 될 젊은 남자들이다. 수재나가 그의 재산을 그녀의 자연적인 여생 동안 누린 후, 그 모든 것은, 예를 들면, 다음 후예들한테 넘어가야 한다,

> 그녀의 몸에서 법적으로 나오는 첫 아들에게, 그리고 상기 첫 아들 몸의 남자 후손들에게… [혹은] 둘째 아들… 그리고 이런 후손이 없을 경우 위 수재나의 몸에서 법적으로 나온 셋째 아들에게, 그리고 상기 셋째 아들의 몸으로부터 법적으로 나온 남자 후손들에게. 그리고 이런 출생이 없을 경우 똑같은 원칙을 넷째 아들, 다섯째, 여섯째, & 일곱째 아들에게 적용…25

이런 남자아이들이 태어나지 않을 경우, 모든 재산이 엘리자베스 홀과 그녀의 이론적인 아들한테 넘어가게 되어 있다, 그리고 그것도 안 되면 주디스와 그녀의 장래 아들들에게. 이 모든 것으로 보아 셰익스피어는 아마도, 자신의 바람이 도전받을 것이라는 느낌, 그리고 수재나가 마침내 꺾이고 말 것이라는 느낌을 갖고 있다. 그녀의 숱한 유산 목록을 열거하기 전에, 셰익스피어는 3월 이런 말을 덧붙인다, "그녀가 나의 이 유언을 좀 더 잘 이행할 수 있도록 & 그 이행을 향하여". 덤으로, 그는 존 홀을 그녀의 공동 집행인으로 삼는다.

그의 유명한 지급 내용은 숱한 논쟁을 불러일으켰다. "항목. 내 아내에게 두 번째로 좋은 내 침대를 가구(즉, 드리운 천, 리넨 천, 그리고 커튼 등등)와 함께 준다." 한 작가는 이것이 분명 '예외적'이었다고 생각하지만, 극장과 무관한 유서들에 비슷한 사례가 존

25 PRO, PROB 1/4.

재한다. 다른 작가는 부부가 사용하던 침대에 대해, "그리고 누가 부부 사이의 애정을 반박하겠는가?"라고 했다.[26] 그러나 리처드 윌슨과 마거릿 스퍼포드의 연구는, 그럼에도 불구하고, 특수한 요인에 초점을 맞춘다, 잉글랜드 관습법이 미망인의 상속 몫으로 남편 재산의 1/3을 항상 보장했던 것은 아니라는. 중심적인 문제는 이렇다: 1616년 스트랫퍼드에서 살았던 앤이, 우리가 갖고 있는 셰익스피어의 유언장과 지역 조건을 고려한다면, 남편 재산의 1/3을 미망인 몫으로, 원한다면 챙길 수 있었을까? 1590년 이후 옥스퍼드의 베일에서는, 예를 들어, 과부들에게 미망인 몫이 법적으로 거부되었다, 그들이 재혼하지 않는다는 엄격한 조건을 지키는 경우 말고는. 스트랫퍼드와 미들랜즈의 다른 지역에서, 미망인 상속권은 보류되었다고 보는 게 타당할 것이다. "유언장들은 대개 미망인에 대한 지급이 극히 조심스러웠다", 스퍼포드가 그렇게 보고한다; 아내의 관습적인 권리를 보장해 주고 싶으면 유언자는 그녀의 자격을 표명하는 것이 상례였다.[27] (시인의 변호사였던 프랜시스 콜린스의 유언장이 바로 그렇게 하고 있다.) 셰익스피어의 '두 번째로 좋은 침대'는, 그렇다면, 아마도 간접적인 목적이 있었을 법하다, 앤의 존재를 지명된, 특수한 항목으로 인정함으로써, 그가 자신의 재산 1/3에 대한 그녀의 미망인 상속 몫에 대한 권리를 배제할 수 있다면. 그 유언의 목적 중 하나는, 매우 긴박해 보이는데, 그녀의 권력을 박탈하는 거였다; 그리고 이것은 그녀에 대한 그의 애정, 혹은 있을 법한 애정 결핍을 밝히는 어떤 빛, 어떤 종류의 빛도 전혀 던져 주지 못한다. 홀 가족이 그녀를 보살펴 주리라는 것을 그는 알았다, 그러나, 다시, 그는 자신의 상속 가능한 재산 어느 것에 대해서도 앤의 통제를 일체 거부하는 듯하다.

그는 몇 가지 유산을 더 첨가한다. 여동생 조앤 하트에게 20파

552

운드와 그의 입성을 주고, 매년 12페니를 내고 헨리 가에 계속 머물러도 좋다고 허락하는데, 명목상 액수다. 그녀의 세 아들 각각에게 5파운드씩을 남기면서, 윌리엄과 마이클 하트의 이름을 기억하지만, 토머스는 잊어버린다. 친절하게 대해 준 토머스 러셀에게 5파운드, 그리고 변호사 프랜시스 콜린스에게 13파운드 6실링 8페니. 그의 스트랫퍼드 친구들인 '햄릿' 새들러, 윌리엄 레이놀즈(가톨릭 국교 거부자의 아들), 그리고 내시 형제, 존과 안토니에게 각각 기념 반지 비용 26실링 8페니씩을 남겼다. 아마도 화재-구제 기금 운용에 대한 최근의 비판 때문에, '아버지 리처드 타일러 씨', 정육점 주인 아들의 이름이 삭제되고 새들러로 대체되었다. 일곱 살짜리 대자 윌리엄 워커에게, 셰익스피어가 금화 20실링을 남기고 있다. 오랜 세월 알고 지냈던 세 배우들도 잊지 않고, 이렇게 명기한다: "나의 친구 존 헤밍스, 리처드 버비지와 헨리 콘델에게 각각 26실링 8페니씩을 남기니 그들에게 반지를 사줄 것."

유언장이 완성되자, 그가 세 번째 종이에, 힘을 주어, "나 윌리엄 셰익스피어 씀"이라고 서명했다, 그리고 기력이 급작스레 떨어졌다. (첫 세 단어는 활기찬 필체다) 그는 다른 두 장에 보다 약하게, 휘갈긴 필체로 서명했다.

토머스 러셀과 프랜시스 콜린스를 유언장 감독인으로 임명했다. 법적 입회인 다섯 명은 콜린스, 줄리 쇼, 존 로빈슨, 햄넷 새들러, 그리고 로버트 홧콧이지만, 그들이 모두 환자의 방에 꾸역꾸역 들어찼을지 의심스럽고, 콜린스, 그의 서기가 서명 중 두 개 혹은 세 개를 대신 했을 가능성이 있다(이 서명들은 놀라울 정도로 유사하다). 로빈슨은 일꾼이었고, 홧콧은 수재나의 명예 훼손 소송에서 그녀 쪽 증인이었다. 이 두 사람이 홀 가족의, 혹은 셰익스피어의 하인이었다는 이야기가 있다. 유언 집행자로서, 존 홀은 훗날 그 문서를 적절한 교회 법정으로 가져갈 의무가 있었다. 유언자의 재화와 동산(bona notabilia)이 한 관구가 아니라 스트랫퍼드와 런던에 산재한 만큼, 집행자는 유언장을 검인 받으러 런던의 캔터베리 대주교 특권 재판소로 가야 했고, 그곳에서 유언장이 검인 받은 것은 1616년 6월 22일이었다.[28]

§

3월 셰익스피어의 와병이라는 화제로 돌아가기 전에, 그의 유언장의 결과와 짧게나마 다가올 일을 살펴보자. 예상한 일이지만, 상당 기간 혜택을 누린 주요 유산 수령인은 홀 가족이었다. 훗날 홀 씨는 독립심 강한 교구 목사를 위해 스트랫퍼드 평의회와 맞서 싸웠고, 교회에 새로운, 대패질이 잘 된 설교단을 기증했다, "이것은 1792년까지 기능을 수행했다"는 게 시드니 리 경의 설명이다.

성마른 참사회원들한테까지 홀의 공감이 확장되기는 어려웠지만, 그는 지역 공동체에서 계속 인기를 누렸다. 건강이 악화되자, 자신의 병증을 침착한 눈으로 관찰했다. 60세의 나이로, 홀은 뉴플레이스에서 1635년 11월 25일 사망했다. 성단소에 매장되던 날 교구 명부에 그는 "가장 숙련된 의사(medicus peritissimus)"로 기록되었다. 그의 문장, '벗겨진 톨벗 사냥개 머리 세 개' 양쪽에 셰익스피어 문장이 새겨져 있다. 그의 의술과 아내의 강한 정절을 기리는 라틴어 비문 위로 이런 내용이 새겨져 있다:

여기에 존 홀 젠틀맨의 몸이 누워 있다
셰익스피어 젠틀맨의 딸이자
공동 상속인
수재나와 결혼,
1635년 11월 25일 사망, 향년 60세.

28 '검인필 유언장', 『극장 유서들, 1558~1642』, E. A. J. 호니그만과 수잔 브록 편 (맨체스터, 1993), 22~25.

내전 중 묘한 사건으로, 수재나가 현관에서 브룩 경의 주치의, 워릭의 제임스 쿡 박사를 맞았는데, 그는 '홀 씨가 남긴 책들'을 좀 보자고 부탁했다. 홀의 『영국인의 신체에 대한 관찰 선選』(1657)에 붙인 자신의 서문에서, 쿡 박사는 홀 부인이 그 '책들'(인쇄되지 않은 병례집들, 분명)을 그에게 보여 주고 또 그녀가, 홀의 동료가 쓴 다른 것들도 팔 게 있다 말했다고 설명한다. "그녀는 그것들을 내놓았는데, 그중에 이것이 저자의 다른 책들과 함께 섞여 있었고, 둘 다 출판을 의도한 것이었다", 쿡은 그렇게 보고하고 있다. 쿡은 당황했다, 왜냐면 그녀가 홀의 필체를 모르는 듯했다. 긴장감이 돌았다: "나는 홀 씨의 필적을 알기에, 그녀에게 한두 가지가 그녀의 남편 것이라고 말하고, 그것들을 그녀에게 보여 주었다; 그녀는 거부했고, 나는 단언했다, 그러다가 느낌에 그녀가 성을 내기 시작했다. 결국 그녀에게 돈을 돌려주었다."29 수재나가 정말 남편의 필적을 못 알아보았을 가능성이 적지 않다, 쿡이 다른 사람의 필적과 존 홀의 것을 혼동한 게 아니라면. 어쨌거나, 그녀는 '성을 내기 시작했다'. '화냄'이라는 단어를 우리는 두번 사용한 바 있다, 오래 전, 언어폭력에 대한 셰익스피어의 반응을 묘사하면서. 이 일화, 그리고 다른 언급은 수재나가 아버지와 다르지 않았다는 사실을 암시한다, 최소한 심성에 있어서는, 그러나 그녀는 겉보기에 분명 셰익스피어의 기지, 편안함, 그리고 세속성이 없었다.

그러나, 용기가 부족한 것은 아니었다. 그녀의 딸 엘리자베스(건강 때문에 '육두구 씨를 자주' 먹었던)가 1626년 18세 나이로 결혼을 했는데 상대는 나이가 두 배에 가까운 토머스 내시, 시인이 유언장에서 반지 한 개로 기억했던 안토니 내시의 아들이었다.30 링컨스 인 법학원에서 토머스는 법을 공부했지만, 법조계에 종사한 징후는 전혀 없다. 베어 여관과 지역 땅을 상속받고, 그는 아마도

29 존 홀, 『영국인의 신체에 대한 관찰 선(選)』, 제임스 쿡 번역(1679), sig. A3r—v.
30 같은 책, sig. D1r.

얼마 동안 엘리자베스와 함께 뉴플레이스와 인접한, 오늘날 내시의 집이라 불리는 곳에서 살았다. 그의 유언장은, 1642년 8월 20일, 그가 죽기 약 5년 전에 작성되었는바, 숱한 말썽을 초래했다. 홀 부인의 재산을 마치 자기 것인 양 처분했고, 뉴플레이스를 그의 사촌 에드워드 내시에게 남겨 주었던 것이다. 법적인 절차를 밟으며, 수재나가 내시의 '죽은 손'의 주장을 패퇴시키고 만다.

다른 문제에서는 그녀의 운이 그리 좋지 않았다. 셰익스피어가 소장했던 책과 서류들은 우선 홀의 집으로 넘겨졌을 것이 분명하고, 일부가 그녀한테서 강제로 탈취되었을 가능성이 매우 크다. 훗날 지방 행정관에 오르는 볼드윈 브룩스가 존 홀의 자산 평가를 모으는 데 실패하자 1637년 그녀의 집에 난입했다. 이때는 수재나의 사위가 도움이 되었다: 내시와 함께, 그녀는 브룩스가, "재산이 변변찮은 사람들"과 함께, 정말 "상기 집의 문과 서재를 부숴 연 다음, 여러 책과, 상자, 책상, 돈, 차용 증서, 어음, 그리고 엄청난 가치의 다른 재화들을 마구잡이로 약탈하여 가져갔다"고 대법관청에 고소했다.[31] 이것들은, 이렇게 물을 만하다, 온전히 소유자에게 되돌려진 적이 있는가? 그 점에 대해, 기록은 말이 없다. "그녀는 성별에 비해 재치 있었고 구원받을 만큼 현명했으며", 홀 부인의 비문은 그렇다, "셰익스피어의 일정 부분이 그 안에 있었도다". 수재나는 66세의 나이로 죽었다, 1649년 7월 11일, 그리고 성 삼위일체 교회 내 그녀 남편 곁에 묻혔다.

시인의 다른 딸, 주디스 퀴니는 상당히 궁핍한 생계를 포도주상 남편과 함께 근근히 꾸려 나갔지만, 당시 기준으로 보면 오래 살았다. 일흔일곱 번째 생일하고도 일주일 이상 지나, 1662년 2월 9일 묻혔다. '주디스, 토머스 퀴니, 신사의 아내'는 성단소보다 교회 마당 묘지에 어울렸던 것이 명백하다. 성단소는 갈수록 자리가 비좁아지는 형편이었다.

31 프랭크 마컴, 『윌리엄 셰익스피어와 그의 딸 수재나』(1931), 70.

토머스 내시는 1647년, 53세 나이로 죽었다. 2년 후 시인의 손녀 엘리자베스가 노샘프턴셔, 애빙턴 장원의 시골 지주이자 홀아비 존 바너드(혹은 버나드)를 두 번째 남편으로 맞아들였는데, 그는 첫 번째 아내로부터 얻은 아이가 여덟 명이었다. 결혼식은 스트랫퍼드 서쪽 4마일 거리에 있는 빌슬리에서 1649년 6월 5일 행해졌다. 12년 후 시민전쟁 때 복무한 데 대한 보답으로 찰스 2세 왕이 바너드에게 백작 작위를 내렸다. 홀의, 그리고 셰익스피어의 상속자로서, 엘리자베스는 뉴플레이스와 탄생지를 소유했지만, 부부는 애빙턴 장원에서 살기로 했다. 여전히 아이가 없이 62세를 맞아, 바너드 부인이 1670년 사망했으며, 그녀를 위한 기념비나, 묘석, 혹은 묘비 같은 것들이 현재 하나도 남아 있지 않다.

시인은 많지 않은—그러나 무시해도 좋을 정도는 아닌- 유산을 그의 여동생 조앤에게 남겼는데, 그녀의 남편 윌리엄 하트, 그 가난한 모자 장수는 1616년 4월 17일 땅에 묻혔다. 유명한 오빠로부터, 그녀는 모두 20파운드와, 명색뿐인 집세로 평생 동안 헨리 가에서 살 권리에다가, "나의 모든 입성", 그리고 그녀의 세 아들 한 명당 5파운드씩을 받았다. 그녀의 아들들은 삼촌의 옷을 입기에 너무 어렸다. 또한 잠정분 50파운드가 있었는데, 주디스 퀴니가 3년 안에 죽느냐에 수령 여부가 달려 있었다. 그렇게 되더라도, 조앤 하트는 원금이 아니라, 이자만 받을 거였지만, "그녀 사망 후 상기 50파운드는 상기 내 여동생 아이들한테 남아 있어야" 했다.

탄생지 명승 구역에는 루이스 히콕스, 바쁘고 걸핏하면 싸우려 드는 그의 아내, 그리고 다른 임대인들이 살았다(바너드 부인이 2중 주택을 마침내 하트 부부에게 상속하는 1670년까지). 조앤 하트가 살아 있던 동안, 세를 내는 여관업자가 방 10개, 그리고 부엌 하나, 지하실과 양조실을 차지한 반면, 그녀의 몫은 '방 3개'에 불과했다(진 존스의 작업이 보여 준 바 있듯) 정원 근처 바깥채 잉여 공간도 조앤이 썼을지 모르지만.[32] 메이든헤드 임대권은 결국 루이스 히콕스의 조카 헨리에게서, 존 러터에게 넘어갔는데, 아마 1640년 무렵일 것이다. 1646년 조앤 하트가 사망할 당시, 그녀의 아들들은 기술직에 정착한 터였다. 아들 토머스의 셋째 아들 조지는, 재단사로서 섹스피어 하트라는 이름의 아들이 있었는데, 그는 오래지 않아 납공업에 종사하게 된다. 탄생지가, 그러는 동안, 호기심 많은 사람들에게 공략을 받았다. 하트의 훗날 자손들이 셰익스피어의 여러 소중한 '유품'을 보관하려는 골동품 수집가들, 이를테면 윌리엄 올디스(1696~1761) 같은 사람의 도움을 받았지만, 그들이 언제나 사심이 없었던 것은 아니다. 대체로, 후손들이 위대한 연계 덕분에 얻는 이익은 매우 적었다. 최근, 월터 하테(친척은 아닐 듯)가 쓴 『여러 계기로 쓴 시들』 복사본 한 부가 워싱턴, DC 폴저 셰익스피어 도서관에서 발견되었는데 마지막 장 뒷면에 잉크로 이런 비망록이 쓰여 있다:

선물 나의 사랑스런

아버지

토머스 하트께서 내게 주신

내 숭고한 조상 조앤 셰익스피어의

다른 많은 품목들과 함께 주신

친절함의 위대한 영혼을 지닌

윌리엄 올디스 씨가 아니었다면

누리지 못했으리

우리의 위대한 시인의 성경을 내가 안전하게

간직하는 기쁨을 열쇠가 있는

자그만 궤 안에

32 진 E. 존스, 「루이스 히콕스와 셰익스피어 탄생지」, 『주석과 질문들』, 41호 (1994), 497~502.

558

진짜라면, 이것을 쓴 사람은 아마도 존 하트(1753~1800), 셰익스피어 여동생 족보의 6대손으로 선반공이자 의자 제작자였다.[33] 조그만 상자, 혹은 작은 궤 스케치가 비망록 아래 그려져 있다. 그 상자와 성경이 어쩌다가 '발견'된다면, 짓궂은 장난으로 드러날 가능성이 많다; 그리고 슬픈 사실은 18세기 장인이 만든 사랑스런 상자 하나가, 훗날 낡은 성경 한 권보다 더 가치 있는 것으로 여겨질 수 있다는 점이다. 오늘날 남아 있는 것으로 알려진 튜더 시대 배우의 유일한 개인 소지품은 에드워드 앨린의 금은제 술잔, 도장, 그리고 반지다. 반지는, 금테에 붉은빛을 띤 마노 사면을 댔는데, 당시 보통 크기의 두 배다(오늘날 'P'사이즈에 해당); 앨린이 작은 손가락에 이 반지를 끼고 『탬벌린』을 연기했을 것이라고는 믿기 어렵다. 셰익스피어 유물로 말하자면, 그것들은 점차 사라졌고, 그의 것으로 추정된 의자가 해체되어 기념품 수집가를 만족시켰다.

그러나 하트 가는, 가난 속에서도, 탄생지를 지켰다. 1806년 그들이 마침내 그것을 팔았을 때, 그 집과 연결된 빚이 집값(210파운드)을 초과했고, 그래서 그들은 2세기 가까이 보존해 온 그 역사적인 주택의 대가로 아무것도 받지 못했다. 1817년, 셰익스피어 여동생의 한 직계 후예와 인터뷰한 기사가 『먼슬리 매거진』에 실렸다. 투크스베리 의자 제작자 윌리엄 셰익스피어 하트를 찾아낸 『먼슬리 매거진』 편집자는 이 가족의 상태를 걱정하는 주석을 달았다. "비참한 오두막집 1층 방 하나에서 이 사람, 그의 아내, 그리고 다섯 아이들이 살고 있었다", 편집자는 이렇게 썼다.

> 구석에 양말틀이 있는데, 어머니는 자식들을 재운 후 거기서 일한다고 했다… 위대한 시인에 대한 질문에 답하면서, 하트는 그의 아버지와 할아버지가 그 이야기를 종종 했으며 사람들이 이따금씩 집안

---

33 『주석과 질문들』, 40호(1993), 231~232.

18. 젠틀맨의 선택

을 기억할지 모른다는 희망으로 기분이 들떴다; 그러나, 그로서는, 그 이름이 아직까지는 동료들 간 농담의 빌미가 될 뿐 아무 소용이 없고, 그것 때문에 종종 동료들한테 놀림을 받아서 성가시다고 말했다. 필자가 그에게 금화 1기니를 선물하자, 그는 셰익스피어 사람이라서 덕을 본 건 처음이라고 단언했다.[34]

희한하게도, 탄생지가 팔리고 수탁인에게 귀속되어 복원을 기다리는 1847년이면, 하트 가는 번성하기 시작한다, 그리고 오늘날 후예들을 영어 사용 세계 도처에서 볼 수 있다.

셰익스피어의 법적 유언이 그 희망찼던 목표에 미달했을지는 몰라도, 셰익스피어는 분명 그의 읍을 불쾌하게 만들지 않았다. 반신상 혹은 '흉상'을 교구 교회에 두는 명예를 그가 누리게 되는데, 부드러운, 흐린 푸른빛 석회암을 기라르트 얀센이 조각, 성단소 북쪽 벽에 설치하였다. 시인의 가족까지는 아니더라도, 지역 평의회한테는 초상이 흡족한 수준이었던 듯하다. 입을 벌린 셰익스피어는 깃털 펜을 쥔 오른손과 종이 한 장을 덮은 왼손을 방석 위에 놓은 자세로 서 있다. 흉상 색깔은, 성단소 습기 때문에 종종 손질을 하다가 1793년 온통 백색을 뒤집어쓰게 되었는데, 분명 원래는 단추 달린 웃옷이 주황색, 그 위를 느슨한 검은색 가운이 덮고, 눈은 개암색, 그리고 머리카락과 수염은 적갈색이었을 것이다. 그 밑에 글이 새겨졌는데 라틴어, JUDICIO PYLIUM, GENIO SOCRATUM, ARTE MARONEM :/TERRA TEGIT, POPULUS MAERET, OLYMPUS HABET(네스토르와 같은 판단력의 소유자를 흙이 덮는다; 소크라테스 같은 천재를 사람들이 애도한다; 올림포스가 버질 같은 예술가를 맞는다)로 시작된다. 설명문은 읽기 쉬운 영어로 계속된다, 석공이 'SITH'를 'SIEH'로 잘못 새기기는 했지만:

34 『투크스베리 연간 등록부 및 매거진』, 1(1840), 213. 인터뷰어는 리처드 필립스 경이었다.

지나가는 자여 멈추어라, 그대 왜 그리 발걸음을
　　서두는가?
가능하다면 읽어라, 죽음의 질투가 누구를
　　회반죽하여 봉했는지,
이 기념비 셰익스피어 안에:
　　그와 더불어,
민첩함이 사라졌다: 그의 이름이
　　무덤을 덮는다,
들인 비용보다 훨씬 더: 보라 모두, 그가
　　썼다,
남긴다 살아 있는 예술을, 그러나 페이지, 그의
　　재치를 섬기기 위한.
　　　　　　　　　　　사망 서기 1616년
　　　　　　　　　　향년 53세 4월 23일.

　　추가로, 어둡고 간략한 글을 극작가의 무덤 덮개에 새겼다, 17세기에는 이것이 셰익스피어의 아이디어라는 이야기가 있었지만. 아무도 그의 뼈를 파헤치지 않았다, 어쨌든:

좋은 친구여 제발 삼가라,
여기 들어 있는 먼지를 파내지 마라:
이 돌을 그냥 놔두는 자 축복받으라,
그리고 저주받으라 내 뼈를 옮기는 자.

　　스트랫퍼드가 그를 공경했지만, 친구들이 그에게 표한 경의는 훨씬 더 괄목할 만했다. 책 장사가 어느 때보다 더 활발해진 터였고, 30개 남짓 되는 바오로 교회 마당 책 가게 중 일부는 종종 외국물도 들여놓았다. 프랑크푸르트 시장에 전시된 가치 있는 독일어 및 라틴어 책 목록 『총목록』이 1년에 두 번 런던에 도착했다

(이런 목록은, 왕자 햄릿과 호레이쇼를 즐겁게 해 주었을 터). 1622년 공교롭게도, 『총목록』 재인쇄본이 다음과 같이 영국 책을 첨가하고 있다: "희곡 작품들, 윌리엄 셰익스피어 씨 작, 전작을 한 권으로, 이삭 자가드 인쇄, 2절판."[35] 1622년에 이런 책은 실재하지 않았지만, 늙은, 눈 못 보는 윌리엄 자가드, 그는 그 극작가를 화나게 만든 적이 있는 인물인데, 그의 사무실에서, 인쇄공들이 당시 셰익스피어 희곡 36편의 위대한 2절판을 작업 중이었다. 1623년 11월 출판된 2절판은 편집자였던 존 헤밍스와 헨리 콘델 측이 원고를 수정 및 복원하는 예사롭지 않은 작업을 포함했다.[36] 시인의 드라마 18편이 여기에 최초로 인쇄되었고, 그렇게 있을 법한 망실을 면했다. 책 생산비가 비쌌다; 그리고 합동 출판업자들이, 그중 에드워드 블라운트와 자가드 노인의 아들 이삭이 일을 주도적으로 추진했지만, 손해에 직면했다. 이익을 주된 목적으로 작업에 착수한 것은 아니었다. 누가 제안했는지 아무도 모른다. 희곡 36편을, 일부는 인쇄된 상태지만 다른 것들은 필체와 가독성이 가지각색인 상태에서, 2단 2절판용으로 식자하는 일은 엄청난 작업량을 요했다. 땀께나 흘렸을 터. 그리고 오줌도 들어갔음을 우리는 안다, 인쇄소 노동자들이 밤마다 오줌을 갈겨대서 잉크 구슬 보관용 가죽 상자가 흥건했다. 오줌 그리고 노간주나무 진, 아마씨 기름 및 등잔 검댕 같은 성분의 잔해들을 우리는 오늘날 영어로 인쇄된 가장 위대한 세속 서적에서 발견할 수 있다.

세 번—2절판 헌정사에서—헤밍스와 콘델이 셰익스피어의 작품들을 '보잘 것 없는 것들'로 언급한다. 『햄릿』, 『리어 왕』, 『오셀로』, 『십이야』, 『겨울 이야기』, 『폭풍우』와 영어로 쓴 가장 위대한 사극 10편이 고작. 세 번, 36편의 드라마가 '보잘 것 없는 것들'로

35   P. W. M. 블레이니, 『셰익스피어의 첫 2절판』, 폴저 셰익스피어 도서관(워싱턴, DC, 1991), 7~8.
36   P. W. M. 블레이니, 『셰익스피어의 첫 2절판』 1~2; T. 매디슨, 「그의 시대 한 사람」, K. 파슨스와 P. 메이슨(편), 『셰익스피어 공연』(1995), 8.

평가된다. 작품에 적용된 어떤 단어도 이 단어만큼 셰익스피어의 삶과 시대에 대해 더 많은 것을 시사하지 못할 것이다; 그러나, 사실, 편집자들은 펨브룩 백작 그리고 몽고메리 백작의 호의에 의존하는 극장인이었고, 두 백작에게 2절판이 헌정되었다. '보잘 것 없는 것들'은, 자기들의 낮은 지위에 대한, 그리고 편집자들이 그 위엄 있는 이름을 사용하는 '가장 숭고하고 비길 바 없는 두 형제'의 작렬하는 성가聲價와 별 같은 지위에 대비되는 대중 연극의 사소함에 대한 편집자들의 느낌에 어울리는 단어다. 백작들을 모욕하지 않도록 조심해야 했다. 첫 번째 백작은 궁내 장관이었고, 두 번째도 훗날 같은 직위에 오르게 된다. 그들은 왕립 극단 배우들을 돕는 몇 안 되는 고관들 중 하나였다. 희곡들은, 이제까지, 지위는 물론 돈 가치조차 별로 없었고, 희곡 한 편이 예술적 혹은 문학적일 수 있다고 믿는 사람도 별로 없었다. 벤 존슨이 1616년 자신의 희곡(play)과 시들을 묶은 2절판을 『작품들(workes)』이라 명명했는데, 사람들은 그가 '일(work)'과 '놀이(play)'도 분간하지 못한다는 식으로 그를 비웃었다.

그들의 서문 「엄청나게 다양한 독자들에게」에서, 헤밍스와 콘델은, 그러나, 훨씬 따스하다: "그를 읽어라, 그러므로; 그리고 다시, 또 다시 읽어라." 또한 존슨이 비가 「내 사랑하는 저자 윌리엄 셰익스피어 씨: 그리고 그가 우리에게 남긴 것을 추억하며」와 10행시로 2절판을 빛내 주었다. 후자는 관대하고, 사려 깊고, 또 예언적이다: "시대의 영혼!/갈채! 기쁨! 우리 무대의 기적!" 존슨은 그렇게 거침없이 쓴 다음 이렇게 덧붙인다. "그는 한 시대가 아니라, 모든 시대를 위해 존재했다!" 이 시에서 셰익스피어가 호라티우스 혹은 존슨의 복제판처럼 되는 면이 다소 있지만, 비극 작가로서 그가 아이스킬로스, 소포클레스, 그리고 에우리피데스에 필적하며, 존슨의 장기인 희극 분야에서 아리스토파네스, 테렌티우스, 그리고 플라우투스를 빛바래게 한다는 말도 듣는다.

2절판에 실린 기념시 중 매우 중요한 것이 레너드 디게스 작으로, 그는, 단호하게, 시인 셰익스피어와 스트랫퍼드어폰에이번의 윌리엄 셰익스피어가 동일인임을, 못 박는다. "그 돌 금갈 때", 1623년 디게스가 매우 유익하게 쓰고 있다:

> 그리고 시간이 그대의 스트랫퍼드 기념비를 분해할 때,
> 여기 우리 살아서 그대를 여전히 보리니.[37]

이런 헌사는 물론, 1616년 3월 25일 셰익스피어의 유언에 따른 유산들에서 쉽게 찾게 되는 것보다 더 폭넓고, 일반적인 의미를 갖는다. 그럼에도 불구하고, 그날 콜린스가 그를 보러 왔을 때, 셰익스피어는 목적이 있었다. 그의 유언은 그의 펜에서 나온 어느 것 못지않게 해석의 여지가 많지만, 홀 부부에 대한 신뢰를 보여준다. 그는 그들에게 권력을 위임했다, 그들의 능력 그리고 아마도 그의 관대함을 믿으며. 그가 자기 하인들을 잊었으리라고 생각할 수는 없다; 그의 유언장은 3월에 취한 그의 모든 조치를 표현하는 것이 아닐지 모른다. 그는 그의 재산이 흩어지지 않도록 주의를 기울이려 애썼다, 장차 어리석게 낭비되지 않게끔. 그는 매우 구체적이었다, 어쨌든. 그날 그는 혼란스럽지 않았다, 치명적으로 아프기는 했지만.

모든 시대를 위해

제임스 1세 시대 신사들은 병에 걸릴 경우 정장을 하지 않았다. 웃옷은, 어쨌든, 목이 길고, 소매가 꽉 조이고, 단추들이 촘촘하게 일렬로 달렸으므로 갑갑하고 또 불편했을 게다. 보다 적당한 것은 긴 가운, 종종 비단으로 앞을 댄 가운. 교회에 안치된 셰익스피어 초상은, 상기해 보면, 긴 가운을 둘렀고, 그것이 벌어지며 장식용

---

37 「작고한 작가 W. 셰익스피어 선생을 기리며」(1623), 3~5행.

으로 길게 튼 웃옷을 드러낸다.

그러나 신사들한테는, '환자이거나 죄수일 때' 입는 아주 특별한 옷이 있었다. 날씨가 더우면 그것으로 족했다. '밤 셔츠'라는 것인데, 용어가 암시하는 것보다는 섬세했다, 아름다운 장식, 드론워크(올을 뽑아 얽어 만든 레이스류—역자 주) 판 혹은 줄을 댔으니까. 가운을 걸치고, 방문자를 맞거나 정원을 거닐어도 되었다. 시인은 3월 25일 민첩하게 콜린스 씨를 맞았다—그러나 그 후 그가 더 쇠약해졌다.

3월에서 4월까지 기신기신한 셰익스피어의 병명은 무엇이었을까? 확신할 수는 없지만, 역병 말고 다른 어떤 것이 1616년 스트랫퍼드를 덮쳤다. 그해는 날씨가 덥고 봄이 빨리 오는 등 유난스러웠고, 이상하게 따스한 겨울 사망률이 오르며 젊은 사람들까지 병에 걸렸다.·지난 5년 동안을 평균하면, 매년 75명의 사망자가 스트랫퍼드에서 생겨났다. 이 해에는 109명이나 죽어 나갔다 (모두 같은 원인은 아니더라도). 의아한 일이다. 존 워드는 스트랫퍼드 교구 목사로 훗날 일기를 썼는데 그 안에, 1622년 무렵, 셰익스피어가 열병으로 죽었다고 끄적거려 놓았다. 워드는 지역 선술집을 자주 들락거렸는데, 열병에 '걸려든' 것은 '셰익스피어, 드레이턴, 그리고 벤 존슨이 유쾌한 자리를 가졌고, 아마 술을 너무 마셨기'[38] 때문인 것 같다는 이야기를 명백히 들었다. 선술집에서는 온갖 꾸며낸 말이 무성하다, 물론. 미카엘 드레이턴은 술을 잘 못 마셨고, 존슨이 스트랫퍼드에 있었다는 보고도 없다. 만취가 농담거리였다—그러나 '모임'이 실제 있었다는 것을 입증하는 다른 것이 전혀 없다.

하지만 흥미롭게도 워드는 또한 의사로, 진찰에 있어, '열병' 소견에 어느 정도 권위가 있는 사람이기도 했다. 워드 일기를 맨 처음 편집한 사람은, 그도 의사였는데, 이것을 '낮은 장티푸스 열'이

38 『존 워드 목사 일기… 1648년에서 1679년에 이르는』, 찰스 서번 편(1839), 183.

라 부른다. E. I. 프립은 스트랫퍼드 기록 문서 전문가인데, 극작가가 '장티푸스 열에 걸렸고, 그것이 그를 죽였을' 법하다고 생각했다.[39] 장티푸스, 이른바 '신종 질병'은, 일찍 온 봄에 기승을 부렸고, 셰익스피어의 뉴플레이스는 그 옆으로 흘러 에이번 강 근처 옷 염색 공장에 물을 대는 악취 나는 하천 때문에 위험했을 법하다. 19세기, 장티푸스에 대한 연구가 현장 조사 붐을 일으켰을 때, 주州의 자그만 실개천들이 치명적일 수 있다는 사실이 드러났다. 윌리엄 버드 박사가(시인의 질병을 규명하려 했던 것은 아니다), 그의 표현을 빌자면 "자신을 에이번 속으로 쏟아내는" 작은, 장티푸스를 실어 나르는 개울을 추적했다.[40] 3월부터 4월까지, 우연이든 아니든, 셰익스피어의 질병은 대부분의 장티푸스 희생자가 사망하기까지 걸리는 것과 대략 비슷한 기간 동안 지속되었다.

그의 '열'이, 3월 25일이면, 분명 경계할 만한 수준이었다. 사람들이 그에게 지속적으로 물을 마시게 했다, 그렇지 않았다면 그는 다음 달까지 살아 있을 수가 없었다. 그 곁에 있는 사람들이 전염될 수 있었고, 그의 질병이 전염성으로 여겨졌다는 증거가 있다. 그는 아주 신속하게 매장될 참이었다, 죽은 지 단 이틀 후에. 무덤은, 1694년 윌리엄 홀이 들었듯, '옹근 17피트 깊이'였다.[41] 강이 그렇게 가까운데, 그랬을 것 같지 않지만, 이 보고는 전염에 대한 지역 사람들의 기억을 반향하는 것일 수 있다.

읍 사람들은—그에 대한 그들의 감정이 어땠든—셰익스피어를 재정적으로 성공한 사람으로 여겼다. 그보다 더 많이 번 시인은 별로 없었고, 경쟁이 매우 심한, 상업적인 사업에 그보다 더 깊숙이 연루된 시인 또한 별로 없었다. 그를 아는 몇몇이 보기에 의심할 여지없이, 그는 『비너스와 루크리스』 이후 그냥 희곡 대본

39   프립, 『셰익스피어』(1964), ii. 824.
40   윌리엄 버드, 『장티푸스 열병: 그 성격, 전파 양상, 그리고 예방』(초판, 1874; 1931), 76.
41   EKC, 『사실들』, ii. 260~261.

만 써댈 뿐이었다. 하지만 그의 무대용 집필이, 심지어 오늘날 이야기되는 것보다도 덜 배타적이었을 수 있고, '바깥' 작품 조각들이 모습을 드러냈다. 소네트들을 출판한 소프가, 셰익스피어의 작품을 더 출판했는가? 1612년 2월 13일, 소프는 『엑서터 근처 휩턴의, 덕망 높은 고 윌리엄 피터 선생을 추념하는 장례식 비가』를 등록했고, 이 작품이 'W. S. 작'으로 나왔다. 'W. S.'는 데번셔, 플림턴 얼의 윌리엄 스트로드 경, 혹은 서머싯, 피트민스터의 교구 목사 윌리엄 스클레이터 같은 시골 사람일 가능성이 매우 크다.[42] 윌리엄 피터는 엑서터 근처에서 말 한 마리를 놓고 말다툼을 하다 피살되었다. 비가 스타일이 셰익스피어를 희미하게 닮았지만, 언어학적 양상들이 너무 많이 다르다; 극작가와 비가 대상자를 연결하는 외적 증거가 전혀 없다, 셰익스피어가 그 '비가'를 썼다는 추정은 바람으로 가득찼을 뿐이다. 하지만, 그의 그때그때 운문들이 더 발견될 법하다. 그의 산문이 사우샘프턴의 혹은 펨브룩의 공식 편지 속에 들어 있었을지 모른다, 그에게 경들의 비서 역이 할당되었다면, 혹은, 물론, 우리는 우리가 인정하는 38편 혹은 39편보다 더 많은 드라마에서 그의 손을 찾아낼 수 있다.

왜 우리는 셰익스피어 작품을 그만큼 가지고 있는 게 꽤 행복한가? 그의 시대에 쓰인 많은 것들이 망실되었다. 로즈 극장의 헨즐로가 기록한 175개의 희곡 제목 중, 단 37개만이 오늘날 남아 있다. 1560~1642년 쓰여진 드라마 총 숫자는 살아남은 작품 숫자의 최소한 여섯 배일 것이 분명하다. 셰익스피어 작품들이 우리에게 전해진 것은 그가 엄청나게 인기 있는 작가였기 때문이지만, 또한 그가 운이 좋았기 때문이기도 하다. 어쨌든, 잉글랜드 인

---

42 『장례식 비가』는, 윌리엄 피터를 위해 쓰였는데, D. W. 포스터가 『W. S.의 비가: 저자 규명 연구』(뉴어크, 델라웨어, 1989)에 처음 편집되었다. 이 시의 저자를 셰익스피어로 한 것은 논쟁의 홍수를 야기했다: 1996년 한 해에만 보더라도, TLS에서(1월 26일; 2월 9일과 16일; 3월 8일, 22일, 그리고 29일; 4월 12일; 6월 14일); 『뉴욕타임스』에서(1월 14일); PMLA III, 1086~1105에서; 그리고 『영국 문학 연구』, 36호: 435~460에서. 이 시의 저자는, 사실, 알려져 있지 않다.

구는 그가 태어날 당시 대략 3백만 명에서, 50년 후 대략 450만 명으로 증가했다. 숱한 곤경에도 불구하고, 그의 배우들은, 긴 안목으로 볼 때, 갈수록 규모가 커지는 민첩한 대중에 기댈 수 있었다. 더군다나, 온갖 지위와 배경을 지녔지만, 그의 관객 속에는 밀턴이 『아레오파지티카』에서 예찬했던 그, "모든 것을 시도해 보고, 이성의 확신에 동의하는" 런던 사람들, 더 인용하자면, "전에 이야기되거나 글로 쓰인 적 없는 사항들을… 논쟁하고, 추론하고, 발명하고, 이야기하는" 런던 사람들이 섞여 있었다.[43]

런던은 이제껏 도시에 주어진 가장 심오하고 요구가 많은 작품들을 셰익스피어가 내놓게끔 도왔다. 분명, 배우들의 필요에 상응하여 공급하는 게 그의 일이었으므로 상업적 압박이 그의 재능을 해방시켰다. 그러나 그의 감수성과 비상한 통찰 덕분에 그는 인간 경험에 대한 독보적인 이해를 갖게 되었고, 그리하여 그의 작품들은 당대를 초월한다. 그의 드라마들은 무진장으로 비옥하게 새로운 아이디어와 해석을 고무한다—그리고 그것들이 연극 관람객과 독자들의 삶을 변형시키는 힘을 지녔다는 사실이 증거하는 것은 어떤 '기적'이 아니라 그의 예술과 지성의 독보적인 질이다. 그의 지적 능력은 예를 들어 작품의 튼튼한, 정교한, 거미줄 같은 구조에서, 1,000명이 넘는 등장인물의 엄청난 다양성에서, 그리고 심지어 그의 감성과 예술의 전복성에서 느낄 수 있다. 그의 재치와 희극 감각은 타의 추종을 불허하지만, 관객을 편하게 하기는커녕, 셰익스피어가 인간의 성격을 묘사하는 방식은 진실한 동시에 심오하게 까다롭다. 인간 성격에 대한 그의 호기심은 어떻게 보면 무자비했다. 인간적 곤경에 대한 그의 공감을 결코 넘어서지 않지만. 그가 자료를 사용하면서 가하는 주된 변화는 동기 및 정서와 연관이 있다; 그는 감정의, 그리고 폭력의 조야한 단순성을 거부한다, 자신의 무대 폭력은 확실하게 최대 효과를 발하게끔 하

43 거, 『극단들』, 25~27. 밀턴의 연설 『아레오파지티카』(런던 사람들의 심성과 태도에 대한 발언과 함께 허가 없는 출판을 옹호하는)는 1644년 처음 인쇄되었다.

지만. 동료들에게 자극 받고 그들이 원하는 것을 그들에게 주었으며, 그의 드라마가 이제껏 어느 드라마도 하지 못한, 훌륭하게도 배우들의 일신과 관객 영향력을 담보함으로써, 언제나 그 이상을 주었다. 극단의 가장 세련된 솜씨에 도전장을 내밀지만, 자신의 작품을 연기하는 자들에게 그가 후하게 보답하는 것 또한 사실이다. 그는 으레 분위기, 주조, 그리고 템포를 행마다 바꾸는 식으로 대본을 복잡하게 만든다, 그리고, 사실상, 다양한 내면을 활용할 기회를 배우에게 주는 것이다.

이 모든 것은 그가 항용 배우들과 가까이 지냈다는, 그리고 아마도 그가 그룹을 필요로 했다는 주장을 뒷받침한다. 그러나 셰익스피어가 '만인의 마음을 지닌' 것은 자신의 지적인 그리고 영적인 노력, 그의 추구, 그의 희망과 불만에서 기인한다. 자기 작품의 변증법으로 인간 성격에서 근거 있는, 가치 있는, 혹은 가능한 것을 찾는다, 그리고 마침내 어두워진다. 헨리 8세, 그리고 『숭고한 두 친척』의 팔라몬과 아사이트는 우리의 무감각, 신의 부재, 그리고 눈먼, 이기적인 열정의 상투성, 진부함을 대표한다, 마치 인류의 황량한, 실망스런 과거가 더 황량하고 더 비극적인 미래에게 자리를 내줄 것이라는 듯이. 그렇지만 『숭고한 친척』 결말 부분 테세우스의 대사에서, 셰익스피어는 아마도 은연중 삶 자체에 대한 감사를 표한다.

1616년 부활절은 일찍 왔다, 3월 31일. 부활절은, 온갖 축복받은 그 의미에도 불구하고, 정작 4월을 축복하지 않았던 것인지 모른다. 장티푸스 열 환자는 끊임없는 두통, 권태, 그리고 불면증, 그러다가 끔찍한 갈증과 불편에 시달린다. 용모가 쪼그라들기 시작한다. 그 열병의 원인이 무엇이었든, 성 삼위일체 교회에 설치된 셰익스피어 초상 얼굴은 그의 데드마스크를 본뜬 듯하다. 두 눈동자는 응시하고, 얼굴은 무겁고 코는 작고 오똑하다. 근육의, 그리고 아마도 콧구멍의 위축 때문에, 윗입술이 늘어났다.[44]

대체로, 간호를 워낙 잘 받았으므로 셰익스피어의 비참한 신세는 필요 이상으로 오래가지 않았을 법하다. 그는 4월 23일 사망했고, 이틀 후 성 삼위일체 교회 성단소로 옮겨졌는데, 이곳에 잎사귀 무늬 매듭형 돌 장식이 있고, 남쪽에, 재갈 물린 곰과 워릭 백작의 남루한 지휘봉이 있다. 셰익스피어의 무덤 덮개는 아마도 훗날 바뀌었을 것이다, 너무 짧다. 그러나 그의 고통은 끝났다, 그리고 『심벨린』 4막 중 추방당한 두 형제, 아르비라구스와 귀데리우스의 대사가 그의 묘비명으로 합당할 것이다:

> 두려워 마라 이제 더 이상 태양의 열기를,
>   격렬한 겨울의 분노도.
> 너는 세속의 의무를 다하였다,
>   가족은 사라졌다 네 임금貰金을 들고.
> 황금의 청년과 소녀들 모두,
> 굴뚝 청소부처럼, 먼지로 돌아갈 것이니.
>
> 두려워 마라 이제 더 이상 강한 자들의 찌푸린 눈살을,
>   너는 폭군의 횡포를 지났다.
> 신경 쓰지 마라 더 이상 입을 것과 먹을 것,
>   네게는 갈대가 오크 나무와 같다.
> 홀, 학문, 의학 지식, 모두
> 이것을 따라 먼지로 돌아갈 것이니.
>
> 두려워 마라 더 이상 번개의 섬광을,
>   모두가 두려워하는 뇌석도.
> 두려워 마라 중상도, 경솔한 비난도,
>   너는 기쁨과 한숨을 끝냈다.
> 젊은 연인들 모든 연인들이

44　E. I. 프립, 『셰익스피어의 스트랫퍼드』(옥스퍼드, 1928), 75; S. 웰스는 불행하게도 대법관청 마루가 변경된 것을 알아차렸다(『데일리 텔레그래프』, 1995년 4월 22일).

너를 따라 먼지로 돌아갈 것이니.

악령 퇴치사 누구도 너를 해치지 않는다,
마법사 누구도 네게 마법 걸지 않는다.
해로운 것 어느 것도 네게 다가오지 않는다.
고요한 성취 맞아라,
그리고 네 무덤에 명성 있기를.

1616년은 극장사에서 중요치 않은 연도라는 말이 있었다. 사실, 셰익스피어와 프랜시스 보몬트가 모두 그해 사망했지만, 왕립 극단 배우들은 셰익스피어 없이도 그의 인기작들을 레퍼토리로 유지하며 잘해 나가는 법을 배운 터였고, 보몬트는, 또한, 일찍이 극장을 떠난 상태였다. 배우들은 나이 든 공급자로부터 새 작품을 받지 않고도 연기를 계속했고, 위대한 셰익스피어 작품 2절판도 9년 동안 아마 750질, 혹은 그보다 적게 팔려 나갔으니 판매 기록과는 거리가 멀었다. 왜 1623년 이후 수십 년 동안 스트랫퍼드 시인에 대한 호기심이 바닥이었을까?

그가 살아 있어야 새로운 가십이 생겨날 거였다—그리고 법학원 재사들(예를 들면)은 항시 소식을 들어야 열광했다. 스트랫퍼드 친구는 가방 끈이 짧다는 벤 존슨풍 견해가 반복되었다. 셰익스피어가 '결코 학자는 아니었으며 그의 학식이 매우 얕았다'는 주장이, 최초의 공식적인 셰익스피어 개관, 자칭 '전기 작가' 토머스 풀러가 쓴 『잉글랜드 명사전』(1662)에서 제기된다. 그리고 그 세기 내내 스트랫퍼드 시인을 언급한 문장들에 풀러의 견해가 메아리친다.

더군다나, 대략 1660년부터 1730년대까지, 주로 셰익스피어 작품들을 겨냥한 비평 규범 때문에, 그의 작품들은 종종 과격하게 각색되거나 피 비린 장면들과 육감이 강한 이미저리들, 그리고 다른 가상의 결점들을 삭제당했다. 브라이언 비커스가 썼듯, "주요 예술가의 작품이 이토록 소탕적인 방식으로 개정된 비근한 사례"[『셰익스피어: 비평적 유산』, I, 1623~1692(1974)]는 없다. 그의 변변찮은 배움, 혹은 거친 시어법과 이미저리를 물고 늘어진 자들이, 셰익스피어에 대한 참신한 탐구를 별로 자극하지 않았을 것은 당연하다.

유용한 전기 작업이 정말 시작되는 것은 존 오브리의, 대략 1661년 쓰인(그러나 1898년 앤드루 클라크판이 나올 때까지 출판되지 않았다) 몹시 흥분한 비망록과, 니콜라스 로가 1709년 셰익스피어 전집판을 내면서 붙인 짧은 전기와 더불어서다.

1626년생 오브리는, 그 위대한 시인에 대해 들은 것들을 간단히 몇 자 적어 두었다. 그는 대버넌트 가문 사람 셋과 알고 지냈다, 메리 에드먼드가 보여 주었듯이(『희귀한 윌리엄 대버넌트 경(1987)』, 2장). 스트랫퍼드 '이웃들'이 '백정'의 아들로서 셰익스피어의 어린 시절 '건수들'을 그에게 말해 주었다. 그들이 잘못 알고 있었음이 자명하지만, 오브리는 윌리엄 비스턴(궁내 장관 배우 시절 희곡 작가의 동료 크리스토퍼의 막내아들) 또한 찾아냈는데, 셰익스피어가 "라틴어를 꽤 잘 알았다: 왜냐면 젊은 시절 시골에서 학교 선생을 했다"고 발언을 한 게 바로 이 사람이다. 시인이 워릭셔를 '매년 한 번씩' 방문했음을 오브리는 두 번 적고 있으며, 그냥 시답잖게 셰익스피어의 인격, 외모, 그리고 (겉보기에) 그가 '친구를 잘 사귀지 않는' 것에 대해 끼적거려 놓았지만 이것은 오늘날 비평가와 전기 작가들의 비상한 경계와 전술을 요하는 사항이다. 시인이자 희곡 작가였던 니콜라스 로의 언급도 마찬가진데, 그는 나이 든 비극 배우 토머스 베터턴이 스트랫퍼드에서 주워들은 것에, 그리고 부분적으로 풍문에 기대어 1709년 40쪽에 이르는 『윌리엄 셰익스피어 씨의 생애 등등에 관한 약간의 설명』을 썼고 이것이 한 세기 동안 영향력을 유지했다.

1709년이면, 그렇다면, 셰익스피어 생애 자료 채널 3개(스트랫퍼드, 옥스퍼드, 그리고 런던을 통한)가 주로 활용되고 있었다. 루이스 시어볼드가 전집판(1733)을 내면서 붙인 전기 스케치는 로를 인정하지만, 셰익스피어의 뉴플레이스 역사를 첨가하며 1603년 제임스 1세가 배우들에게 수여한 허가증을 최초로 논하고 있다. 윌리엄 올디스도 에드먼드 말론도 그들의 셰익스피어 전기를 완성하지 못했다. 올디스의 조앤 하트 후손들 인터뷰, 그리고 말론의 조사와 연구에도 불구하고, 셰익스피어 생애의 엄연한 사실들이 드러나는 속도도 더뎠다. 엘리자베스 시대 두 작품, 즉 그린의 『한 푼짜리』와 미어스의 『팔라디스 타미아』에 수록된 그 시인 언급을 둘러싼 사실과 전설들이 18세기 셰익스피어 희곡판, 혹은 이를테면 토머스 트리휫(1730~1786)의 비망록에 나타난다.

18세기 말이면, 온전한, 사실에 근거한 전기를 위한 재료들이 축적되고 있었다. 알려진 사실들은 시인의 내밀한 삶을 좀체 드러내지 못했다. 그러나, 겉보기에 분명, 후기 튜더 시대에 유행하던 소네트 관행이 잊혀졌거나 무시된 상태였고(오늘날 대개 그렇듯), 셰익스피어 소네트의 '어두운 숙녀와 청년'이 한때 실존했던 사람들 초상이라는 생각이 생겨났다. 몇몇 사람이 보기에는 명백히, 고뇌에 찬 사생활이 기록된 거였다, 새로운 세기 다른 사람들은 소네트로 그가, 그래, 설마 튜더 시대 한 포주 혹은 주인의 정부와의 정확한 관계를 그렸겠냐고 고개를 갸우뚱했지만. 펨브룩 백작이 말 그대로 소네트들의 젊은 청년이라는 의견에 대해 빅토리아 시대 전기 작가 찰스 나이트는, 펨브룩이 "자신이… 이 시들에서 방종한 습관을 가진, 그리고 방종함이 기만적인 인간으로 비쳐지는 걸 그냥 두고 보았겠느냐?" 묻는다. 그러나 그때쯤이면 펨브룩뿐만 아니라 진짜 어두운 숙녀까지, 사무엘 쉔바움의 표현을 빌자면, "우리말로 된 가장 사랑 받는 서정시 연작 속에서 어슬렁대는" 상황이었다.

위작을 적발하고, 셰익스피어 문서를 편찬하고, 또 작품 집필 순서를 연구한 후, 에드먼드 말론은 1812년 사망했다. 그가 쓴 『셰익스피어의 생애』는 제임스 보즈웰의 1812년 동명 아들에 의해 완성-출판되었다. 말론의 파편은 그 권위 있는 방식과 몇 가지, 다소 조심스러운 가정 때문에 여전히 흥미롭다. 말론의 엄정한 사실 감각보다 훨씬 덜하지만, 네이선 드레이크의 『셰익스피어와 그의 시대』(1817)와 찰스 나이트의 『윌리엄 셰익스피어: 전기』(1843)는 시인이 주변 환경에서 발견했을 영감을 탐구하기 시작했다. 말론은 계보학 연구에 자극을 준 터였다. 조지 러셀 프렌치의 『셰익스피어 계보학』(1869)은 그 가계도 때문에 경탄을 샀고, 1세기도 더 지난 후 '메리 셰익스피어의 아버지와 [파크 홀의] 월터 아든, 버밍엄 근처의, 그의 아들 존 경이 헨리 7세 치세 체제 향사였던 자 사이의 정확한 관계'를 설정함으로써 상찬받았다. 불행하게도, 프렌치는, 그의 가계도에 결함이 있는 것은 차치하더라도, 그런 것을 설정한 바가 없다. 그리고 셰익스피어가, 버밍엄 근처 파크 홀의 그 부유한 아든 가문과 연관이 있다는 '증거도 전혀 없다'는 마크 에클스의 말은 아직 유효하다, "토머스[아든, 메리의 할아버지]가 그 가문 차남 후손일 수는 있지만"[『워릭셔의 셰익스피어』(1961), 12].

최소한 두 명의 19세기 작가는, 그러나, 셰익스피어 생애와 장소를 밝히는 데 유효하다. 골동품 수집가 로버트 벨 휠러의 『스트랫퍼드어폰에이번의 역사와 유물』(1806), 이 책은 축약되어, 그러나 자료를 첨가하여 『가이드…』로 재간행되었는데 어쨌거나 이 책, 그리고 현재 스트랫퍼드 공문서 보관소에 보관된 휠러의 MSS 34권은 세부 사항들이 적절하다. 골동품 수집가 이상이었던 J. O. 핼리웰-필립스(1820~1889)는 아직까지 가장 생산적인 셰익스피어 학자이자 전기 작가다. 인쇄된 그의 작품 559건, 모두 그 극작가에 대한 것은 아니지만, 마빈 스퍼백의 『제임스 오처드 핼리웰-필립스: 내용별 도서 목록』(1997)에 유용하게 설명되어 있다. 핼리웰은 또한 엄청난 양의 스크랩북, 원장 및 다른 수고를 남겼다. 여전히 없어서는 안 될 것이 그의 『셰익스피어 생애 개관』인데, 1881년부터 1887년까지 계속 증보되었고, 그 광대한 내용을 우겨담은 부록은 완전히 인쇄된 일부 셰익스피어 관련 자료들뿐 아니

577

라, 희곡 작가의 아버지에 대한 거의 모든 언급을 설명한다. 폴저에 소장된 핼리웰의 수고 상자와 스크랩북 120권, 그리고 에든버러 대학에 소장된 그의 숱한 수고들 중 일부는, 1590년대 역병, 추수량, 식품, 물가, 그리고 심지어 날씨에 대해서는 물론, 셰익스피어의 경력, 배우들, 순회 극단이 공연한 32개 읍, 희곡 공연, 다른 볼거리(장례식을 포함한)에 대해 유용한 언급을 담고 있다.

빅토리아 시대 후기 두 작품이 훗날의 발전을 예고한다. 에드워드 다우든의 민감한 『셰스피어: 그의 심성과 예술에 대한 비평적 연구』(1875)는 부분적으로 희곡 속에서 작가의 '인격'과 '그의 지능 및 성격 성장'을 찾는다, 그러나, 얄궂게도, 극장 자체는 소홀히 취급하고 있다. 주요 전기, 시드니 리의 『윌리엄 셰익스피어의 생애』(1898)는, 1925년까지 개정을 거듭했는데, 생애와 함께 작품도 살피고 있다. 필자가 보기에 이 책은 풍부하고, 특수하며, 읽을 만하다. 하지만 해석이 어구 자체에 너무 집착하거나 질이 속물적이다, 그리고, 더 나쁜 것은, 리가 가정을 사실로 제시한다는 점이다. 추측이 진실로 바뀐다. 예를 들면 그는 시인이 말로와 공동 작업을 했다고 주장하며, 드라마, 세금, 그리고 시인의 수입과 관련해서는 사실 관계 오류를 범한다. 보다 단순한 문제를 다룰 때, 이를테면 "살아남은 자들과 후예들"(온전한 1925년 판) 같은 장에서는 리가 유용하지만, 그의 작품은 시기 규정이 대체로 조지프 퀸시 아담의 진부하되 괴팍하지는 않은 『윌리엄 셰익스피어의 생애』(1923)만큼이나 엉망이다.

20세기 전기 작가들은 그들보다 앞선 사람들의 작품에서, 그리고 시인의 죽음 이래 매 시기 주요 작가들을 끌어들였던 비평 전통에서 도움을 받았다. 셰익스피어 시대를 살았던 벤 존슨과 밀턴의 셰익스피어 평가, 혹은 드라이든, 포프, 존슨 박사, 그리고 보즈웰, 혹은 낭만주의 시대 워즈워스, 콜리지, 랜더, 램, 드 퀸시, 해즐릿, 그리고 키츠, 혹은 빅토리아 시대 (몇 사람만 거론하자면) 칼라일, 아놀드, 그리고 스윈번, 그리고 에머슨과 호손 같은 미국 작가, 혹은 20세기 리턴 스트레이치, T. S. 엘리엇, 아니면 더 뒤의, 테드 휴스, 혹은 아일랜드 르네상스 시기 쇼, 조이스, 와일드, 그리고 예이츠, 혹은 유럽인으로 괴테, 슐레겔, 프로이트, 스트린드베리, 혹은 프랑수아 기조 및 빅토르 위고 등의 평가에서. 이렇게 다양한 논평의 질은 하나의 문화적 중심성이 확보되는 것을 도왔다, 그리고 이것과 드라마들의 엄청난 권위가 그 스트랫퍼드 사람에 대한 흥미를 북돋웠다. 빅토리아 시대 사람들도, 또한 전기에 대한 굶주림을 드러냈다, 그러나 셰익스피어에 대한 20세기의 순전한 호기심은 끊임없고 또 모든 것을 허용한다. '팝' 전기, 어두운 숙녀를 다룬 익살, 혹은 얼빠진 책들, 혹은 베이컨 아니면 옥스퍼드 백작이 희곡을 썼다는 가정 등이, 표준적인, 내용 짐작이 가능한 드라마 비평 항목이 첨가된 가벼운 아카데미풍 연구물과 함께 등장할 길이 열렸고 또한 보다 참신한 전기, 숱한 특수 분야 연구물, 인간 셰익스피어에 관한 신화들을 반박하는 저작물들이 쓰일 길이, 그리고 체임버스, 에클스, 그리고 쉔바움 같은 작가들에 의한 강건한, 정보가 휘황찬란한 종합 혹은 탐구물의 길이 열렸다.

20세기는 배경 연구를 위한 세(3) '걸작의' 십년대들과 함께 시작되었다. 찰스 I. 엘턴의 『셰익스피어: 그의 가족과 친구들』 (1904)은 최소한 스트랫퍼드의 공동 경작지, 보다 넓은 경관, 그리고 시인이 시골용으로 사용한 지방 용어에 대해 적절하고 섬세하다. 그 뒤의 더 유용한 증거 감정이 있지만, C. W. 월리스의 『새로운 셰익스피어 발견들』(하퍼스 먼슬리 매거진, 120[1910]호 수록)은, 월리스와 그의 아내가 세상에 공표한 벨롯-마운트조이 소송 및 희곡 작가의 법 성향 문제에 대해 여전히 암시적이다. 조지프 그레이의 『셰익스피어의 결혼』(1905)은 결혼 기록 문제에 멀쩡하고 용의주도하며 그 분야 연구서로 여전히 거의 확정적이다.

스트랫퍼드에서 셰익스피어 생활이 펼쳐지는 맥락을 알려면, 에드거 I. 프립의 책들이 여전히 필수적인 독서감이다. 프립의, 꽤 짧은 예비서 4권은, 주로 워릭셔 사람과 장소들을 다루는데, 사실의 오류에서 완전히 자유롭지는 않지만 암시적이다:『리처드 퀴니 선생』(1924),『셰익스피어의 스트랫퍼드』(1928),『스트랫퍼드 근처 셰익스피어가 출몰하던 곳들』(1929), 그리고『전기-문예적 셰익스피어 연구』(1930). 런던 대학 졸업생이자 독실한 유니테리언파, 그리고 지칠 줄 모르는 읍 기록 연구자였던 에드거 프립은 1931년 사망했다. 그의 주요 전기물『셰익스피어: 인간과 예술가』(전 2권, 1938년)는, F. C. 웰스투드가 출판을 주선했는데, 감상적이고, 프립의 도덕-종교적 신념이 강하게 주입되어 있으며, 가정들(드물지 않게 설득력이 있다, 그렇지만 종종 증거가 없을 때 '우리는 믿을 수 있다'를 선행시킨다)로 가득 차 있다. 그러나 르네상스 스트랫퍼드에 관한 한 프립의 지식을 따를 자가 없다. 그리고 뒤 작품은 시인이 살던 지역의 주변 환경에 대한 세부 사항을 다른 어떤 전기보다도 더 많이 품고 있다. 또한, 셰익스피어 시기 (그리고 바로 그 전) 그 읍과 지역 평의회의 공식 기록에 관한 한, 근본적으로 유용한 것이 리처드 새비지와 E. I. 프립이 편한『스트랫퍼드어폰에이번 자치체 세부 사항 및 회계』(1~4권)(1921~1930)다. 이 책들은 1553~1592년 지방 기록들을 옮겨 적었다.『세부 사항』다섯 번째 권은, 1593~1598년 분인데, 레비 폭스가 펴냈다(1990). 읍과, 사람들, 훈령, 토지 소유, 혹은 지역사의 다른 양상들에 관한, 아직 옮겨 적지 않은 수고들이 스트랫퍼드 공문서 보관소에 있다. 마크 에클스의『워릭셔의 셰익스피어』는 프립의 연구물을 대체하지는 않지만, 종종 말없이 교정한다. 에클스는 새로운 길버트 셰익스피어 문서 및 다른 세부 사항들에 대해 보고하며, 절약형으로, 시인, 그의 가족, 그리고 지기들과 연관된 밀도 있는, 정확한 사실 조합을 제공한다. 에클스가 언명한 목표 중 하나(프립 이래 누구도 진심으로 세운 적이 별로 없는 목표)는 시인의 '친구들 및 연관자들'에 초점을 맞추는 거였다, '그들의 삶을 알게 되면 어느 날 셰익스피어에 대한 더 많은 지식에 이를 수 있기 때문이다'.

프립과 에클스 둘 다 스트랫퍼드를 조명하듯, E. K. 체임버스는

『엘리자베스 시대 무대』(전 4권, 1923년)에서 1616년에 이르는 극장 세부 자료들을 엄청나게 조명한다. 어떤 면으로는 결코 대체하지는 않지만, 앤드루 거의 세 작품이 체임버스의『무대』를 가치 있게 보충하고 있는 바, 배우의 작업 환경, 그들이 즐겁게 해 주려 애썼던 관객의 성격, 그리고 배우들이 속했던 극단들의 역사를 다루고 있다:『셰익스피어의 무대 1574~1642』(1980; 3판, 1992),『셰익스피어의 런던에서 연극 구경 가기』(1987; 2판, 1996년), 그리고 『셰익스피어 시대 연극 극단들』(1996). 튜더 시대 및 제임스 치세 무대에 대한 현대의 언급은 방대하지만, M. C. 브래드브룩의『보통 배우의 부상』(1962)과 G. E. 벤틀리의『1590~1642년 셰익스피어 시대 극작가라는 직업』(1971) 및『1590~1642년 셰익스피어 시대 배우라는 직업』(1984)은 시인이 알던 조건들에 대한 좋은 안내서다. 마지막 두 작품은, 약간의 수정을 거쳐, 한 권으로 묶여 나오기도 했다(1986). 그의 주변 환경과 작품의 특수한 측면이 케니스 뮤어『공동 작업자로서의 셰익스피어』(1960)다. 다른 면모도 있지만, 리처드 더턴의『윌리엄 셰익스피어: 문학적 생애』(1989)는 극장 검열에 대한 진술이 참신하고, 피터 톰슨의『셰익스피어의 직업 경력』(1992)은 시인의 작업과 그 극단의 문제들을 연대기적으로 유용하게, 다소 거리를 두고 정리했다.

핼리웰 같은 영웅적 기질을 가진 학자 E. K. 체임버스는, 런던 시 교육청 행정직에 있으면서『중세 무대』(전 2권, 1903)를 썼고, 그런 다음 20년을 들여『엘리자베스 시대 무대』를 쓰고 나서 권위 있는『윌리엄 셰익스피어: 사실들과 문제들 연구』(전 2권, 1930)를 썼다. 이 텍스트가 여전히, 몇몇 결점에도 불구하고, 필수 불가결하다는 사실은 체임버스의 심성을 보여 준다 할 것이다. 이 책은 형식이 단편적이고 내러티브가 88쪽 가량이다(색인은 빈약하다, 그리고 이 작품 및『엘리자베스 시대 무대』를 위해 1934년 비어트리스 화이트가 별도로 출판한 새로운 이중 색인은 실망스러울 정도로 불완전하다).『사실들과 문제들』1권 상당 부분은 텍스트상 문제에 대한 관심이 진부하지만, 2권은, 다른 면모도 그렇거니와, 셰익스피어 생애의 '기록들', 인간 및 작품에 대한 '당대 암시들', 그리고 '셰익스피어-신화', 혹은 약 1625년부터 1862년까지의 그에 대한 소문 혹은 전설 모음에 대해 정확하고, 간명하게 정리한다.

기록 자료 연구에서 똑같이 중요한 것이 사무엘 쉔바움 (1927~1996)으로, 미국 중서부 및 동부-해변 대학들에서 가르치고 폴저 도서관 보관 위원으로 근무한 재능 있는 학자다. 그의『윌리엄 셰익스피어: 기록으로 본 생애』(1975)는 '신화'를 들어올린다. 수고 사진 도해 설명은 줄였지만 자료를 더 늘려서, 이 책은『윌리엄 셰익스피어: 기록으로 본 생애』(1977; 개정판, 1987)로도 나왔고, 셰익스피어 주요 기록 자료를 강건한 내러티브로 처리한 것이, 여전히 유효하다. 스트랫퍼드와 극장을 다룬 부분이 특히 옅고, 의문을 가질 만한 진술이 있다(생애에 대한 연구가 모두 그렇듯); 예를 들면, 소네트들에서 셰익스피어가 '배우의 사회적 열등성에 안달이 나 있다'는 점을 사실로 진술한다. 혹은 26세 앤 해서웨이가 결혼하려고 전전긍긍했다는데, 잉글랜드 읍 여인은 (교구 기록에 바탕하여 평균을 내자면) 결혼할 때 나이가 26세 혹은 27세인 경우가 빈번했다. 혹은 해서웨이 사람들이 셰익스피어와 몇 구역 안 떨어진 곳에 정착했다는 점을 간과하고 있다. 혹은 토머스 브렌드에게 부여된 직함이 틀렸고, 또 존 홀 및 대버넌트 사람들에 관한 신화를 보증한다, 또한 사건을 '긍정적으로' 바라보는 '과부 버비지'에 관한 허구를 포함시킨다. 하지만 사실적 착오는 사소하고, 배우들의 생활, 혹은 시인의 발전을 고려할 시야가 거의 없는 틀에 우리를 끼워 맞춰야 한다는 게 더 큰 문제다. 쉔바움은 전면적인 전기를 의도했으나 쓰지 못했다, 그러나『셰익스피어의 삶』(1970, 개정판 1991년)에서, 그는 신랄하게 재미나고 가치 있는 셰익스피어 전기 문학사를 제공한다(이 책의 앞부분에 본 전기는 빚을 지고 있다). '팝' 전기로는, 다른 천박한 작품들과 함께 M. M. 리즈의 좀 더 세심한『셰익스피어: 그의 세계와 그의 작품』(1953)이 있

셰익스피어 평전

582

지만, 쉔바움은 A. L. 로즈의 『윌리엄 셰익스피어』('견고한 중간 이마') 및 다른 텍스트에 대해 공정하다. 『셰익스피어의 삶』은 각 시대가 시대의 필요와 가치에 맞게 '셰익스피어'를 모양지어 가는 것을 보여 준다. 내러티브 없이, 쉔바움의 『윌리엄 셰익스피어: 기록과 이미지들』(1981)은 '뉴플레이스', '벨롯-마운트조이 소송, 1612년', 혹은 '셰익스피어 초상들' 같은 화제를 독립된, 상세한, 그리고 정보가 훌륭한 항목으로 다루고 있다.

몇몇 작가들은, 종종 고도의 훈련기를, 새로운 문서 자료상 '발견들'은 없지만, 주로 '작품'에 대한 논평을 통해 삶을 평가하는 비평적 전기 집필에 은연중 집중시킨다. 이런 류의 책으로는 M. C. 브래드브룩의 『셰익스피어: 그의 세계 속 시인』(1978), 그리고 필립 에드워즈의 『셰익스피어: 작가의 진전』(1986)이 있는데, 이는 『셰익스피어와 예술의 한계』(1968)에서 보이는 소네트들과 그 저자를 꿰뚫는 에드워즈의 비상한 통찰력을 보충한다. 한 배우의 회상이 로버트 스피에이트의 사후 출판된, 마구잡이로 편집된 『셰익스피어 인간과 그의 성취』(1977)다. 연극 리뷰 필자, 편집자, 그리고 학자로서 스탠리 웰스의 작업, 그리고 주제 내 애매모호성에 대한, 그리고 관객 내 그것에 대한 그의 감각이, 그의 『셰익스피어: 연극적인 삶』(1994)의 배경을 이루고, 이 책은 한 장을 덧붙여 『셰익스피어: 시인과 그의 희곡들』(1997)로 재출간되었다.

20세기 후반, 전기와 역사에 대한 태도가 근본적으로 변했다. 간접적으로는 프랑스 아날학파 역사학자들의 사상이, 그리고 미국의 새로운 역사주의 비평가들과 영국의 문화 유물론자들이, 특히, 르네상스 연구 영역을 사실상 확장했다. 더불어 시작할 사실의 일부인 사회적 맥락 없이는 '기록으로 남은 사실들'도 오도를 초래하는 듯했다. 그렇다면, 셰익스피어 전기 작가들은, 셰익스피어를 '기적'으로 설명함으로써, 튜더 시대와 제임스 1세 치하 사회를 소홀히 다루고, 기록 자료를 거의 진공 상태에서 해석했으며, 시인의 지능을 무시했다는 주장이 가능하다. 이전보다 받아들여야 할 것이 더 많아 보였다, 새로운 희곡판에서(새로운 집필 날짜와 함께), 참신하고 탐구적인 공연에서, 혹은 존재하는 삶의 지식에 작용하는 역사적이고 비평적인 글에서. 과감한 재평가가 준비되었다. 데이비드 베빙턴의 『튜더 시대 드라마와 정치학: 시사적 의미에 대한 비평적 접근』(1968)은 당대 정치와 사회에 대한 셰익스피어의 반응을 조명한다. 튜더 시대 및 제임스 1세 시대 언급에 대한 근본적인 리뷰가 E. A. J. 호니그만의 『셰익스피어가 당대인에게 끼친 영향』(1982)의 현안이다: "기록의 중추적인 구절이 잘못 해석되었다", 서문은 그렇게 언명하고 있다, "혹은 선입견과 충돌하기 때문에 무시되었다". 극작가의 희곡 집필이 일찍부터 시작되었다고 주장한 글래스고 대학 피터 알렉산더의 옛 학생 호니그만이, 셰익스피어의 랭커서, 호그턴 집과 헤스키스 집 체류라는 새로운, 확정적이지는 않은 증거를 들이대며 자신의 '이른 출발' 이론을 펴는 것이 『셰익스피어: '잃어버린 세월'』(1985년 2판, 1998)이다. 예기와 정확도에서, 호니그만의 책은 J. S. 스마트의 더 이른 전기적 연구물 『셰익스피어: 진실과 전통』(1928년 ; 1966년)을 상기시킨다. C. L. 바버와 리처드 휠러의 『전체 여행: 셰익스피어의 발전력』(1986)과 엠리스 존스의 『셰익스피어의 기원』(1977)은 고도의 지능을 갖춘, 심리학적으로 비길 바 없는 시인과 그의 성장에 대한 이해를 고양한다. 앤 바턴의 『셰익스피어와 희곡 사상』(1962), 그리고 M. A. 스쿠라의 『배우 셰익스피어와 연기의 목적』(1993)은 드라마에 대한 그리고 연기에 대한 그의 태도를 집중 조명한다. 그리고, 겉보기에 분명 좀 더 현실주의적으로 되면서, 우리는 더 이상 사회적 사실들을 전기를 위한 '매트릭스' 혹은 '배경'으로만 볼 수 없을 듯하다. 셰익스피어 문서 자료들을 연결 짓는 연구는, 최소한의 '배경'을 채우기만 해서는, 시대에 충분히 근접하여 연구 자체의 증거를 설명하는 데 부족할지 모른다, 한 개인을 설명하는 것은 고사하고.

러셀 프레이저의 『젊은 셰익스피어』(1988)와 『셰익스피어: 후기』(1992), 그리고 데니스 케이의 『셰익스피어: 그의 생애, 작품, 그리고 시대』(1992) 같은 전기는 맥락에 대한 우리의 지식을 별로 높이지 못했지만, 존경할 만한 작품 순례가 들어 있다. 장-마리와 안젤라 마귄의 『윌리엄 셰익스피어』(1996)—프랑스어 821쪽—는 극장 지향이 명징하지만 생애에 대해서는 약하다. 이안 윌슨의 『셰익스피어: 증거』(1993)는 시인을 비밀-가톨릭교도로 그리기 위해 증거를 다소 너무 거칠게 밀어붙인다. 하지만 유사한 견해가 피터 밀워드의 지적인 『셰익스피어의 종교적 배경』(1973)에서 제시되었다. 조나단 베이트의 『셰익스피어의 천재성』(1997)은 시인이 현대에 명망을 얻게 된 경위를 박력 있게 또 중점을 두어 평가하는 반면 독자에게, 증거도 없이, 소네트들의 청년이 사우샘프턴, 그리고 존 플로리오의 아내가 어두운 숙녀였다며 그렇게 상상하라고 요청한다.

책들이 경쟁 중이지만, 셰익스피어 전기는 결함 있는, 협동 프로젝트로서, 1709년 로의 40쪽으로 출발한 전통 속에 유용한 책들이 겸손한 자리를 차지하는, 장래가 밝은 프로젝트로 볼 수 있다. 프로젝트는 제공된 것을 평가하거나 폐기 처분할 뿐, 어떤 기고자에게 왕관을 씌우거나 극구 칭찬할 필요가 없다. 우리들의 집단적인 시인 생애상은, 많은 사람들이 그것을 시험하고, 의심하고, 혹은 그것에 기여할 때, 그리고 그것이 완료될 것이라는 환상을 우리가 벗을 때 분명 최선이 될 것이다.

셰익스피어 시대와 연관된 수고들의 주요 저장소는 폴저, 헌팅턴, 그리고 뉴베리 도서관(각각, 워싱턴, DC, 산마리노, 캘리포니아, 그리고 시카고 소재); 런던 공문서 보관소 및 대영 박물관, 그리고 스트랫퍼드 탄생지 위탁 공문서 보관소다. 다른 주 공문서 보관소들이 새로운 종류의 발견들을 내놓기 시작했다. 어떻게 보면, 당대의 셰익스피어 연구는 단지 시작일 뿐이다. 매년, 혹은 종종 매달, 관련된 자료들이 속속 드러난다, 그리고 그의 심성 및 삶에 대한 연구는 그가 평가받는 한 지속될 수밖에 없다.

그 생애의 수고 기록들에 대한, 혹은 첫 2절판이 우리에게 말하는 바에 대한 짤막한 안내서 3권이 독서에 꽤 도움을 준다. 그것들은: 피터 W. M. 블레이니의 『셰익스피어의 첫 2절판』(1991); 데이비드 토머스의 『공공 기록에 나타난 셰익스피어』(1985) 그리고 로버트 베어맨의 『스트랫퍼드 기록에 나타난 셰익스피어』(1994)다.

셰익스피어 연보

1557년 스니터필드의 존 셰익스피어, 윌름코트의 메리 아든과 결혼하여 잉글랜
 드 중부 지방 스트랫퍼드어폰에이번에 거주

1558년 존 셰익스피어의 맏딸 조앤 태어남(어렸을 때 사망)

1562년 존의 둘째 딸 마거릿 태어남(다음 해 사망)

1564년 존의 맏아들 윌리엄 셰익스피어 태어남

1565년(1세) 존, 참사회원으로 선출됨

1566년(2세) 존의 둘째 아들 길버트 태어남

1568년(4세) 존, 스트랫퍼드의 최고 행정관으로 당선

1569년(5세) 존의 셋째 딸 조앤 태어남

1571년(7세) 존의 넷째 딸 앤 태어남(1579년 사망)

1574년(10세) 존의 셋째 아들 리처드 태어남

1580년(16세) 존의 넷째 아들 에드먼드 태어남

1582년(18세) 윌리엄 셰익스피어, 여덟 살 위인 앤 해서웨이와 결혼(11월 27일
 결혼 허가증이 발행됨)

1583년(19세) 맏딸 수재나 태어남

1585년(21세) 쌍둥이 햄넷과 주디스 태어남

1590~1591년 『헨리 6세』 2부, 3부

1591~1592년 『헨리 6세』 1부

1592~1593년 『리처드 3세』, 『실수 연발』

1593년(29세) 장시長詩 「비너스와 아도니스」

1593~1594년 『티투스 안드로니쿠스』, 『말괄량이 길들이기』

1594년(30세) 궁내 장관 극단의 단원이 됨. 장시 「루크리스의 겁탈」

1594~1595년 『베로나의 두 신사』, 『사랑의 헛수고』, 『로미오와 줄리엣』

1595~1596년 『리처드 2세』, 『한여름 밤의 꿈』

1596년(32세) 외아들 햄넷 사망

1596~1597년 『존 왕』, 『베니스의 상인』

1597년 고향 스트랫퍼드에 뉴플레이스 저택 구입

1597~1597년 『헨리 4세』 1부, 2부

1598년(34세) 벤 존슨의 희곡 무대에 출연

1598~1599년 『헛소동』, 『헨리 5세』

1599년(35세) 템스강 남쪽에 글로브 극장 개관. 글로브 극장 공동 경영인의 한 사람이 됨

1599~1600년 『줄리어스 시저』, 『좋을 대로 하시든지』, 『십이야』

1600~1601년 『햄릿』, 『윈저의 즐거운 아낙네들』

1601년(37세) 글로브 극장에서 『리처드 2세』 상연. 아버지 존 사망

1601~1602년 『트로일루스와 크레시다』

1602~1603년 『끝이 좋으면 다 좋다』

1604~1605년 『이에는 이』, 『오셀로』

1605~1606년 『리어 왕』, 『맥베스』

1606~1607년 『안토니와 클레오파트라』

1607년(43세) 맏딸 수재나가 스트랫퍼드의 저명한 의사 존 홀과 결혼. 동생 에드먼드 런던에서 사망

1607~1608년 『코리올라누스』, 『아테네의 티몬』

1608년(44세) 수재나의 맏딸 엘리자베스 태어남. 어머니 메리 사망

1608~1609년 『페리클레스』

1609~1610년 『심벨린』

1610년(46세) 스트랫퍼드로 귀향

1610~1611년 『겨울 이야기』

1611~1612년 『폭풍우』

1612~1613년 『헨리 8세』

1613년(49세) 마지막 작품 『헨리 8세』 공연 중 글로브 극장이 화재로 소실됨. 동생 리처드 사망

1616년(52세) 둘째 딸 주디스가 토머스 퀴니와 결혼. 4월 23일 윌리엄 셰익스피어, 고향에서 사망

1623년 아내 앤 사망, 헤밍스와 콘델이 셰익스피어의 첫 번째 2절판 전집 출간

셰익스피어를 다시 만나다

대학 영문과 시절 공부할 때야 골치 아픈 물건이었지만 셰익스피어는 그 후 어느새, 문학과 거리를 두던 때에는 더욱, 심심하면 찾아보는 휴식처 같은 게 되었다. 영어 실력이 늘었다는 게 아니라, 작품 전체를 샅샅이 해석하고 총체적으로 이해하고 평가해야 하는 학생 시절의 '연구' 혹은 '독서' 목록에서 여기저기를 뒤적이며 몇 연 몇 행씩을 읽고 덮고 그러는, 요샛말로 '브라우징' 목록으로 옮겨 갔다는 얘기다. 작품으로 읽는 것은 물론 감동적이지만, 그렇게 읽는 재미도 쏠쏠하고, 무엇보다, 잃어버렸던 영어를 아주 자연스럽게 되찾아 준다는 느낌이 진하다. 킹 제임스판 바이블과 셰익스피어 작품이 현대 영어의 모양새를 틀지었다는 사실보다 더, '셰익스피어 브라우징'은 영어 어휘와 문법, 그리고 표현상 특징을 낯익게 만들어 주는 면이 있다.

3년 전, 베트남 방문 당시 나는 비행기를 타고서야 일행에 통역 담당이 없고, 그렇게 된 건 당연히 내가 통역을 할 걸로 다른 일행들이 생각했기 때문이란 걸 깨닫고 크게 당황(나는 해외 여행을 가 본 적이 없고 영어회화를 해 본 적이 없다. 군대 시절, 만취해서 흑인 병사 한 명을 뭐라 뭐라 영어로 야단친, 깨어나 보니 황당하고, 정말 그런 일이 있기는 있었는지조차 의심이 갔던 기억 말고는), 습관적으로 또 심심풀이 땅콩용으로 여행가방에 챙겼던 셰익스피어 전집(노턴판, 클로스 양장본인데, 몇 년 전, 순전히 분량에 비해 책을 너무도 아름답게 만들었다는 이유로 거금 7만원을 주고 샀던)을 허겁지겁, 비행기가 공중에 떠 있는 시간 내내 읽고 통역에 임했는데, 놀랍게도 크게 실수하지는 않았다. 황현산(평론가)은 내게 대한민국에 드문 (통역꾼이 아니라) '영작꾼'이라 했는데, 그게 썩 잘 못했다는 쫑코였는지 모르고, 나는 가이드용 회화를 모르고 베트남 쪽 담당자는 셰익스피어의 고어투를 모르(는 듯하)니 상대방 통역자가 말할 때마다 종이에 받아 적고 나서야 자기 나라 말로 옮기는 추태를 연출하기는 했지만.

그런데, 그랬는데, 『셰익스피어 평전』을 번역하느라 어영부영 학생 시절 방식으로 셰익스피어를 다시 읽고 보니 정말 셰익스피어 문장-문학이야말로 나이 먹을수록 아름다워지는, 나이의 문학인 듯하여 놀랍다. 만년작만 그런 게 아니고, 다음에 보듯 자신의 주변 환경과 내면 경험을 '단 한 끗발' 밀어 올려 엄청난 보편성과 절묘한 예술성의 통합을 이루는 경지도 그렇다.

"제1막은 젖먹이. 유모 품에서 앵앵 울고 토하죠."
—자크, 『좋을 대로 하시든지』

"고용된 것이 자랑스러워, 기꺼이 나는 간다."—보예트, 『사랑의 헛수고』

"익숙해지면 더 경멸하게 되는 거라고 전 봐요. 경멸, 맞나, 만족 아닌가? 하지만 삼촌이 '그녀와 결혼해라' 그러시면, 그녀와 결혼하는 거죠. 그 점 저는 결심이 자유롭고 분방합니다."—슬랜더, 『윈저의 즐거운 아낙네들』

"어떻게, 오, 어떻게 사랑의 눈이 진실할 수 있겠습니까, /바라보며 눈물로 그토록 애달픈 그 두 눈이?"—소네트 148

"난 크림을 노리는 고양이처럼 신경이 팽팽하니까."―폴스타프, 『헨리 4세』1부

"그게 그녀 손이더라구. 가정주부 손이지―하지만 그게 문제가 아니고."―로잘린드, 『좋을 대로 하시든지』

"사람이란 일종의 작품 아닌가! 이성은 얼마나 숭고하며, 타고난 힘은 얼마나 무한하며, 모양과 동작은 얼마나 정확하고 경탄할 만한가, 행동은 정말 천사 같고, 사려는 정말 신 같고―세계의 아름다움, 동물의 귀감이지! 하지만 내가 보기에 사람, 이 먼지의 정수는 뭐지?"―『햄릿』

"온갖 축복받은 비밀들, 아직 알려지지 않은 대지의 약초들아, 내 눈물로 솟아나라!"―코델리어, 『리어 왕』

이제 제게는 없습니다, 일을 시킬 정령도, 마법을 부릴 예술도, 그리고 나의 마무리는 절망이죠, 기도로 구원받지 못하는 한, 기도는 참 아리죠, 그래서 공격하지요, 자비 자체를, 그리고 온갖 잘못을 풀어주지요.―프로스페로, 『폭풍우』

이쯤 되면, 일상의 (비극-희극적) 기적이라 할 만하지 않은가.

파크 호넌이 쓴 『셰익스피어 평전』은 과거의 '올바른' (헛소리나 소문 혹은 전설을 엄격하게 배제한) 평전 전통을 총괄하는 동시에 최근 자료들을 두루 관통하는데다 아날 역사 학파의 '총체 맥락' 방식을 구사, 셰익스피어에게 '생애라는 총체 맥락'을 부여하고 그렇게 셰익스피어를 우리에게 매우 역사적인 동시에 매우 낯익은 인물로 그려내지만, 더 놀라운 것은 그 낯익음 속에서 더욱 빛나는 일상의 기적을 문학적으로 경험케 했다는 점이다. 최고 권위의 옥스퍼드 출판사에서 이례적으로 펴낸 이 평전은, 가장 과학적이

면서 가장 문학적이다.

혹시 예순까지 살면 셰익스피어 전작을 번역하려고 맘먹었는데, 이 책을 번역하다가 나는 계획을 10년 앞당겼다.

2003년 10월

개정판에 부쳐

초판이 나오고 여러 복잡한 일이 얽혀 초판으로 절판이 되었던 책을 참으로 오랜 세월 지나 삼인의 홍승권 부사장의 강력한 호의에 힘입어 다시 내게 되었다. 그 동안 바뀐 나의 문체를 반영하느라 여러 군데를 고쳤으나 그때와의 연속성을 감안하느라 더 많은 부분을 그대로 놔 두었다. 당시 이 책을 번역하는 동안 내가 내 시를 한 편도 쓰지 않았던 기억이 개정판 작업을 하는 동안 되살아났다. 잘 쓰여진 전기를 읽는 일은 시를 직접 쓰는 일과 맞먹는다. 셰익스피어 같은 위대한 시인을 다룬 잘 쓰여진 전기는 더욱 그렇다. 독자들 또한 그런 경험을 누린다면 역자로서 더 바랄 것이 없겠다.

2018년 7월
김정환

찾아보기

찾아보기

찾아보기

셰익스피어 평전

609

찾아보기

찾아보기

찾아보기

찾아보기

찾아보기